大象
DAXIANG

杨志军 著

云南教育出版社　新星出版社　NEW STAR PRESS

图书在版编目（CIP）数据

大象 / 杨志军著 . -- 昆明：云南教育出版社；北京：新星出版社, 2024.1
　ISBN 978-7-5599-3402-4

　Ⅰ. ①大… Ⅱ. ①杨… Ⅲ. ①长篇小说—中国—当代 Ⅳ. ① I247.5

中国国家版本馆 CIP 数据核字 (2023) 第 241430 号

大象

杨志军　著

出 版 人：胡　平　马汝军
项目统筹：赵　虎　邹懿男
项目执行：李寒松
责任编辑：刘　玥　姜　珊　唐诗奇
责任校对：张志红　易晴霞　陈　颖　刘　义
封面设计：张伯阳
内页设计：冷暖儿
排　　版：书海文化
责任印制：李珊珊

出版发行：云南教育出版社（昆明市环城西路 609 号）
　　　　　新星出版社（北京市西城区车公庄大街丙 3 号楼 8001）
网　　址：www.yneph.com　www.newstarpress.com
印　　刷：北京尚唐印刷包装有限公司
开　　本：787mm×10920mm　1/16
印　　张：43.25
字　　数：545 千字
版　　次：2024 年 2 月第 1 版
印　　次：2024 年 2 月第 1 次印刷
书　　号：ISBN 978-7-5599-3402-4
定　　价：78.00 元

版权专有，侵权必究。如有印装错误，请与出版社联系。
电话：0871-64623598　010-88310811

目录
concent

第一章 北回归路之歌 —— 001

第二章 缅桂花之歌 —— 063

第三章 勐巴拉娜西之歌 —— 125

第四章 蝴蝶坝子之歌 —— 185

第五章 黎明城之歌 —— 245

第六章 美登木之歌 —— 305

孔雀桥之歌

尾　声　665

第十一章　北上之歌　605

第十章　聚果榕坝子之歌　545

第九章　龙血树之歌　485

第八章　澜沧江之歌　425

第七章　『绞杀植物』之歌　365

第一章 北回归路之歌

现在此刻,我们出发,

从西双版纳,从雨林勐养。

去看看地平线那边想象之外的远方,

是不是也有大象爱恋的土地,

生长着一排排头戴羽冠的槟榔,

和一棵棵浓郁醉人的依兰香?

我们的体重从六吨到两百公斤不等,

用不上小伏翼送给我们的翅膀,

只能脚步震地去应和命运的催动,

撞塌春城之前一万堵高墙。

1

小象掉到悬崖底下去了,下面是河,水流湍急而凶险,每一处都像张开的大嘴。它是顺着峡谷的陡壁滑下去的,陡壁上面是象道,象道边长满了闪烁着白水珠、绿水珠的小果野蕉、蔗茅和两耳草,它学着妈妈的样子吃了几口,就想把长得最高的那一丛两耳草用小鼻子割下来,然后牢牢卷住,扬撒到背上,那是多好玩的事情啊,能想象到草叶和水珠落在背上的舒爽——痒酥酥、凉兮兮、湿乎乎的。它迈了一下右脚,又迈了一下左脚,结果就踩空了。妈妈专门交代过:你还小,够不着的地方不要硬够,出了事不得了。它听妈妈的话,从来不硬够。但是今天,它疏忽了,鲜嫩的草诱惑着它,它居然离开妈妈多往旁边走了两步。

下滑的时候,它尖叫着,蹭到了一些长满苔藓的岩石,蹭到了一片从岩缝里斜生而出的算盘子,蹭到了几棵它吃过叶子的紫珠树,最后砰的一声落在了一堆叶子是锯齿状的草珊瑚上。它当然不明白为什么这里的草珊瑚长得这么密又这么高,只知道如果没有它们的托举和铺垫,自己就不可能再有机会发出哞哞哞的哭声了:妈妈呀,妈妈。

妈妈就在上面,又是跺脚,又是嘶鸣。它的焦急和惊慌感染了不远处的另外四头大象,它们迅速走过来,站在悬崖边上,不知所措地望着下面,也跟象妈妈一样,一边跺脚一边嘶鸣。如果集体跺脚就能把高高的山崖跺成平地,它们一定会坚持不懈地跺下去,如果放声哞叫就能让小象回到妈妈身边,它们也一定愿意就这样一直叫下去。它们是感情丰富而又愿意为子女付出一切的动物,只要能做到的,就绝对不会放弃,哪怕以生命为代价。但是大象们都明白,无论跺脚还是嘶鸣,或者把长长的鼻子在草丛上摔打来摔打去，都表明它们此刻只剩下绝望和悲哀了，营救一头掉下悬崖的小象，已经超出了大象的能力，尽管它们力大无穷且聪明能干，是大自然视为骄子的旗舰物种。

小象在下面哭，象妈妈在上面哭，大家都跟着一起哭，平时跟象妈妈一起照顾小象的象姐姐边哭边责备自己：都是我不好，怎么就没有管住它呢？把它夹在我跟它妈妈的中间就好啦。哭得尤其伤心的是象奶奶，它嗓音沙哑，鼻息沉重，头晃来晃去，连硕大的耳朵都竖起来了。那头正常情况下一两年后就要离家出走，对象群里的事开始漠不关心的象哥哥把哭声变成了号叫，声音洪亮得吓跑了崖顶上的几只伯劳鸟。象姨的哭声最小，心事却最多，它从来没有怀过孕，却无比深情地惦记过孩子，看到小象突然消失在地面以下，惊怕得把鼻子蜷起来，都不敢往前伸了。教训啊教训，将来自己一旦有了孩子，一定要时时刻刻守护在它的身边，决不能让它靠近悬崖半步。

五头大象专心致志地哭着，哭声凄厉而持久。空旷的天上遥远的蔚蓝里浮现出一朵朵云彩，同情地飘过来，将阴影留在了它们身上：这么强的阳光，别把大象们晒坏了呀。一阵风吹过狭长的山谷，留下了寂静，送走了大象们的悲愁，悲愁远去了。一片酸模花在惊吓中突然萎缩，而一片虎杖花却又突然盛放。七八棵棒柄花拉起手来瑟瑟发抖，抖出了一轮又一轮明绿的波浪。几只惊飞而去的伯劳鸟又匆忙飞回来，直插谷底，小脑袋里闪出一抹狂喜的光辉：也许可以吃到肉啦。

如果你在北回归线上走钢丝，走到东经99°35′这个地方，不慎掉下去，恰好就会掉进这条南北走向的绿谷，绿谷深邃而幽静，下面是湍急的河，河两岸铺着一层柔软而丰厚的亚热带植被，所以你掉下去后十有八九还活着，麻烦你站起来往南走几步，就一定会碰到这头小象。当然也有可能你不会掉下去，假如你身体足够轻盈而臂力又足够强大，你的选择说不定是吊在北回归线上荡秋千，等待有关方面火速赶来救援，这样你就看不见那头小象了，你一生也就有了最大的遗憾，失去了一个可以跟大象交朋友，然后走进自然深处探访种种奥秘的机会。我们的北回归线，全人类只能俯视不能仰视的北回归线，现在它就搭在小象颤抖的脊背上，也搭在毛管花双脚之间那朵粉扑扑的醉蝶花上。

　　这里是临沧，现在是夏至，已经到了正午，影子看不见了，毛管花的影子和醉蝶花的影子都看不见了。也就是说他站在了阳光垂直照射北半球的终点，再过几秒，自冬至以来一直北移的阳光垂直线就会折返而南，以每天大约三十公里的速度走向赤道再走向南回归线。他一脚踩着热带，一脚踩着亚热带，感觉着北回归线对自己的分割，似乎一半是温的，一半是热的，交织的界线那样清晰，能让人产生一种即将如飓风般旋转起来的感觉。他克制着旋转，静静等了一会儿，看到自己和花渐渐淡出了影子，在左脚侧面形成了一只卧兔的模样，才抬起头，回过身去，望了一眼不远处那座简朴的傣家竹楼，不禁惊奇地"哎哟"一声：二十四根粗硕的竹柱围绕着中柱，中柱不偏不倚跟他在一条直线上，说明眼前的竹楼被北回归线一分为二，成了一座架在热带与北温带分界线上的住宅，是名副其实的北回归楼。就是不知道主人之所以这样建造是有意还是无意？如果是有意的，他究竟为了什么？

　　他很后悔昨晚没有向主人多提些问题，只问了一些词，傣语"你好"怎么说，"再见"怎么说，"谢谢"怎么说，"迷路了"怎么说，等等。而主人却用流利的汉语问了他不少：你是哪里的？为什么来到我家，还想住下？你一路走来不是看到了不少比我家更好的竹楼吗？毛管花说：他在寻找一座紧挨北回归线的竹楼，根据对阳光的目测，发现自己已经找到了。主人说："北回归线，我是知道的,有什么用吗?"毛管花想了想,觉得自己缺乏通俗易懂地解释清楚这个问题的语汇,就把话岔开了:"家里怎么就你一个人?"主人不回答,到堂屋火塘前烧茶做饭去了。大叶茶、糯米卷、干酸菜、酸笋拌腊肉,苦苦的、酸酸的、辣辣的,都是重口味。他觉得昨天的晚饭和今天的早饭留给他的印象比主人自己还要深刻。

他走向竹楼,沿着右侧的楼梯踏上二层,拿出一百块钱,向主人告辞:"一点点食宿费,请你收下吧。"正在二层晒台上翻晒玉米的主人不看钱只看他:"你是想让今天的饭菜有鱼有鸡有肉有酒吗?我没有时间搞来这么多。"毛管花一连说了好几个"不是":"我昨天又吃又喝又睡,现在要走了。"主人的脸色顿时有些不好看:"已经吃过的饭是不值钱的,这是我的家,不是镇子上开的饭馆。"他赶紧收起钱,说着"扩坤"(傣语,谢谢你)鞠了一个躬,然后去前廊背起自己鼓鼓囊囊的双肩包。主人跟在了他身后,轻轻地从外面关严了门,显然他是因为有客人才待在家里的。

离开竹楼,往前不远,就是两条蛇行而去的小路,一边向南,一边向北,那朵醉蝶花就长在小路分岔的地方,长长的影子搭在北路上,表明阳光的垂直线正在向南起步,也在向北告别:再见了,明年这个时候我会再来。毛管花看到主人要北去,便挥了挥手,似乎阳光垂直线的告别也是他的告别:再见了,北回归线。迷惘就在这个时候跑进了他的脑海:还去不去西双版纳了?原本他是要去的,跟着阳光垂直线往南,再往南,但现在他又觉得还是回昆明的好。他问自己:究竟为什么又不去了呢?该死的迷惘,我为什么如此迷惘?回答他的是主人的一笑:"什么时候再来嘛。"还有一阵隐隐可闻的尖锐而沉甸甸的号叫。他转着脑袋听了听,又朝天上看了看,只看到一群绣眼鸟惊飞而过,问道:"这是什么声音?"主人说:"大象的叫声。""这个地方有大象?""有时候有。"主人漫不经心地说。毛管花摇了摇手："拉拱（傣语，再见）。"主人用汉语回答："再见。"然后就走了，匆匆忙忙地，看得出他有事，客人已经耽搁他太久了。他沿着一条似有似无的路，走进一片铺向远方的凤尾竹，身影消失的瞬间，突然唱起来：

傣寨的伙子都是铜凤凰，
傣寨的姑娘都是金凤凰，
为什么我家的竹楼空空荡荡？
因为要等待客人第二次来访。

请记住我家门前的山梁，
请记住山梁这边的竹乡，
如果你没有再次来访的向往，
冰凉就会光顾竹楼里的火塘。
我知道流水有千里长，
我知道绿壤有万里广，
但最长最广的不是水不是壤，
是我对你的念想，
那才是飞到你身边的火凤凰。

祝福你的生活火一样热旺，
祝福你的心情火一样亮堂。

　　毛管花站在那里听着，直到歌声消失才向南走去，心想要是我也会唱歌就好了，现在的他只能听唱不能对唱，哑巴一样。红砂石的小路如同一条肉乎乎的蚯蚓，在绿光的夹缝里扭来扭去，路两边的黄竹朝着阳光疯长着，茂密得看不到间隙，偶尔会因为几根竹竿同时断裂而开出一个林窗，便有宝塔似的竹笋从光线明亮的地上牵手而出，它们是补林窗的能手，几天工夫就能长大，似乎郁闭才是竹林的需要。绿浓到滴淌，几只红腹太阳鸟水花一样飞溅而起，都能感觉到濡湿来到了脸上。他想：那就去车站吧，不能再让雨燕和黄鹂巴巴地等着了。一想到雨燕和黄鹂，他就更加迷惘：就算见了面，又能跟她们说什么呢？到现在他都没有定下来，没定下他到底更喜欢谁，也没定下研究生毕业后他到底想干什么，是考博然后争取留校，还是去中国科学院植物研究所的基层单位干几年再调回昆明，或者在全省160多处自然保护区中选择一处需要他的？当然也可以考虑做一个自由人——专业画家或者摄影师，他不缺乏这方面的兴趣和才能。

为什么迷惘总是跟选择搅在一起？似乎童年的阴影会一直都是阴影，那么小的他，却要面对连离婚的大人都解决不了的问题，就不光是迷惘，更是无助了。父亲说："我们已经冷战一年了，今天正式分开，你愿意跟谁走？"他一句话不说，拿起小画板就跑。父亲在滇池边找到他说："在法律上你属于我，但你也可以跟你妈过。"他把画着爸爸妈妈开碰碰船的画板推到水里，尖叫一声："我谁也不跟。"扑过去跳进了滇池。父亲没有管他，滇池水泡大的孩子，想沉底都难。慢腾腾游回岸边时，他已经不恨父母了。一个小时后，在父亲的陪伴下，他背着小画板踏上了姥姥家的楼梯。他在姥姥家度过了初中，然后就是令人心碎的毕业季，姥姥过世了，他不愿意面对的选择又一次出现了：爸爸，还是妈妈？他们都已经再次结婚又有了孩子，除了每年平摊的生活费，其他似乎再也跟他没关系了。他乞求这个世上跟他关系最好的小姨把他留下来。小姨说："本来也没打算让你走。"他破涕为笑，拉着小姨的手说："小姨，以后你就是我的姥姥、我的妈妈了。"小姨半真半假地说："你可别赖上我，我还没结婚呢。""你是医生。""医生就得给你做家长啊？""医生是照顾人的，你必须照顾我。""好好好，我就像照顾病人一样照顾你，但前提是你得听话。"高中过得很快，吃着小姨做的饭，穿着小姨洗的衣，画着小姨让他画的肖像画，似乎没能畅快地涂上几笔就到点了；又觉得日子很慢，总是在选择，选择，没完没了地选择。小姨摸着他的头说："你最大的问题就是没主见，只要遇到选择，就一片迷惘。"说对了，他是迷惘的化身，是人世间不知所从的灵魂无意间选中的宿主，就连做选择题都会迷惘得一塌糊涂，明明是会的，一琢磨是A还是B就错了。好不容易高中毕业，又遇到选择大学和专业。他追着小姨一再地央求："你帮我选，快点，你帮我选。"小姨像捧着烫手的洋芋那样不断地摆手拒绝："这个我肯定代替不了，只能建议。"小姨建议了三所学校五个专业，搞得他更加心烦意乱，还不如不建议。最后他决定闭着眼睛摸资料，第12次摸到哪个学校，他就上哪个学校，因为小姨的生日是12月12日。一堆招生单位散发的宣传资料，他摸到的竟然是他从未考虑过的云南农业大学植物保护学院。想了想，那就去吧，终于可以不选择了，更重要的是他不能失信于自己，也不想对不起小姨的生日。每年这一天，小姨都会请他吃蛋糕，再把别人送的生日礼物转送给他，包括化妆品："男孩子也要学会化妆，你长得这么帅，别把自己不当回事。"至于他的生日，小姨总是搞错："夏至，夏至，到底是哪一天？"他就给她讲夏至和北回归线的关系："我是一个北回归人你不知道吗？"后来要考研了，迷惘之余，想到了抓阄，便搞了12个写着不同专业或导师的小纸团放在了碗里，正要去抓，导师来了："我就看好你，你可以考虑一下我的专业。"他愣了片刻，不好意思地说："老师我偏偏没写您的名字，您却自己跑来了。"然后一把抓起那些小纸团，扬撒而去。

但是所有以前的选择都没有现在的选择更让他头疼，因为需要选择的太多太重要。他来到自己的生日线——北回归线，就是想让这条伟大而虚拟的地球环线告诉他：自己生命的冲动到底在哪里？正如自己在硕士学位论文《北回归线与全球植物分布的历史和现状》中提到的：所有的生命体都会在阳光最后的垂直照射中做出依恋还是厌弃的表态，这是地球生命与太阳光辉在无数次约会之后形成的默契，如果它是依恋的，喜热便是它终生的必守，如果它是厌弃的，好凉便是它本能的坚持。

醉蝶花是依恋的喜热的，面对阳光垂直线的告别，花瓣虽然还精神着，却明显地缩小了，他有绘画练就的观察能力，一眼就能看出来。他似乎也是依恋的喜热的，因为他在心里说着"再见了，北回归线"时，多少有点伤感，紧巴巴地如同醉蝶花的心情。但紧接着他就想到了雨燕和黄鹂，她们都是昆明人，无论他把自己的迷惘消除在谁的面前，都意味着他的人生依然属于那个霓虹如花的西南都市，属于那些钢筋水泥的街巷楼影。这就是说他心心念念的北回归线并没有给他明确无误的启示，反而让他更加糊涂。唉，人啊，为什么要加进去那么多社会意识呢？意识加进去越多，本能的反应就越少，它离间了人与自然的关系，让人灾难性地丧失了感应天空与大地的敏锐与活力，变得僵硬而麻木，而大自然的要求永远是自然而然。

红砂石的小路更细了，竹林开敞了许多，黄竹的排阵止于一道坡坎，下面是自然形成的梯状山坡，覆盖着一层层的箭竹，青绿的箭竹把自己长成了一条宽阔的河，滔滔而去，衔接着天的蓝和云的白。天地和生命的拥抱恣意而稳定，安详娴静的弥漫里，带着永远的高冷和凄美，寂静泛滥着，光脉一样散发着令人陶醉的吸引力。他的脚步越来越慢，突然停下了，不是他想到了什么，而是听到了什么，还是那种尖锐而沉甸甸的号叫，由隐隐可闻变得清晰明朗，看来他越走越近了，离大象，离不止一头大象，因为声音是重叠的，更是交叉的，此起彼伏。他侧耳听了听，继续往前走，曲扭的小路绕过竹浪搭在了一块台地上，毯状的金花生草平铺而去，没有谁更高，也没有谁更低，绿色变得有些坦荡，一只铜蓝鹟高声鸣叫着：来这里吧，来这里吧。他走了过去，铜蓝鹟飞走了。一条可以过往小型车辆的路出现在不远处。他就是从这条路上走来的，现在又要走回去了，前方车站，有通往临沧机场的公共汽车：对不起了西双版纳，想好了要去又没去，下次再说吧，毕竟他是个男人，更在乎美女的召唤，而不是一角江山的诱惑。他沐浴着鸟叫，看了看天空：飞过头顶的是雨燕，是黄鹂，是一些哪怕它是钳嘴鹳或者绿孔雀，他也会把它们当作雨燕和黄鹂的鸟。

大象的叫声愈加响亮，带着撕裂云天的力量，悲沉而忧急。毛管花加快了脚步，几乎跑起来，有点沉重的双肩包一颠一颠的，敲打着脊背。他发现那些被他当作雨燕和黄鹂的鸟总是飞飞停停，离得远了等着，跟得近了再飞，每一次展翅都会伴随着一阵婉转悠扬的叫声，像唱歌一样，像雨燕在学校舞台上表演节目一样。他什么也不想了，就让眼睛和耳朵选择去向：走啊，走啊，不管脚下是草丛还是路石，也不管迷人眼目的是花影还是阳光。很快，选择停止了，鸟儿们不见了，他旋转着身子用眼光扫描天上的一切，竟没有看到一根羽毛的翔动，揉了一下被强光刺痛的眼，往下一看，不禁"哎哟"一声：反了，反了，出现在面前的既不是路面更不是车站，而是一道浅浅的长满球柱草和蔗茅的沟壑，看看草的影子就知道，离临沧机场以及昆明越来越远了。他想转身返回，却又管不住脚尖的朝向，飞快地走下沟壑，蹚过了沙啦啦响的草浪，边蹚边望着天，埋怨那些疑似雨燕和黄鹂的鸟：为什么？为什么要让我上当？不会引路就别逞能。又一想：跟天空和飞鸟有什么关系呢？召唤他的并不是悦耳的婉转悠扬，而是刺耳的声嘶力竭——印象中沉默的大象居然会叫，而且如此动人心魄。至此，他再也不想用一种模糊不清的意念控制自己了，放慢速度，左顾右盼地往前走，突然说一声：到了。

2

一道绿生生的峡谷来到眼前，脚下是悬崖，是奔腾不息的河水，发出叫声的大象就在峡谷对面，一共四头，不，那边还有一头，离开象群，在悬崖顶的草丛里走来走去地叫着。叫什么呢你们？毛管花迅速把双肩包放到地上，拉开拉链，取出了相机、折叠式画板和画笔。接着就是一阵"咔嚓"声，象群听到了，叫声戛然而止。但当它们发现"咔嚓"声还在继续却并没有对它们形成危害时，就又叫起来。毛管花很快收起了相机，对一个曾经一度想把绘画作为终生职业的人来说，他更喜欢投身自然的写生素描。他架起画板，盘坐在地上画起来，眼光一去一回，连接着彼岸和此岸，发现那边跟这边一样，也都长满了球柱草、蔗茅以及白花花的甜根子草，好像峡谷原本是一块整一的平地，突然裂开了，亲如一家的植物就只能相望而生。可为什么那边的高大、这边的低矮呢？立刻又想到：这是一道北回归谷，北移的阳光垂直线会在谷底河中止步，然后南去，两边的光照强度不一样，植物的高矮自然也会不一样。一头大象的素描只用了不到一分钟，但当他意识到大象的叫声各具情态，而他必须画出能代表不同叫声的不同形状时，笔不由得停下了。

怎么听着那么悲伤？好像是哭声。不错，是哭声。哭声有写意的，有工笔的，有粗砂铺地一样的，有光滑如练飞天而上的，有若断似连的，以后他会知道，哭声的不同按照他的排列应该是象妈妈、象姐姐、象奶奶、象哥哥、象姨。他打量着这些长鼻物在发出哭声时嘴的一翕一张，发现湿漉漉的粉红色的口腔里，深藏着一种人一般的洁净与柔软，而它们哭泣的姿态也跟人类一样，有低头，有侧头，有摇头，有抬头，还有怕别人看到似的羞怯地扭头，只是没有眼泪，是那种跟多数动物一样的无泪而泣。尽管如此，他还是比泪雨滂沱更接近真实地触摸到了悲伤的湿度。女士们，先生们，你们为什么如此哀恸？他愣愣的，觉得要是能找到原因就好了，就可以让他的画笔顺理成章地把前景和背景联系起来，体现一种形象所不具备的深度。正想着，一阵稚嫩的哭声烟雾似的从谷底袅袅而上。他起身寻找，看到紧挨水流的河岸上，草珊瑚的拥搂中，一头小象头冲着河水歪歪地躺在那里，心说原来是为了孩子啊？太好了，无论摄影还是绘画，最好的表达都应该是让内容本身具备感情的力量。他手忙脚乱地再次拿起相机，一连拍了十几张。然后稳稳地坐下，欣喜若狂地画起来：哭啊，哭啊，使劲哭啊，越彻底越夸张越好表现，动物的表情、身形的诉说、生命的色彩、创作的动机，都蕴含在和时间赛跑的勾勒中，一笔一画都能抓人，这是诞生伟大作品的必由之路。唯一的担心是大象们哭一哭就离去，那会严重影响他抓住难得一遇的悲怆使劲表现一番的情绪。

画板上的线条迅速延伸着：象、象、象，已经有三头成型了，倏地撩起眼皮，发现那头摇着脑袋哭泣、声音粗砂铺地一样的象正在离开象群往南走去。他心说回来，回来，回来，这就哭够了？别走啊，还没画到你呢。对方似乎感应到了他的失望，突然停下，低头看着悬崖下面，长长的鼻子试探似的在崖顶的边沿甩来甩去，然后朝前迈了一步，一只脚踩住了在边沿下隆起的岩石。岩石以近乎80°的立面朝下倾斜着，这在对岸是最平缓的坡度了。一只赤麂从坡坎下的灌丛里跳出来，奔跑而去，它的身后，是一条长年累月饮水踩出的小路，在绿植的护卫下顺着斜坡蛇行而向河边。毛管花把小路从上看到下,再回到起点时,那头大象已经下去了,不禁吃惊地"啊"了一声。原来它不是哭够了要离开,而是要沿着小路下去救小象的,但是它能下得去吗?如此陡峭,还有湿滑,人都不行,何况是笨重的大象呢?一瞬间他忘了摄影,也忘了绘画,定定地望着对岸。他看到大象粗硕的一只前脚缓慢而坚毅地踩了下去,然后是另一只向下的脚,砰然一踩,小路似乎抖了一下,连接着河面的那一头扑哧一声,水花飞溅而起;看到大象在不断摇晃,向下的脚步却没有停息,紧贴崖壁的身体挤得岩石的碎块和草枝草叶纷纷掉落,河水激扬地接纳着,白浪翻滚;看到大象的沉重正在加倍,在花岗岩变成侵蚀岩的地方哗啦啦一阵响,坍塌发生了,虽然面积不大,却足以让大象掉落而下,轰然一声砸落在一片凸出崖壁的沉积层上,弹了一下,接着便是一象击水,大河泛滥。毛管花蹭一下跳了起来:怎么会是这样呢?你明明知道自己救不了小象。紧着看河面,浅黄色和淡绿色混杂的奔流中,露出大象的脊背和高高举起的鼻子,如同一座漂浮的岛屿,拖带着浪花远逝而去,很快不见了。

大象们惊悸而混乱地叫着,为了失足掉下悬崖的一头小象,为了救小象而被河水冲走的象奶奶,它们拼命地号叫着,已经不仅仅是悲伤和哭泣了。大象们长长短短、高高低低地叫了一会儿后,茫然无措地走过去,停在象奶奶下去救小象的地方,看着已经断裂的赤麂饮水的小路,似乎还想冒险往下走。下面是小象,现在还活着,不断传来嘤嘤咿咿的哭声。毛管花想阻止它们,喊着:"别往下,别往下,往下就是死。"但效果是相反的,似乎他的喊声是敌意的存在,喊声越大,大象们就越想下去。抬头高叫着声音光滑如练的象哥哥正在勇敢地用前脚试探:下去,下去。崖壁上的土石瀑布一样崩落着。一瞬间毛管花感受到了一种带着刺痛的震撼,再也喊不出什么了:它们心里好像全然没有自己,也不在乎死去还是活着,就为了小象,为了漂浮而去的大象。而他心里却只有自己,直到现在也不忍放弃创作的欲望：怎样才能表现出来，这种用悲情打动人类的动物？但他的思考是摇摆的，根深蒂固的迷惘又来打搅他：难道手中的画笔比人家的性命还要重要？不，他需要摆脱的哪里是画画和摄影的诱惑，而是一种共同悲伤的冲动，是对灾难的挽救——他应该是有办法的，因为他是人。这样的想法让他有些恐惧，因为他看到想法的背后正有一种巨大的力量推动着自己，让他挪步而去。他来到峡谷边的草墩子上，朝下看了看，依然犹豫着。

象哥哥下去了，它比被河水冲走的象奶奶灵巧许多，居然蹭着崖壁走过了小路断裂的地方，走过了最容易塌方的侵蚀岩，站到了凸出的沉积层上。但大象的重量最终还是破坏了这个唯一稳定的支撑点，垮塌伴随着一阵随风而起的烟尘，裹住了落水的象哥哥，等高岸上的象群和毛管花看清楚河面时，它已经被激愤的水流送出去好远。它在河心挣扎着，转眼变成了浪的开花，消失在山势连绵的苍茫里。

宁静。红色的网脉蜻蜓悬停在空中，扇动翅膀的声音超过了浪响，有点喧宾夺主，好像它们才是河边绿野的主角。剩下的三头大象反而不叫了，一连两头大象被大水冲走的现实带给它们的除了惊慌更是警醒：不能再从这个地方下去了吧？它们朝南移动着，似乎在寻找新的下行路线。而毛管花想到的是：我还是人吗？怯懦和彷徨就在这一声发问中消散而去，他扔掉画笔，焦急地走动着，发现这边比那边平缓，而且凹凸不平，有些地方蔗茅和甜根子草长成了阶梯的形状，正好可以踩踏。他拽着一些似乎是专门为他而生的攀枝钩藤，爬了下去。

移动的象群停了下来，呼呼地扇动着耳朵，死死地盯着他。显然它们把他的举动当作了危险的来临，看着他迅速接近谷底，便把还没有长大的象姐姐夹在了中间。象妈妈和象姨的心思是：大儿子和小女儿都出事了，就剩下一个大女儿，可不能再有闪失。它们面对着离小象越来越近的毛管花，卷起鼻子，嘶鸣着发出了几声警告。毛管花听到了，有些紧张，却并不害怕，一阵撕裂麻木的愧痛正在告诉他：如果他一来就发现掉落谷底的小象，如果他不是看到象群的灾难后欣喜若狂地想到什么"诞生伟大作品的必由之路"，如果没有把别人的悲伤和怆痛当作自己出人头地的机会，两头大象说不定就不会落下深谷消失在河水的汹涌中。他来到谷底，站到了河边，看到对岸的小象差不多正对着自己，便沿着水线朝上游跑去，很快又停下，脱掉衣裤鞋袜，扑向了河水。在河里他基本就是一条鱼，这是滇池的风浪对他的塑造，五岁就开始了。大二暑假，他和几个同学去四川的纳溪一边考察植物一边写生，跟当地人比赛过横渡长江，他赢了。有人问："你不会是游泳运动员吧？"他居然点了点头，意思是游泳运动员算什么。他的预测是准确的，克服水的冲力后，上岸的地方正好对着小象。小象歪头看着他，惊恐地尖叫了一声。

上面的三头大象也在叫，嗷嗷嗷的，愤怒中包含着乞求：别啊，别伤害我们的孩子。毛管花听懂了，仰起头回应一声："放心吧，我是人，不是野兽，不会吃掉它的。"然后来到了小象跟前，蹲下来仔细瞧着。小象挣扎着，想起身逃跑，却只有三条腿能够活动，另一条前腿僵硬地蜷缩着，血肉模糊，还有长长的小鼻子，几乎断成了两截，脊背和屁股上也有伤，厚皮开裂着，血在流。它站不起来，挣扎了半天，也只是改变了侧躺的方向，身下的草珊瑚被揉得稀烂，红色的果实流淌着红色的汁液，拌和着小象的血液，亮闪闪的一片。毛管花抚摸着它："别动，别动，越动血流得越多。"起身看看四周，又仰头望望崖顶，三头大象探头俯瞰着自己，嗷嗷的叫声不绝如缕。他一时不知道怎么办好了，刚才只想到了营救，很空泛的一个见义勇为的概念，没有想到小象受了伤怎么办？这么高的悬崖，如何把它搞上去，送还给肝肠寸断的大象？

又问自己：是要送还给大象吗？完好无损当然可以，但是现在呢？即便他有办法攀上悬崖送到它们面前，小象又能怎样？命运是一样的：躺着不动，然后因失血过多迅速死掉。他焦虑地踱着步子，忽然记起草珊瑚有清热解毒、消炎杀菌、缓解肿痛、促进断骨再生的作用，便又抓又揪地把叶子和红果搞了一堆，从浅水中搬来一大一小两块石头，捣成稀泥，敷在了小象的伤口上。他发现小象鼻子上的裂缝好像比刚才更大了，就想包扎一下，很后悔自己没有穿着衣服游过来，现在怎么办？他下意识地前后看看，脱下裤衩，套在了象鼻的断裂处，然后裹起来，又用松紧带打了个死结。

几只伯劳鸟高飞而去。头顶两岸，白练似的气雾正在升起，让绿色的延伸变得神秘而高远。天上出现了撕裂，云和云正在分手，然后是重新组合，一条云河从太阳发源，气势磅礴地流淌而来，白浪已经溅到了地上，那是一片络石花，每一朵花都像一架旋转的风车，托起花朵的桃形的叶子上，栖落着几只骤然停飞的绿泥蜂，似乎它们已经知道：大象的不幸发生了。食蚜蝇奔走相告，纷纷落到河边的湿泥上，领头的说：这个时候咱们就不要骚扰大象了吧。一阵轻风拐着弯吹来，把毛管花凌乱的头发吹得更乱。下一步呢？没有下一步，他应该回去了。他仰起头，望着还在高岸上嗷嗷叫唤的大象，喃喃地说："对不起了朋友，我也只能做到这一步，接下来就听天由命了。"说着抬脚就走，来到水边，回头看了一眼，发现小象的眼睛闭上了，受伤的鼻子还在蠕动，小小的鼻突就像小孩弯起的指头，朝他一弹一弹的。他心里不禁一阵凄凉，鼻子酸酸的想流泪，好像他也有一颗大象之心，见不得同类如此悲惨。他把伸进水里的腿抽回来，觉得不能就这样走了，正是雨季，河水说涨就涨。他看了看留在崖壁上的去年的涨水线，竟比小象躺着的地方高出了至少两米，赶紧回到小象身边，想把它挪高一点。不远处就有一座高出涨水线的绿丘，可问题是怎么能把它弄上去呢？对人类来说，小象也是大象，抱不动的。那就拖，拖上去，怎么拖？总不能拽着鼻子或者尾巴吧？它已经受伤了，经不起第二次受伤。他琢磨了一会儿，蹲下身子把小象压倒的所有草珊瑚和其他植物连根拔起，又去崖壁上扯下一些攀枝钩藤，简单编织了一个藤网，连同垫底的草珊瑚一起，兜住了小象。他朝绿丘拖去，弯腰弓背，一步一咬牙，像个"伏尔加纤夫"，最担心的就是钩藤被扯断，好在没有，成功了。他发现这个地方还有一个好处，就是崖顶的大象不用使劲探头，就能完整地看到小象。象群还在叫，断断续续的，似乎已经叫累了。他朝它们挥挥手：再见了朋友，你们就互相用眼光和叫声表达离别吧，最后的时刻应该不会太久。他踩着浅水朝上游走了一段，跳进水里，游了过去，很快到达了对岸，穿上衣服和鞋袜，拽着攀枝钩藤，踩着长成阶梯的蔗茅和甜根子草，攀爬而上。

一个小时后，他来到车站，坐上了通往临沧机场的公共汽车。大地的绿色由整一无漏变得斑斑驳驳，公路无度也无理地延伸着，撕裂了绿植的丰盈和饱满，不断有青瓦坡顶的竹楼出现，零星依稀，慢慢地多起来，接着便堆积成了依山而建的村寨和小镇。他使劲瞅着车窗外面，看到了商店，也看到了药店，却又装作什么也没看见，心说快点走，快点走，快点离开这个地方。突然又喊起来："师傅，停一下。""干什么？""尿急，方便，不行了，快停下。"他背着双肩包下了车，往前走了几步，没听到公共汽车启动的声音，赶紧又回来说："师傅，快走吧，不用等我。"心说我把画板落在峡谷那儿了，必须得取回来，不然怎么写生？他遵守承诺似的先去了厕所，没尿，又出来，进了药店："有治疗跌打损伤的药吗？哪个效果好？干脆都拿来吧，外敷的和内服的都要。"之后去了商店，买了他能想到的所有物品。又问："这个地方叫什么？"年轻的傣族售货员说："嘎锅麻蜜。""锅麻蜜我知道，就是波罗蜜，'嘎'是什么意思？""就是街子、小镇。"他心说：

那我就叫它波罗蜜小镇。"可我没见哪儿长着波罗蜜树啊?"售货员指着门外说:"见那座山了吧?山洼里全是。"他一手提着一个大塑料袋,朝回走去,越走越疾,中间休息了两次,活动了一下被塑料袋口勒痛的手指。当他再次来到绿生生的峡谷边沿,看到静躺在草丛里的画板时,突然意识到,他是故意的,落下画板是为了让自己更多一点回来的勇气。他望望对岸的小象,小象好像挪动了一下头的朝向,又看看上面的大象,大象们又开始叫了,持续的悲伤里混杂着持续的警惕:你又来干什么?他心说马上你们就知道了。

西斜的太阳吹来一阵金色的风,就像大象们的唉声叹气,带着雨季晴天的湿润和郁闷,浓浓的有点被酸水腌渍的感觉。攥成拳头的蓝色的常山花静然不动,叶子却在不停地摇晃。峡谷好像比第一次看到它时开阔了些,也鲜艳了些,好像因为他的重返,花们都开了,是欢迎的意思。一只红头穗鹛飞过来,差点落到他的肩膀上,一拐弯又飞走了,飞着飞着变成了一只白眉地鸫。毛管花放下双肩包,把两个塑料袋绑到一起,搭在肩膀上,再次依靠钩藤和草梯,下到河边,从塑料袋里拿出一个挺大挺深的塑料盆,把不能见水的药物和食物放进去,把能见水的物品用一根绳子固定在身上,弯腰猫进了水里。泗渡是完美的,塑料盆里的东西只被仁慈的浪花溅湿了一点点。他爬上对岸,朝小象走去,看对方一动不动,心里不禁一揪:不会是死了吧?飞快地扑到跟前,摸了摸小象粗短的脖子,松了口气。他解开象鼻断裂处的包扎,抹了碘伏,撒了白药和马钱子粉,换了纱布轻轻包上,又用同样的办法开始处理别的伤口,不断地"啧啧"着,心疼得如同面对着自己的宠物或者兄弟姐妹,完了拿出一个很大的透明塑料奶瓶,放了奶粉和头孢,加进去用红花、三七、血竭、积雪草、丹参炮制的五味散,到河边舀了水,使劲摇晃了几下,来到小象身边,先是用手指弹了弹它右耳朵上的紫色菊花斑,又推了推它:"该醒来了朋友。"再推,再叫,甚至用手指撑了撑它的眼皮。小象毫无反应。他试着把奶嘴塞进它嘴里，轻轻地摇晃着，还是没有动静，便有些紧张：不会是奄奄一息了吧？正要把奶瓶取出来，发现里面是冒着气泡的，再看下去，奶水一点一点少了，也就是说小象虽然处在昏睡状态，却依然本能地吮吸着。毛管花这时候还不知道，流血和惊怕加上孤独感的折磨，小象虚脱了，奶水的及时滋养首先在它的生理上引起了反应，细胞的代谢功能和对环境变化的适应能力正在被激活，复苏的希望悄然出现。这是一次救命的喂食，比给药还重要。

　　小象醒了，嘘嘘地叫了几声，不比小老鼠的叫声大多少，却引来高岸上三头大象响亮的回应。毛管花朝上看了看，心说不愧是大耳朵动物，听觉如此敏锐。小象一听到大象的声音就哭了，一阵比一阵尖亮，说明力气又回来了。他赶紧又冲了一瓶更浓的奶粉，抱着奶瓶喂起来。小象边哭边吞咽，渐渐安静了。它一安静，头顶的大象们也变得不哼不哈，好像在说面前的这个人没有给小象带来新的惊恐和新的伤害，我们的孩子暂时是安妥的。毛管花一边喂奶，一边抚摸，看到小象眼睛里的恐慌正在淡去，黑亮的瞳孔里既有动物本能的猜忌，也有孩子的天真与好奇：你是谁？不会是猎人吧？妈妈说过，对我们大象来说，所有的人都是潜在的威胁，尤其是猎人，猎人是大象的天敌。毛管花知道它的眼睛在说话，便用手指弹着它的耳朵回应道："也不知道你爱不爱喝牛奶，反正我是爱喝的，你要是不爱喝，我明天去波罗蜜小镇买果汁，杧果汁还是菠萝汁？但对现在的你来说，好像蛋白才是最重要的，要不就换成米面汤？再撒一把盐，你一定爱喝。"小象的吞咽更加有力了，一次比一次下去的奶水多，像是在说：怎么这么香甜啊？虽然不是妈妈的奶。毛管花说："爱喝就好，两罐奶粉全是你的。"喝饱了的小象再次闭上眼睛，睡着了。

3

毛管花放下奶瓶,守着小象歇了一会儿,拿着挺大挺深的塑料盆,渡去又渡来,取回了自己的双肩包和画板。黄昏了,太阳的降落让峡谷两岸变得更陡更高,悬崖涂上了一层三色的油彩,自下而上是青黑的、油绿的、柠檬黄的,天赤与地绿的混合制造出一种冷暖适中的调子,带着生命旺盛的气息,从大红大绿的鲜艳中过渡而来。雨季里难得一见的晴日就要结束了,光的泛滥成了白昼的告别,明亮把自己凝聚成柔软的色块,用工笔的细致描画着从河水到崖顶的所有物体,大象们斑斓夺目。它们一直盯着小象,敏感于谷底的一切响动,不时地号叫几声,似乎在告诉毛管花,它们决不会放松警惕,也决不相信他会安什么好心,虽然黑夜将至,它们有可能看不清下面发生的事情,但超灵敏的听觉和嗅觉将清晰地捕捉到所有的变故,尤其是偷走小象或者杀死小象的变故。而毛管花却对着大象们长长地打了个哈欠,似乎是说:这么不善解人意啊?都不想理你们了。他又饿又累,靠着双肩包坐到绿丘上,拿起一包饼干,就着矿泉水吃了几片,很快闭上了眼睛。

天黑和他的睡眠同步来临,他和小象一起呼呼地睡着,梦境似乎是共同的,他看到小象长出翅膀飞上了悬崖,悬崖之上出现了一片花海,大象们踏花而去,香粉弥漫,蜜蜂和蝴蝶翩然而舞。小象看到他变成一条鱼钻进了河里,河水顿时清澈无比,就像它出生后第一次在妈妈和姐姐的护卫下玩过水的那条小溪。它追踪而去:我还想喝你的奶,你怎么走了呢?妈妈的奶是白色的,你的奶也是白色的。它当然意识不到,作为一头小象它的单纯也像清澈见底的小溪,以为能提供奶水的就是值得依赖的,信任正在萌芽,仅仅被喂了两次,妈妈关于"人是潜在威胁"的教导就开始动摇了。而崖顶的大象们凭着丰富的阅历可不会轻易改变对人的看法，现在不使坏不一定以后不使坏，人的心思深不可测，就像最深的峡谷最深的河流。它们彻夜值守，站在崖顶上一步不离，听着，闻着，也使劲看着。河水一直在往前走，就像时间的流淌，下雨了。小象嗷嗷地叫着，是呻吟，也是求助：妈妈呀，我怎么这么疼啊？它当然不明白：药劲过去了，疼痛自然就来了。大象们闻声而动，又开始号叫，雨中的空气里充满了野性的焦躁与戚哀。午夜临沧，峡谷地带，消失了星芒的天空下，象群的悲鸣让雨丝倾斜，满地的植物都在起浪，涛声阵阵。夜风没头没脑地碰撞着崖壁，崖壁发出嗡嗡的响声，告诉那些出没在峡谷里的夜行动物：劳驾你们，不要靠近那座绿丘、那头小象和那个人。

毛管花醒了，反应了片刻才明白自己是在什么地方，赶紧起来摸了摸小象，摸到的却是一手湿滑的雨水。真是天不长眼，怎么这个时候下雨？伤口是不能见水的。又想夏至已过，天不下雨才是奇怪的。问题是保护小象不能靠天得靠人，自己不是早就想到了吗？他从双肩包里拿出雨伞，将伞柄插入土壤，撑在了小象身边，又从塑料袋里取来白天买到的雨布，摸黑把四角的绳子固定在周围的植物上，自己也躲了进去。雨布让淅淅沥沥的雨声变得更加响亮，就像一面琴键，有无数的指头在同时弹奏。厚重的夜幕一鼓一鼓的，每一次鼓动都会让夜色更黑一层。小象还在呻吟，大象还在叫唤。他琢磨着它们的声音，突然想到又该吃药喂奶了，人类的小孩半夜三更也会哭着要奶。他摸出手机，打开手电，兑奶粉，放头孢，加五味散，灌入河水，又是满满的一奶瓶。心说幸亏是小象不是小孩，用不着热牛奶，要不然这个时候这种地方怎么点火呀？小象张嘴噙住了奶嘴，一边呻吟一边吮吸，渐渐地，呻吟没有了，只剩下吮吸了。三头大象停止了鸣叫，静静地伫立着，用自己的黑影增加着大地的高度，也增加着夜色的浓度，雨越来越稠，好像天不是天，是江河湖海。一瓶奶水吸完了，小象再次睡去。毛管花睡不着，摸出手机拨通了小姨。

"什么事，深更半夜打电话？"小姨睡意蒙眬。"小姨，你喜不喜欢大象？""为什么这个时候问这个？明天回答不好吗？""这么简单个问题，还要等到明天？""我不睡觉了？明天还要上班。你怎么样？什么时候回来？""不怎么样，我跟大象在一起。""别开玩笑，你认识大象，大象不认识你。""真的小姨。"他说起昨天的经历，没等说完，小姨就喊起来："你可要小心，野象是会伤人的，网上有报道，你搜搜，好像就是去年吧，西双版纳的野象把一个老人踩死了。""我又不是老人。""你赶紧回来，没有人像你这么傻的，做好事可以，但要看对象。""我给你打电话可不是为了听你教训的，我没钱了，想回也回不去了。""钱我给，但你必须回来。""小姨你是知道我的，我要是丢下小象不管，也会丢下你不管。""只要你丢下小象回来，我情愿让你丢下我。""可能吗？"他假装生气把电话挂了。十分钟后手机滴答一响，好像是夜雨送来了钱，唰啦啦地变成了钞票，一万元。他回了三个字：爱小姨，又缀了三颗"心"。这么多钱可不是为了让他回去，而是为了让他留下来。小姨是懂他的：越拗着他，他越迷惘，所有的事都这样，最终又一定会走向期望的反面。不要约束他，让他随心所欲是最好的办法。

他靠着双肩包再次闭上了眼睛，还是睡不着，就又拿出手机，犹豫着：打给雨燕还是黄鹂？两种鸟里他更喜欢哪一种就应该先打给谁，可问题是哪一种他都喜欢，要不然他干吗要把余艳叫雨燕，把黄怡丽叫黄鹂呢？那就看他更喜欢哪个人了？一想到人就觉得更难，都喜欢，又都不是可以让他舍弃一切去发疯的那种人。那怎么办？是不是应该按照姓名拼音的顺序来决定先后？这样他就没得选择了。然而，就在他准备拨通黄鹂时，手指却不由自主地滑向了雨燕。

雨燕说:"我一猜就是你,谁会这么神经,后半夜还打电话,是不是你要回来,让我去接你?""你猜我现在跟谁在一起?""不会是黄鹂吧?""一头小象。""为什么叫小象?""因为小就叫小象。""这么说你又有喜欢的人了?""你怎么这么想?""我实在想不出还有什么事值得你半夜不睡。""你觉得除了谈情说爱,我就不会干点别的?""不会的,我太了解你了。""那我这个人还有什么意思呢?""我也觉得挺没意思,你最大的问题就跟你的名字一样,什么花都管,让你专情唯一地对待一个人比登天还难。""少拿我的名字开玩笑,我再说一遍,我原名叫毛柳杉,改成毛管花是上大学以后的事,因为我在校园里发现了它,连老师都吃惊,它属于稀有濒危灌木,常绿,花白,挂着露珠挺纯洁挺可怜的样子,花管上有柔软的细毛,我喜欢。"雨燕打着哈欠说:"看来你跟它有缘分,那就更是名如其人了。"他沮丧地叹口气,挂了。雨燕是他在植物保护学院的同级同学,校花兼才女,会弹钢琴和吉他,会唱歌,还能作词作曲,毕业后跟几个喜欢音乐的女孩搞了一个"雨林乐队",驻唱酒吧,到处参加音乐节,还上过几次电视,也算是风生水起。但就在"雨林"名气越来越大,圈了不少粉,偶尔还能在"热搜榜"里露露脸时,乐队突然解散了。女孩乐队,永远都是奔着散伙去组建的,前面的路上有太多太多促使她们分道扬镳的理由。她没有再找工作,就待在家里,父母是大赚无望、小赚不断的商人,不缺她的花销,待着就待着吧,为了成全女儿的"理想",他们的态度永远都是:随你所愿,任你所想。但要是有人问雨燕:你的理想到底是什么?她的回答总是三个字:不知道。她跟毛管花相识六年,应该是了解他的,却在这天晚上如此自信地误会甚至曲解了他。他回味了一会儿,苦涩地一笑,又打给了黄鹂。

黄鹂说："正想你呢？""不会吧？这个时候你早就应该在梦里了。""真的没睡，看书呢。我就想这家伙离开昆明以后就没给我打过电话，是不是已经做出抛弃我的决定了？""你也可以给我打嘛。""就不，我是个女的。""那你猜我为什么这个时候给你打电话？""我不猜，你知道我从来没猜对过你的行踪。""我正在跟……""别说了，别说了，我知道你想说什么。""我想说什么？""你的诡计我还不知道？自己不说让我说，然后把责任推到我头上，我才不上当呢。"他想卖个关子都没有机会，觉得挺没趣的，在默契方面，人跟动物相比差远了。姑娘们，你们怎么都这么庸俗啊？彼此之间一点可以牵手同步的感觉都没有，还怎么牵肠挂肚地谈恋爱？他平淡地说声"再见"，就挂了。黄鹂是云南农大资源与环境学院的高才生，跟他同年读研，读的是生态学专业，野心勃勃地想写一本关于雨林生态的书，自然会涉及植物保护方面的问题，两个人不知不觉就熟了，谈得挺投机，无论学问还是生活，甚至对未来的打算，也都有着惊人的一致：不为挣钱劳役自己，将来无论干什么，都应该做一个自由自在的人，尽管这个世界很难给人提供一个既自由又能赚钱的机会，但如果有一线希望，就要做无限努力。作为文化人的父母希望她考博然后争取留校，因为大学教师的身份更容易让她的婚姻跟"富有的门第"联系起来。黄鹂说你们给女儿的最大启示就是：凡是你们赞成的，我就应该反对，凡是你们反对的，我就应该赞成。因为你们几乎在所有自己认为正确无比的事情上都让我非常失望。你们放弃义务没能赡养父母，你们六亲不认跟兄弟姐妹争抢遗产，你们有过"假离婚"的经历，为的是在福利分房时多分一套房子，你们封建意识严重，在我两岁时试图"再添三千块"把我换成男孩，现在又想让我嫁给王富豪、张富豪、李富豪随便哪个富豪的儿子，门都没有。毛管花在她的语音下面翘了十个金色拇指表示满分通过，又写道：最大的幸运是我们没有成为父母精神遗产的继承者,我们没有遗产,除了心灵的需要我们不继承别的。但在今天这个晚上,她怎么表现得如此令人失望?智商和情商都低到了零海拔以下的沟洼里。猜一猜能把你怎样?又不会死掉。在他不无荣耀的期待里,有着她嗓音甜甜的惊讶与好奇:"你跟小象在一起?快快快,发个视频过来。"他知道她喜欢动物,所以更期待她这样说:"我去找你吧,我也想跟小象在一起。"

不愉快的电话销蚀了他的兴奋感,他渐渐有了睡意,在雨声的伴奏下,迷惘地走进了黑甜乡。穿越是流畅的——没有噩梦,只有时间被压缩成齑粉后一风吹散的感觉。走出来的时候正是早晨,雨云飘向了别处,太阳却没有紧紧跟上,一个蛋青色的白昼悬挂在峡谷两岸,鸟声啁啾。气流互相追逐着穿行在河面上,制造着水的隆起和浪的活跃,水比昨天大了,淹没了至少半米岸绿。沐浴后的绿色显得格外精神抖擞,晶莹闪亮地重新描绘了一遍每天都有变化的景致。一只白尾地鸪带着特有的韵律感洪亮地鸣叫着,飞过去吃到了今天的第一口美餐——一只被雨水打湿了翅膀的九香虫。不远处一只艳丽的橙腹咬鹃遗憾自己没有抢先,嗷一声飞进了一片生长在崖壁上的诺斯草,它知道那里有云水蛉的出没。小象醒了,却没有再叫,而是静静地躺着,一眼不眨地望着人。毛管花起身,撩起雨布把上面的积水抖了下去,仰头看了看崖顶上依然并排而立的三头大象,心说就这样站了一夜,不累啊?粗壮的四条腿就像是有根的,而且是板根,朝着不同的方向延伸而去,其中一条最有力量的板根就是峡谷底层的绿丘,是小象。小象被雨布遮住了,大象们其实是看不见的,但它们表现得就像是一览无余,似乎它们不通过声音和肢体语言,用不着听觉和视觉,就能知道小象的情况——是安然无恙还是危机四伏?他收起雨布,又去冲了奶粉和药物,开始了这一天的第一次喂食和喂药。小象发出一阵咕噜噜的吃奶声,显得比昨天更有力气，或者它想用这种声音告诉大象们：我好着呢。

此后的每一天，毛管花都会至少喂五次加了药的牛奶，每次都是两大奶瓶。小象还会叫，但显然已经不是惊恐和绝望了，是跟崖顶大象的交流，是希望它们来到谷底跟自己待在一起的恳求，是孩子的撒娇和下意识的哭闹。崖顶的三头大象不时地回应着，听得出有安慰，有焦躁，有担忧，也有对人的警告：你不能把它怎样，我们是大象，好像只要被称作大象，就可以傲岸无比。它们知道这个人在给小象喂奶，却暂时还不能理解两天一次的换药：为什么要把白花花的纱布包在小象身上？既然包上了，就应该属于小象，怎么又要不断地解开撕掉呢？伤口愈合得很慢，潮湿的雨季和不断攀升的温度以及很容易滋生细菌的丰富氧气，让摔伤的部位始终处在发炎与未发炎的临界点上。每次换药小象都会喊叫，有时候并没有触及伤口，也会喊起来：疼，疼。毛管花想：它跟人类的孩子有什么两样？这时候崖顶的大象们一定会爆发集体号叫，悲愤地震慑着他，也无奈地诅咒着他。毛管花听懂了，也烦了，就学着大象的叫声回喊几句："安静一点好不好？有这个工夫你们还不如去吃点东西，不饿呀？"他发现三头大象一直立着，不吃不喝，不动不摇，监视着谷底，好像一不留神小象就会蒸发而去。

五天以后，毛管花又去了一趟波罗蜜小镇，在滴滴答答的雨声里，买回来更多的食品和药品。小象的食谱里，除了奶粉，还增加了玉米面、白砂糖和盐，头孢也换成了罗红霉素，还加大了五味散的分量。小象吃得更来劲了。又过了两天，换药的时候，小象不再喊叫了，只会发出丝丝缕缕的呻吟，引来大象们的高声回应。后来连呻吟也没有了，大象们也就不再回应，只是时不时沉闷而惶惑地哞哞几声，似乎依然抱着不相信的态度：人怎么可能对大象好起来呢？

毛管花对小象的喂养和治疗变得安静而有序，每天除了喂食喂药，还会给它按摩腿脚和肚子：别到时候伤好了，肌肉又萎缩了，肠胃也不行了。小象沉浸在被人疼爱抚慰的享受中，鼻子缓缓地蠕动着，眼睛一眨一眨的，不再惊悸的表情上带着萌主的天真与可爱，还会不时地用能活动的脚蹬蹬他，或者用耳朵扇扇他，像是在撒娇。就像人类的孩子，小象有睡午觉的习惯，有时他跟它一起睡，有时会趁机支起画板，挖一块北回归谷的景致放到纸上，虽然仅仅是为了积累素材，却总想把色彩和光线填上去。眼前的色彩和光线是多么丰富啊，光绿就有十几种表现，画出一条地平线，让绿变作嫩、浅、深、青、碧、葱、黄、幽、墨、新、果的组合，北回归谷让只能创造黑白两色的铅笔显得格外乏力。自然的无限之美打击着他，让他几欲放弃：就算我带着彩笔或者油画颜料，又怎么能同时创造出这么多不同格调的绿呢？算了，不画了。但紧接着手中的铅笔又会更加灵巧地重复起速写的技巧：大象、大象、大象，我画的是大象，接近无色系的灰褐色的大象，而你们——斑斓的背景又算得了什么？大象的背景只是大象用粪便创造的春华秋实。他发现纸面上的大象都是带着叫声的，是叫声塑造了它们的身形和情态。也就是说他正在理解它们，正在解析那些刻骨铭心的叫声所蕴含的丰富内容和情感色彩。

有一天早晨，雨不下了，又有太阳了，晴空不是万里，也不是千里，是百里，雨云没有散去更不会远去。大概这就是北回归谷之上的特点了：阳光只要照射大地，森林水汽立刻就会升起来，组成新的雨云，随时准备返回地面，似乎植物的繁盛只要有湿度就够了。然而，植物是知道的，和生长形成对称关系的，一是雨露，二是阳光，那些花花朵朵、枝枝叶叶都在这个时候把最敏感的触角朝向了金色亮丽的天空，姿态变了，形状也变了，所有的生命都跟昨天不一样了。半开半闭的绒毛紫薇伸展淡紫的花瓣，就像冲着太阳的激情拥抱，就差飞升而起。丁香子弹一样的花蕾运用着排枪战术，个个指向光亮，棉线一样密集的花蕊伸懒腰一样舒展着臂膀。金叶子更金了，水茄的白花更白了，红黄两色的马利筋终于等来了艳冠峡谷的高光时刻。毛管花试着扶起小象，让它站在了地上，问道："能走吧？"看它好奇地盯着前面，就把装满奶水的奶瓶滚下了绿丘，"走走走，往前走，去下面吃奶。"他扶着小象朝下走去。小象走得很慢，蹭着地皮一点一点挪动着，突然又胆怯地停下了。"走啊，怎么不走了？不会是骨头断了吧？那可就麻烦了。"他用肩膀顶着它的身子，抱起受伤的前腿迈了过去。小象哎哟了一声，又哎哟了一声，脚步却没有停下，一小步一小步地走在绿丘的坡面上。他渐渐松开了手，看着它走，突然跳过去抱起奶瓶，朝小象摇晃着后退了几步。小象跟了过去，脚步慢慢快了。他不断后退，它不断向前，终于够着了奶瓶，咕嘟咕嘟喝起来。毛管花这时才意识到，悬崖顶上，三头大象的叫声如雷贯耳，不知道是惊讶还是欢呼，或者是疑虑重重的诘问：你不会是想把小象拐走吧？它已经可以行走了。他等着小象喝完，又用奶粉、玉米面、白砂糖、盐和药物勾兑了一奶瓶，边喂边挠着小象的脖子说："现在咱们必须上去，让它们看看你有多棒，我没有白给你喂食喂药。"他扶着奶瓶往上退，它噙着奶瓶往上跟，等它喝完了，也差不多到了绿丘顶。他指着小象对大象们说："瞧见了吧？它就要康复了，现在你们要是喊叫，我就会当成感谢说一声别客气。叫啊，为什么不叫了？"

之后他让小象躺下，开始给它换药：脊背和屁股上已经结痂，他没再上别的药，只涂了一点碘伏。前腿的伤口面积大，结痂不均匀，加上会在地上蹭来蹭去，上了药后又做了包扎。最后他解开了小象鼻子上的纱布，看到伤口比昨天更多地长出了一层粉红色的新肉和带褶子的皮肤，就把奶瓶举起来，控出一点奶水给它看，它把鼻子笨拙地朝上一卷，又朝上一卷，连续卷了五次，终于接住了。

他长舒一口气说:"最担心的就是大象的鼻子失去功能,现在看来还不错,算是痊愈了。"他换了药,又用新纱布包了起来。再长一长吧,新肉太嫩,皮肤太薄,很容易再次弄破。崖顶的大象嗷嗷地叫着,不知道什么意思,但有一点他能感觉到:就算有激愤,也已经不那么强烈了。他仰头瞧着它们,觉得有些不可思议:就这样立着,从小象受伤到现在,整整十三天了,它们就这样立着,没有一分钟让小象和人离开它们的视线。它们有时沉默,有时鸣叫,有时悲伤,有时愤怒,但不管处在什么状态,四条粗硕结实的腿都风雨不倒地立着,它们似乎不饥不渴、不困不累,就这样以大象独有的姿态坚定地立着。或许大象是这样一种动物:对亲情的牵挂永远会超过所有的生理需求,也就永远会用挺拔直立的姿势表达生命的坚韧和完美。它们在鸟瞰中立着,发现它们的小象又活过来了,高兴啊。是的,他琢磨出来了,它们嗷嗷的叫声里,有高兴。他嗷嗷地学叫着,也有高兴。

4

第二天,毛管花第三次去了波罗蜜小镇,给手机充电,补充小象与自己的食物,回来时,看到小象起身走下绿丘,来到河边迎接他。他从水里爬上岸,湿漉漉地抱住了它。以后的几天是真正的康复阶段,小象的脊背和屁股上的结痂一点一点脱落着,皱皮如初,步伐越来越稳实,鼻子也越来越灵活。崖顶的大象们似乎松了一口气,开始轮换着去身后的象道边寻找吃的,还会用鼻子卷起一些带水珠的小果野蕉和蔗茅,丢到谷底离小象很近的地方。毛管花心说这里好神奇,两种不同气候条件下的植物居然能生长到一起,便带着小象去吃草，但是它不吃，只是用小鼻子卷一下抛一下地玩着。他抓起一把草，喂到它嘴里，竟然被吐了出来。他拍着它的脸颊说："为什么不吃？是上面的大象让你吃的，你可以不听我的，但大象的话你不能不听，因为你是小象，就好比人……"又一想：不对啊，孩子未必听大人的，就像我，我就不听小姨的。它好像听懂了，再次送草到它嘴里时，便开始咀嚼和吞咽，然后翘起小鼻子指向了他。他说："先吃点开胃草，还不到喂食的时候，大象的一生就是吃草的一生，你不能丢了对草的热爱。"

手机响了，是小姨的电话，还是催他快点回昆明："我最近认识了一个病人，是云南植物研究所的，想让你跟他见一面，说不定以后能用得上。""我用他干什么？""你不找工作了？他可是植物所本部的，就在昆明，万一能帮上忙呢。"他哼哼哈哈答应着，拍了几张小象和大象的照片，发给了小姨，顺带也发给了雨燕和黄鹂。雨燕立刻把电话打了过来："'小象'原来是真的小象？我还以为是路边的野花呢。""我明明告诉你是小象。""谁让你爱给别人起外号来着，你怎么跟它在一起？"毛管花就把这些日子的经历详细说了。她不停地赞叹着，突然口气又变了，打断他说："没想到你对小象比对我好，我连一头野兽都不如。""你生气了？""对，我生气了。""怎么可以这样？我见死不救你就高兴？""不跟你啰唆了，我还有事。"说着就挂了。他摇摇头：她不是一个喜欢生气的人，怎么变得这么快？再看手机，有一个未接来电，便拨了过去。

黄鹂说："你刚才是在跟雨燕通话吧？我就知道。""你不是不给我打电话吗？""你搞清楚了，我这是回话，不是主动打电话。"他一笑："有区别吗？""你还笑，我要告诉你的可不是件好笑的事，我表姐第二胎生了个男孩，欢天喜地的却是我父母，原来他们早就商量好，只要是男孩就过继到我家来，代价是给我表姐一套两居室的房子。""你的意思是这房子本来是你的？""我根本就不知道他们有这套房子，再说我现在住的这间门面房也是他们的，能允许我一直住着，已经很知足了。我对我妈说，你也是个女的，怎么比我爸还重男轻女？她说我也是在受歧视的环境里长大的，我把你养大还供你上学，就已经是家族道德的一大进步。""你妈被歧视扭曲了，好可怜。""我才不可怜她，己所不欲，偏施于人，还说是进步，懂不懂道理？连大象都不如，大象是母系社会，母象才是首领和象群的骨干，公象不仅不会被过继，还会被赶出象群。""你怎么知道？""我不会连常识都糊涂吧？动物生态是生态学的一个分支。"黄鹂立刻又把话题拐了回去，"更邪门的是，他们又在给我张罗对象，这次不是腰缠万贯的富豪，是个官员的儿子，也是搞林业的，曾经是省林业厅资源林政处的一个科长，目前在版纳雨林管理局社区工作科当科长，说是去基层锻炼，其实是为了镀金，好再往上提拔。叫什么来着？石栗？还不如直接叫油果子，他们让我嫁给他，理由是他将来一定会成为大官员，等他成为大官员时，过继的儿子正好长大了，姐夫提携小舅子，天经地义。""你父母可真是高瞻远瞩，不得了。""更糟糕的是，他来昆明度假时跟我见了两面，还就看上了我，说我无论长相还是性格，完全符合他的预期，三天两头来找我，假期结束回西双版纳后，天天发微信。我已经想好怎么办了，只要我结婚或者同居，一切纠缠就会烟消云散。""跟谁同居？""你啊，赶紧回来。""我？""不愿意吗？""不是不愿意，是回不去，我走了小象怎么办？""那你是要我呢还是要小象？""你怎么跟雨燕一样？""她也这么说？"黄鹂笑了，"也许你可以把小象带到昆明来，我想办法安置它。""就算能带回去，这跟拐带儿童有什么区别？下次见了大象，会一鼻子打死我。""就是说你要跟我分手了？""我的意思是你等几天，一旦小象好利索，我立刻想办法把它还给大象,然后再去找你。"黄鹂想了想说:"也行,那你快点,不然大象也会着急。""它们恨不得现在就把小象要回去,听声音就知道,它们又开始号叫了。""我从来没听过大象的叫声。""我也是第一次。"他学着大象号起来。

让毛管花没想到的是,此刻大象们着急的还不是跟日渐康复的小象团聚。一种人耳感觉不到的低频率发射正向远方传去,又从远方传来,这是大象的天赋:通过喉咙的震颤和脚跺地面的秘语,以次声波的形式互相传递信息。被大水冲走的象奶奶以最快的速度回答了三头大象的询问:我还活着,就在我们曾经到过的那个有成片缅桂花树的江滩上,我很累,流血了,不知道还能坚持多久。几乎在同时,它们也收到了象哥哥的回复:我已经上岸,这里到处都是推不倒的大树,好陌生啊,妈妈快来找我吧。并且象妈妈、象姨、象姐姐还知道,告诉它们这些消息的,并不是象奶奶和象哥哥本人,而是别的族群的大象。也就是说这种通常只在直线距离二十公里以内起作用的传递,通过了不止一次的接力,象奶奶和象哥哥所处的位置在河水下游更加遥远的地方,甚至已经到了它们的老家西双版纳。它们用同样的接力方式希望能让象奶奶和象哥哥明白:小象还没有回到身边来,但它安然无恙,我们现在就去找你们,你们也可以互相联系一下,毕竟你们离得近,能在一起是最好的。

风从下游吹来,带着西双版纳绵柔的芬芳和七彩的花香;云从下游飘来,时刻准备把来自版纳雨林的水汽洒落而下;鸟从下游飞来,告诉大象们象奶奶和象哥哥的消息,就跟它们已知的一模一样。三头大象的号叫突然有了移调的效果,变得尖亮而悠长。小象一愣,也开始叫唤,先是学着大象叫,接着就哭了,跟它最初摔下悬崖时的哭声一样:妈妈呀,妈妈。毛管花边听边琢磨:什么意思啊?怎么那么悲伤,有一种生离死别的感觉?想着浑身抖了一下,也许他听懂了,真的听懂了,这么些日子的朝夕相处,他每天都在研究它们变化多端的叫声里到底有多少内容，得出的结论是：人类有多少，它们就有多少。他来到小象身边，问道："为什么？为什么大象们要走？你已经痊愈了，如果我有办法，现在就可以把你送还给它们。"小象嗷嗷地叫着，像是说：妈妈不要我啦。他看到身量最高的那头大象首先扭转了身子，甩了甩尾巴，朝下游走去。另外两头大象很快跟在了后面。它们走着，叫着，不时地回头看看小象，却再也没有停下来。当大象们的身影沿着崖顶的曲线渐行渐远直至消失在堆垒而起的林木中时，小象双腿一弯，倒了下去。他赶紧抱住它，安慰道："它们不会丢下你不管的，一会儿就回来，别着急啊。"小象嗷嗷地叫着，抽泣般的节奏里，有着清晰而迷人的伤逝：它们再也不回来了。毛管花以后会明白，三头大象的号叫里，不仅有对小象的告别，也有对人的拜托：小象就交给你啦，我们顾不上啦，你可不能对它不好啊。

大象们一走，北回归谷立刻显得空寂了许多，亚热带的绿色瞬间膨胀着，带着水蒸气的月白沿着沟谷一笔一笔描画而过。青黄色的河水收敛着波浪和涛声，像要强调空寂的富有。天上，云翳正在下降，拖出一抹深蓝、一抹浅黑、一抹银灰，一对高声鸣叫的红腿小隼从深蓝中飞来，穿过浅黑，又穿过银灰，把自己染成黑翅白胸红腹的样子，朝上游飞去。上游是填满阳光的天际，绿色依然在膨胀，只不过它已经属于别的生命了。小象和毛管花对视着：还有必要待下去吗？大象们走了，继续待在北回归谷的理由也跟着走了。越来越空寂，连风也像是因空寂而来，呜呜地填补着声音的空白。小象待不住了，站起来，望着大象消失的下游呆愣了片刻，便迈动了脚步。毛管花也待不住了，也要走了，却明白不能任由小象往前走，站在绿丘顶上，打眼一瞧就知道，越往下游，峡谷越深，两岸也就越发险要，而他们必须找一个谷浅路坦的地方，回到地面，离开北回归谷。他走过去拦住小象，指着天空说："看见鸟了吧？还是红腿小隼，天下最小的猛禽，并不多见，为什么这个时候会出现在临沧地界？因为是来领路的。"小象似乎听懂了，当他握着它的小鼻子，示意它改变方向时，它听话地掉转了身子。

已是中午，阳光在山脉一样蜿蜒起伏的云雾中翻滚，不时地洒下来，让河水和绿植泛起一层亮光，又闪闪而逝。毛管花喂饱了小象，匆匆收拾起东西，丢下了那个不方便携带的塑料盆，背起双肩包，带着小象，朝上游走去。没有路，脚步的延伸全靠运气，有时在河边浅水处，有时在草丛里，有时在乔木和灌木的间隙，累了，就歇着，不是他要歇，是小象要歇，有那么两次，小象一躺下就睡着了，他只好等着，它是孩子，才不在乎毛管花的着急：必须在天黑以前找到一个河面高、峡谷浅的地方，不然就又得在谷底过夜了，没有大象守护的荒沟野谷是很危险的。为了叫醒小象，更为了鼓励它使劲往前走，他一路上回忆着大象们的叫声，分辨着当时的情绪，琢磨出什么意思，然后学给它听。小象果然就不再瞌睡了，而且越走越精神，好像它把他当成了命中注定要引领并关照自己的大象，并不奇怪这头大象怎么是两条腿走路的？毛管花有些喜悦：弄不好我真成大象了，或者我能做一个可以跟大象交流的象语者，这样的人世界上恐怕没几个。

他们的愿望没有实现，直到天黑，也没有找到一个可以走上峡谷的地方。那就只能彻夜待在谷底了，有点怕，找了个背靠崖壁的地方，猫起来，谛听四周的动静，沙啦啦，沙啦啦，都像是野兽的脚步声，出没在密林丛中的印支虎、豹子、丛林猫、黑熊、野猪、大蟒可都不是吃素的。小象饿了，嗷嗷地叫着。他又赶紧给它弄吃的，依然是奶粉、玉米面、白砂糖、盐和水的调制品，不过主要的奶粉和玉米面已经不多了，得省着点，他只喂了一奶瓶。"再不够，你就吃草吧。"小象没有吃草，很快躺下睡着了，它跟他一样，很累。午夜，雨燕发来了一个视频，她在兴致勃勃地边弹奏边演唱，写道："谢谢你给我的灵感，多长时间没有新歌了，今天突然又有了。"他迷迷糊糊听了一遍，揉揉眼睛，再也睡不着了，回了个电话给她："原来你没生气？""我为什么要生气？你现在好像连玩笑都不会开了，再说我哪里顾得上生气，没等你说完，脑子里就有词了，旋律也来了，我得赶紧记下来。"说着她打了个哈欠，"忙了一天，真困，我要睡了。哦对了，我给几个姐们儿说，可不可以重新聚首，这次不叫'雨林乐队'，叫'大象乐队'？她们居然嘲笑我，说我的《小象》是动物情歌，我的人间失恋让我恨不得嫁给一个大白牙、长鼻子的家伙。我失恋了吗？""我怎么知道？""那就是失恋了。哼，不理你了，这次可是真的生气了。"她挂了。他一遍遍地听《小象》，舒缓的节拍、优美的旋律、深情的歌词，听着听着就睡着了，睡梦里还是《小象》：

今天我并不沮丧，
窗外充满阳光。
我在背包里装满昆明的花香，
走下楼梯，来到街上。

我舞步翩翩黛眼蝴蝶一样漂亮，
因为我相信只要我漂亮别人就会漂亮。
我拥抱你拥抱他拥抱所有的人，
因为我相信人人会给我走下去的热量。
我把微笑留给近旁也留给远方，
因为我相信幸福会像鸟儿一样飞翔。

你说你不爱我，只爱小象，
我除了吃惊，还有欣喜若狂，

我的爱人啊，你忘啦，
自从我认识了你，
就有一头小象住在了我的心房。
它时刻提醒你：我就是小象。

我是小象，
我漂亮，
我有散不尽的热量，
我朝远方走去，
追逐爱的曙光，
无论他在东方还是西方，
无论他在版纳还是临沧。

听到最后，毛管花想：好像缺点什么？可不可以加上这样几句：

可是在临沧，
在北回归谷的雨雾下，
大象送给他一头小象，
如今他有了两头小象，
两头小象都以为他是大象，
却不知道做大象的他如此迷惘。

又惭愧地想：不好不好，我这算什么呀？狗尾续貂。雨燕是诗人，是既会弹又会唱还会作词作曲的全能音乐人。想一想，也真是奇葩，学植物保护的，全世界能有几个变成音乐人的？凤毛麟角啊，比大象还要稀缺。莫非我爱的，不是她，是她的奇形怪状，就像人们喜欢在奇石怪树下盘桓那样？

后半夜，不远处的树林里传来一阵呼啦啦的声音，吓得毛管花一下抱住了小象。接着又是一阵疯狂的撕咬，好像是不相上下的打斗。他打了个寒战：凶猛的猫科动物可都是黑夜里的潜行大师。想起双肩包里还有一把水果刀，赶紧翻出来握在了手里。小象爬起来，锐利地鸣叫着，比不上大象的咆哮，却也算得上野兽的尖吼。他说："安静，安静，你这叫暴露目标，要是人家听出你是小象，会扑过来的。"小象不听他的，依然锐叫着，像是说：小象也是大象，我就不信它们不害怕。果然害怕了，又是一阵身体碰撞草树的声响，接着便是安静，野兽好像跑远了。毛管花舒了一口气，抚摸着小象说："了不起啊，老虎狮子被你吓跑了，你这是在保护我。"小象的叫声又变了，嗷嗷嗷的。他说："应该的，这时候不慰劳你什么时候慰劳你？"便在奶瓶里放了食物，又去河边兑了水，回来搁进了它嘴里。它畅快地吮吸着，用小鼻子不停地吹着他的头发，几次都想卷起来，放到自己头上。他捏捏它的鼻突说："不可能，你长不了头发，因为生养你的爸爸妈妈没有头发，我虽然是你眼里的大象亲人，但遗传基因不一样，懂吗？"

天亮了，寻找峡谷出路的行走又开始了。一路走去，不断朝上看着，虽然形态不一，却依然是悬崖陡壁，而且越来越高，心说大概小象是对的，朝下游走，才会走出沟谷。又是整整一天，黄昏了，不能再走了。他让小象停下来歇着，自己翘首观察河水两岸，看到崖壁上长满了的崖豆藤和椴叶山麻秆，就觉得自己是可以从这里攀缘而上的，如果他愿意丢弃小象，天黑以前就能站在悬崖顶上，向着人烟走去。他来到崖壁跟前，试着爬了几步，听着小象哞地一叫，便跳了下来，放下双肩包说："放心吧，我不走。"他对自己有些失望：怎么就背不动小象呢？但要是继续拖带着小象就难了，说不定永远上不去了。白天一直是小雨，这会儿云把雨丝收起来，撩起帷幕，托出了一层薄薄的霞色，淡焰如焦，谁在涂抹西天边际的胭脂？峡谷上游，越来越深远的苍绿如同一堆没有头绪的麻线，以丘状的形态，显示着千丝万缕的凌乱美和纠缠美，无边的粘连里，时不时地冒出几棵高大的百日青来，带着一种寻常而本色的老绿，招引着鸟的栖落和星星的悬挂。天渐渐黑了，黑得有些薄弱和勉强，似乎转眼就又会把太阳搬出来。一颗流星熠然而过，眼看要落在峡谷里，却又黯然远去，就像一朵花瞬间完成了从蓓蕾到绽放再到凋零的过程。奶粉早晨就没了，中午饭以后玉米面和白砂糖也没了，现在只剩下最后一包饼干了，这是他留给自己的。"真不想让给你，你还可以吃草，我呢，除了饼干，峡谷之内、河水两岸什么也不能吃。"他说着，用奶瓶接了水，把饼干掰碎放进去，对准了小象的嘴。小象吃起来，小鼻子不停地朝上翘着。他又说："明天怎么办？咱俩都没吃的了，要是再走不出去，就只能饿死在峡谷里。"小象不吃了，伸展鼻子，嘘嘘地叫着。"快吃，还没吃完呢。"小象不听他的，转身面对悬崖，呆呆地朝上看着。"上面有什么？"小象嘘嘘地回答着，大耳朵扇来扇去。"怎么了？你想干什么？"没等小象回答，毛管花就明白了，不禁摸了一下它的耳朵：是不是耳朵越大越灵敏，把它送给我好不好？他听到从悬崖顶上隐隐传来一个声音，是晚风送来的歌唱？是细若游丝的琴声？渐渐地，风大了，歌声更加清晰了：

人间没有金凤凰，
金凤凰在天上，
我踏着云彩去天堂，
太阳鸟对我讲：
天上没有金凤凰，
金凤凰在地上，
想要找到金凤凰，

请问水鹿寨的姑娘。

毛管花听着喊起来:"来人哪。"小象也喊起来,呜呜呜地喊起来。它从来没有用这么大的声音喊叫过,似乎它明白关键的时刻来到了。

5

过了一会儿,上面出现了一个小伙子和一个姑娘的身影,背衬着昼与夜交汇而成的灰蓝色,比崖壁更亮地伫立在悬崖上。毛管花喊道:"萨瓦迪卡(傣语,你好),怎么上去?请帮助我们上去。"接着就是小象的叫声,带着求助人的哭诉:我们要上去。小伙子问道:"哪里来的小象?"没等下面的人回答,姑娘又问:"大象在哪里?""大象远远地走了,把小象交给了我。"说来话长,他觉得只能这样回答。一男一女对视了一下,不说话了,警觉地望着他。他看到男的戴着青色包头,穿着白色无领短衣和黑色宽裤脚长裤,肩膀上挎着一把四弦琴,女的在头顶挽着高高的发髻,裹缠着黑色的大包头巾,穿着细袖管的紧身无领短衣和红绿黑三色条纹的裙子,感觉跟傣族人又像又不像,就问了一句:"这里是什么地方?"小伙子回答道:"布朗族的水鹿寨。"又问:"我们要上去,从哪里可以上去?"小伙子和姑娘不回答,嘀咕了几句,转身就跑。

毛管花觉得他们还会回来,就捡了一块不太潮湿的草桩坐下,把奶瓶里剩下的水泡饼干喂给了小象,然后让它躺在自己身边,拍着它哄它睡觉。天色从浅黑走向了煤炱色,衍生出一片潜藏着秘密的深邃，寂静变得有些浓稠，渐渐凝固了，如同一整块无限大的凉粉，放在厨房的案板上诱惑着人的胃口。他饿了，伸手抓了一把，然后朝嘴里塞去，似乎顿时塞满了那种滑溜溜的植物淀粉。小象不睡，一直睁眼望着他，就像一盏心事重重的灯，在茫然无措中闪烁。他问："怎么了你，不困啊？今天比昨天走的路更多，而且没吃多少东西。"小象吱吱地回答着。他学着它的叫声说："你还会这样叫啊，像老鼠一样，什么意思呢？"两个多小时后，悬崖顶上突然有了脚步声，伴随着几声狗叫。小象忽地起身，朝着头顶尖叫起来。他制止道："紧张什么？只要有人来就是好事。"几乎在同时，上游黑漆漆的树林里走出一群人，打着手电，吆吆喝喝朝这边跑来。毛管花松了一口气：只要他们能下来，说明是有路的，他和小象就能上去。但当那些人迅速来到跟前，扭住他的胳膊，就要用麻绳把他绑起来时，他又紧张得不知说什么好了，心想我担心的是猛兽，遇到的却是强盗，原来小象是有预感的：不好的事情要来了。"干什么？你们要干什么？抢劫啊？我什么也没有。"毛管花挣扎了半天才明白，原来他们把他当成了盗猎者。他的双肩包里没有布朗族人猜测的象牙象肉，只有一些有关大象的素描和一架照相机无声地做出了辩解，虽然还不能证明他的真实身份，却可以相信他不是坏人，因为在布朗族人惯常的认知里，没有一个盗猎者同时又是画家和摄影师。他们松开了他，又去围观小象。被吓坏了的小象嗷嗷地叫着，贴着毛管花的腿瑟瑟发抖。毛管花弯腰抱住它，用尽量柔和的口气安慰着："没事，抓盗猎者的应该都是好人，好人是什么人知道吧？就是跟我一样的人。"小象不叫了，翘起小鼻子勾住了他的手，像是说：领着我，我害怕。布朗族人都说：你跟它这么亲热，可见不是一天两天了，不会是章朗谷大象表演公司的吧？毛管花一脸疑惑：什么章朗谷大象表演公司？

这时一个戴着白色包头，双臂有象首文身的人把牵在手里的一只大黑狗交给另一个人,走过来,对最先看到毛管花和小象的小伙子说了几句布朗语。小伙子就对毛管花说:"请讲讲小象为什么会跟你在一起。"毛管花说起来,又从相机和手机里调出照片给他们看。他们连连惊叫。有人说:"这不是缅桂花家族吗?"好几个人都说:"是啊,是啊。"原来他们认识这群象。象首文身说:"三头大象一头是象妈妈,一头是象姨,一头是象姐姐,象奶奶和象哥哥怎么不见了?"大家都说:"是啊,从来没见它们分开过。"毛管花描述起两头大象为救小象先后跳下悬崖被河水冲走的情形,又说:"那就一定是先冲走了象奶奶,后冲走了象哥哥。"小伙子说:"水鹿河连着澜沧江,不会冲到西双版纳去了吧?"象首文身说:"有这个可能,沿着澜沧江来的,也会沿着澜沧江去。"又说他父亲从别的猎人那里知道,缅桂花家族的老家在西双版纳,三十多年前它们沿着澜沧江经过普洱迁移到了临沧,后来又迁移到了相对偏僻的水鹿河流域觅食栖息,一直到现在。毛管花问:"为什么叫缅桂花家族?"象首文身呵呵一笑说,名字是他父亲起的。那时候象群经常来到寨子附近,采食田里正待灌浆的稻谷,作为一个了解大象的人,他父亲经常会带着人敲起响锣驱赶,后来大象适应了,不仅不惊慌,反而冲着锣声走过来,像是说:声音再大又能把我们怎样呢?看着敲锣不顶用,他父亲又使上了干椒棒。干椒棒是祖先的发明,就是把干胡椒、干辣椒和艾绒掺到一起,放进竹筒,点着后扔过去,大象一闻这种味道,立刻会卷起鼻子逃跑。但干胡椒和干辣椒都得花钱,天天扔给大象划不来,寨民们不愿意掏这笔钱,他父亲也不想老垫着,就想了个不花钱的办法:条田边的山埂上有几个鬼头晕(胡蜂)的洞,他用芭蕉叶包了象粪,用竹竿挑着,挨个捅了几下,扭头就跑。鬼头晕循着味道报复,就把正在稻田里走动的象奶奶和象姨叮得浑身是包。那时,离寨子不远有一棵"章巴楞"也就是黄缅桂花,旁边还有一棵"嘎扎朗"也就是紫花曼陀罗，都繁繁地开着花。他父亲看到象奶奶带着象姨走来，用鼻子轮换着撕扯两棵树的枝叶和花朵，吃了又吃，就说原来你们是吃黄缅桂花的家族，请吃吧，这些花朵不算什么，但要是吃掉我们的稻谷，我就要再请鬼头晕收拾你们了。毛管花说："紫花曼陀罗我知道，有消肿止痛、杀虫止痒的作用，可见大象是认识药的，黄缅桂花有什么疗效还不清楚。"象首文身说："当然喽，好多药，都是大象吃了我们再吃，药的味道比形状更好辨认，大象用鼻子找药，比人来得利索。"毛管花又问："以后呢？你们跟大象的冲突是怎么解决的？""鬼头晕叮过以后缅桂花家族就再也没有进过寨子附近的稻田。""你父亲够聪明的。"其实他想说的是你父亲够坏的。象首文身半真半假地说："好人都不说我父亲聪明，只说他狡猾，因为是猎杀过大象的坏人嘛。"又解释道：在水鹿寨，要是一个猎人敢于把枪口对准大象，就不会有人再跟他亲近了。父亲也知道自己是个罪孽深重的人，不想连累家里人，孩子一大，就离开村寨再也不回来了。毛管花想：他父亲在千方百计整治大象，他好像在保护大象，一家子，两种人，看来是有故事的。但他对他们的故事并不感兴趣，肚子里的咕咕声正在以乞讨的方式提醒对方：他饿了。

"走喽，走喽。"象首文身和小伙子都说。毛管花背起了双肩包。大家朝上游的黑树林走去。天际线用深浅不一的青铅色描画出一个巨大的松塔牛肝菌来，他们走在大叶水冬哥组成的菌柄上，一个多小时后才停下来，已是菌盖部位了。河面开阔了些，峡谷却显得更加幽深，崖壁插天而立，托举起参差不齐的植被，衔接着弯腰弓背的天空，好像天是一头大象，白天它会扬起鼻子走路，夜晚它会低下头颅吃草。黑色的风呜呜呜的，就像不断出现的路标，提醒人们不要走错了：往这边，往这边。另有长翅蝙蝠在前面引路，吱吱的叫声加上噗噗的扇动，准确无误地让布朗族人来时的路变成了回去的路。突然，路断了，就在崖壁最陡峭的地方，出现了一个被裂果金花掩映着的缺口，外地人绝对发现不了，就算本地人，也还得是象首文身这样的才行。他好像特别熟悉，当别人用手电光扫来扫去不知该往哪里走时，他牵着大黑狗喊一声"跟我来"，径直朝黑暗走去，一脚踏上了缺口。满地的毛茄阻拦着脚步，但只要坚定地走下去，就能感觉到泥石的小路正在蜿蜒而上。毛管花想走在小象身后，方便自己在陡一点的地方推推它，小象却期望他走在前面或者至少跟它并排而行，不停地扭过头来等着他。他说："好吧好吧，你跟着我，千万别落下了。"又让小伙子在后面给小象使使劲。象首文身把大黑狗交给小伙子说："还是我来吧。"他弯下腰，推着小象走了一段说："用不着喽，路不陡，它自己会走。"说罢就用高亮到不加约束的嗓音唱起来：

姑娘带我去山上，
见到一只啄木鸟，
它说我就是凤凰，
红胸白腹绿翅膀。

就像排练过那样，小伙子领着大家同声合唱：

我说美丽的鸟儿听我讲，
从此我知道什么叫撒谎。

象首文身唱道：

姑娘带我去桥上，
见到一只铜蓝鹟，

高音尖亮对我讲：
妈妈叫我蓝凤凰。

又是一阵舒缓流畅的合唱：

我说这是妈妈的偏向，
不一定证明你最漂亮。

象首文身唱道：

姑娘带我去水上，
见到一只黄绣眼，
跳来跳去对我讲：
我能不能做凤凰？

还是合唱：

我说你一身羽毛半身黄，
可惜不是金凤凰的模样。

他们边唱边走，地面和月亮同时出现在眼前，夜的穹隆变得开阔而高远，星星点点的灯光镶嵌在远山的造型里，隐隐能看到起伏的地面上蔓延着黑色的树木和闪着荧光的稻田。践踏过无数次的泥土在路面上散发出酸涩而干燥的气息，浮土阵阵扬起，一种被土呛被尘蒙的亲切感油然而生。多少日子了，毛管花和小象都是在河边树谷的清洁里度日，好像每一次呼吸都是自有生命以来的第一口，带着原始的新鲜和干净，却又孤独而冷寂到了极点——人和大象是不可以再回去了。他们朝着灯光走了一会儿，就见迷离朦胧的村寨突然清晰了，棕榈竹夹道的寨门前，一群人影迎面而来。小伙子快步过去，小声给大家说着什么。一个姑娘嗓门亮亮地说："我说什么来着，不可能是盗猎者，快请到家里去吧。"

小伙子和姑娘过来，带着毛管花和小象走进寨门，来到一座围着篱笆院墙的竹楼前。姑娘说："我家到了，请上去喝一杯清淡的茶。"窗口的灯光映照着小象和围观它的一群孩子，人们叽叽喳喳说着话，不远处传来几声狗叫。小象胆怯地退缩着，求助似的把小鼻子伸到了毛管花的衣襟下面。毛管花说："扩拓（傣语，对不起），我必须跟它在一起，不能上楼。"象首文身过来说："客人来了怎么能不上楼呢？你是客人，小象也是客人，都上去。"说着把手中的大黑狗拴在了竹楼下的木柱上。大黑狗不放心地吼了一声，吓得小象退到毛管花身后，发出一声哭喊似的尖叫。"走开，走开，都回自己家去。"象首文身驱赶着孩子们，准备抱起小象，小伙子赶紧过来帮忙。小象不知道要干什么，惊恐地叫唤着。毛管花跟在后面说："没事，没事，有我呢。"小象听不明白，还在叫，叫声越来越大。毛管花只好把小伙子换成自己，和象首文身一起抱着小象，踏上了竹楼的木板楼梯。小象不叫了。

这天晚上，毛管花和小象就待在姑娘家。围着火塘喝茶的时候，毛管花才知道，象首文身是姑娘的哥哥，是寨子里青年人的头，因为只有他的恳求在神秘的文身师那里得到了满足：让自己的两只胳膊拥有大象头鼻的文身。姑娘正在跟小伙子恋爱，两个人去水鹿河高岸上山黄麻和重阳木混生的树林里约会，正在一个弹着四弦琴一个唱歌的时候，突然听到了来自峡谷底下的喊声。毛管花连声说着"扩坤"："要不是你们来救，我和小象就完蛋了。"象首文身说："再往前是很危险的，河面会越来越窄，水浪大，没有路，只能在水里走，这个季节，河水说涨就涨。"毛管花看看可怜巴巴地站在身边的小象，问主人有没有可以替代奶水的东西？姑娘说："稻谷汤行不行？""太行了。"火塘里的柴火正旺，姑娘把三角铁支架上的土锅换成了钢精锅，很快煮好了稻谷汤。毛管花放凉后灌进奶瓶，又加了些盐，将奶嘴塞进小象嘴里，边喂边把小象引到阳台上。小象吃饱了，就在阳台上躺下，望着他慢慢地闭上了眼睛。毛管花看大家都在等他吃饭，赶紧来到火塘边坐下。几个人吃的是土锅焖的米饭，还有腌制的酸鱼、酸笋和一种名叫"葩腊哦"的酸羽叶金合欢，因为毛管花是稀客，姑娘还特意增加了煮田鼠和"撒阿永"，两只田鼠都是昨天才捕到的，剥皮洗净后放了好些辣椒，"撒阿永"是一碗用蝉做的酱，又麻又辣，搅在米饭里，好吃极了。毛管花好些日子没有正儿八经吃饭，这顿饭吃得他满头大汗，吃了两碗还想吃。

　　饭后，姑娘给毛管花在火塘边铺了铺盖，自己和哥哥去卧室睡了。毛管花躺下就着，等他醒来时，天已经大亮，不知什么时候，小象从阳台过来，靠在了自己身边，这会儿还睡着。他起身，先找到插座，给手机充上电，看到阳台上有小象的粪便，就去楼下找来几片千年健的大叶子，收拾干净，又从双肩包里拿出洗漱用具，走了出去。他来到竹楼门口，看到右首不远处有一座青砖砌造的方亭，里面是水井，井边有水桶，便去那里打了水洗漱，然后沿着村道信步走去。他看到白天的寨子就像一朵马缨丹花，略有倾斜的圆形的大朵上，层层叠叠密布着许多花瓣一样的竹楼，花蕊是几座赤、金、白三色的精致小塔，有几只原鸡在塔边啄食，其中两只是公鸡，鸡冠红、葡萄紫、宝石蓝、杏黄、晶黑的羽毛组合让它们的斑斓显得庄重而有古意。他呆看一会儿，没去打搅它们，转身离开了。寨子里的竹楼一律木板覆顶，横排的板材一层压着一层，摞到最上面后又变成了巨龙竹做的长瓦，应该是长时间不翻修的缘故，所有的歇山顶都变成了黑色。黑色的村寨、绿色的大地、蓝色和白色相间的天空,轮廓清晰而别致,那是天地人的轮廓,互相眷恋着,形成了自然和人居的完美结合,尤其是色彩的搭配,简直就是天造地设的最佳方案,就算你是创造画面色彩的圣手,也不可能再有别的选择。他搓着手,很后悔没有带着手机和画板,回到昆明,表现在画布上,该是多美的一幅风景画。他痴痴地看了半天,觉得应该回去了,突然转身,碰到了一个东西,一看是小象:"你怎么来了?还轻手轻脚的。"小象扬起弯曲的鼻子回答着他:我以为你把我丢下啦。这正是毛管花现在需要考虑的问题:他要是回昆明,小象怎么办?

几个孩子不知从什么地方冒出来,围着看小象,边看边摸。小象摇晃着耳朵躲来躲去。毛管花说:"别怕,不碍事的。"说罢,让孩子们摸了一会儿,便带着它原路返回,来到了象首文身家的竹楼前。他从旁边扶着小象,登上了楼梯。客房的火塘边,妹妹正在做早饭,象首文身坐在火塘边,一边燎去几只从村寨饲养场抓来的竹鼠的毛,一边说:"中午吃鼠,晚上吃鱼,你给他说了没有?让他多抓几条来。"妹妹说:"早晨在水塘边碰到,已经说了,他说他知道一个蚂蚁窝,说不定还能挖些蚂蚁卵。"毛管花知道竹鼠和蚂蚁卵都是布朗人家上等的美味,不好意思地说:"真是给你们添麻烦了。"象首文身说:"我回来时看到小象在院子里,问它你去了哪里,它不理我,转身就走,原来是听懂了我的话,去找你的。"毛管花说:"它在这里生活过,比起我来,应该更懂你们的意思。"说着就开始吃早餐,一人一铁碗拌着酸蔓菜和菠萝干的糯米饭,简单而实惠。之后又开始喂小象。小象的早饭跟昨晚一样,是妹妹为它煮的稻谷汤。小象吃得很开心,一边吃一边用小鼻子玩着阳台上晾晒的衣服。毛管花说:"玩裤子别玩裙子,裙子是姑娘的,姑娘爱干净,弄脏了人家又得重洗。"小象不听他的,偏就玩起裙子来。"跟你商量个事,我恐怕要走了,你得留在这里。这里毕竟是你熟悉的地方，吃的住的都习惯，过不了多久，说不定你家里人就会回来。"小象不理他，依然边吃边玩。喂完了，他来到火塘边问象首文身："从水鹿寨怎么才能到达临沧？""寨子里有三轮车，可以坐了去。""三轮车就能开到临沧机场？我想回昆明了。"象首文身告诉他，机场在哪里自己去找，三轮车只能把他送到水鹿河镇上，那里有去临沧的长途汽车。

说着话，毛管花突然觉得一点也不迷惘了：今天就走，以最快的速度回到昆明。他已经无所事事很久了，不能再这样下去。如同他和黄鹂讨论过的：生态位的确立一定不是一件可以独立完成的事情，生命如何定位自己，取决于那些天然存在的关联，取决于这样的关联会不会影响它的全部历程，有没有彼此相同的魅惑与吸引？取决于别人对它的需要和需要的迫切性以及时间段。并不是少了牵挂就可以放松自己，也不是感觉新鲜就能够勇往直前，更不是只要保有愿望和爱好就可以放胆一试，他的唯一性才是他立足的平台和幸福的源泉。他不是动物，更不是植物，他是一个城里人，他的生命冲动并不在都市之外，不在林间山怀，更不在动物世界。北回归线上的北回归谷用一头小象的落崖与复活明确无误地告诉他：他为小象付出了那么多，目的并不是融入，而是为了欢畅地离别。既然如此，还拖延什么？小象已经康复，没有必要再自作多情地陪伴下去了。而他需要的陪伴和他应该陪伴的，是一个漂亮的女孩，尽管他很可能做不到为她付出一切。谢天谢地，他终于想通了：迈开脚步，走向婚床。虽然雨燕更可爱些，但黄鹂更需要他，他一回去就跟她结婚。何况还有这样一层意思：雨燕富有，不光指的是金钱，更是精神，会弹会唱会创作的全能音乐人，精神富有得就像无边的花海。而黄鹂除了学历高点，专业强些，有事业心，还有什么可依仗的呢？父母本来就不喜欢她，现在又横插进来一个弟弟，就更不会拿她当一碟菜了。他不能嫌贫爱富，还必须把她从追求者的纠缠中解救出来，再给这个得不到亲人之爱的女孩送去一个恋人全部的爱。这么想着，他就觉得自己几乎成了一个大侠，浑身都是扶危济贫的能量和跟象奶奶、象哥哥营救小象一样的勇气，心里顿时亮堂了许多。

他说："你们的热情招待我永远难忘，不知道以后还能不能见面。"象首文身和妹妹一起说："你真的要走？小象怎么办？""只能留给你们了。"兄妹俩茫然无措地对视着，没说行，也没说不行。毛管花生怕兄妹俩推三阻四，拿起地板上充电的手机，立刻打给了黄鹂："我现在就订机票，明天回去。"黄鹂有些意外，"啊"了一声，不无激动地说："订好机票你告诉我，我去机场接你。""行，我想直接去你那里。""那就来吧，我也这么想。"完了又给小姨打电话："我就要结婚了，祝贺我吧？""跟谁？""黄鹂。""你已经回昆明了？""还没有，明天到。""你怎么想起一出是一出？搞得我措手不及，结婚需要房子，我还没给你准备好呢。""不需要了吧？黄鹂有住的地方。""我听你说过，她住的是父母名下的门面房，很小，连厨房、卫生间都没有，一个人能凑合，一个家可不行。""没事，一出门到处都是饭店，想吃什么吃什么。饭店里有洗手间，大街上有公厕，还不用自己打扫，省了太多的事，好着呢。"说着就挂了。

6

毛管花订了机票，收拾好双肩包，来到阳台上小象的身边说："再见了朋友。"小象哞地一声，躺了下去。"你听不懂啊？那我说'拉拱'呢？"小象望着他，翘了翘小鼻子，蜷起前腿，像是要睡觉。毛管花叹息一声，心情有些黯然，悲伤而失望地看着小象：你听不懂我的话可以，但不能一点感觉都没有吧？对我的依依惜别麻木到这种程度，算什么好动物？拜拜了小象，这是英语，我不指望你听懂，待会儿摆摆手，咱们之间就没有任何关系了。他回到火塘边，问姑娘："你哥哥呢？""哥哥去借三轮车了。"小象望着他，看他背起了双肩包，翘着的小鼻子软软地耷拉到地上，闭上眼睛，要睡了。姑娘说："你留个电话，以后小象怎样了，我们告诉你。"他想了想，拿出铅笔，把自己的手机号写在了火塘边的篾子上，又问："你们怎么打电话，没见你们用手机？""寨子里好些人有手机，可以借他们的。"他想：看来这兄妹俩不富裕，连手机都买不起。

他被姑娘送到了竹楼下，等了一会儿，象首文身来了，开着三轮车，车上坐着小伙子。小伙子跳下来，从毛管花背上取下双肩包，放进了车厢。毛管花给姑娘鞠躬，给不远处目送着他的一群布朗族寨民鞠躬，然后爬了上去。小伙子对姑娘说："我也去了。"姑娘莞尔一笑说："等你们回来吃饭。"三轮车是象首文身和小伙子轮换着开的，先是砂石路，然后是柏油路。毛管花拿出照相机，不停地拍着：山浪裹挟着树浪，树浪裹挟着风浪，深绿的底色上是竹绿，竹绿的绘染中是桐绿，桐绿的铺排中又是榕绿，好像一景是另一景的翻版，仔细看又不一样，线条和光影的区别让每一个画面都变得绝无仅有，更有风摆的姿势在幅度和轻重之间制造着千差万别，就像他路过了一千座山，看到了一万种绿，样数多得超过了可以用语言形容的范围。中午，他们到达水鹿河镇汽车站，简单说了几句告别的话，又在站前小广场上请路人拍了张合影，两个布朗族青年就匆匆回去了。

车站的规模很小，却显得精致可爱，砖木结构的两层楼建筑带着古典的优雅，青瓦覆面的歇山顶有横有纵，烧制的涌金莲和无忧花掺杂着点缀在正脊、垂脊和戗脊上，两边是圆攒尖顶的耳房，一个是水果吧，一个是小吃店。毛管花走进车站，在售票窗口一打听就有些沮丧：今天去临沧的最后一班长途汽车两个小时前已经发走。他到处转了转，看到了出租车，打问了一下，就觉得自己又该面对选择了：是在镇上住一宿，明天坐早班车再走，还是花至少两百五十块钱，坐出租车现在就走？迷惘的时间只是一晃眼一扭头，他很快做出了决定：自己差不多是逃跑，而逃跑是要有速度的。钻进出租车的时候，他长舒一口气：终于可以彻底离开了。出租车来自临沧，归心似箭，三个小时后到达。航班是明天下午两点的，他还得待一晚上，找了一家可以派车送达机场的旅馆住下，洗澡，吃饭，正要睡觉，手机响了，对方没有客套，第一句话就是："小象一天不吃饭，怎么办嘛？"是象首文身，口气里带着浓浓的懊丧。"为什么不吃？""我怎么知道？喂米汤不吃，喂草不吃，喂竹子不吃，又去别人家要了一碗羊奶，掺了水喂它，还是不吃。""它恐怕没饿。""人都饿了，它怎么会没饿？它是想你了。""不可能，小象是只认奶不认人的。""说反了，它是只认人不认奶的。""既然这样，你们就耐心一点，跟它熟了，自然就吃了，给我打电话有什么用？我已经走了，回不去了。"象首文身沉默了一会儿说："好吧，我们再试试。"说着就喊，"阿妹，阿妹，你去喂，说不定它喜欢姑娘喂它。"妹妹说："你不在的时候我已经喂了，它不吃嘛。""那就是没到吃的时候，你再喂，对它温柔一点。"

第二天上午，象首文身又打来电话，焦急地说："还是不吃，怎么办呢？"毛管花烦躁地说："我待会儿就要去机场，小象的事已经跟我没关系了。"象首文身说："我们知道你不会回来，就是想给你说一声嘛，万一出了事呢？""不用再说了，我还有别的事，拜拜，再见，拉拱。"说着果断地摁下结束键。两个小时后，他被旅馆的面包车送到了机场，过安检时得到一个不好的消息：由于天气原因，飞机延误。他问："是昆明天气不好吗？""不，是普洱北部大雾，楚雄暴雨。"他过了安检，坐在登机口的椅子上，拿出手机告诉黄鹂飞机晚点的事，然后歪头睡了一觉，醒来时已经傍晚6点了。他呆呆地望着候机室的窗外，脑海里浮现着方才的梦境，那是一个关于小象的故事，没头没尾，却清晰无比地告诉他：小象开始吃东西了，什么都吃，米汤、羊奶、竹子、芭蕉、老虎须，边吃边用小鼻子使劲卷着姑娘的花裙子。他觉得这是真的，高兴地把电话打了过去："麻烦你找一下象首文身。""象首文身去山里了。""他妹妹或者跟他妹妹好的那个小伙子也行。""都到山里去了。""去山里干什么？""找小象。""小象怎么了？""不见了，象首文身和他妹妹下午去给稻田放水，回来后小象就不见了，寨子里的人都在找，我是村长，也在找，已经找了好长时间，现在天黑了，不好找了。"毛管花呆愣着说不出话来，对方"喂喂"了几声，挂了。

他看到候机室窗外的黑暗里，一片更黑的林带正在摇晃，灯光的照射就像一些眼睛的寻觅：在哪里啊，我的姑娘？到处都是朦胧而神秘的未知，深黑的近景和浅黑的远景总要制造出一些大小不一的空隙，用来容纳夜的叹息和人的好奇。风正在路过，吹动人世间无处不在的故事朝着黎明走去。灯光和夜色的互相蚕食勾勒出许多不规则的边界，招惹着一些魂不守舍的草蛾和天蛾，飞来飞去地搅拌着永远无法分清的黑白。仿佛是蓦然回首，毛管花又觉得雨燕是最最适合自己的了，因为小象住在她的心房，她就是小象，她会朝着远方的那个人走去，追逐爱的曙光。想着，突然就有了一阵让自己的每个细胞都感到冰凉的失望，对自己，也对黄鹂。他原以为植物保护专业对他的塑造，以及自己对绘画和摄影的爱好，可以让他变成一只赤颈鹤、一只丛林猫、一只长臂猿，或者一棵望天树、一棵滇南桂、一棵坚叶樟,把自己交给野性的天地、自由放纵的大自然,过一种无所羁绊的生活。但其实他从专业和自己的爱好中什么也没得到,尤其是没得到单纯的生长、直率的表达和对本能的忠诚,没得到动物的品格和植物的操守。一个女孩的需要和他自己并不专心一意的情感冲动,就可以轻而易举地决定他的去向。他站起来,又坐下,不知道怎么办好:是背叛自己的专业和爱好,还是守住本可以葱茏向上的精神园地?他想:小象是野兽,回归自然是天经地义的,尽管它还没有独自生活的能力。突然又问:你还知道它不能独自生活?它可是一个把生命托付给你的活物,抛弃它跟杀了它有什么区别?既然如此,还坐在这里干什么?难道希望缅桂花家族再死一头象?象奶奶和象哥哥说不定已经死了,现在又轮到小象了。

几分钟以后,毛管花发现自己坐在出租车里,正在问司机:"能不能连夜赶到水鹿寨?""能。""多少钱?""八百。""这么贵?""坐夜车本来就是翻倍的,再加上回程费,我还少要了呢。""那就快点,师傅。"路上,他给黄鹏打电话,说了小象的失踪,又说:"我知道它去了哪里,只有我能找到它。"黄鹏不说话,好像哭了。"我让你失望了是吧?""不是失望,是绝望。"

过了临沧城区,又过了水鹿河镇,都是人的聚集点,是用灯光表示存在的地方,因为他们的进化总是伴随着某些方面的退化——对黑夜的漫长极其不适的感觉由来已久了。而更多的生命是不需要灯光的,它们只会让黑夜变得更黑,也变得更加悄寂和野浪。车灯前不时有动物一闪而逝,不等人辨认出它们是什么,就又变成了神秘之黑的一部分。北回归线,我又回来了。他懊恼自己没有雨燕那样的音乐才华,要是有,此刻一定会诞生一首《北回归路之歌》,一路走,一路唱:

和阳光的垂直照射一起，
自北而归。
我寻找金色的脚步，
重复温暖留下的痕迹，
散发热气的，是我的象脚、我的长鼻。
回归之光的牵引，
给我一双眼睛、一种坚信，
从此我知晓：
象妈妈的路，
是谁在托起？

万能的太阳，用金色染绿大地的生命之父，
请给我火烈鸟的羽翼，
去看看热带与温带的分界线上，
无人斫取的撒哈拉荆棘；
去看看温迪亚山脉，麻栗树倒下的地方，
大象凿开比莫贝卡特石窟，
用白牙护卫着赤焰般的管道喷射恒河之溪；
去看看鲁卜哈利的风暴中流动的沙砾，
以及马德雷山的西断层、东熔岩、南火泥，
是如何演示了生命存在的终极。

而此刻，我的颊边，正有云南的风信，
送来长城般的东篱，
是花溪，是绿海，是群山之丽。
是葱茏与充沛的瑰奇。

人在往前，
心在往上，
不会没有太阳鸟的报喜吧？
下雨了，
小象正在沐浴。

他想在手机上写出来，发给雨燕，看能不能给她灵感，谱成曲子？心里默诵了一遍，不禁大摇其头：算了算了，这样一些长短不齐、有韵没韵的句子，哪里算得上是歌词，更不可能用来谱曲，还是不要去玷污音乐吧，音乐是美好的。

毛管花几乎和亮色一起来到了水鹿寨前，穿过晨露的阳光干净到无与伦比，初照的寂静里，几声狗吠清晰可闻，还有鸡叫，原鸡的叫声就像清澈的河水，带着饱满而亮丽的风度，就像人的歌，比如雨燕，她的嗓音怎么那么好啊，一再地唱着"我是小象"。他付了钱，给出租车司机挥挥手，背着双肩包走进寨门，来到象首文身家的竹楼前，正犹豫着要不要进去，夜晚会被解开的大黑狗扑了过来。但显然它不是来咬他的，尾巴翘翘地摇着，在离他一步远的地方突然趴下，又跳起来，围着他转了好几圈，像是说：你终于回来啦，我早就知道你会回来。然后便汪汪地叫起来，是在通知主人：来啦，来啦，那个丢下小象的人来啦。

竹楼的门吱呀一声，姑娘走了出来，篾条组成的墙壁上有缝隙，她应该早就看见了他。她走下楼梯，说了声"买恰各门"（布朗语，你好），怕他不理解，又说了声"你好"。他的回答是："萨瓦迪卡。"正要问小象找到了没有？就听从敞开的竹楼门内传来象首文身的声音："快上来，快上来。"毛管花上去了，坐在火塘边问着有关小象的所有问题，然后说："可能我的想法是对的，只有我知道它去了哪里。"象首文身说："那我们就听你的。"姑娘做好了早饭，除了拌着酸薹菜的糯米饭，还有原本就是为了招待他的烤竹鼠、烤鱼和炒蚂蚁卵。毛管花说："真好吃，这是我的缘分，为我准备的，就得我来吃。"

饭后，象首文身去找村长，请求他让人继续在周围的树林和山里寻找，他和小伙子以及另外几个人跟着毛管花走，谁先找到谁通报一声。然后就是出发，象首文身带上了两竹筒酸薹菜拌米饭，毛管花带上了一奶瓶稻谷汤。一行人走向水鹿河边，沿着那条长满毛茄的泥石小路，钻进被裂果金花掩映着的悬崖缺口，来到峡谷底下，朝着河水下游寻找而去。水涨了，路不好走，似雨非雨，云的色彩既清淡又厚实，均匀地平摊了一天，太阳好像请假了，一直不出来，光线失去了穿透的能力，在没有大树密叶遮挡的空间，也长出了一地的阴凉。河青和岸绿互相推搡着，却又不想真的推开搡远，不离不弃的延伸一直搭在了天际线上。叶萌着，花羞着，不时有炫耀翅膀的东西飞来，有的长着羽毛，有的没长。总能找到小象路过的痕迹，却分不清是上次走向上游的，还是这次走向下游的。

两天后的一个中午，毛管花突然惊叫起来："看啊，小象，居然被我猜对了，它就在这里。"僵滞的脸上阳光灿烂、鲜花怒放：这就是一头象的记忆，它跟人不一样，人是出生后一般到了三岁才有记忆，象一出生就有记忆，它能记住妈妈和家族所有成员的味道，能记住所有自己走过的路、经历的事、遇到的人，现在它又记住了自己是从什么地方掉下去的，记住了那个给它喂食、让它康复的人出现在什么地方，记住了象奶奶和象哥哥的被水冲走，象妈妈、象姨和象姐姐的告别，毛管花和它走出峡谷的经历。它以为毛管花出现的地方就是他的家，他离它而去，就是回家了，它要去他家里找他。它来到毛管花给它喂食喂药的绿丘上，没见到毛管花，就哭了，就再也走不动了。或者它这样想：我就在这里等他，也许他很快就会回来，如同从前，他渡河而去，拿了好吃的，又渡河而来。它躺倒在地，等着，等着，直到奄奄一息。"小象，小象。"毛管花抱着它哭起来，"你怎么这么傻呀，为什么离了我就不吃不喝？为什么要到这个地方来找我？小象，小象。"小象睁开眼看看他，动了动小鼻子，又把眼睛闭上了。

毛管花突然扑向自己的双肩包，拿出奶瓶放到了小象嘴里，不停地抚摸着它，给它说着话。小象过了一会儿才开始吮吸，很慢，很细，但希望出现得却很快，如同先前喂食时那样，它突然把前脚蹬在了毛管花腿上，又本能地卷扬起小鼻子，寻找着依托。毛管花赶紧伸手握住了鼻口，好让它尽量强烈地呼吸到他的气息。又过了一会儿，小象睁开了眼，望着他，把腿蹬来蹬去的，像是在埋怨或者哭诉：你干什么去了？怎么不要我了？我没有了妈妈，没有了奶奶、姨妈、姐姐、哥哥，什么也没有了，只有你了，我失去你就不想活了。不管是埋怨还是哭诉，看得出它的心灵正在展开，悲伤和黯淡少了，舒畅和慰藉多了。他把它浑身上下摸了一遍，没发现哪里有伤，放心地喘了口气说："我再也不丢下你了，除非找到你妈妈。我怎么就没想到你现在还是一个离不了妈妈的孩子呢？"喂完了一奶瓶，小象还是躺着。毛管花说："它现在很虚弱，不能走动，我得守着他，你们要是着急，可以先回去。"象首文身说："我们待到明天吧，明天它能走，我们一起走，不能走，我们先走。"毛管花说："也好，你们先陪着它，我得离开一会儿。"

毛管花看到被自己丢弃的那个挺大挺深的塑料盆还在，就拿着它渡河而去，又一次拽着攀枝钩藤，踩着蔗茅和甜根子草的阶梯，登上对岸，去波罗蜜小镇买来了奶粉、玉米面、白砂糖、盐和一些人吃的面包、辣菜。他又喂了一次，还舀起半盆水，洒到了小象身上。接着就是天黑，大家围着小象睡在了地上，好在已有两三天没有下大雨，蒸发超过了滋润，地不算潮湿，也不用遮挡。大象的睡眠比人少，一天三四个小时就够了，小象多一点，但也不会一夜不醒。毛管花在月色下又喂了两次。天一亮小象就站起来了，四脚踏地的瞬间，它轻轻叫了一声，像是庆幸，又像是叹息，然后朝绿丘下面走去，慢腾腾地，突然加快脚步，来到河边，又是打滚又是喷洒又是吹泡又是甩鼻地玩起了水。毛管花说："看来小象可以走了。"象首文身兴奋地瞪着他："你是什么人？胸腔里藏着一颗大象的心，肩膀上长着一颗大象的头，就是鼻子短了点。""我长的是大象头，不会吧？"

一行人原路返回，关照着小象，走走停停，动不动还会唱起来：

姑娘带我去树上，
先遇花蜜鸟，
再遇红耳鹎，
又遇灰柳莺，
都说我是金凤凰，
我摇头不语看姑娘。

姑娘带我到竹楼上，
我拉起手来诉衷肠：
没有谁比你更漂亮，
原来你就是金凤凰。

姑娘款款对我讲：
我没有飞上天的翅膀，
我没有迷人眼的衣裳，
我没有百鸟王的荣光。

我说仙女般的姑娘，

> 善良就是你的翅膀，
> 谦让就是你的衣裳，
> 诚实就是你的荣光。

三天后他们走出了峡谷。毛管花没有再去水鹿寨，他已经想好，要带着小象去寻找缅桂花家族，不然怎么办呢？交给谁都不放心，除非自己打算收养它，把它带到昆明去。可是在哪里能找到敢运载小象的汽车呢？找到了汽车你还得证明自己不是倒卖野生动物的，告诉别人我捡了一头小象，谁会相信？当然他也可以交给动物园，但那样小象就惨了，就得一辈子蹲监狱了，那是一个和旷天大野有生死依托关系的野生动物的耻辱。他告别象首文身、小伙子和所有的布朗族人，顺着悬崖朝水鹿河下游走去。他知道下游连接着澜沧江，之后的澜沧江会经过普洱，流入西双版纳，但并不明白路途的宽坦狭窄，总觉得大象能走过去的，他和小象也一定能走过去。太阳和雨云轮番光顾着，鸟瞰一头小象和一个男人的孤独之旅，浩瀚的绿色、泛滥的生机，到处都是驱散寂寞的陪伴，而陪伴最多的便是黄胸鼠和田鼠，一人一象的行走会让它们不时地惊慌窜动，而天上盘旋的黑鸢和林雕需要的正是它们蹿出草丛的奔跳。黑鸢和林雕一直跟随着毛管花和小象，动不动就会俯冲而下，让人和象的眼球一次次发出惊异的光亮：看啊，又抓住了一只。阳光总是直射的，细雨总是斜洒的，无路的森林和有路的农田接踵而至，一次次的风餐露宿让他变得跟小象一样对泥土、对草木、对花朵充满了亲切感，对无论什么天气，都有一种家常便饭的适应，就算雨水淋漓，那又怎样呢？树下可以躲藏，村寨可以借光。有一次他和小象几乎同时发现了一个宽敞的树洞，那是一棵多穗石栎，干粗而叶茂，本来仅仅是为了躲开瓢泼大雨，没想到一进去就睡着了。第二天才醒来，是被小象叫醒的，才发现跟他和小象一起待在树洞里的还有一只凹甲陆龟,想起来有点后怕,万一是蛇呢?再次上路时他对小象说:"我们沿着河流走是没错,但缅桂花家族到底在哪里,你肯定比我更清楚,因为你有鼻子,不是说我没有鼻子,是跟你的嗅觉比,等于没有。所以不光是我带着你,也是你带着我。"小象高扬着小鼻子,嗷嗷地回应着。水鹿河消失了,澜沧江出现了。他又说:"我是不是应该给你起个名字?叫什么呢?凤凰木怎么样?我挺喜欢凤凰木的,它是世界上色彩最鲜艳的树木之一,满树都是火烧云,比太阳还要明亮,有道是'叶如飞凰之羽,花若丹凤之冠',代表的是离别与思念、青春与热焰。"小象嗷嗷地答应了几声。他喊起来:"凤凰木诞生了。"飞过头顶的一只粉红山椒鸟愉快地应和着,一只吕宋灰蜻一惊一乍地飞翔着表示祝贺。

第二章 缅桂花之歌

如此短暂的行走，从昆明到贵阳，

被大象遗弃的高原风载冷凉。

早已经南下印度了——我们的前辈，

在无数次恒河沐浴之后，

闻到了我们的味道，是如此的芬芳。

——翻越喜马拉雅，到达北方邦，

我们来啦，请问日子过得怎么样？

在高止山燠热的盆地里服从过驯养，

又在孟买探过水深，在德里试过火热，

没有爱的役使死得容易生得凄惶。

1

召掌寨的岩罗章还没有起床,就听有人在竹楼外面喊:"一头大象快死喽,一头大象快死喽。"他一骨碌爬起来,用眼睛和嘴对准木质窗棂的空格问道:"大象在哪里?""好像在澜沧江边缅桂花寨前的江滩上,是我阿妹听人说的,她打电话告诉了我,我走了二十多公里才找到你。""为什么不打我手机?""我就知道你是大象医生岩罗章,不知道你的手机。"不到一分钟,岩罗章就背着竹篓跑下了楼梯。两个人沿着一条依傍着橡胶林的小路朝东走去,走着走着岩罗章就跑起来。来叫他的人说:"我走了半夜,哪里跑得动?还是你自己先去吧。"岩罗章挥挥手,奔跑的速度更快了,身子朝前弓起,呼呼地搅动着风。身边的田野里,一行行地排列着种下还不到三年的橡胶苗,稚嫩的新绿闪耀着流动的白亮,在低伏的雨云下活跃地婆娑着,像是在为自己加油:长啊,长啊,长大就好啦,就能流出白花花的乳液啦。在橡胶苗行距两米、间距六米的空隙里,套种着旱稻和玉米,也有花生和菠萝,绿色便有些斑驳杂乱,深深浅浅的,明明暗暗的。再过两年就整齐了,这些短期作物统统都得减掉,只能让橡胶树独自享受阳光、雨露和复合肥的速成效果。为了保证橡胶林一点不剩地吸收到山地的养分,还要加上一种叫作草甘膦的除草剂,只有这样,从种植到成熟,八年以后才可以割出白胶来。唉,白胶是个宝,版纳不需要,什么时候拔干除尽才叫好。路过了几个拿着锄头侍弄橡胶苗的寨民,他跟他们招招手,脚步没有停,语言却留下了:"又要去看大象,说是快死喽。"人家问:"一头还是两头?""你怎么不问三头还是四头?遭难的得病的快死的,最好只有一头。"他知道他们张望的眼睛里还想知道什么,又说,"澜沧江边的缅桂花寨,你们去过没有?我是没去过。说是在江滩上，我们这边没有江滩，只有陡崖，江滩都在普洱，我今天要从西双版纳跑到普洱去了。"说着嘿嘿一笑，把一张四十岁的没有皱纹的脸笑成了二十岁的皱纹密布的脸。有人大声说："你慢些跑，差不多有五十公里呢，跑不下来的，还背个竹篓。""越远越要跑，大象快死喽。"大概是速度加快了，风都赶不上他了，气流逆向而来，他听不清他们又说了些什么，扬起有象脚鼓文身的胳膊，摇了摇。

跑啊，突然来了一阵堵挡，就像云把自己撕破了，哗啦啦地遮蔽而来，不是雨，是阴影，是一片成熟的橡胶林，每一棵都在十几米以上，迅速地倾颓着，擦在身后，变成了阴天里的郁闭。脚下是节奏，是象脚鼓的鼓点，绷紧的牛皮发出咚咚咚的声音，棕色森林土的回响就是这般奔放。他想起自己多次去过的勐遮湖，浩荡的大水滚向岸边，淹没了村寨和牛羊骡马，蟒魔和龟魔耀武扬威：这是水怪的天下，我们想吃谁就吃谁。傣族武士埋西里带着一群猎人来到湖边，杀蟒魔，斩龟魔，踩着龟甲，取蟒皮蒙在空心树上敲击着庆贺胜利。两位驯象师闻声而来，把空心树凿成了象腿的形状，象脚鼓诞生了，起名为光妥。他就是在光妥的节奏里，一路奔跑着走到了今天。今天，多灾多难的大象啊，你们又怎么了嘛？他知道匀速才能持久，便放慢了脚步，让奔跑变得几乎听不到自己的喘息。没有飞禽，没有走兽，只有橡胶林摆动的声音陪伴着他，不，还有雨，下雨了，丝丝缕缕。橡胶林是人工林，更是一种拒斥任何动物的经济林，它冷傲地不想跟别的生命分享时光，别的生命也就远远地离它而去，连麻雀和乌鸦都难得去光顾了，能够在林间盎然起来的，不是风，就是雨，风雨寂静。但它是人的造币厂，就像"章哈"（傣族歌手）所唱的：自从有了橡胶林，顿顿碗里有荤腥。不过他从来不唱"章哈"唱过的歌，因为很多时候"章哈"不如他唱得好，这不是他说的，是召掌寨会听歌的人说的："你有这么好的嗓子，为什么不去婚宴上祝福，不去葬礼上哭丧，不去跟姑娘们对山歌，不在泼水节'赶摆'（集会娱乐）时歌唱？"他的回答是："不能奔跑我就唱不出来，没有大象我更唱不出来。""那你就是大象的'章哈'，不是人的'章哈'。"因为大象，因为他只唱跟大象有关的歌，他差不多被召掌寨的生活边缘化了，但他不在乎，觉得说到底自己还是没有遇到真正会听歌的人。什么叫"会听歌"呢？那就是听出来的不是好听不好听的歌调，也不是好记不好记的歌词，甚至都不是看透看不透的内心，而是歌调背后的歌调，歌词背后的歌词，人背后的人，心背后的心。难道一个人还有两颗心？是的，他岩罗章就有两颗心，一颗想着天堂，一颗想着地狱，每每唱起来，就是两颗心在同时发力，如同奔跑当中并行不悖的两条腿：

  人说大象没有毛，
  我数了三千六百秒，
  每一秒拔掉了三根毛，
  一头大象多少毛？

  拔象毛，拔象毛，
  稀稀拉拉的象毛不算毛。

  虽然歌喉嘹亮婉转，但跟召掌寨悲欢离合的生活、割橡胶种甘蔗的劳动有什么关系呢？寨子里的人没有开除他就已经不错了。岩罗章想起小时候，今天经过的所有长着橡胶树的地方，都是茂密的雨林，雨林里布满了横七竖八的象道，他几乎天天在象道上奔跑。因为两边的树上结着比别处更多的水果，动物们都喜欢这些由大象开辟的阳光灿烂且粪水丰沛的雨林通道。他在这里看到过猕猴、灰叶猴、雉鸡、犀鸟、鹦鹉、白鹇、灰孔雀雉、紫水鸡、变色树蜥、穿山甲，甚至还遇到过行踪一向诡秘的巨蜥和大蟒，善于奔跑的双腿让他相信，它们追不上自己。他特别想遇到金钱豹和印支虎，却始终没有这么好的运气，倒是好几次碰到了铁头蛇，吓得他不轻，奔跑的速度更快了。他天生喜欢亲近动物，除了蛇，而奔跑是亲近动物的一种举动，他觉得只要能像野生动物那样跑起来，就差不多也算是一头野性十足的动物了。父亲说："我们靠的是漫山遍野的草药，为的是四处奔走的大象，要的就是一般人比不过的脚力。"父亲的脚力比他还要好，能跑能走，能上山能爬树，从来没听他说过"走累了""跑不动了"或者"爬不上去了"。更让他佩服的是父亲的胆量，连产生爱情的公象和保护小象的母象都敢接近，医术也高明，除了大象，碰到别的动物有伤病，也会想尽办法救治，而且都能治好。父亲用双脚丈量了西双版纳的所有地方，最后倒在了六指猎人的毒箭下，命运几乎跟爷爷一样，只是倒下去的地方一个在雨林西部的象仙沟，一个在雨林南部的象泉岭。

橡胶林突然消失了，一座乱绿覆盖的高岗闪过之后，又是一片糖蔗地，尖叶浮动着，浅浅的绿色如同一片澄澈透明的湖，有白浪也有绿漪，下面是密不透风的黄叶黄秆，阳光从上面渗漏，潮气从下面滋润，糖分在中间聚集，一人多高的糖水库一天比一天浓稠，最多再有半个月，就可以砍倒运走，成为制糖厂的原料了。那是一个数票子的月份，虽然不及橡胶林的收入，但一亩也有一千多的进项，他种了十亩，收入接近两万了，好着呢。何况还有七八亩果蔗林，就在前面，马上就到。大地在脚下反方向划动，风小了，雨在脸上跳舞，能看到斑斑点点的光亮走向陨灭的姿影。奔跑似乎比刚才轻快了些，掠过，掠过，两岸的糖蔗送来香甜的气息：留下来吧，为了大象不理我们的主人。路不平，还有些滑，森林土被雨水洗掉了污垢，显得比棕色更棕的地面上，有了比皮肤还要细腻的凹凸，带褶子的丝绸一样铺在眼前，像是说：浪费我是多可惜啊。空气中弥漫着一股鲜甜加土腥再加化学农药的味道，搞得嗅觉有些混乱，忽而喜欢，忽而讨厌，所有的生命都是这样的感觉，就跟它们对人的态度一样，时而仰慕，时而鄙夷。他脱下那双绿色球鞋，一手攥着一只，踩着积水，噼里啪啦跑起来。糖蔗地是连田鼠都不会安家的，自然不会有蛇。不担心蛇的光脚是多么舒服啊，尤其是接触水的瞬间，会有一种被抚爱的惬意和燥热之后期待已久的凉爽，自脚心升入心房，然后袅袅地濡染着所有的意识。西双版纳的舒畅，只有裸体才能感觉到，只有裸体和净水相拥相吻才能感觉到，只有心里有绿有花有动物有大象的人才能感觉到。

一晃眼，糖蔗地结束了，果蔗林又来了，紫色的茎秆举起嫩到滴水的绿叶，每一片都像是一个明秀的少女。一层薄薄的青雾浮动着，好比许多少女戴了同样的纱巾。比起糖蔗的密集，果蔗疏朗得有些奢侈，就像开通了无数等待动物走过的林间小路。但再怎么疏朗，大象是走不过去的，而大象走不过去的地方，永远都显得寂寞而缺少生机。因为没有大象的粪便和深深的脚印，也就不会有依靠象粪和脚印中的积水生活的蜻蜓、蝴蝶、金龟、蟋蟀、天牛等昆虫，不会有昆虫对植物的授粉，不会有嫩叶和果实的生长，不会有熊猴、小麂、毛冠鹿和山椒鸟、蜂虎、犀鸟的光顾，不会有印支虎、金钱豹、灵猫、赤狐、野犬的来临，不会有植物和动物的昼聚和夜会，不会有傣语称为"景洪"的黎明城那样的繁荣和热闹。何况还有大象扯断枝干、撞倒大树后开辟的林窗，带来的阳光，以及象粪中那些没有消化却已经泡软后很容易发芽的种子。总会有人问他："为什么，为什么，你们一家三代都要关照大象，都要给大象治病？它们又不能给你钱，就算碰到一头有灵性的公象，答应死后把象牙送给你，你也不能买卖啊，那是犯法的。"他怎么回答来着？"遗传呗，我父亲是我爷爷的遗传，我是我父亲的遗传,我们遗传的都是有善心做好人,都是动物是我女是我儿,难道不可以吗?我家有族谱,而且是线装的,上面除了救大象,还是救大象。""族谱?你家还有族谱?拿出来看看嘛。""我家的族谱从来不给外人看。"他只能这样回答。族谱是藏在心里也藏在竹楼里的。竹楼的心脏——火塘边巨龙竹的中柱神圣而机密,就像他的心,更像他的歌:

  人说水面不长草,
  我走过河溪三百条,
  每一条都能捞一篓草,
  万条江河多少草?

  捞象草,捞象草,
  大象不喜欢的草不算草。

  他跑过了果蔗林,自家的,别家的,因为高低不同,起伏的土地更加起伏,突然走来一片纺织品似的旱稻,经纬分明,依旧在起伏着,弯曲的不是地,而是天,雨在天上,一次次地拉起裙裾,像是象脚鼓舞的表演,没有头,没有脚,只有裙裾和鼓身的翩翩起舞。他跑动的姿势更加舒展,好像他的双脚也跟象脚一样有着厚厚的脂肪层,缓解着体重的压力。不,不是双脚有了肉垫,而是地面的柔软,西双版纳的土地总是柔软的,如果不是怕踩到更加柔软的蛇,他就会终生赤脚。路边出现了几个布朗族人,正在旱稻田里下扣子,捉田鼠,为中午或晚上的饭菜增添肉食。似乎是一种提醒:有鼠就有蛇。他赶紧停下,穿上了鞋。

  还是跑啊,一头大象快死了,他只能加快速度了。在他看来,只要还没死,就有救,最担心的就是它扛不住伤病的折磨,在他到达之前就死掉。他是大象医生，向大象宣过誓，誓言是爷爷传下来的："唯象是尊，为象谋福，象生即我生，象命是我命。"爷爷说他的誓言是傣族武士埋西里教给他的，埋西里是召掌的部下，召掌就是象王，管理着所有的大象，据说有十万，召掌寨就是象王召掌最早的大本营所在地，后来大本营搬迁，留下埋西里管理遗留在这里走不了的大象。埋西里看到大部分都是打仗受伤和生了病的公象，就对略懂医术但还是个孩子的爷爷说："如果你能治好它们的伤病，我就送给你我的'反转誓言'，'反转誓言'的意思是，我对你的发誓，就是你对大象的发誓，你对大象的发誓，就是大象对雨林的发誓，然后又会一字不改地反转回来，变成雨林对大象的发誓，大象对你的发誓，你对我的发誓。也就是说，只要你答应我，你和大象就都会得到双重誓言的保护——你得到我和大象的保护，大象得到你和雨林的保护。"爷爷觉得这是一件好事情，就连连点头。大象医生的生涯开始了。对爷爷关于"反转誓言"的说法，有的人相信，有的人不相信，不相信的人嘻嘻一笑说："召掌领导十万大象的事都过去两三千年了，你爷爷的寿命这么长？都超过了乌龟。""乌龟算什么？你去葫芦岛上问问八千岁的龙血树，它见过我爷爷没有？""问过了，它说见过，也问过一千多岁的铁树王和九百多岁的茶树王，都说在它们还是小秧苗的时候，你爷爷已经满脸胡子了。""既然问过，那你还提乌龟干什么？"岩罗章没把人家的话当成越开越大的玩笑，反而极其认真地把"反转誓言"的出现等同了八千岁的龙血树，逢人就讲。渐渐地，不再有人不相信了，更不可能反驳他，因为连他自己都变成了一个神话：为了医治病象一口气能跑几十公里，而且药到病除。不过在关于他的神话里，"反转誓言"已经与时俱进成了大白话："你是我最高的尊重，为你们谋幸福是我唯一的目的，你的生命就是我的生命，跟你们打交道，我把生死都交出去了，你们就看着办吧。"大象们似乎是懂他的，不仅从来没有伤害过他，还有了营救他的仗义之举。那是一次危险的经历，勐海县滑竹梁子北侧的悬崖上有一棵龙血树，他看到凝固在受伤树干上的血竭足有象脚大，就趴在地上，把大半个身子探下去想挖到手，目的是达到了，湿滑的崖顶却推开了他，他头朝下滑去，五十多米高呢，直上直下，下面是勐宋河，正是涨水的季节，大浪翻滚，对不会游泳的他，那就是阎王爷的居所了。他紧紧攥着血竭尖叫起来。一头母象突然从他身后的山红树林里跑出来，也是一声尖叫，跪倒在地，伸下鼻子去，用鼻尖牢牢托住了他的肩膀。他抱着象鼻爬上来，躺在地上望着母象说："你怎么在这里？是专门来救我的吧？誓言果然是反转的。"

不过岩罗章现在还不明白，誓言的反转不仅表现在互相的救助上，还表现在危险发生的方式上，悬崖又一次出现了，尽管是远方水鹿河边的悬崖，却像连着一根跨越山河的绳子引动了他的这一次奔跑。他越跑越快，好像知道死神已经开始发出狞厉的邀请，前面的大象——一头年迈受伤的象奶奶就要扛不住了。焦急是不由自主的，这大概就是他跟大象的心心相印吧，当正常感官之外的第六感产生作用时，他的速度和耐力都会相应地有所增加，似乎他是大象的一根神经，是一声用心力发出的喊叫，总是在超凡脱俗的水准上，穿越西双版纳的茫茫雨林。他唱起来：

人说豹子不建巢，
我问过八千零六豹，
每一只都说我有窝巢，
版纳豹子多少巢？

端象巢，端象巢，
没有象群的地方不算巢。

其实只有大象才是不建窝巢的，甚至连固定睡觉的地方都没有。它们总是边走边吃，按照既定的路线，在大范围的移动中，随心所欲地确定自己暂歇的窝巢，几个小时后再一次出发，窝巢便弃之不用了。但人们应当听出反向的意思来：既然你说的这些都不存在，为什么还要"拔象毛""捞象草""端象巢"？他们不想也不问，也就永远不知道他的歌声里有着猎象道上的黑话，有着历史的烽烟、大象的灾难、达僻的疯狂，有着一百多年来天堂和地狱的颠倒、兽性和人性的错乱。脚下出现了弯道，路宽展了一些，两边又变成了橡胶林，是橡胶树与茶树套种的人工群落，呼呼地过去了，没有风，他在制造风，是割胶季节醒人肺腑的乳胶风，在持续不断地传递着一个悲剧的诞生：短暂的奉献就要结束了，之后便是荒凉，是穷发之南的诞生。可是在西双版纳，从天地初开到现在，就不知道荒凉是个什么东西，品类的多样和物种的丰盈几乎占满了所有的历史。弯道拉直了，起伏出现了，大面积的波浪翻滚成飓风过海的模样，让人觉得西双版纳雨林世界跟大海没什么区别，都是沉甸甸的潮汐往来，都是升天入地的澎湃，都是无限柔软而不断变幻的造型，只不过前者是固体的柔软，后者是液体的柔软。

　　缅桂花家族的成员，摔进峡谷后从水鹿河漂流而下的象奶奶，后来被冲进了澜沧江，江面水大浪急，几次被淹没之后，又被仁慈地推送到了岸边。它挣扎着爬上江滩，来到一个似曾相识的地方，那里生长着成片的缅桂花树，有白缅桂花，也有黄缅桂花，还不到盛放花朵的季节，但已经芬芳馥郁得直灌肺腑了。香气堵住了象奶奶的鼻子，几乎影响到它的呼吸，它一团一团地吞咽着，就像吞咽着香甜的野荔枝。它已经好几天没吃东西了，很饿，感觉香气也是可以果腹的，至少能让它有力气走到它看中的那棵白缅桂花树下。这里比别处平坦些，树也矮小许多，还铺了一层厚厚的树下草。它勉强举起鼻子，扯下来几片叶子，习惯性地甩了甩，放进了嘴里，吃着，又采摘下一串就要盛放的花骨朵，发现鼻子软塌塌的已经甩不起来了，就把花骨朵丢在了草地上。吃前甩一甩是为了甩掉食物上的蚂蚁和别的昆虫，没甩过的东西它绝对不吃，作为一个严格的素食主义者，即便它又老又乏得已经不中用了，也要维护大象在饮食方面的洁癖。它疲惫地跪在了地上，用鼻子有气无力地卷拔着满地的鱼腥草和金荞麦，搁在嘴里慢腾腾咀嚼着。疼啊，怎么这么疼？屁股和后腿上的伤火烧火燎，一直在流血，还有右耳，被尖利的岩石割掉了一大块，又被水泡了几天，正在感染。它已经六十八岁了，漫长的生命历程中，有过好几次伤痛的折磨，但没有一次像今天这样疼得它连饥饿都顾不上了。那就饿死吧，赶快饿死吧。这么想着，就想放弃，但鼻子却依然活动着，不由自主地割取着鲜草，一点一点地往嘴里送。它就这样在活着还是死去的纠结中又度过了几个月落日出，等来了亲人们的问候，虽然它身体的羸弱影响了对信息的敏感，加上是由别的象群接力传来的，内容被过滤得有些模糊，但它还是捕捉到了那些风雨不散的关键词。它挣扎着站起来，用喉咙发出低频的隆隆声，又用跺脚的方式传递着只有大象才能接收到的次声波，算是最后的回答，然后就又躺下了。很快，它感觉到了象妈妈、象姨、象姐姐的第二次联系，知道它们准备丢下还没有回归象群的小象，要来寻找它和同样被河水冲走的象哥哥，就紧张地吼了几声：不要来啊，小象要紧。但它知道吼声再大，它们也听不见，而它已经没有力气站起来，发出那种体力消耗极大的低频率的次声波了。它静静地躺着，偶尔会吃一两口草，却无法咽下去，只能让绿沫子顺着嘴角流到草地上。唉，我老了，吃不动草了，也许很快就要死掉了，你们还来干什么？何况那边还有掉下悬崖的小象，难道你们不知道，全世界所有的象群里，第一重要的不是老象而是小象吗？它埋怨着家里人，心情越来越烦闷，昆虫们却又来雪上加霜：武姬蜂来了，突眼蝇来了，绿玉蟓来了，黄猄蚁来了，这些都是大象讨厌的，它恨不得一鼻子将它们统统打死，或者卷起草枝草叶把它们一个个赶走，但是它做不到，甚至都不能扇动耳朵表示一下自己的愤怒，只能眼睁睁看着，忍着。还好，一群斑文鸟落在了树上，其中两只看到象奶奶可怜，就飞下来，一边问候一边清理它身上的寄生虫，顺便也吃掉了几只黄猄蚁，赶走了几只绿玉蟓。接着一对阔嘴鸟夫妇带着三个孩子落到了象奶奶身上，不停地问着：你怎么了？你怎么了？看象奶奶虚弱得无法回答，鸟妈妈就带头冲向了一只嗡嗡叫的武姬蜂。一家人立刻行动起来，吃掉了几个敢于落在象奶奶身上的武姬蜂和突眼蝇，又扇动翅膀赶走了那些还在空中盘旋的小东西，它们知道小东西都是大象讨厌的。再见了，大象——鸟儿们唧唧叫着飞上了天。在一阵只有草叶随风沙沙的安谧里，象奶奶睡着了。

2

就像所有的睡梦一样，象奶奶照例梦见了自己作为象公主的童年，两岁时的生死诀别：南腊河流域，绿色深沉到极致，世上再也不会有如此老谋深算的雨林了。象群在刀耕火种后草木疯长的林间空地上觅食，空地的边缘，有几棵寨民专门留下来的缅桂花树，有黄花的，也有白花的。大概是遗传的原因吧，它们酷爱采食那些花朵和衬着花朵的叶子，见到的寨民就称它们为缅桂花家族。正吃着，突然从密林里蹿出一伙人来，为首的是一个歪着尖下巴的人，他让别人分散开，自己端着一个树干一样长长的东西，瞄准了它们，接着便是几声惊心动魄的巨响，象妈妈和象哥哥倒下了。它站在妈妈身边，惊慌失措地望着泉水一样从肚子上冒出来的血，哭着叫着：妈妈呀妈妈。几个人扑过来，拿着绳索，想要套住它，眼看就要奏效了，大姨、二姨和三姨齐声嘶鸣着跑过来，一个挡在了它面前，两个冲向了人。大姨用鼻子推搡着它：跑啊，跑啊，象公主快跑啊，妈妈已经死啦，长着大白牙的哥哥也死啦，不跑你就完蛋啦，他们会把你抓走的，抓到一个吃不饱喝不上的地方。二姨和三姨撵走了人，迅速返回来，用更加严厉的口气冲它吼叫着：走啊，走啊，快走啊。它这才迈动圆圆的小象脚跑起来，在大姨和二姨一左一右的保护下，它用一头小象所具有的最快速度跑起来，跑过了空地，跑进了雨林，跑上了绵绵不绝的象道，发现整个雨林以及雨林里的动物都跟着它跑起来。大姨说：我知道这些人，他们一需要象牙，二需要象肉，三需要小象。你以后要记住，见了人就跑，跑得远远的，越远越好，他们是残害大象的魔鬼。它歪着头问大姨：为什么人需要象牙、象肉、小象呢？沉默。没有谁回答它的问题，大象们在沉默中奔跑，像是说人的怪癖谁懂呢？以后它会知道，有这种怪癖的人叫猎人。

  从此以后，它和象群动不动就会跑起来，因为动不动就会遇到人。跑啊，跑啊，几乎每天都在跑，一跑脑海里就会浮现妈妈和哥哥遇害的情形：妈妈倒下了，人也倒下了，妈妈倒下去的是身体，人倒下去的是形象——魔鬼的形象从此不可磨灭地固定在了它的认知里，常常会使它产生一种心惊胆战的诧异：在我们大象生活的地方，怎么会有甘愿做魔鬼的人类呢？我们大象的体魄比他们高大多了，腿比他们粗，头比他们高，耳朵也比他们的大，鼻子更比他们的长，怎么就没有他们厉害呢？在西双版纳的雨林里，我们见了凶狠的老虎和金钱豹也会傲然而过，它们也会知趣地躲开，可就是对那些连爬行都不会，连尾巴都没有的人，我们大象竟然惧怕得要死。它跟着象群跑啊，只要见了人，就会疯了似的跑起来。

每过一年，象群就会来到妈妈和哥哥遇害的地方，闻闻依然散发着亲人气息的土地，用鼻子和前脚抚摸着暗红的土壤和上面的植被，用至少半天的时间默然哀悼，然后冲着天空，此起彼伏地鸣叫几声。天上有什么？有云彩，也有大象的灵魂。看啊，大象的灵魂，那么多大象的灵魂，是金色的，在太阳的光线里，用忽而交叉忽而分开的菱形和矩形，浮动在云层上下，阳光因此而更加亮丽。它们知道，妈妈和哥哥死后，猎人拿走了肉和象牙，只把象头、象骨和四分五裂的象皮留了下来。刀耕火种过的林间空地很快成了食腐动物的餐桌，又很快成了作为分解者的昆虫和细菌的天堂，湿热的空气促成了密集而迅速的分解，一年多以后死亡大象的遗留物就变成土壤的一部分消失得干干净净。营养是看不见的，却能感受到，尤其是草木，同样是三叶绞股蓝，叶子比去年大了两倍，苦竹也猛蹿了几尺，比别处的高大多了，而且竹笋密布。雨林绿得更加幽深，也更加老谋深算，似乎每一次树枝的摇晃和响动，都意味着猎人的出现。每次来悼念，大姨和二姨都会站在象群的两边，用鼻子、耳朵和眼睛警惕地巡察所有的地方，直到异样变得不那么异样。又过了两年，被象血浇灌过，又被象头、象骨和象皮的分解物滋养过的土地，雨林变得更加葳蕤，青春在这里泛滥，嫩草在生，幼树在长，花朵在开，果实在结，灌木、乔木、藤萝、附生和寄生都是朝气蓬勃的样子，还出现了大叶木兰，一长就是两棵，是哪只珍稀的鸟儿把如此珍稀的树种播撒在了象血之上？珍稀总是要跟珍稀做伴，就像大象跟大象做伴一样。

但是缅桂花家族没想到，就在这个象妈妈和象哥哥用鲜血浇灌过的地方，它们会再次遇到那个歪着尖下巴的人。这一次二姨先发制人，没等他举起长长的东西对准它们，就冲过去一鼻子打翻了他，接着就是一脚踩踏，歪下巴死了，跟着他的几个人四散而去。整个象群都松了一口气，虽然比起象妈妈和象哥哥的倒下，它们只杀死了一个人，报仇并不对等，但毕竟消散了许多无法泄恨的郁闷，它们欢畅地叫起来，为了敌人的死亡，也为了二姨的勇敢。二姨却悲伤地说：我并不想踩死人，可是有什么办法呢？他们杀死了那么多大象。它似乎已经预感到自己的未来，一连几天都保持着杀人后的沉默。二姨是不幸的，这是所有勇敢无畏的大象共同拥有的命运。过了些日子，它通过对气味的判断，知道那个被它踩死的歪着尖下巴的人是有后代的，后代一直在寻找它。大象们都说你藏起来吧。它说不啊不，我要是藏起来，这个人就会嫁祸于家族内其他成员。有一天，当它感觉到这个寻衅报复的人就在不远处活动时，便离开象群走了过去。一个小时后它看到了他，它走出一片密集的泡花树林，前走几步，立住了。沉默。脚下盛开着假连翘的紫花和石龙芮的金花，一树高大的海杧果蓬松而来，把叶的碧青和花的洁白笼罩在它的头顶，不远处又是穗序木兰的红颜和野青树的鲜绿，一条条豆薯爬地而来，浅蓝的花朵如同飘带环绕，一串串明黄色的猪屎豆以旺盛的生命力圈起了自己的领地，但火焰树和三点金草还是挤占了过来，到处都是色彩斑斓的生机。阳光用自己的七彩制造了花的百彩，为的是装饰大地的单一，让地球变得更有魅力，却又让它们做了死亡的礼赞和残酷的点缀。二姨望着前面杯冠木的丫杈上探出的枪口，知道惨烈的报复就要发生，吃了最后一口它从来没吃过的菝葜的叶子，然后就提前倒下了。几分钟后，毛瑟枪的子弹崩裂了二姨的眼睛、肚子和智慧包，即便这样，它也没有立马死掉，而是等待着家族大象，疼痛了大半天才诀别而去。家族的全体成员围绕着二姨，哀号了整整两天才离开。没有雨，也没有露水，但广澄花和细基丸的叶子上却滴淌着珠子，它们哭了。还有板齿鼠，还有小鹧鸪，也哭了。

　　苦难的生活陪同着象群离开了南腊河，又陪同它们走过了无数条河流。仿佛浪响就是召唤，它们总是在离河水不远的地方觅食、走动、奔跑。大部分河流一遇到澜沧江就不见了，澜沧江的水因此而变得又粗又猛。但是它们不怕，在它们的感觉里，澜沧江只为它们而流淌，也为它们而狭窄而宽阔，总有风平浪静的时光和流速缓慢的地段让它们渡来渡去，一会儿彼岸变此岸，一会儿此岸变彼岸。就在伴河而行的迁移中，象群的数量少了又多了，多了又少了，最多的时候有二十六头，也就是在南腊河时代，最少的时候只剩下了象公主和它的孩子，分分合合，合合分分，都是因为人，人越来越多了，多得大地都装不下了。

在南腊河的最后几年，几乎月月都有新的竹楼升起，村寨一天天扩大着，要是水流和山脉挡住他们不让扩建，人群就会跳到另一处山坳重建一座村寨。大象们几乎天天都在感叹：怎么这么多人啊？我们的母象平均六年才繁殖一胎，繁殖最多的母象两次生育时间的间隔也有四五年，每怀一胎，孕期就得二十到二十二个月，他们人类好像一天一个，一天一个，比蚂蚁的繁殖还要快，真是不得了。要是他们天天待在好不容易搭建起来的竹楼里也就罢了，可偏偏还要跑出来，又是砍伐雨林，又是开田耕地——不是过去那样的刀耕火种，刀耕火种其实还不错，把大树砍倒了，林间空地出现了，火灰多，土地肥，人们种一季庄稼就不种了，新长出来的野生植物比过去的还要丰富，木姜子啦，红椿树啦，大果榕啦，山麻秆啦，斑鸠菊啦，假黄皮啦，鹅掌柴啦，羊蹄甲啦，岩豆藤啦，原来有的和原来没有的，都长出来了，很多都是我们大象爱吃的，也就是说他们只享受一季，我们可以享受七八年，七八年之后他们又会在原来的地方重复刀耕火种，就又有了一次种植、抛荒和再生茂生的循环。象群经常在抛荒地里活动，觉得人也不是什么好事也不做，就像大姨说的：要是他们不打我们，要是我们没有你妈妈和你哥哥被打死的惨痛记忆，我们也许是可以跟他们做邻居的，也不用现在这样，一见他们就跑啊跑，跑得我们腰都酸，腿都疼，脚都烂了。可是后来，人不再刀耕火种了，也不再给我们大象留下种一季或两季就抛荒的空地了，只要开了地就一直种，种啊种的没完没了，种了橡胶，还要种茶树，种砂仁、可可、胡椒、嘉兰、罗芙木、樟脑、槟榔、柚子、杧果、油瓜、油棕。种的品类越多，人类享用的越多，开垦的土地也就越多。我们的雨林，我们的栖息地，一天天少了，大象的家园，我们的象道，一天天毁坏了，再也走不过去了。我们大象能发出七十多种具有不同感情色彩和不同频率的声音，现在又增加了一种，那就是为了家园的叹息：唉咦兮兮。是高音，是关系到大象存亡的"High C"，它最终因为叹息的内容太丰富而变成了所有大象都会嘶鸣的高音之歌。而大象们还无法知道，多少年以后，唉咦兮兮会成为一首人类的歌，在西双版纳的雨林世界传唱：

  少了的不是林莽不是雨，
  也不是万木营造的葱郁。
  不是鸟踪、虫迹与兽侣，
  更不是沙罗单竹的花絮。
  人类，我们曾经爱过你，
  相信你的仁义你的名誉。
  现在呢？我们依然爱你。

  ……象奶奶叹息着醒了，意识却迷迷糊糊的，依然在梦境与现实之间徘徊。

  它想起象群第一次闻到橡胶树的味道觉得很好奇，都走了过去，垂下鼻子不停地嗅着低矮的树苗，感觉好像没有毒，也不臭，就是不知道口感好不好。三姨说：你们别急，我先吃一口，看看是不是真的没有毒。它卷下一片嫩叶咀嚼了几下，很快摇着头吐了出来：算了吧，不好吃。这时好多人来了，敲着响锣来了，它们赶紧跑开了。同样的经历也出现在茶树园里，象群发现人种的茶跟雨林里的野茶树大不一样，野茶树的叶子虽然因为缺少象体需要的蛋白质它们不喜欢吃，但那种苦苦的凉凉的味道还是蛮好闻的，茶树园里的茶树，那些被阳光照射得油亮、一溜一溜排列整齐的叶子，却难闻得要死，是一种它们从未遇到过的刺激鼻子和舌头的味道。为什么呢？连最有智慧的三姨都有些莫名其妙：西双版纳火烧花一样的砖红森林土居然会长出如此恶心的植物来？直到后来它们躲在雨林里远远地观察了一番后才明白，恶心的味道不是土地长出来的，是人撒上去或者喷上去的，它们记住了这种味道，也就等于增加了它们跟人类的隔阂，从此它们再也不去橡胶林和茶树园里找吃的了，除非因为象道被阻断它们不得不穿过。那些经历是多么的提心吊胆啊，奔跑连接着奔跑，大姨和三姨夹板一样保护着它，就像穿越了十万鬼头晕的封锁线，就像有亿万大头蚁在围追堵截着它们。直到后来大姨去世，灵魂的托梦才让它明白是怎么回事。大姨说：人类真是太不友善了，发明什么不可以，非要发明能毒死大象的农药、除草剂和化学肥料呢？唉咦兮兮。

不过并不是人类的所有种植物都难以入口，也不是所有作物都离不开那些令人窒息的玩意，当有些村寨种起被称作甘蔗、玉米、稻谷的东西时，就做到了不撒和不喷，或者少少地喷洒一点，情形顿时就大不一样了，大象们举起鼻子远远地一闻，就有甜丝丝、香喷喷的味道随风而来。怎么办？它们要是忍住不吃就不是大象了。三姨说：东西长在我们的土地上就应该是给我们吃的，不用怕，跟我来。三姨并不是缅桂花家族的头象，头象是大姨。但只要是用到胆量的地方，每次都是三姨带头。照三姨的说法：大姨太过稳重了，象群会挨饿的。大姨的回答是：我要为整个象群负责，绝对不能莽撞。大姨是头忧心忡忡的头象，为了象群的安危，它从来没有吃饱过，觅食的时候、喝水的时候、游戏的时候、走路的时候、睡觉的时候，它总是在承担警戒象的责任，尽管象群里每天都有成年母象和小公象轮流着承担警戒象，负责观察周围的动静，并向突袭而来的对手发起攻击。同时大姨还要保护作为小象的它，大姨对三姨一万个不放心，总要把它叫到自己身边来，还会时不时地嘀咕一句：你有一个缺乏头脑的三姨，别老跟着它，也别学它的样子，它靠不住，会引来麻烦的。但有时候，大姨也会听三姨的，因为不能让象群挨饿的确是一个大象领袖的首要职责。比如这次，大姨虽然这样不好、那样不行地磨蹭了半天，最后还是督促大家跟着去了：小心点，小心点。

三姨带着大家躲在雨林里偷偷地观察着，终于在一个烈日炎炎的中午等来了机会，侍弄田地的人离开了，玉米地里空空荡荡，它们扑过去，大把大把卷割着，大口大口吞咽着，几乎所有的大象都用上了咀嚼的同时用鼻子获取食物的连续式吃法，食物的运量和进食的效率增加了至少两倍。而平时它们用的都是分解式动作，也就是一口一口慢条斯理地吃，咀嚼完咽下去后，再使用鼻子搜寻和卷取食物。大家边吃边说：好吃，真好吃。大象们凭着本能就知道：这些都是营养丰富的食物，能让自己胖起来，还能增加气力和精力。一眨眼工夫，雨林边缘十米宽的地界上，那些还没有长熟的玉米消失得无影无踪，一片光秃秃的裸地代替了原先的绿意盎然。以后的日子里，在三姨的带领下，它们又用同样的办法，袭击了不止一块甘蔗林和稻谷田，不是一扫而空，就是一片狼藉。大象们的笑声回荡在空气里，大姨却依然忧心忡忡着，一声高兴的哞叫、一个愉快的动作都没有。

大姨担忧的事情发生在半个月以后，大象们的一次稻谷大餐让人类的忍耐达到了极限。它们这时候已经知道那种树干一样长长的东西叫作枪，枪响了，不是一声，而是一连三声。充当警戒象的大姨大叫一声：快跑。所有的大象都朝雨林跑去。一群人追了过来，雨林一片骚动，风大了，是大象的奔跑和人的追撵掀起的风暴，林冠呼呼地起伏着，浪潮汹涌。懒懒的一个小时走一步的蜂猴吓得一把没抓住，从树上掉了下来；正在精心编织窝巢的织布鸟慌乱地织错了经纬线，那件完美无缺、人所不及的艺术品顿时出现了瑕疵；好多隐蔽在绿叶上的绿色螽斯，跳起来暴露了自己，但鸟儿们已经顾不上吃掉它们了；一只假装死去的变色树蜥突然跳了起来，来到它嘴边的红蚂蚁侥幸躲过了灭顶之灾；两只小臭鼩放弃了好不容易发生的白日之恋，各奔东西，一溜烟跑进了蚬木根部的洞穴。枪响了。二十六头大象沿着象道狂奔而去，太阳能看到它们排成了长长的一队，三姨在最前面，好像只有它清楚，应该往哪里跑，大姨在最后面，似乎只有它明白，怎样才能让人停止追撵的脚步。作为象群里最小的小象，它开始是跟着大姨的，大姨喊起来：跟着我干什么？我是殿后的，快去找三姨。它委屈地说：你不是说三姨靠不住吗？大姨说：靠不住也得靠，我现在保护的是大家，不是你一个。说罢就不理它了。它朝前跑去，所有的大象都把身子靠向一边，给它留出了一条可以顺畅奔跑的通道。但是它追不上三姨，三姨跑得太快了。而且象道是曲里拐弯的，明明看到三姨的身影在前面，一晃眼又不见了。一头跟它没有直接血缘关系的象阿姨说：别追了，你追不上的，跟着我吧，我来保护你。

这是一次穿越雨林的大奔跑，积攒了愤怒也做好了准备的人就像一些林中怪兽，选择着最便捷的路线，紧追不舍。眼看就要追上了，跑在最后面的大姨突然停下来，左右看了看，发出一声凄厉的长鸣，告诉象群：你们跑你们的，不要等我。然后拐到了象道的另一边，那里延伸着一条觅食留下的小象道，却是个短短的死胡同。大姨跑进了死胡同，一边用鼻根夯撞着挡路的大树小树，一边激烈地喊叫着。林木在动荡，哗啦啦，哗啦啦，叫声在飞扬，哞呜呜，哞呜呜。雨林太密了，高大的树木太多了，它使出了一头成年大象吃奶的力气，也开辟不出一条可以畅通无阻的象道，停下来朝后看了看，意识到自己的目的已经达到——象群得救了，十几个拿枪拿棒的人被它吸引着，越来越近地出现在了它身后。它回过身去，扬起长鼻，用叫声威胁着他们，看他们还在靠近，就扑了过去。局面立刻发生了变化，逃跑的不再是大象，而是人。他们惊慌失措地捣动双腿，原路返回。大姨边吼边追，一直追到了雨林的边缘。它停下来，用一只前脚刨着满地的天芥菜和钟花草，打量着面前那些吼喘不迭的人，觉得他们也应该就此罢休了，便发出一声悠长的警告，扭转了身子。让它没想到的是，人们不仅又追了上来，还可笑地朝它扔过许多石头来，有几块竟然击中了它的屁股。它呵呵一笑：麻烦你们扔过来的石头大一点，最好打疼我。又觉得用小石头戏弄是对自己的侮辱，便扭头再次扑了过去。就这样我退你进，我进你退地拉锯着，让雨林里观战的伯劳鸟和梅花雀都有些不耐烦了，禁不住喊起来：快打呀，快打呀，天就要黑啦。星星出现了，火把出现了，枪声出现了，却只有一些树枝纷纷坠落。大姨望着落在脚前的一串木奶果，卷起来放进了嘴里，吃着，突然就意识到，该是自己全身而退的时候了。它神态镇定地走向了举着火把的人，看着他们退出了雨林，便扭转方向，走进了白天狂吃过稻谷的田地。它在那里大模大样地又吃了几口，然后举起鼻子，发出一声跟人告别的鸣叫，走向另一边的雨林，消失在黑黢黢的天地间。

3

夜色分裂着，深浅不一的朦胧里，活跃着黑下去的绿色和亮起来的绿色——树在偷偷地生长，比白天的生长快了几倍，好像不赶紧利用机会就再也长不大了；野兽的眼睛就像冥王派来的使者举着一盏盏绿灯，照亮了它们的视域，也吸引了别人的关注。浓浓淡淡的色块的堆积里，蕴含着生命不易显现的运动，结果就是所有的动物和植物每一夜都会刷新一次自己的形象，包括大象。大姨走去的方向正好跟象群相反，它一个人孤独地走啊走，一边走一边思考，中间两次回复了象群对它的低频呼唤，它说我没有死，也没有伤，完好无损，你们不要乱跑，尤其不要再去人种的田地里卷吃东西，更别忘了我们的宗旨：见人就跑。直到五天以后，它才用跺脚的方式主动联系了象群：在哪儿呢？我去找你们。它回来后的第一句话就是：我们在南腊河的岁月结束了。大家都问为什么？大姨说：这里的人不是猎人，对我们并不想杀害，只是想驱赶，要是有心杀害的话，我的灵魂早就在天上了。但是这一次没有杀害，并不一定永远不会杀害，他们有枪，只要对准我们打响，我们肯定都会倒下，就像当年我们的象妈妈和象哥哥倒下那样，那是多悲惨的事件啊。我们每一头象都必须保证自己不再倒下，唯一的选择就是离开。这里已经没有林间空地了，所有的空地都变成了人种的作物，我们要是继续待着，就只能冒着极大的风险去甘蔗林、玉米地、稻谷田里吃东西，结果会怎样大家已经经历了，但要是一点风险都不想冒，就又会面临天天饿肚子的苦难。被它称作象太太的老母象深沉地说：我们是大象，天生具备降低风险获得食物的本领，不管面对人还是面对饥饿，都不能拿生命做赌注。听头象的，咱们走，取食带来的死亡风险和饥饿带来的死亡风险我们都不能要。经过这次事件，三姨也意识到，再也不能为自己的一时莽撞付出惨重的代价了，大姨的谨慎是对的，就说：人把大象的家园变成了橡胶林、茶树园、甘蔗地、玉米田和稻谷田，却不允许我们吃一口，那我们只能走了，只能远远地离开故园故土了，唉咦兮兮。你在前面带路，我在后面看着，绝对不会落下一头大象，哪怕它是就要离群独立的年轻公象。

　　这是一个早晨，有雨，不大，有风，也不大，无边的绿色映衬着乌白的天空，一层轻淡的小雾忽聚忽散地飘逸着，夷平了不整齐的林冠，清越的鸟声冲天而上，撕开了封锁，却又引来了更加结实的封锁。雾散了，云低了，天和地的夹缝越来越窄，挤压出现了，水汽和绿色竞相喷射着远去，湿润变得辽阔而零碎。二十六头大象告别生于斯长于斯的南腊河，往北而去。来送行的除了白鹇和雉鸡，还有一只印支虎。一群十三只白鹇是跟在身后的，默默走了将近两公里，然后高声鸣叫着再见，返回了南腊河雨林。雉鸡是飞来的，落在象群前面，想要挽留它们，叽叽喳喳没说几句话，就又把路让开了：大姨你说得对，我们有吃的，不等于你们有得吃，你说一头大象一天能吃掉二百多公斤植物，太惊人啦。再说种类也不一样，我们除了草种、树种和浆果，还可以吃昆虫，昆虫这玩意你吃掉多少就能繁殖多少。你们呢？哎，你们为什么不吃昆虫？那东西太好吃啦。不过你们要是也可以吃昆虫，一群大象一天就会吃掉几千公斤，那我们吃什么？看来还是走了的好。印支虎走出雨林，雄壮地吼了几声："回来，回来。"看大象们不听它的，沮丧地叹口气：这些大象，怎么这么不忠于领地，还算是野兽吗？想着隐身不见了。

　　半个月以后，缅桂花家族到达了犀鸟河。但它们只在这条不长也不宽的河流两岸生活了两年，就又开始迁移，因为没有能喝能洗能玩的水了，水被人类搞脏了，里面有粪便，有垃圾，有一些它们从来没见过的东西，味道也是从来没闻过的，口渴得要死，却根本无法把鼻子伸进去。一个管大姨叫婶子的象哥哥实在受不了干渴和炎热，强忍着恶心喝了几鼻子，然后就生病了。老象们都说中毒啦，却不知道中的是什么毒。一只把妻子和孩子封闭在树洞里独自找食喂养它们的双角犀鸟专门飞过来对大姨说：往北走，有好水，那些水的名字叫罗梭江，我知道你们是喜欢水的动物，告诉你们这个好消息，你们拿什么报答我呀？大姨说：我们用象粪报答你。说着就拉出几团泥土色的屎来。双角犀鸟说：太好啦，谢谢啦。它啄开热腾腾的象粪，从里面挑出两颗刺栲的果实，满意地嗛在了大嘴上，果实是去年冬天落地的，被大象的肠胃泡软后格外香甜。象群又开始北上了，不停地举起鼻子闻着，水近了，一天一天近了，大家信心满满，却又万分不爽：减员了，象群变成了二十五头。那头喝了脏水的象哥哥终于病得迈不动脚步，躺下不动了。象群只好停下来，陪伴着它，却一点办法也没有，只能用鼻子抚摸着安慰它，眼睁睁地看着它一天天衰弱下去。大象的哭声响起在一个月白风清的晚上，满天都是湿润，因为月亮和星星也哭了，它们把泪水变成豁亮的声音，伴随着风的来去，在头顶呜呜呜响。而大象的泪水是通过鼻子流淌的，虽然它们正处在身体缺水的状态中，鼻子里的潮水却如同溪河奔涌，汨汨地没完没了。它们知道，世界上的感情最终都会变成水，大象是水做的，是悲情的凝聚体，它们那么喜欢水，就是因为水对水的趋附里深藏着一种情不自禁的冲动。大姨带着大家简单哀悼了一番，然后连夜出发，加快脚步往前赶。干渴折磨着象群，它担心如果不能尽快找到双角犀鸟说的罗梭江，还会有别的大象卧倒不起。大象是这样一种动物：除了睡觉，轻易不倒，一旦卧倒不起就意味着走向死亡。不能再有死亡了，不能啊。大象们都这么想，想着都喟叹不已：唉咦兮兮。就像后来，人的歌唱那样——是的，我们知道人的歌唱，无所不在的象魂总会告诉我们许许多多人的歌唱：

尽管我们的流浪已无终曲，
如同坚硬的缅茄不抵刀锯，

回眼来途上的幽阒,
却相信前路的等待,
依然是大象赏菊。
尽管河水正在与影子分袂,
阳光下的蜿蜒收起了浪绿,
鼻突小心伸进水底,
听到鱼儿说:
我的梦就是鱼鳍变成鸟羽。
然而鹅卵石并不拒绝沐浴。

我坚守我们对人类的期许:
继续爱你,爱你。

　　……失去家园后痛彻肺腑的感叹让象奶奶突然清醒了许多,它睁开眼睛,呆呆地望着头顶的白缅桂花树,有些诧异:这个地方怎么这么香啊?很快就想起来了,手拉手的缅桂花树和肩并肩的鱼腥草可以作证,这是一个它来过又即将死去的地方。树上出现了一只花面狸,不远处的草丛后面,又有一只褐色的獴探头探脑。它们已经闻到了死亡的气息,早早地守望着,是食肉动物等待饱餐一顿的那种流着口水的守望,焦急、亢奋而韧性十足。象奶奶有些悲伤,真是没想到啊,自己死的时候居然没有一个亲人在身边。虽然失去了家园,一直过着流浪的生活,但有象群就有温暖,温暖也是可以流浪的,如今却连流浪的温暖也没有了。它思念着流浪的象群、流浪的温暖,想用这种办法抵消伤痛,却发现结果是相反的,越思念象群就越敏感于伤口的疼痛,而且是分层次的疼痛:屁股是钝痛的,后腿是辣痛的,被尖利的岩石割掉了一大块的耳朵已经化脓,是蜇痛的,像是一窝鬼头晕落在了那里。它呻吟了几声,意外地看到不远处有一丛紫花曼陀罗正靠着缅桂花树在向它招手致意——在大象眼里,这两种树总是生长在一起,缅桂花牵手曼陀罗已是一种寻常风景。它不知道有人也曾把它的象群称作曼陀罗家族,只是因为缅桂花在香味上略胜一筹,才又统一口径叫成了缅桂花家族,要是它知道,一定会很高兴的,因为它曾经不止一次地把或白色或黄色或紫色的曼陀罗花和青色的果以及树叶卷下来,铺在地上,躺上去使劲搓揉,直到花烂叶烂果烂,被蜂虫叮咬后鼓起大包的地方一旦糊上这些稀烂的植物,就不会再痒痒了,疼痛也会减轻许多。这会儿它想,曼陀罗是不是也可以治疗眼下的摔伤呢?真应该走过去试一试。但是它动不了,越使劲身子越沉重,似乎它也像榕树那样让稀疏的毛发长成了气生根,牢牢地扎在了泥土里。它灰心丧气地眨巴着眼皮,看到武姬蜂又来了,就在耳边嗡嗡作响,心想扇走它,扇走它,必须扇走它。耳朵却纹丝不动。几只始终不肯远去的突眼蝇激动地落下又飞起,打着转好像在庆贺什么。两只有孕在身的绿玉蜻一直在它后腿和屁股上翩翩起舞,似乎想把蜻卵排在创口的烂肉里。一群黄猄蚁居然爬上了它的长鼻子,有几只还跑到鼻囊里头去了,真是欺人太甚。但它又能拿它们怎样呢?除了忍耐,还是忍耐。它用前脚碰了一下被它压倒的鱼腥草和金荞麦,呼唤着此前来过的斑文鸟和阔嘴鸟:来啊,来啊,你们吃掉的和赶走的又出现了,它们的同类怎么这么多?真是层出不穷啊,要是大象也这样就好啦,随便生,随便死,就不会担忧家族成员的减少啦。来啊,来啊,这里有你们的食物,你们怎么还不来?好像大象跟鸟有着天然的感应和默契,没过多久,就传来了清脆的鸟叫声:来啦,来啦,别着急。阔嘴鸟夫妇带着三个孩子先来了,之后是一群斑文鸟,它们落在象奶奶身上,一边说话,一边啄食和驱赶那些小东西。象奶奶长舒一口气,再次闭上了眼睛,自己年轻时的象公主的身影再次浮现在眼前。

双角犀鸟说得没错，罗梭江的水又多又好，清澈无染不说，还很香甜，好像它是从香甜林里流出来的汁液。那个夏天的凉爽和水赐的愉快可以说是无与伦比，天天都可以在浅水湾里沐浴和嬉戏。两岸的食物也充足得一塌糊涂，想吃什么有什么，光竹子就有十几种，你可以吃一口牡竹，再吃一口泡竹，然后吃一口油簕竹，第二天再换着吃：苦竹、刺竹、灰竿竹，更有随处可见的滇竹，味道好极了，吃了竹枝竹叶，再吃竹笋，那种心旷神怡在别处的雨林里是没有的。还有莎草、水蔗草、象草、芦苇、棕叶芦、象腿蕉、小果野蕉、阿宽蕉、董棕、鱼尾葵，好吃的东西多得数不清，在犀鸟河必须仔细寻找才能找到的象鼻藤和滇刺枣，在这里到处都是，它们都吃腻了。而且这还仅仅是雨季炎热期的食物，一到旱季清凉期，象群就基本不吃竹子了，专找成熟的果实吃，有树菠萝、木奶果、野荔枝、野蒲桃、橄榄果、山李子、野柿子、曼登果和各种各样的榕果，也是多得数不清。双角犀鸟等孩子长大，妻子换过羽毛后，就从已经不再名副其实的犀鸟河搬到了罗梭江流域。它经常会带着妻子和孩子来找大象，一来就叫：快拉屎吧，快拉屎吧。大象一见它们，就会争先恐后地拉起来。它们飞到这飞到那，用金灿灿的大阔嘴挑选着被大象的肠胃泡软泡酥泡出香味的种子，每次都能吃得心满意足：谢谢啦，大象们，明天我们再来。其实它们吃掉的种子只是象粪内种子量的十分之一，大部分种子会借着象粪的肥力，扎根发芽，长成小树，几年后就又会开花结果给大象和众鸟奉献食物了。由于食物丰富而充足，象群可以用最少的能量消耗获得最多的能量补充，一个个都胖起来了，大象们优哉游哉，小象们茁壮成长，大家都觉得生活在天堂，除了吃和睡，每天至少有半天时间是可以尽情玩耍的，玩水，玩打架，玩滑坡，玩捉迷藏，玩沙子，玩泥巴。有两头耳朵和眼睛之间的颞腺上流淌分泌物的小公象玩着玩着就会爬到小母象背上，大姨和三姨看到了，跑过来制止，并联合起来把它们赶出了象群。大姨说：你们已经成熟啦，不再是小公象而是大公象啦，去吧，具备了产生爱情条件的青年们，你们不仅可以独立生活，更可以寻找其他象群的母象谈情说爱、传宗接代了。这时候现在的象奶奶当初的象公主才知道，小公象颞腺上的潮湿是成熟和产生爱情的时段的标志。两头小公象不愿意离去，恋恋不舍地走走停停，但不走是不行的，这是千百年来大象们约定俗成的规矩，谁也不能违背，不然的话，就有近亲繁殖的可能，种群就要退化了。然而大姨和三姨也知道，两头小公象很可能不会有谈情说爱的机会，除非它们走得够远，远得根本就感觉不到它们的存在，因为在整个罗梭江流域，缅桂花家族说不定是唯一的象群，证据就是它们没少发出联络其他象群的信息，却从来没有收到过回复。还有，象群中好几头小母象都已经二十多岁了，早就开始了青春期，并进入了每年都会持续两三周的产生爱情的时段，其间尿液的味道浓郁得都能让清透的空气变成白雾，顺风的话三十公里以外都能闻到，却没有引来一头别处的公象，似乎它们时刻期待着的未来的孩子它爸，遥远得不可企及。

就这样期待着并失望着的日子过去了八年，它们的大本营——美不可言的葫芦岛没有了，不是真的没有了，而是对大象来说没有了。葫芦岛是罗梭江用流淌的曲线围起来的一个酷似它的名称的半岛，植被茂盛，品种繁多，花绵绵，果累累，而且基本都是大象喜欢的，加上气候湿润，雨量丰沛，山不高，水不深，地势平坦中有起伏，象群隔三差五就要去一次，去得多了，不知不觉就变成了大本营，要是哪头大象因为贪玩或者贪吃脱离了象群又一时半会儿找不到大家，去葫芦岛等着，准能和象群重逢。但是现在，葫芦岛被人占领了，又是平整土地，又是挖树割草，挖了树又种树，割了草又种草，明明天上有雨，地上有河，却还要修出沟渠来，引水浇灌，不知道他们要干什么。但有一点大家感觉到了：人跟大象一样聪明，大象觉得好的地方，他们也觉得好。一个湿雾朦胧的早晨，大姨说：跟我们来到这里后寄住在对面山上的象魂昨天晚上对我说啦，葫芦岛已经变成西双版纳热带植物园啦，1959年的秋天，也就是现在这个日子，便是我们离开罗梭江流域的时候，这里虽然有吃有喝，有玩有乐，但我们的象群已经八九年不生小象啦，再不离开，断子绝孙就会跟着到来。那些我们看不见的在天在地在山在水的象魂总是比看得见的大象更明白事理，死去的象妈妈和两个象哥哥都说，太安逸的日子对大象并没有好处，大象为行路而生，不然腿怎么会那么粗呢？就好比赤颈鹤的腿，之所以那么细，是因为它们是用翅膀丈量距离的。再说了，大象是野兽，野兽是一种能够用运动平衡吸收与消耗的生命，不会把多余的肉赘在身上，你们把自己吃得那么胖，失去了野兽在饥渴中强健自己的本能怎么办？赶紧走吧，不，跑吧，葫芦岛以及整个罗梭江流域的人将会越来越多，他们里头肯定有猎人和在河水中乱投毒物的人，别忘了我们是怎么死的，大象的原则不能变，依然是见人就跑。三姨踏上一座高岗，对着葫芦岛上挖坑栽树的人影长长地嘶鸣了一声：这是我们的地方，你们为什么要来？所有的大象都喊起来：是啊，你们为什么要来？然后就上路了。作为象公主，它那时依然是象群中最小的，紧跟在大姨身后，回望着滔滔不绝的罗梭江，朝北走去。它悲伤地想起了妈妈，因为刚才大姨提到了妈妈。妈妈总是给大姨托梦，却没有一次走进它的梦境，尽管它睡的时间比大姨长，做的梦比大姨多。

这是一次异常艰难的行走，一路都是山，有些山陡得爬不上去，它们只能拐到另一头，再顺着山脊往上走。这种时候，总是最有经验的象太太走在最前面，别的大象都走在小象们的后面，不时地用鼻子推搡着，用隆隆的低频音息鼓励着：使劲上啊，再使劲，真厉害，上去了。有一次它和几个姐姐逞能，加快脚步往上爬去，一不小心踩到一块石头上，石头一滚，它便摔倒在地，跟石头一起顺着山脊滚了下去。大姨和三姨惊叫着，朝山脊两边跑去，因为中间还有别的大象，两边就什么也没有了，除了悬崖和拦不住它的一些斑鸠菊和翻白叶。后来想起来，大姨真是太厉害了，选择的位置准确得就像太阳知道它的光线在哪里，它不偏不倚滚到了大姨伸过来的粗大鼻子上，鼻子一卷，就把它的滚动止住了。大姨呵斥道：慢慢往上爬，不要离我太远。然后又嘶喊着告诉大家：引以为戒啊，不要像象公主这样胡乱逞能，摔下去怎么办？一遇到上山就笨拙无比的小象们再也不敢离开大象的鼻子了，那些魅力无穷的鼻子总是在它们的屁股上宣示着长辈的力量和安全的存在。翻过了这座山，又遇到那座山，一座比一座高，一座比一座难走，大象们都在埋怨：我们的大地怎么这么多山啊？其实它们想说的是：怎么能把我们带到这种地方来？作为头象的大姨和被它派作爬山引导的象太太却毫不动摇，坚定地认为：翻过更高的山，就能见到更大的水，这是经验告诉我们的。大象的经验真是一个好东西啊，它们的艰难跋涉得到了丰厚的回报：澜沧江到了。

在一个江面开阔、水流平缓的地方，象群第一次渡过了澜沧江。渡河是好玩的，更是危险的，因为再平缓的水也是大水，它们可从来没有在这么大的水里走动过。大象在下游，小象在紧挨着大象的上游，大姨和三姨的腿真正是中流砥柱啊，结实地拦堵着眼看就要顺流而下的它和别的小象。在那些必须游泳的地方，小象们学着大象把鼻子高高举起，然后潜入水中，四条腿快速地划动着，划啊划，能够呼吸的鼻子一会儿露出水面，一会儿没进水里。眼看就要划不动了，它感觉大姨用脚把它蹬了一下，又蹬了一下，就这样被大姨蹬着往前移动了好长一段距离，入水最深的后脚突然触到了石头上，它又可以直起腿来走动了。它们拖带着浪沫走出了江水，来到一个直上直下的坡坎前。象太太忽地站起来，只用后腿支撑着沉重的身体，像一只豹猫一样爬了上去。这样的示范是有用的，小象们学起来，却还是爬不上去，大象们就在后面用鼻子和额头使劲往上顶。它也是被顶上去的，是大姨和三姨一起顶上去的。等所有的小象都上了岸，大象们才一个个爬上来。安全了，可以静静地休息片刻了。它们喘着气，吃着满地的硬秆子草和竹节草，看到四周的地势突然平缓了许多，山脉消失了，丘陵出现了，沉重而拥挤的潮绿堵挡着眼界，就像一座漫无边际的塞满了食物的天然宝库，一股能让象群流出哈喇子的香甜扑面而来。而在近处，是花朵们汪洋恣肆的绽放，大乌泡是大红的，龙牙花是紫红的，劲直刺桐是品红的，含羞草是粉红的，红雀珊瑚是桃红的，了哥王是金红的，更有凤仙花的妖媚之红、紫花丹的放浪之红、唐菖蒲的羞涩之红、茑萝松的昂奋之红。什么叫姹紫嫣红，这就是。大象们高兴地欢呼着，响亮的叫声引来了一只绯胸鹦鹉，它惊奇地叫起来：大象来啦，大象来啦。盘旋了几圈后飞远了。估计过不了多久，在绯胸鹦鹉的觅食范围内，所有的动物和植物都会知道：大象来啦，可爱的象公主来啦。作为象公主的它愉快地想：那就准备好让我们吃吧，我是说植物，那些春华秋荣的柔枝、嫩叶、脆皮、美果，快告诉我们，你们喜欢让我们吃，因为只有你们的勇于被吃才会体现你们的价值。

4

缅桂花家族边吃边走，没忘了向别的象群和流浪的雄性独象发出联络的信号，遗憾的是，大姨和三姨几乎把前脚跺烂，次声波的传播都引来了凹甲陆龟的抗议（它说那种低频的音流跟它缓慢的心跳产生了共振，让它难受得几乎死去），也没有收到任何一头陌生象的回复。大姨说：看来我们在这个地方还是实现不了让产生爱情的母象怀孕的愿望，那就继续往前走吧。三姨说：万一走出了这片好地方，走到不好的地方怎么办？大姨说：那也得走啊，种群的延续是至高无上的。再说了，我们认为不好的地方，别的大象肯定也觉得不好，只要是大象能够相会的地方，一般都是好地方。象太太瓮声瓮气地说：大姨说得没错，我们还是得往前走。你们看，那边是什么？几头大象走了过去，看到了一团干结的象粪，闻了闻就知道，这是两年前的粪便，也就是说这个地方是有大象的，至少两年前有过。它们继续往前走，大姨和三姨都发出了那种低低的穿透力很强的呼唤声，几头产生爱情的母象立刻开始排尿，它们急切地想留下自己的味道，急切地希望被哪头产生爱情的公象闻到，然后一路跟上来。

然而它们没有想到，那些随时跟着象群，也随时寄魂在山水雨林里的去世象的灵魂，也失职地没有告诉它们：前去的路上，将有好几次猎杀等待着它们。所以当一个月以后猎杀突然发生时，它们的惊讶居然跟第一次遭遇猎杀时一样：怎么还有这样的人？怎么人就跟有毒的植物一样，哪里都有生长？怎么他们不告诉我们为什么，就要加害我们呢？象太太疑惑地说：也许我们想错了，只要是人就都是好的，对大象不好的，就不是人。大家不信象太太的话，明明都是两条腿走路，怎么会有"人"和"不是人"的区别呢？

最早中招的是一个象哥哥，它陷进了一个用长着狼尾巴的象草覆盖表面的深坑，立在坑底的巨龙竹的尖刺一下戳穿了它柔软的肚腹。大家簇拥在坑沿上，陪伴着它，不停地用鼻息安慰着它，包括平日里老跟它打架的另一个象哥哥，也包括没少被它欺负过的象公主：哥哥，哥哥，我知道你很疼。面对人类的陷害，它们只能这样：既愤怒又无助，着急地踱来踱去，忘记了自己的危险，也忘记了饥饿，只想着奇迹的发生，而结果却是奇迹和渺茫的联姻：哪有啊？不会有的。只有越来越沉重的悲伤大雨一样浇淋着它们，也浇淋着坑底的遇害者。象哥哥眼巴巴地望着上面：救救我，救救我。上面的亲人万般无奈地叹息着，叹息了十天以后，象哥哥活活疼死在陷坑里。然后就是以泪洗鼻，那些天所有大象的鼻子里面都是湿漉漉的。象哥哥去世后的当天，大姨理智地做出了带领大家迅速离开的决定，尽管有的大象还在埋怨：你怎么这么狠心啊？不是你亲生的你不留恋是不是？我们至少应该再陪伴它一年才可以离开。三姨也说：就是，为什么要急着走？象太太替大姨回答了这个问题：人害死小公象主要是为了得到它的象牙，象牙还没有拿走，要是我们继续围在这里，很可能会对我们下手。何况象群里还有两个白牙已经超过一尺的象哥哥，万一人对它们也下手呢？

　　象太太和大姨的担忧很快变成了现实，几天后又一个象哥哥倒下了，猎人们对付它的不是枪，而是箭，是在箭镞上抹了毒药的响箭，那些毒药它们也认得，是见血封喉也叫箭毒木的树液，象哥哥中了五箭后走了不到半个小时就不行了，连一声救救我的乞求都没来得及发出，就闭上了眼睛。大姨用鼻子触摸着它的心脏说：怎么这么快啊，这么快就停止了跳动，唉咦兮兮。又是哭，所有的大象都哭了，一个个的鼻子里面流淌着"澜沧江"。大姨看到猎人的影子还在周围的树林里窜来窜去，就催促大家快跑。几支能让空气变苦的毒箭很快又射过来，嗖嗖嗖地扎在了坚硬的铁梨木的树干上。大象们吓坏了，哪里敢待在死者身边悲伤哀悼，一边哭一边跑，几乎是慌不择路的。象太太说：要是用我的这条老命能把象哥哥换回来，我就不跑啦，感觉腿就要跑断啦。大姨说：换不回来的，你没有能让人发财的象牙，肉也不好吃，还是咬紧牙关快点跑吧。它们跑出去老远，屏声静息地待了片刻，又悄悄地走回去，躲在浓密的斑竹和苦竹后面，看着几个猎人一刀一刀地割开了象哥哥的尸体。大姨说：现在我们要重点保护象群里的最后一个象哥哥，大家听我说，我在前，三姨在后，象姐姐在左，象婶婶在右，走到哪里都要把它团团围住。大象们答应着，离开了那里。但重点保护的结果是：不仅最后一个象哥哥去世了，连保护它的年轻力壮的象姐姐也搭进去了。雨林无雨了，都咽到大象的肚子里去了。

那是半个月以后，象群去了一个山大沟深、林木密实的地方，翅子树专横地葱茏着，长柄银叶树放肆地茂盛着，山芝麻铺天，马松子盖地，生物的密度像是压缩而成，一眼能看到一百种植物一百朵花。强壮的毛果猴欢喜上，总有短尾猴在活动，那个季节它们的活动主要是谈情说爱。缅桂花家族原以为可以躲藏起来不让猎人发现，没想到猎人的鼻子超过了大象的鼻子，他们不仅发现了它们，还因为发现的地方更加隐秘，就肆无忌惮地用上了响声巨大的枪。他们爬上了三棵树，一棵是诃子树，一棵是野茶树，一棵是金毛榕，从不同的方向瞄准了象哥哥，三声爆响之后，大姨的象群里，最后的象哥哥长长地嘶鸣了一声，倒在地上。象姐姐看到自己没有保护好弟弟，忧愤难忍，呜呜地长啸着，扑向了离它最近的诃子树，用头顶着树干，呼啦呼啦摇晃着，想把大树摇断，也把猎人摇下来，然后一脚踩死。结果是可想而知的：猎人被摇下来了，但几乎同时，枪又响了，死亡再次发生。大家都没有来得及围过去向它们告别，象哥哥和象姐姐就已经不在这个世上了。哭啊，所有的大象都发出了撕心裂肺的哭声，尤其是它——象群里的象公主，它想起所有的象哥哥里这个象哥哥是对它最好的，吃的时候让着它，玩的时候也让着它，有时候还会保护它，那次在水里，一条青蛇朝它游来，它吓得尖叫着不知所措，象哥哥过来，一鼻子卷起蛇，甩出去好远。还有一次遇到几只鬼头晕，也是象哥哥卷起树枝，扫来扫去地保护了它，而象哥哥自己却被鬼头晕的毒刺扎得疼痛了好些天。最近的一次是遇到一道坡坎，象哥哥早就上去了，看它上不去，就又溜下来，用鼻根顶着它的屁股把它推了上去。

对连续死去的四头大象，猎人们不仅取走了它们的象牙——每一支都是沉甸甸、白花花、光闪闪的，都是象血滋养的生命的精华呀，还拿走了所有的象肉、象皮、象足和骨头，只留下了血。血啊，拿不走的大象的血，又一次渗透了西双版纳的土地。缅桂花家族里再也看不到公象，变成真正的母系社会了，没有了威武雄壮的象牙，没有了能够刨硬土、剥树皮、掘硝塘和搏杀决斗的象牙，没有了终生不断生长且永不自然脱落的美丽的象牙，也就等于没有了可以为缅桂花家族延续生命、传播基因的希望，母象们的失落和心情的晦暗像有害的入侵植物飞机草一样日益蔓延开来，走到哪里，哪里就覆盖着一层阴郁沉闷的雨雾，连好说话好唱歌的绣眼鸟也都收敛着自己，默然无语，私下里嘀咕：大象们真可怜。悲伤到比四数木的大板根还要低沉的情绪严重影响了大象的身体，象太太病倒了，多么健壮的象太太，领着象群爬高山走陡坡的象太太居然病倒了。大象们围绕着象太太，假装开心地吃着喝着玩着，想用乐观的情绪抵消象太太的悲伤过度，让它尽快恢复从前的模样。但是事与愿违，它一天天地消瘦着，不可逆转地变成了皮包骨，那是一种连局限蚊和牛虻都不愿意叮咬的瘦骨嶙峋的模样，是落下来一片树叶都能感觉到重量的模样。象太太呼哧呼哧喘息着，吐着白沫子死了。死前它对大姨和三姨说：不要伤心，我都八十多岁啦，已经没有力气活着啦，也该离开这个世界啦，我活着不能跟上你们，死了就可以，我的灵魂永远不会离开你们。说完这话，停了一会儿，象太太就走了。它用鼻子摩挲着象太太的眼睛，哭着说：请不要闭上你的眼睛，请再看看我们好不好？以后经历多了，它就会知道：大象的失子之痛，一点也不亚于人类的孩子被拐卖被杀害或者意外死亡。被猎杀的三个象哥哥中，有两个跟象太太有间接的血缘关系，而为保护象哥哥死去的象姐姐，直接就是它的重孙女。以后的艰难岁月还会告诉它：大象是用悲情震撼世界的动物，它们有时候会报复人类，更多的原因并不是喜欢愤怒和性情暴烈，而是生理和心理的双重悲伤，是情感和肉体联合起来的极度怆痛和辛酸左右了它们的行动，它们有悲情的基因，有伤感的神经和凄切的细胞，更有雕刻般保留哀恸的记忆，它们跟西双版纳的那些嗜酸民族不一样，品尝到的不是大自然恩赐的酸辣而是从天而降的酸楚，就像生活被腌渍着，发酵后变成了另一种咸涩的水，不会流泪的大象也开始流泪：减员了，缅桂花家族大幅度减员了，由二十五头迅速变成二十头了。好凄凉。

缅桂花家族没有了公象之后，以象牙为主要目标的猎人放弃了对它们的跟踪和包围，它们暂时安全了。以五头大象的死为代价，它们获得了一个两年不跟人类打照面的机会。

象公主渐渐长大了，知道残酷的经历还会再来，悲伤的日子有可能重复，就经常在河边和林间空地上跑来跑去。大姨和三姨是欣赏的：对啊，就这样跑，飞快地跑，像风一样跑，像水一样跑。大姨的象群里，没有哪头思维正常的大象会怀疑见人就跑的理念：人的恶是多么的天长地久啊，不像他们的爱，短暂得就像火焰花，炫耀几天就败了。巨松鼠曾经问它：真的是这样吗？它说：真的，我们大象太了解人类了。有一天大姨说：虽然这片雨林的土壤渗透着我们五个亲人的鲜血，但我们还是得离开，到有其他象群的地方去。它看大家反应不强烈，就又说：我们死去得越多，就应该孕育得越多，母象们必须怀孕，不管是年轻的还是年长的，象群需要后代，需要生出多多的小公象和小母象来。走吧，明天就走。也开始产生爱情的三姨说：那就走吧，越快越好。大家都说：走吧，不管前面是什么，我们都应该走。上路后的第三天，一只白喉红臀鹎飞过来问：你们这是去哪里？要走出西双版纳吗？大姨反问道：我们会走出去吗？白喉红臀鹎说：当然会的，沿着澜沧江往北走，再过去十座山，就不是西双版纳的地界啦。大姨问：那是谁的地界？白喉红臀鹎说：是缅桂花树的地界。大姨惊问道：你是说那个地方没有人？白喉红臀鹎同样惊讶地问：照你的意思，还有没有人的地方？大姨说：我没说，是你说的。白喉红臀鹎说：我是想告诉你，那个地方的澜沧江边长着成片的缅桂花树，白缅桂花树上有白蚂蚁，黄缅桂花树上有黄蚂蚁，就着树上的红果子，吃一只白蚂蚁，再吃一只黄蚂蚁，感觉好极了。大姨猛地一甩鼻子，对吃蚂蚁表示了不解和不屑，又问：那里有大象吗？白喉红臀鹎说：有没有我忘啦。大姨说：你飞得又远又高，麻烦你注意一下，要是有，告诉一声。半个月以后，白喉红臀鹎再次来到大姨面前问道：你昨天吃了什么水果？大姨说：我吃了人心果和象蹄果。白喉红臀鹎说：那你赶快拉出来吧，听说被你们的肠胃泡软的种子特别好吃，完了我告诉你一个好消息。大姨立刻给它提供了一泡热腾腾的大象粪便。

象群加快速度朝前走去，走得很不顺畅，经常绕来绕去的，有时候一天走下来，早晨望到的那棵高大的树，傍晚还能望到，并不是路不好走，而是动不动就会遇到村寨和开荒种田的人。只要遇到人，它们就会转身跑开，刚刚走过的路等于没走，甚至还把昨天走过的路又折回去了许多。这样进两步退一步地走着跑着，腿都有点肿胀了，不是一头大象的一条腿，而是所有大象的所有腿，都胀胀地胖起来了。好在大象的腿生来就是走路的，只要找到一个隐蔽安静的地方，踏踏实实吃饱自己，再躺倒睡一觉，肿胀就会消失，就又能跋山涉水了。赶路啊赶路，它们相信前面，也相信未来。走在最前面的大姨总是要把象群带到山上，带进必须一边推倒树木开路一边走动的密林，因为稍微平展开阔点的地方不是人的农田就是人的住所，一些是竹楼，更多的是泥石砖瓦的平房——从里面出来的都是些新来的外地人，一声吆喝就能把大象们吓得屁滚尿流。渐渐地它们也明白，那些扛着锄头进出村寨的男人，那些大象一样喜欢把自己泡进河水的花花绿绿的女人，那些穿着一致、几乎男女不分、围绕着平房和农田转来转去的外来人,都不是刻意要伤害它们的猎人。但既然对猎杀者的警惕和仇恨已经成为习惯,而人类两条腿走路的共同性又让他们本身就缺乏可以区分"人"和"不是人"的条件,大象们只能把所有人都当成"不是人"的人了,不然上了当吃了亏怎么办?

它们想对了,也做对了,却依然无法万无一失地保护好自己,因为它们只想到了跟成年人保持足够的距离,而忽略了孩子。人类的孩子可不像大象的孩子,他们不光淘气,还会恶作剧,用恶作剧的办法致敬父辈的勇敢是他们惯常的做法。有个孩子从竹楼的梁顶上取下已经好多年不用了的祖先的弓箭,带着另外几个孩子埋伏在了它们前去的路上,嗖嗖地射箭是他们攻击动物的最初尝试,却不幸地证明了他们有杀生的天赋,只射出了两箭,就有一箭深深扎进了大姨的耳根后面,然后他们就一溜烟地跑散了,好像并不在乎被射中的目标会有什么结果,只在乎把这个自以为幸运的消息告诉村寨的人。很多时候人类的幸运便是自然的不幸,它意味着大树倒下、动物遇害、山秃地裸、雨林夭折。大姨疼得嘶喊了几声,卷起鼻子想缠住箭羽拔出来,却怎么也够不着,一够就被大耳朵挡住了。别的大象想帮它,却被三姨制止了:别,一拔出来血就会止不住的。大家围着它不停地低声问候:是不是很疼?我们都感觉到疼啦,是钻心的疼,是裂肺的疼,是从耳根往周身辐射的疼。三姨说:好像没闻到毒药的味道,你肯定不会死的。怎么办?我们去把它们的寨子掀翻吧?大姨制止了:别乱来,你还嫌大象死得少吗?我没被射死就是不幸中的万幸,赶快走,这是一个连小孩都恶毒的地方。唉咦兮兮,人啊,好像让别的物种恨他们才是活着的目的,是神圣的职责。很难想象大姨的忍痛能力有多强,它居然带着象群又走了两个月,当一片绵密的缅桂花树浩荡而来时,它身子一晃,倒了下去。大家紧张得尖叫起来,引来了几只黄莺鸟,唱歌一样说：大象们，安静一点，这里是缅桂花寨，从来没听到过野兽的山呼海啸。看看躺倒的大姨和它耳根里的箭，又吃惊地说：大象也长羽毛啦？是不是你们也想飞啦？大姨是头象，头象是轻易不倒的，它休息了片刻便站了起来，朝上弯着鼻子，闻了闻四周。站在一边的象公主也学着大姨的样子闻了闻，顿时闻到了一股弥漫在空气中的陌生象群的味道。三姨一来就闻过了，现在和大姨一起，又是低吼又是跺脚地联络起来，正在产生爱情的几头母象赶紧撒尿，风默契地吹向它们的屁股，裹挟着滴沥的象尿说：我会把消息捎去的。不久它们就收到了陌生象群的回音：你们是哪里的，怎么知道我们在这里？大姨跺着脚说：是一只白喉红臀鹎告诉我们的。对方说：是那只喜欢在象粪里找种子吃的鸟吗？早晨它还来过，说今天是个大风天，让我们别到山上去，山是招风的地方。真是只好鸟。

说着风就大了，如同不断扑来的急流，为了把大象冲过悬崖峡谷，一股接着一股地吹，力道遒劲得都失去了禀性的柔软，就像风是长了骨头的，是有肌肉的。雨林动荡着，所有的植物都在前仰后合，不时地传来断枝断叶的声音，让大象们担心：再这样吹下去，是不是所有的直立都会匍匐在地？但风的回答却恰恰相反，无数片脱离枝杈的叶子凌空而起，朝着云端飞去，好像大树小树都在证明：植物也是有翅膀的，瞧瞧我们的飞翔，比起那只不惧狂风的凤头鹰差在哪里？云在疾走，比赛似的沿着既定的轨道漫过了天空。天越来越高，好像从来没这么高过。两个象群开始互相靠近了，双方都表现得非常谨慎，慢慢腾腾的，五天后才相遇，隔着一条小河，远远地互相打量着。过了好一会儿，看到人家喝了一阵水，大姨才放松地走了过去。它问候了对方的头象，也得到了对方的问候，然后便互相通报了本象群的情况。陌生象群一共十三头，是一个家族，来自勐腊县的槟榔谷，已经在澜沧江流域的这一段山地雨林待了八年。五十二岁的头象用鼻子卷起一串大叶千斤拔密集的白绿色花蕾说：我的腿关节受过伤，喜欢吃这个，一吃就不疼了，所以我们的家族就叫这个名字，你们呢？大姨说：我们喜欢吃缅桂花，你要是觉得不难听就叫这个名字吧。又试探着问起关于公象的事，对方的回答让大姨大失所望：这个地方没有公象，所有的公象都被猎人打死啦，包括千斤拔家族的公象，也包括使君子家族的公象。大姨问：那么，外来的公象呢，也从来没有出现过吗？头象说：我们没遇到过，使君子家族也没遇到过。大姨又问：你是说还有一个象群，叫使君子？头象说：是啊，它们的头象有一段时间喜欢吃使君子的红花绿叶，一吃就拉，拉出来的不是粪是虫子，挺可怕的。大姨说：的确可怕，使君子家族有多少头大象？头象说：前年还是十二头，今年变成八头啦，大象总是死得多生得少。大姨的感觉如同干旱季的树苗望着飘来的云彩却久久不见它落下雨来，它呆想了片刻，便决定马上离开：这里已经有两个象群，就算会有一头远道而来的公象，也轮不到自己的家族，总得有个先来后到嘛。

　　大姨礼貌地告别着千斤拔家族，就要走开，一转身却被千斤拔家族的头象看到了耳朵后面的箭。头象惊叫一声说：你遇到猎人啦？大姨便一五一十说起来，对方庆幸地舒了口气：原来是几个熊孩子，不过也挺倒霉的，伤口都烂得糊了一层大黑华丽寄蝇的卵，怎么还能走啊？大姨哀叹着：不走又能怎样？待在这里又痊愈不了。头象说：也不一定，就看你运气好不好了。它说起自己四年前的一次经历：猎人为了抓走象群里的小象，用飞斧砍伤了它的屁股，那种疼可不是一般的疼，是七死八活的疼，就想赶快死掉。它离开象群，朝一座背后有悬崖的大山走去，准备跳下去，摔个粉身碎骨的同时也让疼痛离开自己，走着走着就看到了食物，是人丢下的又嫩又甜的玉米，摆了一溜儿，它不由自主地伸出了鼻子，糊里糊涂沿着玉米指引的路线边吃边走，结果没走到悬崖边，而是走到了一个不太陡峭的山坡上。它觉得自己突然就迷迷瞪瞪的，有点头重脚轻，再也走不动了，身子一歪躺了下去，然后就什么也记不得了。也不知道睡了多久，等它醒来时，感觉屁股上的伤已经不疼了，好像还用什么东西包了起来。它又饿又渴，起身沿着来路走去，想吃到人丢下的玉米，却再也没找到，又去了河边，卷起粽叶狗尾草海吃了一通，然后吸了几鼻子水，贪馋地喝下去，感觉生活的美好、幸福的时光又回来了。它的象群远远地看到了它，赶紧走过来，都有些诧异：我们都以为再也见不到你啦，怎么样？看上去挺好嘛？它说：好不好你们已经看见啦，还问什么？后来包在屁股上的东西掉了，伤口痒痒了几天后就再也没感觉了。头象说：我还记得那座山，可以领你去，说不定你到了那里，也会跟我一样，睡一觉醒来，伤就好啦。很可能那是一座专门保佑大象的山。大姨惊奇地吸了一鼻子冷气：居然还有这样的山？赶快领我去，再不去，我就受不了啦。

5

风小了，转眼又没了，好像它也有露珠的品行，滋润完别人自己就干掉了。大姨觉得是大风把它推送到了这里，不然它的行走不会这么快。和大风一起消失的还有云彩，太阳出来了，不是早晨的太阳，却比早晨的太阳还要瑰丽，绝无仅有的光照下，所有的趴伏都精神抖擞地立了起来，比先前更加正直地立了起来。雨林瞬间高大了，好像层层叠叠的乔木都是连根跃起的，蹦来蹦去地向着太阳，升起，升起。躲风的蝴蝶和蜜蜂都跑出来放风，密集的飞翔给天空铺了一层嗡嗡嗡的和音。那只白喉红臀鹎飞过来打招呼：来啦？你们来啦？怎么今天才到？有时候你们不能光走路，也得飞，飞能够制造速度难道你们不知道吗？大姨说：我们压根就不会飞。白喉红臀鹎问：大象为什么不会飞？千斤拔头象正要回答，白喉红臀鹎歪头看了一眼天空，大叫一声：不好啦，白头鹞子来啦，它会吃掉我的孩子的。叫着飞走了。当天下午，千斤拔家族和缅桂花家族一起来到一座高大雄伟的山脉前。大家晃晃悠悠停了一会儿，头象便让它的家族去山脚下的石栗林里觅食，自己用鼻子碰了碰大姨，朝山上走去。大姨对三姨说：你带着大家也去吃东西吧，不要跟着我，也不要去找我，我好了就去找你们。三姨问：要是不好呢？大姨脑海里突然疾风般走过一片无雨的黑云、一条不归的歧路，想说几句伤别的话，看千斤拔头象已经消失在一片血桐和白背桐的密林里，就哞地叫了一声，赶紧跟了过去。两个头象一前一后地走着，用"之"字形的路线来到了山腰的一块裸地上，裸地的一边是茂密的山地雨林，一边是一个修建在绿色冲积扇上的村寨。雨林有烟雾升起，那是林岚，村寨也有烟雾升起，那是炊烟。夕阳的光射里，碧青成海，绿色烂成了霓虹，浑然天成的辉煌里，林木失去了本来的面目，朝着赤橙金蓝衍生而去，一望无边。千斤拔头象用鼻子指着地面说：这就是我当年吃着玉米，糊里糊涂走来，躺下就睡的地方。你也睡下吧，说不定很快就能睡着，睡着就好啦，再醒来你就不疼啦。也是疗伤心切，大姨疑惧地望着眼界里的村寨，听话地躺在了地上。头象说：请闭上眼睛吧，我走啦，你的运气一定不错，我能感觉到。

　　大姨睡着了，很快又醒了，是疼醒的：唉，怎么不顶用呢？强迫自己再次闭上眼睛，却是越睡越清醒：千斤拔头象不会是在骗我吧，如此难以忍受的伤痛怎么可能睡一觉就好呢？它想站起来离开，看到黑夜就要来临，觉得站起来也是站着，既不可能这个时候去找自己的象群，也不可能踏上离开三姨时脑海中闪过的那条"歧路"，不如就这样躺着，说不定太阳一出来伤口就不疼了，关键是要有耐心，活着的耐心能创造一切，包括奇迹，奇迹是耐心的结果。它把伸直的脚蜷起来，粗闷地呻吟着，回味起千斤拔头象的话，渐渐又变得非常沮丧，不禁恍然大悟地哎哟了一声：我不是已经想到"歧路"了吗？还犹豫什么？人家又说故事又领我来到这里，其实就是在传授一种摆脱苦难的办法：走向悬崖，摔个粉身碎骨，让疼痛见鬼去吧。这个地方离悬崖肯定不远，就是不知道应该往雨林那边走，还是往村寨那边走。那就咬咬牙，坚持到明天，路自然就能看得见啦，走过去一死了之，想让自己继续痛苦都难了。这么想着，心里似乎松快了许多，疼痛也减轻了不少。它睡着了，梦见自己在奔跑，沿着一条向上的路，跑过了山顶，又跑过了树顶，眼看就要跑到云端了，脚下的路突然又朝下拐去，翻了好几个波浪后，出现了印支虎、野牛、赤麂和野猪，还有玉米，就是千斤拔头象告诉它的那种又嫩又甜的玉米，大家都在抢着吃，连印支虎也在抢。它说：你是吃肉的，你抢什么？印支虎说：有这么新鲜香甜的玉米，不吃野牛、赤麂、野猪的肉也罢了。它从老虎嘴里抢了一个玉米，嘎吱嘎吱嚼起来。野牛在一旁说：人居然会种出这么好吃的东西，快吃啊，不吃就没啦。野猪说：这里的吃完了咱们去地里吃。赤麂说：你不想活啦？大姨一连吃了好几个，吃着吃着就发现眼前亮了，印支虎、野牛、赤麂、野猪跟林涛一起摇摆着，呼啸而逝，只剩下玉米在潮湿的鼻尖上跳舞。它使劲睁开眼睛看了看，太阳出来了，照耀着它，也照耀着嘴边的玉米，黄灿灿的玉米竟有六七个。它想站起来，却晕晕沉沉的一点精神都没有，就想躺着，想让玉米自己走过来，让它在迷迷糊糊的状态中慢悠悠地享受。玉米走过来了，走进了它的嘴巴，感觉更香更甜了。它闭上沉重的眼皮，用一半脑袋感受着伤口的疼痛，用另一半脑袋感受着玉米的无上美好，不停地咀嚼着，吞咽着。渐渐地，嚼烂的玉米咽不下去了，白色的汁液从嘴角溢了出来，它什么也不知道了。

还是梦，黑森森的乔木林无边无际，它撞断了一棵番龙眼，又撞断了一棵尖尾榕，它想制造出一片林间空地，让阳光下来，让小树上去，让树下的腐叶腐木长出香喷喷的白茅、斑茅和蔗茅，让茂盛永远属于大象爱吃的野芭蕉、火绳树和金荞麦。可是下雨了，太阳躲起来了，可恶的大树又从空地上迅速长了出来，一长就很高，遮天蔽日，那些依靠阳光才能生长的矮小植物一个个都缩回到土壤里面去了。突然从高高的麻栎树上走下来一个人，夺走了堆在它舌尖上的所有玉米。它迷茫地问道：为什么？人说："玉米是我种的。"它说：不，玉米是长在我舌尖上的。它恍惚觉得自己行走在回去的路上，却再也不见了印支虎、野牛、赤麂和野猪，只有一个恶狠狠的人，拿起枪来威胁着它："把你吃掉的玉米吐出来，那是我们的。"它说：快来啊老虎，帮帮忙，把这个人吃掉。印支虎不见身影只有声音：我从来没吃过人，也不敢吃。也是不见身影只有声音的野猪说：他们吃了多少野猪肉啊，我真想吃一口人肉。大姨说：那你就快来吧，还犹豫什么？没有哪个动物听它的撺掇扑过去吃人，黑色的雨林一片寂静，植物和动物一起睡着了。

那人一边夺着它的玉米一边说："你是见到了千斤拔家族，还是见到了使君子家族？是它们让你躺在这里的吧？只要躺在这里，就说明大象有伤有病了。对面寨子里的人一抬头就能看到，就会刻不容缓地传话给我，他们传了五个寨子，才传到我的耳朵里，我是连夜跑来的，天不亮就到了，就怕生病的大象等得不耐烦了起身走掉，一旦走掉就很难再有机会治疗了。过去有过这样的事情，等我急急忙忙赶来时病象已经不见了踪影，花了半个月才找到，结果已经变成了雨林里的一具腐尸，正在被数不清的虫子撕咬呢。你躺下的这个地方，方圆几十公里都是傣族人、佤族人和拉祜族人的村寨，村寨里的人跟别处的不一样，始终不改对你们的信仰，说你们是神象，每年四月泼水节期间还会举办'贡象节'，又是扎白象，又是献贡品，还要唱歌跳舞。他们熟悉周边象群的每一头大象，经常给我通风报信：这头大象病啦，那头大象伤啦，好像又来新大象啦。你们的到来我三天前就知道，接着就听说一头陌生象躺到病床上了。病床指的就是你躺下的这个地方，我在这里救治过八头大象，有被猎人用枪打中后没死的，有大象跟大象打架弄破了皮肉的，有被毒蛇咬伤的，有踩到猎人埋在草丛里的钢丝扣锁的，有被长臂猿拽下的树枝戳伤脊背的，有吃了龙头菜和马齿苋尿血腹痛、行动滞缓的，有被猎人用飞斧砍伤屁股的，有被毒蜘蛛用毒液喷坏眼睛的。大象们肯定在互相传说：躺在那里睡一觉就好啦，其实是它们吃了我投放的玉米。那可不是一般的玉米，外面抹了一层无垫蜂花蜜和一点点箭毒木的树液，芯里掏出一个洞来，放着用大麻雌花的花穗、肉豆蔻的果仁、夜合欢的花和茎皮、凤凰木的树皮、曼陀罗的种子和叶、无刺含羞草、长春花、醉鱼草八味草药熬制成的麻醉棒，也是掺了蜜的。大象吃掉一个玉米，就能沉睡五个小时，吃掉三四个就能沉睡一天，一般不能超过七个，但你不一般，你的体格太庞大了，吃十个都没问题，在我这里十三个是极限，超过了这个极限，再大的大象都有可能醒不来。药是我亲自配制的，自己都试过，没问题，我是说你没问题，我也没问题，就算你能半中腰醒来，也没有力气朝我发威，只能干瞪眼看着，想用鼻子抽我，或者用脚踩我，嘿嘿，你办不到。反而我能用我的鼻子抽你，我是说要是我有你们那种长鼻子的话。我也是个傣族人，但并不会把你们当神，就当大象，跟人一样的大象。"他说着唱起来：

你有芭蕉叶的耳朵，
你有四数木的腿脚，
你有大叶榕的鼻子，
你有望天树的身量。

你走过的路多还是吃过的草多？
你翻过的山多还是蹚过的河多？

他又说："你是我在大象病床上看过病的第九头大象，加上我在别的山林沟谷里救治过的，我已经给二十三头大象看过病了。大象看上去又壮实又强大，其实是很脆弱的，很容易受伤也很容易致命。你的伤本来不算什么，但耽搁太久了，感染的面积挺大，再不治疗就来不及了，过不了一个月你就得死。我对大部分大象都是一次性治疗，麻醉一次，上药喂药也是一次，基本就没问题了，但对你我说不上，治疗一次好像差点，治疗两次的话又不知道能不能找到你，就算能找到，象群能允许我把你麻翻了上药喂药吗？罢了，不想以后了，现在我要拔掉你耳根后面的箭，你要忍一忍，可能很疼。嘘，血出来了，是黑血，怎么这么深啊？幸亏箭头上没有毒。接下来我要给你清创上药，也有点疼，麻烦你再忍一忍。药也是我配制的，是用白薯莨的块茎、唐菖蒲的茎、五彩芋的根、花叶万年青、泉七的块茎、螳螂跌打的叶和茎、曲苞芋的块茎、马蹄犁头尖、血竭、黑叶驳骨草等四十七种草药熬成的膏药，我叫它'四十七灵膏'。你是西双版纳的大象，我用的全是西双版纳的药，你要是普洱的大象，我就会用普洱土地上长出来的药，有些药两个地方的完全一样，看着是一种，药性却区别很大，还有的药要么西双版纳独长，要么普洱独长，好像它们也懂得人类社会的行政区划，一过界线就不长了。俗话说一方水土养一方人，一方良药治一方病。我上的药很多很重，半个月可以不换，再说也没办法换，除非你长睡不醒，可是长睡不醒的大象又有什么必要换药呢？待会儿还要给你喂药，喂药是最难的，因为你睡着了，我得用木棒撬开你的嘴和牙齿，再用漏斗往里灌，很容易把你弄醒，弄醒后你就不愿意喝了，因为你是野兽，你以为人只要靠近你就都是来伤害你的。这很正常，就好比我看到老虎冲我走来，就一定会觉得它是来吃我的，但到底它来干什么，只有老虎自己知道。好啦，药已经上好，芭蕉叶也已经贴上，现在我要给你灌草药汤了，你可要配合一下。草药汤里藤本的药多一些，比如长萼鹿角藤啦，古钩藤啦，白叶藤啦，大叶藤啦，买麻藤啦，球果藤啦，锡生藤啦，有的用的是根，有的是茎，还有的是花或叶，再加上香合欢的根和树皮、刺桐的根和树皮、石栗的叶子、大叶双龙、红雀珊瑚、红背桂花，效果还是不错的，我叫它'藤草汤'。好啊，就这样，往下咽，使劲咽，太可惜了，还是吐掉了一些，多珍贵的药啊，这次绝对不能再让你吐掉了，快咽，往下咽，太好了，不是你配合得好，是我制造的竹子漏斗好，撑开你的嘴，压住你的舌头，再灌到你嘴里，你不得不下咽。谢天谢地，你没有吹胡子瞪眼，好像知道这个人是来给你治病的。"说着又唱起来：

你有澜沧江的气派，
你有横断山的形态，
你有黑森林的沉默，
你有艳阳天的明亮。
你见过的人多还是见过的蛇多？
你得到的好多还是得到的坏多？

大姨醒了，眼睛刚一睁开，浑身便抖了一下：怎么面前有个人？千斤拔头象可没说过睡着以后会来人。那就很可能还是在梦中，可是我怎么会在梦中醒来呢？平时都是醒来后想梦，现在怎么变成了梦里头想醒着？它张了张嘴，想喊叫一声，也就是问问对方：你到底是梦里的人，还是真正的人？可怎么也喊不出来。大象医生说话了："别害怕，治疗已经结束，我现在就可以走了，你照顾好自己，要是还不痊愈，最好就来病床上躺着，村寨里的人会给我传话的。"说着站起来，用一个竹篓装起了放在地上的东西，有盛汤药的瓦罐、放膏药的竹筒、做包扎的芭蕉叶，还有树胶、漏斗、剪刀以及剩下的两个用作麻醉的玉米，然后背起竹篓，再仔细看看大象，走了，边走边唱：

　　你有麻罗女的美丽，

　　你有雅欢毫的能耐，

　　你有三兄弟的聪明，

　　你有因帕雅的勇敢。

　　你得到的喜多还是得到的悲多？

　　你作过的恶多还是行过的善多？

（麻罗女、雅欢毫、三兄弟、因帕雅均是傣族叙事长诗和民间故事中的人物）

　　大姨闭上了眼睛，以为还在做梦。又躺了至少半天，它才挣扎着站起来，摇摇晃晃往山下走去，走到有点陡的地方，禁不住踉跄起来，扑通一声摔倒了，躺了一会儿再起来，继续往前走，似乎清醒了许多，觉得好像缺了点什么，想了一会儿才意识到：不疼啦，耳朵后面受伤的地方一点也不疼啦，千斤拔头象说得没错，果然睡一觉就不疼啦。它高兴地转了一圈，再次迈步时，突然就改变了主意：它为什么要下山去呢？应该待在这里，这里并不是没吃没喝。它走进茂密的山地雨林，吃了几口思劳竹，又吃了几口金足草，闻到一股野柁果的味道，正要走向柁果树美美地吃几口，就见白喉红臀鹎噗的一声落在了面前的澜沧火棘上：喂，大象，你睡得好香好沉，有个人在你身边你没发现？大姨吃惊地说：居然你也知道我做

111

的梦，可我在梦里没看到你呀？白喉红臀鹎说：现在看到就可以啦，说明你已经不做梦啦。为什么你独自在这里？大姨说：我也不知道为什么，就是想自己待着。白喉红臀鹎说：喜欢孤独可不是好事情，你不会是抑郁了吧？大姨说：好像有一点，管它呢，随心所欲吧。你的孩子还好吗？白喉红臀鹎说：好着呢，白头鹞子把我邻居的孩子吃掉啦，那是一对圆尾绿鹎，头一次孵养孩子，没经验。不过这就意味着它们很快又要下蛋啦。不像我，我可能半年以后才能再下蛋。它看着大姨满眼的疑虑又说，我们鹎鸟就是这样，没有孩子蛋下得很快，有了孩子等带大了才能下。说着，啄起一只绿色的凹头吉丁，上下翻飞了一阵，嗖的一声飞走了。

大姨吃了几只野杧果，在一棵厚皮树上蹭了蹭痒痒，便用低频的吼声和更加低频的跺脚声告诉自己的象群：不用等我啦，你们走吧，去找一个有公象的地方。又专门给三姨发去了信息：象群就交给你啦，在我不在的时候，你要做一个好头象，不仅要勇敢，还要有智慧和超凡的忍耐力。三姨问它为什么不走啦？它没有回答，因为它还没有想清楚。但很快它就清楚了：万一伤口再疼起来呢？不如就在这里待一阵子，隔三差五去昨天晚上睡过的地方睡一觉，疼痛不就可以避免啦？等有了永别疼痛的把握，再去找象群岂不更好？再说它也想卸任了，想把头象的位置让给三姨，但如果自己还在象群里，不光三姨不肯接受，大家恐怕也不乐意。好了，就这样定啦，不走啦。它现在还无法意识到，自己跟象群的分离带着永远的色彩，至少一部分是这样。以后的日子里，大姨和缅桂花家族的大象再也没有碰过面，虽然彼此的思念就像树海的流淌绵绵不绝，但大象每天面对的不只是思念，还有饥渴与温饱，有走去与走来，有生存与死亡，所有的面对似乎都比思念更加急迫。努力生存着也相思而泣着，越来越丰富的时光陪伴着它们，它们越走越远了，也不可挽回地越来越老了，就像大姨说过的：吃了相思果的大象都老得快，相思果里有大毒。红艳艳的相思果啊，象公主可是从来不吃的。真的不吃吗？那怎么也会一幕幕地出现那些消失了的风景、那些剪不断理还乱的往事呢？就像人的歌唱——人要是不侵害大象，只会歌唱该多好啊。

为什么它也会倒下，
桫椤的身躯？
活化石的羽叶让红壤如此丰腴。
为什么它还会到来——
就为了收获一季的玉米，
摧毁八千岁古樟的觊觎？
为什么他们分不清智愚？
分不清芭蕉与棕榈、
紫茎泽兰与斑鸠菊、
飞机草与老虎须？
为什么他们不在乎我们的冤屈，
不在乎倒下去的是血肉，
是大象器宇？
而我们奔跑的步履
依然是大自然的节奏：
爱你，爱你。

……象奶奶头顶的白缅桂花树好像突然撑大了树冠，半边天都被遮去了，而且还在旋转，就像澜沧江里的旋涡那样，风也在转，远山近水以及所有的物体都在转，似乎划过去的都会折回来，气流会折回来，声音会折回来，太阳、云彩、黑鹰、猛隼都会折回来。咚咚作响的脚步声是那么响亮，带着恐怖和悲哀的慢节奏，带着原始的鼓角祭祀神灵时的沉着和虔诚，一次次地踏在它的心里。而天上，空气的板块正在漂移中变化着形状，整一的永远都是暂时的，蛇雕的盘旋就像一种潇洒的切割，天裂了。切叶蚁急急忙忙跑来，又把它们切割成了数不清的碎片，然后是缝叶蚁的缝缀，天变成了椭圆的叶巢，里面堆垒着洁白的蚂蚁蛋——白云是多么通情达理啊，转眼就奉献出了缟素般的吊唁。象奶奶觉得头突然大了，也沉了，很快便疼起来，几乎超过了屁股和后腿上的疼痛，但没有已经感染的耳朵疼得那样尖锐。身边的鱼腥草和金荞麦唰唰地鼓荡着，似乎瞬间长成了大树，伟岸得就要淹没它。它看到象妈妈、象姨和象姐姐排着队走来，不禁激动地啊了一声，但只是眨巴了一下眼睛，激动就变成了悲哀，怎么变得这么快啊？接着又是惊恐：象妈妈变成了武姬蜂，象姨变成了突眼蝇，象姐姐变成了绿玉蟓，象奶奶自己变成了黄猄蚁，是一只已经六十八岁的老黄猄蚁。它张了张嘴，似乎喊出了声音：别来啦，别来啦。象奶奶说的是斑文鸟和阔嘴鸟，意思是既然我已经变成小东西啦，就不会再讨厌别的小东西啦。但鸟儿们的想法是：这个时候大象更需要我们，不能辜负了人家的期望。于是便争先恐后地飞过来，一顿横吃竖啄。象奶奶说：千万别吃掉我，我老啦，不好吃啦。它想起象群离开这个缅桂花树成林连片的地方，沿着澜沧江继续北进，走到野牛河后，自己也说过"千万别吃掉我"的话，但那时它针对的不是鸟，是两只金钱豹。

6

大姨落单后，三姨自然而然成了头象。它似乎比大姨更有主见，路过了滇竹青青的南甸河，它没有停下，见到了甜麻花盛开后金黄一片的荒地河，还是没有停下，来到了黑河边枇杷果环绕的硝塘湾，也只是让大家待了两天，补充了一下象体缺乏的盐分，便又带着十九头大象组成的家族上路了，直到看见野牛河清澈到碧绿的流水和两岸彩云一样堆砌起来的雨林，才决定停下来，看看这个地方适不适合象群的生存。已经连续走了一个多月，它们需要休息，需要食物，需要洗澡——水浴、泥浴、沙浴、草浴都需要，需要安闲而平静的日子，需要快乐，而不是匆匆忙忙，悢悢惶惶，眼望是忧，脚迈是愁，唉咦兮兮。野牛河流域显然可以满足它们至少百分之八十的愿望。首先这里没有村寨房屋，看不到人烟，其次两岸虽有浓浓的绿色却并不是百分之百的郁闭，时有林间空地和石灰岩的缓坡出现，加上左岸有硝塘，右岸有泥浆，几乎就是大象的天堂了。更重要的是，因为一直没有公象可能会出现的消息，母象们失望的心情影响到生理系统的正常运转，几头该产生爱情的大象已经没有产生爱情的迹象了，包括三姨。它们似乎忘了北上寻夫的目的，忘了作为母象生儿育女的天职和基因遗传的神圣，每天都在河里泡着，泡够了就去岸上觅食。好吃的东西真是太多了，但很多都在树上，不是够不着，就是林子太密走不过去。三姨带着大象们连续几天都在撞树，撞倒了再吃，野柿子、野蒲桃、五眼果、橄榄果、野杨梅，应有尽有。大象们发现，最香最甜的果实差不多都聚集在树冠上，怪不得猕猴喜登梢头，飞鸟爱落高枝。撞倒的树都在一条线上，象道出现了，每天都在往前延伸，说明象群已经把这里当作了新的家园，打算长期居住。长期居住就得循环觅食，也就是确定一些隐蔽、安全、平坦、食物丰富的觅食点，再用相对固定的路线连接起来，吃掉了这里的，再去吃那里的，两三个月或者四五个月重复出现一次，被吃掉的枝叶就又能长出来了。用象道连接的还有洗浴中心——它们可是喜欢清洁的动物；还有天然硝塘——它们可是跟人一样希望天天能吃到一点盐的动物；还有稀泥土坑——它们可是用稀泥防止阳光灼晒，抵御有毒的库蚊、伊蚊、按蚊、局限蚊叮咬，再让它干结后带走皮肤皱褶里的寄生虫的聪明的动物；还有娱乐场所——它们可是喜欢玩耍并拥有精神生活的动物。

那些日子，现在的象奶奶曾经的象公主喜欢把鼻根垫在大树的树干上练习撞树，每撞倒一棵树，都会带着心满意足的成就感，喊叫几声：三姨快来看啊，我又撞倒了一棵。那一天它撞倒了一棵肉托果树，又撞倒了一棵毛荔枝树，看到三姨不在身边，就什么也没喊，跑到前面的一棵龙果树下，继续施展它一天天强大起来的力气，突然听到扑通一声，一个东西从树上掉了下来，一看是一块带皮毛的肉，像是水鹿的大腿，正在诧异：龙果树上怎么长肉了？就听噌噌的两声，两只金钱豹从树上跳了下来，吓得它尖叫一声，想跑开，两条腿却软软地怎么也挪不动。眼看着金钱豹慢腾腾朝自己逼来，它哆哆嗦嗦地说：千万别吃掉我，我还小，不知道有些树是不能撞的，可是豹子叔叔，你们为什么要待在树上呢？树上的世界是鸟的，是猕猴的，是变色树蜥的，是树蚂蚁的。两只金钱豹不理它的搭讪，还是龇牙咧嘴地靠近着，它被吓得几乎瘫倒在地。就在这时，身后传来一声大象的嘶鸣，一个巨大的黑影腾腾腾跑过来，毫无惧色地扑向了两只金钱豹。两只金钱豹转身就跑，一个比一个跑得快，大象一边诅咒一边追撵，直到把它们追上了一棵高大粗壮的气达榕。大象返回来，冲着它甩了甩沉重的大鼻子，算是打招呼。它呆呆地望着：不得了，这头大象是自己从未见过的——伟岸的身躯、粗硕的四腿、浑圆的屁股、浓烈的气味，最最重要的是它有威风凛凛的长牙。也就是说一头大公象从天而降了。它一阵惊喜又一阵紧张，扬起鼻子喊起来：三姨，三姨。听不到回音，就又喊别的大象，回答它的却是赤胸拟啄木鸟脆亮的啄木声。它看到一缕白烟飘带似的缠绕在啄木鸟的华冠上。

象公主知道，大象们走散了，已经听不见自己的呼叫了。安全感的增加、对新家园的逐渐适应和品种多样的食物，让象群经常会在一个觅食点上分开行动，有两头三头一起的，有四头五头一起的，也就是爱吃什么就去找什么，喜好相同的、说得来的往往在一起，甚至有时候会出现这样的情况：一部分大象在吃东西，一部分在河里戏水或者在泥里打滚，就看自己的喜好了，是贪吃呢还是贪玩？而它是贪玩一族，玩着玩着就跟常跟它在一起的三姨分开了。三姨是头象，很多事情都需要它亲力亲为，确定新的象道啦，推倒哪一棵大树对雨林更有好处啦，在哪里挖掘一个新硝塘更合适啦，发现了一种从来没吃过的植物或者水果它得跑去第一个尝一尝，以便确定有没有毒啦，象群里有了大的欺负小的或者小的欺负老的，它得去教训教训欺负者啦，有时候真还顾不上它。它想回头去找，却被大公象拦住了。大公象让它往西边的象道走，它不听，对方就一鼻子推得它跟跟跄跄朝前跑去。它说：哎哟妈呀你轻点，我是小象，小象是象群里的上帝你不懂吗？大公象的回答是：我是天马行空的独象，象群的规矩跟我有什么关系？它在大公象的驱赶下不情不愿地走着，突然走出象道，躲到几棵鱼尾葵后面去了。大公象哼哼一声冷笑，走过去，用右脚踢了它一下。它顿时飞起来，趴在了象道上。大公象说：起来。它倔强地不起来。对方就伸出粗大的鼻子，把它轻轻卷起来，又让它稳稳实实立在了地上，然后呵斥一声：快走。看来它只能服从大公象的命令啦，大公象是它见过的力气最大、身量最高，也最不怜惜小象的大象。它边走边哭，乞求着大公象：别让我离开三姨，它会着急的。大公象问道：三姨是谁？它说起来。大公象说：那就看它啦，它要是来找你，你们不就在一起啦？它这才明白：自己被绑架啦，而大公象绑架一头象公主的目的，却是为了让象群里的其他母象来找它，或者给它发出急切的想跟它约会的信息。它已经知道来了一群母象，激动了好长时间，却没有等来它们的邀请，这让它很没面子，越想越不开心。听着大公象的表白，象公主就不怎么担忧自己了，一是大公象不会带它远走高飞，二是三姨和别的母象很快就能找到它，因为大公象的气味又浓烈又古怪，沾染在它经过的所有地方和留下的脚印上，不会风一吹就散掉。

但让它没想到的是，过了整整两个月，三姨和象群才晃晃悠悠从象道上走来，当它们出现在那片长着许多葱木、构树和山李子树的小坝子上时，它似乎已经不怎么想念三姨和象群了，愣愣地看着，就像看着分手才半天的亲人。它的性成熟和青春期两年前就已经开始，现在又面对着大公象的追求，它突然就爱上了大公象，想和它一起生一个跟它同样伟岸健壮的象宝宝了。它的心情好起来，带动着雨林的心情，也烂漫明亮起来，什么花都开了，叶子比先前绿了一倍，成熟的果实时不时冲它掉下来，它会卷起来送到大公象跟前。大公象接过去，嘿嘿一笑，就又把甜蜜的果实送到它嘴里。它贪馋地吃着，吃下去的是果实也是爱情。动物们看见了，羡慕得要死，也都学模学样地把自己的爱情加倍表达在了同类们面前。但学得最快的还是植物们，在象公主和大公象彼此爱恋的那些日子，它们授粉最多，生长最快，晚辈们更像是雨后春笋，只要有一点空隙就能长起来，土生，岩生，附生，寄生，雨林蓬勃向上，大象安居乐业。

有大公象陪伴象群的日子延续了二十多年，就在野牛河青碧澄澈的河段上，在两岸云朵一样堆垒着色彩的雨林里，大公象引发了缅桂花家族中所有适龄母象产生爱情的时期，并让它们一个个怀上了自己的孩子。当七头小象陆续出生后，象群又回到了二十六头的数量高峰期，而且还有怀孕后没到临产期的，比如它——象群里魅力无穷的象公主，又一次怀上了。野牛河流域慢慢变得有些狭窄，本来三四个月重复一次的循环觅食变成了一个月循环一次，觅食点的植物不够吃了，只能加快移动的速度，但这样一来，象道两边就会有更多的树木被踩倒，觅食点的植物也会出现过度采食后来不及再生的情况。更重要的是，它们看到了人，不是一个，是许许多多。他们出现在过去连大象都不愿意去的深山密林里，开始砍伐树木，每天都能传来大树哗啦啦倒下的声音，接着便是盖房、烧荒、成立农场，是作为农田基本建设的平整土地，嘟嘟作响的拖拉机开上来了，放着屁奔跑的汽车驶过去了，慢慢地出现了连成一片的大田，也出现了参差错落的梯田。虽然人的活动和田地的出现暂时还没有影响到象群的生存，甚至人还没来得及发现离他们不远的林海深处有一大群大象，但大象们的惶恐却与日俱增，战战兢兢的日子来临了。

一个细雨霏霏的夜晚，一头母象带着家族中跟它亲缘关系最近的十一头大象，悄然离开了这里，它们的行为似乎是说：我们在天在地在山在水的象魂启示了我们，应该把如此美好的野牛河留给你们，我们回去了，去来路上看看，是不是还有差不多能生存的地方，或许能回到西双版纳，能见到过去的头象——慈祥的大姨。它们说的"你们"指的是三姨和其他大象，也包括了大公象。尽管大公象并不会跟象群待在一起，它一直是独象，有了产生爱情的母象，才会激情澎湃地出现在象群里。象群骤然变成了十五头。三姨垂头丧气地说：看来我这个头象当得不怎么样，它们不相信我会让大家摆脱目前的困境。不过要走也是我带一部分大象走，你们怎么走了呢？唉咦兮兮。它觉得只要减少象群的数量，野牛河流域目前仍然是一个大象生存的理想之地。但很快，理想之地就变成了灾难之所，留下来的大象也要离开了，是因为水源，也是因为大公象，不，跟大公象有什么关系呢？它哪里做错了？

水源被弄脏了，由无数山林泉水汇聚而成的野牛河在流过人类修建的一片片土墙瓦顶的房屋后，就变得浑浊不堪了，有粪便和垃圾，有一层白色而刺鼻的漂浮物，更有一种跟大象格格不入的味道，一闻鼻子里就像进了无数大头蚂蚁那样奇痒难忍。大公象朝上游走去，想找到一个跟过去一样清透碧绿的地方，美美地喝一通，再打着滚洗个澡，愿望还没有实现，就被人发现了。那些人有的奔跑，有的观望，有的发出了一阵阵挑衅的吆喝。大公象望着他们，觉得有点害怕，转身走开，迅速隐匿在了密林里。但它想不到的是，无论是自己巨大的体魄，还是雄伟的象牙，都是一种比太阳和月亮还要耀眼的诱惑，几十个人偷偷摸摸跟踪而来。在半个月的远距离侦察后，这些人不仅掌握了它的活动规律，还发现了整个象群的存在。此后的两个月里，他们一直在制订猎杀方案，主要是针对大公象，同时也针对象群，因为象群十五头大象中还有三头小公象，象牙虽然不长，但也不会失去它的珍贵性，六支加起来，完全抵得上大公象单支象牙的重量了。密集的鸟儿变得稀疏，懒散的蜂猴远去了，豹猫失踪，小鼷鹿遁迹，雨林的萧条随之而来。

……象奶奶想着，突然嘀咕一声：唉，象牙，多么美丽的象牙。我们在天在地在山在水的象魂保佑着大象，让大公象活到了那个时候，不然象群就没有后代啦。它想起岁月深处那些爱的迷醉，产生爱情的日子里那些期待和迷茫，被大公象追求着的激动和缠绵，总是伴随着关于象牙的崇拜，所有母象的爱里都满满当当储存着对大象牙的思恋。这样的思恋，大象会表达，人也会表达——象魂说啦，人在表达方面具有很高的天赋，几乎赶得上大象了：

> 你们说雪山是洁白的，
> 而冰川如同象牙不仅洁白还会坚硬。
> 那是因为你们从来没有触摸过象牙，
> 我是说野兽们和人们，

因为洁白滋生的力量，
会让你们飞向树的枝杈。
当太阳鸟在象牙上驻足，
顺便磨磨它的小喙，
便知道什么是最后的洁白，
不是冰不是雪不是云彩，
不是白兰花的芳魂，
也不是大花田菁的皎然。
看啊，世上唯一的洁白，
插入黑灰色的肢体变作移动的辕毂，
开天辟地——神在，象在。
象牙是西双版纳的升起，
是生命偶然绽放的长堤，
是雨林昭然于世的虹霓，
是造化恩顾大地的雄奇，
是未来是否安好的预期，
是牟取者谢罪后的锦旗。

它端起牙宝冲我粲然一笑。
再一次，我用鼻腔握住温软的尖端，
嗅闻生香的活骨烂漫如花。
请让我拥有大牙国的后代，
我爱你就像爱西双版纳。

  大公象生来就具有超凡的机警，自从被人发现后，变得更加机警，把自己的活动缩小到仅够吃饱肚子的范围内，从来不到林缘的开阔地上去，而且一两天就换一个地方，放弃了去硝塘吃盐，去稀泥坑里泥浴，不随便拉屎，只在它认为人看不见的地方排泄，也就是不想给人留下便于追踪的痕迹。但它无论怎么谨慎，都不会离开象群太远。因为本能告诉它，一头公象的责任便是在危险来临时保护母象，尤其要保护养育孩子的母象，何况还有它的钟爱——它是多么喜欢那头天性温柔的象公主啊。象公主已经生下了一头小母象，现在又怀上了它的第二个孩子，微微鼓起的圆肚子让它看起来具有无与伦比的漂亮。大公象必须每天见它一面，或者闻到它的味道，否则就会寝食不安。再说了，预设中的危险正在渐渐逼近，它必须做到为它而生，也为它而死。志在必得的猎手们出现在一个傍晚，霞色是那么清淡，就像一碗浊水泼到了天上，弥漫出一层脏腻的雾气。倾斜的雨林更加倾斜，浓浓的绿意被倒进河里，流走了，裸露着的淡红土壤上，铺满了各种颜色的残花败叶。人们带着长枪和绳索，分成三个梯队，被一个人统一指挥着，迅速包抄过来。首先察觉危险来临的是三姨，它立刻发出了警报，大公象听到后直奔而来。人群和象群的对峙开始了，雨林的空气紧张到一绷就断，没有风，也没有动物的摇晃，树却不停地摇晃着，唰啦啦、唰啦啦的，枝子和叶子掉下来又飘上去，逃遁的飞鸟惊慌失措地蹿进了云彩。大公象使劲咆哮着，想吓走他们，却发现声音是不起作用的，或者说他们把它的震慑当成了哭泣，得寸进尺地一点一点靠近着，近得都能看到黑洞洞的枪口了。枪口是瞄准它的，好几支枪都在瞄准它。三姨快步来到它身边，挡住前面的枪口说：为了缅桂花家族的小象——我们的后代，也为了保住你自己，你是不是应该马上离开这里？大公象大惑不解：我是公象，这时候怎么能离开？三姨说：你这个糊涂蛋，到现在还不明白，这些人是冲你来的，你跑得远远的，大家也许就安然无恙啦。大公象说：不会吧，怎么可能冲着我一个呢？三姨一鼻子打在大公象高高翘起的象牙上：你要是能把这个卸下来送给他们，他们自然就退回去啦。这样的提醒太及时了，大公象摇晃着大脑袋，朝着还在靠近的人鄙视而仇恨地甩了甩鼻子，望了一眼象公主和它的孩子，掉转硕大的身体，抬脚就跑，以一头大象能够达到的百米九秒的最快速度，跑向了朝北延伸的象道。人们惊叫起来，然后便吃三喝四地追撵过去。

骚动就像暴雨时节涨满河谷的大水那样扩散着，能听出哗啦啦的响声并不都是逃跑和追撵撞到了树枝树干，还有清香木的愤怒、黄毛漆的呵斥、大红叶藤的哭泣、鸟不企的哀叹，当归藤一声不吭，却把身子横过来，一连绊倒了两个追杀大象的人。更有一条眼镜王蛇和一条山烙铁头突然蹿出洞穴，不顾死活地立起身子，堵挡在了那些人的面前，吓得他们尖叫不已，四散而去。一只绿脚山鹧鸪飞过来，准确地把一泡屎拉在了跑在最前面的人头上。猎杀者追撵的速度明显降低了。雨林的植物和动物都开始同仇敌忾，一片诅咒屠杀的声音。缅桂花家族安全了，至少暂时是这样。大公象却一去不归，再也没有看见它回到象群的身影。三姨多次联系过它，得到的是空气本身的回答：没有大公象的味息，没有它的声音，也没有它的步履，哪怕是蹒蹒跚跚的步履。但三姨知道大公象还活着，因为以它的奔跑速度和耐力，人是追不上的，子弹也许能追上，但没听到枪响啊，说明它很快就跑得无踪无影了。三姨给所有的大象说：看来我们也得离开野牛河了，去找原先的头象——我的姐姐——孩子们的大姨，不知道如今它在哪里，情况怎样了。大家都说：好啊，那就走吧，什么时候走？你说一声我们就行动。三姨说再等等，好几次都说再等等。不知道它在等什么。有一天，当那些端着长枪的围猎者再次出现在密林里，鬼鬼祟祟摸过来时，三姨粗猛地吹了一口气：再见了，野牛河。又大喊一声：跑啊，我在前面，你们跟上，一个也不要落下。它跑起来，但方向不是象群和大姨分手的南边，而是大公象消失的北边，说明三姨一直在权衡：到底亲情重要还是繁衍重要？最终还是母性意识和大局观念占据了上风：对不起了姐姐，不能去找你啦，毕竟大公象是难得一见的大象体魄与能力的完美体现者，是好几个孩子的父亲，以后说不定还将是更多孩子的父亲，错过是不负责任的，我怎么能做对种群的发展、家族的繁衍不负责任的事情呢？

　　三姨带着象群跑出了野牛河流域，跑到了一个有河流有大坝的地方。象群停下来，喝着水稍事休息，粗略观察了一下这个陌生的环境，就又跑起来。在象公主的记忆里，大象的一生就是不断奔跑的一生，那种为了逃命的奔跑，为了避免追杀的挣扎，怎么就来得那么频繁呢？或者它其实并不频繁，而是大象的选择性记忆里，更多更牢固地保留了亡命的时刻、苦难的岁月，而忽略了安逸的日子、吉祥的瞬间。终于象公主跑不动了，它必须时刻关照它的两头小象，一头在身边跟着它跑，一头在肚子里被它带着跑，它累得喘息不迭，冲着一会儿在前面领路，一会儿在后面督跑的三姨嘶哑地叫了一声，便停下来不动了。后面烟尘升起，黑鸢乱飞，显然追撵的人还在追，他们吸取让大公象成功逃脱的教训，用上了跑得比金钱豹还要快的汽车，像是说：追啊，象牙是我们的，要是让它们跑出我们的地界，就便宜了别人。三姨跑过来说：我们现在要过河啦，一过河说不定他们就追不上啦，你要是跑不动就先藏起来，等甩掉了这些又凶恶又贪婪的人，我们再来接你。快，你把孩子给我，我要把它带走。三姨看对方毫无反应，又说，怎么？不放心啊？连你都是我带大的。象公主说：不是我不放心，是孩子不愿意。那头小象也就是以后的象妈妈死活不跟三姨走，它担心妈妈又依恋妈妈，怎么可以抛下不管呢？三姨说：罢了，那你就带着它吧，赶紧藏起来，千万别出差错，我们走啦。三姨催促着象群跑向了河边，也不管水深水浅，一个个扑了进去，开始是走，接着便是游，过去了，终于过去了，一个不落，除了象公主和它的孩子。

第三章 勐巴拉娜西之歌

我们是绝无仅有的厚皮大将,

为什么得不到珍惜和赞扬?

它来自温德亚山,它很饿,蹒跚走过街巷。

无与伦比的诱惑——果肉、稻米、盐和糖。

它感激地望着投食的人一口吞下,

接着便是肚子爆炸,冲天升起硫黄。

它记得十公里以外有水,它跑啊,

终于来到岸边,汲水浇熄肚子里的灼烫,

然后仰天长啸,轰然倒地,眨眼死去。

人们看到它肚子里还有一头被炸碎的小象。

1

象公主带着小象，躲进一片挤满了石栎、木荷、青冈和钓樟的常绿阔叶林，把自己隐蔽起来，警觉地站立着，一秒也不敢懈怠。静悄悄，这里的黎明静悄悄，是永恒的黎明，是时光不再走动的黎明。它用机敏的耳朵和鼻子观测着：追撵的人来了，又走了，一个个唉声叹气。三姨真是太英明啦，那些猎杀者果然被河水拦在了对岸，一无所获。它在雨林里待了三天，直到一对对胆小警觉的山雀在林缘啁啾不休时，才敢带着小象走出来。一只黑胸白翅膀的公山雀嘲笑道：早就安全啦，你怎么才出来？大象这么大，胆子却比我们小。象公主疑惑地望着前面问：这里是哪里啊？公山雀说：这里就是这里。一只母山雀说：人家肯定问的是水库的事。公山雀说：它又没提水库，我怎么知道？母山雀说：没提水库你就不能说水库啦？公山雀说：当然，因为它没提的多啦，我不能把它没提的都说出来吧？再说我怎么知道它没提的都是些什么呢？母山雀说：你真笨，我不是说啦……两只山雀吵得不亦乐乎，象公主走开了，它望着宽阔的水面问自己：这不是三姨带着缅桂花家族渡过去的那条河吧？身边的小象说：怎么不是呢妈妈，对面的山还是我那天看到的山。以后它们会明白：就在象群渡河而去和它们藏起来的第二天，新建的水库开始蓄水，准备发电，修在山口的大坝放下了铁闸，流量很足的河很快变成了一座水深七八米的大湖。湖面上已是烟波浩渺，风浪拍天。

象公主带着小象守候在水库边，呆呆地望着远方的对岸。小象说：妈妈我们去吃水果吧，我都饿啦。象公主说：三姨说啦，甩掉那些人后它会来接我们，我们必须等着，万一它来了找不到我们呢？小象说：三姨不会来的。象公主说：你怎么知道？小象说：妈妈我说错了，我不知道。但接下来的事实却证明小象说对了，三姨它们再也过不来了，它们的等待只能是浪费时间。一个月以后，水电站的一对青年男女来雨林边上约会，意外地发现了它们，又是害怕又是好奇地喊叫起来，边喊边跑，却又不想跑远。象公主望着他们突然醒悟过来：赶紧走啊，有人迹的地方是不安全的。它们当即离开水库，朝雨林深处走去，雨林那边是澜沧江，沿着江边一边觅食一边走，脚步沉重得就像它们的心情：怎么办啊？象群就剩下它们母子了。寂寞的岁月里，象公主学着三姨和别的大象的样子，用低频的次声波方式联系家族，得到的却是更加彻底的失望和寂寞，有个声音对它说：谁也不会听到你的呼唤，你的使命就是孤独，就是在思念中流浪。

半年以后，它们到达水鹿河流域，感觉还不错，就留下来不走了。更重要的是，二十几个月的孕期、六百多个蜜水柔情的月落日出即将结束，它马上就要分娩了。

雨还在下，风的穿梭让雨线有了经纬分明的编织，就像它所依赖的雨林，横的走向和竖的延伸都在一种貌似无序的状态中井然有序。所有的绿色慢慢地在幕帘后面变成了黑色，而且是不断洇开着的墨汁般的黑色，如同岩罗章的眼睛，有时候能把花看成叶子，把灿烂看成无色，把绿意生趣看成死气沉沉，似乎雨林是既不黑也不白，既不红也不紫的。但有时候又异彩纷呈得就像颜料的堆积，所有的美丽都在眼睛里发光，尤其是在他赶去跟大象会面的时候。好比现在，陪伴他奔跑的除了雨林和雨季，还有喜悦，还有满眼的秾绿烂红。岩罗章觉得如果奔跑本身就能换来大象的平安，他就会天天奔跑，不管白天还是晚上，不管上山还是下坡。可惜还从来没有一次双脚的运动能变成灵丹妙药的经历，跑到病除的想法连梦幻都算不上。他必须冒着危险扑过去，在大象的鼻子底下请安问好，然后说：请抬起金刚杵一样的象脚但不要踩我，请伸过无量山一样的象头但不要撞我。好在大象有无与伦比的传递效应，神秘的认知延续既表现在竖向的亲缘代际关系中，也表现在横向的非亲缘关系的交流和传播里，也就是说你治好一头大象的结果往往是好几头大象对你产生亲近感，要是你不断救治，或者几代人连续救治，就能通过遗传密码和流传本能，进入大象的记忆，并在它们的社会中取得口口相传的效果，甚至都可以传给别的动物，明显的例子是：大象亲近的对象，别的动物包括食肉动物比如印支虎和金钱豹也很少发起攻击。大象认知的延续和传播几乎是岩罗章接近大象的保证。十多年前，他去勐腊的象明乡为一头小象治疗摔伤，完了以后往回跑，在沟谷雨林的象道上，在早晨的细雨中，看到了一溜儿新鲜但不成形的粪便，几乎是一摊没有消化的植物叶子，便拨开看了看，拿起来闻了闻，发现里面除了黑毛滇竹和长花马唐，还有不少软枝黄蝉的根茎，这是一种能引起腹痛腹泻的毒草，要是不及时救治，大象不光难受得要死，还会引起习惯性便溏，导致营养不良而死亡，也就是俗话说的拉死病。他跑起来，在象明雨林密如蛛网的象道上，从早晨跑到傍晚，才见到这头独自行动的公象。它正在发疯，用鼻子拽，用四脚踩，让一片黑毛滇竹和长花马唐狼藉在地上。显然这是一种报复行为，公象以为正是这种自己昨天吃了半夜的植物，导致了它的肚子疼。它一边拉稀一边毁林，见了人就吼：你别过来，过来你就完蛋啦。岩罗章说：我是大象医生，我怎么可能不靠近你呢？他放下背上的竹篓，拿出十颗用黑面神、火殃勒、粗糠柴、灰藿和黄连研磨成的丸药，用手掌托着，走了过去，大声说：吃掉，你必须把它吃掉。公象举着锐利的象牙冲过来，眼看就要刺穿他的胸腹，突然又嘶叫着停下，用鼻子在空中画了一个圈，安安静静地站在了他面前。他说：这就对了，你应该像我信任你一样信任我。它用一种可怜巴巴的眼光望着他，任凭他掰开它的嘴，把一只手伸到了它的舌头上。它张着嘴不动,直到确认那只人手离开嘴巴后才开始咬合、咀嚼、品尝,咦——怎么这么苦啊?但它还是咽下去了。说明它想起了什么,想起了象妈妈的教诲,或者想起离开象群之前,前辈们说过的:有一个人,他时刻背着竹篓,浑身上下散发着苦味,就好像他把整个雨林所有发苦有毒的植物都集中在了自己身上。重点是:他有家传的善良,是一个对大象很好很好的人,吃了或者抹了他给它们的苦东西,大象的所有疼痛都会烟消云散。对了,忘记告诉你,他还是一个见了大象就唱歌的人,他的歌是这样的:

> 如果版纳没有大象,
> 薑菜花就不会吐香,
> 望天树就不会生长,
> 澜沧江就不会流淌。
>
> 为什么功劳在大象?
> 下次见面再对你讲。

多少次他都是根据粪便和尿迹发现了大象身体的异常,然后千方百计找到它们,给它们喂药,让它们痊愈。当然也有永远找不到的,病象迁移到西双版纳之外去了,或者自己治好了自己的病——很多大象根据父母的传承都有根据症状寻找草药的本领。还有找到后已经去世的病象,不多,就一头,但已经够让他难受的了。他那时虽然能跑,却不像现在这样必跑无疑和一心一意,常常是跑一阵走一阵,甚至走比跑多,不是累,而是路上有许多值得他左顾右盼的事情:跟遇到的人和动物打个招呼啦,顺手挖几棵自己需要的草药啦,爬上王冠蕨看看被老犀鸟封闭起来的鸟窝里有没有小犀鸟啦，拽着象鼻藤荡一阵秋千啦，砍一段水藤解解渴啦，摘几个木瓜榕果充充饥啦，结果就延误了救治的机会。它是外伤，虽然面积大了一点，但救治及时的话完全可以再活几十年，不至于因流血过多而长眠于野。后来他就开始用连续跑步惩罚自己，干什么都跑，连在竹楼上从火塘进入卧室也要跑，跑着跑着都不会走了，就又开始练习走路。

更多的病象当然还是别人发现后通知他的，一般都是岩传玉，玉传召，召传刀地捎口信，到了他耳朵里就已经是几天以后了，所以就更得奔跑而去。有一次，一头不知为什么离群独行的母象滑进了人工修建的灌溉蓄水池，崇拜大象的佤族寨民在蓄水池边挖出一条路，放掉许多积攒了好几年的水，才把它救上来，结果发现池中碎裂的酒瓶割断了它的尾巴。他们传话给他，希望能把尾巴接上。他火速跑去，给寨民和母象说："我只能试试，不一定能接好。"开始母象甩鼻踢腿地不让他靠近，后来又主动往他跟前凑，唯恐离得远了，自己得不到救治，原因是他拿出了一年前救治一头大象时用过的祖传秘药"四十七灵膏"。很可能母象跟那头大象有过交际，记住了对方身上的这种味道，所以一闻就感到亲切。接好了尾巴，包扎了伤口，他就走了，走时说："我还会来看你的，你能不能就在这个地方等着我，反正这里有吃有喝，免得我到处找你，万一找不到呢？"过了几天他奔跑着去找它，发现它居然真的就在那里等着，一见他便高昂起鼻子，欢叫了一声。他看了看它的伤口，给它换了药，再次离去，又说："至少还得换一次药，你恐怕还得在这里等着。"一个星期后，他第三次去找它，发现它果然哪里也没去。它欢叫着迎他而来，他抱着它的鼻子几乎骑上去。尾巴长好了，也可以自由摆动了。他抹了些药，没有包扎，走时说："你好了，跟别的健康大象没什么两样了，想去哪里就去哪里吧。不过你是头母象，没有理由独自流浪啊，要是你跟家族里别的象产生了矛盾，千万别计较，大度一点，过去的就让它过去吧。你还是应该回到象群里去，独自游荡是很危险的，万一遇到猎人呢？那可都是些心狠手辣、不讲恩德的人。"第二天正好没有别的大象需要救治，他好奇地来到那里，发现母象已经离去了。他高兴地想：大象是懂我的，我也是懂大象的。还有一次，两头公象为争夺爱的权利打起来，失败的一方浑身都是被戳伤的牙齿印，几乎每个牙齿印都在流血。又是寨民们的传话把他召唤到了公象身边。公象正在气急败坏的时候，遇树推倒树，见人攻击人，还会莫名其妙地用牙齿猛戳岩石，用鼻子抽打前来安慰它并为它清理皮肤的银胸丝冠鸟和印缅寿带。他远远地看着：怎么办呢？一头大象的血十分有限，它已经流淌得满地都是，不能再流了。他握起拳头给自己鼓着劲走了过去，大声安慰道："你撒什么气啊？不就是求爱失败了嘛，今年不行，明年再来，何况还有别的象群，你也可以去试试，不过是多费些时日多跑些路罢了。如果你实在找不到对象，我也可以给你介绍，我认识很多漂亮母象。"公象吹着气，打了他一鼻子，却不是很重，也没有继续打下去，呼哧呼哧地允许他在它身上摸来摸去。上药成功了，公象伤好了，如同他告诉它的，又去别的象群寻找产生爱情的母象，而且成功了，恋爱和生子都成功了。当他再次找到它时，他高兴地唱起来：

如果版纳没有大象，
太阳就不会升起在东方，
月亮就不会悬挂在晚上，
红花和紫花就不会开放。

为什么我们离不开大象？
你最好去问问象王召掌。

治疗时间最长的是一头耳朵残缺的母象,病却跟耳朵没关系。它脚步滞涩,走路缓慢得如同蜗牛,有一点坡坎就会绊倒,而且喘息不迭。象群不忍心丢下它,总是走一走停一停,想让它跟上大家。它跟了几天后,就转身离去了,来到离村寨比较近的稻田里,卧了下来。这时候他已经有手机了,是勐巴拉娜西大象救护队的贾海桐队长送给他的,教了他半天才学会使用。他说:"不是我买不起,是我不需要。"贾海桐说:"你不需要我需要,以后就好办了,我们需要你时就可以给你打电话,你可千万别拒绝。""都是为了大象,我怎么可能拒绝呢?多谢了,我要把手机号公布出去,以后看到伤病的大象,别人就不一定跑来告诉我了。"消息就是有人通过手机传给他的,他跑步来到稻田里,把大象浑身上下摸了个遍,又看了看它的鼻子、眼睛和嘴巴,发愁地想:这头象的心脏出问题了,它是来向人求救的,可我没治过这么严重的病,不知道能不能奏效。两个多月里,他除了去给别的大象治病,天天都跟它在一起,喂它最嫩的笋尖、最鲜的芭蕉茎秆,还买来玉米、粳米和食盐加强营养,更主要的当然是喂药,是用丹参、红瓜的茎叶、龙血树的枝叶、萝芙木的根和树皮、木防己的根、三七、冰片、夜合欢的花和茎皮、斗登风的种子、箭毒羊角拗的种子、黄花夹竹桃的叶和种子熬制的丸药,白天三次,夜里两次,一次六丸,又跑到景洪城,买了匹莫苯丹、普安特心诺宁、幸保片、利多卡因和贝那普利,掺和在丸药里喂它。大象知道是在给它治病,只要是放到它嘴里的药,无论多难吃,都不会吐出来。他说:"聪明的大象,你做对了,从你的鼻子和牙齿看,你还不到三十岁,日子长着呢,不光能活下去,还能生儿育女。"他的精心治疗和大象的极力配合共同发挥了作用,终于有一天,它站起来了,又可以随便走动了,甚至能用隆隆的低吼和有力的跺脚告诉象群自己的近况了。等象群知道它已经康复,返回来迎接它时,它跟一头健康大象已经没什么区别，可以跟着象群跋山涉水了。他送它走出去很远，喂了最后一次药，抱着它的前腿半天才松手。它扬起鼻子长长地嘶鸣着，所有的大象都扬起鼻子长长地嘶鸣着。他说我知道你们在唱歌，我也给你们唱一首歌：

> 如果白昼没有太阳，
> 大象会在白昼发光，
> 如果夜晚没有星星，
> 大象会在夜晚闪亮。
>
> 是大象让雨林茁壮，
> 是大象为天地化妆。
> 那个统领大象的召掌，
> 让大象成为万物之王。

还有一次，一头大象在朽倒的思茅松上蹭痒痒，使的劲太大，让尖利的木头签子扎进了皮肤，屁股和前腿上都有，还都已经发炎。他是第一次遇到这样的情况，一时不知道怎么办好。要是别的外伤，能靠近就能敷药，治疗这种外伤，先得把木头签子拔出来，拔的时候会很痛，大象允许吗？那就麻醉了以后再治疗？也不妥，它在象群里，象群怎么知道你是麻醉而不是杀死呢，看着家人吃了人喂的玉米后躺倒不起，肯定会扑过来拼命。他观察了一会儿，决定还是做无麻醉治疗。病象是头帮手象，也就是帮助象妈妈照顾小象的象，这种象一般都是象妈妈的女儿或者妹妹，很懂事，而且听话，不是听人的话，是听象妈妈的话。他拿了一些玉米，说着问候的话，先丢给了小象，又丢给了象妈妈，最后丢给了帮手象，看到大象们吃得满嘴流沫，这才抱着竹篓过去，挨个让它们闻了闻里面苦香浓郁的药味，然后绕到帮手象屁股前，硬着头皮用一把点火消过毒的钳子拔起来。拔着拔着帮手象就发怒了，像是说：疼啊疼啊，你要干什么？象妈妈立刻用自己的鼻子钩住了它的鼻子，防止它转身打伤这个给大象治病的人。它们是知道的，所有为了它们的好它们都是知道的。搞定了屁股上的伤，又去拔前腿上的木头签子，更危险的时刻来临了，因为他必须挨着象脚坐下，万一它脚一抬踩过来，那就死定了。帮手象在象妈妈的监视下忍着，还用鼻突摸了摸他的头发，像是一种鼓励：屁股已经不疼啦，我知道你是好人，你随便拔，没事，我们不靠人靠谁？总不能靠老虎靠长臂猿吧？那些个东西，不给我们使坏就已经谢天谢地啦。拔掉了木头签子，上了药，他已是满头大汗，坐在象脚前喘着气伸出了手：帮帮我，把我拽起来。立刻有两条象鼻伸了过来，一条兜住了他的胳肢窝，一条钩住了他的腰。他抬头看看，惊讶地发现，一条是帮手象的，另一条竟然是小象的，大象的言传身教，就是这般的立竿见影。这样的事经历多了，他就觉得没什么好害怕的，只要你不是坏人就用不着胆战心惊（一想到这个问题他就浑身发冷，还会不停地告诫自己：好人，你肯定是个好人。坏人做坏事，都是无缘无故的，你好像也做过坏事，却从来不是无缘无故的）。他知道本能地依赖人类，是野生动物在危机状态下的最后选择，但多数时候人是不明白的，一见动物朝自己走来，不是转身跑掉，就是举枪射杀。相比动物对人的理解，人对动物的理解几乎等于零。一般来说，人很难知道动物想干什么，动物却很容易了解人想干什么。何况一些自私而自大的人，他们几乎制造了野生动物的所有灾难，甚至诸多物种的灭绝，却不愿意感同身受地听听它们的意见，并为它们的艰难存活做一点点事，哪怕仅仅是为了斩断自己跟动物灾难或直接或间接的联系。有一天他在手机上看到贾海桐发来的信息：如果我们还不能亲和地对待野生动物，尤其是在营造生物多样性方面比人类更重要的大象，人类就只能永远是个坏东西了。他立刻编了一首歌，就叫《还不能》，发给了贾海桐。两分钟后贾海桐回复：我已经学会了。遗憾的是他岩罗章永远都无法向贾海桐看齐，他的歌——所有的歌，表达的只是良心的一部分，还有一部分就只能烂在肚子里了。或者说良心的一半需要加上反犬旁，良心和狼心都是人的心，上面是无瑕的清白，下面是无边的黑暗。对西双版纳的大象来说，我是黑暗的吗？不是啊，我救治了那么多大象，怎么会是黑暗的呢？

还是雨，雨光朦胧。林木们大概被泡透了，坚强的变得柔弱，百日青的林冠在匍匐中亲吻着乔木二层，却又被二层的绒毛番龙眼、千果榄仁和南洋木荷谨慎地躲开了，它们跟林冠层一样，觉得此刻更重要的是低头伸向三层，可是三层的假含笑、大风子和半枫荷也要去接近下面的大花哥纳香、尖叶厚壳桂和大果酒饼簕，最后只好谁也够不着谁。甚至连灌木都无法把垂髯压在草本上，那些低矮的毛大丁草、鼠曲草和羊耳菊匍匐在地，一副不理人的样子。植物们保持着晴日里的距离，滴淌着来不及吸收的雨水，让此刻的中雨变成了大雨。花骨朵大小的雨珠带着蝌蚪的尾巴奋勇地砸向地面，摔碎着自己，其中的一些柔情地关照着岩罗章，冲洗掉他脸上的油汗和身上的泥土，让他有了天浴的快乐。降落着雨蝌蚪的雨林膨胀出无与伦比的寂静和悄然诞生的丰富，激发着大象医生岩罗章的生命冲动，让他踢草而过，像一只豹子，朝着目标，潇洒地奔跑着，依然没有停息。

2

……象奶奶想起自己的分娩，那是一个竹笋冒尖的日子，砰砰砰的声音如同人敲响了象脚鼓，眼看着鹅黄与粉嫩在地上鼓起，一个接着一个。竹林前面,一地的茴茴蒜正开得如梦如幻,不时有一丛丛含羞草高挺起淡红而细瓣的花朵,把洒金的色彩间隔成田畦的模样。变叶木的叶子已是深红一片了,随风摇曳出蝴蝶的飞舞,迷乱着大象的眼目,而吉祥草一如既往地深沉着,用绿叶藏起一串串粉色花朵,左躲右闪地不肯露面,但分娩者是知道的,它在窥探自己。像是从别处跑来的一朵马缨丹突然夯起红黄两色的花,敲打着它的后腿,告诉它小象脚已经出来啦。它正在入迷地观赏着风景,真没感觉到太大的异样,小象就扑通一声落地了。啊?你是谁的孩子?我的吗?它朝后退了两步,把鼻子弯过去,深情地摸了摸小象湿漉漉的身子。它已经是两个孩子的妈妈了,孩子都是小母象。它觉得别的象妈妈的小象都是一天一天地长,自己的小象怎么是一年一年地长?太慢了,就像水鹿河的流淌,一朵浪花在一个地方会翻滚很长时间,直到水涨或水落才会消失。水鹿河是条被峡谷拥搂着的河流,两岸都是悬崖,它们只能高高地望着,却不能走到水里去,也无法泅渡到对岸,喝水洗浴的时候就去一个铺排着一串水塘的地方。看得出串起水塘的那条河原本是水鹿河的支流,因为一个接一个的水塘的开挖,从邦马山亚热带森林发源的水流就不再汇入水鹿河了。水塘是水鹿寨的人用来浇灌稻田和浣纱洗澡的地方,经常会有人在那里,所以最初接近水塘时,它们总是选择晚上,后来发现晚上也能遇到人,一旦遇见就是狭路相逢,双方都会惊慌失措地跑开。它们的奔跑是沉默的,而人的奔跑却伴随着喊叫:"野象,野象。"后来觉得还是白天好,白天可以远远地发现,早一点躲避,还能选择水塘,并不是所有水塘都干净得能照见象影且畅饮无阻,也不是所有水塘同时都会出现人。这样过了几个月,它们发现自己能光顾的水塘渐渐固定了,是离水鹿寨最远的,是用多花野牡丹、美登木、山麻秆、鹅掌柴和柊叶围起来的,它们看不见人,人也看不见它们,而且是所有水塘中最靠上游也最干净的。但是,硝塘在哪里呢？它们总不能不补充盐和别的矿物质吧？有个地方一定有盐，举起鼻子一闻就知道，但是它们不敢去，那是人居住的村寨。有一天它说：孩子们，我们恐怕得去找硝塘了，不然你们是长不大的。说着便朝上游走去，一大一小两个孩子高兴地跟上了它。它们慢腾腾走了六天，直到大山挡住了去路才停下。大地的盐碱都被流水冲走了，一路都是酸性的土壤，只能改变方向去别处寻找。它们沮丧地转来转去，不确定应该往哪里走，就听一声惊叫出现在身后，接着便是象脚踢踏草枝草叶的声音。两头小象吓得缩到了妈妈身边，妈妈却用鼻子推开了它们。它一听就明白：谁来了。

它们和大公象的相遇就像河水遇到了礁石，翻滚着激浪，流淌着感情，问的都是同样的话：你怎么在这里？怎么没闻到你的味道？回答也是同样的：这里刮的是上下风，味道都跑到天上去啦。大公象从南而来，它们从东而来，都是为了寻找硝塘。西边有大山挡着走不过去，只能往北了，往北就是水鹿寨。啊，我的孩子，又一个我的孩子。孩子是不能不吃盐的，咱们走吧？大公象说着长啸一声，是感慨也是呼唤。又有脚步声从阔叶林那边传来，一头青年公象出现了，阔气的象牙就像人在胸前戴了两颗拳头大的蛋白石，润泽而明亮。青年公象一见陌生母象就扭捏起来，摇晃着身子远远地站住了。象妈妈大大方方走过去，问候了一声，又说：你是哪里的，怎么跟大公象在一起？青年公象说它离开自己的象群已经一年了，一直在胡乱走，走着走着就碰上了。两个流浪汉结伴而行，已经有好几个月了。象妈妈说：幸亏遇到了你们，要不然我们就会去你们的来路上寻找硝塘，肯定又是白跑一趟。一个临时组合成的象群朝北走去，偶尔会停下来，吃几口刚秀竹和斑茅，或者陪伴小象睡一会儿，两头小象总是躺着睡的，每次象妈妈都会站在身边给它们遮挡阳光，站一会儿，自己也就打起了盹，渐渐进入了梦乡。精力旺盛的大公象和青年公象一看象妈妈犯迷糊，就会主动分开，一个在前一个在后地为它们母子站岗放哨。象妈妈感激地想：多长时间了，我是第一次睡得这么踏实。

　　睡得好就能走得快，加上象群一直保持着公象迁移的速度，第三天，它们便看到了堆砌在山坳里的水鹿寨。大公象高昂起头也高昂起鼻子说：这个地方不错啊，一看就是个风水宝地。只见浩瀚的林莽从半天里源起，左边一伸，右边一展，便有了一条浑似银河的绿脉，然后大面积地奋起着，滔天着，用数不清的凹凸覆盖了大地，苍茫是无限的，是植被、土壤和气候在最有亲和力的状态中互相激励的结果。际涯在哪里？天那边还是天，地那边还是地，只有不同的颜色以沉厚的板块填补着所有的空白：碧绿的天、油绿的地、青葱的沟洼、墨染的村寨，然后便是碰撞和融合，这个瞬间和下一个瞬间是多么的不同啊，明天和今天又是多么的相同。炊烟正在升起，都是曼陀罗花和紫铆花的形状，似乎虚无中又有了一层林冠，无数的鹳嘴三宝鸟飞起又落下：啁啾，啁啾。大象们都已经闻到盐味了，口水滴滴答答的，多长时间没有品尝过咸涩啦？青年公象冲动地走过去，又走回来：这个时候不行，傍晚啦，人都回到寨子里啦，明天我们去看看吧？你们不去？为什么？那我就一个人去，在我们老家，我去过人的村寨，知道盐在哪里。大公象说：我是被人追撵后才跑到这里的，人们一旦发现我，会不会接着追撵呢？象妈妈望着两头小象说：不能冒险啊，孩子还太小。青年公象说：一头大象要是瞻前顾后，就只能自作自受。或许青年公象需要一个在母象面前显能的机会，或许它真的见多识广，或许恰恰相反，它经历得太少太少，不过是初生牛犊不怕虎罢了，一夜的养精蓄锐后，它去了。大公象和象妈妈不停地叮嘱着：小心点，小心点。

　　青年公象走进了村寨，又安然无恙地原路返回，来到合果木和白花树交错而生的密林里，冲着藏匿在这里的同伴得意地摇了摇大象牙说：我已经找到盐啦，但我一口也没吃，我吃了你们就吃不上啦。大公象问：为什么？青年公象说：人们一旦发现我吃了盐，就会把所有的盐藏起来，你们即便有胆量过去，也找不到盐藏在哪里，不如我们现在一起去，美美地吃一通，然后就远远地离开，再也不进这片村寨了，他们爱藏不藏。三思而行是必要的，满足身体的需要更是必要的，吃盐的欲望是多么强烈啊，几乎超过了对自身安全的担忧。两个小时的犹豫之后，它们搭帮结伙地去了。青年公象准确地把大家带到了有盐的地方，那是一座竹楼的下面，四下通风的底层，隔着竹篾做的地板，能闻到盐的芳香就在那儿，浓浓的似乎要瀑泻而下，只要用象牙豁开地板就能达到目的。大公象个子高，稍微一抬头，象牙就能发挥作用。它说：那我们就快点吧。说着扬头一挑，咚的一声，地板开裂了，轻松得如同戳穿了一片芭蕉叶。青年公象说：你歇着，我来。又是一声响，整个竹楼摇晃了一下。之后便是第三声响，已经跟象牙无关了，一个黑色瓦罐掉下来，砰的一声摔碎在地上，小石头般的晶盐撒了一地。它们呵呵笑着，迫不及待地吃起来，先用鼻子轻轻握住，然后卷起，放到嘴里抿一抿，嚼一嚼，不等咽下，鼻子就已经完成了第二次卷拿的过程，正在嘴边等着递进去呢。大象教，小象学，只教了一次，两头小象就都学会了，没过一会儿，动作就显得比妈妈还要麻利，一边吃一边说：真好吃啊。就像人类的孩子第一次尝到了"大白兔"奶糖，象群贪馋地吃着，不光心里高兴，肉体也高兴，亿万个需要盐分的细胞联合起来，表达着灵与肉的喜悦，让壮硕的身躯不禁微微发抖。它们几乎吃尽了瓦罐里的所有盐粒，心满意足地扬长而去：真好啊，来来去去竟然没碰到一个人。到了水塘边，大家想多喝些水溶解一下肠胃里的盐分，象妈妈突然哞哞了两声。它意识到大象的行为很可能会引来人的报复，便制止了两头小象忘乎所以的戏水，催促它们赶紧喝水，又对大公象和青年公象说起了自己的担忧。大公象点头称是：我们还是谨慎一点好。青年公象不以为意：难道他们一点也不害怕我们？我有象牙。话虽这么说，看到象妈妈领着小象匆匆忙忙朝密林深处躲去，它还是跟在了后面。

　　这一次青年公象猜对了：人的报复并没有发生。反而发生了一件匪夷所思的事：几个水鹿寨的人来到离水塘不远的地方，用镢头和铁锹挖出一个大土坑，放进去一些河水，撒进去了许多盐末。象群躲在密林里看着，也翘起鼻子闻着，先是象妈妈做出了判断：他们在制造一个硝塘，难道人也需要硝塘？大公象说：也许是给我们制造的吧？青年公象说：肯定是给我们制造的，他们害怕我们。象妈妈提醒道：不会是陷阱吧？我听说陷阱就是在地上挖一个坑，是人专门用来对付大象的。大公象说：我也听说过，不过大象上不来的地方才叫陷阱。青年公象说：这个土坑大象和小象都能随便上下，用不着担忧。象妈妈又提醒道：万一投了毒呢？大家不吭声了，那关系到人心的明暗，谁也不敢否定。几天以后，青年公象忍不住走了过去，它小心翼翼地移动着四脚，不断用鼻子探摸着地面，想知道土坑是否散发着异味，然后让遗传的敏感和自己的经验告诉它到底有没有毒。它绕着土坑走了至少五圈，突然又大步流星地走回来，对别的大象说：我算是想明白啦，人要是投毒的话直接放到水塘里就可以啦，为什么还要专门挖一个大坑呢？我已经闻到盐的芳香啦，是不掺杂任何异味的纯粹的芳香，我要去吃个痛快啦，你们去不去？大公象说：我们两个先去，吃了没事它们母子再去。两头公象去了，担忧中的死亡并没有发生。从此象群便开始频繁光顾这个人工制造的硝塘，它们发现盐是定期投放的，差不多一个月一次。大公象说：既然有这等好事，我们为什么还要离开呢？就把这里当家园吧，对我们大象来说，哪里有草木有鲜花有河水有硝塘哪里就是家园。大象的家园里，飘荡着人类的炊烟；人类的家园里，烙印着大象的足迹，人和象天天相望，却一次冲突也没有发生过。大象们都说：真好啊。

它们一待就是十五年。十五年中大公象总是在每年十一月到次年四月的旱季离开，到了五月开始的雨季再回来，谁都知道它是按照一头公象的本能去寻找别的象群和母象了，也知道它一如既往地喜欢着曾经的象公主现在的象妈妈，因为每次回来它宽阔的脊背上都落着几只啄食寄生虫的相思鸟，相思鸟是它叫来的，想以此证明自己对象妈妈的忠贞不渝。象妈妈问它：你找到别的母象了没有？它说：没有。象妈妈说：你别骗我，我又不在乎。它说：真的没有。象妈妈说：那就继续找啊，到更远更偏的地方去找啊，为什么还要回来？你不知道我已经不行了吗？象妈妈指的是一件令自己万分沮丧的事：它再也不产生爱情了，大概是怀着小女儿时奔跑过度、心力交瘁的原因吧。这就意味着它很可能不再排卵，大公象对它的爱结不出新的果实了。它屡屡撵大公象离开：多好的大象身坯，多美的公象巨牙，伟岸、强健、大气磅礴、雄浑壮阔，你不能浪费了自己，大象的传承、种族的遗传需要你，去吧去吧，不要再回来啦。但是大公象不听，每年还是会回来，哪怕远远地看着，静静地守着。直到象妈妈的大女儿生下青年公象的孩子，而小女儿也羞羞答答地有了寻找爱情的迹象之后，它才一去不归。就在它应该回来而没有回来的那些日子，象妈妈的瞩望如同星星点灯，是所有夜晚的最亮，而且彻夜不熄。它虽然曾经坚定而啰唆地撵它离开，真的到了不见踪影的这一天，却又觉得失去的不光是大公象，而是整个天地森林，是生活最重要的一部分。爱是骨髓里的存在，是血脉里的流淌，是生命最高光的内容。

大公象离开的那一年，青年公象成了象群的头象。它说：我也知道一般都是母象做头象，但我是例外的，我既有公象的威武和勇敢，又有母象的智慧和体贴，我可以创造奇迹，只要你们让我做头象，我就带你们到一个比水鹿河流域美好十倍的地方，有吃有喝、有花有草、有泥巴、有硝塘不说，还能让象群兴旺发达起来。考虑到自己已经陷入孤独和悲伤，而象群的确需要一个强有力的头象，象妈妈答应了。它说：我从象公主变成了象妈妈，现在又变成了象奶奶，我的辈分这么高，没必要跟你争来争去的，你想当就当呗。青年公象说：你这样想就好，那我就开始行使权利啦，大家今天好好吃好好喝，晚上好好睡，明天一大早我们就上路，去远方。远方有什么？有我们的梦想，我们的应许之地，我们的极乐天堂，有在天在地在山在水的象魂的保佑，有百万头大象，有我们曾经有过的全部辉煌。它当然想不到，多少年以后，关于它的豪情壮志，被一个明察秋毫的人写成了诗歌，其中一首是这样的：

  我们是大象，
  山野林间的太阳，
  光的缔造师，
  色彩的母亲，
  是力量——
  是小树成大树，骨朵成花影，
  一芽成万叶，绿色成海洋的力量。
  我们是大象，
  夜晚的巨大精灵，
  用长鼻卷来月亮，
  再摘下一片石斛金朵，
  撒向天空变作火焰花，
  人们叫它银河走浪。
  我们是大象，
  西双版纳的主人，
  土地的东家，

天之骄父，
还是无忧花紫色落英的恋慕者。
我们的胚胎光阴，
我们的鱼鳍日子，
我们的爬行时刻，
我们的崛起瞬间，
就这样来临了，
地球的曙光：
从熔岩河到澜沧江，
从南兰章到百万大象，
我们曾经的群像，
我们曾经的星空宇宙，
就挑在因叠加着年轮的皱褶
而虹桥般飞扬的象鼻上。

但命运并没有给青年公象一个创造奇迹的机会，不可亲近的水鹿河在雨季就要结束时突然暴涨，有的地方甚至溢上了崖顶。青年公象带着象群来到水边，竟忘了它们正在艰难跋涉的路上，跳进水里就玩起来，象奶奶提醒了几次它都不听，还说象奶奶太老旧，不懂得及时行乐的妙处。青年公象玩得不亦乐乎，却没有在意脚下的水底就是原来的悬崖，一个滚儿打过去，突然就站不住了，地面和象脚分手而去，它沉了下去，赶紧又举着鼻子游出水面，拼命地划动四肢想回到岸上，却怎么也抵不住水的推送，只能随波逐流，远远地去了。象奶奶守护着自己的儿孙，悲恸地喊叫着：回来，回来。一般来说大象的叫声越大越表明无助和无奈，看着上任才一天的头象很快变成了一朵黑色的浪花，消失在湍急的涡流里，象奶奶吓得浑身发抖。大女儿一边用腿脚护着自己的孩子，一边用鼻子护着妹妹，暗暗发誓再也不沾水鹿河的水了。大水漫灌，浩浩汤汤，一头大象算得了什么？就好比森林里随风卷走了一片树叶，你去哪里寻找它并把它拽回来呢？新生的悲伤引发了新生的眷恋，象奶奶和大女儿都意识到，水鹿寨前人工制造的水塘和硝塘以及绵密而辽阔的森林简直就是野生动物的天堂，美好到无与伦比，一群流落天涯的大象还能乞求什么呢？赶紧回去吧。这时候突然下起了雨，是大雨，似乎天河倾泻，把整个大地都淹没了，树木和庄稼在水里游泳，大树是大鱼，小树是小鱼，庄稼就基本是虾米和蜉蝣了。缅桂花家族踏雨而去，一个个悲伤地哽咽着。雨说：我们都难过成这样啦，你们就省着点吧，就当是老天替你们哀恸啦。再说啦，孩子的父亲又不一定死，没有必要如此这般。大女儿问：它真的不会死吗？

三年多以后，青年公象回到了缅桂花家族身边，也就是说当时不知大水把它冲到了哪里，返回象群的路却走了整整三年。象奶奶一见它就惊呼起来：啊，你还活着？这才叫奇迹。被灾难磨砺过的青年公象深沉地说：是啊，对我们大象来说，活着就是奇迹。青年公象再也不提让它做头象的事了，一门心思追求着几乎在同一阶段产生爱情的大女儿和小女儿，尽量殷勤而不偏不倚地讨好着它们。大女儿又怀孕了，小女儿却因为还太弱小，不般配体格强壮的青年公象，而延宕了产生爱情的日期。青年公象告辞而去，说了声：有事叫我，我就在不远处。但象群没有一次呼唤过它，只从它留下的味迹、粪迹和食迹中知道，它总是在离象道和硝塘二三十公里的地方孤独地活动着。不过青年公象依然是头有着浪漫情怀的大象，它会用低频的吼声或者能产生次声波的跺脚送来它的一些想法，让象群感觉到大象的吃喝拉撒睡里，也有激动人心的孕育。这些孕育自然又一次变成了人类的诗歌，是象魂托梦告诉它的，人类的诗歌真好听啊。

昨夜我看到它们了：
饰纹姬蛙的孩子，
哀牢髭蟾的孩子，
那些黑色而靓丽的蝌蚪，
以及那种我叫蛞蝓人叫鼻涕虫的生命，
以及成群结队的孑孓豪杰和蜉蝣英雄，
还有那么多绿色螅和艳色螅，
那么多银豹峡蝶和黄襟弄蝶，
都在我的脚印里。
我的脚印是一汪圆形的水，
是伙伴们的温床，
是泛滥的孕育，
是起源——
从我的脚下开始，
世界和生命之途，
从我的脚下开始……

3

……象奶奶又一次想到了自己的年龄，六十八岁啦，就算现在死去，也没什么可遗憾的，一头大象的风风雨雨是生命面对死亡的另一种说法，能活到这把年纪，不算耄耋，也算古稀，说明象魂的保佑一直没有离开过它，它活着是象魂跟死神多次协商的结果。应该是大姨说过的话吧：活着就得感恩。但现在它想感恩的不是灾难后的幸存，不是象魂的保佑，而是对死神的纵容：快去把它收走吧，那头老象也该寿终正寝啦，何况死亡正是它此刻无比殷切的希望，因为死亡是不必忍受的，疼痛就不一样啦，它得咬着牙咬着舌头咬着一根象鼻藤，不让大山一样沉重的自己崩溃。可崩溃还是如期而至，它就要受不了啦，不，已经受不了啦。要是大象没有屁股、后腿和耳朵该多好，没有了这些自己很可能就不会受伤，也就不会有如此难以忍受的重度疼痛啦，可要是没有了屁股、后腿和耳朵，怎么拉屎、怎么走路，又怎么听到世界的声音呢？它望着头顶的缅桂花树，活动了一下鼻子，像是最后一次吮吸空气中野性的香味，那种浓郁到滴淌的芬芳，又像是最后一次摩挲曾经喂养过它的鱼腥草和金荞麦，然后便开始用吃奶的力气嗷嗷地呼唤起来。它呼唤再次出现在树上的花面狸和躲在草丛后面探头探脑的褐獴，赶紧过来吃了我吧，我没有一丁点反抗的力气，你们难道看不出来吗？为什么还在犹豫？呼唤武姬蜂的铺天盖地、突眼蝇的千军万马、绿玉螽的如烟如雾、黄猄蚁的排山倒海，唯独不呼唤斑文鸟和阔嘴鸟：我已经不需要你们啦，快走吧快走吧，除非你们也想吃掉我。但斑文鸟和阔嘴鸟不听它的，吃了武姬蜂，又吃突眼蝇，尤其是阔嘴鸟夫妇的三个孩子，一口气吃了好几只黄猄蚁。象奶奶长叹一声：怎么所有的都是事与愿违呢？突然它抖了一下，感觉一种音波透过身下的土地慢慢传了过来，又一种音波混杂在空气中迅速传了过来，轮番触动着它的中枢神经，让它不由自主地扬了一下头，昏沉沉的头脑又一次清醒了，不死的敏感促使它准确捕捉到了象哥哥的呼唤，不是依靠其他大象的接力，而是依靠血缘的神秘联系直截了当传递而来的那种呼唤，说明象哥哥离自己并不遥远：妈妈快来救我，我在一个到处都是推不倒的大树的陌生地方，遇到了一群象，它们想让我留下我没留，可就在象群送我离开时，我一不小心踩上了猎人的兽夹，我的左后腿被夹住啦，妈妈快来救我呀。呼唤消失了，一会儿又出现了：妈妈怎么不回答我？奶奶你在哪里？你能来救救我吗？我身后的象群一点办法都没有，就会高一声低一声地喊叫。奶奶快来啊，救命啊救命。象奶奶想站起来，立马去营救象哥哥，但只是挣扎了一下，就再也动不了了。它心急如火，如燃烧的太阳，却只能无可奈何地躺在内心的黑暗和冰凉里，一声比一声低沉地叹息，似乎它是麻木不仁的，是装聋作哑的。当象哥哥的另一波更加忧急的求救声以结实而有力的节奏传来时，它有了一种被遗弃的感觉，沉重而凄恻，有了一种生命被强力推开的无助。它说了声松手吧，大家都松手吧。悲哀地从心底长嘶一声，便什么也不知道了。

　　雨来了，跟着岩罗章来到这里了，布满天空的丝丝缕缕连缀在一起，摇来晃去，像绿色的纱帐在等待刺绣的时刻。缅桂花树走来，谦虚地把自己绣在了底部，接着是无数花影的镶入：白色的念珠冷水花、白色的水蓼花、白色的虎杖花和繁缕花，还有更加素雅的草玉梅花，都在绽放中交织着，像是生命的葬礼中那些比赛洁白的哀思之物。花面狸和褐獴跑来了，鬼鬼祟祟地躲在了巨大象体的背后，好像它们跟绿色的纱帐无关，不是雨林的一部分。斑文鸟和阔嘴鸟悲伤地鸣叫着，飞走了，不在雨里，就不是天幕的花色，这种时候它们不想做背景的点缀。只有棕翅鵟鹰一如既往地高傲着，当仁不让地把自己绣在了纱帐的上部，变作永远的鸟瞰，对应着地上的所有匍匐，包括一头大象的倒地不起。那么人呢？人在雨帐天幕中的地位呢？颤抖的对角线上，雨做的太阳已经升起，正是普照大地的时刻，雨丝的光芒如此明亮，只是不那么安静，有点滴答，只是速度有点慢，不像真正的光速。

　　背着竹篓的大象医生岩罗章朝象奶奶跑来，在离它三米远的地方戛然止步，一脸惊愕地望着它，喘了一口气：大象死了吗？赶紧扑过去，推搡着它，把手伸向了它的鼻孔。

似乎岩罗章的推搡起了作用，象奶奶远去的意识又回来了，还是刻骨铭心的过往，还是不堪回首的生活：应该是过去了两年吧，在大女儿生下一头小公象后，青年公象再次出现在象群里，腻歪了几天后，让大女儿怀上了它的第三个孩子。小女儿却依然不适应越来越伟岸的青年公象的亲密接触，一见它就跑，结果连爱情也跑没了，等它鼓足勇气，决定不再跑开时，对方已经没有了追求的兴趣。小女儿对自己是多么失望啊，失望引来的焦虑天天折磨着它：我怎么到现在还不能生下一头小象呢？怎么就不能跟姐姐一样全身心地去传宗接代呢？我也是母象，怎么就差了它那么多，那么多，比天还要多呢？它因此变得抑郁而古怪，有时会表现得胆小如鼠，有时又胆大得似乎到了一种什么也不在乎的境界，完全可以为所欲为了。想一想也是，都不想活了，还有什么可瞻前顾后的？它开始偷偷地离开象群，去寨子附近的水田里吃稻谷，尤其是雨季之后即将收获的日子里，它更是频频前往。象奶奶发现了，几次警告它：人的东西不能乱吃，你会倒霉的。它不听。象奶奶就说你要是破罐子破摔我就陪着你，免得你孤苦伶仃好像我们不要你啦。既然象奶奶也去了稻田，大女儿就只好带着孩子跟上了：家里总共就这几头大象，怎么可以分开呢？分开的话大家都危险，不如挤在一起，还可以彼此壮胆，互相关照。象群对稻田的采食由此开始。

　　最初的时候，有个黑脸膛的人经常会敲起响锣驱赶象群，但很快象群就适应了，一点也不怕了，你敲你的，我吃我的，除了象奶奶。每次只要人一出现，象奶奶就会瑟瑟发抖：人来啦，人来啦，快走吧，快走吧，我可没有忘记，刀耕火种后草木疯长的林间空地上，妈妈和哥哥倒下去的身影，就像大山崩塌那样倒在了血泊之上。大象所有的血都流出来啦，妈妈的血是从肚子上流出来的，哥哥的血是从哪里流出来的我没看见。奶奶说：过去的人和现在的人没什么变化，都还是一个脑袋两条腿，需要的肯定也一样：一是象牙，二是象肉，三是小象。赶紧走吧，我们是大象，跟人不一样，人是要多少有多少，而我们的数量那么少，死不起的。大女儿也说：走吧，走吧，可以啦，已经吃了不少啦。可是小女儿偏不走，似乎这样就能治愈它内心的伤痕，消除它跟姐姐的落差，也能重新得到青年公象的爱慕，再来一次青春激荡的追求。大家只好陪着它。有一天那个黑脸膛的人搅浑了水塘里的水，像是说我们给你们让出了最好的水塘，你们却恩将仇报，见鬼去吧。又给硝塘灌了太多的水，冲淡了盐分，像是说我们给你们制造了定期投放食盐的硝塘，希望你们不要闯入村寨毁坏竹楼，没想到你们以怨报德，吃了稻叶还要吃稻穗，要是就这样让你们随便吃，我们吃什么？然后就用上了干椒棒。干椒棒真是太有威力了，好像小女儿格外受不了那种混合着干胡椒、干辣椒和艾绒的味道，一见青烟升起，撒腿就跑。它们全体撤离，来的时候跟着小女儿，狼狈逃窜的时候也跟着小女儿，这个小女儿啊，怎么不好的事情都是它带头？但是对稻田的侵犯并没有就此打住，因为小女儿更无法忍受的依旧是焦虑和郁闷，而走向稻田不仅成了它的习惯，也是它克服抑郁、避免自杀的一种办法。它惦记着稻田，还会时不时地走过去，左吃一口，右踩一脚，甚至会放肆地打滚，让即将成熟的稻穗一片片地倒伏在泥土中。别的大象只好陪它而去，规劝着它，也保护着它。两头小象学着姨妈的样子，也想在稻田里滚来滚去，立刻被象奶奶制止了：好的不学，坏的一学就会，到田埂上待着去。不知为什么，威力无穷的干椒棒却没有再次出现，代替而来的是鬼头晕。鬼头晕要报复人，人要报复大象，结果就叮惨了象奶奶和小女儿。小女儿在挨过鬼头晕的一阵猛叮之后，似乎一下子懂事了许多，再也不去稻田了，倒是无师自通地在离寨子不远的地方找到了一棵黄缅桂花和一棵紫花曼陀罗，带着象奶奶去吃了几次。它们只吃黄花，不吃紫花，被叮咬的痒痛慢慢消失了。象奶奶说：我们都属于爱吃缅桂花的家族，缅桂花对我们真是太好啦。缅桂花说：应该的，没有大象就没有我们，最早的时候，作为种子的我们，还是被大象带到这里的。大象的肚子多么温暖啊，我们在里面差一点扎下根，要不是一泡屎拉出来，说不定象头上一年四季都会盛开缅桂花。清香飘过了林谷也飘过了生活，好像缅桂花是永远不败的花朵。

不久，象奶奶就让大女儿接任了头象。大女儿说：什么头象不头象的，我就是替你多管点事罢了。象奶奶说：我们在天在地在山在水的象魂托梦告诉我，这里的人也把我们叫缅桂花家族。看来只要我们爱吃缅桂花，这个名字就永远属于我们。现在我们缅桂花家族已经有六头大象啦，你要照顾好它们，不能让它们缺吃少喝，更不能让它们受伤死亡。大女儿说：怎么是六头呢？只有五头。象奶奶说：我们在天在地在山在水的象魂已经说啦，你将顺利生下一头小母象，从明年开始，我们缅桂花家族就是六头大象啦。象妈妈以头象的口气说：但愿我们缅桂花家族的大象越来越多，越来越壮，大象的生活越来越美好。心愿就像旷野的风，向着大象吹啊吹。

然而象妈妈的愿望并没有变成现实，就在它生下第三个孩子，准备迎接新的爱情时，延续后代、壮大种群的最重要的因素——青年公象被一伙人抓走了。被抓之前，感觉到危险来临的青年公象用跺脚和低吼传递次声波的方式朝着缅桂花家族发出了警报，让它们小心提防，赶快离开。象妈妈的反应却是带着象群跑过去，给青年公象帮忙，结果是可想而知的，它们什么忙也帮不上，只是在很近的地方惊心动魄地目睹了一场人对大象的围猎。那些人穿着外来人的衣服，说着外来人的话，拿着枪和绳子，从四面八方水泄不通地围住了青年公象，然后就是一声枪响，声音很小，青年公象过了一会儿才倒下。就在几十个人用木杠、绳索和滑轮把它搬上汽车准备拉走时，一个双臂有象首文身的青年扑过去，指着黑脸膛的人说："父亲，是你出卖了大象吧？他们给了你多少钱？还给他们，快还给他们，连祖先崇拜的大象都敢出卖，你以后怎么见人？"黑脸膛的人说："你懂什么？它有一对超过两米，单支足有五十公斤的大象牙，就算我不出卖，这些猎人迟早也会发现它。""不，不会，它在这里已经生活了二十多年，从来没有被外面的人发现过，你这样做，灾难会降临水鹿寨的。""你不用担心，我跟他们已经说好，不在这里流淌一滴大象的血，用麻醉枪打倒后拉到别处去取象牙，割象肉，就跟水鹿寨的人没关系了。""大家会把你赶出寨子的。""不用他们赶，我自己离开就是了。""啊？父亲，你是不是要跟他们去了？""不错，我要去做一个能挣大钱的猎人，改变你和你妹妹将来的生活。""不需要，我和妹妹不需要用大象的灾难改变自己的任何东西。"人的话大象们听不懂，但能感觉到一个是好人，一个是坏人，好人在指责坏人。但不管是好人还是坏人，反正都是人。就像远去的大姨说过的：人里头有打猎的也有不打猎的，打猎的人中又有打大象的和不打大象的，可是我们分不清谁是不打猎的，更不知道谁是不打大象的，所以还是要见人就跑。当汽车带着晕过去的青年公象在没有路的路上颠颠簸簸开走时，象奶奶懊悔得直晃脑袋：虽然离开了大姨、二姨和三姨，却一刻也没有忘记它们的音容笑貌，甚至连它们喜欢从右边弯鼻子喷水的模样都没有忘记，可它怎么就忘记了它们立下见人就跑的规矩呢？怎么就没有告诫青年公象见人就跑呢？怎么就没有教会自己的后代见人就跑呢？唉咦兮兮，再也不能麻痹大意了，跑，赶紧跑，我们已经被外面的人发现了，剩下的就只有奔跑了。

  象奶奶悲愤地嘶鸣着，首先跑离了现场，接着作为头象的象妈妈发出一阵更加响亮的悲鸣，带着缅桂花家族迅速跑离了现场。它们一路跑一路叫，象奶奶叫的是：女婿，女婿，我的女婿没有了。象妈妈叫的是：亲爱的，亲爱的，你怎么就走了呢？怎么就没有早一点发现那些可恶的猎人呢？象姐姐、象哥哥和小象叫的是：爸爸，爸爸，我们要爸爸。象姨也在叫：你是我最苦涩的等待，现在用不着再等待啦。它们跑向了三陵栎、杯状栲、黄肉楠和大叶蒲葵组成的密林，然后就再也不出来了。整个森林，整个亚热带，都处在惊悸未消的闭锁和生死未决的颤抖中，不出来了，叶不再萌绿，花不再绽放，鸟不再飞翔，兽不再觅食，空气不再流动，热雨不再降落，大象不再光顾水塘，也不再流连硝塘了。它们在失去公象的难过中，忍耐着干渴，悄悄地移动：离开，离开，不管去向何处，唯一的动机就是离开水鹿河流域。由水塘和硝塘建立起来的大象对人的信任，最终还是被人破坏了，一种胶子般的物理融合瞬间变成了离开。然而就跟所有动物的腿脚都必须成双成对一样，灾难也是成双成对的，就在家族离开的路上，小象掉到悬崖底下去了，下面是河，是一条柔软而凌厉的河，接着又是象奶奶的陨落、受伤和漂流，是象哥哥的陨落、受伤和漂流。虚无和实有的组合里，充满了父性的汹涌、母性的慈爱，一路沉浮，凶险而自由，那是河，是缅桂花家族和青年公象曾经迷恋过的川流不息，是大象歌颂过的流淌，是人类最美好的东西——诗歌：

  不过是一种流淌，
  我们从厄立特亚原野走来，
  纯洁的化石，长鼻目的始祖，
  依然是举鼻摘花的模样，
  送给兄弟般的非洲象和猛犸象：
  请戴在头上跟所有生命竞美吧。
  然后就是分手，
  再也不见了它们的颜面，
  却看到剑齿象的雄晖灿烂到夕阳西下，
  象鸟耕耘在黄河浇灌的麦地，

又怒目于大唐叛臣的藩王盛宴，
——罢舞了，义象们罢舞了。
而林木葱茏的长江两岸，
犀象还在林草间竞驰，
嘹亮的歌声里，是自由万岁的音符，
然后便是象辇开道、象勇有冢、象贡不断、象野无象。

不过是一种流淌，
一再地向下——
我们告别，告别，
川流不息的只是一次次告别。
而最后告别的，
便是黄河长江向海而恭的魅影。
视域满足不了我们对土地的欲望，
我们渴望看不见的地方。
我们的迁移史，
迎来了又一个奔涌的地标
——澜沧江。

　　几分钟后，岩罗章从象奶奶的鼻孔上缩回了自己的手，长舒一口气，冲着天上的棕翅鸢鹰大喊一声："它还活着。"吓得花面狸和褐獴飞也似地逃向了远处。棕翅鸢鹰俯冲而下：还用告诉我嘛，我早就知道。

　　膏药是现成的，汤药也是现成的，都在竹篓里，拿出来就是了，一个庞大的生命体，正等着他去起死回生。先喂药，再敷药，方法是沿袭的，也是新创的，祖传的已经不够用了，好像只要是伤病，现代的就比历史的要严重许多。请喝祖传的秘药"藤草汤"，外加阿莫西林和克林霉素，用的还是竹子漏斗，撑开它的嘴，压住它的舌头，强迫它把塑料瓶里的汤药咽下去。然后便用碘酒涂抹所有的外伤，再厚厚地糊上一层"四十七灵膏"，做包扎的已不是芭蕉叶和树胶，而是纱布和胶布。然后等着，如果24小时还不能醒来，就说明没救了。他靠着大象的脊背坐了下来，这样能及时感觉到它体温的变化，太热和太凉都不好，最好能比人的正常体温低一丁点，35—36.5℃。他对大象的体温有特殊的敏感，用不着体温表，把自己的皮肤贴在大象的皮肤上就能估摸个八九不离十，目前它有点高，大约39℃，也就是说它正在发烧。他坐了一会儿，感觉病象的体温还在上升，就去江边用塑料瓶灌了水，浇在了它身上。塑料瓶装水有限，他来回跑了十几趟，才把整个象体都浇了一遍，然后又去不远处摘了几片野芭蕉叶，使劲扇起来，扇了好长时间，再摸摸它，感觉至少降了两摄氏度，虽说还是有点高，但屁股、后腿和耳朵上都有伤，有几处已经感染，发点烧也正常。何况它是头老象，老象的免疫力本来就弱，体温很容易升高。已是饱经风霜了，你这头老象，刚才喂药时我看清了你的牙齿，你差不多有七十岁了吧？都这把年纪了，干吗不小心点？遇到了什么事才让你满身伤痛地来到这里？这么重的伤，一时半会儿是好不了的，救治的时间会长一点，你我都要做好准备。只要能救活，我可以天天陪着你，最最担忧的，就是死在我手里，那我就没脸见人了，要知道大象医生的名声是输不起的，救不活你，臭牡丹就不会为我开花，马鞭草就不会为我长叶，夜香树就不会为我吐香，所有的草药见了我都会躲起来，我拿什么给大象治病呢？雨不知什么时候停了，乌云一层一层剥离着，斜射的阳光控制了所有色彩的发挥，花朵们似乎更加素雅，地上浮起一片片白绿的烟雾，淡淡地弥漫开去。几只大红蛱蝶争相落到一丛山菅兰淡黄色的带雨花朵上，早已停在那里的一只蓝芦蜂嗡地飞走了。风在摇摆，山水树木都在摇摆，然后便是开启，几根球果藤冲破阳光的覆盖，带着红艳艳的果实从开启的瞬间迈步走来。被雨打趴下的植物迅速伸直了腰身。他拔了一些鱼腥草和金荞麦，盖在了大象身上，懂事的风立刻过来，吹动着那些叶子，就像启动了一把把天然的风扇，凉爽了，凉爽了，大象凉爽了。他再次靠着它的脊背坐下来，拽过竹篓来，拿出一节香竹，放在地上，用石头敲了敲，剥去柔韧的竹筒，露出了一条被雪白的竹瓤包裹着的糯米饭，饭是掺了菜豆、辣椒和盐的，他攥在手里吃起来，还没吃完，就打起了哈欠，身子一软，睡着了。

4

总是这样，梦对岩罗章的覆盖就像林草对西双版纳的覆盖。他是一个多梦的人，如同沟谷里的一片热带雨林，带着自成一体的多样性，显示出连他自己都不理解的复杂，包括那些复杂的为什么？为什么，为什么，你对大象比对人好？好像又有许多人在问他了，召掌寨的岩罗章，你怎么这么不老实？你胳膊上的象脚鼓文身是怎么来的？这恐怕不是遗传吧？当然不是，那一天傣族武士埋西里对召掌寨的男人们说：所有忠于象王的，都应该把证据留在身上，那就是象脚鼓的文身。所有胳膊上有象脚鼓文身的人，在天在地在山在水的象魂都会像保佑大象那样保佑他。于是爷爷、父亲和他都有了象脚鼓文身。那么你爷爷的爷爷和爸爸呢？难道他们也有象脚鼓文身？他不知道怎么回答，因为他既不能说不知道，也不能说知道。模糊不清的永远是历史，清晰可见的永远是现实，怎么可以颠倒对它们的理解呢？一百多年过去了，谁还会有兴趣追问那个时代的人拔了几根"象毛"，捞了几株"象草"，端了几座"象巢"？

既然这样，你还犹豫什么，说出来不就得了？说出一个真假难辨的传说、一个无法考证的故事，你作为了不起的大象医生不就显得更加神秘莫测了吗？在猎象道上的黑话里，"拔象毛"就是打死母象，"捞象草"就是打死公象，"端象巢"就是围剿象群。达僻还是出现了，在脑海里，在烽烟滚滚的佤山雨林里，猖獗的猎杀让大山的绵延显得更加跌宕，腥臭弥漫着，密密匝匝的象道上落满了嗜血的虻蝇，也聚集了许多食蝇的鸟兽，植物的根系浸泡在血泊之中，几天工夫就能催生出一层新的林冠。1917年的雨林干热季（3月到4月）是多么燥热啊，两年之内临沧一角南滚河流域就有一百头大象倒在了毒箭、毛瑟枪、步枪和土炮的打击之下。从此以后，人们就有了年年都有大象被猎杀、被肢解的记忆。达僻的捕象队，虽然只是一个不到十人的民间组织，却显示了大象的天敌和雨林的摧毁者最疯魔的战斗力。他们到底是为了什么？为了可以换来银圆的象牙？为了能够买卖的象骨、象肉、象皮、象脚？为了让人性的残酷和暴戾有一个流通的渠道？或者仅仅是为了好玩，玩一次神灵复仇的游戏？达僻说了：我的爷爷是蟒魔，我的叔叔是龟魔，我们就是冲着象王召掌和傣族武士埋西里来的。也许正是由于蟒魔、龟魔的诱惑，岩然家的次子，那个一生下来就歪着尖下巴的人，成了达僻最得力的助手，然后便是家族分裂，长子带领家族其他成员，将歪下巴次子一家逐出村寨，直到次子被失去亲人后悲愤不已的大象一脚踩死也没有原谅他，也没有承认他是岩然家的人。次子的妻子带着孩子从临沧流浪到缅甸，在湄公河右岸生活了两年，又从湄公河溯流而上，来到了西双版纳。版纳的凤凰树正开得如火如荼，没有不鲜艳的地方，也没有鲜艳的花影覆盖大地后还饥饿难忍的时候，他们住下了。有个声音追问道：后来呢？后来自然是歪下巴次子的妻子死了，她的孩子长大了。又问：再后来呢？他说：这个我就不知道了，没听说啊，也许长大的孩子也死了吧。那个声音断然否定：绝对不可能。他说：人和大象一样，都是会死的，照你的意思，还有不死的生命？

召掌寨的岩罗章，你又不老实了，岩然家次子的妻子就是你爷爷的妈妈，你怎么连这一点都不愿意承认呢？那就换个话题吧：为什么，为什么，你叫岩罗章？是谁在这样问他？岩罗章说：告诉我你是谁，不然我就拒绝回答。那个声音说：我是大象，是经久不散的象魂，请回答我的所有问题。他吃惊地啊了一声，象魂怎么可能在我身上？不过既然是象魂，它无论出现在什么地方都在情理之中。好吧，那我就说说吧。岩罗章有两颗心，就是书本上常说的忐忑之心——上心和下心，上心想着天堂，下心想着地狱，父母的遗传，想拿都拿不掉。父母也有两颗这样的心，当他们多一点想到天堂时就叫他岩罗，罗代表余生，是穿越地狱重生而来的意思。起名伴随着仪式，母亲把他从楼梯边篾箅的缝隙里塞下去，父亲在楼下接住，这样的举动重复了三次，表明所有的灾难都已经过去，死亡线变成了托起天堂的地平线，从此就是茁壮的望天树而不是枯死的路边草了。当父母更多地忧虑地狱之门会朝他敞开时，就叫他岩章，章代表过秤，也就是父母把他和盐巴都过了一下秤，然后拿着跟他一样重的盐巴去祭祀山鬼林神，西双版纳砖红的土壤基本是酸性的，动物、植物和神灵都急切地需要盐巴。鬼神得到盐巴后会迅速关闭地狱的门，就不会有意外的夭亡降临孩子的童年了。可是为什么你会有向往天堂和走向地狱的上心和下心呢？又为什么你父母也会有两颗跟你一样的心呢？这个谁知道，你们去问我的父母好啦，他们已经在天堂了。不，你的母亲不在天堂，你的奶奶也不在天堂，她们跟天堂和地狱都没有关系，只要离开你们家，你所说的天堂和地狱就不存在了。他惊讶地啊哟了一声：你怎么连这个都知道？看来我只能实话实说了，可实话实说有什么好处呢？江水决不定绿好还是蓝好，只好变成青色，雨林决不定黄好还是蓝好，只好变成绿色，生命总是诉怨的，阳光漂洗过的山脉和雨林，那些最终都会成为红黄蓝的点点滴滴，那些无比美丽的炫耀，其实都是苦涩的，尝一尝就知道。岩罗章的心脉上结着一颗苦瓜。

　　父亲十岁那年，爷爷和奶奶离婚了，因为是爷爷单方面提出的，所以就给奶奶赔偿了一条大象纹的织锦床单和一对双鸟纹的织锦坐垫，还承担了离婚仪式所需要的一切，也就是送给公证人的两坛米酒、两只熟鸡、一块猪肉、一包红糖、一根蜡条什么的。双方来到作为公证人的村长家里，送上礼品，面对村长席地而坐，村长劝说了一番，看无法和好，便把蜡条递过来，让爷爷握住了右端，奶奶握住了左端，然后拿过剪刀来，咔嚓一声剪断了。各自的半截蜡条便是离婚的证据，需要他们终身保存。之后爷爷带着奶奶回家，吃了他做的最后一顿饭，再用他精心准备好的竹叶兰纹饰的衣服、柳条花纹饰的筒裙和白红黄三色的铁梨木花饰的头巾，把奶奶打扮成了小姑娘的模样，送她走出了村寨，一直送到了二十公里外的镇子上。奶奶离开时一直哭着，她是多么不乐意啊，但婚姻的维持需要双方的心甘情愿，一方总有一方的理由，另一方又怎么能强迫人家呢？她回到普洱娘家去了，再也没有来过，大概是又嫁人了吧。之后又是父亲和母亲的离婚，那年他八岁，已经是一个用不着母亲操心的孩子了。他问父亲也问母亲："我可不可以跟妈妈走？"父母都说："那怎么可以？"离婚的公证人没有变，虽说他已经不是村长，礼物却变了：两瓶白酒、几张钞票、四盒从城里买来的不重样的糕点。剪了蜡条后，父亲提着一个装有三套傣锦衣裙、四块丝绸面料、一对青玉手镯、一串珍珠项链、一沓钞票和一些吃食的旅行包，把母亲直接送到了等在寨子外面的手扶拖拉机旁。父亲说："最后一顿饭就不吃了，快走吧，岩罗章就要放学回来了。"学校在镇子上，他每天都是跑着去跑着来的。母亲指了指路边的竹林说："他已经回来了。"其实他压根没去学校，明明知道母亲今天要离开这个家，为什么还要没心没肺地去上学呢？他从竹林里跳出来，扑到母亲身上，哇哇地哭起来。母亲也哭了，抚摸着他的头，一句话不说。那个瞬间的沉默就像山塌了水枯了雨林死了。哭了一阵，父亲过来拉开了他们，扶着母亲坐上了手扶拖拉机，又过来把他搂在了怀里。他的眼泪顿时濡湿了父亲的裤子，就像父亲刚从河里出来。父亲说："孩子，你已经大了，不能再哭了。"一阵突突突的马达声响起，母亲不见了，她跟奶奶一样，也回娘家去了。娘家在勐仑，虽说离这里不远，却再也没有回来过。回来干什么呢？看看这个家？明摆着爷爷和父亲娶老婆就是为了延续香火，等孩子有了，也养大了，他们就不需要老婆了。但究竟为了什么，他们要用这种拆散家庭的办法来维持自己的生活？家里有一个女人为他们做饭洗衣有什么不好？遥远的风吹到遥远去了，路过的时候留下了凉爽，树抖着，来不及蒸发的残雨簌簌落下，滴答在脸上继续流淌，痒痒的像毛毛虫爬过。岩罗章打了个冷战，醒了，是微信的通知叫醒了他：如果我们还不能友善而理性地对待大象，热带雨林的灵魂就要死掉了。同时发来的还有他编的那首歌《还不能》：

>　　还不能为大象过一次泼水节，
>　　也不能为大象来一次放高升，
>　　七姑娘和帕雅晚你们在哪里？
>　　还不能为大象祛除污秽邪气，
>　　也不能为大象泼来吉祥如意，
>　　日子之王的恩典体现在哪里？
>　　七姑娘的故事可以重新开始，
>　　帕雅晚的事迹可以再次来过，
>　　请为大象举办祝颂的泼水节。

已经不是第一次了，贾海桐总是用这种方式邀请他前去帮忙，勐巴拉娜西大象救护队的事跟他自己的事是一样的：救象，救象。很明显，救象的志同道合里有一种奇特的联系，隔空就能传播关于生命的一切，好比一棵生长在勐连红壤中的龙血树，会在远离大树几十公里的石灰岩上长出自己的小树，策略便是结出红色浆果跟鸟和别的动物交换：我给你营养，你帮我携带种子到空旷裸露有阳光的地方，因为我是喜光的，可我生长的地方到处都是大树，茂密遮挡着阳光，落叶覆盖着土壤，种子只能落在厚厚的腐叶中，就算勉强能发芽，也会失去向上的力量。植物开花结果，昆虫和动物包括大象让它授粉，替它播种，这就叫"生物恋"，它出于本能，发自内心，完全是一种自发状态中的成人之美。而人缺少的恰恰就是这种不假思索、自然而然的"生物恋"，也就是患上了对别的生物视而不见的"生物麻木症"，症状蔓延的结果是：即便对待同类，也要看在不在关系网中，对没有关系的要实现"成人之美"是很难的。他跟勐巴拉娜西大象救护队队长贾海桐的关系虽然不算密切，但也是网中的绳索，少不了你牵我扯：救象，救象。他想着，正要回复，贾海桐的微信又来了：一头小公象被盗猎者埋在路上的捕兽夹夹住了左后腿，情况十分危急，能速速赶来最好，谢谢。接着又发了一个位置。岩罗章跳了起来：眼前的老母象还在昏迷，生死未卜，这个时候怎么好离开？四下看看，这里是江滩，一大片黄白相间的缅桂花树一直蔓延到滩底的山坳里，影影绰绰能看到绿枝掩映的竹楼塞满了山坳的夹角，夹角的前方有两棵歪树形成的寨门，大概就是缅桂花寨了。抖尽了雨水的白云薄纱一样覆盖着寨顶，却又盖不住，形成一些仙境般的白波洁浪，随意地扭曲在苍绿伴着青黑的岛屿之间。几乎所有岛屿都有垂直向上的炊烟，就像要挂在高高盘旋的黑翅鸢的翅膀上，好让它拽起整个村寨，带向总有焰火腾飞的地方——天的这端或那端。跑进炊烟里找人说说，请他们关照一下病象？一想又不妥，寨民们怎么关照？一不会治病，二没有接近的胆量，万一委托的人是不安分的，起了坏心怎么办？寨子里一般不会有盗猎者，但眼看着老母象就要死了，给盗猎者通风报信捞一点好处的人不一定没有。他想着，从竹篓里拿出另一瓶"藤草汤"，加上阿莫西林和克林霉素，用竹子漏斗又喂了一次，然后把额头贴到老母象头上蹭了蹭：怎么温度还是降不下来？他收拾好竹篓，背起来，奔跑而去，想的是：救了小公象再回来。

象哥哥的上岸颇不容易，等浪水把它冲到岸边时，正好遇到一个直立的高坎，它爬上去滑下来，重复了五六次后，依然喘息不迭地泡在水里。好在它是公象，虽然象牙还没有粗壮到一头成年公象应该具备的那种样子，但已经足够用来挖掘由紫红色砂岩和泥质砂岩组成的岸壁了。它挖一阵歇一阵，挖了三四个小时才挖出一条斜斜的通道。终于上来了，它站在高高的岸头，望着澜沧江悲怆地叫了一声，仿佛是告别：再也不喜欢你了，这么凶猛的水，想把我冲到哪里去？哼。它慢腾腾朝前走去，很快又停下来，在一个长满刺通草和甜根子草的地方贪馋地吃起来。它身上有伤，但不严重，也不流血，最难受的还是饥饿，是急需补充能量的欲望。它低着头边吃边走，咚的一声撞到一棵高大的顶果木上，才想起此前发生的一切，所有的细节突然就清晰起来：水鹿河边，小象落崖，象奶奶落崖，接着便是自己，落崖后的漂泊，绝望与希望、挣扎与放弃、哭喊与低泣，就像身前身后的波浪此起彼伏。最后是举鼻邀明月，别让黑暗淹没了我啊。蓦然之间，它又做梦一样站在了地面上，茫然无措地面对着一片陌生的林莽。后面是江水，前面是密集的大树，它应该往哪里去？怎么走才能找到自己的象群——缅桂花家族？它开始用低频的吼叫和跺脚产生的次声波发出自己的信息：我已经上岸，妈妈快来找我。它等了一会儿，没得到任何回音，便漫无目的地朝前走去，走一段就重复一次刚才的吼叫和跺脚，直到疲惫不堪地躺倒在地。天黑了，星星出来了，睡觉的时候到了。它闭上了眼睛，梦里进梦里出地打发着时间，中间起来吃了几口垂吊在身边的宽刺藤，又睡了，一口气睡到天亮，感觉缺失的觉已经补回来，浑身又有力气了，便站起来，冲着太阳长长地嘶鸣了几声。又是一路走，一路吃，不时地低吼和跺脚，让空气和土壤充满了呼唤妈妈的声音。家族的回音出现在几天以后，不是家里人直接发来的，是通过别的象群接力过来的，它的鼻子和脚都感知到了：弟弟还在悬崖底下，妈妈带着象群要来找他和奶奶，奶奶已经上岸啦。它的回复是：我不知道朝哪里走才能找到你们，你们告诉我吧。没有人告诉它。大象们的信息从来都是若断似连，不是对方没收到，就是自己没收到。辽阔囚禁着它，不平坦的地势和风的走向让音信的传播变得曲折而艰难，一头落难小公象在苍茫无际的雨林里定位着自己的孤独和凄凉，它哭了，跟所有大象一样它用鼻子哭了，体液濡湿了整个鼻管。哭过之后它看到迷惘悬浮在木姜子的树梢上，饥饿在火焰树和破布木的嫩叶上歌唱，吃饱了再忧伤的想法顿时让绿斑鸠的叫声变得那么友好。它朝前走去，来到绿斑鸠身边甩着鼻子打了声招呼，然后便卷起几棵鱼黄草嚼起来，草沫子顿时染绿了它的嘴角。又过了几天，一群陌生的大象出现在它面前，它们也收到了信息，而且从次声波的力度判断出，发信息的是头小公象。

这是一个有二十三头大象的象群，七大姑八大姨都集中在一起，算是大家族了。领头的母象告诉它，它们原来在境外的楠杜涅河流域，后来到了西双版纳的尚勇，在会温河流域生活了几年，渐渐就有些不适应了，人越来越多不说，还盖起了许多它们从来没见过的房子，有些房子是跑来跑去的，比大象跑得还快，一跑就冒烟，烟是有味道有重量的，趴在地面上连风都吹不散，它们闻不惯那种味道，就想离开，但又吃不准是返回楠杜涅河流域呢，还是去一个陌生的地方？后来听一只北边来的猴面鹰说，它在不捉王鼠、蜥蜴、黑带蛙、山椒鸟、木巢蛾时，就待在望天树的树冠上，那里的凉快是这个世界上没有的。这样的话又听棕胸佛法僧说了一遍后，象群就决定去一个有望天树的地方。再说大象是大地上行走的动物，远方的地平线对它们有着永恒的魅力。几个月以后，它们来到了望天树列队而立的南罕河一带，待了几年，又待不住了：人们居然架起了什么"世界第一高空奇观——望天树空中走廊"，说是为了便于研究林冠，其实是为了赚钱，一拨又一拨的游客在上面来来去去，树都有点撑不住了。望天树诉苦道：我们现在哪里还能望天，只能低头看人啦，人为什么喜欢高高在上呢？要知道树和山一样，从下往上看才能领略其高大、傲岸、孤拔、神秘的风采，你都上到我们头上了，我们还有什么风采？再说了，人爬得那么高，连鸟都不来了，鸟不来，我们浑身就都是虫子，就会生病，本来能活一百八十岁，现在最多能活几十岁了。等到哪一天，七十米高的树干被虫子掏空吃尽，咔嚓一声断了，那些空中走廊上的人怎么办？他们没有翅膀，是飞不起来的，只能跟走廊一起往下栽，下面是地，地上有土有岩石，硬邦邦的，应该不是地面粉碎，而是人粉碎吧？唉，难道人是没脑子的，连啄木鸟知道的事他们都不知道？啄木鸟说它知道那些能毁掉大树的天牛、蠹虫、吉丁虫、食心虫、斗米虫、透翅蛾和蚂蚁窝藏在哪里，就在空中走廊上那些跟"天人"等头等腰等脚的树干里，可是不敢去啄啊，只能眼看着大树因酥朽而断裂。热带雨林的旗舰树就要倒霉啦，依靠旗舰树存活的所有生命都要倒霉啦。大象们担心那些插入云天的望天树被人搞断后砸到自己，便离开那里去了勐仑的罗梭江流域，那是个难得一遇的好地方，但大象认为好的偏偏人类也觉得好，它们转来转去走了两年，发现如果象群继续喜欢人类已经占领的山林，人类就不喜欢它们了。大象的世界已经变成人类的世界，人类的喜欢不喜欢对大象很重要。它们又开始行走，差不多每半年就换一个地方。为什么是半年呢？因为人种的是单季稻，四五月份插秧，八九月份成熟，它们会瞅准一个有雨的、来不及收割的晚上行动，大吃一顿后迅速逃走，不多纠缠。就这样逃来逃去的，最后逃到了这里。在天在地在山在水的象魂托梦给它说，这里是骑马山的山地雨林，是布朗族生活的地方，他们把寨子后面的山林看成是能带来好运的"龙山龙林"，祖祖辈辈一根树枝子都没动过，保存得特别好，据说是西双版纳最好的原始山地雨林。象魂说你们也不要爬到山上去，人的"龙山龙林"也应该是大象的"龙山龙林"，再说1300多米的海拔对大象来说太高啦，爬起来费劲。它们听象魂的，就在几条有河流的沟谷里活动，沟谷也不错，大象爱吃的东西基本都有，竹子啦，野芭蕉啦，构树啦，山黄麻啦，蛇藤啦，火绳树啦，棕叶芦啦，想吃什么吃什么。尤其是这里的野木奶果，是它们最爱吃的，黄果是酸的，紫果是甜的，红果是又酸又甜的，布朗族人见象群天天在木奶果树下转悠，就叫它们锅麻菲家族，也就是木奶果家族。

5

木奶果头象用鼻子爱抚地摸了摸象哥哥说：我说了半天，你明白什么意思了吧？就是想让你留在这里，独自生活也行，跟我们生活也行，反正你是外来的，又不存在近亲遗传的问题。象哥哥说：我听明白啦，那我就留下来跟你们在一起吧。头象高兴地长鸣一声，带着它走到一棵老干上密密麻麻缀满了红色果实的大树前说：请吃吧，这是我们最爱吃的木奶果。象哥哥用鼻子掰着吃起来，果然好吃。但是过了十多天，象哥哥又改变主意了，对头象说：我现在更明白我的心，它是想着奶奶、妈妈、象姨、姐姐和妹妹的，麻烦你告诉我，往哪里走才能找到我们缅桂花家族？木奶果头象又好言挽留了一番，看它还是不答应，就说：你实在不想留，我们也不能勉强，那就送你离开吧，骑马山雨林大着呢，不熟悉象道就会绕来绕去，绕到明年都走不出去。象哥哥又问：走出了骑马山雨林，就能见到我妈妈它们吗？木奶果头象说：肯定不能，你还得朝北走，走到能看见澜沧江大拐弯的地方，再跟家里人联系，看它们在哪里，才会知道往东往西、路长路远。你要记住，在西双版纳，澜沧江永远是个固定的坐标，大象可以到处跑，澜沧江不会跑，别看它天天都在急急忙忙往前翻滚。象哥哥说：妈妈呀，怎么这么麻烦？木奶果头象说：这算什么？等你长大了就知道，一头象一辈子走过的路，跟一只旅鸟比如橄榄坝的黑腹燕鸥一生飞过的距离是一样的，甚至还要多。有时候一头公象寻找产生爱情的母象，走一年都走不到。不好意思啊，我说到产生爱情啦，意思是你别忘了我们，木奶果家族里母象多得是，又漂亮又可爱，包括我，我才三十六七岁，还能再生几个象宝宝，需要的时候尽管来啊，再过一两年，你就该离开家族独立生活啦。

  大家伙儿沿着象道朝东北方向走去，走了大半天才走出骑马山雨林。象道消失了，前面堆积着一片望不到头的小山，覆满了四数木、常绿榆和千果榄仁，一条不明显的兽道弯弯曲曲通向远方，兽道两边长满了魁蒿、莠竹和大叶仙茅。绿色是追尾的，一团连着一团，有的地方还会摞起来，一摞就是好几层，跟山一样高。一高颜色就变了，变成了白色的雨林绿色的云，云上面是太阳，太阳也是绿色的，燃烧的绿焰就像又有了一片更加辽阔的太阳林。绿风浩荡，吹到地面上就是白气奔腾了。光在地表之上凝聚，像是被风吹断后失去了速度，掉下来了。象群停下，用细细的叫声向象哥哥道别。象哥哥也用同样的声音回答着，慢腾腾朝前走去，走几步就回头看一下。木奶果头象大声说：是不想走了吧？我早就知道你会这样。象哥哥转身回走几步，央求道：不是不想走啦，是想让你们多送我一程，我总觉得前面阴气弥漫，有点不敢过去。头象说：你还是没有长大，胆子小，行啊，那就再送你一程，就这么走了，我们也不放心。大家又一起往前移动。走了一个多小时，象哥哥突然停下，回头望着排成两溜儿的木奶果家族说：感觉越来越不对劲啦，地上的草乱纷纷的，风往这边吹，它往那边倒，好像有什么东西拽着似的。说着抬起后脚朝一丛蔦不拉几的飞机草踩去，只听啪啦一声响，闪电般弹起一张大嘴两排利牙，咬住了它的左后腿。它惨叫一声，抬腿就跑，却被一根黑黝黝的锁链拽住了，锁链的那一头拴在一棵粗壮的大叶蒲葵上，蒲葵被它拽得大幅度摇晃，却顽强得没有断裂。象群惊慌失措地喊叫起来，有的嗷嗷，有的呜呜，一层黑雾冒出雨林腾空而起，立刻把云彩染黑了，太阳变得跟半圆的月亮一样，光走向黯淡，就像铅锅扣在了地上，沉郁而厚重。四周的草木疯狂地逃跑着，却只有魂散而不见形走。所有的隆起都在翻滚波浪，朝天外狂奔而去。一群铜绿水雉啪啦啦飞起，撞到一棵仰俯不止的马蹄荷上，又啪啦啦落下来，藏到茂盛的丁癸草丛里去了。风惊慌失措地停下来，后退几步，夯倒了一棵枫香树。木奶果头象大声告诉象哥哥：这是捕兽夹，是猎人专门对付大象的，十年前木奶果家族的一头母象就是被它夹住前腿的，跑又跑不脱，最后疼死啦。象哥哥哭起来：那怎么办啊？我也会疼死的，哎哟妈呀，疼啊疼。所有的大象都哭起来，好像被夹住的象哥哥转眼已经死了。哭了一会儿，头象突然冷静下来，出主意说：你必须挣断锁链，躲到一个人看不见的地方，慢慢再说，在这里很危险，猎人下了夹子，隔几天就会来一趟，就算你没有疼死，也会被打死。快啊，快按我说的做。象哥哥便一次次往前冲去，锁链哗啦哗啦响着，一次次被绷得笔直，但就是扯不断。人啊人，怎么能制造出这么结实的东西，连大象都对付不了？头象带着象群吼喊着加油，正处在静风和微风里的雨林也跟着山呼海啸起来，风在助力，所有的植物都在为象哥哥助力，突然砰的一声响，锁链断了。象哥哥踉跄而去，一个跟头栽倒在地，喘了一会儿气，又强挣着站起来，一瘸一拐地挪动着。钻心的疼痛让它不知道怎么办好，忽而是高频的号叫，忽而是低频的呻吟，再加上无奈而焦躁的跺脚，消息传出去了，西双版纳的雨林大地上，到处都是大象痛苦不堪的次声波。象群围过来安慰它。木奶果头象不断地提醒着：快点走，快点走，到密林里去，这里地势开阔，很容易被猎人发现。正说着，就听木奶果家族的警戒象发出了一声尖厉的惊叫，大家朝它看去，又朝它鼻子所指的方向看去，看到一个人躲在不远处的毛果桐后面，探出头来，用一个扁平而发着黑光的东西瞄准着它们。头象愤怒了，大吼一声冲了过去，木奶果家族的所有大象都冲了过去。它们是拥有共情能力、喜欢同仇敌忾的动物，对它们来说，害了一头大象就等于害了所有大象，唯一的选择便是冲锋陷阵。那人撒腿就跑。

勐巴拉娜西大象救护队的贾海桐队长接到有大象被捕兽夹夹住的消息后，第一个反应便是：一定要赶在盗猎者之前出现在困象面前，为此他把皮卡车开成了飞机。皮卡车是绿色的，两边各画了一头白色的公象，远远地看活像两头愤怒的大象在雨林覆盖的山原上狂奔。柏油路很快走完了，接着是泥土的便道，白象车的颠簸就像山势和林层的起伏，有一种上天入地的感觉。车内和无车顶货厢里分别坐着六个人，他们死死抓住车体上的固定部件，尽量让身体和颠簸保持着同一种方向和节奏。其中一个人按照队长贾海桐的吩咐打出去了一个电话，让在保护区边界巡逻的另外一些队员赶往大象被夹的地方。两路人马从不同的方向奔向了痛不欲生的象哥哥，却遇到了同样的困难：没路了。贾海桐硬着头皮在草丛灌林里开了一会儿，很快便扑哧一声陷进了泥水坑里。人们赶紧下来推车，好不容易推上了泥水坑，却发现前面还有许多个无法逾越的坑坎。贾海桐果断地说："带上东西，弃车步行。"他们背着麻醉枪、麻绳、篷布和药品正走着，那一路打来电话说：他们也开始步行，可能要晚一点到。贾海桐叮嘱道："尽量赶吧，你们现在离目的地比我们更近。另外，一定要提防盗猎者的袭击，能对付一头大象的，肯定不是一两个人。"完了又打电话给那个看到大象被夹后通风报信的人："怎么样，它还活着吧？"那人说："肯定还活着，听声音就能听出来，一直在惨叫。现在象群正在向密林移动，很慢，看样子挣断了锁链，是拖着捕兽夹在走。""象群一共有多少头？""十五头以上吧，具体多少我不敢靠近了数，刚才拍照时它们已经发现了我。""这么多？看来我们接近不了带着兽夹的大象。""你们可以先用催泪弹把象群轰跑，再救治受伤的大象。""这倒是个好办法。"贾海桐咦了一声又问，"你怎么会想到催泪弹？""我见过。""那就不是一般的寨民了，请教尊姓大名？""老树。""老树？真名还是假名？干什么的？""见了面你就知道了。""能把你拍的照片发几张过来吗？""你是怕我骗你们？""有点。""我只拍了两张，象群就冲过来了。"很快贾海桐收到了老树的照片，一张是几头大象正在举着鼻子吼喊，一张就是那头受伤的象，能看清它是一头小公象。贾海桐吆喝大家加快脚步，然后打电话给向雨林公安报警，又请求森林消防队，希望得到催泪弹的支援。对方答应了，要求他发个位置过来。他高兴地喊了一声："谢谢！"

几只朱背炭翅雪腹的啄花鸟听到喊声便俯冲而下，掠过几个人的头顶，又飞远了，再看时，已经变成了蔚蓝的绒额䴗，叫声清越而婉转，如同飞行的路线，带着漂亮而流畅的弧度。再细看，就会发现，那些稍纵即逝的弧度，差不多是雨林走势的模仿。雨林翻滚着,巨大的波涛连接着更加巨大的波涛,轮廓线都是长了翅膀的,在颤动中升高降下,所有高大的树都变成了巨型毛边的一部分,在翻页中辉煌。一座山便是一页书,西双版纳有九万座山,那就是九万页了,所以雨林山雀的叫声总是这样:读书啊读书。所以贾海桐总是把翻山越岭比作读书,你得一页一页读,读到最后一个词,就会发现都是"大象"。每一页的结束都是"大象",这是一本什么书啊?所以他总说西双版纳到底是大象书还是雨林书,你读到最后一页才知道。问他你读到最后了没有?他总说刚读了个开头,压根不知道它是一本什么书。电话来了,是老树的。他赶紧用手指划了一下:"喂喂喂。"对方好像喊了句什么,然后就挂了。他打了过去,是《为什么大象不会飞》的彩铃,却没有人接。再打,还是不接,只有天籁般的彩铃悠然传来:

为什么大象不会飞?
不想制造大地的枯萎,
不想失去山川河谷的沉稳之美,
不想拥有泪如密雨的愁悲,
不想看到泛滥的霓虹之后,
雨林物种的一再式微。

为什么大象不会飞?
不想跟飞机追尾,
不想让天空出现另一声春雷,
不想盖过太阳的光辉,
不想在荒寒时刻抹去最后一朵希望的蜡梅。

为什么大象不会飞?

当鬼蜮道上归隐了钟馗，

当十万大漠不见一朵花卉，

当犀牛的谢幕都来不及拭泪，

当生物界的进取只剩下人类的勇锐，

它用长鼻显示着无畏，

把翅膀交给了填海的画眉。

虽然救护队的另一路人马离拖着兽夹的大象更近，但还是贾海桐一行率先到达了那里。他们看到了大象新鲜的粪便和踩踏过的飞机草，便悄悄地追寻而去，很快就在进去密林不深的地方发现了无法快速行动的象群。象群不吃不喝地围在一起，个个都是心事重重的样子。贾海桐躲在几棵猫尾木后面观察了一会儿，心里不禁咯噔一下：小公象是不是已经死了？他让大家保持安静，不要打草惊蛇，自己后退了几十米，藏在一片茂盛的长冠越橘里，再次把电话打给了老树，对方关机了。为什么？他说了要见面的呀？贾海桐回到猫尾木后面，继续观察象群，发现它们又开始移动，而且正在散开，小公象的身影渐渐清晰了，它一条后腿几乎抬不起来，蹭着地面，一点一点挪动着，不时地惨叫一声，很快又停下，站了一会儿，曲着两条前腿，摇摇晃晃倒了下去。几头大象号叫起来，叫着，都转过身来朝向了有人的这边，似乎觉察到了什么。贾海桐赶紧带人撤退，来到一个象群看不见的地方猫了起来。这时候的象群是愤怒的，只要见人就以为是夹住了小公象的盗猎者，一定会冲过来拼命，千万要小心。另一路人马十多个救护队员赶到了，领头的说他们在来路上碰到一伙人，有三四个吧，本来是迎面走来的，一见他们就慌慌张张扭转方向朝西去了。"而且，隐隐约约看到，他们在推搡一个人，那个人在说着什么，隔得远，没听清。"贾海桐立刻想到了老树："你们为什么不跟上去，万一是盗猎者呢？""跟了一段，不然不会耽搁这么久，但他们一进龙竹林就不见了，很神秘，我们没敢再跟。"贾海桐点点头，脑子里出现的还是老树，琢磨了一会儿说："那就行动吧，我们的办法是用两个人把象群引开，我带着麻醉枪从另一头靠近，只要能让象群离开小公象二十米，我就可以完成射击。然后再看进一步引诱的情况，最好的结果是象群越走越远，等它们失去追踪的目标返回来时，小公象已经被营救而去，如果做不到这一点，那就得等，一方面等它们自动离开，另一方面等催泪弹的到来，等的过程不能超过六个小时，因为麻醉时间有限。"两个腿脚利索的人立刻站出来，走向了左边。贾海桐追过去叮嘱道："记住了，人跟象的距离不得少于五十米，而且要随时看好逃跑的路线，避免它们包抄过来。"两个人答应着，又问："也不能太远吧？远了大象看不见。""你们从一百米处往前走，看它们有了反应立刻停下来，若即若离是最好的，既要引诱它们跟随而去，又不能让它们跑起来直奔目标，人是跑不过大象的。"贾海桐说着，提着麻醉枪朝右边走去。

雨林不再骚动了，安静被几棵稳健有力的长果桑和葱臭木拽了过来，植物们都瞪起眼睛看着，有的知道是在营救，有的不知道，知道的就会得意地告诉不知道的，树叶在说话，沙啦啦，沙啦啦的。一只树蛙奔跃而起，细青皮的枝子赶紧伸过去接住了它，像是说安静一点好不好？救大象的人来啦。一条蜂蛇探起头来，吐着舌头望着前面，对突然出现的安静充满了猜忌。身边的银叶栲丢下一颗果实来，打在它头上，提醒它不要动。它就一动不动。办法是得当的，他们成功了。当贾海桐站在二十米远的一棵红木荷后面，用麻醉枪击中呻吟不止的小公象时，所有的大象都离开小公象，朝着前面忽隐忽现的人影边走边叫。遗憾的是期待中的最好结果并没有出现，木奶果头象是一头经验丰富的大象，走出去不到四十米，就让几头大象马上返回，去守护小公象。小公象这时已经失去知觉，像是死了。返回来的几头大象用鼻子在它身上闻了闻,便声嘶力竭地叫起来。头象一听,立刻放弃了追踪,带着象群回到了小公象身边。它们把小公象围起来,不管引诱它们的人做什么动作,发出什么声音,就是不理不睬,不动不摇,只派出两头警戒象死死盯着,看他们到底想干什么。贾海桐来到人群里,又派了几个人前往引诱,结果还是一样:象群不上当了。他打电话给森林消防队前来支援的人,问他们到了哪里?半个小时后,他们在一片林木稀疏的玉带草地上等来了几个携带着喷射器和催泪弹的人,商量了一番后,决定立刻实施营救。人们嗖嗖嗖地跑动着,一阵白雾冉冉而来,在离地面很近的地方飘成丝缕的形状,朝着大象缠绕而去。

催泪弹的投掷准确到无与伦比,一共三枚,恰好掉在了象群的左边、右边和前边,当浓烈的烟雾袅然升起又迅速弥散开来时,头象的反应便是一声嘶鸣,然后朝着没有烟雾的一边跑去,象群跟上了。突然头象又停下来,甩着鼻子让别的大象继续奔跑,自己来到断后的位置上,扭头看着小公象,似乎想留下来。但对大象来说,瓦斯的味道前所未有地难闻,几乎到了忍受与死亡等同的地步。它再次跑起来,督促着象群一口气跑出去了两百多米。雨林发出了一阵交响:肉实树簌簌簌的,紫金牛哗哗哗的,蛇根草沙沙沙的,可爱花瑟瑟瑟的;栗腹鸭锐叫着从樟树枝飞向栎树枝,长尾山雀不想让紧张的空气更加紧张,无声地高翔而去,消失了它的惊恐也消失了它的影子。一条腹中能藏人,身上可行车的大蟒,从聚果榕上滑下来,迅速朝厚实的腐叶层钻去,好像它知道瓦斯这玩意儿是往上走的。又有两枚催泪弹落在了象群后面,对它们来说,小公象躺倒的地方完全被烟雾遮住了。贾海桐带着人飞跑过去,看了看小公象被捕兽夹夹住的左后腿,不禁倒吸一口冷气,伤口又深又大,骨头都露出来了,血还在流,可以断定,即便不用麻醉枪,过不了多久它也会不省人事。"快快快。"贾海桐喊着。大象救护队的医生拿着一只特大的老虎钳,让人搬来一块石头垫起,就像摁铡刀那样,四个人使力才勉勉强强铰断兽夹。贾海桐拿起兽夹看了看:"这帮王八蛋。"又喊,"快快快。"医生用一大瓶碘酒把伤口淋了一遍,拆开一盒消炎粉,全部倒在了伤口上,用纱布包扎好,又在接近伤口的地方打了两针青霉素。"快快快。"贾海桐又是比画又是喊叫,不时地扭头看着象群奔跑而去的方向。人们七手八脚地行动着:迅速铺开篷布,用麻绳兜住小公象所有完好无损的地方,喊着号子抬起来,放在了篷布上,然后拽着篷布的边角,又拖又抬地移动着小公象,朝雨林外面走去。贾海桐大声问:"谁熟悉这个地方?附近有没有村寨,能不能叫些人来,我们人手不够。"有人说:"前面就是骑马山雨林,布朗族的'龙山龙林',我的家乡,走过去恐怕得大半天。我记得往北翻过那座马鞍形的山有个傣寨,叫白孔雀寨,有三四公里,是离我们最近的,但这个季节既不播种也不收获,人都出去挣钱了吧?""有几个叫几个,赶紧去。"贾海桐知道必须把小公象抬到公路上,才可以用汽车运走,但从这里到最近的公路,至少有三十公里,这么长的路,又都是忽上忽下、弯弯曲曲的山路,一吨多重的小公象,二十个人就这么连拖带抬地翻山越岭,很难坚持到底。那人走了。一只飞鼠穿越在紧张的空气里,以优美的姿势放松着大家的神经。心领神会的栗斑杜鹃悠扬地鸣叫着,像是要麻痹一下大象。

6

一个多小时后,他们把小公象抬出了雨林,所有人都已是喘息不迭,正要坐下来歇会儿,就听不远处响起了大象的长号,一声比一声惨烈。象群追上来了，木奶果头象一马当先，机智地绕过了催泪弹的瓦斯烟，从侧面奔赴而来，要不是有一些假含笑和粗丝木挡着，需要披荆斩棘，它们早就冲到了跟前。贾海桐大喊一声："快跑。"有人问："小公象怎么办？""还能怎么办，还给它们。"贾海桐说着，推了那人一把，然后朝一边跳去，还没落地，忽地一响，一条粗大的象鼻伸过来，轻轻一卷，把他卷倒在了地上。他打了一个滚，爬起来再跑，咚地一下撞到一棵普文楠上，只觉得眼冒金花，头晕目眩，身子晃了几下，便朝后倒去。木奶果头象追过来，先用鼻子卷住他，然后高高地抬起右前脚，就要踩下去。他大喊一声："你别搞错了，我是救大象的。"木奶果头象好像听懂了，冲着人头夯下去的大脚忽地拐了弯，踩到一棵白颜树上，咔嚓一声，碗口粗的枝干顿时断裂得不连一丝树皮，鼻子也倏然一松，甩到了天上。他又打了一个滚，滚到一个坡坎上，顺着坡坎滑下去，来到头象的攻击范围之外，爬起来再看，发现小公象已经被象群团团围住了。包括头象在内的几头壮硕的大象站在围圈外面，有的鸣叫，有的跺脚，有的喷吐气雾，有的静默对峙，有的使劲甩着鼻子，有的扇动芭蕉扇一样的耳朵，警告人群赶快滚蛋，如若不然，定叫你有来无回。贾海桐用手掌搓揉着额头，招呼大家后退。人们心有余悸地回望着，来到了一棵高大的野茶树下，坐的坐，躺的躺，休息了半天才回过神来。贾海桐就在这时给岩罗章一连发了几个信息，完了对大家说："咱不能前功尽弃，再来一次吧，还是用催泪弹，大象也有疲倦的时候，成功也许就在于看谁能坚持到最后。"大家振作起精神来，准备了一番，带着十二分的小心，朝大象所在的开阔地悄悄靠去。

这一次他们投出去了八枚催泪弹，瓦斯的弥漫面积更大，也更加浓烈而刺鼻，象群又一次落荒而逃，而且距离更远，好像跑到另一座山上去了。人们迅速围过去，连拖带抬地移动着小公象，但仅仅走了将近两百米,象群就卷土重来,跟前一次一样,木奶果头象冲在最前面,绕了一个很大的弯,躲过飘浮不散的烟雾,追上了他们。他们同样也是落荒而逃,把小公象丢在一个长满蕨菜的洼地中,跑进一片嘉赐树和常绿阔叶乔木混交的密林里才停下,正歇着,二十多个白孔雀寨的傣族人从三公里外赶来了。大家互相问候了一番,便开始了对小公象的第三次抢夺。

但这一次的效果却差得出乎意料,八枚催泪弹和四十多个人的奋力搬运,只是让小公象挪动了不到三十米。比人更善于学习的大象显然已经有了经验:迅速逃走,然后迅速反扑,不给人更多的时间用来拖抬小公象。贾海桐冲着象群恼怒地喊起来:"你们想让小公象死掉啊?笨蛋。我们不是绑架,你们才是绑架,是不知好歹的劫持。"又对大家说,"小公象恐怕已经醒了,今天肯定没戏了,明天再说吧。"阳光平射而来,拥搂着白桫椤伞状的羽叶和树间的几只黑枕王鹟,油绿的亮光和金斑的瑰丽搅动着空气,抹平了雨林的所有冠冕,天际线是笔直的,黄昏的消息带着血色的凄凉让笔直变得粗硕却又无靠,似乎是为了蓄积饱绽生机的能量,大地把绿色藏在怀抱里,只让青雾去迎接天黑。黑枕王鹟飞起来,大概是这个白昼的最后一次飞翔吧,带着炫耀也带着遗憾,它们飞向了有大象的地方,像是去告诉它们:人走了,就要走了。黑枕王鹟们说对了,白孔雀寨的傣族人要回去了,说好明天一大早再来,走时他们留下了每个人带在身上的竹筒饭。黑枕王鹟们又说错了,勐巴拉娜西大象救护队的人和森林消防队的人都不打算回去。贾海桐队长说:"就在这里凑合一晚上吧,明天一早,等白孔雀寨的人一来,就开始实施营救,我们要吸取今天的教训,不能赶走象群就算完事。明天的方案是,赶走之后还要追上去继续投掷催泪弹,它们跑到哪里投掷到哪里,直到它们彻底失去反扑的机会。"有人建议:"一旦象群反扑过来,不等它们靠近,就应该分出一部分人来迷惑它们朝别的地方追撵，保证我们的拖抬一直进行下去。"贾海桐采纳了，并且做了具体分工——投掷的、迷惑的、拖抬的，还有给大象喊话的。他说："我觉得有时候它们能听懂人话，所以要不断把我们的想法告诉它们。"完了开始吃饭。大家都把手里的竹筒用刀子劈成了两半，就像盛在碗里那样，有的用手抓着吃，有的折了树枝扒着吃。米饭是拌了臭菜、槟榔青的野果、辣椒和盐的，大家都饿了，吃得专注而香甜。之后又砍来几根储藏着水的扁担藤，每人饮了几口。又说了一会儿话，天就黑透了，看不到星星，也看不到月亮，密实的林层和不散的水汽遮去了所有的亮光。一只扁颅蝠在头顶飞翔，吃了一只棉蝗，吃了一只油葫芦，又吃了晚上不休息的几个大头蚁，正在得意，雕鸮来了，吓得它赶紧往家里飞，家在野龙竹的空心里，舒适而安全。贾海桐悄悄摸过去，窥伺了一会儿象群，发现它们都还是围起小公象站着，没有一点懈怠的样子，回来就说："象群很可能彻夜不睡，万一它们过来呢？咱们很危险，不能一起睡，再说还得防止别的野兽，尤其是蟒蛇和虎豹。"他把人分成两半，一半睡觉，一半打开手电监视周围的动静，后半夜轮换。但很快监视的人也都打起了盹，接着就睡了，鼾声一片。他没再叫醒他们，举着手电，围绕着一地的人，不停地巡逻着，突然听到有人说："队长，你睡会儿吧，我来。"一看表，已经是后半夜了。

黎明来得有点不情不愿，看着亮了，忽又暗了，似乎是跌倒了不起来，想回去继续睡觉的样子。迷蒙的持续有点不正常，天一直在打盹，人累了，天累了，雨林累了，累得休息不过来了。直到白孔雀寨的傣族人到达，遮天蔽日的雨林里面才豁然开朗，绿亮了，照耀着斑驳的阳光和所有的颜色，露珠们活跃起来，一朵朵蓓蕾争相告别着儿时，花的盛放成了这个早晨的童话。大家吃了傣族人带来的香竹饭，便开始行动。贾海桐和几个投掷催泪弹的消防队员猫腰走在前面，别的人紧跟其后。新的一天开始了，所有的东西都像新长出来的，头顶是新鲜的密花红光树和新生的银胸丝冠鸟，身边是更加新鲜的蛇藤和昨天晚上才附生而出的大吊兰，它们都倾斜起身子指引着他们：不用拐来拐去的，直走就是啦，除了我们，谁看得见你们呢？五十米开外就是象群所在的开阔地。贾海桐直起腰来，愣愣地看着：好像开阔地更加开阔了，也瞬间阒寂了，除了晨光的普照和草地的葳蕤，什么也没有。象群呢？大家停下了，瞪起眼睛望着前面，都在问：象群呢？贾海桐快步走向了那个长满蕨菜的洼地，哎哟了一声，便招手让大家过去。面前的情形让所有人大吃一惊：小公象依然躺在篷布上，根据鼻子朝嘴弯曲和前脚朝肚子蜷起的模样，显然是睡着了，而不是死去了。它的背上靠着一个人，一手攥着小公象的耳朵，一手抓着歪斜在身边的竹篓，也在呼呼大睡，竹篓里的东西几乎要倒出来。贾海桐大喊一声："岩罗章？你来了呀？"岩罗章不回答，睡得跟小公象一样香甜，直到被贾海桐摇醒。他揉着眼睛迷迷糊糊问："都什么时候了，我得走了吧？""象群呢？""什么象群？哦对了，我让它们回去了，它们一直在布朗族人的骑马山一带活动。""这么神？象群为什么会听你的？""我们认识，它们是木奶果家族，大前年我救过它们的一头母象，难产，我问头象，要母亲还是要孩子？它说都要。我说这怎么可能呢？不过后来我还是办到了，母子平安，它们高兴，我也高兴。"岩罗章说着，跪起来，用自己的额头磨蹭着小公象的脖子，量了量体温，皱着眉峰摇了摇头，站起来说，"我昨天晚上一来就打开包扎看了，很严重，光用消炎粉肯定不行，我给它喂了麻醉药和'藤草汤'，又拿'四十七灵膏'抹了一遍，疼痛是止住了，你们赶紧抬，抬到救护队慢慢治疗吧。""你看它能治好吧？""难。""你是说我们难，还是你难？""都难。""那两方面合起来呢？"岩罗章想了想说："也难。"贾海桐追问道:"那就是说你不打算救它了?""谁说的?""那就对了嘛。""不过我不能天天跟你们在一起,还有一头大象等着我去救呢。"他说起缅桂花寨前的江滩上那头老母象的困境,又说起他还得去采药和回家制药,竹篓里的"藤草汤"和"四十七灵膏"已经不够用了。说着背起竹篓,就要离开。贾海桐一把抓住他说:"你急什么?事情还没说好呢。""还要怎么说才算说好?不就是给小公象治病吗?我两头跑不就行了。""这怎么行,我们有车,可以接送你。"岩罗章一笑,像是对汽车的鄙视,又像是对自己双腿的自豪:"哪里需要麻烦汽车喽。"说着就跑起来。贾海桐喊道:"我还没问你老母象到底怎么办呢。"岩罗章停下来说:"你们把小公象治好就不错了,老母象就交给我吧。""你能保证治好?""不能,但我治不好的,还有谁能治好呢?""也是,那就交给你了,你吃点东西再走嘛。""这一路的雨林好得不得了,到处都是野果子,饿不着我。再说还能碰到村寨,说一声我是大象医生岩罗章,想吃什么有什么。"说着抬脚就跑,一眨眼不见了人影。

　　从此岩罗章就开始在象奶奶和象哥哥之间奔跑,加上采药和制药,差不多三天一个来回,一个来回一百多公里,他的双脚在奔跑中创造着奇迹,就像人脚变成了兽蹄,西双版纳的土地越来越松软,他的双脚却越来越坚硬。有时候会有毛冠鹿跟在他身后奔跑,像是要比试一番,看谁更有速度也更有耐力,或者毛冠鹿把他也当成了鹿的一种,追逐着同类从一片雨林跑向另一片雨林,然后看他和大象厮混在一起。鹿是不怕大象的,因为都是食草动物,谁也不伤害谁。但追撵岩罗章的毛冠鹿是这样想的:只要是不怕大象的就都是鹿。岩罗章有时候会放歌象道,毛冠鹿就会又喊又叫地喝彩:太好听啦,鹿的"章哈",请再唱一首吧。他果真唱起来,却不是为了让它欣赏,是为了纠正对方的错觉:我是大象的"章哈"。

从来没见过单眼皮的大象，
也没见过柳眉弯弯的大象，
更没见过眼睛说话的大象，
或者流淌喜泪悲泪的大象。
但是流浪西双版纳的大象，
怎么就用眼睛表达了一切？
怎么就让人喜欢你的眼睛，
如同喜欢女人的美和纯净？

下雨了，似乎雨滴都是从树叶里溅出来的，带着绿植的清香和雨林的营养，浸润在大地上。爱淋雨的白喉扇尾鹟飞来飞去，它们的目标是一淋雨就不再飞翔的舟蛾和柞蚕。搬运小公象的工作轻松了许多，四十多个人用篷布抬着，用麻绳兜着，速度明显加快了。后来又砍来八根铁刀木的树干，当作木杠，扛在肩上行走，三十公里的山路，不停地抬上去，又不停地顺着湿滑的山坡溜下来，还不能伤着小公象，动不动贾海桐就会喊"轻点、轻点"，或者"抬高、抬高"。当小雨变成中雨，感觉中的重量从一吨变成十吨的时候，公路到了。小公象已经醒来，惊恐万状，却没有力气站起来，只能无可奈何地看着那些人拼命折腾。等在公路上的是一辆雇来的大货车，人们斜支起踏板，一点一点拖它上去，固定在了车厢中央。大家松了一口气，想起来时两路人马开的三辆皮卡车都抛在荒山野林里了，就想分出人手去寻找。贾海桐看看天色说："马上就黑透了，还在下雨，很难找，遇到危险怎么办？算了吧，都坐大货车回去，明天再去找。"完了就跟白孔雀寨的二十多个傣族人告别，贾海桐觉得光握握手说声"扩坤"还不够，就一个一个拥抱了对方。傣族人嘻嘻哈哈走了，走出去没多远，就有他们的"章哈"唱起来：

蓝孔雀、绿孔雀、灰孔雀，
没有哪个比得过白孔雀；
公大象、母大象、小大象，
没有哪个比得过白大象。
白孔雀的尾巴为你而开，
白大象的四脚冲你走来。
你是雨林慈悲神的无翼使臣，
你是勐巴拉娜西的变化之身。

贾海桐奇怪地说："怎么，他们也会唱这首歌？"有人说："勐巴拉娜西大象救护队做了那么多好事，每一件都做在傣族人心里，还有传不开的？"贾海桐点点头，招呼大家上车，自己抢先爬上了车厢，坐在了小公象旁边。有人说："队长你下来吧，驾驶室还有座位。"贾海桐说："年龄最大的坐下面，我要守着小公象，随时掌握它的变化。"上路了，雨丝如同无数树梢上的细叶，扫打在脸上有一种舒适的疼痛。雨季的雨林总会给人一种丰饶充盈的感觉，好像到处都是百宝箱，要什么有什么。它把丝绸托向盆谷，把布帛铺向平坝，把锦缎扯向天幕，把水晶撒得满天满地，光亮的原来不是太阳，是雨和林的结合，是数万种生命的联袂，是峭然孤出的西双版纳。贾海桐望着车灯照亮的路边林海，感觉小公象的头磕了一下车厢，便欠身凑到它眼前看了看，却被它翘起鼻子打了一下。"哎哟，你为什么打我脸？都已经这样了，还这么凶？是不疼了还是疼得厉害了？"小公象的回答是一阵低沉的呻吟和颤抖。"那就是疼得厉害了，坚持一会儿吧，到了救护队给你挂吊瓶。"他抚摸着象头，不时地揪揪隆起的两个智慧包上几根稀疏的象毛，想缓解它的疼痛，消除它的恐惧，但它感觉到的似乎是更大的恐惧，呻吟变成了嘶叫，它是躺着的，气息不流畅，但嘶叫的尖厉跟站立的大象没什么区别。小公象的难过缠绵着,感染而来,贾海桐吸了一口冷气:"别害怕,你是第十六头得到救护队营救的大象,大象遇到我们,就跟饥寒交迫的人遇到谷魂奶奶是一样的,不信你去问问别的大象,被营救的大象有的继续留在救护队的蝴蝶坝子里,有的已经回家了。我们跟许多大象家族打过交道,能保持经常来往的也不少,跟你们木奶果家族还是第一次,以后会多起来的,不信走着瞧。有一个家族叫普洱茶,跟人一样喜欢在野茶树下揪叶子玩,好像它们也知道这种东西可以调理肠胃,帮助消化,虽然不吃,闻闻也能起作用。三年前我们营救了它们的一头母象,母象被盗猎者一枪打烂了肚子,肠子都流出来了,是我们救护队的医生做了手术才长好的。今年初普洱茶家族又带着一头雌性幼象来到蝴蝶坝子,把幼象用鼻子推进大门就走了。我们过去一看,幼象出生才几周,因为脐带感染,肚子都肿了起来,不吃不喝光喊叫,再不救就晚了,非死不可。普洱茶头象还算聪明,知道这种时候只有求救于人类才可以保命,不对不对,是求救于我们,不是人类,人类里头不管大象死活,只想依靠它们发横财的坏人多了去了,普洱茶家族好像知道,也分得清楚,不然怎么会长途跋涉找到救护队的队部也就是我刚才说的蝴蝶坝子呢?要知道救那头被打烂肚子的母象时,我们还在景洪城的孔雀湖边,后来才搬到蝴蝶坝子的。幼象现在好了,就等着普洱茶家族来认领。它来时头上顶着一枝羽叶金合欢,我们就叫它金合欢,你这次去还能见到它,它是个很乖的小家伙,我们正在进行野化训练,等你伤好了,就可以跟它玩了,它最爱玩水和沙子,你们可以打水仗、洗沙浴。"贾海桐发现小公象不嘶叫也不呻吟了,静静地听着,不管听懂了没有,但注意力明显从伤痛中分散开了。他觉得这样的絮叨是有用的,便又说起来,是一个跟山体滑坡有关的故事,主角是一头大公象。

西双版纳历史上很少有山体滑坡,茂密的雨林盘结着旺盛的根系，大面积地甚至无所不在地抓连着紫红色砂岩、泥质砂岩和土壤，哪儿都是结实的，即便是悬崖也跟山体或者平坝牢牢地粘连在一起，树根的拉力和泥土的黏力是滑坡不会发生的保证。但是后来就变了，而且一滑再滑。原因是大片的雨林被砍伐甚至连根拔除，取而代之的是一系列只为人类服务不为其他生命服务的经济作物：橡胶、茶叶、咖啡、甘蔗、香蕉、砂仁等。这些植物一方面没有盘根错节稳固地表的能力，一方面减少了雨林的降雨量和土地原有的蓄水量，地表的砂岩和土壤渐渐干裂，变得酥松而易崩，偶尔遇到大雨，就会像泡软的饼干一样大面积塌落。伟岸壮硕的大公象是路过大瓦韦茶园去寻找象群和爱情的，颞腺上流淌的体液就是证明，它正忘乎所以地走着，只听轰隆隆一阵巨响，还没搞清楚怎么回事，就被泥石埋住了。好在这一幕被收获茶叶的人看得一清二楚，立刻把电话打到了勐巴拉娜西大象救护队的队部蝴蝶坝子，蝴蝶坝子又告诉了贾海桐。他正在不远处了解大花田菁家族中一头母象见人就追的事情，刻不容缓地带人赶了过去。挖掘的过程十分危险，山体滑坡还在继续，很有可能所有救援的人都会成为大象的殉葬品。贾海桐说："大家都是有牵挂有家人的，今天的救援是自愿参加，对现在退场和中途退场的，我们都给予理解，决不会另眼相看。"有人说："队长，你说这些干什么？来都来了，还能眼睁睁看着大象死掉？"结果没有一个人退场，都克服恐惧互相拉扯着扑向了救援现场。这时露出地面保持呼吸的象鼻已经被新坍塌的泥土盖住，大公象生命垂危。人们趴在地上用两手刨啊刨，好几个人的手指都磨出了血。大公象是幸运的，人也是幸运的，几十个人的奋力刨挖让它保留住了最后一口气，等人们挖开周围的土石，用自制的滑板拖着这个庞然大物离开那里仅仅过了两分钟，便出现了更大的滑坡，山呼海啸，尘土弥扬，刚才刨出大公象的地方顿时堆起了一座山，连大公象都庆幸地长舒一口气。它是一头见多识广的大象，虽然对人类保持着天生的警惕，却也分得清好人与坏人、友爱与伤害，自始至终都很配合，没有一次对人做出威胁的举动，哪怕人们不小心弄疼了它。它在滑板上躺着，等到人给它做了全面检查，在几处有皮外伤的地方涂了药以后才站起来，转着圈走来走去的，似乎在告诉人们：瞧瞧，我好着呢。然后卷扬起鼻子，动情地嘶鸣着，又去不远处的河里，洗干净了自己，再次过来，一声比一声长地叫着，看着贾海桐带人离开了那里，便跟过去，还是忽高忽低地叫着，送别的情深意长里，有着大象媲美人类的天赋：感恩和留恋。后来贾海桐又见过大公象两次，一次在蝴蝶坝子的大门口，不知是来看望他们的还是为了坝子内被救治的母象，见到他后叫了几声，待了一会儿，便转身离去；一次在勐腊雨林的象道上，它好像是闻到他的味道后跟踪而来的，也是一见他就叫，叫了好长时间，看他朝自己走来，便隐入雨林不见了。这两次他都看到大公象的头上黏着一颗无患子的橙黄色球形果，就给它起名叫无患子大公象。

第四章 蝴蝶坝子之歌

行走啊——我们的使命,发现到处都一样:

多了十倍的是人,少了十倍的是大象。

我们在马来西亚凭吊象骨,

在斯里兰卡抚慰残疾,

在苏门答腊收留孤儿,

在泰国营救和人一样流泪满面的奶奶,

那头被带尖刺的铁箍绑缚了二十年的困象。

我们路远迢迢,和犀牛分享悲伤,

我们芳心昭昭,和人类竞赛爱的多寡,

我们赢啦,得到撒哈拉形象大使的奖赏。

1

雨似乎只在车灯前下着,雪白的闪亮并不是落下而是飘上,是大地液体的飞溅。而在车灯关照不到的地方,黑夜的吞噬让雨消失了踪影,或者说它在悄寂中轻柔着,让人和小公象以为已经告别了湿润,获得了干爽。小公象静静地听着,眼睛更加明澈了,一闪一闪地波动着许多问号,突然哞地叫了一声,似乎是一种隐忍:太疼啦,我都有点受不了啦。又像是提了一个问题:你说的无患子大公象到底有多大?我以后会不会长得跟它一样大?贾海桐说:你肯定比它更高大,因为它的年龄是你的四倍都不止,象牙却只是你的两倍,要知道公象的牙齿是终生都在生长的。你好好听话,好好养伤,将来一定是许多母象的丈夫和许多小象的父亲,所有的大象都会拿你当崇拜对象。小公象哞哞地答应着,又改变声调嗷嗷地叫起来,似乎疼痛的折磨又开始让它恨不得即刻死去了。他赶紧说:"现在给你说说大花田菁吧,这是一个拥有十四头大象的家族,其中一头母象见人就追,是把鼻子举起来、耳朵竖起来的那种追撵,你猜是为什么?这头母象最初是章朗谷大象表演公司的明星,人们叫它大果人面子,因为驯象师在它表演时会给它喂一些大果人面子树的果实,果实是带孔眼的,孔眼里有种子,就是版纳人喜欢吃的树花生。我不止一次地看过它的表演,很奇怪那种黑不黑、黄不黄的'人面果实'竟然对它有压倒一切的吸引力,只要驯象师拿着它作为奖赏,让它干什么都行,再难做的动作都能不怕危险地做出来。仔细看那果实,发现都是裂了皮变了形的,新鲜的怎么会这样?有一次我偷了一个果实,掰开一看,孔眼里塞着一些白色粉末,拿到蝴蝶坝子一化验,吓了一大跳,粉末居然是海洛因,大果人面子是受到毒品控制才成为所谓的表演明星的,也就是说它已经染上了毒瘾。这在人类社会中是必须戒除的，知道吧？祸害人违法，祸害大象也违法，我是大象救护队的队长，肯定不能放过，立刻报案，希望老茎生花派出所出面解救这头大象。几乎在同时，驯象师不知从哪里听说了我偷走果实的事，带着大果人面子逃之夭夭。我带着救护队追踪了一个星期，才在澜沧江和湄公河的交界处追上了大果人面子，但驯象师已经不见了踪影。我们用'人面果实'诱惑着把它带到蝴蝶坝子，进行强制戒毒。老茎生花派出所也开始对章朗谷大象表演公司进行调查。公司说那个驯象师是个体户，挂靠在'章朗谷'进行大象表演，他本人和大果人面子都不属于他们单位，单位只收取一定的费用，并不了解他的底细。派出所检查了'章朗谷'所有表演象的食物和血液，没有发现第二头受毒品控制的大象，事情也就搁置起来了，我们人类把这种情况叫作悬案，也就是不抓住那个贩毒的驯象师，这件事就一直是个谜，就会一直处在发生的过程中，永远不会结束。这当然是我的解释，怎么会结束呢？大象被祸害成了那个样子，谁也别想轻易结束。"

"再给你说说大果人面子，它的强制戒毒持续了一年多才算完成，开始几个月天天要吃'人面果实'，吃了不过瘾就发疯，见什么毁什么，把蝴蝶坝子院子里的菩提树、贝叶树、粉花羊蹄甲、柠檬树、澳洲坚果树、火龙果撞断的撞断，搞秃的搞秃，踩碎的踩碎，还甩着鼻子乱打人，打倒了就踩，打不着就追。后来我们把它用铁链子拴了起来，还是不行，犯了毒瘾就一次次拽直了往前扑，铁链是拴在腿上的，皮肉都叫它拽烂了，又不能靠近了给伤口敷药消炎，加上雨季的气温高，湿度大，很快就感染了，天天流脓淌血。很多人见了说就让它安乐死吧，这头大象没救了。救护队开会研究到底怎么办，有人说：'我们可以营救大象的生命，却不能拯救它们的灵魂，这头大象的灵魂已经被驯象师出卖给了毒品，我们有什么办法呢？只能送它上路了。'我不太同意，但又没有太好的办法,就去跟召恩罕商量,召恩罕是谁知道吧?就是版纳雨林管理局的局长。他说:'你们是勐巴拉娜西大象救护队,"勐巴拉娜西"是傣族人对西双版纳的称呼,意思是理想而神奇的乐土,这样的乐土不光是人的,也是大象的,要是让一头活生生的大象在你们那里安乐死,那你们就不是救护队,而是太平间了。'我觉得他说得在理,救护队是专职解救大象的,还没有想尽办法,就让人家安乐死,太不人道了吧?当即我就问召恩罕,能不能帮我们联系一下戒毒所,让他们帮帮忙。召恩罕说:'这个没问题,大象是版纳雨林的旗舰动物,我们有责任,戒毒所也有责任。再说戒毒所的牌子上并没有加括号注明只戒人的毒不戒大象的毒。'他当即给戒毒所打了电话,人家一口答应:'这是分内的事,我们也想做一些实验,看看针对人的戒毒办法,对动物尤其是大象有没有作用?'他们派来了两个人,按照常规戒毒的办法用上了替代品,阿片和美沙酮两种,先用的是阿片替代递减法,效果有,但不是很理想,又用上了美沙酮替代递减法,明显好多了,三个月以后又改为安慰剂替代法,一年多以后彻底戒除,再也不用铁链子拴着了。我就想:不能让它再去当表演象了,那样的话很可能还会染上毒瘾。我的意思你听明白了吧?我对章朗谷大象表演公司一直心存戒备,虽然没发现别的驯象师和别的大象跟毒品有什么关联,但我觉得他们不可能不知道作为表演明星的大果人面子是怎样练成的。何况他们从赚钱的目的出发,绝不会善待大象,至于是不是有虐待行为,虐待到什么程度,我们还在调查。再说了,就算'章朗谷'是干净的,旧的生活环境和依赖毒品表演节目的惯性力量也会重新唤起它对毒品的依赖,促使它旧病复发。后来我们决定,让它待在救护队的蝴蝶坝子里进行野化训练,尽最大努力给它创造回归雨林的条件,发挥一头青年母象在传宗接代和维护雨林生态方面的作用。它有十年的表演象经历,野化的过程肯定漫长而艰难。但是没想到,两个月以后野化就有了效果，不是我们的训练产生了奇迹，而是它用低频的叫声和可以传递次声波的跺脚唤来了大花田菁家族。它一见它们就尖叫着扑了过去，然后便毅然离去。可以想见在它还是一头幼象时，就被猎人设计捕获，变成了一头表演象，现在它要回家了，离别多年后亲人之间的重逢是何等的感人肺腑。它对长辈们说：你们怎么才来接我？长辈们说：你受了多少苦啊孩子。大果人面子不久又回到蝴蝶坝子，不停地嘶叫着，待了两天才离开，大概是在亲人的督促下前来感谢的吧，毕竟蝴蝶坝子和这里的人给了它重生的机会。"

"但是不知为什么，就在大花田菁家族迁移到靠近缅甸的南阿河一带后，大果人面子又开始追人，见一个追一个。我们听说后以为它的毒瘾又犯了，跑去接触了几次，又觉得不是，因为给它'人面果实'它不仅不吃，反而会一鼻子打落，而且对救护队的人它是既不追也不打的，说明它没有丧失理智，分得清好坏。后来了解到的情况是这样：有一天大花田菁家族去一个长满苏铁林的村寨讨要盐巴，这是它们的习惯，在找不到硝塘，或者硝塘的矿物质氮、磷、碳尤其是盐的含量减少时，它们会接近村寨，伸着鼻子走向人的住宅。苏铁林寨的周围常有象群出现，人们已经习以为常，知道它们想干什么，一般都会捧些盐巴满足它们。那天它们走进村寨后见到了一个人，那人朝象群走去，象群也朝那人走来，但就在人和象群擦肩而过的瞬间，大果人面子长嘶一声，用鼻子重重地打翻了那个人，抬起粗大的脚就要踩上去，那人惊叫一声爬起来就跑，一溜烟不见了。从此以后只要见到人它就会凶巴巴地追上去，人越害怕它越追，一旦追上也不一定非要行凶，看一看，闻一闻，就又走了。很明显它是在寻找那个欲杀之而后快的人。贾海桐说着拍了拍小公象："你说说，这个人是谁呢？瞧瞧你的眼睛，眨巴什么呢？好像你知道他是谁。我们猜想，如果它用鼻子打翻的就是那个让它染上毒瘾的驯象师，大果人面子就不是一般的思维了，跟人类的'觉醒'差不多，能意识到毒瘾的危害：虽然你给了我那种我特别想要的东西，但我也知道你在害我。或者驯象师不仅让它染上了毒瘾，还曾经严重虐待过它。还有一种可能，那就是它认出了那个当初捕获它的猎人，一般来说猎人只有害死母象才能从它身边夺走孩子，大象的记忆超过了人类，这样的巨创深痛会牢牢铭刻在心里，大果人面子要是不报仇就不是一头大象了，尤其是在已经长大而且自由的状态下。大象的爱憎分明带着童稚般的单纯和执拗，在这方面没有哪种动物包括人类超过它们。"

感觉不到下雨，却还是湿了。大货车制造的风刮薄了黑夜，碎屑堆积在车厢里，掩盖着小公象。路两边的树忽而后退，忽而前拥，就像要来看看小公象，还没看清，就又走了。尾灯疲惫不堪地打着哈欠，却一点也不惜力，依然拖拽着身后的巨大黑暗，并让沉重的黑暗变成了轻巧的伴侣。小公象睡着了。贾海桐松了一口气，头一低，也闭上了眼睛，刚进入梦乡，又被手机的铃声拽了回来。是召恩罕的电话，问他这会儿在哪里？"返回蝴蝶坝子的路上。""你还是直接来景洪吧。""不行，车上有头小公象，伤得很厉害，得拉回去连夜抢救。""我让你来景洪也跟大象有关，是一头名叫凤凰木的小象。""怎么了？""有个年轻人带着它在嘎兰北路闲逛，被章朗谷大象表演公司的地不容盯上了，打算买下来做表演象，年轻人死活不肯，'章朗谷'就雇了几个外地民工去抢，结果打起来了。地不容控告年轻人是盗猎者，抓起来交给了老茎生花派出所，小象便落到了'章朗谷'手里，说是暂时收养，但'暂时收养'的结果你是知道的，一定是窃为己用。省上有人打电话来让我出面解决，我派人去跟'章朗谷'交涉，想把小象要到管理局来，理由是'必须确认小象是不是版纳雨林失踪的大象'，但是地不容这家伙推三阻四，就是不交出来。我这两天忙得焦头烂额,又是人象冲突,这会儿还开着会呢,想请你帮帮忙。""你是让我去地不容那里抢回来?""不是抢是解救,理由我给你,你就说这头小象属于版纳雨林,任何人无权'收养',只能找机会放归雨林。虽然你们大象救护队不属于我们管理局管辖,但只要事情跟大象有关,管理局的事就应该是你们的事。""明白了,我把人分成两半,一半送小公象去蝴蝶坝子,一半赶到章朗谷大象表演公司,解救你说的小象凤凰木。不过我们没有车,你得派车过来接我们一下。""这个好办,你就说去什么地方接?"贾海桐顺着车灯看了看路两旁说:"往前不远就是哈尼依兰香寨的岔路口,我们在路口等着。""依兰香寨,这么远?恐怕你得多等一会儿。""没问题,省上哪个人的电话让你这么卖力?""这个你就不用管了,你要做的就是把小象凤凰木救出来,不管用什么方法。"贾海桐放下手机,发现小公象醒了,睁大眼睛疑虑重重地望着他,便握着它的鼻子说:"你想说什么?好像你听懂了我们说的事。"路不平,大货车不停地抖颤着,就像一只游上岸的狗,需要抖落浑身的滴淌,水花飞舞。

到底是谁的电话让召恩罕如此重视,连夜催动贾海桐带着勐巴拉娜西大象救护队去解救小象凤凰木?真还有点不可告人。因为至少他私心希望在办成这件事之后,能有一个直接跟省上领导电话沟通的机会,然后……是不是多了一个渠道呢?不,不是多了,而是有了,也就是说直到现在他还没有建立起一个能让省里了解自己,同时也能递送材料的渠道,所有的意见都是以管理局的名义汇报给上一级单位,而真正能引起重视并形成决策的却凤毛麟角。但让他奇怪的是,为什么这个电话会打给自己呢?电话的内容为什么不能通过石栗转告呢?就因为自己是局长,而石栗只是个管理局社区工作科科长?因为他跟石栗是校友?自己读研的时候,石栗才是本科一年级，之所以当时就有交往，仅仅是因为他们都是生物系的学生，又在宿舍楼的同一层住宿。或者是因为他是全国唯一一个热带雨林管理局的局长，人家即便不通过儿子石栗也能知道他的名字？不想这些了，总之这是个机会，一定要抓住，把他想说的话全部说出来，再也不用憋着了。他站在管理局的院子里给贾海桐打完电话，把办公室主任从会议室叫出来，让他赶紧派车，然后又想：那个被老茎生花派出所的警察拘留的年轻人怎么办？如果他真的是个盗猎者呢？也要像解救小象一样解救到管理局来？这个不大可能，警方肯定不会放手。那就如实相告，同样也是一次机会，让托付他办事的领导明白，他没有丝毫懈怠，第二天一上班就干预了这件事，尽管没有办成，或者只办成了一半——小象凤凰木脱离大象表演公司的魔掌应该算是一半吧？他看了看夜空，发现雨下得有点漫不经心了，一滴跟一滴之间的距离能弯起一座山，但只要是落下来的雨就都很沉重，能感觉到它是蒸发之后在云中汇聚过能量的天水，是雨林的孩子带着回归老家的匆忙和冲动一头撞进了母亲的怀抱。如同他自己，一个版纳傣族的儿子，心急意切地扑向了外面的世界，求学啊，交际啊，闯荡啊，这儿看看那儿转转，直到有了那次为寻找"树中之象"猴面包树的非洲行之后，才稳定了他的志向：不能再这样漫无目标地闯荡下去了。他看到了撒哈拉的黄色沙漠、白色沙漠和黑色沙漠，突然想到，这都是在北回归线左右啊，跟故乡家园没什么区别。赶紧回来，告诉所有的人，要是再这样下去，西双版纳就要变成绿色沙漠了，我们为什么要给这个世界增添一个沙漠品种呢？他指的是铺天盖地的橡胶林：再也不能陶醉在自己制造的灾难中，"胶林夜雨"没有多少诗情画意，"中华胶王"也没有什么自豪可言，世界范围内热带雨林迅速消失的主要原因之一，就是橡胶种植面积的不断扩张，用生态被毁、环境退化换来的任何增长，其实都是负增长，所以目前挽救雨林的当务之急便是大面积减少橡胶林。橡胶林会霸道地从地下吸收大量的水分，抽空周边雨林的地下水，引发干旱，导致许多稀有物种的消亡和群落物种多样性的失去，其中包括大象和望天树这样的旗舰物种。尽管，他必须说到尽管，尽管橡胶给国民经济带来了许多好处，比如汽车有了轮胎，我们有了乳胶手套，等等，但那已经是过去了，现在我们面对的是橡胶种植会毁掉热带雨林的严峻现实。要知道雨林面积只占整个地球的百分之二不到，却是百分之五十以上动植物的家园。说到这里他总会拍拍胸脯："雨林是地球之肺，知道吗？就是这个地方，我们的肺。"西双版纳人好像第一次听说热带雨林是地球之肺，一双双眼睛都打了问号：不会吧，肺是管呼吸的，雨林怎么会呼吸呢？他就拿着地图给大家解释："看看吧，亚马孙河流域、刚果盆地、东南亚以及中国的西双版纳，都是地球的肺，肺要是没了，你还呼吸什么？全都是净碳释放，而没有氧氮生发，结果就是让一种植物毁掉万种植物的沙漠化。"大家都说："不得了，我们生活在地球的肺上，那怎么办呢？"他研究生毕业从非洲考察回来后，从一个基层雨林管理站的管理员干起，十年中当过毛猴欢喜管理站副站长，绒毛番龙眼管理站站长，龙脑香管理所副所长，茶荣荑管理所所长，版纳雨林管理局副局长、常务副局长、局长，天天面对的都是"怎么办"的问题：橡胶也可以用石油合成，不一定非要依赖天然橡胶树，后者的成本太高，得牺牲掉百分之五十还要多的地球生命，毁掉整个雨林和生物最美好的家园，所以要保护和恢复雨林。而保护雨林首先要保护大象，因为大象是雨林的灵魂。西双版纳有个大象的"章哈"叫岩罗章，他怎么唱来着：

雨林里流动的山，
树海中航行的船，
是你给了我们无上的恩典，

版纳没有冰天雪地的苦寒。

四脚撑起半边天,
长鼻摆出一条川,
你是版纳的白烟飘上云冠,
化成水的金叶香果作雨仙。

热风吹熟了稻田,
清泉冒出了乡园,
你是永远屹立的一座宝殿,
孕育出砖红壤不败的烂漫。

2

召恩罕走进办公楼,回到二楼会议室,看着还在研究人象冲突的几个人说:"大家想过没有,大象原本是一种温顺而谦和的食草动物,从来不会主动攻击人,为什么这些年变得越来越不温顺了?最近发生在雨林中心区的这起事件,表面上看是大象首先发难,毁掉了寨民的农田和竹楼,但冲突的原因却由来已久。"穿着一身草绿制服的资源保护科科长玉皎说:"具体的情况是这样,蚁花峡是缅桂花家族从勐腊到勐仑的必经之道,它们每年五月雨季开始后会前往勐仑竹芋山,十月雨季结束时返回勐腊水芹滩,然后在那里度过长达七个月的旱季。今年三月,蚁花寨的几户寨民拦腰截断蚁花峡,不仅开出了水田,还建起了竹楼。缅桂花家族几次想过去,都被蚁花寨的人用干椒棒驱退了。后来它们改为夜晚袭击,糟蹋了玉米和甘蔗，掀翻了两座正好挡在路中间的竹楼，然后夺路而去。寨民们为了阻止大象毁坏剩余的庄稼和竹楼，绕到象群前面，从山上滚下粗大的原木，砸伤了一头小公象。这样就激怒了缅桂花头象，它跑过去，把一个正从山脚往山上搬运原木的汉子用鼻子卷起来扔到了天上，等那人摔下来后，又过去踩死了他。寨民们一哄而散，都跑到管理局来了，说是要么赔偿庄稼、竹楼和人命的损失，要么允许他们杀死缅桂花头象。"召恩罕冷峻的面孔上蒙着一层腊肠树的树皮一样的灰青，沉默了一会儿说："这件事有点难，赔偿和不赔偿都有道理，大象属于雨林，跟我们管理不到位有关系，要是我们能提前阻止寨民堵塞蚁花峡的行为，就不可能发生这场惨剧。但我们已经多次用文件和口头的形式告知寨民，不得以任何理由堵塞大象通道，干扰大象的正常生活，他们是明知故犯，赔偿就等于姑息迁就，再说一条人命我们也赔不起。"玉皎说："可是局长，我们并没有权力阻止寨民，我们管理的仅仅是雨林内的植物和动物，而不是村寨和人。""还有林地，只要在林地上开垦新田和建造新屋，都属于我们管理的范围。"玉皎说："如果我们把责任揽到自己身上，而又无法赔偿损失，那就只能允许他们杀死缅桂花头象。""大象是国家一级保护动物，我们只有管好的责任，没有允许别人处死的权力，不管以什么样的理由，都不能让大象死在我们可以保护的范围内。"社区工作科科长石栗说："我觉得赔偿可以商量，太低了过不去，太高了出不起。"说着，拍了拍草绿制服上的尘土。玉皎笑道："别人叫我们'绿衣护象人'，你的衣服都看不见绿色了。""我来的路上全是土，怎么西双版纳也开始尘土飞扬了？干脆改成土色的制服吧，不显脏。"玉皎说："局长肯定不同意。"管理局的人原来是乱穿衣的，什么颜色和式样的都有，后来统一制作了草绿制服，因为据召恩罕研究，草绿色是大象和许多野生动物最喜欢的颜色。大象反感白色、红色和金黄色，管理局的人即便在非工作时间也很少穿这几种颜色的衣服。召恩罕说:"雨林退化,降雨量减少,裸地越来越多,身上的土也算是个提醒,再不把保护大象和雨林的事做好,就没有山清水秀的西双版纳了。大家想想办法,看能不能让寨民放弃以命抵命这样一种惯常的做法,肇事者是野生动物是大象,并不具备承担刑事责任的能力。同时也要想办法让大象放弃报复,我是说这一次踩死人,恐怕并不仅仅是因为堵住了大象通道,砸伤了一头小象,据我们现在掌握的情况,蚁花峡这个地方曾经死过三头大象,而且都是触电而死,大象也知道那些电线是人设置的,但谁又为大象的触电负过责任呢,没有吧?"石栗说:"问题是死去的三头大象是不是缅桂花家族的呢?如果是,才可以把大象死亡看成是它们报复的原因。"召恩罕摇摇头:"暂时还不知道。"又问玉皎,"我让你准备的材料呢?"玉皎把一张打印纸递给他:"很难搞全,只有一小部分。"

召恩罕接过来看了看说:"可以了,再加上我知道的,汇报上去,足以说明问题的严重性。"玉皎说:"局长还知道什么,说一说呗,我记一下,补充进去。"召恩罕起身拿起暖水瓶给自己倒了一杯大叶茶,喝了一口说:"从1991年到2004年,西双版纳有112人受到野生亚洲象的攻击,21人死亡,91人受伤,每年平均有8人遭到袭击。到2008年5月,受伤的人累计超过了140人,其中30多人因受伤过重死亡。但发生这一切的原因首先是人对大象的伤害,数不清的象牙成了人类社会的奢侈品,那么多的象肉摆上了人类的餐桌,报复性的猎杀从来没有停止过,甚至拍部电影也要真的杀死大象,还不算触电死亡、被大型兽夹迫害死亡和误食农药死亡的大象,至于生存环境被挤占被分割,家园破碎、廊道不通、食物减少、繁殖无望而造成的慢性死亡和种群衰减,根本就无法计算在内。在临沧中缅边境一带,从1918年到1971年就有至少116头大象被猎杀,其中1966年到1971年的5年间就猎杀了38头。而在与老挝交界的尚勇自然保护区，从1992年到2007年至少有32头大象死亡。1994年一个猎捕团伙在缩砂蜜、安息香和罗芙木的林苑杀死大象13头，截取象牙12对，主犯被判处死刑。即便有这样的震慑，猎杀还在发生，2005年10月，在勐养保护区黑水河一带一头成年公象被杀，象牙被取走。次年6月，勐养纳蚌村的七个寨民在保护区回沙拉箐一带猎杀了一头公象，分掉象肉后，又把象牙拿到村寨藏匿。对了，别忘了把'版纳'写进去。"石栗说："这件事我也知道，一定要写进去。"召恩罕又说："1971年，沪上动物园组织了一支五十人的捕象队，来西双版纳捕捉缅桂花家族的一头小象，象群奋起保卫，在这种情况下，人不仅没有放弃捕获小象的举动，反而开枪打死了四头大象。整个捕捉行动持续了一年多，一年多的'血舞之夜'里，许多象道成了地狱通道，燃烧着恐惧的篝火，上演着人类暴虐自然的悲剧，同时毁掉的还有大片的原始雨林和珍稀树木。缅桂花家族为保护自己的孩子付出了惨重的代价，而人的目的仅仅是让游客近距离看到大象从而增加动物园的门票收入。我在沪上动物园见过这头大象，人们叫它'版纳'，是为了告诉人们它的故乡在哪里，而我记住的却是西双版纳的惨烈与伤痛。'版纳'在动物园养育过八个孩子，一生站立，从不躺平，哪怕关节受损，脚底负伤，因为它至死都记得妈妈和其他大象是怎么在它身边倒下去的，它随时准备用生命保护自己的孩子，一刻也不敢放松。它活了50多岁，一生中唯一的一次躺平发生在2018年11月24日，因为它死了，悲壮而坚强的挺立终于结束了。"能感觉到空气在凝固，在哭泣。

  沉默。召恩罕走出会议室，在走廊里站了一会儿，又进来，一口气喝下了半杯大叶茶。石栗从衣袋里拿出手机，打开微信，没看，又放回去了。玉皎起身到窗前，听着外面又有了淅淅沥沥的雨声，便拿出纸巾擦了一下眼泪，打开窗户看了看。眼光穿过雨丝的间隙，飘进了夜晚深处，深处是跳跃的篝火和舞蹈的血色，是她的脑海："版纳"走了，自从离开雨林，整个西双版纳都走了，然后便是不分昼夜的伫立，是疲倦已极的倒下，倒下的时候天正在下雨。雨拐进窗户，落在了她脸上眼泪刚才待过的地方——一个傣族姑娘的面孔晶莹着，照出了漫天雨丝的轨迹。她走向会议室的角桌，从自己的傣锦包里拿出一个蕉麻叶包，打开，抓起一些酸角撒到桌面上说："我家今年的酸角干，好甜。"又拿来一些白缅桂花，一人分了两朵，芳樟醇的香气顿时扑鼻而来。白缅桂花也叫白兰花，西双版纳人喜欢把它带在身上，走到哪里香到哪里，也清雅洁净到哪里，就像"章哈"唱的：

  白兰花盛开的地方，
  不光有大地的芬芳，
  蜜蜂追逐着伙子，
  蝴蝶迷恋着姑娘，
  食蜜鸟落在老咪涛的头上，
  迷花莺钻进老波涛的衣裳。
  若问白兰花为什么开放？
  为了人的善良日子的清香。

  召恩罕吃了一个酸角，看着白缅桂花，便有些淡淡的惆怅：要是雨林中所有的生物都跟缅桂花一样年年繁盛就好了。每次看到街市上把它当作香味首饰出售，就觉得看到的不是一朵而是一片，一片绿雾笼罩的花海，能给人一种在香气中升腾的感觉。他说："你们说说，要是没有大象，还会有白兰花吗？"玉皎说："不会有的，白兰花的生长需要大量的粪氮和粪碳。"召恩罕说："是啊，要是我们跟大象过不去，就连白兰花的香味都闻不到了。"石栗把白兰花放在鼻子上闻着说："局长，我明白了，我们的原则是决不能让肇事大象出事。"召恩罕说："今天开会的目的之一就是要全力以赴保住缅桂花头象，避免寨民进行报复性追杀，尽管他们也知道大象是受保护的，但人在气头上，什么都能做出来。"石栗说："也许我可以去派出所查一查这些年所有大象的死亡记录，重新考虑缅桂花头象踩死人的原因。"召恩罕说："我也是这个意思。"又问玉皎，"缅桂花家族目前在什么地方？砸伤的小公象怎样了？"玉皎说："头象踩死人后，缅桂花家族就消失了，它们也知道人类很可能会报复，迅速离开了蚁花峡，也离开了水芹滩，目前不见踪迹，很难说会不会彻底离开勐腊雨林。"召恩罕说："就算缅桂花家族有迁移别处的想法，根据大象的移动速度，现在肯定还在勐腊雨林，我们要尽快找到它们，确实搞清楚小公象受伤的情况，如果需要救治，赶快通知大象救护队。"玉皎说："我明天就带人去勐腊雨林。"石栗问："那赔偿的事怎么办？"召恩罕说："尽管他们是明知故犯，我们也要做好赔偿的准备，毕竟不光是庄稼和竹楼，还有关天的人命，但这件事我们可以跟增扩动物生境和开通大象廊道计划一起考虑，不叫经济赔偿，叫财产补贴。总之我们要争取最好的结果，那就是寨民满意，大象也满意。"大家都问："计划有眉目了？"召恩罕苦笑着摇摇头："目前我们也只是拥有三个雨林保护模范乡和一个傣族典范村寨铁刀木寨，其他都还停留在口头和文字上。不过从今年开始，我们要加大向上级陈述意见的力度，这次在蚁花峡发生的事件，是一起典型的大象廊道被堵引发的冲突，随之而来的又是在以命抵命和损失赔偿问题上雨林管理局跟雨林寨民的矛盾，说明已经到了必须从根本上解决问题的时候，再不解决，象死人亡的悲剧还会发生，冲突会愈演愈烈。"

散会了，石栗抓了两个酸角剥开吃着，开着车连夜去了独木成林派出所。因为工作原因，他经常跟这家负责雨林治安的派出所打交道，一来二往熟了。尽管如此，但当他来到管档案的警察家里，希望今晚就能看到自己所需要的卷宗时，却遭到了拒绝。"不行，你是外人，看案卷得所长批准。"石栗又打电话给所长，所长说："能不能让你看，我得请示局长。""麻烦你现在就请示。"请示的结果是，局长开始说不行，听说是雨林管理局的石栗要看，又改了口："不能复印，不能抄录，不能拿出去，就在你们所里看。"于是石栗拉上管档案的警察去派出所档案室，调取了卷宗后再送他回家，自己返回派出所，坐在值班室的办公桌前开始研究二十年来大象的死亡记录。三个小时后他突然拍了一下桌子："这不是有了嘛，我跟局长想到一起了。"他打着哈欠，忍不住拨通了召恩罕的手机，响了几下，立刻又后悔摁住结束键：你自己不睡，也不让局长睡啊？但紧接着电话就打过来了。召恩罕正焦急地等待着大象救护队去章朗谷大象表演公司解救小象凤凰木的结果，没想到三更半夜来电话的不是贾海桐，而是石栗："有事吗？怎么没说话就挂了？"石栗激动地说："我查到了局长，在蚁花峡触电死去的三头大象果然都是缅桂花家族的。""哦？能不能再详细一点？""三头大象的死因不同。一头亚成体公象死在蚁花峡口的稻田边，原因是蚁花寨为了用水泵抽水灌溉，违反国家用电规定，偷偷架设了不够高度且已经破损的旧电线，大象触电身亡。一头是进入象群寻找产生爱情的母象的成年公象，死在峡谷北边连接着蕨王桫椤林和蚁花寨的通道上，通道边的电线杆突然倒伏，电线缠住了大象的前脚。一头母象死在峡谷深处的山坡上，高压线年久失修而坠落，直接砸在大象头上，半个身子被烧焦。缅桂花家族两年之中被电死了三头大象，它们有过轻微的报复行为，撞倒了几根电线杆，毁掉了利用木瓜榕和厚皮榕的气生根搭建起来的寨门。""有没有过追责？""没有，因为不是猎杀，就算是人的过失，也不属于个人行为。不过……"石栗犹豫着，突然闭了嘴。召恩罕催促道："还有什么，说呀。""不知道该不该说，因为都已经结案，不应该再有怀疑了。""结了案的就不能有疑问？你经常跟警察打交道，怎么能这样认为？""正因为办案的都认识，关系也不错，才不敢随便怀疑。""那就更要为他们负责，万一他们真的错了，还能一直错下去？"石栗沉默了片刻说："也是，我的想法是死亡都发生在象群集体行动的时候，母象多公象少，但触电的怎么又是公象多母象少呢？""关键是象牙到哪里去了？""被盗了，最值得怀疑的就是这个。两头公象死后，象牙都是完整的，蚁花寨的人也知道不能私自拿走，就派了人守着，然后向独木成林派出所报案，等警察赶到时，守着死亡大象的人躺在地上呼呼大睡，象牙却被截走了，两次都是这样。"召恩罕哦了一声："不会是故意的吧？""当时办案的警察也觉得有问题，卷宗里有记录，打了好几个问号，但调查的结果就是这样：睡着了，不知道谁偷走了。还有一个问题，两头公象死亡的时间都是傍晚，打电话报案的时间却都是第二天凌晨。""对啊，为什么不是一发生死亡就报案？""卷宗里记录的理由是象群围着倒下去的大象不走，不知道到底死了没有。""这个理由也说得过去，你怎么看？"石栗冷笑了一声说："越是说得过去，我就越怀疑理由是提前想好了的，凌晨报案，就算警察火速赶到，也已经是天亮以后，是不是故意留出了截取象牙的时间呢？""谁是守夜的人？""两次都是三个寨民，一个外号叫猪屎豆，另两个名字不详，其中猪屎豆参与了两次守夜，两次都犯同一种错误，不是很蹊跷吗？我今天就去蚁花寨见见他。""你去吧，有个电话打进来，我挂了。"

打进电话的正是召恩罕焦急等待的贾海桐，他说："等急了吧？我们刚刚得手，现在就给你送去。""快说说，你们是怎么做到的？""不好说啊，一点体面都没有，做贼似的，就好像我们理不直气不壮。""管它什么办法，达到目的就是好办法。""这么说也对，我们是跟大象学的，大象的行为准则一向是以最小的投资获得最大的净收益，比如吃农田里的稻谷、甘蔗、玉米，就是为了以最便捷的动作获得最多的食物，以最少的能量付出获得最丰富的营养。不想豁出去跟他们吵跟他们打，那就只能悄悄地进去，悄悄地出来。"他们是翻墙进去的，章朗谷大象表演公司的后院里，二十头瘦骨嶙峋的表演象都关在沿墙一周的铁栅栏后面，栅栏被分隔开来，每头象的活动空间不到三十平方米，对一种属于原野、热爱自由、一生游走的庞然大物来说，光这种圈养方式就已经构成严重虐待。所有的大象都不哼不哈，连拴在墙角的一只大黑狗也不声不响，好像它们一见有人从墙头上下来，就知道即将发生什么，而它们要做的就是保持绝对的沉默，以便让解救者尽快得手。或者表演象们和大黑狗认识勐巴拉娜西大象救护队的人，也知道他们是干什么的，正在暗自叫好，看"章朗谷"的笑话呢。"章朗谷"的人是多么孤独啊，连自己养的狗都不向着他们了。只有小象呜呜地叫着，它一直在叫，所以当贾海桐他们找到关押它的栅栏房，拧开拴门的铁丝，带它出来时，反而希望它继续叫下去。小象凤凰木在哭，看不到跟它朝夕相处的那个人，它唯一的办法就是哭。贾海桐用一种他以为可以获得小象信任的方式抚摸着它的鼻子和嘴，一点也不强迫地引导着它，走向了后院墙角的铁门。从铁门里走出去费了很大的功夫，因为是锁着的，是那种既可以防止任何人进入，也可以防止巨象破坏的坚顽之锁——粗铁链子加防盗锁。好在后院的地面没有铺设水泥，他们在两扇门之间的泥土中挖出了一道沟，人和小象匍匐而出；好在所有表演象和大黑狗的沉默一直保持到了小象凤凰木和所有人安全撤离；好在西双版纳的雨季里有着他们需要的云遮雾罩，一片漆黑伴随着一片淅沥，再加上风，静风时节突然起了一阵不小的风，从前院吹来，让他们能听到那边的响动，却不会把这边的响动传过去。所有属于自然的，都在这天晚上偏向了贾海桐他们的"偷窃"行为。召恩罕问："小象的情况怎么样？""它已经不哭了。""那就赶快送过来。""好的。你听声音，听见了吧？""听见了，是大象的叫声，还有狂吠，一听声音就知道是很大一只狗。"贾海桐得意地说："就在解救成功，我们即将离开时，'章朗谷'内所有能叫的动物都开始叫了。这些家伙真聪明，不叫一叫主人肯定会追究：你们居然做了内鬼？或者它们是高兴的叫，跟你我现在的心情一样，恨不得举杯邀明月，喝个痛快。""你是想让我请你喝酒吧？""你明白就好。""那你来吧。""本来想去，但一听大象的叫声，又不想了。我的人会把小象送过去，你就在门口等着迎接吧，我得赶紧回蝴蝶坝子，看看小公象怎么样了。"以后贾海桐会想到，要是这天晚上他把小象凤凰木带回蝴蝶坝子，那就又是一番情形了：兄妹相认，你哭我喊，然后诉说分开后彼此的经历。小公象说：哎哟疼死我啦。小象说：忍着点象哥哥，我来陪伴你。但是现在还没有人知道小公象跟小象凤凰木是亲兄妹，更不会想到受伤的小公象并不属于木奶果家族，而是缅桂花家族的一员。

3

风过了山菠萝岗后就不再走动了，似乎到了家，仰身一躺就睡了过去。阳光吹过来，迷恋地停靠在一片大野芋的叶子上，叶子一甩就甩掉了，好像它不喜欢阳光制造的影子。云从容不迫地漫过来，遮去了天空的无边无际，所剩不多的瓦蓝显得更加深邃，天只晴了一会儿，就又阴过去了，雨云包围着太阳。黑鸢安详地悬挂着，像是窝巢就在云头上。石蝉草的新绿印染着岩爬香和朱顶红的姿影，不停地叠卷起来，一匹绚烂的傣锦正在一边铺一边收。前面，一道月牙形的豁垭口,正有一排桄榔和双子棕迎迓而来,忽一下又闪到后面去了。棕榈夹道,整齐得就像仪仗队,羽叶招展,像极了猎猎彩旗。贾海桐是搭乘一辆去傣族园的旅游大巴回蝴蝶坝子的,司机跟他认识,下车时他无意中问了一句:"傣族园的游客多还是'章朗谷'的游客多?"司机说:"当然是'章朗谷',多出两倍还不止。""为什么?""大象的表演花样越来越多了呗。"贾海桐的面色顿时阴沉下来,瞪了司机一眼跳下了车,好像那些折磨大象的表演花样是司机发明的。因为大象表演,"章朗谷"被一些人看成了蜚声遐迩的旅游胜地,又被另一些人看成了臭名昭著的堕落场所。贾海桐当然属于后者。他的深恶痛绝不仅仅是因为他在那里发现并解救了被毒品控制的大果人面子,更是因为在那些无奇不有的大象表演背后,是所有表演象被虐待、被折磨、被玩弄的日常生活。"章朗谷"的老板地不容甚至雇人写了一本书《大象的娱乐精神》,厚颜无耻地总结经验道:"让大象每天每时每刻每秒都处在饥饿当中,它们自然就会听你的。不论训练还是表演,都应该让它们处在对食物的欲望之中,饥饿的艺术是万能的艺术。"除此之外,还有象钩的艺术。大象表演的项目有直立、倒立、一脚站立、鞠躬致敬、跨人、过宽窄仅有20厘米的独木桥、用脚按摩、驮人、鼻子托人、拜佛、坐油桶、踢足球、扣篮、跳迪斯科、跳摇摆舞、吹口琴、抛吃西瓜皮、玩彩球、玩彩带等,人类发明的大象表演千奇百怪,每一个动作从创意到练成,隐藏在深处的都是无数次的击打戳刺,击打的工具便是一种木柄铁头的尖利象钩。操纵象钩的驯象师知道大象最敏感的部位在耳朵周围,只要大象对口令的反应稍微慢一点,就会精准无比地选择由他们编排好的痛点、深痛点、久痛点和最痛点猛力一击,大象唯一的选择便是立马乖乖地做出要求它做的高难度动作,连惨叫一声都不敢,因为那只会升级对自己的折磨。驯象师冷血地展示着所谓的驯象艺术,得意的时候还会唱起来:

我让你站你就站，
　　我让你翻你就翻，
　　我今天让你跳渊，
　　我明天让你飞天，
　　就算你是一座山，
　　我也让你变蚰蟮，
　　是什么让你胆寒？
　　百日青下一条汉，
　　我知道你为了饭，
　　你知道我为了钱，
　　人说我是王八蛋，
　　不管报应与灾难。
　　我说你是南霸天，
　　随便骂人真讨厌。

　　除了饥饿和象钩带来的痛苦，表演象们还要面对牢笼和镣铐的控制，就像在最野蛮的时代被处以极刑的罪犯，没有行动的自由，没有任何让自己舒服一点的自由，甚至都没有呼吸的自由。它们一天天瘦下去，皮包骨头，饥肠辘辘，时刻面对着食物的诱惑却又得不到食物，休息不足，营养不良，毒打不断，劳累不堪，每天都在流泪流血。贾海桐一想起来就觉得如果"章朗谷"的老板得不到报应，老天爷就太不公平了。他总说"是不是有虐待行为，虐待到什么程度，我们还在调查"，并不是真的不知道虐待的残酷已经让这些被囚禁的高级生命体失去了最基本的尊严和希望，而是期待有一天地不容和所有靠虐待大象赚钱的驯象师都会自动放弃这个行当，忏悔他们的罪过，从此改邪归正。他觉得在对待大象的问题上，整个人类社会都应该反思：我们就那么希望在动物的痛苦呻吟中得到快乐和享受吗？为什么不能为了被伤害的大象来一次人道主义的呐喊和呼吁呢？生命平等的理想至高无上，仁慈和善良的准则至高无上，地球之上，没有哪种生命比其他生命更伟大，更有优先的生存权。人类之所以能够坚顽地发展到今天，依赖于它对自然环境多方面的适应和不遗余力的创造。既然我们创造了文明，也创造了引以为荣的道德精神，我们就应该承担起更多的责任，友善地对待其他生命，尽心尽力地帮助野生动物，守望我们和动物共同的家园。如果我们不保护动物，地球也将不保护我们。但这么简单的道理好像对大多数人来说都是无法理解的天言地语。大象的悲伤继续着，五千年过去了。悲伤、悲伤、悲伤，他想一口气喊出一万个悲伤，告诉所有还不知道内情的人，抵制大象表演和所有的动物表演，是你们作为"人"的基本姿态。他不相信在大象的悲伤后面，永远都是人的麻木、冷酷和自私，不相信那些人在残暴地对待大象之后竟然没有噩梦，不相信地不容在欺负、羞辱、残害大象时，他的父母、爱人、孩子会跟他一样无动于衷，会像从前一样爱着他并为他骄傲。他说："我就是靠了虐待大象才养活你们的。"亲人们说："那我们就再也不需要你养活了。"一想到也许会有这样的对话，他就有些后悔：干吗要把小象偷出来呢？为什么不能去见见地不容，跟他好好理论一番？我就不信他是个冷血到一句劝都听不进去的蛇蝎之人。他真要是执意不肯交出小象凤凰木，再动手也不迟，不是偷，而是抢，借此机会把事情闹大，甚至都可以用自己和救护队员的流血倒下，促使地不容的大象表演公司无法正常营业，一来可以引起关注，二来表演象们也可以喘口气、歇一歇了。

　　地不容是一个外来人，刚来西双版纳时他说自己名叫贺波波罕，不久又说叫山乌龟，过了两年又改名为金不换。后来人们意识到，他应该属于一个喜欢用植物名字给自己起名的民族，贺波波罕、山乌龟、金不换，都是同一种植物的不同叫法。这种植物还有一个名字叫地不容，根据他的所作所为，人们觉得这个名字更契合他，就"地不容""地不容"地叫起来。他听了竟然吃惊地说："你们怎么知道我户口簿上的名字？"地不容现在已经是一个大商人了，所经营的章朗谷大象表演公司让他的腰包鼓得比大象还要雄壮，气魄也大得像是能够翻江倒海，他在北京、上海、广州等地购买了不少地皮，用以建造连锁的大象娱乐城。从媒体的报道看，今后几年"章朗谷"将把大象表演从西双版纳推广到全国各地，让人们足不出城，就能看到世界上最大的陆地动物，是如何在他们的逼迫中用各种匪夷所思的动作把自己变得啼笑皆非，连人类的丑八怪都不如。

　　有一次地不容专门到蝴蝶坝子来找他，说是希望被救护的大象有一个更好的去处。贾海桐问："什么样的去处能比得过回归原始雨林呢？""我们的章朗谷大象表演公司，它将是世界上独一无二的大象乐园。""乐园是干什么的？你好像分不清楚天堂跟地狱的区别。"地不容并不在乎对方的挖苦，淡然一笑说："你最好问问大象，它们肯定比你更懂事。最重要的是，我们的合作带给你们的好处比大象还要多，一来公司可以代为管理和养育这些残疾大象，帮助救护队腾出人手继续救护大象，二来救护队也可以有一些额外收入，提高队员的待遇。也就是说被救护的大象可以通过租赁和托管两种形式进入'章朗谷'，租赁和托管都是五五分成，包括了大象的全部表演收入和广告收入，广告是'章朗谷'新开发的项目，通过披挂广告旗、头顶广告牌、用鼻子挑起广告灯箱和驮起代言人以及产品等，以游街和舞台走秀的形式收取广告费。"贾海桐说："太好了，救护队目前缺的就是钱，都租赁给你，只要你不怕报应，爱怎么折腾都由你。一头大象一个亿，怎么样？""我是认真的，你也不要开玩笑。""我没有开玩笑，绝对诚心实意。""那你就应该听我说，做生意最忌讳的就是漫天要价，我说个价，只要你同意，今天就可以签合同，一个月一万，再多我就不干了。""干啊，怎么不干了？听说你们要把大象搞到北上广去表演，正在这些地方修建大象娱乐城。""是啊，我们现在缺少的就是大象，而你是唯一一个可以满足公司需求的人。""为什么？"

地不容肥胖的脸上带着狡黠的微笑说："你们抓一头大象叫救护，别人抓一头大象叫猎捕，你们光明正大受人追捧，别人偷偷摸摸违法犯罪，我说的没错吧？""没错，你找我算是找对了。""目前整个滇南，不，整个中国只有不到三百头野生大象，如果都能得到你们的救护而成为'章朗谷'的一员，雨林世界不就风平浪静了？人象冲突顺利解决，寨民们也不用发愁种下的稻谷、玉米和甘蔗会被大象糟蹋，全国人民随时随地都能看到大象，大象走向全国为西双版纳扬名立万，再也不用风里来雨里去地四处流浪、寻吃觅喝了，饿了渴了，都由公司负责，它们只需一心一意做好表演就可以，对大象来说，上有天堂，下有'章朗'。""想法太绝了，超级完美，把大象从自由'救护'到奴役，从山野'救护'到牢笼，从生命'救护'成僵尸，也让你们的'章朗谷'更加名副其实。""什么意思？""你还不知道啊？你们进行大象表演的那个地方对大象来说是个凶险之地，传说一头驮着佛经从东方来到西双版纳的白象就死在那里，所以它叫'章朗谷'——大象僵死之谷。""别胡说，'章朗'是光彩明亮的意思。""谁告诉你的？你上当了。""咱还是言归正传，你到底想不想跟我们合作？""当然想了，但我得对大象负责，要保证它们到了北京、上海、广州跟生活在老家一样快乐。西双版纳是理想而神奇的乐土，这个你知道吧？""知道知道，就是你们救护队的名字'勐巴拉娜西'。""理想而神奇的乐土只能出现在一定的纬度，你知道北京、上海、广州的纬度是多少？""什么叫纬度？"贾海桐愣了一下："你连这个都不知道？纬度就是一棵树，这种树除了西双版纳，任何地方都不长。大象吃不到这种树的树皮，就会吃肉，吃肉的大象你喂得起吗？一天的食量得一头小牛。"地不容正色道："只要它吃，我就喂得起，别说肉了，就是吃金子我也不在乎。""那要是它想吃火呢？北京、上海对大象来说都太冷了，很容易冻死。""不可能，大象的皮那么厚。""皮上无毛，并不保暖，就像人的皮，一年四季都得包起来，有时还得裹上皮大衣和羽绒服。""那就让它们待在室内好了。""蹲监狱吗？""怎么会呢，我们可以在室内种出一片热带雨林来。""大象边吃边走一天能走二十多公里，你的地皮有这么大吗？""几个地方加起来差不多。""就是说你打算让大象从北京走到上海再走到广州？""你这不是跟我抬杠嘛？不跟你废话了。""我可没有请你来废话。"贾海桐有时候想：虽然杀人是犯法的，但杀了地不容也许不犯法，因为他很可能不是人。他想着，脚步匆匆地走进了蝴蝶坝子的大门。

几十只黑黄两色的金裳凤蝶正在翻飞起舞，好像不是它们追逐着花，而是花追逐着它们。一层金凤花铺排而来，形成水湾的模样，荡漾在几棵高大的异木棉周围，异木棉的白花、黄花、粉花、黑斑花绽放在同一棵树上，组成了一座富丽堂皇的高墙，墙那边是一排笔直的椰子树，树下是夜来香淡黄的花蕾和一些凌凌乱乱的杂色花。在这里蝴蝶又换了品种，变成了墨黑与艳丽相染的红珠凤蝶和统帅青凤蝶，飞舞之时，就有大花紫薇扑来，汹涌地堵挡着所有别的花草，却又堵挡不住，让那些姹紫嫣红漫溢到别处去了。贾海桐从花丛蝶影簇拥的石径穿过，直奔坝子东侧的救护现场，那儿是一些灰色歇山顶的建筑，青瓦覆顶，四面开敞，前后都是灌木和草本组成的雨林空地，几头被救护的大象正在采食象草、芭蕉、棕叶芦和王草，一见贾海桐就扭过头来，甩动鼻子打着招呼。他朝它们招招手，拐向同样没有围栏的抢救亭，来到了小公象身边："怎么样？"围绕着小公象的几个人都望着医生。医生说："还好，大概是不习惯的原因，来这里后一直在喊叫，别的大象围过来安慰它，才安静了许多，刚才喂了些玉米和菠萝，又打了一针青霉素，睡着了。""心跳呢？""正常。""体温？""37.8℃，有点高。""血压？""压差有点大，也许是情绪紧张的原因。""化验结果呢？""血小板偏高，超过正常值150；血红蛋白偏低，低于正常值46。""没有再流血吧？""止住了，岩罗章的方法很管用，看来我得研究一下他的'藤草汤'和'四十七灵膏'是怎么配制的。""人家是祖传秘方，你是研究不出来的，可以拜他为师，让他告诉你。""他能告诉我？""为什么不能？岩罗章给大象治病又不是为了发财。"贾海桐说着，转身离开抢救亭，又回头说，"不过即便告诉你，你也没办法配制。他用的都是雨林的南药，你必须精通南药的药性，知道都在哪儿生长，还不能错过采挖的季节。"医生发愁地点点头："是啊，当个大象医生不容易。"

　　贾海桐走向雨林空地，去看望几头救护到这里的大象。救护队存在以来一共救护过二十九头大象，大部分都已经回归老家，目前留在蝴蝶坝子的，加上左后腿受伤的小公象，一共八头。两只白斑麝凤蝶飞过来，想落在他头上，试探了一下又没落，飞到象粪池那边去了。斑斓的气流正在贴地运行，连几只艳虎天牛也开始嗡嗡嗡飞翔。一头只有一支大象牙的公象走过来，卷起鼻子冲他吹了吹气。他摸着公象的独牙说："今天怎么样，是不是有点悲伤？又有一头小公象被伤害了。"独牙公象点点头，突然扬起鼻子，发出了一声刀刃般锋利的啸叫。

　　太阳露脸了，阳光带着被雨水浸润过的亮泽，以新鲜而稚嫩的金色绘染着苍茫绿色，绿比几天前丰富明快了许多，也蓬勃豪爽了许多，仿佛滚荡起伏的不是山脉，也不是茂密的植物，而是阳光的叠加，是金绿色大象的结阵奔跑——所有的地貌都在这个突然而来的晴蓝瞬间,变成了大象的形状,大地的气势再次被太阳描摹而出,悸动而昂然地展示着生命的脉动,延续是无边的,天有多远,雨林就有多远,西双版纳就有多远。而从近前到远方的所有空间,都被各式各样的巨大沟壑间隔着,每一种形状的间隔都会堆积起不同的绿色,葱绿是条状的,浓绿是涡流形的,苍绿是立方体的,青绿是瀑布模样的。贾海桐把手从独牙公象的独牙上移开,弯腰揪起一把象草放到它嘴边说:"你待在救护站就跟待在医院一样,天天看到的都是病人,我还是觉得你应该尽快离开,应该去见见那些健康活泼的同伴,一头公象的寻找有什么不好,非要等待?"独牙公象把吃进去的象草又吐出来,望着前方沉思着,从它的眼神里可以看出,它的思虑比它走过的路还要远。几只三滴灰蝶以蓝色的金属光泽穿行在它的思虑中,遮掩着往事的晦暗。

独牙公象曾经被麻醉枪击倒过,盗猎者仁慈地想到了这样一个主意:不杀死大象就能获取它的象牙。射入象体的麻醉剂是超量的,公象的沉睡让他们轻松锯断了一支象牙,但不知是象牙的硬度越来越强,还是人类的电动钢锯越来越差,在象牙断裂的同时钢锯也被崩坏。猎贼们大概是第一次使用电锯,笨手笨脚地更换新的锯片耗费了至少两个小时,正要把锯齿对准第二支象牙,公象醒了。它是猛然醒来的,一看到眼前的人影,就惊叫一声,甩着鼻子,摇摇晃晃站了起来。盗猎者转身就跑,吓得连麻醉枪和钢锯都没有来得及拿走,只拿走了提前背在身上的那支象牙。它追撵而去,似乎想夺回锯走的象牙,却再一次晕倒在地。麻醉剂的后劲让它在半睡半醒中趴卧了大半天,直到再一次昏睡过去。这一次昏睡是因为饥饿和麻醉剂过量引起的后遗症,如果不及时营救,迎接它的很可能是疲软和瘫痪直到再也醒不过来,或者被依然觊觎着它的盗猎者杀死后取走另一支象牙。救护队接到哈尼族村寨隐蔽护象员的电话后火速赶去,半路上看到几个人在林子里疾走,停下车问道:"哪里有躺倒的大象？"有人说没看见，有人转身就跑。贾海桐意识到遇到了盗猎者，带人追了过去，却没有追上。深奥的雨林世界隐藏几个熟悉它的人，就跟蝴蝶混同于花海、鸟儿匿身于林层一样。贾海桐他们找到独牙公象时已经是晚上了，那个报案的隐蔽护象员一直守在不远处，见到他们后说："怎么才来？已经死了。"他们来到一动不动的公象跟前，做了简单检查后告诉护象员："谢谢了，它还活着。""活着？那就不是你们谢我，是我谢你们了。"他说这头公象每年八九月都会出现在哈尼茶树王寨的周边，最早是为了吃一点即将收获的玉米和稻谷，寨民们既不愿让它糟践庄稼，又不想把它撵走，就专门为它开出一块地来，套种了玉米、甘蔗和旱稻。时间久了，它也知道哪些庄稼自己可以随便吃，哪些绝对不能动，尤其是近几年，它没有一次走进过不允许它吃的农田。护象员说："这头公象是有灵性的，知道怎么做才能跟同属于雨林的寨民搞好关系，现在被猎贼害成了这样，你们可得救救它。"

4

救护队把独牙公象用起重机和卡车运送到蝴蝶坝子后，精心治疗了一个月它才好起来。它是头极其温顺的公象，喜欢亲近人，尤其喜欢亲近贾海桐和医生，好像它知道一个是蝴蝶坝子的领导，一个是只有他才可以让它康复的人。贾海桐和医生都有些纳闷：它怎么不记仇？是不是麻醉剂把它搞傻了，让它忘了自己的一支大象牙是怎么失去的？贾海桐开始跟它唠叨："独牙公象你听着，人里头有好人有坏人，你不能见了人就亲近，你是一头恩怨分明的聪明大象，不是一头是非不分的愚蠢大象，该勇敢的时候一定要勇敢。"

它甩动鼻子，发出一阵呼噜噜的声音，走过去用头撞了撞一棵高大的风铃木，撞下一阵粉色的花雨来，算是回答。这件事发生没多久，它就证明自己是既聪明又勇敢的，是大自然赋予野性的雨林猛兽。蝴蝶坝子每个月都有三天的开放日，为游人免费提供参观玩耍的机会。一个开放日的上午，独牙公象突然盯上了一个端着照相机朝自己走来的外地人，它一脸愤怒地竖起耳朵，翘起鼻子，又用前脚奋力刨挖着地面，威胁那人赶快离开这里。贾海桐看到了，赶紧跳过去，挡在了它前面，又对那人说："退回去，退回去，没见牌子上写着，参观大象要保持二十米的距离。"那个戴一顶棕色凉帽的人前后看看说："我没有超过二十米啊。"贾海桐又对独牙公象说："你今天怎么了？人家是游客，来看看你，没什么坏心，别神经过敏。"独牙公象烦躁不安地扭动着身子，用鼻子卷起一些小金梅草，扬撒到天上，长嘶一声，就要扑过去。棕色凉帽害怕了，转身就走，走着走着又跑起来，沿路拐了几个弯，躲进了大门边停车场的一辆黑色奥迪。但他好像不明白大象对目标的捕捉主要依靠的不是眼睛而是鼻子和耳朵，独牙公象只要不放弃攻击的意图，就算看不见他，也能轻而易举地找到。就在他漫不经心地发动汽车，拿出手机准备打电话的瞬间，独牙公象走了过去。那一刻它假装已经安静下来，开始悠闲地吃草，并朝着棕色凉帽逃走的相反方向漫步而去。贾海桐盯着看了一会儿，没感觉出有什么异样，便去忙别的事情了。独牙公象扭头扫了一眼他的背影，迅速转了一个弯，就像急着要去大门外的人工硝塘喝一口盐水那样，脚步快捷地靠了过去。接着就是车翻人伤，当奥迪打了几个滚，四轮朝天地停在那里时，独牙公象长长地嘶叫了一声，像是说：我现在就一支大象牙，要是两支都在，一定会把你顶到云彩上去。贾海桐和救护队的其他人闻声跑来，一边控制住愤怒的独牙公象，一边把棕色凉帽从扭曲的车门里拉了出来。还好，人没事，棕色凉帽一脸惨白地望着独牙公象，跑出蝴蝶坝子的大门，瘫坐在了地上。贾海桐抱着独牙公象的鼻子说："完了完了，你把大祸闯下了，奥迪是人类的豪车我们可赔不起。"这时有个女人带着一个七八岁的女孩跑过来，看了看屎壳郎蹬腿一样的奥迪，又朝大门外跑去。女孩喊着："爸爸，爸爸。"原来是爸爸和妈妈带着孩子来参观大象，一进大门，妈妈和女孩先被蝴蝶迷住了：怎么这么多花色呀？黑的、蓝的、绿的、红的，树叶一样的、扇子一样的、花裙子一样的、燕子一样的，一只比一只漂亮。她们追逐着欣赏了半天，突然想起了爸爸和大象，找了一圈没找见，听说大门口有大象表演力气，就跑过来参观，才发现大象表演的不是勇力是暴力，而被暴力摧毁的正是她们要找的人和自家的车。医生安抚着独牙公象，带着它去了雨林空地，救护队的人把奥迪翻了过来，贾海桐赶紧去给受害人赔礼道歉。棕色凉帽板着面孔，心有余悸地四下窥探着，起身走进大门，又走向奥迪，钻了进去，试着启动了一下，居然还能走。他冲妻子和女孩又是招手又是喊叫："愣着干什么，还不快上车？"妻子说："就这么离开？不让他们赔偿损失了？除了车，还有惊吓费。"棕色凉帽说："这是个魔鬼出没的地方，你还想待多久？再不走你要的就不是惊吓费是吓死费。"看着妻子和女孩来到了车里，又冲着贾海桐喊一声："管好这头没教养的大象，以后再找你们算账。"贾海桐说："不好意思，车我们一定帮你修。""修个屁，你们得赔辆新的。"

棕色凉帽驴着脸，一踩油门走了。但他再也没有来过蝴蝶坝子，甚至都没有打过电话，似乎你咬紧牙关做好了倾家荡产赔偿损失的准备，人家却在九头大牛里分不清到底少了哪根毫毛，或者蝴蝶坝子遇到真正的好人了，至少人家是宽宏大量的：又不是人搞的破坏，是大象，你跟大象计较什么？它们就是些小孩，别看它们高大雄伟得如同哀牢山。这之后贾海桐几次对独牙公象说："你已经可以离开救护站了,走吧,去寻找真正属于你的家园,过那种无拘无束的大象生活,这里的日子虽然安逸,但不精彩,大象的一生,应该行万里路,过万条河,吃万种草。"有一次救护队的人把它带出了蝴蝶坝子,带到了对面的山地雨林里,但几天后它又回来了。贾海桐说:"看样子你是赖上我们了,我们的经费有限,你又不是不知道。"独牙公象不高兴地摇摇头:我就吃点草,草是地上长出来的,跟你们的经费有什么关系?偏不走。"我知道了,你是害怕出去以后再遇到坏人,而你是相信好人的,哈尼茶树王寨的人是好人,我们也是好人,你想跟好人在一起。"独牙公象的屁股那儿嘟的一声响,像是说:连屁都同意你的说法,在西双版纳,对大象好就是好人,对大象不好就是坏人。贾海桐过了很久才明白独牙公象不走的原因还不单纯是对好人的依恋,而是救护站里被救护的大多是母象。当他跟它说起来时,它呵呵地叫着,是笑:我过去都是跋山涉水、疲惫不堪地寻找产生爱情的母象,好不容易找到了,还需要跟别的公象打斗竞争,现在我就剩了一支牙,能竞争过谁呢?但在蝴蝶坝子就不同了,母象是送上门来的,也不会有同样年轻气盛的公象挑衅我,我已经让三头被救护的母象怀上了小象,你们竟然不知道?多么粗心大意啊。贾海桐心说怎么会不知道呢?独牙公象和母象们的爱情,都是正大光明、自然而然的举动。三头怀孕的母象已经被送归雨林了,原先的家族也许正偷着乐呢,离开的时候是一头,回来的时候是两头,家族的壮大高于一切,勐巴拉娜西大象救护队万岁。

远山在蓝天下重叠着,一叠是紫色,一叠是青色,一叠是橘色。巨大的斑斓以皱褶的形式从远古遥望着今天,那种几乎消失了时间痕迹的粘连可不是通过清透的空气,尽管它存在的历史超过了生命起源的开端,而是靠了岩石和植被的结合,它们带着永恒的气息,走啊走,似乎从来没有迷失过,也没有停下过。蝴蝶坝子尽头，那些亿万年的起伏，毛茸茸地成为雨林的花边，推送着晴日里的苍茫来到了大象和人的眼睛里，能看见一切的时候往往看见得又最少，甚至明明知道蓝天之上便是太阳，却看不到它在哪里，四面八方都看不到，能看到的只有花，只有蝶。手机响了，贾海桐打开一看是召恩罕的微信，溜了一眼，便有些莫名其妙，因为是几首诗，都是大忙人，从来都是有事说事，今天怎么闲情逸致起来了？他回复了一个问号，收起手机，离开独牙公象，来到不远处的幼象金合欢跟前。金合欢把小鼻子伸向他，希望他摸一摸。他明白它的意思，不仅摸了，还用双手捧着鼻突，放在自己的鼻子上碰了碰："要是我的鼻子跟你的鼻子一样长就好了，我们就可以纠缠在一起玩个痛快。"金合欢嗷嗷地叫着，声音明显是喑哑的，像是有点不开心。贾海桐松开它的鼻子，摩挲着它皱褶密布的脖子说："想妈妈了是吧？别着急，也许普洱茶家族迁移到远方去了，比如走出西双版纳，去了缅甸、老挝、越南，明年才能回来；也许你今天晚上睡一觉，醒来一看，出现在眼前的不光是太阳，还有家族的全体成员，它们都说：亲爱的幼象，我们的金合欢，请告别救了你的蝴蝶坝子，跟我们去长途跋涉吧，漫漫象道正等着你呢。"金合欢嗷嗷地叫着，声音明显地亢亮了许多。一只白伞弄蝶飞过来，缠绵了一会儿，落在了金合欢的屁股上。跟金合欢在一起的是母象槟榔青，它卷起一把草自己吃着，然后把鼻子放到金合欢的嘴里，似乎在告诉它：请记住我鼻突上此刻的味道，那是心叶稗的苦涩，一点也不好闻，却是值得一吃的东西，它能让你的消化慢下来，以便肠子能吸收到更多的营养，不至于把吃进去的东西浪费掉。自从幼象金合欢来到蝴蝶坝子，母象槟榔青就主动承担起了关照和教育的责任，天天守着它，不时地教这教那，还会给它遮阳蔽阴，用树枝给它驱赶吸血的蚊虫。金合欢也很依赖它，对它的教育言听计从，有时候甚至会把它当作妈妈，不由自主地翘起鼻子伸出嘴，噙住它的奶头吮吸几下，然后撒娇地喊起来：我要吃奶，我要吃奶。每每看到这样的场景，贾海桐都会喟然长叹：人和大象又有什么区别呢？

槟榔青是一头被章朗谷大象表演公司遗弃的表演象，它没有怀孕的欲望，却被驯象师用锁链绑起来强迫它跟产生爱情的公象恋爱，结果搞得浑身上下都是伤，又不给治疗，最后到了无伤不感染的地步，连粪尿都出不来了，眼看要死掉，"章朗谷"就打着放归雨林的幌子，把它丢弃在了澜沧江水流峻急的密毛栝楼滩上，意思是你要是疼得受不了就跳江自杀吧。槟榔青没有自杀，而是出现在了救护队的皮卡车经常路过的214省道上。事实证明它的选择是正确的，救护队把它运到了蝴蝶坝子，几乎分阶段用上了人类发明的所有抗生素，才止住感染，慢慢地康复。它是一头饱经风霜的母象，知道一旦离开救护队，很可能会再次被"章朗谷"抓去做表演象，就抱定了哪儿也不去的想法，甚至连蝴蝶坝子的大门都不出。再说它所归属的王莲家族已经不存在了，出去以后又能投靠谁呢？一个曾经拥有八十多头大象的辉煌氏族，在经过一个世纪的风雨兼程之后，唱出了绝望无助的挽歌。光1991年到1995年，就有30头大象在盗猎中死亡。最后王莲家族只剩下了三头大象，作为头象的它被猎人捕获后卖给了"章朗谷"，剩下两头小母象魂飞魄散，即便活着，也不可能高举家族的旗号了。来到蝴蝶坝子后，它给自己起名叫槟榔青。那天贾海桐说："我们这里的大象都是有名字的，你的名字应该由你自己选择。"然后把三种果实捧到了它的鼻子底下，"听好了，不准反悔，你首先取走的就是你的名字。"它闻了闻滇刺枣和五桠果，毅然用鼻子卷走了槟榔青，因为它天生就知道槟榔青有消肿止痛、清热解毒的作用，被"章朗谷"遗弃在密毛栝楼滩后，它就是依靠吞食野生的槟榔青，才坚持走到214省道的。

贾海桐摸了摸槟榔青的肚子说："吃得不算饱，你还可以多吃点，别把胡萝卜节省下来，金合欢是不会饿着的，我们还要给它喂羊奶，每天两次。"说着，他伸手抓住一只橙翅伞弄蝶，看了看它微微鼓起的肚子，又放飞了。橙翅伞弄蝶飞出去又飞回来，停在他头上，翘起一只前爪打量着槟榔青。槟榔青哞的一声，似乎是说：能让我一天到晚随便吃草吃树叶，我已经很知足啦，还要加上高热量的胡萝卜和玉米棒子，真是神仙般的日子啊。在我曾经的生活里，饥饿才是家常便饭。贾海桐说："我看独牙公象前些日子老缠着你，你要是不愿意，可以躲开它。"槟榔青说：我也不知道愿不愿意，因为我首先不知道自己能不能怀孕。贾海桐说："我们给你做了B超，医生说子宫没有受损，别的地方也基本痊愈，理论上是可以怀孕的，但你是一个有情物种，得看自己来不来电，别人不能强迫你，你自己也不能强迫你，要顺其自然，懂吗？嗐，我给大象扯什么顺其自然，其实人类是最不顺其自然的。"说着，赶走了槟榔青背上的一只蚊子，朝雨林空地的南边走去，那儿长着几棵茂盛的合果木、假山龙眼和白颜树。从白颜树的裸根上跨过去，又是一片长着象草、芭蕉和棕叶芦的雨林空地，间或有思茅豆腐柴和五桠果树在空地中岛屿一样升起，把连片的野生稻和母象无忧花推得很远。

无忧花正在忘乎所以地采食着野生稻的嫩穗，就像它的名字一样，陶醉在食物带来的快感中，忘了天下的忧愁里大象的忧愁最多也最沉。它来自勐海的南览河，南览河跟缅甸相连，左岸住着佤族，右岸也住着佤族，经常有人和大象蹚河而去又涉水而来。佤族有个习惯，旱季稻谷收割后，要在山野里垒成谷堆放置七天才能搬运回家，是先神后人、人神共享的意思。有一年从缅甸的佤族村寨来了几个人，说是中国的大象掀翻了他们的谷堆，吃掉了不少稻谷，希望能得到赔偿，如果不给赔偿，他们就将杀死这头耳朵受过伤的半耳大公象。消息很快由中国这边的佤寨报告给了勐巴拉娜西大象救护队，他们希望贾海桐赶快带人去解救那头大公象。贾海桐觉得不妥,虽然大象没有国籍,但人是有国籍的,自己没有权力出国解救,再说根本就不熟悉缅甸的雨林和象道分布,去了也不知道应该去何处寻访这头肇事大公象。几乎在同时,版纳雨林管理局的召恩罕也知道了这件事。两个人一商量,就决定按照中国的标准给予赔偿。很多人反对:缅甸人凭什么认定它是"中国的大象"呢?难道大象身上有标记?不会是讹诈吧?召恩罕说:"边界两侧的大象都是我们的,我们不赔偿谁赔偿?就算是讹诈也认了。"贾海桐专程去了一趟缅甸佤寨,带着香烟、食糖、茶叶和锄头、镰刀等农具作为礼物,向对方赔礼道歉:"我代表我们的大象来商谈赔偿事宜,希望事情能按照我们双方都满意的方向发展。"商谈的结果缅甸佤寨的人非常满意。从此,只要看到大象,他们就说这是中国的大象,还把半耳大公象和一个拥有九头大象的象群用点火敲盆的办法,驱赶进了中国这边的雨林,派人告诉中国佤寨:"请收下这群大象吧,它们中的两头公象已经长出了大门牙,我们这边的猎人开始盯上它们了。"贾海桐闻讯后带人赶了过去,想把它们引向雨林深处,先是投放野油梨,它们爱理不理,又投放黄泡果,还是没有兴趣,最后投放毛荔枝也就是红毛丹,它们才兴高采烈地吃起来,而且一路狂吃不断。红毛丹家族也因此而得名。母象无忧花就属于红毛丹家族,它来到西双版纳不久,后腿就被印支虎撕掉了一大块肉,等贾海桐他们从雨林寨民那里听说后找到它时,它已经不能走路了,家族成员也不知去了哪里。一般来说,为了整个象群的生存和安危,比如遇到危险,或者出于此地缺乏水源、食物、硝塘,必须开拔去别处等原因,无法跟上队伍的大象有可能被遗弃,或者自己会主动离开,无忧花属于哪种情况,谁也不知道。它躺倒的地方长着一棵高达23米的无忧花树,老茎上密密层层开满了黄色的花朵。贾海桐说:"吉祥的母象,你真会挑地方,还有什么名字比无忧花更适合你呢?"

蝴蝶坝子金晃晃的，好像所有蓝色、绿色和红色一出现在这里就都会改变颜色。阳光翻山越岭而来，一路吸纳着能量，到了这里就不想再走了。于是在它质量最高的时候，便有了蝴蝶坝子聚光后的反射，所有的都金晃晃的，金晃晃的土地上长出了金晃晃的大象，然后开花结果，也是金晃晃的。贾海桐来到母象无忧花跟前，打着哈欠，靠在它身上说："你已经恢复得很好了，如果你是一头公象，随时都可以离开蝴蝶坝子。但你是母象，要是现在就让你走，你会很孤独的，红毛丹家族如今在哪里，我们不知道，你也不知道，那就待着吧，别忘了不断发信息给它们，它们说不定以为你死了，尸体已经被老虎吃掉了。告诉你个秘密，你的受伤让版纳雨林管理局的人非常兴奋，尤其是那个局长召恩罕，高兴得半夜三更给我打电话，说这是管理出现成效的结果，雨林的原始气息已经开始恢复了，你说可气不可气？下次要是再见到老虎你就说，别咬我，去咬召恩罕，你越咬他，他越高兴。但你一定要叮嘱老虎不要咬死他，小小地咬一口就行了，吓唬吓唬他，咬死他就没有人保护版纳雨林了。还有就是，你要理解召恩罕，他的高兴不是没有道理的，很长时间人们都说西双版纳不会再有印支虎和金钱豹这样的大型食肉动物，但你的受伤证明，老虎又回来了。在猫科动物里，老虎对生存环境是最挑剔的，林不密不来，山不秀不来，水不清不来，食物不多不来，空气不好不来，不安静不来，不隐秘不来。既然老虎都回来了，说明豹猫、金猫、云豹、金钱豹、丛林猫也都有可能回来了，或者正在回来的路上。它们的出现还有一个至关重要的条件我忘了说，就是大象不多不来。为什么大象不多不来呢？因为雨林是很厚的，发育较好的林木板块通常可以分出六个层次：乔木一层、乔木二层、乔木三层、乔木四层、幼灌层和草本层，一层层地向着太阳过渡，各个层次之间，又有不计其数的附生植物、寄生植物和藤萝气根，也就是说版纳雨林的苍山大地是一层一层覆盖住的，每一层都像千丝万缕的锦缎一样，象群的了不起就在于它们能撕破这些密不透风的编织，开辟出一条条豁然开朗的道路，让雨林的内部拥有阳光的温暖，让阴潮的大地接受紫外线的照射，所以哪里有象道，哪里的小乔木、灌木和草本就异常茂盛，水果就又多又大又甜，加上象粪的滋养，营养价值数倍于其他地方。许多食草动物都喜欢来这里，依傍大象生活，比如北树鼩、小臭鼩、蜂猴、白颊长臂猿、巨松鼠、小鼷鹿、印度野牛、爪哇野牛、水鹿、小麂、赤麂、毛冠鹿、野猪、熊狸、猪獾、鼯鼠、豪猪、野兔，等等。你见过这些动物吧？它们都是大象的跟屁虫。听明白了吧，大象有多重要。"他打了个哈欠又说，"更重要的是，世人并不是因为西双版纳以及整个滇南才关注到了大象，而是因为大象才关注到了西双版纳和整个滇南。所有属于西双版纳和滇南的动植物都会因为对大象的关注而得到重视和保护，这就是大象作为旗舰动物的作用。换句话说，旗舰动物的意义就在于，它能引起人们持久而广泛的关注，并通过这种关注使全体动物和植物都得到保护，从而促进整个生态走向更高层次的平衡和发展。可见大象作为旗舰动物是生态良性循环的缔造者，保护大象就是保护雨林和依靠雨林的所有生命，也就是保护我们自己。"母象无忧花认真地听着，鼻子一上一下的，喉咙里还发出一阵蜜蜂飞翔似的嗡嗡声，好像听懂了，领会了，也是赞同的。贾海桐高兴地抓起一把土，扬撒到它身上说："我知道你比有些人聪明，人里头的大部分都还不明白这个道理，你使劲讲、使劲讲，越讲他越糊涂。"一对斜带星弄蝶缠来缠去地飞舞着，来到无忧花跟前打着招呼。无忧花举起鼻子说：随便落吧，就是别落在我的眼睛上。但雌性的斜带星弄蝶却偏偏飞过来，用两扇带着金色绶带的黑褐色翅膀，蒙住了无忧花的一只眼睛，像是说：你猜我是谁？无忧花绵柔地叫了一声，似乎是说：我早就看见你啦。雌蝶飞起来，雄蝶又落下了，也是落在了眼睛上，好像它们就是这样跟大象玩呢。

5

贾海桐看它们玩得热闹，便朝右一拐，走向了小母象蜜沉香，看它警觉地望着自己，不停地后退着，就又停了下来。蜜沉香是缅甸佤寨的人送来的一头孤儿象。他们说是那边发大水，把它跟象群冲散了，如果中国这边不管它，它就得饿死，因为它的嘴不知为什么烂了，一直在流血流脓，没办法吃东西。蝴蝶坝子收留了它，觉得它身上有一种甜丝丝、香喷喷的味道，就起名叫蜜沉香。救护队的医生做了检查后断定：小母象的嘴是被毒蛇竹叶青咬伤的，此前也有过类似的病例，饿极了的大象没看见青嫩的竹子上缠绕着同样青嫩的蛇，也忘了进食前卷起食物甩一甩的优雅举动，张嘴就吃，结果同时张开嘴的还有剧毒的竹叶青。医生一连三天给它注射抗五步蛇毒血清，天天用高锰酸钾溶液冲洗口腔，又做了抗感染和抗休克治疗，才慢慢好起来。医生说："旷野里的动物天生具备对自然毒素的抵抗力，所以还没有引起它的心律失常、视力模糊、瞳孔散大、呼吸困难和急性肾衰竭，但如果送来得不及时，所有蛇毒造成的后果就都不可避免。"小母象蜜沉香对人并不亲热，总是远远地看着，即便人拿着水果诱惑，也不会靠前半步。但它知道治疗是为了自己好，还算是配合的，有时候会躲闪，却从来不攻击医生和护理人员，哪怕打针和喂药会给它带来疼痛。在它不卑不亢的姿态里，有着一头野兽跟人类的天然距离。它喜欢跟亚成体母象千年健在一起，千年健又喜欢跟老母象黑面神在一起，所以总能看到它们三个形影不离地转来转去。

一丝清风吹来，像是许给蝴蝶坝子的安慰，让植物们兴高采烈起来。所有的花都开始招手：那些必然会欣赏的眼睛，为什么不看看我们呢？蝴蝶，蝴蝶，怎么非要落到大象身上呢？好像它们才是花。各式各样的绿叶们点头哈腰，似是清风安慰得过了头，都有点承受不起了。贾海桐打量着小母象蜜沉香站了一会儿，疲倦地坐到草地上说："我知道你并不完全相信人，到底为什么呢？我的猜想是很可能你在家乡受到了人的不公正对待，而且不止一次，所以形成了一种习惯性的警惕，不管对谁。你很孤独、很悲伤，天天都在想妈妈，想家族，很不愿意待在蝴蝶坝子，但不管你有多么不愿意，都得习惯这里的生活，因为你已经回不去了，至少暂时是这样。我们不仅不了解你的过去，连你的家族在哪里，叫什么，那场大水的结果如何，是不是给象群造成了大麻烦，一概不了解。我想你将来的出路应该是这样：要么在经过野化训练后，进入西双版纳的任何一个象群，跟一些没有血缘关系的大象生活在一起，要么我们把你送到缅甸佤寨，再让佤寨的人把你送还你的家族，前提是他们必须对你的家族了如指掌。但无论将来的去向是什么，你现在都得好好吃好好睡，把身体养得棒棒的，争取早日长大。要是你觉得人不可信，也可以坚持你的冷漠和疏远，保持足够的距离总比傻乎乎地套近乎要好得多，一旦将来回归自然，就不太容易被地不容他们骗到'章朗谷'去。很多大象都是上当受骗后才知道人是有好人坏人之分的。"说着他站起来，挥挥手，"好好吃你的草，不打搅了。"然后走向了亚成体母象千年健和老母象黑面神。两头大象一直眼巴巴地等着他，看他终于走了过来，便兴奋地发出了一阵嗷嗷的叫声。他说："我知道你们叫什么，是想让我给你们念诗吧？刚才召恩罕给我发来了几首，我还没读呢，正好咱们一起读。"许多蝴蝶来了，一片飞翔的烂漫。

不知道是不是有过一样的经历，蝴蝶坝子的人惊奇地发现，亚成体母象千年健和老母象黑面神有一个共同的特点，就是喜欢人在它们面前朗读点什么，包括诗歌。那一天他们正要出发去曼稿自然保护区进行正常巡逻，贾海桐接到了州政府的应急预警短信。他看着手机说："不要急着走，我给大家念一下，注意防范。"

> 暴雨大雾天气到，
> 安全防范要做好，
> 版纳中部有雷暴，
> 也许会向南部跑，
> 景洪警惕澜沧蛟，
> 远离山洪过河道，
> 勐海电闪雷公号，
> 野外活动要减少，
> 勐腊需防山崖摇，
> 适时关闭树上桥，
> 加固堤坝拦波涛，
> 洼地还要防内涝，
> 雨过飞来报喜鸟，
> 天晴再赏忘忧草。

有两个队员因为关照大象晚到了一会儿，他便又念了一遍，还没念完，就见亚成体母象千年健和老母象黑面神从雨林空地那边疾步走来。他以为出了什么事，赶紧迎了上去。两头大象停下了，呆呆地望着他。"没事了？回去吧，别丢下小母象蜜沉香，你看它想过来又不敢过来的样子。"它们转身离开了。贾海桐接着又念起来，声音一出，千年健和黑面神就又回来了。贾海桐问大家："怎么回事，大象们也想听听天气预报？"追着千年健和黑面神跑过来的医生说:"很可能它们喜欢人的朗读,我要是大声念药品上的主治功效、用法用量,它们也会专注地听,完了还会用鼻子吹吹你,像是喝彩和鼓励。"贾海桐问:"所有的大象都这样吗?""不,只有它们两头,不信你再试试。"医生说着,一只胳膊挽着千年健蜷起的鼻子,一只胳膊挽着黑面神蜷起的鼻子,朝雨林空地走去,走出去大约一百米,贾海桐便回过身去念起来。两头大象听到了,丢开医生,转身跑了过来。大家都很吃惊,有人说:"这是什么毛病?"贾海桐说:"不是毛病是特长,它们有欣赏朗读的特长,很可能是两头有文化的大象,怪不得经常在一起,原来是研讨学问呢。"从此以后,每当见到它们两个,贾海桐都要或长或短地朗读点什么,一般都是诗,因为他发现朗读诗比朗读别的更能让它们兴奋。这样一来二去,也就成了条件反射,只要他一出现,它们就知道朗读来了,诗歌来了,聆听和欣赏来了。这会儿,贾海桐拿出手机,盘腿坐到一片五节草上,带着手势和舞台表演的腔调朗读起来。蝴蝶们一只只落下了:请安静,亲爱的,看看人类潮湿的感情,会不会也能给我们带来可以吮吸的营养。

  这一刻我止不住的眼泪是大象的遗矢,
  这一刻我挥不去的愁思是大象的热溲,
  我还能怎样才能变作大象的一根毛呢?

  前方极地,林莽深处,
  是缅桂花的盛放,
  我的大象部落,
  一群野兽,等着我去吹响集结的号角。
  而身后斜阳的光照,
  正把灿烂熔作凤凰木,

一头诉说不幸的小象，
伴我来到眼泪结晶成花雨的版纳林地。
她说大象只流鲜血不流泪，
她说大象只吃苦果和苦叶。

这一刻我啃下树皮灌饱苦世界的汁液，
这一刻我流下精血遗传黑雨林的根脉，
我还能怎样才能变作大象的一支牙呢？

　　亚成体母象千年健和老母象黑面神静静地听着，鼻子无声地扬起，又无声地落下，然后垂直于地面，钟摆一样轻轻摇晃。紧跟着这首诗的是召恩罕的另一条语音信息："诗是老茎生花派出所的警察从当事人的手机上看到的，他们想知道这个人这几天都在跟谁联络，以便确定他是不是在盗卖小象。他打开手机，丢给警察说，你们随便翻吧。警察翻到诗后就研究起来，寻思这里头是不是有什么隐藏起来的秘语。正好我到了，他们就发给我看，因为里面提到'黑雨林'，雨林怎么是黑的呢？明明是绿的。我给警察说，光凭这个人写的诗，就能断定他不是盗猎者。警察说我们也知道他基本不是，盗猎者都是有案底的，从来没听说有'毛管花'这么个人。但在调查清楚小象的来龙去脉之前，我们不能轻易下结论。我问他本人是怎么说的？警察说他讲了一个很长的故事，说小象不仅不是他盗猎来的，而且是一个叫缅桂花家族的象群托付给他的，说得太离奇了，我们觉得不大可信。我说你们信不信都没关系，可以暗中调查，但人恐怕不能一直拘留着，24小时已经到了吧？警察说我们可以把人交给你，但在没有拿到新证据之前，你务必不要让他离开西双版纳，最好就在景洪城区待着，我们随时会传唤。我一口答应下来，小象凤凰木已经在管理局了，再把人接过去，算是我圆满办成了省上那个人托付给我的事情。"这条语音信息的后面又是一首诗，贾海桐再次朗读起来。蝴蝶们飞上了天，翅膀的扇动优美而无邪，有赞美，有喝彩，也有失意：怎么都是写给大象的诗？难道我们不重要不美丽吗？

  明天傍晚，
  我将取下耳朵，
  和大象交换，
  交换它的灵敏和摆动，
  交换灼热时的清风，
  以及对心的谛听。
  我将交换头颅，
  交换它的深邃和智慧，
  交换怆痛中的沉默，
  以及对爱的渴慕。
  我将交换四肢，
  交换行走和一日百餐，
  交换勇毅中的稳健，
  以及对路的热爱。
  我将交换鼻子，
  交换它的美好与万能，
  交换粗硕中的细腻，
  以及对水的狂喜。
  我将交换牙齿，
  交换它的命运与鲜血，
  交换玄月般的高洁，
  以及对死的不让。

明天傍晚，
我将取下心脏，
和大象交换，
交换它的大地和雨林，
交换苦涩中的欣悦，
以及对生的期许。

朗读突然结束了，一点声音都没有了。千年健和黑面神静静地伫立着，不，它们朝前走了几步，然后才用一种极其安静的姿态伫立着。亚成体母象挡住了北来的风，老母象挡住了灼热的阳光，它们的中间是勐巴拉娜西大象救护队的队长。两头大象同时举起了鼻子：安静点，长嘴捕蛛鸟，不要再叫啦，我们的队长睡着啦。贾海桐一连几天都没有好好休息，昨天晚上又一眼未合，困得都不由自主了，瞌睡的花骨朵开了，转眼绽放得一塌糊涂，身子一歪，睡了过去，手机掉在了草丛里，鼾息微微响起。象鼻摆动着：可恶的局限蚊，别再过来啦，人的皮肤那么薄，经不起你们的叮咬。还有你们——库蚊和伊蚊，滚到一边去。要是看到咬人的红火蚁和大头蚁爬过来，象鼻就会呼呼地吹气，让它们一个个翻着跟头离开。至于蝴蝶，来吧来吧，随便落，你们从来都是静悄悄的，也不带任何恶意。就这样亚成体母象千年健和老母象黑面神寸步不离地为贾海桐遮挡着风和阳光，驱赶着蚊虫、牛虻和小咬，很长时间过去了。寂寞中两头大象细声细语地聊起来，说的都是过往的生活，是来到蝴蝶坝子以前以后的事，那时候的它们，唉咦兮兮……

千年健其实不是一头受伤后被救护的大象，而是避难象，或者叫窝藏象。那一天它跟着绞股蓝家族从远方尚勇雨林的绞股蓝洼地来到长满千年健的家乡沟谷，吃惊地发现前年还是一座硝塘的台地上，升起了一片土墙草顶的房屋。大象们议论纷纷，发泄着不满情绪，然后就在头象的带领下到别处寻找硝塘去了。血气方刚的千年健不理解，我们祖祖辈辈取食盐巴的地方，为什么要允许别人占领？拆掉那些房屋不就行啦。它偷偷地落在后面，回身过去，用鼻子掀掉了一间房的白茅屋顶，又用头撞塌了一面墙。一头正在吃草的黑牛冲它哞哞地叫着，它一看就气不打一处来：我们喜欢吃的类芦居然你也在吃，吃没了我们大象吃什么？走过去要跟黑牛算账，斜刺里跑出一头猪来，它顺势用鼻子卷起，扔上了屋顶，又把一只想飞又飞不起来的鸡踢翻在地上。黑牛吓得挣脱拴着的缰绳，朝一边跑去，它追上去，一鼻子打倒了对方，这才扬长而去。千年健自始至终没有看到人，以为那些白茅覆顶的房屋都是牛、猪、鸡们建造的。但人是看到了它的，他们躲在大象视域之外的竹林里没敢过来，愤愤地嘀咕着：这个世界是人的还是大象的，你别搞错了。报复出现在三天以后，财产受到严重损失的寨民爬上象道边的篦齿苏铁树，试图用毒箭射死闯了祸的大象。村长劝阻了几次他不听，理由是自家的猪和鸡都死了，牛虽然没死，但前腿骨折，已经失去劳作的能力，也算是死了。他不打算向政府索要赔偿，因为按照常规，赔偿的额度还不及损失的三分之一，不如杀了这头大象，卖掉皮、骨、肉，至少也是两头牛、五头壳郎猪、一群小鸡、三间土墙草顶房屋的价钱。村长说杀大象是犯法的，你不怕公家人追究责任？寨民说我们住在深山老林里，只要你不说出去，谁知道？绞股蓝家族的头象预感到不妙，带着象群绕开长满千年健的沟谷，躲到山那边去了。但它们是一群拥有十六头大象的家族，行动起来目标很大，没过一个星期，追杀的人便出现在离它们很近的地方。几乎在同时，贾海桐带着人赶到了，是他培养的隐蔽护象员打电话告诉了他。他把追杀大象的寨民带回村寨协商赔偿的事，那寨民执意不要，说除非高出规定赔偿额两倍，他才可以放弃报复。贾海桐说："我们也承认赔偿额太低，但这是政府规定的，我们不能改变,更不能眼看着有人去犯法而不阻止。"寨民说:"我是为大家除害,怎么叫犯法呢?要是不除掉这头大象,它会毁掉寨子里所有的房屋和牲畜。"贾海桐无可奈何地叹口气说:"你的毒箭又没长眼睛,怎么可以保证不会错杀别的大象?再说大象也知道你在追杀它,说不定早就逃跑了,你能不能找到它还是个问题,不如趁早放弃吧。"寨民说闯了祸的大象头上有一块白斑,就像人得了白化病一样,他一眼就能认出来,请公家人给他一个月时间,真要是找不到,再接受赔偿,有多少损失他都认了。协商到此结束,以后的情形是:复仇的寨民再也没有见到这头大象,只好同意用赔偿部分损失的办法了结此事。他始终不知道,就在贾海桐跟他协商的同时,救护队利用麻醉枪和卡车,让肇事大象消失得无踪无影。同时消失的还有整个绞股蓝家族,它们被救护队用爆竹驱赶和投放食物引诱的办法,转移到了勐仑自然保护区的麻栎冈一带,这是一个报复者鞭长莫及的地方,大象安全了,人也就没有机会犯法了。

  千年健呵呵一笑说:我刚来的时候很纳闷也很生气,为什么我到了一个从来没有到过的地方?为什么在这里我经常能看到不想看到的人?为什么我要吃那些人投喂给我的东西?不过吃了以后才知道,那些东西真是好吃,连续吃了几天,就胖起来啦。我们在天在地在山在水的象魂有一天托梦给我说:不能再生气啦,你要好好对待这里的人,这里的人也会好好对待你。我就使劲控制住自己,天天对自己说:不生气,不生气,不生气。这么说着,我就真的不生气啦。不过我还是想离开蝴蝶坝子,去寻找绞股蓝家族,那里有我的妈妈,有关照过我的三个姨妈和一个非常淘气的弟弟。好几次我都做好了离开的准备,每次都是在天在地在山在水的象魂从脑子里跳出来阻止我:还不到离开的时候,再等一等吧,对那个人来说,你的消失只能加重他的仇恨,万一被他撞见了呢?头上的白斑,你的胎记,长得真不是地方啊。更重要的是,你能来到蝴蝶坝子是命运的决定，千年健的作用将在这里得到发挥，而不是在绞股蓝家族。这么着，我就一直待到了现在。你呢？别光听我的，也说说你吧。老母象黑面神说：我的事不是已经说过了嘛。千年健说：我还想听听，多有意思啊，你在高速公路上行走，跑房子大呼小叫地让你走开你不走开，结果就来到了这里。你说跑房子比大象还要多，我怎么就不相信呢？黑面神絮絮叨叨说起来。

大概是从小吃多了刺桉、紫苏、酸角、榼藤子果实这些颜色深暗的东西，它的面色比别的大象要黑亮许多，像涂了油棕的油，抹了羯布罗香的树脂，浇了勐远溶洞暗河里的水。贾海桐说："那就叫你黑面神吧，一味治疗吐泻、咳嗽、关节痛和子宫痛的傣药。"作为一头老母象，有了三次边叫"黑面神"边给它喂食的经历后，它就知道这是自己的名字了，琢磨了一下，觉得挺好听的。它是千张纸家族的成员，感觉老了，走不动了，就不想再给家族添麻烦，带着雨浓雾厚的伤别之情说：澜沧江这么大的水，我是渡不过去啦，你们走吧，最好一直走到老家去，老家才是生长千张纸的地方，多好吃的千张纸啊，还能清热解毒。就这样它主动离开了家族，孤身无靠地在勐养雨林游荡了一年，渐渐发现合乎自己口味的植物越来越少了，不仅水果少了，嫩枝嫩叶少了，连竹子的品类也不多了，而过去每天总能遇到几十种竹子供大象挑选，条竹啊，牡竹啊，方竹啊，刺竹啊，金竹啊，芦竹啊，空竹啊，麻竹啊，石栗啊，箭竹啊，苦竹啊，美竹啊，缅竹啊，思劳竹啊，油簕竹啊，甜龙竹啊，灰杆竹啊，小泡竹啊，篾箩竹啊，梨藤竹啊，毛藤竹啊，撑竿竹啊，凤尾竹啊，糯米香竹啊，长舌龙竹啊，黑毛滇竹啊，版纳甜竹啊，毛脚龙竹啊，单穗大节竹啊，想吃什么随便挑，应有尽有。现在到底是怎么了？不光吃的少了，雨水也少了，雨林里消失了许多山泉，干涸了许多河流，越来越没办法生活了。有一天它走出雨林，义无反顾地踏上了昆磨高速公路。这是一个有跑房子在上面风驰电掣的玩意儿，它曾经无数次地带着诧异和敬畏的心情远眺过，如今它和跑房子一样把它踩到了脚底下，感觉很不错，有点扬扬得意，更有点目中无人，心说我已经六十五岁啦，什么也不怕啦，来吧，跑房子。然后就毅然走向了公路的中间。很多跑房子停下来响起了喇叭，一辆跑房子跑得太快，想停没停住，蹭着路面，声嘶力竭地尖叫着，撞在了它身上。它倒下了，流了很多血，却没有死，之后它就被更大的跑房子拉到了这里。这里的人给它打针喂药，它又慢慢好起来，心情也豁然开朗了许多：那就还是活着吧，看地上花开花落，望天上云卷云舒，又有蝴蝶翩翩，飞鸟啾啾，虽然也是司空见惯的景致，却又有些别有洞天的感觉，尤其是吃喝方面（大象的一生就是吃喝拉撒的一生，这个很重要），除了可以在雨林空地和象粪池采食象草、王草、芭蕉、棕叶芦什么的，每天还会投喂嫩玉米、胡萝卜、甘蔗、香蕉、菠萝、榕果、五桠果和木奶果等一些野生水果，雨林空地那边有条河，不宽广却很干净，方便喝也方便洗，沿着河流往上走，绕到蝴蝶坝子的大门外，又有浓度很高的人造硝塘。千张纸家族长年累月迁移来迁移去，不就是为了这些吗？它老了，走不动路了，有这么一个地方安度晚年，也算是福气多多，无象能比了，至少从古到今的千张纸家族还没有一头大象的运气比它更好。在天在地在山在水的象魂告诉它：这跟人类的养老院是一样的，你可要珍惜，更要珍惜这里的人，没有一个是坏的。

6

几只竹蚜灰蝶飞过来，缠绕在阳光的斜线上，如同风摆的铃铛。三品一枝花羞羞答答开着，半推半就地面对着虹彩带蜂的来访，又毅然躲开了。虎皮花趴伏在地上，一副不胜阳光照射的娇弱模样。扇唇指甲兰和绿花安兰打开着自己,像是要拥抱整个太阳,阳光却沿着西雅棕和大丝葵的轮廓绕开了它们,钻到地底下去了。一阵手机的铃声打断了黑面神。千年健用鼻子在草丛里卷起手机,冲着突然亮起来的屏幕叫了一声。它知道这是用来说话的,却不明白还得用指头划一下。贾海桐醒了,坐起来,揉着眼睛问千年健:"谁打来的?"千年健和黑面神同时哞地叫了一声,好像它们知道是谁的电话。他接过手机"喂"了一声。一只散纹盛蛱蝶翩然而来,落在了手机上,大氅似的翅膀一时合拢一时展开,优雅得就像登上了舞台。

电话是北方一家蝴蝶人工养殖中心的人打来的,想来蝴蝶坝子采集蝶卵,一是问可不可以,二是问收费多少。贾海桐说:"那有什么不可以的?想来就来呗,至于收费嘛,你得问蝴蝶,那是人家的卵,不是我的卵。"对方一听,便一连说了好几个"谢谢"。又说:"还有个问题,能不能捕捉一些珍稀蝴蝶,比如白带燕尾凤蝶、枯叶蛱蝶、红纹桑寄生粉蝶、绿丽蛱蝶、豆粒银线灰蝶等,你们那里的蝴蝶有几百种,光在野外采集蝶卵的话很难采集到这些品种,但作为养殖中心,珍稀蝴蝶又是我们特别需要的。"贾海桐想了想说:"你说的这些蝴蝶对环境是很挑剔的,要是你们的养殖条件跟我们差距太大,捉过去也是死,所以我们和你们都得慎重考虑。""其实我们已经暗中考察过几次蝴蝶坝子,回来后在160亩的玻璃房里建造了一个类似的蝴蝶公园,你要是有兴趣我可以发个视频给你看。""问题是你们有大象吗?"对方语塞了。贾海桐又说:"这才是关键,没有大象就没有蝴蝶坝子。"蝴蝶坝子不是一个人工养殖蝴蝶的所在,却是这些年西双版纳的野生蝴蝶最喜欢汇聚的地方,就像人类的某些胜境圣地,原因是靠了雨水、山泉和溪流的滋润,这里有一片方圆一公里的天然湿地,人称象粪池。湿地土壤的氮、钙、碳含量都很高,长出的草比如毛叶防己、象腿蕉、老虎须、棕叶芦等有着别处无法比拟的营养价值，大象拿鼻子一闻就知道，便经常喜欢光顾，它们是吃了胡萝卜、甘蔗、香蕉、榕果、五桠果等水果的，粪便里有很高的含糖量，被水一泡，变成了糖泥，加上经过大象消化后已经变成汁液的氮、钙、碳，便成了蝴蝶的最爱，经常有几万只蝴蝶在象粪池内活动，差不多一个月会出现一次聚会高峰，高峰时有四五十万只。后来贾海桐又让人收集雨林空地的象粪，拌和着含有蜜汁、糖浆、牛奶、蔗糖、葡萄糖、干酵母的复合营养粉，在象粪池的水源处定期投放，蝴蝶就更多了，而且经久不散，自然也就有了集中恋爱、产卵、出虫、蛹化、成蝶的过程。蝴蝶们铺天盖地飞来，把卷须状的吻器插进泥里，补充着水分，也吮吸着营养。有经验的人会在傍晚蝴蝶聚会的多寡中，预测天气的变化，如果落地的蝴蝶密度平均每平方米在五只以内，说明第二天是个雨浓雾浓的日子，如果在十只左右，等待它们的一定是轻雨蒙蒙，如果在三十只以上，那就笃定是阳光灿烂了。蝴蝶是自然的精灵，它们对阴晴干湿格外敏感，因为它们薄如典具纸的翅膀很容易被露水打湿，必须有太阳的帮助才能起飞。每当丽日长天的日子来临，被夜晚洗浴过的阳光以最鲜亮的色彩瞬间洒满了大地，几十万只各种花色的蝴蝶翩然而起，一种赏心悦目的生命潮出现了，既汹涌澎湃，又轻灵无声，泛滥着美丽，也泛滥着激动，然后便是扶摇直上，是星散而去，飞往西双版纳的几乎所有地方，就像一场斑斓的梦。夜晚的华彩结束于白昼的到来，留下来的是无法言说的惊艳和绵长的遗憾：怎么就不能定格在所有的地方呢？

贾海桐打着电话离开了千年健和黑面神，边走边咕咕地叫，不是他叫，是他的肚子叫，一阵饥饿感奔袭而来，才想起从昨天晚上到现在，没吃一口东西。他来到食堂，看到已经开过午饭了，就说："有什么剩的，随便拿点，我快饿死了。"炊事员说："剩下的就是饭，队长稍等一会儿，我给你炒个菜。""那就小米辣炒肉。""再做条罗非鱼吧?""不用了,我吃不完。"正说着,医生进来问:"岩罗章来了,你见不见?""这还用问,见。"又对炊事员说,"把罗非鱼做上,快点,这个人比谁都忙。"说着,盯上了食堂北墙的一溜儿鱼缸,"怎么这么多大鳍鱼和双孔鱼?"炊事员说:"昨天买了一桶,今天又买了一桶,说是水浅了,不用撒网,用船拖个纱布漏斗就能捞。"大鳍鱼和双孔鱼是国家二级保护动物,救护队的人只要在市场上发现,就会买回来,养几天然后送归澜沧江。有一次负责这事的人忙得忘了送,也忘了换水,结果几十条鱼都死在缸里。贾海桐非常生气,对那人说:你是个很能干的人,为营救大象出了不少力,但我现在没有别的选择,只能开除你,还要罚款,尽管你是召恩罕介绍来的。今天死了鱼,明天就会死大象,救护队是干什么的?那人一肚子怨气,跑到召恩罕那里告状。召恩罕说:你是当地人,又熟悉大象和雨林,去做个义务护象员吧,干得好了,兴许还能回来,就算贾海桐不要,我们管理局也会要。那人想了想,扭头走了,再也没有出现过。贾海桐走近鱼缸,仔细看了看,没发现一条翻起肚皮的鱼,就说:"这么大的密度,氧气会很快消耗完的,得赶紧送走。"炊事员说:"本来可以直接去澜沧江,说是车还没回来。"贾海桐这才想起救护队的三辆皮卡车都还在荒山野林里,他打电话问司机组的组长:"去人了没有?"组长说:"正要给你汇报呢,天一亮我们就出来了,现在正在往回走,有一辆找不见了,就是画了两头白象的那辆。""那是我开出去的,你们是不是没找对地方?"组长说:"肯定找对了,泥水坑沿上有两道车辙辘印,一道是你开来的,一道是别人开走的。""谁会开走我们的车,都知道白象车是大象救护队的,报案了没有?""马上就报。"一对珍灰蝶飞进了食堂,雄蝶是一身淡蓝紫色间着紫黑色,雌蝶是一身黑褐色间着白色黑斑,它们先是在洗碗池那里跳了一会儿雀公主舞,又翻飞到打饭的窗口跳了一阵鹭鸶舞,然后落在一张擦洗干净的饭桌上,休息了片刻,又跳着斑鸠舞出现在贾海桐的头顶。一曲终了,便画着"W"的符号飞出了食堂。

医生带着岩罗章走了进来。贾海桐起身过去,拉拉他的手,又帮他取下背上的竹篓说:"不要告诉我你马上就走,我没吃饭,你肯定也没吃,一起吧。"又指着医生说,"你也别走。"医生说:"我才吃过不久。""那你也得陪着,师父来了。"医生恍然大悟,拍了一下后脑勺说:"对对对,我必须陪着。"说着便进了厨房。贾海桐说:"我还想你明天有可能来,怎么这么快?"岩罗章坐下说:"快吗?我还觉得慢了呢。""老母象怎样了?""还是那样,没死。""怎么这么说?""就是说命还在刀锋上摇摆,从那边摇下去,就是死,从这边摇下来,就是活,都有可能,而且死的可能性大。我现在就是要抓住从活的这边摇下来的瞬间,强迫它停止摇摆,争取慢慢好起来。""能做到吗?""试试吧,我今天离开这里就得去勐龙鸡血藤沟一带,那里有一种喜欢寄生在榭树上的白花玉簪,特别管用,就是不知道能不能找到。""找到就有救了?""百分之六七十。""那最好去一趟,需不需要我们派车?""不需要。"医生端来了冒着热气的大叶茶。岩罗章攥起茶杯就喝,咕嘟咕嘟的,很烫,却丝毫没有被烫着的感觉。医生提过茶壶来给他添茶。他说:"小公象我刚才看了,也用了药,但它伤得太重,'藤草汤'和'四十七灵膏'好像有点拿不住。它看上去也在刀锋上摇摆,是死是活很难说,要是能找到茶树王里的奶奶树就好了。"贾海桐问:"茶树王还有奶奶树?"岩罗章说:"就是最古老的野生母茶树,至少应该有一千年,几年前我在勐海小黑山雨林里找到过,还采集过它的六片冠叶和一点树皮,不知道现在是不是还像以前那样健旺着。"医生说:"我是第一次听说茶叶还能治疗大象的外伤。"岩罗章说:"傣药是讲究缘分的,这是茶和象的缘分，放在别的动物身上恐怕不行。"医生说："我要是能拜你为师就好了。"岩罗章呵呵一笑说："不用拜，等闲了你来找我，教我给你。""我去哪里找你？"岩罗章想了一会儿说："我也说不上，那还是我来找你吧。"医生说："要是我能跟你一起走南闯北，就用不着找来找去了。"岩罗章低头看看他的脚，摇了摇头。医生说："我知道我跟不上你，你也不可能等我。"岩罗章说："跟不上我事小，跟不上草药事大，草药是会跑的。"贾海桐和医生诧异地互相看看。岩罗章又说："大自然养育了草药，就是为了满足人和动物的需要，有时候它们会跟着你，有时候又会远离你。当你贪心不足，见一棵挖一棵时，它们就会远远地离开你，当你看见了一片，只挖走了一棵时，它们就会紧紧地跟着你，越长越多。对一个大象医生来说，需要一棵，就不能去打扰第二棵，这次需要的这次拿，下次需要的下次拿，所以你得天天跑，善良的草药知道你没有一点浪费地用在了需要它的地方，就会变得越来越慷慨，你经常出现的地方就都会看到它们的身影。你跑来跑去是为了大象，也是为了草药。我刚才说到勐龙鸡血藤沟的槲寄生白花玉簪，还说到勐海小黑山雨林里的茶树王奶奶树，虽然有点担心，它们还在不在，能不能找到？但我既然是个不贪心的人，就还是相信我跟它们的缘分没有断，它们十有八九等着我呢，说不定我还没到达鸡血藤沟和小黑山，它们就会跑来迎接我了。"医生说："越听越神秘了。"贾海桐说："不神秘怎么能做大象医生？你好好学，迟早你也会神秘起来，但前提是要有妙手回春的本事。"医生说："这个恐怕得学一辈子，但今天算是上了第一课，不贪心，不浪费，用到该用的地方。"

饭菜上来了：有小米辣炒肉、臭菜鸡蛋、香茅草烤罗非鱼、炒芭蕉花和菠萝饭。炊事员来自昆明，不是傣族人，但日子久了，做的饭菜全是傣族风味的。医生抱来一个用红纸封盖的酒罐，将三支细竹管砰砰砰地插了进去,问岩罗章:"用筷子不?"岩罗章说:"这又不是在傣家竹楼里吃手抓饭,公家的地方就按公家的习惯。"三个人便用筷子吃起来,不时地用竹管吸饮着罐里的糯米自烤酒,很快就吃好喝好了。岩罗章首先放下筷子说:"我走喽,你们慢慢吃。"贾海桐说:"要不住一晚上再走,你现在去勐龙鸡血藤沟,一晚上就都在雨林里,没地方睡觉。"岩罗章爽朗地一笑:"哪里会,一路上有的是竹楼。"说着走过去背起了竹篓。贾海桐送客人出门,看着他一边跑步一边唱,不禁笑了:看来他是越跑快乐越多。仔细听听歌词,又想:他哪里是快乐?真正会唱歌的,都不是因为快乐。

> 公象番木瓜要去约会母象鸡蛋花,
> 太阳一出来,它就从苏铁山出发,
> 十里外的董棕沟是鸡蛋花的老家。
> 它走着走着撞上了铁丝网的篱笆,
> 绕过去继续走前面是农民的庄稼,
> 退回来再找路又望见村寨的竹瓦,
> 再退再绕再走碰到了收费的路卡。
> 公象番木瓜要去约会母象鸡蛋花,
> 走过干季湿季越走越是海角天涯,
> 只好停下来说:再也见不到你啦,
> *I love you, I love you, I love you,*
> 我的鸡蛋花,西双版纳唯一的花。

贾海桐后来知道,走南闯北的大象医生岩罗章一辈子就记住了一句英语,那就是"I love you"。他在几只银链娆灰蝶的簇拥下,又去看了看小公象。小公象躺在抢救亭里,忽闪着眼睛,似乎已经没有了对人的警觉，有的只是乞求：救救我吧，人们。他心里便又沉重起来，好不容易营救到了蝴蝶坝子，死了多可惜，便对岩罗章和茶树王奶奶树抱了万分殷切的希望。他蹲下来，抚摸着小公象，正要说点什么，手机响了，是召恩罕打来的："你能不能来一趟？要是来不了，派个懂大象的人来，小象凤凰木到现在不吃一口东西不喝一口水，跟我们玩起了绝食。""为什么？""我要是知道为什么还用得着找你？""你早点干吗去了？真正懂大象的人刚走。""是不是大象的'章哈'岩罗章？打电话叫回来嘛。""算了，他已经火烧眉毛了，别再给他添麻烦，我自己去吧。哎对了，警察不是已经把那个携带小象的人交给你了吗，你问他呀？""那个人叫毛管花，我看过身份证，真名实姓，他跑了，一出派出所就跑了。""那就说明他有问题，是不是因为心虚，害怕夜长梦多，暴露了他盗猎者的身份？""我也这么想，但现在还不能盲目报案，得先给省上托付我办事的人打电话，看他怎么说。你快点过来，要是小象再出事，我不好交代。""你到现在都不告诉我他是谁。""我不知道这是好事还是坏事，不敢乱说。""那就一定是个领导。"贾海桐说着，走向了一辆刚刚回来的皮卡车。皮卡车上落满了蝴蝶，仔细看，都是灰蝶，有金蓝色衬着栗褐色的铁木莱异灰蝶，有橘红色镶着黑金色的鹿灰蝶，有黑褐色带着浓紫色的豆粒银线灰蝶。它们看着他走来，纷纷扬扬地飞起，带着鹅毛大雪穿越强劲气流的姿态，又劲道十足地落下，仿佛是一种卖弄：我们是见过雪的，雪就是这个样子的，而在可怜的四季如春里，西双版纳居然淘汰了冰天雪地，真是不幸啊。

召恩罕的电话打得有点不怎么顺畅，第一次拨号的结果是"暂时无法接听"，第二次是"已关机"，第三次居然说是"空号"——搞错了吧？但又说不上是运营商错了还是紧张之中自己摁错了。正沮丧着，对方把电话打了过来："刚开完会，听说事情办妥了？""领导已经知道了？我还寻思汇报完了再检讨呢。""检讨什么？""人跑了。""一个大活人，跑了就跑了呗。""问题是派出所的人怀疑他是盗猎者，我一再保证他不是，他这一跑，就好像是了。""你们乱怀疑，这个人年纪轻轻，是第一次去西双版纳，怎么可能是盗猎者？""这么说肯定就不是了，可是小象怎么办？在我这里它不吃不喝，好像就等着这个人呢。""那你们就再找找呗。"对方漫不经心地说。召恩罕想迅速拉近关系，就说："石栗在我们这儿好着呢，你放心。""他一个大活人，好不好他自己不会给我说？就这样吧。"眼看要挂了。召恩罕喊起来："领导领导，我有点事要给你汇报。"没等对方有什么反应，他就说起来，语速快得如同打机关枪，生怕对方听得不耐烦了挂掉。他先说起橡胶林是如何导致了雨林景观的破碎和生物多样性的丧失，没忘了强调气温升高、湿度下降、水源断流、病害扩散，又说起茶园，盲目扩大的结果跟橡胶林一样对雨林危害不浅。再加上大片的稻田、甘蔗地和香蕉园，现在的版纳雨林，早已是千疮百孔了。"有些地方看上去还绿着，但其实是有害无益的，我是说对大象，比如砂仁，种植砂仁的前提是清除大树下的乔木幼树、灌木和草本，这种不计后果的举动已经造成了大部分物种的流失，所以必须拔除砂仁和所有用同样办法形成规模种植的经济作物。西双版纳的热带雨林几乎靠近北回归线，是地球最北的边缘雨林，代表了雨林生长的极限，再往北走半步它就不可能是雨林了，脆弱得就像挂在天边的一丝云彩，很容易消失，所以从古至今它就带有天然的濒危性，这些年又加上了越来越稠密的人口和全球气候变暖，干旱出现了，雨林萎缩了，功能减弱了，也就越来越濒危，越来越珍稀，濒危到了今天睡一觉，明天就可能被沙漠化替代，珍稀到了全球唯一，不管消失还是不消失，你都不可能另行复制。这么说吧领导，南美的亚马逊有大片雨林，但是它有大象吗？非洲有大象，但是它有极限雨林吗？大象加雨林又处于边缘生存状态的，只有西双版纳，我们怎么能掉以轻心，还不去保护呢？不，不是保护，是挽救，挽救雨林就是挽救大象和所有的野生动物。亚洲象是依靠雨林生存的动物，目前最大的威胁就是栖息地的丧失，仅有的栖息地还都是破碎化的，人类用公路、水库、农田、橡胶林、居住点、旅游设施和一些莫名其妙的沟坎、围栏、墙壁切断了大象的通道，几乎所有的大象家族都被隔绝在孤岛上，找不到更好的食物，没有基因交流，退化日复一日，数量越来越少，孕期长达二十二个月、四五年才能繁殖一头小象的亚洲象面临灭绝的风险，它们是绝地挣扎，所以人象冲突也就变得一天比一天激烈。"他说着咽了一口唾沫又说，"领导你千万别着急，我不是光给你摆问题，还有解决的方案，简单说就是：禁种橡胶、拔除砂仁、杜绝开垦、退耕还林、迁出村寨、恢复雨林、科学旅游、适当封闭、排除障碍、增扩生境、开通廊道……""行了行了。"领导终于打断了他，"这些你不是已经上报过了吗？"召恩罕愣了：自己总觉得管理局的汇报材料不可能到达省上，不定在哪个部门就会被扔到废纸篓里，现在看来还是报上去了，石栗的父亲是知道的。"可是，到现在一点点挽救的措施都没有。""你要什么措施？迁出村寨后人去哪里，是集中在一起居住，还是继续分散到有土地的地方建村建寨？退耕还林后老百姓的生活怎么办？他们祖祖辈辈生活在西双版纳，对自然资源的依赖是很强的，不让他们种这种那，就得给他们提供别的生存手段，你能想出更好的办法吗？增扩动物生境，开通大象廊道，恢复雨林原貌，当然非常重要，但如果没有切实可行的解决办法，再重要也只能停留在纸面上。要知道问题是一环套一环的，作为一个雨林管理局局长，有些事你想不到情有可原，但以后恐怕不能再这样了。""我明白了，我只应该考虑草树怎么长、大象怎么吃。""我没说你只应该考虑草树和大象,也不是跟你唱对台戏,我是在提醒你,考虑不周全,没有全局观念,不提供具体实施办法的材料,以后就不要再往上送了。"石栗的父亲口气生硬得就像铁梨木的枝杈。召恩罕感觉一阵凉风嗖嗖地吹来,"啊"了一声,手一抖,自己先挂了。两只粉红胸鹦落到窗台上,望着窗内立着的人,同情地鸣叫着。

这一通电话打得召恩罕万分沮丧,心说虽然要解决雨林和大象的难题全社会都必须行动起来,但我们从管理局的角度出发把真实的情况反映上去并没有错啊。我要是能提供退耕还林后的生计安排、迁出村寨后的安置方案,那州长和副州长会怎么想?有些事是不能越俎代庖的,并不是我错了,而是我根本就没有担当的资格和能力。他想着,呆呆地坐了一会儿,摇了摇头想:我就处理好目前的事情吧,别的不用管了,只要我自己问心无愧,就算是对得起这个岗位了。想着,一把抓起了丢在办公桌上的手机,正要打给玉皎,石栗风风火火走了进来。

第五章 黎明城之歌

我们是黑色浮石的孩子，代表地球的希望。
我们是漂砾，和生命大爆发的寒武纪一起
茁壮。带火的碎屑流漫过地球最大的沙漠，
听太阳风告诉我们：那里就是大象走廊。
乞力马扎罗的白雪，博茨瓦纳的黑壤，
纳米比亚的绿风，津巴布韦的林莽，
颤动的南回归线上，大象四散逃亡。
我们的行走正在诞生人象共存的思想，
可他们却以为，永远不该限制人的繁衍，
却要一如既往，用屠杀控制大象的增长。

1

石栗一屁股坐在召恩罕办公桌对面的椅子上,又起来,去窗边的桌子上拿了一只纸杯,把局长杯子里的凉茶倒进去,咕嘟咕嘟喝起来,完了喘口气说:"总算没有白跑一趟蚁花寨。""有新情况?""有。""先别说,我把玉皎叫来,一起研究。"在版纳雨林管理局,只要是业务上的事情,就都是三个人一起商量,因为玉皎的"资源保护"和石栗的"社区工作"基本分不开,几乎每一项工作双方都有关联。何况自从去年副局长刀畲辞职以后,管理局一直没有任命新的副局长,跟他们商量也有器重他们的意思。两个人很快到了,跟一般的局长办公室不一样,这里没有沙发,只有椅子,也没有专门端茶倒水的人,都是谁来谁关照自己,但气氛却融洽得像在一个家里。玉皎总是随身带着一些干果水果什么的,用来慰劳表达意见的嘴巴,也调解意见相同或不相同的气氛,似乎再严肃的问题都不影响她作为一个女性温婉的亲和力,更不能把她跟傣族人和气、礼貌、包容的性格和对食物的热爱分割开来。今天她用滴水芋硕大的叶子包来了一些野荔枝和滇刺枣,放到桌子上,那椭圆心形的叶子便盖住了大半张桌面。就跟以前许多次一样,三个人吃着,便开始了一次事先没有安排的会议。

召恩罕问玉皎:"你什么时候回来的?""我停了车,一扭头就望见他的后脑壳进了办公楼,来到办公室刚放下包,他就来叫我。"召恩罕嚼着滇刺枣说:"你们谁先说?"玉皎望了一眼石栗,尽管石栗很激动,恨不得立马开口,但还是望着玉皎:"你说。""为什么我先说?""你是女的。""那我就先说,我的简单。我去了蚁花峡,没看到也没听说缅桂花家族的踪迹,去了水芹滩,访问了两个村寨,结果还是一样,我又开车快速在勐腊雨林横穿竖穿了一番,见到寨民就打听,都说没看到。后来我给贾海桐打电话,他说他正在来管理局的路上,我说了寻找缅桂花家族,重点保护缅桂花头象和受伤小公象的事,请求他们的帮助,因为我知道很多村寨都有他们培养的隐蔽护象员,那些人天天在雨林里种田、打猎、采集野物,来没来大象瞒不过他们。"召恩罕说:"只能这样了,明天你再像今天这样跑一天,要是连续三天跑下来还没有缅桂花家族的影子,就可以考虑在勐腊雨林之外寻找它们。"玉皎说:"最好它们尽快离开勐腊雨林,那样就安全了,报复的人不可能追得太远。"召恩罕说:"一般来说是这样,但如果不仅仅是一起简单的报复事件呢?如果它们被盗猎者盯上了呢?如果在一个陌生的地方它们找不到躲避的地方呢?目前我们只知道小公象的伤势很严重,不然不会引起缅桂花头象的愤怒,却不知道严重到什么程度,有没有生命危险。再就是缅桂花头象的决心是什么,是远远地离开,还是暂时躲避,或者是想去聚果榕坝子——一个大象再生和聚合的古老地方?"石栗问:"还有这样一个地方?"召恩罕说:"大象有记忆,人也有传说,我从小就知道,就是忘了谁告诉我的,是爷爷还是父亲,或者它就是一种傣族人的共识,到处都可以听到。"玉皎说:"我好像也听说过聚果榕坝子的事,朦朦胧胧的。"召恩罕说:"在象王召掌统率十万大象的时候,最早的大本营在召掌寨,后来因为大象聚集太多,召掌寨附近的植物供不应求,最后只剩下了一些高大的乔木,大树掉落的果实来不及发芽长叶就被吃得一干二净,眼看着大象们一天天消瘦下去,象王留下傣族武士埋西里照看因参加战斗而受伤和生了病的公象,自己率领母象去聚果榕坝子建立了新的营地,后来埋西里请求大象医生治好了伤病的公象,带领它们来到聚果榕坝子会师,就有了后来一代又一代的大象。"玉皎说:"传说是聚果榕提供了几乎全部的食物,立了大功,就是不知道当年的聚果榕坝子如今在哪里。"召恩罕说:

"聚果榕每年都会在老干老茎上结满果实，多得大象吃不完，剩下的果实就会掉进土里变成幼树，幼树的叶子也是大象最喜欢的食物。有一次人类遇到了饥馑灾年，大象同情人类，就把聚果榕坝子的一半让给了人类，还说我们大象可以吃的，你们人也可以吃。于是人也跟大象一样乐此不疲地吃起来，直到现在西双版纳人都还保留着对聚果榕的果实和叶子的喜好。"玉皎对石栗说："初发的嫩叶炒菜和做汤特别好吃。""那你什么时候请我吃？"这不过是个玩笑，玉皎却认真地说："这个季节叶子老了，明年吧，我一定记着采聚果榕的头茬叶子。"石栗说："今天要是有榕果吃就好了。"玉皎说："你怎么能这样，当着这个食物的面，说那个食物多么好？这样一说，你正吃的这个食物就会变味。"她拿起一颗滇刺枣递给石栗，"你再尝尝，是不是没有刚才甜了？"石栗接过来咬了一口，吃惊地说："果然味道淡了许多，连酸味都没有了。"玉皎又递给他一颗野荔枝。他吃了，更加吃惊地说："怎么是干的，里面的水哪去了？"召恩罕说："为什么西双版纳食物多，像俗话说的，会动的就是肉，能绿的便是菜。那是因为傣族人、哈尼族人、布朗族人、基诺族人都懂得感恩，感恩这里的赤红壤和江河水奉献了一切，感恩所有的植物和动物，虔诚地对待一切食物，而最重要的也是最需要感恩的，就是现时而今眼目下你正吃着的这个食物。"玉皎说："对的，老波涛（老爷爷）老咪涛（老婆婆）都说，能感谢碗里的，明天的锅里才会有肉。"石栗赶紧说："滇刺枣和野荔枝是天下最美的果子，我吃了还想吃，怎么吃都吃不够。"说着拿起一颗滇刺枣和野荔枝，分别吃了下去，不禁大叫："果然好吃了许多，又甜水又多，看来不是食物好了你才去赞美，而是你赞美了它才会好。"召恩罕说："别扯远了，言归正传。"玉皎说："该你了，看你兴奋的，肯定有什么好消息。"

石栗说："我去了蚁花寨，猪屎豆，就是那个一头亚成体公象和一头成年公象触电死亡后，两次参与守夜的人，居然已经失踪两年了。了解了一下，他失踪的时间正好是成年公象死后一个星期。假设是他截取了象牙，就有可能是先把象牙埋藏起来，然后伺机运出去。"召恩罕说："这个情况很重要，你确认他不是出去打工，或者去妻子家过日子？"石栗说："要是出去打工为什么连泼水节都没回来？听说他是村寨里划龙舟和放高升（为庆祝傣历新年，用火药和竹管发射升空的竹炮）的好手。"召恩罕问："妻子呢？"石栗说："他还没有。"玉皎说："那他是不是去别的村寨结婚了呢？"石栗说："没有人听说。"召恩罕说："那就是真的没有结婚，婚姻是大事，傣族人不会不声不响地嫁娶。那开门节呢？"石栗说："也没有回来过。"召恩罕说："公历十月中旬的开门节很重要，家家都要置办酒席，联络亲友，如果他不露面，那就是真的失踪了。家里还有什么人？""老家在临沧一个偏远的佤族村寨，父亲务农，结婚后作为上门女婿去了女方家。猪屎豆的爷爷是个走南闯北的猎人，来到西双版纳后看到这里这么好，不想离开，就在蚁花寨定居。猪屎豆长大后带着一个弟弟来和爷爷一起过，爷爷已经去世。"玉皎说："我有一个问题，他为什么叫猪屎豆？"召恩罕说："我也正要问呢，这个名字是汉族人的意思，还是傣族人的意思？"他是说"猪屎豆"是西双版纳分布极广的一种药材，如果是傣族人起的绰号，只意味着普通，而没有丝毫的贬义。石栗说："是傣族人的意思。他在村里人缘还不错，大人小孩、男男女女都能跟他拉扯。"玉皎问："那他的原名呢？"石栗说："跟你差不多，叫玉腊。"玉皎说："不可能吧？我们傣族女子才叫玉什么。"石栗说："我也是这么想的，问了才知道，原本兄弟中他是最小的一个，父母希望生个女孩，就起了个女孩的名字，安慰一下自己。隔年再生，没想到又是男孩。"玉皎说："那就对了，'腊'就是末尾。"

召恩罕笑道："你很仔细，有用的信息你都没漏掉。"石栗说："还有更有用的，被缅桂花头象踩死的搬运原木的汉子也参与过两次守夜，而他就是猪屎豆的弟弟。"召恩罕"哦"了一声。玉皎喊起来："兄弟两个？"石栗点着头说："我也很意外。"召恩罕说："缅桂花头象踩死人的事件，虽然依旧是大象廊道被堵引发的冲突，但被踩死的怎么偏偏是猪屎豆的弟弟呢？两个人共同参与了两次触电公象死亡后的守夜，而又让象牙在他们两个的眼皮底下不翼而飞，还有这么巧合的？"玉皎说："越巧就越说明有问题。"石栗说："我也这么想，不是巧合，是预谋。亲兄弟嘛，好商量，也容易形成攻守同盟。"召恩罕说："他们的预谋可以想象，缅桂花头象会不会也有预谋呢？"石栗盯着局长，吸了一口凉气说："你是说头象很可能认识搬运原木的汉子就是猪屎豆的弟弟？"玉皎说："怎么会认识？除非俩兄弟作案时它亲眼看到了。"召恩罕说："我就是这个意思，它看到了，而且准确记住了猪屎豆弟弟的形状和味道。"玉皎又问："看到了哪一次作案？"召恩罕哼哼一笑，一掌拍烂了几颗野荔枝，赶紧对野荔枝说了声"对不起"，又说："问得好，哪一次作案？"石栗说："是截取亚成体公象象牙的作案，还是截取成年公象象牙的作案？或者，两次截取它都看到了。"召恩罕说："不仅如此，如果截取象牙是预谋的，那就说明至少两头公象的触电根本就不是意外。"石栗跳起来说："那就有了另一种可能，缅桂花头象看到的并不是他们如何截取了象牙，而是如何谋害了两头公象。"玉皎打了个寒战说："越说越可怕，要是大象能说话就好了，就可以指认是谁杀害了两头公象。"召恩罕说："它会的，但还不到时候。如果我们能找到猪屎豆，也能找到缅桂花头象，而它已经因为一次报复的成功冷静了下来，不会失去理智地胡乱攻击人，我们就可以把猪屎豆带到缅桂花头象面前，它要是对他不理不睬或者表示友好，就说明我们的推断是错误的，一切又会回到我们开始调查之前，缅桂花头象踩死人就是一起单纯的人象冲突事件，它要是突然暴怒起来，而选择的攻击目标不是我们三个中的任何一个而是猪屎豆，就说明它认出了他，我们的推断是正确的。但这两种情况的前提都应该是，我们必须相信大象认人的非凡能力。"石栗说："这个我相信。"玉皎说："在西双版纳没有人不相信。"

召恩罕说："这恰恰也是我担心的，如果猪屎豆相信缅桂花头象迟早会认出他，那就意味着……"他望了望石栗，又望了望玉皎，抓起一颗滇刺枣放在了嘴里。玉皎和石栗互相看看，异口同声地说："缅桂花头象十分危险。"召恩罕点点头："不错，是这样，他们随时都会除掉它，所以我们必须尽快找到缅桂花家族，尽可能地提供保护。"玉皎站起来说："我现在就带人去勐腊雨林，连夜找。"召恩罕说："虽然比较紧急，但也不能白跑，黑天半夜你能看见什么？危险却能看见你，到处是悬崖陡壁、路断树倒，救大象要紧，但我们也得保证自己不能出事。再说管理局的能力有限，这方面得请求更专业的大象救护队，你不是已经跟贾海桐联系了吗？"玉皎说："要不要报警？"石栗说："暂时不要吧？因为涉及过去已经定案的案子，在情况没有明朗之前，知道的人越多越不利，就算大家都没有异心，参与的人多了，也很容易把水搅浑。"召恩罕说："我们现在要做的就是严格保密，明天我就去向马副州长汇报，听领导怎么说。"玉皎说："如果所有的如果都不是如果，肯定是一起大案子。"石栗说："还有一个如果……"召恩罕点点头，欣赏地望着他："说吧。"石栗说："领导已经胸有成竹，我就没有必要显能了。"玉皎说："你矫情什么？"召恩罕说："这个如果是目前最重要的，也就是别忘了亚成体公象和成年公象死后，守夜的寨民都是三个。"玉皎说："对啊，我们刚才只提到了猪屎豆和他死去的弟弟。"召恩罕继续说："如果我们找到这第三个人，说不定就会有突破口。他去哪里了呢？"石栗说："我向村寨里的人打听过，也去他家问过，都说是在……一个你们肯定想不到的地方。"玉皎打了他一下："快说，别卖关子了。"石栗一字一顿地说："勐巴拉娜西大象救护队。"召恩罕"啊"了一声说："太好了，问问贾海桐不就知道了。"玉皎说："他应该到了吧？"拿出手机拨通了贾海桐。贾海桐说他已经到了，正在跟小象在一起。

召恩罕总结道："今天就到这里，我们现在的目标仍然是全力以赴保住缅桂花头象，寻找并救助砸伤的小公象，劝阻寨民的任何报复性追杀，保证大象安全，也让寨民远离犯法。暂时不谈赔偿的问题，在没有调查清楚三起大象触电死亡和窃取象牙的真相之前，不管是以命抵命还是赔偿损失都为时过早。明天我去给马副州长汇报时，会再提人象冲突严重，应该以青梅林河流域为样板，迅速实施增扩动物生境和开通大象廊道计划的问题，这是管理局目前的重中之重，再吃力也要往前推进，不能因为蚁花峡踩死人事件的发生和案情的复杂，就松懈下来。"说着，三个人走出办公室，下了楼梯，去小象身边跟贾海桐会合。

管理局的院子里，阳光也在开会，而且是一次颇具规模的会，金色的光环飞来飞去，所有的植物都在天启神授的角色里表达着自己的想法，而又各具情态，有晚香玉的庄重，有凤尾蕨的矜持，有缝线麻的安详，有马岛棕的傲慢，有三药槟榔的直爽，有红叶朱蕉的喧闹，有八仙过海的低调，有麒麟叶的谦虚。风蹑手蹑脚地走过，营造着晴日里的肃穆，花絮星星点点，绕来绕去地躲闪着，不想干扰到其他。黄球白蚁爬上密花蔺的叶子，逗留在自己的阴影里发呆，茄二十八星瓢虫以少有的艳丽来到了主席台上，那是一池阳光和水光交相辉映的王莲，泽蛙在莲朵上抚摸阳光。院子的东南侧是小象的地盘，几棵高挺而多刺的金刚纂围篱一样圈起来，加上一些小桐子见缝插针地生长，它被封闭在一个十多平方米的空间里，哪里也去不了。它还是不吃不喝，瞪起清澈的眼睛，畏怯地望着前来瞧瞧它的人，倒不是怕人，而是认生，是想念跟它朝夕相处了这么些日子的毛管花，它不明白怎么就突然分开了，而且一分开就这么久，久得似乎超过了它跟他在一起的时光。它不时地嘤嘤而泣，小鼻子甩着，小耳朵扇着，两只前脚来回蹭着草地，伤心的模样就像人类被遗弃的孩子。贾海桐来到之后，坐在地上，抚摸着它，跟它东拉西扯地说起来："关心你的人还真不少，版纳雨林管理局局长亲自出马，我也是赤膊上阵，把你从'章朗谷'的牢房里解救到了这里，这还不算，更有省上一个神秘兮兮的人物——我猜是个领导——远程督办，真是羡慕嫉妒恨啊，你怎么这么引人注目？你是哪个家族的？你妈妈是谁？姨妈是谁？有没有哥哥姐姐？说出来我也许认识。你肯定是遇到了什么麻烦才跟家族分开的，然后又跟上了这个人，这是个好人坏人你应该清楚。我觉得可能是个好人，但他一定没有我好，我救过的大象就像你喝过的水，多得数不清，我是说我这辈子就是为了救护大象才活着的，我会一直救护下去，谁知道有多少个日子的将来以后，我会救护多少头大象。我是上海人，一个上海人跑到西双版纳来救护大象，你说怪不怪？其实也不怪，有因必有果，说来话长，我就不给你说了。管理局的院子你参观了吧？没有？这里的人真糊涂，居然没带你四处看看。召恩罕说雨林管理局的院子就得有雨林的味道，所以就搞了这么个'形象工程'，把西双版纳的精品花卉都种到了这里，人们说是花团锦簇，美不胜收，其实也没什么，比起我们蝴蝶坝子差了不止一大截。"小象不哭了，扑闪着眼睛在听他说。他站起来，拽了拽它的耳朵，"走吧，跟我去看看，我敢保证很多花你都认识，就像你在出生地看到的那样。"他看小象一动不动，就俯身在它屁股上推了一把。小象还是不动,他就一手握着它的小鼻子,一手在鼻孔里轻轻挠了几下,又从地上抓起一些土,撒到它背上,拔起一些草,撒到它头上说:"你可以不吃不喝,但你不能拒绝洗澡吧,洗澡是你的天性,没有跟自己的天性过不去的大象,哪怕它是还不懂事的小大象。"说着,便唱起来:

> 我去年吃过的毛果珍珠茅,
> 你说明年你来还能长新草。
> 可是我来了,你却枯死了,
> 是老虎把你们连根拔掉了?
>
> 我去年吃过的思茅桄子梢,
> 你说再来时我向你献花苞。
> 可是我来了,你却不见了,
> 是熊狸把你们变成梯田了?
>
> 我去年吃过的小果野蕉,
> 你说在湿季我慰劳你嫩苗。
> 可是我来了,你却跑掉了,
> 是云豹把你们带回家去了?

贾海桐说:"这是大象医生岩罗章唱过的歌,我是跟他学的,唱得好不好你肯定知道,凑合着听吧,我是个五音不全的人,能记住调子和歌词就不错了,给人是不敢唱的,给大象可以,就好比我给外国人唱中文歌,唱得再不好底气也是足的。"说着又唱起来,一边还扬撒着泥土和碎草,不停地拽拉着小象的鼻子。小象终于跟着贾海桐走出了金刚纂和小桐子的围篱,好奇地抬起头,眼界里顿时就烂漫一片了，清风吹来，异香飘来，斑斓的色彩印染而来，声音好像也骤然多样起来，鸟在叫，几十种鸟都在叫。贾海桐说："听听吧，这是什么交响曲？小鸟叫妈妈，妈妈叫小鸟，妻子叫丈夫，丈夫叫妻子，黄昏了，该是回家团聚的时候了，晚饭是一定要一起吃的，鸟巢里有坚果有虫子还有花蜜。你想吃什么？咱们找找看。"他弯腰揪起几朵酸薹菜花，放到了小象的鼻子上，它晃晃脑袋，不要，又放到它嘴上，还是扭头不要。他就用酸薹菜花打着它的肚子说："是不感兴趣还是你的食谱里根本就没有这种东西？我可是经常吃的，可以炒肉，可以凉拌，还可以直接放到米饭里。算了，给你说肉干什么，你又不吃，还是给你唱歌吧。"

　　一只孔雀找大象，
　　从南找到北：
　　大象的家在哪里？
　　雉说看看哪里有水泥。
　　蜥说看看哪里有路基。
　　蟒说看看哪里有寨旗。
　　鼩说看看哪里有田地。

　　一只孔雀找大象，
　　从东找到西：
　　大象的家在哪里？
　　蛙说看看哪里有清溪？
　　麂说看看哪里有静谧？
　　鸮说看看哪里有林立？
　　獴说看看哪里有兽迹？

一只孔雀找大象，
雨季说它在旱季，
旱季说它在清凉季，
清凉季说它在干热季。
最后孔雀累得喘气，
落在了光秃秃的山脊。
山脊突然移了移，
扬起一阵沙尘雨。
哎呀我的老沙弥，
大象原来在这里。

2

贾海桐唱着，带小象来到浇花的水龙头边，拿起塑料管子给它滋水。小象胆怯地躲了一下，又本能地迎上来，站在了密集的水珠里，眼眸中的景致顿时变得迷幻而飞散，所有的芬芳馥郁都跟着水珠跃然而起，指甲兰的粉花在鼻子上舞蹈，西番莲的紫花在头顶飞翔，木芙蓉的红花在地上流淌，曼陀罗的黄花在上下乱跳，小仙鹟的尾巴长出了白色的闭鞘姜，褐柳莺的翅膀变成了黄色的满天星，灰背鸫的嘴上绽放着蓝色的开口箭，绒额鸭的头上顶着橘色的龙船花。贾海桐趁机揪起几个甜菜果，塞到了小象嘴里，小象吐出来了两个，吃下去了一个。这时召恩罕、玉皎、石栗从花间小径上走了过来。贾海桐停止滋水问："你们说，大象为什么喜欢水？"召恩罕说："大象是版纳的山，山都喜欢水，水秀山必清。"小象看到有生人走来，便扭过身去，迷惘地望着远方，呜呜地哭起来，像是说：我要毛管花，我要毛管花。贾海桐说："看来还是得找到那个毛管花。"召恩罕说："他要是不来呢，小象会不会绝食而死？"贾海桐十分肯定地说："会的，什么叫情义无价，大象最知道，它会把命搭上的。"三个人都说："那怎么办？"贾海桐说："再找找呗，他又不能上天入地，只要是个人就能找到。"召恩罕说："找人这种事，还是警察最拿手。"便掏出手机打给了老茎生花派出所，"我领出来的那个人不见了。""什么时候？""一出派出所就不见了。""怎么不早说？去哪里了知道吗？""我就是不知道才请求你们帮助寻找的，不是把他当成盗猎者的那种寻找，而是我们现在需要他，没有他小象就会饿死。""这就难了，万一他已经离开西双版纳呢？除非按照逃跑的嫌疑人对待，我们才可以想办法查找和拦截。""那就算了，还是我们自己找吧。""不能你说算就算了。"警察又询问了"逃跑"的具体经过和离开的方向，叮嘱道："有什么情况及时告诉我们。"召恩罕放下手机说："我真是多此一举。"贾海桐说："也有好处啊，把他当作嫌疑人抓回来，又证明他不是，不就算找到了。"召恩罕说："就像警察无法证明他是，我们也不能证明他不是。"玉皎问："那他是什么？"石栗说："小象的哥哥。"贾海桐说："对，把他按照大象对待，就什么也不是了，纯粹是个失踪者。"召恩罕说："走吧，吃饭。"贾海桐说："什么也没干，吃什么饭？"玉皎说："还有事要商量。"

他们把小象重新放回金刚纂和小桐子的围篱中，安排人守着，走出管理局的院门，看到一个嘴巴奇大的孩子站在院墙外的一棵滇琼楠的枝杈上，眺望着院子里面。玉皎问："你要干吗？"孩子不回答。保安过来说："他已经来好几趟了，想进去，我没让他进。"玉皎说："一个小孩，不就是想进去玩玩嘛。"保安说："我问他是哪里的，他不说，不说就不能进，里面有小象，万一他使坏或者让小象顶一下呢?""倒也是,这个时候不能随便放人进去。"玉皎说着,又问小孩,"你是不是想看看小象?"没想到小孩一听说小象,就像听到了里面有老虎,跳下枝杈,撒丫子就跑,一溜烟不见了。贾海桐说:"奇了怪了这孩子。"

一行人来到了大街上,往前溜达了一段,一起停在了一座傣家竹楼前。竹楼有点歪斜,看着不怎么结实,像是就要倾倒的样子,但在人们的记忆中,它一开始就是这样的,多少年过去了,依然稳固如山。竹楼是进化了的现代版,用材并不是竹子,只是具有竹楼的形状而已,柱子、楼梯、栏杆、隔层都是绒毛番龙眼和红木荷的木材,楼顶覆着烧制的青瓦,几十个花盆从椽梁上垂吊而下,一个花盆一种花:马利筋、狗牙花、黄蝉花、紫花丹、雁来红、九里香、紫绣球、槽舌兰、野牡丹什么的。敞胸露怀的一层摆着一些原木的桌凳,有喝茶的,也有吃饭的,四个竹篾的圆箩挂在二层的栏杆上,一个圆箩一个字:傣家米线。贾海桐说:"委屈你们了,我就喜欢吃这家的米线。"召恩罕说:"这句话我正要说,其实我比你还要喜欢,一个星期笃定会来两次,有时早餐,有时晚餐。"贾海桐说:"我还以为大家是跟着我停下的,原来是你带的头,那就进吧,谁官大谁请客。"他们进去,站到柜台边写有米线"帽子"的招牌前,召恩罕点了猪肉,贾海桐点了鱼肉,石栗点了牛肉,玉皎犹豫了一下,也点了鱼肉,然后上到二楼坐了。吃的人不少,二十多张桌子占去了一大半,景洪城里的人都觉得这里的米线地道而精致,却很少有人知道是怎么做出来的。贾海桐问召恩罕知道不,召恩罕摇摇头。玉皎说:"我妈妈以前经常做,现在也不做了,又费时间又费功夫。过程大致是这样的:先准备好新鲜稻谷,旱季挑旱稻,雨季挑水稻,用木舂去皮,放到清水中在凉爽的地方浸泡一天,再拿红木的木杵捣成米粉,放到大铁锅里熬成米糕,完了冷却,用手搓细揉精,摘来带露水的芭蕉叶包起捆好,捂上两三天，米糕就发酵了，接下来就是最后一道工序，放到'干好弄'的仓洞里挤压成米线或米干。米线是上好的，肉也不能差，一定要新鲜，还要分开眼肉、上脑、外脊、里脊、米龙、黄瓜条、颈肉、肩肉、腹肉，要瘦有瘦，要肥有肥，更有肥搭瘦的，牛要雪花，猪要五花，不能煮老也不能夹生，调料更得讲究，姜水、蒜水、葱、油辣椒、酸辣椒、小米辣、折耳根、花生碎、薄荷、酸腌菜、水豆豉、芫荽、酱油，不光一样不能少，比例也得掌握好，不能该多的少了，该少的多了，费了这么多工夫和材料，也就十元一碗。"

说着，四大碗米线就上来了，大家吃着，一只冕雀落在窗外的栏杆上叫来叫去，婉转得就像歌手最轻柔的转调。玉皎说起保护缅桂花头象和救助砸伤的小公象的事，贾海桐说他已经安排了，如果明天再没有找到缅桂花家族的消息，那就说明它们已经离开了勐腊雨林。玉皎说："你们效率这么高？那我就不用再去了。"贾海桐说："你去干什么？大象不认识你，一见你就会躲起来，你永远找不到。"玉皎又说："要是已经离开勐腊雨林，那还得扩大寻找范围。"贾海桐说："你放心，我会一直找下去，哪一天找到哪一天撒手，就是不知道缅桂花家族有多少头大象。"玉皎说："大约十三头。"召恩罕说："只要你们出马，象群不管大小，都不难找。"贾海桐说："你夸得我浑身不自在，不就是寻找大象嘛，我们天天干的就是这个。"召恩罕说："夸你是有目的的，还想跟你打听个人。几年前，蚁花峡里一头亚成体公象和一头成年公象触电死亡后参与了守夜的人有三个，其中一个叫……"他望了一眼石栗。石栗说："叫岩光。"召恩罕说："对，他现在就在你们那里。"贾海桐愣了一下："岩光？你不知道啊？这个人忘了把大鳍鱼和双孔鱼送回澜沧江，已经被我开除了。"召恩罕说："我怎么会知道？"贾海桐说："他是你介绍到救护队的。"召恩罕"哦"了一声："原来是他呀？我打听人怎么打听到自己头上了？

他叫岩光？我当时就没问他叫什么。当初他就在这家饭馆打杂，我常来吃米线，认识了，听他说起大象和雨林来头头是道，好像哪里都去过，西双版纳的许多大象家族他都认得，也熟悉植物，哪里分布着合果木、滇楠、百日青、鸡毛松、藤枣、翅子树、云南苏铁这些重点保护树种，好像他都知道。还说他亲眼见过印支虎、印度野牛、蜂猴、长臂猿、小鼷鹿这些珍稀动物。我觉得他在饭馆里混是浪费人才，正好听你说救护队缺人，就介绍了过去。你开除后他给我说了，就在这里，我劝他去做个义务护象员，好好干，只要干出成绩来，把他调到管理局跑跑野外也不是没有可能，但后来他再也没有露面。"贾海桐问："岩光怎么了？"大家不吭声。吃了几口米线，召恩罕才说："告诉你没事，玉皎你说。"玉皎前后看看，小声说了他们对两头公象触电死亡的疑点和新的发现，又强调说："他现在是唯一的线索，又断了。"贾海桐点着头，沉默了一会儿说："我在救护队了解一下，看谁跟他关系好，知不知道去向，哪怕提供一个他曾经说到过的地址或熟人也好。"召恩罕说："谢谢了。"贾海桐说："都是一家人，谢什么。"召恩罕又对玉皎说："你去问问饭馆里的人，看谁跟他熟，就说我们想让他到管理局来。"石栗说："还是我去吧，我是做社区工作的，比你会说。"玉皎说："再会说也不如我是一个傣族人，有亲和力。"石栗说："那咱们两个去。"召恩罕说："还是玉皎一个人去，不要问太多，轻柔一点，免得引起怀疑。"玉皎去了，十分钟后回来，拿着一瓶小锅烧的自烤酒和四个杯子，摇摇头："都不知道，待会儿再问问老板，他出去了。"又对贾海桐说，"待会儿我替你开车。"贾海桐说："不不不，还是我开车，你们喝吧，我喝茶。"

几个人吃着喝着，等老板回来。贾海桐说起他的打算："你们说我们勐巴拉娜西大象救护队还能不能再主动一点？现在是伤一个救护一个，要是大象没有损伤呢，我们就得等着，好像只要人家倒了霉,我们才有工作似的。"石栗说:"那还可以救护别的动物嘛。"贾海桐说:"这个是肯定的,但现在动物越来越少,离人也越来越远,许多动物的伤亡是很难发现的,尤其是那些个体小和隐蔽性强的。我这么想,可不可以主动出击,先把眼前能救的都解救出来。"召恩罕说:"哪个是眼前能救的?你都看见了为什么不救?"贾海桐说:"只要看见了就能救?比如'章朗谷'的大象。"大家沉默了。过了一会儿石栗说:"人家是合法的。"玉皎说:"虽然合法,但既不合情也不合理,那些表演象多可怜,一个个瘦得脊梁骨都凸出来了,腿也那么细,都跟人腿差不多了,哪里是象腿?"石栗说:"我摸过,都能摸出肋骨来,厚皮动物变成了薄皮动物。"贾海桐说:"我总觉得有大象救护队存在,还能让'章朗谷'这样的以虐待大象为能事的表演公司存在下去,简直是个耻辱,是作为'人'的耻辱。"召恩罕说:"你打算怎么办?就像解救小象那样,把所有的表演象都偷偷摸摸带出来?带出来不难,但人家一报警,你又得乖乖还回去。"贾海桐说:"是啊,爱心不是共同财产,你有他们没有,再说光有爱心也还不够,你还得觉醒,还得忏悔,还得痛改前非。"玉皎说:"地不容才不会呢,他就不认为他的做法是不人道的,还觉得给别人带去了多大的快乐。"贾海桐说:"真是这样,如果人的快乐非要建立在大象的痛苦之上,那我就发誓要把它纠正过来。"玉皎问:"怎么纠正?"贾海桐说:"有没有这样一种可能,让他自己主动放弃?"召恩罕说:"幻想吧。"贾海桐说:"我就这么幻想,有一天所有的盗猎者放下屠刀,所有的'地不容'立地成佛。"召恩罕说:"还有,所有的贾海桐都开始恋爱了。"大家笑起来。

在座的四个人都是单身汉。贾海桐本来在上海有妻子,结婚不久就离了,来到西双版纳后别人给他介绍了一个州歌舞团的女演员,谈了几天就分道扬镳,说是互相不理解。女演员在发给介绍人的微信里说：他把大象看得比我还重要，那他就去跟大象结婚吧。传到贾海桐耳朵里，他辩解道：我又没欠她的，为什么非要天天围着她转？有人问：那你是欠了大象的？他不吭声。召恩罕说的"所有的贾海桐"其实也包括了自己，但贾海桐却认为对方是在取笑他，拽着召恩罕不依不饶："你有什么资格盘点我？好像你明天就要结婚。其实你比我差远了，我好歹还结过，你连婚床都没上过，我没说错吧？"召恩罕双手做出推搡状说："免战、免战，看样子我是引火烧身了。"玉皎说："我听说我们局长在人家面前发过誓——'非你不娶'。"召恩罕瞪起眼睛说："你听谁说的？"玉皎指着石栗说："他。"石栗说："别别别，别泄露机密，我是想给局长介绍对象，侧面一打听，没戏了，局长可是个忠于誓言的人。"贾海桐问："你真会巴结，想把谁介绍给你们局长？不会是小姨子吧？"石栗指着玉皎说："她。"玉皎红了脸说："你胡说什么？我已经有人了。"贾海桐说："这才是真正的机密。"石栗问："谁？"玉皎说："我要是告诉你，还叫什么机密？"

一个上着粉色短袖右衽斜襟紧身上衣，下着蓝白孔雀纹长筒裙的女服务员上了楼梯，过来对玉皎说："老板回来了，你不是要找他嘛。"玉皎赶紧起身走了。召恩罕喝了一口酒，吃完了碗里的米线，拍了一下贾海桐说："说真的，我们这几个里你年龄最大，应该考虑个人问题了。"贾海桐说："那我也像你一样发个誓，大象救不完，我就不结婚。"召恩罕呵呵一笑："别开玩笑。"贾海桐正色道："你以为是玩笑？"石栗问："怎么才算救完？"贾海桐说："刚才不是说了嘛，所有的盗猎者收手，所有的'章朗谷'消失，所有的'地不容'成佛。"玉皎回来了，指着贾海桐问别人："他说什么？"石栗说："他在发誓，不救完大象不结婚。"召恩罕说："收手啦，消失啦，成佛啦，都涉及人心的善恶和人性的美丑，他是想从根本上解决问题，比我们站得高看得远，但就是不知道能不能做到。"玉皎说："他这个人，能说到就能做到。"石栗问："你怎么了解得这么清楚？"玉皎说："大家认识又不是一天两天了，看他办事你还不知道？"又扭头面向召恩罕，小声说，"老板提供了一个人，让我们去问问他，说这个人在这里请岩光吃过饭。""谁？""他有名片，在昆明，自称是'颇具经营头脑'的文化人，什么生意都做。"玉皎打开手机，亮出了拍下来的名片。大家伸头看着，上面密密麻麻排满了字，差不多一行字一个职务，有教授，有主任，有总经理，有董事长，有赞助人，有艺术总监，最后一个竟然是"章朗谷大象表演公司首席顾问"，另一面是联系方式和一个名字：黄天鹤。石栗说："看样子我们得去一趟昆明了。"贾海桐说："像岩光这样土生土长的人，一般不会离开西双版纳，外面不会有他的用场，要紧的是应该盯着'章朗谷'，黄天鹤等于把岩光和'章朗谷'串了起来。我在救护队继续了解，说不定还会有新发现。"召恩罕说："黄天鹤是一个存疑的人物，只有确定岩光已经离开西双版纳后，我们才能去昆明查找。"石栗说："那我找时间去一趟'章朗谷'？"贾海桐说："交给我吧，我反正要去会会地不容。"三个人同时把酒杯举起来，碰了碰贾海桐的茶杯。召恩罕说："马到成功。"

几个人又胡乱扯了一会儿，起身离开了。天上有星星，版纳的星星怎么看都是雨林世界的对应，有冲地而来的望天树，有匍匐在天的裂果金花，有半高不高的毛红椿，还有满天的果实用深深浅浅的金色滴淌着甜汁酸液，鸡嗉果是润亮的，曼登果是清亮的，象蹄果是灰亮的，而所有能看到的，不论是雨林还是星空，都只是冰山一角，都会让人在错觉中迷惑于表象和内里的对比，如同表面上幼稚的小鸟总会有一些老辣的举动，看上去深沉无比的大象又总是表现得天真烂漫，热带雨林的习惯是把炫人眼目的色彩隐藏在最深处，看着只是一片滴淌着汁液的浓绿，其实有着无可比拟的丰富度，斑斓得让人无法再去做梦。大家站在街上，蛮有兴致地望了片刻星星。召恩罕说："拜拜喽。"他要去管理局关照小象。玉皎说："我去吧，你回家。""不行，万一'章朗谷'的人来抢夺呢，我得把小象带到办公室。"玉皎说："办公室没床也没沙发，你怎么休息？"召恩罕打着哈欠伸了个懒腰说："办公桌其实比床舒服，我以前睡过。"石栗说："谁也不准去管理局，我去。"说着，转身就跑。贾海桐要连夜赶回蝴蝶坝子，玉皎说："你好不好先用车送我回家？"

霓虹让车的行走变成了光的运行，街道就像轨道，用引力控制着方向和速度。突然，轨道消失了，星星落地了，车灯驱散着深邃的黑暗，却暴露了一个暗世界的秘密：长翅蝠凌空而上，大绒鼠嗖嗖而过，雕鸮立在草丛里，似是已经捉到了食物。一些善于在夜间寻找爱侣的硕蚴和木虱纷纷登场，也纷纷殒命。不知为什么，没有回巢休息的居然也有一只并不喜欢夜行的巨䳭。玉皎说："错了错了，往这边走，你不认识路啊？"贾海桐说："也许是我想绕一下，多拉你一会儿呢。"

3

哇，好苍茫。苍茫中的万色齐放豪华而壮阔，似乎天地之间所有的物质都变成了发光体，也就有了几十种参差错落而又紧密粘连的固有色，它们描写着山与林的起伏，也绘染着一个画家的眼睛，那里面的三原色不仅是物理的，也是颜料的，一通大面积交叉与搅拌之后，便让色彩失去了分类的意义。他看到了地质素描一样黑白灰三色的山脉和沟谷，看到了属于无色系的澜沧江大峡，看到林木和草本的宏观布局里有一些巨大的绿色深坑和一些隆升到极限的林莽，看到十六种颜色的春天和二十一种颜色的夏天以及八种颜色的冬天融汇成的无四季海洋里，大自然正在奋猛地展示造物者的最初打算：让阳光爱上大地，让雨林爱上森绿，原始的秀丽和最早的恢宏嫁接而出，大树和大象接踵而至。毛管花站在界碑的基石上，朝后面摇摇手：再见了，临沧。朝前面招招手：萨瓦迪卡，普洱。

一路往前往南往下，就像河，他们也是河，一头小象和一个人的河，弯弯扭扭流淌着。比起澜沧江，他们是小河，如同小象跟着象群，小鲸跟着大鲸，你弯我弯，你升我升，你下我下，有时甚至是断崖式下跌，瀑布出现了。澜沧江边的瀑布流畅而激荡，小象和毛管花的瀑布却显得滞涩而拘谨：千万不能摔下去啊，这里是下坡。小象凤凰木如同缅桂花家族的长辈们那样哀叹着：唉咦兮兮。然后坐到地上，让屁股蹭着草丛和沙砾往下滑。怎么会有这么陡的下坡呢？它战战兢兢地蜷缩起身子，嗷嗷地叫着，胆怯得就像一只小老鼠，单薄得就像一片牡竹叶，微风一吹它就下去了。它领教过摔下去的滋味，心有余悸啊，想起来就后悔，我怎么还没有吸取教训呢？毛管花背着鼓鼓囊囊的双肩包，堵挡在它的前面，一点一点往下爬着。他说："有我呢，别怕。要是没地方踩，你就踩住我的肩膀。"但过了一会儿他又说："轻点，别把我踩下去了，我也是怕死的。"下面是深渊，渊底是礁岸和江水，摔下去不得了，粉身碎什么来着？他抖得都说不出来了。好在崖豆藤爱上了小象，早早地把自己长在了这里，一长就是一大片，还有它的兄弟大刺果藤和猪腰豆，争风吃醋似的挤在一起，让下行的路突然横逸出了一个个扭结成团状的小平台，便有一些石韦和肾蕨附生在上面，又把小平台扩展而去，连接到另一面陡坡上，那里有斜生而上的白颜树和肋巴木，它们以无与伦比的茂盛给了他们下行的胆量，枝叶沙啦啦摇曳着，像是说：不要紧的，即便摔下来，也是摔在我们身上，我们是绵软的。更让他们松了一口气的是雾，雾从脚下升起，堵挡在眼前什么也看不见，尽管危险还是存在的，恐惧却少了许多。他们脚踏植物组成的台阶，下行而去，两个小时后站到了坚实的地面上，一湾静水从激浪中分离而出，慰藉了他们的紧张和疲劳。一个星期后，他们又遇到了一段半是悬崖半是陡坡的路，心惊胆战的下行结束之后，毛管花发誓：再也不冒这样的险了，哪怕它能便捷十万八千里，见到就绕过，绕多远都行，虽然浪费了时间，但至少我们还活着。小象嗷嗷地叫着，表示同意。再说了，毛管花替小象说，我们是去寻找缅桂花家族的亲人的，亲人们不走这样的路，它们多有经验啊，在安全和快捷之间总是选择安全，要不然我们去哪里寻找它们？

接下来的路怎么走，毛管花尽量跟小象商量："你闻闻地面，有没有三头大象的味迹？闻到了？那就好，继续往前走。"或者说："又到了岔路口，我迷惘得要死，只能依靠你了，请你走在前面，我跟着，勇往直前，别老是回头看我。"或者说："你觉得缅桂花家族会走人踏出来的路，还是会去雨林里开辟新路？"小象的回答便是它的选择，每一次选择都没有太多的犹豫：既不到雨林深处，也不离开雨林太远，总是在雨林边缘寻找可以通达的蹊径。再就是尽量避免上山，非要上的话也会沿着坡度缓慢、地形不怎么变化的山脊走一个漫长的抛物线，虽然多费了些时间，却赢得了安全，还有一个好处就是可以望见澜沧江，蜿蜒的江水在给它们指方向：别忘了象奶奶和象哥哥都是顺流而下，先是在水鹿河，后是在澜沧江，我去的地方也是你们要去的地方。不过毛管花也不是完全听小象的，有一件事情他和它分歧很大，那就是他是见人就想靠近，而它是见人就要躲开。他给小象解释道："我问过雨，问过风，问过雾，问过太阳和月亮，问过牛背鹭和斑嘴鸭，还问过黑翅鸢和蜂鹰，甚至螽斯和树蛙也没有放过，它们都不知道缅桂花家族的消息,现在只能问人了,请不要以为我是多事,在这个世界上,我更能顺畅交流的还是人,因为我也是人。"一见人他就会带着小象走过去打听:"见过三头大象没有?"然后不厌其烦地解释,"它们是缅桂花家族,这头小象的亲人,本来它们一共有六头大象,为了救小象,两头被水鹿河冲走了,水鹿河连接着澜沧江你们是知道的,剩下了三头,我以为它们会等着小象回到自己身边来,没想到最终还是把小象丢下了,大概是急着去寻找被大水冲走的那两头大象了吧?小象是我救活的,可它要是见不到自己的亲人,救活了又有什么用呢?"只要是从村寨里走出来的人,对他的故事都百分之百地相信,虽然并没有什么好消息带给他,但总会关切地问这问那,然后摸摸小象,拿些东西给它吃,也给他吃,水果啊,竹筒饭啊,野蘑菇、芋秆的芭蕉叶包烧啊,甚至还有加了食盐、酱油、花椒油、八角粉、辣椒粉和猪油的烤鱼、烤鸡和烤竹鼠——对他这个带着小象满世界寻找大象家族的城里人,寨民们真是毫不吝啬啊。而那些能在国道省道上碰见的风尘仆仆走南闯北的人却不怎么相信他,有一次一个司机说:"别瞎掰了,不就是想搭我的车吗?这个不可能,万一你是个倒卖大象的人呢?我不会跟着你犯法。"毛管花生气地说:"谁想搭车了?请我们搭,我们都不搭,考虑到你开着车到处跑,见到的多,听到的也多,没想到原来你最是个少见多怪的。凤凰木,咱们走。"这一走就走到农田里去了,也是没办法的事情,到处都是被开垦的土地,有的是稻田和玉米地,有的是茶园和甘蔗地,还有许多地块是撂荒的,既没有草树,也没有作物,裸露着红色和棕色的土壤,就像人身上布满了流血的疤瘌,难看极了。每当经过这样的地方,他和小象凤凰木总是走得很快,见了农民也不打听,缅桂花家族怎么会来这里呢?农民就会说:"小心点,别踩了庄稼。"然后扔过来几个还没有成熟的玉米或几根还没有长到最甜的甘蔗。毛管花就会一边说着谢谢一边感叹：雨林呢，怎么都变成庄稼了？这可是北回归线以南的风水宝地啊。

一路南下，只要见到河，小象凤凰木就会高兴起来，站到水里，又是吸水喷水，又是打滚玩泥，最得意的还是用鼻子在水面上扫出一排水浪来，一次次地重复着，其乐无穷，让人感觉到昨天大象还是鱼，今天早晨才进化成了陆地动物。小象玩够了才会过河。每次过河，不管深浅，毛管花总是一手推搡着小象，一手抱着用塑料布裹起来的双肩包。小象游泳技术很好，是天生的，也会潜水，当它没入水中，把小鼻孔露出水面，缓缓前行时，毛管花就会羡慕得啧啧连声。但也有小象羡慕毛管花的，那就是游泳的速度，遇到水流平静的地方，毛管花就会放弃推搡，头顶着双肩包，抢先踩水到对岸，站在那里召唤它："快点小大象凤凰木，你这个大布点。"小象嗷嗷地叫着：你为什么要丢下我？毛管花说："有河水的地方就有村寨，咱们还得抓紧时间找一找，最好能在天黑前赶到。"只要路过村寨，毛管花是必去的，小象很不情愿，总是慢慢腾腾落在后面，毛管花走一截等一会儿，有时还会在它腿上拴条绳子拽着走。它浑身上下都是大象的孤傲，不喜欢接近陌生人，哪怕你给它吃的，不喜欢跟别的动物交往，尤其是家禽家畜，好像在它本能的意识里，就有一种对驯化者的瞧不起，或者说它的排拒意味着它天生不是一个驯服于人类的动物，它只忠于大自然，永远都想跟人类平起平坐。而在村寨里，每走几步就能见到那些它不想见的动物，不是鸡走过，就是狗走来，或是马牛挡路。鸡倒罢了，它们没有领地意识，见小象过来，就会咕咕叫着远远躲开。马牛也会主动让道，在它们眼里，高大跟体魄无关，只要是鼻子长的，无论年齿，就都是必须谦让的。狗就不一样了，它们的叫声里充满了莫名其妙的情绪，有时是紧张害怕，有时是怒气冲冲，有时属于家狗对一切野物的疯狂仇恨，有时你猜不透它怎么了，只是一种情绪过剩的宣泄而已，有时还会扑过来，老天爷，小象凤凰木可从来没打过架，虽然再大的狗在它面前也还是小了点，但它毕竟是个只有三四岁的孩子，它的高高大大、仪表堂堂里满满地透着稚嫩和无邪。每当这种时候，毛管花总是把小象挡在身后，自己面对狗的扑咬。村寨里的狗跟村寨里的人一样，也都是比较温和善良的一族，扑扑咬咬的意思里更多的是吓唬和警告：我可告诉你，别打什么坏主意。倒没有一次真的咬到来人和来象。总之小象凤凰木不喜欢进入人类的村寨，而毛管花却喜欢在村寨里过夜，顺便还要补充一下人和象的食物。后来毛管花妥协了，觉得在人和象的习惯发生矛盾时更应该考虑到谁的年龄更大，谁在照顾谁？小象凤凰木，请不要"唉咦兮兮"啦，我随你就是了。

旷野里的睡觉还算好，一直没有遇到危险，大概是能够制造危险的动物已经不多了的缘故吧。有几次他们路过城镇，自然是要穿街而过的，看到的人们啧啧称奇，孩子们更是欢天喜地地跟在后面，摸着它，喂着它。它让他们第一次明白：大象是不喜欢油炸芭蕉和油炸牛皮的，也不喜欢蒸甜笋和蒸菠萝饭，甚至连巧克力和火腿肠都不喜欢。每当这种时候，毛管花就会把小象交给孩子们，自己去商店给手机充电，购买玉米粉和奶粉什么的，小象是可以自己吃一点嫩草和软性水果的，但要让它尽快强壮起来，仅靠它采食的那点营养是远远不够的。要购物就得有钱，要有钱就得跟昆明的亲人联系。他给小姨打电话，说了自己没有回去跟黄鹂结婚的原因。小姨说："不奇怪，你就没有拿定主意的时候，不结婚可以，但也不能整天跟小象在一起，大象要是看见了，准定跑过来一鼻子打翻你。你是学植物保护的，应该明白，大象是森林里的野兽。""我知道你又要说西双版纳的野象把一个老人踩死了，别老拿这件事吓唬人，这么长时间了，我了解大象是怎么回事，你说什么也不管用。""那你给我打什么电话？""我的钱快用完了。""我就知道是为这事，不给，除非你马上回来。"毛管花讪笑说："小姨从来没有让我失望过。""但是你天天让我失望，不对，还不是失望，是担惊受怕。""小姨……""行了，别说了，我马上要上手术台。"钱来了，还是一万，他的回复依然是三个字：爱小姨，又缀了六颗红艳艳的"心"，并告诉小姨，三颗属于自己，三颗属于小象，小象是爱她的，因为他爱谁它也会爱谁。

　　那么小象爱不爱黄鹂呢？自己差一点跟她结婚，如果不是因为小象的绝食和失踪。他想给黄鹂打个电话，再解释一番他为什么没有回昆明，拨了过去，没等接通，又挂了：算了吧，该说的都说了，要是再有新鲜的理由，肯定是编出来的，人家就更不相信了。可他还是会想到她，想到她的花容月貌在繁华街市的背景上是如何失去了根深叶茂的底气，想到她的亭亭玉立居然只有八角枫和鬼针草的簇拥，只有山茶花和牛膝菊的陪伴，而没有大果紫檀的装点、龙血树的绘染？为什么昆明才是她的故乡，而不是西双版纳呢？一个被自己在人生的弯道处依恋过的人、一个爱到你会把生命的归宿恒等于她的人，就应该永远在你的前面或者身边——在前面是为了让自己义无反顾，在身边是为了跟她携手并肩，而不是在你的背后，连望都不望着你，人的距离还要加上心的距离，越来越远了。"小象凤凰木，请你告诉我，黄鹂这会儿在干什么？她会不会想到我？"小象知道他在跟自己说话，就嗷嗷地叫几声，算是回答。他的理解是：当然，她会的，但又能怎样呢？现在是我在你身边。看来连小象都把自己跟黄鹂对立起来了。一想到黄鹂，就又会联想到雨燕，为什么不能给她打个电话呢？告诉她自己每天都在听她的《小象》，听《小象》就跟听她的心跳一样，能感觉到那种只属于她的梦幻而深情的节奏，那种只能意会不能言传的熨帖正在心和心之间出现，如同梦与梦的铆合、情与情的神会，还能产生一种有点亢奋又有点沉迷的期待，好像有一个迷蒙的远方正在被她一点点铺开,像极了植物的延展,并不一定姹紫嫣红,却一定会生机盎然,而这正是他的需要。他难道不应该对她说:这一路小象带着我见识了多少植物啊,很多我都是第一次看到,更有好些不认识的,很难说是不是我的首次发现,我已经命名了两棵很漂亮的阔叶树,一棵叫毛管花树,一棵叫雨燕树,遗憾的是我只能开着11号车行走,拿不了那么多标本。咱们都是学植物保护的,和雨林相比,待在昆明就等于待在后方基地,一点用处都没有。你要是能跟我一起,从临沧考察到普洱再考察到西双版纳就好了。来吧,我在地平线上等你,这可是大象的地平线。这么想着,他就更加迷惘了:到底是雨燕好,还是黄鹂好?他发现自己又一次不可救药地滑向了过去,站在悬崖上确定不了自己最终会是谁的伴侣,也确定不了他的人生目标在哪里——研究生毕业了,考博?留校?讲师?教授?然后老去、死去?或者钻到深山老林里,做几年与世隔绝的研究,带着成果调回昆明?云南大地,密如蛛网的自然保护区,每一个都是他的曲径通幽处。或者,做一个凡·高?自由地绘画?可如果你不打算割掉耳朵,就不能走向原野做"凡老师"的影子,因为只有伤残的生命才配理解并发掘健全的自然世界,尤其是从事感性艺术和主观艺术的人。不过再迷惘也不能让他无所事事,既然站在大象的地平线上,就应该让大象决定他的作为:"小大象凤凰木,请你告诉我,我现在可不可以给雨燕打电话?"小象哞了一声,又哞了一声。他明确无误地听懂了,不禁跳了起来:"你居然说可以?太好了,那我就不纠结了。"他拿出手机,看看电已经不多,就没有打电话,而是发了微信,是一首诗,他堂而皇之地称之为"近作":

挺身而立,在滇南之上,
在浮向天际的大象地平线,
我跟鸡屎树和石筋草的细胞

说着同一种语言：爱你。
我们有同一个家族的遗传，
有挥动臂膀的习惯，那是亲热礼，
是大象的教诲，它说：
这世界永远都有唯一的不够，
而正是它，让我们屡屡复活。

在爱的灰烬中重生，
大象从此变成了灰色，
而我们共同的语言依然
璀璨得让阳光失色
——爱你不够。

是的，没有恨，从来没有。

睿智而温柔的灵魂，
一定记得我们不得不分手的时光，
彼此的深情呼唤里，
大象出现了，用长鼻呼吸，
我们共同的空气。

不应再有怀疑了：
我们的自然史，
生命的发育，
领先于一切的，
发祥过一切的，
主宰着一切的，

不是恨，
不是暴烈，
不是恶的刈害。
是
爱，
是爱与良知的血肉相连，
是爱与交媾的原始冲动，
是爱与孕成的高山大地。

下雨了，不大，很快又没了，但在前面不远处，却有如注的声音敲打着大地，激烈得像是要贯通地球，好像所有的雨丝联合起来，集中下到了一个地方。咔嚓一声响，大树断裂了，雨林在受伤——不，不是受伤，是重组，只要不是人为的倒下，就都是重组：请让我的氮元素通过腐烂进入土壤吧，请昆虫们都来享用我的营养吧，请孢子们都来安家，然后长出迷人的蘑菇吧，请阳光穿过我从前矗立的空间，搀扶起幼苗快快长高吧。又是一阵轰隆声，坍塌了，悬崖就在前面。毛管花和小象停了下来，忧心忡忡地等待着。雨燕半天没有回复，就在他跟缅桂花家族的大象一样绝望地感叹着"唉咦兮兮"时，叮当一声，微信的通知来了。他手忙脚乱地打开，心急意切地一看，立刻忘了手机的电量，拨通对方的号码说："不得了，你这么快就谱了曲，真是珍稀物种，看样子我不能不爱你了。"雨燕笑道："你得意什么？我问过自己，她并不爱你，像你这样的人是最最不珍惜的。你知道一个人为什么会庸常平凡吗？就是因为他总是左顾右盼、朝三暮四。""那怎么办？""什么怎么办？""你要是不爱我，我怎么办？我还在大象的地平线上等着你呢。""对我来说所有的地平线都已经消失了。""真的？那我就走下地平线，在西双版纳等你。""西双版纳也是地平线。""你的意思是我们没有希望了?""差不多吧,除非你变成另外一个人。"他还想再表白几句,却被雨燕用一种抑制不住的激赏口气打断了:"你人不怎么样,但你的诗还是不错的,我觉得写得比我好。""哪里有你的好?""我说的是实话,以后我就不写了,你作词,我谱曲不就行了。""真的?"他立刻兴奋起来,"你知道原本我是不懂诗也不喜欢诗的,接触到大象后突然就会写诗了,你说神奇不?我说的不是我神奇,是大象神奇,一头大象就是一座诗情画意的活火山,它喷发出千姿百态的焰火,花朵一样,有仁爱,有友善,有眷恋,有思念,有……算了不说了,这些词的意思都差不多。""说呀,贫乏了吧?""语言是贫乏的,感情却丰满成了江河湖海,不信咱们走着瞧。""谁跟你走着瞧。""你不是说我作词你谱曲吗?""那只是音乐合伙人,不牵扯别的。""那我天天作词,你天天谱曲,我们天天合伙,不就生活到一起了?人生有几个'天天'?""想得美,你跟黄鹂商量了吗?她可是等着你回来跟她结婚呢。""你怎么知道?""这种事情除了心怀鬼胎的你,没有人想保密。"迷惘浓雾一样再次塞满了脑海,毛管花不知道怎么接话,正尴尬着,小象高高地扬起鼻子,从他手中卷走了手机。他垂头丧气地说:"你也知道我难受啊?我怎么可以又是雨燕又是黄鹂呢?自己跟自己过不去,当初只认识一个就好了,看来认准目标、死心塌地才是真正的幸福。"好在他又有了新作,赶紧写出来,想发给雨燕,手机没电了。他呆愣着想:那就孤芳自赏吧,还有小大象凤凰木:"请站住别动,也不要乱叫,静静地听我背诵。"

  雨林的巨子们,聚餐开始了,
  是如此盛大的月光晚宴,
  花蕊染红了你们的嘴,

落瓣扬撒而上，装扮起宽阔的脊梁，
镀金的叶子以饱满的蛋白诱你们伸鼻张嘴，
萌生的芽苗、多汁的笋尖，
以无与伦比的鲜嫩成为你们的首选，
水藤里的琼浆突然被你们举起：干杯。
果实是你们的，根茎是你们的，
除了你们不吃的，都是你们的。
华盖下的倒地铃已被虎杖敲响，
远古的赞美再一次啸然而过：
这里是雨林，是天神牧放巨子的地方。

4

  每天都有云雾和阳光的纠缠，阳光在云雾面前总是羞怯的，不敢出来的时候居多，只露半个脸的时候也有，好不容易云开雾散了，往往又是夕阳西下。好在干净的蔚蓝永远是太阳的亲兄弟，如果云雾过于霸道，遮住太阳几天不让出来，蔚蓝就一定会出面干涉，一点一点撕开它，然后请出阳光来，告诉地球：太阳还活着呢。那时候的光是养精蓄锐之后迸射而出的精光，很容易灼伤，暴晒一天后，生物们就又开始期盼云雾了：来啊，来啊，蔚蓝别多事。于是便有了雨。雨的父亲是太阳，是太阳的蒸发。对于所有的生命，都是那个父亲和儿子的共同陪伴。听着自己作词雨燕作曲的歌，毛管花和小象走过了普洱，进入西双版纳，半个月后又出现在版纳首府景洪城。市区比他想象得要大许多，他吃惊得站了又走，走了又站，心说需要牺牲多少雨林才能建造这么大一座城市啊。

西双版纳的人真是太奢侈了,要知道这里是活化石桫椤生存的地方,古老的孑遗植物以濒临绝迹的状态显示着它的珍贵;也是龙脑香科生长的福地,它是雨林的标志,没有它雨林的真伪就会受到质疑,从这个意义上说,就因为我们发现了属于龙脑香科的望天树,才向世界宣告了版纳热带雨林的存在,而发现望天树的时间居然只古老到1975年。这里还是四数木、铁梨木、黑黄檀、缅茄树、茶树王的家园,统计它们的分布用不着计算机,十个指头就已经富富有余了。西双版纳人生活在世界罕见的北缘热带植物宝库之上,相比于那些只要栽活几棵小草就算大自然格外恩宠的地球上的大部分地区,这里的福祉饱满得简直无法形容,说它是人类生活的钻石之地一点也不为过。珍惜吧,西双版纳人,珍惜每一棵树就是珍惜整个地球。他从嘎兰北路走来,路过允景洪澜沧江大桥,沿着人行道左顾右盼地走着,发现西双版纳泛滥的植物到了这里变得规矩起来,多元性走向了标准化,闹哄哄的绿色被归置在一定的线路上,有的还经过了剪裁,呈现着人类喜欢的几何图形。但植物的生长并没有因为人为的规范而失去它自己的法则,对阳光、空气和水分的爱好决定了枝枝杈杈的自由伸展,任性造成的凌乱美结构着人意之外的美好,根茎、叶片、花朵和果实们奋力扩张着自己,向着天空,向着四周,向着地下。城市另类了,一种巨大而结实的构造喧宾夺主地代替了钢筋和水泥的建筑,墙壁是油棕的,柱子是王棕的,层次是董棕的,叠加是蒲葵的,延伸是糖棕的,窗棂是槟榔树的,门廊是椰子树的——南国美女的迎宾队伍秀丽到目不暇接。闹市、瓦舍、楼房突然就退居二线,变成了低音部的和声,林荫大道成了主旋律,声线高亮而柔婉。那么,屋顶呢?大建筑的覆瓦和装饰有阔叶、针叶和羽叶,有心形叶、圆形叶、菱形叶、扇形叶、琴形叶、鳞形叶,遮蔽着阳光,又不似泥瓦的风雨不漏,它有镂空和透风,有阳光的斑驳,有视野,缝隙里的天空是各色叶片的空白,时而瓦蓝,时而洁白,时而铅青——蒙蒙雾雨的日子里,情侣们举伞而过。毛管花说:"凤凰木你看见了吧,这就是人类的城市,别的城市是绿植点缀着建筑,西双版纳的城市是建筑点缀着绿植。"

小象也跟他一样上下左右地看着,发出一些轻微的叫声回应着他。他又说:"我们之所以能够行走在大地上,是因为地球对我们有引力,这个引力让所有的东西都在向下,这样就有了重量。唯独树是不在乎地球引力的,它们从来都是向上,向上。"小象嗷嗷地叫着。毛管花说:"你说什么?鸟也不在乎引力,也在向上?可它没有根,它不能连接天和地。"小象还是嗷嗷地叫着。毛管花说:"反驳得不错,山也可以连接天和地。但你想过没有,山自己是不会向上生长的,只能依靠地壳板块运动的挤压把它举起来,所以说能超越地球引力的只有树和别的植物。引力把它们使劲下拽,阳光把它们拼命拔高,起初是阳光获胜,最后又是引力摘冠,因为所有植物的生命终结都是倒下。我们都是热爱植物的,你依靠植物生存,我依靠植物发展,就得像植物一样活着,把根扎牢,然后向上,最好还要笔直,还要茂盛,还要高树硕朵、果实累累。"他说着,立住了,望着路边的一家饭馆,咽了一下口水。那是一座砖木结构的有点像竹楼的建筑,陈旧而古朴,给人一种年代久远的感觉,一层和二层之间的圆木招牌上写着"傣家家常"几个字。"你肯定饿了,我也想吃点东西,就在这里怎么样?尝尝傣家米线跟昆明的米线有什么不同。"小象听懂了,哞地叫了一声。他去柜台边点了鱼肉的米线,带着小象来到没有围墙的一层,在一张原木的桌子边坐下,找到电源给手机充着电,从双肩包里取出大奶瓶,放了玉米粉和奶粉,又去饭馆里接了水,要了一些盐撒进去,给小象喂起来。一个大嘴巴孩子跑过来,好奇地看着,突然说:"我要去告诉我爸。"转身就跑。毛管花还没喂完,他的米线就来了。他一手托着奶瓶继续喂,一手拿着筷子吃起来,正吃着,有个胖乎乎的大嘴巴汉子从街对面快步走过来，咚的一声坐在了他对面，看看小象，又仔细打量着他说："你是干什么的？"这个问题问得太无理了，他瞅了那人一眼，没有回答。那人又问了一遍。他说："吃饭的。"那人笑了："我问你从哪里来，怎么会带着一头小象满大街转悠？"他把小象吃完的奶瓶放到桌子上，埋头吃着米线，还是不吭声，心说你管我干什么？那人伸出肥厚的手抹了一把嘴说："看你吃得这么香，我也想吃了。我叫地不容，章朗谷大象表演公司的老总，这顿饭我请了。"又大声浪气地冲服务员喊道，"给我来碗米线，要猪肉的，再来一盘酸牛筋、一盘春牛干巴、一瓶版纳烧锅，别忘了拿两个酒杯，我要请客。"

小象凤凰木悄悄告诉毛管花：这个人的酒不能喝，饭菜也不能吃，咱们走吧。它用动作表达着它的意思：扬着鼻子，卷起大奶瓶，放到敞开着口的双肩包里。毛管花呼呼啦啦吃尽了米线，放下碗说："我明白，马上就走。"然后问桌子对面的地不容，"你有事吗？"地不容说："刚才有人给我打电话，说嘎兰北路上有个年轻人带着一头小象逛来逛去，他走到哪里，小象跟到哪里。我寻思是哪路神仙下凡了，小象居然会听他的？说说吧，小象是从哪里来的？"毛管花就简单说了他跟小象的经历以及寻找缅桂花家族的事，然后起身，把充电的手机和数据线装好，拉上了双肩包的拉链。地不容放下跷起的二郎腿说："别走啊，酒菜还没上来呢。""谢谢了，我们还忙着赶路呢，你自己慢慢吃。"地不容说："你忙我也忙，那就不用拐弯抹角了，我想买下这头小象。""不可能。""有什么不可能的？除非你是钱的冤家。"毛管花不吭声，背起了双肩包。地不容起身，凑近了小声说："两千怎样？"看对方冷笑了一声，又说，"那就五千。"毛管花握住小象伸向自己的鼻子，转身要走。地不容跺了一下脚说："一万，这下可以了吧？"毛管花敷衍地笑道："才一万？""那你要多少？""问题是你有多少钱？"地不容哈哈大笑："还没有人冲我问过这个问题呢，很想告诉你，但是我没数过。""你的意思是你钱多得银行里放不下，人类的计算方式是不够用的？那怎么才出一万？""听得出你是个文化人，我说个最后的价钱，两万，怎样？给你涨了十倍。"看对方呆愣着，又说，"不就一头小象嘛，什么也不会，就知道要吃要喝，等它到了'章朗谷'，请最有经验的泰国驯象师，把它训练成表演象，又得花一笔钱。"毛管花摸了摸小象的头说："你的意思是只要我点下头，你立马就能给我两万块钱？太好了，我缺的就是钱。但接下来呢？是不是我也不用花钱了，该到牢房里去吃免费餐了？""你想多了，只要你不说，谁知道我们两个的交易？""那我还得问问我的小大象愿不愿意。"他蹲下来，捧着小象的头，认认真真问起来，"凤凰木听好了，你是愿意跟我一起去寻找你的亲人缅桂花家族呢？还是想让我把你卖掉，去什么蟑螂谷大象表演公司接受训练，然后给他们赚钱？"小象沉默着。毛管花竖起它的一只耳朵，又把刚才的问题重复了一遍。它似乎听明白了，嗷嗷地叫着，又是晃头又是甩鼻子。毛管花站起来说："它不愿意，我得听它的。"地不容冷笑一声："你是在戏弄我，想不明白是吧？带着这头小象，你怎么可能走出景洪城？人人都会把你当成盗猎者，赶紧卖给我，还能赚几个钱，要不然，竹篮打水一场空，不信你试试，你前面的路长不过一条街。"毛管花没等他说完，就带着小象走过去结了账，走人了。

　　地不容说到做到，毛管花和小象凤凰木的确没有走出一条街，就被一群人拦住了。抢夺小象和保护小象的纠纷发生在一排油棕树下。一些来景洪打工的外地民工成了被地不容雇用的打手，他们以为有地头蛇撑腰就可以天不怕地不怕，打倒了毛管花，抢了他的双肩包，又拉他起来，把他推靠到树干上，又一阵拳打脚踢。油棕树看不下去了，使劲一摇，摇下一颗碗大的油棕果，砸在了一个人的肩膀上。那人仰倒在地，坐起来朝上一瞄，发现又有油棕果朝人群砸下来，立刻明白那就是天理不容的意思，拿钱揍人这种事还是少干为好，这个挨打的人白白净净、斯斯文文，怎么就让地不容火冒三丈了？地不容的德行咱又不是没听说过。于是喊一声："可以了，别过分，出了人命咋办？咱的斤两咱知道，担待不起的。"地不容出现了，踢了那人一脚骂道："你这个叛徒。"然后指使人把毛管花的胳膊反剪起来，扭送到了老茎生花派出所，说他们抓到了一个倒卖大象的盗猎者，而且人赃俱获。小象凤凰木吓坏了，凄惨地尖叫着，好几次都想扑到毛管花身边让他抱住自己，或者让自己护住毛管花，却被"章朗谷"派出的驯象师拦住了。驯象师用绳索拴住它，还拿尖锐的象钩不停地敲打它的头和脖子，它疼得直叫，两眼冒着火花，歪倒在地上，又很快被拉了起来。有人在它屁股上又推又搡，有人拽着绳索使劲往前拉，看它不听话，驯象师就又用象钩捣它的耳朵后根，强迫它跟在毛管花后面走向了派出所。地不容指着小象告诉警察："这种活生生的赃物是不能留在派出所的，万一它死了呢？到时候说不清楚是盗猎者的责任，还是派出所的责任。"警察是认识他的，好像关系还不错，顺着他的话问道："那你说怎么办？"地不容说："交给我们'章朗谷'暂时收养吧，毕竟我们是专业圈养和驯化野象的。"警察说："那就拜托了。"毛管花冲着地不容喊一声："把我的双肩包还给我。"警察问地不容："包呢？"地不容问几个民工："包呢？"

小象和毛管花被迫分开了，分开的地方生长着一棵凤凰木，距离不远，又是一棵高大的黄缅桂花树，树上盛开着景洪市的市花，还有一棵景洪市的市树菩提树，居然婆娑着十三种不同形状的枝条和叶子，仔细看才会明白，原来是附生景观，那么多别的植物都在菩提树上安家落户，加上搬运种子的昆虫、鸟类和小动物，真是一树一生态。小象凄惨地喊叫着：我要毛管花，我要毛管花。觉得自己的喊叫没什么效果，就一头撞到了菩提树的树干上。菩提树哗啦啦抖动着，自责地想：傣族人把我当成象征幸福美满、繁荣昌盛的神树，我怎么可以看着这帮人恃强凌弱而一点作用都不起呢？真是白白地万古长青了。地不容瞪着驯象师说："你给我把小象看好了，出了问题我找你算账。"驯象师就吆喝人帮忙，把小象抬上了一辆小货车。小货车迅速发动起来，菩提树一万个不乐意，派出一只小仙鹞，飞过去把三泡屎丢在挡风玻璃上，啪啪啪三声响，三朵狗牙花倏然开放，糊满了司机的视野。小仙鹞属于小动物，一天吃进去十几粒不到一毫米的菩提树种子差不多就饱了，怎么会屙出那么多狗牙花一样洁白如雪的屎来？真是仙鸟。

小象一个劲地哭着，它有了一种比当初掉下悬崖时还要恐惧的感觉，这些人是干什么的？为什么如此蛮横？不仅把自己抓走了，也把毛管花抓走了，难道毛管花不是人吗？是人怎么就不能给他人的待遇？我们大象对大象可从来不这样。恐惧的背后是澜沧江一样的悲伤，深沉绵长地压抑着它，让它那一颗被毛管花打磨得光光亮亮的大象之心，一下子触摸到了水底里的黑暗和鱼虾的暴乱，它几乎想闭上眼睛不看这个世界了。它是小象，又没有象妈妈的指导，不知道如何跟在天在地在山在水的象魂沟通，也就不知道这样的晦暗心情会持续多久，不知道在这个世界上跟章朗谷大象表演公司同时存在的还有勐巴拉娜西大象救护队，后者致力于营救大象自然也包括大象的孩子，更不知道被营救到管理局后又有什么样的命运等待着它，但有一种想法始终清晰无比：它必须跟毛管花在一起，如果没有他，它就不吃不喝把自己饿死。还有一件事小象也是明白的：毛管花对它的牵挂比起它对毛管花的牵挂来，有过之而无不及，什么叫心有灵犀一点通，这就是。唉咦兮兮。确实如此，在毛管花对小象的担忧里，有着一种舍生忘死的侠客精神：小象要是有个三长两短，我就跟地不容拼了。而且觉得拼了的可能性十有八九，便开始琢磨是用刀拼还是用凤凰木制造一根金箍棒跟他拼，或者双管齐下？因为他已经想到了，自己跟小象分开的结果一定是那棵凤凰木的倒下，那是多么美丽的一树花朵呀，它般配着人们对太阳的赞美：火红、热烈、恒久、高尚、风华正茂，它是一种单纯的燃烧体，是所有大象生命不息和内在气质的象征。他咬牙切齿地鼓动着自己，突然对警察说："我要打个电话，可不可以？"

老茎生花派出所的院子里开满了孔雀草的红橘色花朵，沿墙又是攀缘而上的棒槌瓜，白色的花朵像是一个个袖珍的钟铃，摇动着属于生物的时刻表。棒槌瓜连接着几株球果藤，藤蔓伸向二楼的围栏，垂下来一些红艳艳的果实，遮去了审讯室的门额。审讯室的桌子上人性地摆放着两盆文殊兰，一盆是紫花的，一盆是白线的。毛管花在油棕树下遭遇打劫，又被推搡着走过大街，来到派出所的审讯室，几乎是一路生花。他望着桌面上的花想：也算是恰到好处吧，文殊兰是滇南圣花，要是警察天天香薰，是不是会熏出大智大勇的品格来？那就看接下来他们会不会实事求是地对待我了，说我是犯罪分子，那就好比指控星星照耀大地是图财害命。几个警察研究了一番，才把搜查过的双肩包还给了他，告诉他可以打电话，也可以发微信，他们的想法是：盗猎分子这个时候急着要联络的人，说不定就是同伙，可以查到对方的号码，顺藤摸瓜。毛管花从双肩包里拿出手机，望着通讯录发呆：到底打给谁呢？危难时刻，自己的人脉突然就变成了枯黄的叶脉，连虫子都不会待在那里，烟消云散的不是知己，而是己知：谁愿意听他絮叨不幸？那就还是小姨吧，只有她才希望知道他的一切，尤其是倒霉的冤屈。不，绝对不能让小姨知道，她只会操心挂念，万一她上了手术台，一想起他的事又万般无奈，手一抖，割错了地方怎么办？那就雨燕吧，最近跟他联系的就只有她了。并不是为了求她帮忙——她一个无权无势的人，能帮他什么？而是为了让她知道他这会儿在哪里？

怎么了？万一失去了联系，她就可以证明失联的时间和地点。这么想着，指尖一滑，就有一只燕子飞来眼底。雨燕没听他说完，就在电话里喊起来，如同唱歌一样带着抑扬顿挫的起伏："原来你带着小象走来走去是犯法的？""我没有犯法。""那为什么要把你抓起来？""你怎么这么天真？难道这个世界上不存在坏人对好人的诬陷吗？""你这么说我就明白了，不是你犯法了，是你遇到坏人了。你告他呀。""我向谁告啊？坏人都是装扮成好人的。""对对对，有些人就是会装，比如你吧，表面上看着是好人，而且一表人才，其实挺坏的。"毛管花长叹一声："这种时候你怎么还能说这种话？简直就是落井下石嘛，坏人说我是坏人，警察当我是坏人，好不容易从手机里翻出一个熟人，也说我是坏人，那我不就真的成坏人了？不跟你说了，你只要记住我给你打电话的时间和地点就行。"说着挂了。雨燕在那边"喂喂喂"空喊了半天。

5

其实雨燕挺着急的，这位植物保护学院毕业，又喜欢音乐，能把丰富到繁乱的感情在心底凝结成音符的才女，一着急就忘了黄鹂是自己的情敌，瞪着手机屏幕，修长的手指一翘就摁在了"丽"和"鸟"之间。这不是第一次她跟黄鹂通话，但凡毛管花有什么决定，先知道的一方一定会告诉另一方，比如黄鹂第一时间告诉雨燕：毛管花决定回来跟她结婚。接着又告诉她：他不来了。"你得意了是吧？""没有啊，我替你惋惜。""别撒谎了，我都听到你笑了。""你耳朵真灵，我惋惜的是没听到你的哭声。"她们之间有竞争，有抵触，有挑剔，有互相瞧不起，十足的醋劲，还要加上撒向对方伤口的盐末，但也有交流和共识：他是不是忘了自己生活在云南，这里没有大观园？有贾宝玉的性情，没有贾宝玉的本事，还想跟两个女孩同时来往？做梦去吧。他这辈子就这样了，别指望能够认准了目标勇往直前，看他的眼睛就知道：忧郁而迷惘。两个女孩保守着一个共同的秘密，那就是别让毛管花知道她们是串通一气的，而且不是一天两天了。那时候雨林乐队还在驻唱酒吧，黄鹂前来捧场，等雨燕唱完最后一首歌，便拉她来到自己的座位上，递给她一杯葡萄酒说："我叫黄鹂，是毛管花的朋友，我知道你也是毛管花的朋友。"雨燕紧张地问："我知道你，你想干什么？""不干什么，喝酒。""不会有毒药吧？"黄鹂拿过雨燕的杯子来，抿了一口，仰身躺倒在沙发上："我死了，毛管花归你了。"雨燕就笑着端起酒杯一饮而尽。黄鹂说："我想跟你有个君子协议，不知道你同不同意？""说呀。""要是你跟他结婚，我做你的伴娘，要是我跟他结婚，你做我的伴娘。"雨燕咯咯笑着，以诗人加歌手的浪漫爽快地同意了。接着，两个人同时抓住了对方的手，神秘地说："别告诉毛管花。"这会儿雨燕紧紧张张喊起来："毛管花被派出所抓起来了。""怎么了？""盗猎大象。""啊？他还有这么大的本事？""我是说警察以为他是盗猎分子，就把他铐进了派出所，听说要判刑坐牢，小象也被坏人抢走了。"雨燕的添油加醋顿时起了作用，黄鹂几乎哭起来："那怎么办？""我给你打电话就是想问你，有没有办法？"黄鹂吸了一口冷气："我有什么办法？"但沉默了一会儿又说，"咦？我也可以试试，你等我的消息。"

几分钟后，黄鹂把电话打给了远在西双版纳的石栗，这似乎是她第一次主动联系他，而且是心急意切的联系："求你办件事可不可以？"石栗愣了一下，似乎不相信黄鹂会用哀求的口气跟自己说话："太可以了。"然后她就说起来，也是充满了想象的：手铐变成了镣铐，抓起来变成了判刑，派出所直接变成了监狱。石栗说："别着急，不可能判得这么快，再说又不是死刑犯，戴镣铐干什么？"他知道毛管花，黄鹂给他说起过，一个云南农大刚刚毕业的研究生，一个写出过高水平硕士论文的人，第一次来西双版纳，怎么就成了盗猎分子呢？毛管花的论文他读过，从网上下载的，开始只是为了解开黄鹂为什么喜欢他而不喜欢自己的谜，读了《北回归线与全球植物分布的历史和现状》，又听黄鹂不厌其烦地说了一些毛管花的事情，才意识到她喜欢的一定是他那种天生饱满的艺术气质，是他跟她近似的从来不会循规蹈矩地思考问题、因循守旧地表达观点的方式，更是他对诸多"科学定论"不肯认同的怀疑态度，还有就是他的禀赋里似乎永远都带着迷惘和犹豫的不确定性，这从他的行为和文章中都能感觉出来，你在质疑他的同时又会滋生一种期待：接下来他会干什么呢？尽管他已经说了他不干什么，但不干什么和干什么在他这里从来就没有楚河汉界似的分明过。而他石栗，一个曾经在省林业厅资源林政处干过科长，现在又是版纳雨林管理局社区工作科科长的人，不管禀性里有没有奔腾跳跃的土壤、率性而为的种子，一进入自己的角色，就希望长出有根有据的枝干，开出有条有理的花朵，结出有板有眼的果实。相比之下，毛管花属于漫漠的雨林，一棵大叶木兰或者一棵琴叶风吹楠，任性而自由，可以伸天也可以伏地，可以上山也可以进沟，当然也可以随时躺平，成为土地的一部分。而他是一棵行道树，一道绿化林带，一种标准化的景观植物，最忌讳的就是随心所欲，只能按照别人的愿望生长，而且不能倒下或者挪移。尤其是目前，他在版纳雨林管理局的三年任职时间即将结束，很可能会以副处长的身份重回省林业厅资源林政处的时候，就更不会像毛管花那样毫无目标地安排自己的人生了。羡慕的往往不是自己的，那就继续羡慕吧，羡慕他无目的而具有目的性、无功利而具有功利性的姿态，羡慕他得到了黄鹂的爱慕居然还会漫不经心的潇洒,更羡慕他不仅救了一头小象,还带着它从临沧经过普洱到达西双版纳,对一个在城市长大的青年,这真是一个了不起的壮举。

  石栗没有丝毫犹豫,就答应了下来:"好的,我想想办法。"黄鹂赶紧说:"那就谢谢你了。""不用谢我,我也要求别人。"石栗说的是实话,因为他很想办成这件事,又觉得自己没那么大的能量,就把电话打给了父亲,一再地央求着:"这是黄鹂托我的事,她是第一次开口,我怎么好拒绝?再说派出所肯定搞错了,这个人怎么可能跟盗猎大象扯到一起,迟早要放人的,不如你老人家帮帮忙,显得我多有面子。"父亲问:"你跟黄鹂到底怎样了?是好了还是没好?""慢慢再说吧,你先把这事办了。"石栗一副软缠硬磨的样子,搞得父亲也有些为难:"这件事我不好直接给州上说,毕竟还有一种可能,抓他是对的。"他想了想又说,"还是让你们局长召恩罕出面吧。""你的意思是我给他说?""不,我来说。他最近写了一份保护雨林,恢复大象栖息地的建议书,没事你也可以了解一下,有些建议很不错,就是不怎么周全,缺少解决问题的办法,不知道他能不能干起来,保护雨林、修复雨林的同时还要再造雨林,大象栖息地是一个复杂的生态系统,不从大局出发,没有大手笔,这件事情干等于没干。"石栗说:"我们局长的建议我看了,学到了不少东西,又觉得实施起来难度太大。""没有难度就不叫工作,你要学的东西还有很多。"这之后石栗的父亲就给召恩罕打了电话,希望他能出面解决毛管花和小象的问题:"毕竟这个人是学植物保护的,跟雨林有关,再加上一头小象,那就更是你们管理局分内的事了。但前提是你必须把来龙去脉搞清楚,如果他真的跟盗猎大象有关,就等于这个电话我没打。"几乎在同时,石栗给黄鹂打了电话,告诉她自己正在努力,有什么进展会第一时间通知她。黄鹂说:"我可能要去一趟西双版纳。""什么时候来？我要是没事就去接你。"

事情过去以后毛管花当然会知道昆明那边到底发生了什么，但是现在他只觉得已经用不着再跟任何人联系了，尽管还是出于顺藤摸瓜的原因，他的手机一直在监视中开通着，还被允许充了一次电。他在审讯室待到天黑，不停地给审讯者重复着他的经历，人家听了几遍就不想听了，拿来傣式盒饭让他吃：糯米饭、几块酸肉、一个蘑菇和甜笋的包烧。他很快吃完了，本来想说很好吃，再来一份，又觉得这里是拘留他的执法机构，不是傣菜饭馆，他应该照顾警察的情绪，装作害怕、紧张、茶饭不思、可怜兮兮的样子，争取自己早点出去，解救小象，跟地不容来一场你死我活的决斗。他上了一趟厕所，打着哈欠又交代了一遍问题，还是老一套，警察便把他带到另一间有床的房子里说："睡吧，你一边交代问题一边淌眼泪，想给人一种悔恨交加的感觉，其实你是装的，一看就知道。"他枕着双肩包躺下，想着小象凤凰木，好长时间睡不着，后来睡着了，天不亮就睁开了眼，坐起来呆呆地望着被铁栏杆封死的窗外，发现星星开始飞舞了，充满了整个夜空，有的远，有的近，还居然都长着翅膀，仔细一瞅，星星顿时变成了萤火虫，就像电影上的雪花一样漫天漫地飘洒着，发出黄色、橙色、红色、绿色、黄绿色的光，在竭尽全力地实现一个虫子的价值：求爱、诱捕、跟同伴交流，还有黯淡前的告别，最后的闪亮一定是储存在肚子里的荧光粉和发光酶就要耗尽的结果。萤火虫是美丽的，夜色赋予它们的特殊使命跟大象一样：做一个有光的生命、一个用亮度和温度感染世界的生物。它们是生态质量的指示物种，本身的高洁决定了它们对环境的挑剔，这一点也跟大象一样：草树要葳蕤、河水要清洁、空气要无染。如果达不到，它们就要创造，如果创造的能量抵不过破坏的能量，它们就会以死抗争，决不苟且，爱干净的萤火虫最终都会有一个悲壮的结局。毛管花想着，突然就有了一句很让他着迷的话，沿着这句话想下去，就变成诗了：

不一定只有红亮才会发光，
比如黑萤，比如灰象。
在光的链条里，我看到黑与灰的能量，
正在缔造所有的闪烁，
那是绿的根基，是雨林的辉芒，
是漫天的熠耀和满地的宵烛，
是被间隔成梯形的夜亮。
人们都说大象出生时流萤必然飞走，
大象死去时夜照会走向最后的消亡。
都说如果萤火虫跟大象一样少，
人的眼睛就会受伤。
都说如果大象跟萤火虫一样多，
地球也会跟着膨胀。
都说萤火虫是大象的眼光，
投射出日复一日的白昼。
都说萤火虫来自大象的思想，
只为了把黑暗照亮。

不一定只有太阳才会燃烧，
比如萤火，比如大象，
那是亚光时刻，弥补东非大裂谷，
走向人心的天赏。

诗兴被手机的铃声打断了，屏幕的显示居然是那只黑冠金色鸟，毛管花愣愣地望着，突然摁了一下绿键。黄鹏说："我今天上午到西双版纳，你最好去嘎洒机场接我。"毛管花吃惊地"啊"了一声："你要来？为什么来？这个时候？""不欢迎吗？""有点。""那就是你跟雨燕在一起了？""怎么可能呢？主要是不方便，没办法去接你。"黄鹂以少有的固执说："我不管，你必须去接我。"说着就挂了。毛管花发愁得连连拍头：这可怎么办？我总不能逃出去吧？没想到的是，仅仅过了一个多小时，他就被版纳雨林管理局局长召恩罕从老茎生花派出所接了出来。他跟召恩罕走过了那一棵燃烧的凤凰木、那一树景洪市的市花黄缅桂花、那一棵景洪市的市树菩提树，一听说小象已经让勐巴拉娜西大象救护队营救到了管理局，就一屁股坐在了一片麦冬草上：这么说他不用磨刀霍霍，也不用准备凤凰木的金箍棒了？地不容已经跟他拜拜，拼命的事转眼被昆虫分解了。他仰起脸迷惘地问道："你是什么昆虫，粪金龟还是前楸甲或者是咖啡豆象？""什么意思？"召恩罕还在纳闷，就见他使劲抹了一把脸，挥手一丢，似乎丢开了纠缠着他的所有迷惘，说了声"回头见"，跳起来就跑，双肩包在背上弹起又落下。既然小象凤凰木安然无恙，他就应该毫无顾虑地去机场，接了黄鹂再去见小象，最多耽搁两三个小时。哇，黄鹂鸟飞来了，我得给她准备好毛毛虫的点心，就去昨天吃过的那家"傣家家常"吧，米线的味道真不错，比他在昆明吃过的米线好吃许多。想着，他停下来，打开微信，告诉黄鹂："这就去接你，如果你先到，在机场等我。"

  从市区到嘎洒机场不到六公里，毛管花很快就从出租车的车窗里望见了航站楼，那是一只巨大的金孔雀，朝他飞来时他不禁赞叹了一句："好看。"司机是版纳人，热情地说："你从广场这边走过去更好看。"就自作主张把他拉到了远离出站口的地方，希望给他一个由远及近、越近越美的视角。他扫码付费20元，大步流星往前走，用眼光撞倒了广场上的几棵椰子树、槟榔树和芭蕉树，还撞倒了一棵枝叶茂盛的雨树，眼睛顿时就有点疼了。揉着眼睛继续往前走，有个戴顶棕色竹篾帽,帽子上女人似的插了几朵虎头兰的人嫌他蹭歪了自己身边的大象表演广告牌,不高兴地说:"着什么急啊?今天大雾,来的去的都晚点。"他停下来看了看天:"哪里有雾了?"那人把广告牌搬到一个更醒目的地方,扭头打量着他问:"你不是西双版纳人吧?""不是,昆明人。""昆明今天大雾。"毛管花在机场等了两个多小时才等来今天发自昆明的第一架航班,当旅客们从一层出站口鱼贯而出时,他看到的居然不是黄鹂,而是雨燕。他使劲摇摇头,不会是自己搞混了吧,雨燕和黄鹂可都是天上飞的鸟?赶紧打开手机看看:没有搞混啊,明明是黄鹂。是不是我认错人了?也没有啊,虽然她们都是漂亮的瓜子脸,但黄鹂是不会带着吉他的。来不及多想了,雨燕已经看见了他。他快步迎过去,假装自己原本就是来接她的:"昆明大雾是不是?你坐飞机干什么?还得看天气的脸色,直接飞到西双版纳不就行了,还不用我来机场接你。"雨燕说:"原来有只鸟是直接飞来飞去的?怪不得你眼睛里一片金黄。"他一听更纳闷了:莫非真有一只直飞西双版纳的鸟还在天上呢。他迷惘地看了看天,想拥抱雨燕,雨燕躲了一下,又把挎在肩膀上的琴盒拉到胸前,算是护身的盔甲。毛管花皱起眉头,像是回忆着遥远的往事:"我记得你好像是会弹钢琴的?怎么没把钢琴带来?"雨燕笑道:"记性真好,原来你没得青年痴呆症?钢琴肯定带来了,专机包运,就等着卸下飞机后你替我背着呢。"毛管花从她肩膀上取下吉他说:"来来来,我先背这个,待会儿再背钢琴。"他把琴盒架到自己的双肩包上,正要走,一转身发现黄鹂站在身后,不禁"啊"了一声:"都来了呀?"

黄鹂冷冷一笑:"没想到吧?"毛管花说:"的确没想到,你们两个怎么会认识?"黄鹂说:"一个叫毛管花的人把我们撮合到了一起。"毛管花说:"这个毛管花真有本事。"雨燕说:"你是来接黄鹂的,怎么见了我提都不提她?"毛管花红着脸说:"我脑子里一团乱麻,捋不清楚是怎么回事,哪里敢提?"黄鹂说:"两只鸟就把你搞成乱麻了,那要是有第三只鸟呢?"毛管花说:"第三只鸟已经有了,小象凤凰木。"黄鹂说:"再给你添只鸟吧,你们真应该认识一下,石栗。"毛管花这才看到五步远的槟榔树下站着一个四方脸的青年,拖着黄鹂的行李箱,笑眯眯地望着他们。毛管花赶紧过去握手:"黄鹂给我说起过你,真没想到,居然你也来接她了。"石栗说:"她给我微信,我能不来吗?""太好了,太好了。"毛管花说的是实话,因为他从来没有在同一时间同一地点面对过雨燕和黄鹂,正在琢磨呢,怎样才能做到谁也不得罪,总不能把自己搞成计算机的程序,平均分配一切吧,包括所有的语言、眼神、态度、动作以及那些恋人之间莫名其妙的深浅和程度。现在好了,有石栗在场,自己至少有了一个无法做到平均分配的理由。唉,我要是一头大象该多好,就不用考虑这么多了。下一辈子谈恋爱一定只谈一个,如果命中注定必须谈两个,那也一定是吹了以后再谈。想着,回身把雨燕手里的行李箱接过来,带着他们走向了停靠着机场大巴的车站。

几棵并排而立的密花瓦理棕扇动着翅膀一样的枝叶,送来一阵属于植物的喜悦,真是保养得太好了,叶子上没有一滴瘢痕和破损,亮绿得就像健康人的气色,均匀而舒适地涂抹了一层。身后是皇后葵最有风度的造型:使劲挓挲着六臂或八臂,似乎在扩大自己荫庇的范围,斑驳的光影打在人身上,像是裹缠着许多羽毛状的彩带。再过去是防腐木的支架,瀑泻着蓝叶藤和娃儿藤的明绿,水帘洞似的诱惑着人。雨燕问:"小象呢,怎么不带着它来接我们?"毛管花说:"在家做好吃的等着你们呢。"黄鹂问:"什么好吃的?""肯定是你们爱吃的,有银叶巴豆的嫩叶,有蛇藤的枝条和茎皮,有火绳树的鲜皮和枝叶,有鱼尾葵的老枝新叶,还有硬秆子草和美竹。"雨燕说:"你现在整天就吃这些?怪不得都不会说人话了。"毛管花嘿嘿一笑:"太对了,我现在是象语持有者,你们得仔细听，免得听不懂。"雨燕问："我要吃饭怎么说？"毛管花"嗷嗷"地叫了两声。雨燕又问："我要睡觉呢？"毛管花又"嗷嗷"了两声。雨燕说："怎么都一样？我要上厕所呢？"毛管花还是"嗷嗷"地叫着。雨燕说："黄鹂我爱你怎么说？"毛管花便冲着黄鹂嗷嗷起来。雨燕笑道："怎么上厕所跟爱黄鹂一模一样？"黄鹂打了一下雨燕："我的报复心可是很强的，毛管花你冲她说，我爱你。"毛管花就对着雨燕，想"嗷嗷"，却呼出了一口气。雨燕高兴地跳起来说："怎么样，不一样吧？在大象的语言里，只有爱黄鹂和上厕所是一样的。"黄鹂："没想到你这么坏，不叫你来就好了。"雨燕说："你可要搞清楚，到底是谁叫谁的？要不是我告诉你他被派出所抓了，你能想到来西双版纳？再说了，我要是不来，石栗怎么办？毛管花又怎么办？他们总不能平静地看着你脚踩两只船吧？万一打起来呢？那就真有麻烦了，毛管花是二进宫，石栗是初犯，黄鹂是始作俑者，哇，人们来西双版纳就不是看大象，而是看你们了。"黄鹂学历比雨燕高，学问也比对方好，但在斗嘴方面完全不是对手，气得鼓起嘴，把漂亮的脸蛋都鼓歪了。石栗赶紧出来打圆场："几乎在同一时刻她们突然想到了同一个问题，去看看毛管花吧，别再让他一个人满世界转悠了。"

毛管花说："我现在就是想弄明白，你们两个是怎么搞到一起的？"雨燕抬起眼皮撩了一下黄鹂说："为了同仇敌忾。"黄鹂点点头："对，我们必须联合起来，免得总是上当受骗。"毛管花惨叫一声说："我完了，不知道为什么孤独总是陪伴着我，现在只有小象凤凰木跟我是朋友了。哎对了，还有石栗，你不能光看我们演戏，自己当观众，再不出手，今天的我就是明天的你。"石栗说："我可不参与你们的争吵，今天正好没什么急事，我是突然决定来接站的，在西双版纳工作，接待来旅游的朋友是常有的事。"他似乎想表明，自己不过是个偶尔在场的局外人，跟争风吃醋这类不上档次的事情没什么关系。毛管花说:"怎么都是突然决定?看来真是缘分到了。黄鹂早就说过,她喜欢的就是你这种默契,自己刚一有什么想法,你就会做出决定,鬼使神差似的。"黄鹂瞪着他问:"我什么时候说过?""没说过吗?那就是我记错了。我来西双版纳,为的是带着小象找到它的亲人缅桂花家族,你们来西双版纳,为的是什么?"两个女孩对视了一下,谁也不先说。毛管花问:"石栗你呢?""我在这里工作,当然是为了保护雨林和恢复大象栖息地。"毛管花说:"恰好这也是黄鹂的专业,目标怎么这么一致?"雨燕说:"保护雨林这么大的事跟我有什么关系?我就是来玩玩,看看小象。"黄鹂说:"谁说我不是呢?"毛管花叹口气说:"我是千方百计想让你们跟石栗一样高尚一点,怎么就高尚不起来呢?没有泥坑也想往下跳,真让我失望。"雨燕说:"你不是泥坑是什么?你是我这辈子见过的最深最臭最是稀里糊涂的大泥坑。"毛管花神情迷惘地问:"那我的泥坑是谁呢?"石栗并不在乎毛管花对自己的挖苦,指着雨燕和黄鹂说:"你选一个,赶紧,不要等到她们把自己填平了。"两个女孩瞪着毛管花,眼睛里都是亮晶晶的期待。毛管花仔细瞄着她们,做出万难选择的样子,突然嘿嘿一笑说:"我选小象凤凰木,它就是把我陷进去搞死,我也认了。"雨燕说:"滑头,我早就想到你会这么说。"黄鹂酸酸地说:"看样子你要跟小象结婚了,祝贺啊。"

说着话,几个人来到了机场大巴跟前,正要上去,那个竹篾帽上插了几朵虎头兰的人走过来拦住了他们:"要不要看大象表演?

挺便宜的。"毛管花说:"我知道西双版纳有个章朗谷大象表演公司。""那就是我们公司,你们要是想看,可以坐我们的车,这样大巴费也省了,你们就出个门票钱,一张80元。""都有什么表演?""多了,直立倒立啦、鞠躬致敬啦、跨人过桥啦、象脚按摩啦、踢球扣篮啦、跳舞坐桶啦、鼻子托人啦,你还可以骑上去,沿着场地转一圈,坐象鼻、坐象头、骑大象拍照是另收费的。""这么多节目?参加表演的有多少头大象?""二十头。""还真不少。"毛管花摇摇头,"不想看。"虎头兰缠住不放:"那你们想看什么样的大象?我刚才听你们说到小象了。"毛管花不耐烦地说:"我们想看的是没有被驯化的野象。""真的?那你们算是撞对人了。野象是走动的,一会儿东一会儿西,林海茫茫,多难找啊,一般看不到,但是我们可以。这项业务我们已经开展了三年,每年都能给游客创造一两次看到野象的机会。最近有三头大象从北边过来,我们已经监视了很长时间,这几天在勐海低丘雨林一带,你们要想看的话今天就可以去。"毛管花的态度立刻变了:"你说什么?三头大象?从北边来?是不是叫缅桂花家族?""什么家族就不知道了,大象又不会告诉我们。""远不远?""不可能太近,但也不会太远,我们知道地方,也熟悉路,现在去,顺利的话天黑前就能看到。""不顺利呢?""那就得在车上过一夜,等到天亮后再看。""多少钱?""一个人一千。""太贵了,不去。""你们要是诚心想看,可以打个折,九百,这是最低价,再不看今年就没机会了,你们运气不错,正好碰上了。"毛管花把几个同伴拉到一边,小声征求他们的意见:"去不去?"石栗说:"我没猜错的话你是一定要去的。"毛管花点点头:"我主要是想知道这三头大象是不是小象寻找的缅桂花家族。"黄鹂说:"你又不认识它们,看到了又能怎样?"毛管花说:"我见过它们,还有印象,如果能事先掌握它们的行踪,确定大致在什么地方,然后再带着小象去认亲,这比满西双版纳寻找省力多了。"雨燕说:"我也要去。"黄鹏说:"包括我。"石栗说:"那就都去吧,反正我是要去的,这是我的工作,我得了解三头大象的情况,能保护就保护。"说着就后悔没把车开来。管理局的车辆有限,没有给个人固定专车,都是谁有事谁开,一般不会开车办私事,但没想到,今天的私事突然变成了公事。他拿出手机,打给玉皎,说了自己今天的行踪。玉皎说:"我给局长说一下,你注意安全。"

毛管花又走过去对虎头兰说:"一人五百,要不然我们就不去了。"虎头兰说:"你们怎么这么不爽快?我已经说了九百是最低价。"毛管花扭身离开:"那就不去了。"虎头兰又是摇头又是唉声叹气,假装很痛苦的样子:"好吧好吧,五百就五百,我们连汽油费都挣不出来,也就是为了把雨林看野象的业务维持下去。"毛管花说:"还有最后一个问题,要是看不到大象呢?""一分钱不要你们的。""这还差不多。""最好多带些吃的,万一过夜呢。"虎头兰说着指了指广场一侧的商店。毛管花说:"谁跟我去买吃的?"雨燕说:"肯定是我喽。"走向商店的路上雨燕说:"你现在挺厉害的嘛,过去没发现你会跟人砍价,还能装出一副超过五百就不去的样子,其实人家要是一分不降,你也会死心塌地跟着走。""我花的是我小姨的钱,不敢大手大脚,这一路走来,只要买东西我就使劲砍,基本都能砍下来一点,有时甚至能砍下来一半,才知道自己过去有多傻,从来都是要多少给多少。""现在没事了,我有钱。""你的是你的。""我最不喜欢听的就是你这句话,就等于我也不能把你的当成我的。"毛管花一笑,拉起了雨燕的手:"我一见你就想写诗,脑子里挺澎湃的,你说怪不怪?""真的?不会仅仅是为了让我谱曲,然后再唱出来吧?""这个我不想否认,没有你的谱曲我还真没有那么多诗。你真聪明,天才也不过如此,我是说谱曲,那么快。""肯定比你想象得还要快。"雨燕指着商店门说，"要是你能在进去出来这段时间完成一首诗，我就能在咱们出发前谱好曲子，然后路上一起唱。""真的？我试试。"他们买了"大象泉纯净水"，买了有肉有鱼和几样蘑菇的芭蕉叶包烧，因为形状如同象粪，牌子上写着"象粪包烧"。往外走时毛管花说："我有了。""快说说。"他说了一遍，又说了一遍。雨燕开始打着拍子哼哼，还没到车上就说："我也有了，旋律线是这样的……"一只斑颈穗鹛听着，惭愧地飞走了。

出发时的歌声惊艳到了车里的人。开车的虎头兰说："今天真荣幸，都拉到歌星了。"雨燕唱了几遍后，毛管花跟着唱起来，接着黄鹂和石栗也唱起来：

> 巨子们的运输是如此的勤勉啊，
> 百分之九十三甚至还要多的粪便
> 正在淹没西双版纳。看吧，
> 平均每个粪球拥有的一个半种子
> 联姻在晚夕的暗光里，
> 瞬间掀起滔天大浪，
> 是棕榈科的浪峰、漆树科的浪基，
> 是藤黄科的浪腰、山榄科的浪心。
> 从母树出发，一再地遥远，
> 因为远方才有生存的空间。
> 看吧，被巨子们的冠齿咬烂，
> 又被胃液泡软，含羞草的胚胎，
> 自屁股落下，进入合欢的怀抱。
> 而柱子般的四腿还在移动，
> 踏过山脊山坳，把植食者的爱情

交给了人类来临后的光景，
被播种的土地发出首次宣谕：
不爱你们的不爱，爱你们的爱。

　　像盛开着一朵朵巨型的芙蓉花，层层叠叠的山脉簇拥而来，齐整的步调里带着地貌形成时的统一，是同一种物理运动塑造了地球，也塑造了西双版纳。放眼望去，原初的情形是那样清晰：盘古大陆崩溃了，它不是毁灭是开始，分娩后的裂变是如此精致而优雅，切割出一片花蕊般的地火之城从海中升起，娇嫩得都不忍心让冈瓦纳古陆进行又一次挤压，然而它依然是挤压的结果，大陆流浪而来，板块没头没脑地奔驰着，碰撞随时都在发生，凑巧的是：它没有走向喜马拉雅山怀，也没有掉进马里亚纳海沟，它把自己牢牢地粘贴在印支皱褶区的一侧，成为造山隆起附带着剥蚀夷平的痕迹，成为"横断"中的一次躲闪，余脉出现了，被大起大落所忽略的平缓出现了，没有高峻，也没有渊薮，海拔在477米和2429米之间，断层是袖珍的，裂谷是浅显的，盆地是平坝的，气候是两季的，虽然跟地球之上所有的区域一样它也是饱经风霜的大地遗存，却依然以年轻而浪漫的心情创造了热带雨林和大象家园。一直望着窗外的石栗说："看样子这里也曾是古特提斯海的一部分，也曾有过断裂后的岩浆奔流，但后来它就脱离了火山的控制，只在相对平静的地方接受过火山灰的积淀，它积淀了赤红壤，也积淀了来自地层深处的碳、氢、氧、氮、硫、磷、氯，土地是贫瘠的，却又是富含营养的，要不然怎么会有适合大象生存的热带雨林？"毛管花说："那时候的大象哪儿都有，因为它就是一个单细胞，是蓝藻的一部分。"雨燕问："那人呢？"黄鹂说："都属于蓝藻，人就是大象，大象就是人，我们都是同一个祖先。"毛管花说："后来雨燕的祖先变成了鞭毛虫，黄鹂的祖先变成了如眼虫，石栗的祖先变成了草履虫。"雨燕说："你是不是想说你的祖先直接变成了大象？"毛管花说："对啊，你怎么知道？"雨燕说："怪不得你要寻找大象，原来是为了光宗耀祖啊。""又对了，看样子你就是我肚子里的蛔虫，进化对别人来说是猴子变成人，对你来说是从虫子走向虫子，人家是越进化越高级，你是越进化越低级，不得了。"石栗说："这个我不同意，所谓进化并不是走向高级，而是走向适应，或者说最适合环境需要的就是最高级的，需要的程度越高，级别也就越高。"黄鹂说："虫子也不都是低级的，说不定外星球的智慧生命都是虫子，人家一出生就是爱因斯坦，稍微一培养就能掌握人类的全部尖端科技，微积分对那些虫子来说就是幼儿园的拼图游戏。"雨燕喊起来："别说了，我最讨厌虫子。"毛管花笑起来："自己挖坑自己跳。"石栗说："人的很多举动都是自己挖坑自己跳，比如窗外这一片人工林，全是思茅松，我看了召恩罕的建议才知道，有些地方这几年虽然搞了一些退耕还林，但退耕出来的地块种的全是思茅松和别的一些经济树种，也就是说人们考虑的主要还是自己的收入，割取树脂啦，出售木材啦，采集药材啦，而不是恢复生态，给大象一点福利。人工林一般种得都很密，树下基本不长别的植物，大象和其他食草动物没东西可吃，都是躲着走的，还不如什么也别种，撒一把玉米让鸟吃，作为回报它是要拉屎的，屎里头种子的丰富度远高于人为的移栽。"司机虎头兰加了进来："这话太对了，我去过松林，安静得让人害怕，连风吹树叶的声音都没有，你学了半天鸟叫，引来的还是人，也是找鸟的。我们小时候喜欢抓鸟，大人们就说小心大象。因为鸟是跟着大象走的，大象边吃边走，碰撞着草和树，虫子藏不住，都被惊动起来喂了鸟。"毛管花笑道："又是虫子，还都是能飞能跳的虫子，雨燕听见了没？""讨厌。"雨燕伸手要打他，他头一缩，没打着。

这是一辆黑色的七座商务车，毛管花坐在副驾驶座上，也算是一种明智的选择，他可以既不挨着雨燕，也不挨着黄鹂，少了许多尴尬不说，还能随便调侃她们而不受到惩罚。石栗的注意力主要在窗外，一路都在唉声叹气："这些地方原来都应该是雨林吧？"虎头兰说："是啊，小时候我们走到这里就不敢往里走了，谁知道里面是什么，有没有老虎豹子。现在你看，光路就有好几条，马路、土路、高速路，别说老虎豹子，连只野兔都看不到。"石栗说："我们路过的村寨差不多有五个了吧？看到了不少橡胶林、松树林、茶叶地和不知道种的是什么的梯田，就是没看到雨林。"虎头兰说："快了，前面就有了。"但是前面依然是村寨。商务车停在一座竹楼式砖瓦房前，虎头兰下车交了十元钱，回到车上说："前面要经过一片撂荒地，人家要收费，其实他们什么也没种，我们压的不是石头就是土。人家说石头也是承包了的，不能随便压。"石栗突然喊起来："哇，那边有棵大树。"大家都把眼光投向了石栗手指的方向，看到一座驼形的绿丘顶端，一棵高大粗壮的树朝着四面八方横逸着茂盛的枝叶，像是要把整个山丘盖住。石栗说："好像是榕树。"毛管花说："没错，是一棵大叶水榕。"两个人下车走了过去，雨燕和黄鹂赶紧跟上，到了跟前才发现大叶水榕后面还有三棵树，分别是：波缘大参、大果山香圆、云南石梓。站在树下朝四周观望，全是开垦出来的农田，有绿的，有黄的，还有些地块似乎种了又似乎没有，感觉毁掉雨林开出的田地并没有得到很好的利用，三心二意地撒了一把作物的种子而已。眼界之内，只有这座并不高大的山丘之上孤零零地保存着一点雨林的遗迹，就像从历史深处走来的城堡，经过无数次战乱的毁坏和风雨的剥蚀之后，竭尽全力地残留了一处可堪回首的废墟。毛管花说："就只有四棵树，象征着我们四个大象一样孤拔而起。你们说，谁是哪棵树？"雨燕抢先说："我是大果山香圆，名字好听，叶子也漂亮，还有这么大的果实挂在上面。"黄鹂说："那我就是波缘大参，特别繁盛,还有花,它还有个名字,叫优美大参。"雨燕说:"这个好像比我的好,不行不行,我要重来。"黄鹂说:"那咱们换了,你是波缘大参。"又说,"大果山香圆的果实可以行血脉,续筋骨,疗伤止痛,要是别人伤害了你,吃一颗就没事了。"雨燕扑闪着眼睛说:"那我还是要大果山香圆,不能你好好的,让我独自难受。"黄鹂说:"随便,反正对我的伤害是无药可治的。"石栗说:"那我就是云南石梓了,属于稀有树种。"毛管花说:"为什么没有人认领大叶水榕?"石栗说:"可能大家都不喜欢平凡,全世界的榕树有八百多种,只要是热带地区,没有它不长的地方。"毛管花说:"可是它能独木成林,你看这气生根,这么粗壮,还有无数的细毛毛,预示着它会有一个无限膨胀的未来。"黄鹂说:"独木成林不假,可我们更喜欢跟别人一起成林,光是一棵榕树占一大片地方,看着很了不起,其实是很孤单的。再说它的覆盖也有限,一亩地打住了,而我们需要的是多样性的全面覆盖。"毛管花说:"我忘了你是研究生态的,你最看不上的就是遗世独立。"黄鹂说:"对啊,一棵树的遗世独立都是生态灾难的结果。"石栗说:"其实独木成林是人的夸张,人家榕树才不想一个人孤零零地支撑整个雨林,榕树是雨林的第二土壤,不光有很多附生和寄生的植物,昆虫和鸟也喜欢安家落户。"雨燕说:"但是它也能绞杀别的树,太残忍了,就好比毛管花,毛管花你就是这棵大叶水榕。"毛管花嘿嘿笑着大摇其头。黄鹂说:"你们不懂,榕树哪里残忍了?它是雨林的拯救者,付出的很多,索取的很少。"雨燕说:"别把他说得那么高尚。"虎头兰摁响喇叭催他们快走。他们赶紧朝绿丘下面走去,脚下稍微有点陡,雨燕拽住了毛管花的胳膊。黄鹂想自己下,石栗拦在了她前面:"小心,抓住我。"成双成对的蓝绿鹊飞过来,落到夏飘拂草丛里,快乐地鸣叫着。

天空长出一团云挡住了太阳,云边的天空显得更蓝,蓝色的阳光华丽地飘洒着。对那棵大叶水榕来说,阳光就是拔高的力量,没有它,谁愿意拼了命往上长呢?对树上的那只厚嘴绿鸠来说,阳光就是一种唤醒的方式,它唤醒了黑暗的大地,也唤醒了大多数依靠翅膀过日子的动物;对绿丘顶端那些树下草来说,阳光就是救命的针剂,没有它,它们就得死,它是它们唯一的期待;对那只爬过眼前的苹果台龟甲来说,阳光就是死亡的临界点,它一出现自己被吃的可能性就增加了一大半;对一头大象来说,阳光就是自己的影子,它跟人一样,有好也有坏,送温暖的是它,造成灼伤的也是它。还是没有雨林,只有田地和村寨的蔓延。有几个人拦在路边,以同样的理由,又收走了十元钱。商务车绕来绕去走了一段,正要加速,石栗说:"这是什么味道,这么臭?"虎头兰说:"钱臭。"毛管花说:"你也在挣钱,怎么能说钱臭?"虎头兰说:"我的钱不臭,他们的钱臭,是被加工橡胶搞臭的。"石栗说:"这里居然有加工橡胶的?那我得去看看。"车停了下来。石栗说:"你们等我一会儿,我速去速来。"毛管花说:"我也去。"又回头对两个女孩说,"一起去吧?"雨燕说:"用得着你邀请?石栗在工作,黄鹂肯定是要去的。"黄鹂说:"你怎么知道?"雨燕说:"你都已经把手机从座椅上拿起来了。"黄鹂说:"连这个你都注意到了?真够仔细的,拿手机就是要去啊?我偏不去。"雨燕边下车边说:"你跟我赌什么气?我是为你好。"黄鹂说:"我知道你一直都是为我好,从来没有为自己打算过,但是请你以后不要再把我跟石栗扯到一起,我跟他没关系。"雨燕说:"这是什么话?他是你的朋友,我扯了吗?"黄鹂从秀气的鼻子里哼了一声,不说话了。毛管花下了车,又回到车窗前笑嘻嘻地对黄鹂说:"还是去吧,一个人在车上多没意思,我们大家都需要你。"黄鹂假装娇弱无力地伸出了手:"拉我一把。"毛管花抓住黄鹂的手,扶她下了车。雨燕呵呵一笑说:"毛管花你扶好了,黄鹂要是走不动,你还可以背着她。"黄鹂说："你是怪他没背你啊？"说着把手从毛管花手里抽了出来。

　　虎头兰带他们沿着一条狭窄的沟谷往前走去，两边的山坡上长满了圆苞金足草和蛇根叶，也有不少开垦过的田地，但都已经废弃了。他说："这个寨子家家都有橡胶林，每年差不多有九个月天天都能割取乳胶水，他们割回来后就在自家楼下加酸水凝固成干胶，然后存放起来，等攒够了一车，再拉去卖给橡胶厂。干胶提取后会有很多废水，他们就排放在寨子边的水沟里，废水发酵后臭气熏天，一想起来就恶心。"说着就到了水沟，那里几乎成了一个黑灰白三色杂成的大泥潭，泛滥的不光是臭气，还有极致的难看。有个寨民正挑着两铁桶废水过来倾倒，石栗上去搭讪，又问道："可不可以带我们去你家看看。"他说："可以。"又问，"你们是哪个橡胶厂的？如果收购干胶的价钱不能比六厂高一些，那就不用去看了。"石栗说："我们不是橡胶厂的，路过这里，就想了解一下你们是怎么进行乳胶水初加工的。"寨民立刻收敛了脸上细密的笑纹："你们是干什么的？"不等回答又说，"不用看了，我家没有，别家也没有，你们走吧，小心寨子里的人放狗咬你们。"说着，躲躲闪闪地走了。虎头兰说："那就不用去了，他是怕你们拍了照挂到网上，说他们污染环境。"又说过去这个地方全是热带雨林，林子里有好多山泉，汇聚成一条河，人们叫百泉河，百泉河绕着村寨走，经常能看到大象和别的动物来河里洗澡，有时候人和大象就在一个大水湾里，距离也就二三十米，谁也不怕谁。后来雨林被砍光了，大面积栽种了橡胶树，结果山泉干了，寨子里的水井也枯了，百泉河没有了，大象也不见了，一个山清水秀、鸟语花香的地方，最终成了一个苗不长水不淌的地方。石栗说："那就不能想想办法？雨林是可以恢复的，只要给它足够的条件。"虎头兰说："人已经尝到了橡胶的甜头，怎么可能轻易放弃？一亩胶林一年能挣将近四千元,可以连续割胶三十年,收入基本是稳定的,加上种茶、种药、种甘蔗,也能挣不少,恢复雨林这种事,寨民们想都不去想。""那要是土地干旱得连橡胶、茶叶、药材都不长了呢?""那他们也可以去旅游景点卖烧烤、开饭馆、办傣家乐,或者采些野菜、野果、野蘑菇和药材出售。""去哪里采?雨林都没了。""这里没有别处有嘛,只要勤快一点,活路还是挺多的,西双版纳的农民很少有去昆明或者外省打工的,因为这块地方太养人了,弯腰一拔就能充饥,抬手一摘就能解渴,为什么还要背井离乡累死八活地给别人干呢?对了,还可以卖链子,我过去跟几个农民合作过,他们负责把薏苡仁、缅茄种、橡胶子、海红豆也就是相思豆摘回家,用鱼线串成项链、手链和脚链,我负责销售,后来因为生意不错,他们把我一脚踢开了。我也不是好惹的,追着顾客揭露他们卖假货,也让他们尝到了背叛的滋味。"毛管花问:"植物种子也能造假?"虎头兰说:"有一种菩提子的佛珠,他们卖得挺贵,其实都是冒充的,是贝叶棕和象牙椰的种子,菩提树的种子太小,根本就串不起来。咦,怎么说到我自己头上了?"

第六章　美登木之歌

寂静、邈远、荒凉，

从来没有人到过大象生存的地方，

造物主的种植园里桫椤覆盖着平原和山脉。

爱情伴随着决斗，决斗控制着数量。

后来变了，苏铁林变作农田、果园和村庄。

人与象的战争雾雨般频繁：

部众们合力刺杀独处的公象，

埋伏起弓箭手围猎象族于饮水路上，

坐着直升机扫射目标鲜明的巨子们，

腥血涨起了奥兰治河的洪浪。

1

风关照着他们，把刺鼻的臭味吹到天上去了。高翔的红脚隼赶快逃离，跟着去的还有云朵和阳光。这里暗淡了，不到晚上就暗淡了，可见连光线都是爱清洁的。几个人回到车上，石栗突然问虎头兰："你不是西双版纳人吧？""不能说不是，我出生在这个地方。"石栗又问："父母亲呢，是干什么的？""你们猜。"雨燕说："这个怎么猜？"虎头兰得意地说："跟大象有点关系。"毛管花说："不会是章朗谷大象表演公司的吧？"虎头兰断然摇头："'章朗谷'算什么东西？"毛管花说："你不是'章朗谷'的人吗，怎么这种口气？"虎头兰发动了车，开出去一会儿才说："是他们的人没错，但好坏我还是分得清的。"毛管花望着他，等他继续说下去，他却改了话题："西双版纳1958年开始建立自然保护区，最初有四个，勐养、勐腊、勐仑和大勐龙，我父亲是大勐龙保护区的护林员，长年累月待在林子里，连睡觉的床铺都架在高榕上，像个猴子，因为可以望得远看得清。到了1972年，大勐龙的林地大部分都开垦出来种上了橡胶，保护区没了，父亲的工作也没了，他就开始寻找别的活路。有人指给他一条路：现在最缺少的就是伐木工，尤其是你这种对雨林了如指掌的伐木工。照父亲的说法，那时候版纳雨林有三把大砍刀，一把是当地村寨，一把是农垦部门，一把是机关单位。机关单位都在城里，每年需要大量的薪炭取暖做饭，自己搞不来，就雇用伐木工帮他们搞。伐木工都是按量计酬的，只要肯下死力气，就能挣得比一般人好。父亲没想到自己作为一个曾经的护林员，破坏起雨林来比谁都能干，今天给这个机关砍，明天给那个单位伐，伐倒的都是百年以上的老树，两抱粗的都算是小的。每次伐树前父亲都要说：对不起了大树，不是我不保护你，是机关单位不保护你。到了20世纪80年代初，大概是乱砍滥伐太严重，不保护不行了，西双版纳突然又增加了两个自然保护区，曼稿和尚勇。他们缺少有经验也肯干的护林员，就问父亲想不想回来干本行？父亲说想。人家说工资不及伐木工的一半。父亲说还是想，林子不能再砍伐下去了。他的想法很简单：人生在世，做什么都行，就是不能不踏实，护林员挣得虽然少，但心里是亮堂的，没有那种帮着别人干坏事的感觉。"虎头兰不说了，把车开向一条长满两耳草和竹叶草的路，眼睛直勾勾地盯着前面。前面有雾，白色的动荡就像树冠泛起的波浪，依仗着地形忽高忽低。一条河从雾中走来，是有水的河，吸引了虎头兰的眼光："水比上次来时浅了些，可以抓鱼了。"毛管花问："河里有什么鱼？""大面瓜鱼、红翅膀、灰青鱼、胡子鱼、鳊鱼、鲂鱼……"

虎头兰正说着，雨燕打断了他："后来呢？"虎头兰愣了一下，像是问：什么后来？石栗说："你父亲的后来，你不是说跟大象有关吗？"雨燕对石栗点点头，又说："光守护树，再加上抓鱼，有什么意思？"虎头兰说："我父亲15岁开始当护林员，一直没有离开过雨林，许多动物都认识他，他也认识它们，有的还交上了朋友。你们猜最初跟他交上朋友的是什么？"毛管花说："不会是一条孟加拉巨蟒吧？"黄鹂说："蟒是冷血动物，怎么会跟人交朋友？"毛管花说："那就是一头爪哇野牛？或者是一头欧亚野猪？"雨燕说："我知道，是一只蜂猴，特别懒的那种，趴在树枝上好几天不动，也不吃不喝，你父亲怕它饿死，天天送吃送喝，于是就成了朋友。"黄鹂说："我觉得是一条巨蜥，有点像恐龙，跟它交朋友才是最酷的。"雨燕说："最酷的朋友是眼镜王蛇，因为它有剧毒，好比黄鹂跟毛管花交朋友，那才叫酷。"黄鹂说："怎么又扯上我了？"雨燕说："他没毒过你吗？"石栗问："问题是毛管花怎么会有毒呢？"黄鹂说："你们男人都有毒，只要毒不死，我们就高兴。"毛管花说："我怎么忘了长臂猿？你刚才说你父亲是睡在高榕上的，那就正好是邻居，早晨起来good morning，晚上睡觉good evening，时间一长，熟了，你不说good morning，长臂猿就不起来，不说good evening，它就不睡觉，毕竟猿跟人是最近的，适应起来也最快。"石栗笑道："其实他们知道你说的是大象，偏就不往大象上猜。"虎头兰说："你们都是有学问的，但我也不是傻子，傻子能上到高中？我是高中肄业，在'章朗谷'是最高的学历，那些驯象师基本都是文盲。我知道你们一猜就是大象，但最初交上的朋友真不是大象，大象是通过它才认识的。"虎头兰盯着前面的路，猛打方向盘，绕过一个坑窝，又绕过一个坑窝，把车开上了一道缓坡。路没了，地势倒还算平坦，窗外的稻田朝后滑去，稻田那边又是甘蔗林，面积大得看上去纹丝不动。新绿的色彩涂抹在地上，渐渐变成了蓝色，天和地的边界消失了，没有缝隙的衔接里，滴水不漏。风被撞了过来，带着创世纪的回音，大象一样嗷嗷地咆哮着，静风的地球一角，也有不静风的瞬间，在青春激荡地帮着植物授粉。白得像雪球的紫茎泽兰正在开放，它还有一个名字，叫解放草，大概是因为它既是外来草，又生长旺盛、飞絮满天的缘故吧？田坎上，一棵孤独的潺槁木姜子低调地开着浅黄的花。虎头兰闭了嘴，似乎又忘了刚才的话题。大家静静地等着，最先等不住的还是雨燕："到底是什么嘛，最初交上朋友的？"虎头兰"啊"了一声："你们真的想知道？"呵呵一笑说，"着急了吧？"算是对他们故意胡猜八猜的回敬，然后才说起来。

他父亲最初的朋友是一只小麂，小麂是小型的鹿科动物，天生胆小警觉，神秘而敏捷地穿行在茂密的雨林里，人几乎不可能跟它接近。但他父亲遇到小麂时，它已经走不动了。不知什么动物，有可能是丛林猫，咬伤了它的后腿，一副气息奄奄的样子，血流了一摊，昆虫们都来会餐，它们知道吃完了小麂的血，还可以分解它的骨肉皮囊，便越聚越多，光蚂蚁就有七八种。他父亲走过去，踩死了几只翘尾蚁，忽一下把小麂抱起来，心说与其让你们吃掉，不如我把它做成腊肉。想着便抱它回了家。那时候他的家已不在树上，而是在木莲河西岸，他在岸边台地上给自己修造了一间椿木的屋子，算是有了一个可以安生睡觉的地方。一回到家他就不想吃掉小麂了，它望着他，一副乞哀告怜的样子，还冲他叫了一声，尽管是微弱的，却带着强烈的求生欲，撞软了他的心。他认识经常在雨林中出没的大象医生岩罗章，便去讨了些药，"藤草汤""四十七灵膏"什么的，遵嘱隔一天喂一次也抹一次，小麂也就渐渐好起来。两个月后，他把它带到当初受伤的地方，挥着手对它说："去吧，去过你的好日子，小心别再让野兽靠近你。"然后转身走了。小麂定定地望着他，突然跑起来，一溜烟跑进了雨林深处。但是几天后它又回到了椿木屋，因为它是小小麂，也就是小麂的孩子，孩子要找妈妈，就把他当成了妈妈。从此以后，它每天早晨出去吃草，傍晚又回来，椿木屋边见血飞茂盛的枝叶下，总能看到它躲藏起来的身影。等到他出现在巡逻归来的路上时，它就不躲藏了，就像见到了真的妈妈那样，从草丛里跳出来，跑过去用湿润的鼻子摩擦他的腿。他的回馈便是拿出一些小麂喜欢吃的食物招待它，野苜蓿草啦，毛藤竹的嫩叶啦，浆果薹草啦，野柿子和野杨梅啦。有时候它也会跟他去林缘巡逻，总是一惊一乍的，箭一般飞走了，又箭一般出现了。温情脉脉的雨林里，相依为命地生活着一个人和一只小麂，就像一对母子，彼此的呵护总是带着最单纯的爱恋。小麂渐渐长大了。

　　有一天，是一个雨雾蒙蒙的早晨，雨林有些骚动，鸟的叫声突然繁乱起来，却又不失清越和悠扬，仔细听还能听出惊讶和喜悦来。大象出现了，不是一头，而是拖家带口的一大群，大约有二十六头，象群里有三头小象，表明这是一个攻击性很强的家族，为了保护小象，它们什么都敢干。象群是来木莲河边喝水洗澡的，一见椿木屋就很奇怪：这是什么？前年我们来这里时还没有。头象伸过鼻子来一闻，就知道是人的作为，顿时变得异常暴躁：几年前我们的一头小象就是被人抓走的，现在他们怎么又出现在了这里？真是哪儿哪儿都有人啊，蚂蚁还说是它们最多，真是没见过世面。但是再多也不能胡乱占领，木莲河流域自古以来就是大象的地盘。头象发出几声锐叫之后，象群围了过来。毁屋开始了，有的用头撞，有的用鼻子掀，有的用脚踢，椿木屋转眼坍塌成了一堆碎木头。让象群没想到的是，从废墟中跳出来的并不是人而是一只小麂，它望着围了一圈的大象一点也不害怕，哞哞地叫着，从一块木头跳到另一块木头，越跳离头象越近了。头象问：这间房子是你盖的吗？小麂哞哞地叫着。头象说：什么？不是你盖的？那你待在这里干什么？说着话，气就消了许多，也不再继续破坏了，它伸过鼻子闻了闻小麂：怎么你的皮毛上有人味？小麂哞哞地叫着，使劲叫着，还用小蹄子刨了刨废墟，像是告诉大象：人在这里。父亲被骤然塌落的屋顶砸昏了，又被小麂的叫声唤醒了，等他从碎木头下爬出来时，才发现这个早晨的灾难是名副其实的灭顶之灾，他就趴在头象的前脚边，只要头象抬起圆柱一样的脚，轻轻一踩，就能让他七窍生烟，灵魂上天。但是头象迟疑着没有抬起脚，也没有用鼻子把他卷起来扔到天上，因为首先踩住父亲的是小麂。小麂用一只小蹄子踩着父亲的肩膀，非常及时地低下头去，用湿润的鼻子蹭着他的脸。父亲使劲侧过脸来，惊恐地望着头象。头象再次伸过鼻子闻了闻小麂，鸣叫了一声，似乎是说：我们都是食草动物，经常看到你们小麂跟在我们屁股后面吃我们嚼剩下的草，今天这是怎么回事啊？请你说清楚，不然的话以后就不要再在象道上跟着我们吃草啦。小麂哞哞地叫着，不停地叫着，大概在诉说一个故事，一个它跟人妈妈的故事。头象肯定听明白了，就在小麂停止诉说之后，发出了一声喟叹似的鸣叫，然后慢慢地后退着，一直后退着，所有的大象都跟着头象后退而去。父亲坐了起来，小麂还是用鼻子蹭着他的脸，它是短鼻动物，一蹭就会把整个脸贴在父亲脸上。父亲抱着它，用自己的潮湿回报着它。小麂有些奇怪：人妈妈的潮湿怎么这么咸涩？好像他是盐做的？紧接着发生的事情便是父亲和小麂的浑身湿透，头象觉得这个人和这只小麂肯定都是需要水的，不然干吗要紧紧抱在一起弄湿对方呢？而小麂的那点水和人的那点水都远远不够对方的需要，就去河边饱饱地吸了一鼻子，喷在了父亲和小麂身上，让他们湿得酣畅淋漓，就像瀑布下的石头那样水光闪亮。头象满意地望着自己的杰作，高兴地叫了一声，带着象群蹚进木莲河，按照原定计划，先喝饱了干净的水，再玩水洗澡地搞浑了水，然后就走了。

接下来的日子里，父亲多次遇见这个象群，始终没看到象群有任何敌意的举动，甚至连些微不愉快的表示都没有，就像小麂是他跟大象之间的和平使者，一番努力之后，和平真的出现了。有一次父亲大着胆子走进象群，在一头母象身边坐下来，摸了摸它刚出生的孩子。母象友好地用鼻子碰了他一下。他从衣袋里拿出一个黄泡果放在了它的鼻突上，它卷起来吃掉了。从此以后，父亲跟这群大象的关系密切起来，他在它们的眼皮底下重建了椿木屋，又在见血飞的前面挖了一个人工硝塘，放了很多食盐供它们享用。大象们知道这是父亲送给它们的礼物，每次来到硝塘时，都会轮番伸过鼻子来，碰碰他的脸颊，意思是感谢啊感谢。也就在这个时候，小麂不见了。有一天早晨，它嗓音尖尖地叫着走进了浓雾，就再也没有回来，似乎它的和平使命已经完成，或者它已经报答了父亲的救命之恩，现在要去完成一只雄性小麂的使命了：寻找爱情，让自己的后代遍布雨林。

小麂不见了以后，父亲担忧它出事，在他看护的雨林里找了好几天，没看到小麂的影子，却遇到了一棵他从未见过的树。作为一个老护林员，他知道什么叫新发现，摘了枝叶拿到勐仑热带植物园给人家看。一个科学家立刻带着几个学生跟他过来实地考察，完了说他在西双版纳首次发现了蓝果树，而蓝果树的种子很可能是大象带来的。父亲一高兴，就把那群大象叫成了蓝果树家族，还说有可能他也是首次在地球上发现了大象。那些人跟着他远远地观察了一番象群后说，虽然他们也是第一次在雨林中看到野象，但可以肯定地告诉他，不仅地球上的大象不是父亲的首次发现，西双版纳的大象也跟父亲毫无关系。父亲不服气：怎么没关系呢？只有我能让你们看到野生大象。这便是"雨林看野象"的开始，别人的传说加上他自己的炫耀，景洪城里凡是想看大象的人都来找父亲，父亲总是一口答应："可以啊，包在我身上，不会让你们白跑一趟。"听他的口气，好像那些大象是他的家里人。对所有来看大象的人，包括章朗谷大象表演公司的旅游团队，父亲都是尽其所能地让他们挤在椿木屋里，排着队从窗户里偷拍大象洗澡，然后满意而归。木莲河哗啦啦的流水声掩盖着人群的嘈杂，河谷里的山风忽而北去，忽而南来，人群中各式各样的味道进到大象鼻子里就都成了父亲的味道。大象们肯定很奇怪：跟我们是朋友的这个糙皮糙脸的人怎么擦起进口化妆品啦？别说大象不知道进口不进口，说不定蓝果树家族是从印度走来或者从马来西亚渡海而来的呢？那时候"章朗谷"才成立不久，急需拓宽业务，就把"雨林看野象"当作了最吸引游客的项目，而父亲是唯一能让公司开展这项业务的"人才"，太难得了。地不容给父亲的出价是项目收入的百分之三十，也就是每次在雨林的地接他都能拿到至少一千元。保护区管理站知道后觉得不妥：你一个护林员怎么可以公开捞外快呢？可父亲是最好的护林员，这片雨林全靠他没黑没白地看守，换了别人，至少得两个，因为总得轮班休息吧？罢罢罢，也就睁只眼闭只眼了。父亲依靠大象挣了钱，就开始托这个托那个地给自己找媳妇，一年后虎头兰来到世上。

但是自从有了虎头兰之后，"章朗谷"的"雨林看野象"就持续不下去了，原因很简单，蓝果树家族离开了父亲的雨林。走的时候它们来向这位人类朋友告别，每一头大象包括出生不久的小象，都用鼻子摸了摸父亲，还不时地叫着，低低地或者高高地叫着。父亲搞不懂它们的意思，就一遍遍问着："你们这是怎么了？"以后想起来他才会明白：有一种叫声是再见，有一种叫声是拜托——它们把一头十六七岁的母象留下了。那母象看上去好好的，但就是走不动路，走出去十几米就得停下来歇一歇。象群要长途跋涉，还不知道目的地在哪里，显然不能带着它。蓝果树家族的头象一再地用鼻子摩挲着父亲，是嘱托，也是恳求：请你照顾它一阵子吧，我们还会回来的。象群走了，母象恋恋不舍地跟在后面，勉强走了一段，就又停下了。父亲陪伴着母象，走一走，停一停，瞩望着蓝果树家族走出了雨林，走向了木莲河的下游，然后加快脚步消失在了火烧花一样的黄昏里。那时候的火烧花树到处都是，就像太阳掉进了雨林，再也不上去了。说起来父亲跟蓝果树家族的认识也是缘分加运气，是父亲的运气，也是大象的运气，因为如果没有一个可以托付的人，它们说不定就不会丢下母象离开这片雨林，而结果却是它们不会再有后代。在父亲的雨林里，没有独立的公象，也没有别的母象家族可以跟蓝果树家族交换正在长大的公象，蓝果树家族似乎生活在一座孤岛上，唯一可以交往的便是父亲，但是父亲又能给象群带来什么呢？父亲对母象说："看来我这个人跟野生动物有缘分，最早是小麂跟着我，现在又是你，你是个女的，我给你起个好听的名字吧，草玉梅怎么样？"母象扭过头去不吭声。父亲说："我知道你的意思，草玉梅太俗，那就金粟兰，怎么样？好像还是有点俗，什么'金'啊'兰'的，现在的人都不起这种名字。"这时母象伸出鼻子,从上面卷下来一根枝子,在他眼前扫来扫去。父亲一看:"这是什么树上的?从来没见过。"他从象鼻上取下来,跟藏在大叶木兰后面的一棵树比了比,又揪下一些枝叶,拿在了手里。

第二天他又去了勐仑热带植物园,科学家当即告诉了他一个好消息:"这是杯萼木,你在哪里找到的?西双版纳有杯萼木?"还打开一本基本是图画的书跟他拿来的叶子比对了一番,然后说,"走,带我们去。"又是一次新发现,植物园这次给父亲奖励了一千元钱。父亲高兴地对母象说:"那你就叫杯萼木吧,一千元奖励是你挣来的,算是你的医疗费,我要好好给你治病了。"他请来了大象医生岩罗章,岩罗章又给了他"藤草汤""四十七灵膏"和一些别的药,告诉他:"杯萼木有严重的腿病,也就是先天性风湿性关节炎,治不好的,你就天天喂点药,延缓痛苦吧。"父亲问:"医生你实话告诉我,它不会死吧?要是死了,蓝果树家族回来朝我要它,我拿什么给它们?"岩罗章说:"那就看你怎么照顾了,是精心呢,还是不精心?""精心,我百分之百的精心。"岩罗章说:"我叮嘱一句,杯萼木腿不好的事千万别说出去。不能逃跑也不能反抗的大象很容易被猎人盯上,到时候连你也危险。"父亲说:"我谁也不告诉,天知地知雨林知,再就是你知我知,对了,还有多嘴的黑脸噪鹛,不过它不会说人话。"这话说完不久,父亲自己就变成了一只黑脸噪鹛。那一天他带着采集来的一些鸡枞、牛肝菌和火烧花去了景洪城,想卖给一家饭馆,一进门就见到了地不容。地不容拉他坐下,请他喝了一杯烧锅,他居然就很感动,以诚相待地把母象杯萼木的事说了出来。

2

　　这是一个火烧花盛开的季节，密集的长喇叭形的花朵灯火一样分布着，就像景洪城的霓虹街来到了雨林，经久不散。火烧花树下，焰苗无数，那是落花给地面的添彩。热烈的火烧花即便落下，也还在倔强地绽放、吐香，好像它只要有一点点湿润的气息，就能永葆美丽，或者它在等待另一个机会，那就是进入大象的肚肠，变成燃烧后的营养。大象爱吃的很多植物，人也爱吃，捡起那些焰苗，就可以炒菜煮汤，吃不了还可以拿去景洪城卖钱。有一天，父亲正在炒一盘腊肉、火烧花和榕树叶，外加小米辣，地不容来到雨林椿木屋前，说是来看看常年生活在雨林里的老朋友，瞄了一眼见血飞盘藤下的母象杯萼木，进屋放下一包给孩子的糖果，就开始说起城里多么热闹，雨林多么寂寞。"大人倒没什么，怎么都能凑合，但要是耽误了孩子，那吃亏就大了，谁知道他将来能干什么？说不定是一个开飞机上天、坐轮船出洋的料呢？但要是在雨林里长大，除了多认识一些动物和树木，帮你采一些白参竹荪、松茸木耳，还能长什么本事？活到最后也还是个傻里傻气的山里人。马上他就要上学了，你们就没想过搬到景洪城里去住？又不是住不起。到了那里，过上一两年你就知道对孩子多有好处，见多识广不说，身体也会胖起来，因为吃的东西样数多啊，一进商店，酸甜苦辣、米面油茶都有。孩子，想不想跟伯伯去城里？那里有很多跟你一般大的孩子，你们天天可以一起玩。"父亲说他要照顾母象杯萼木，哪里也去不了。地不容就说起"章朗谷"大象的饮食起居，听起来他们对待大象比养育最最娇宠的孩子还要精心周到。"你们可以把杯萼木交给我，我保证它比在你们这里过得好，我们的大象饮食都是科学家研究出来的最佳配方，你看看就知道。"然后拿出一张表格指着上面说，"你自己看，还是我给你念？干物质、粗蛋白、粗脂肪、粗纤维、粗灰分，这些都要齐全，为什么都是'粗'的呢，因为粗粮对人对大象都有好处，细粮吃多了连拉屎的力气都没有，这个你应该有体会。还有这些东西，屁、母、西、私、之、妇、嗯，连老K都用上了，顿顿不能少，你看看，认识不？"父亲看着表格前面的"p、Mg、Ca、S、Zn、Fe、Na、K"摇摇头。地不容哈哈大笑："你连这个都不知道还要照顾大象？恐怕是想让大象照顾你吧？这都是进口的营养，中国没有，我们大象食堂的大师傅全懂，每天都在研究，缺什么他会告诉我，我直接向外国公司订货。"父亲似乎并没有动心，但母亲和孩子的心早就飞到景洪城里去了。地不容离开后，母亲的说服接踵而至，然后是孩子的望眼欲穿，天天问："爸爸，咱们什么时候去城里？"

一个星期后地不容又一次来到椿木屋，寒暄了几句就说："我看好一处房子，地点好得不得了，学区房，就是孩子将来上学近便的房，租金也便宜，你能今天给个准信，还能再便宜些，但要是继续拖，那就麻烦了。现在是经济滚烫，房地产火山爆发，大家都在抢，错过了这个机会，你出三倍的价钱都休想在这么好的地段租到房子。"父亲问："就今天？"地不容说："对啊，要不然我一个大忙人亲自跑来干什么？哦对了，我给嫂子安排了一份工作，就在我们章朗谷大象表演公司，铲铲象粪，扫扫地什么的，工资肯定不是很高，但总比在家里闲着没事干好。"父亲长长地叹口气说："看来我只能听你的了。也好，大象医生岩罗章让我精心照看母象，送到你们'章朗谷'，也算是百分之百的精心了。"母亲高兴起来，做了烤竹鼠和香茅草捆绑、柊叶包扎的蒸鸡给地不容吃，还拿出了自酿的糯米酒。虎头兰跑去告诉母象杯萼木："我们要走了，以后我就是城里人，你就是城里象了。"杯萼木哞地叫了一声，走到一边去了。虎头兰追着它说："那里有很多小孩，也有很多大象,我可以跟小孩玩,你可以跟大象玩。"

第二天,父亲和虎头兰就把母象送走了,路不是很远,但杯萼木腿不灵便,歇的时候比走的时候多,走了两天才到达"章朗谷"。地不容呵呵笑着给了虎头兰一块巧克力:"你尝尝,好吃不好吃,我们喂大象的就是这个。"虎头兰放进嘴里,感觉着从来没有品尝过的润滑香甜说:"这就是屁、母、西、私、之、妇、嗯、老K吗?""对啊对啊,让你们来你们还不来,尝到甜头了吧?"然后就是搬家,就是适应新环境和新生活。租来的房子虽然狭小,但平时只有母亲和孩子,并不显得拥挤,父亲只是每个星期回来一趟,他给自己买了一辆自行车,每次都是先骑到保护区管理站,再从站门口的公路上拦车回家,顺利的话四个小时就能到家。但仅仅过了两个月,刚刚适应的新生活就有了猝不及防的变化:母象杯萼木逃跑了,此前它是"章朗谷"资历最浅又最懦弱的一头大象,而且身带残疾,没有人觉得它能挣脱锁链成功逃离地不容的手掌心。地不容跑到家里来,质问刚刚从雨林回家的父亲:"是不是你把杯萼木偷走藏起来了?我们找了两天,哪里都没有。"父亲大吃一惊:"怎么?它不见了?那是一头大象,我能藏到哪里去?"地不容吼道:"你赶紧回雨林,看是不是它去找你了,见到它立马送回来。"

父亲当即返回,在雨林里喊叫着它的名字找啊找,他走过了所有的象道,一个星期后才回来,也才从母亲嘴里知道了杯萼木逃跑的原因:地不容从泰国雇了一个驯象师,专门训练杯萼木,办法就是先饿着它,两天不给吃的,然后毒打。它有先天的风湿性关节炎,倒立啊,直立啊,一脚站立啊,过独木桥啊,鞠躬致敬啊,拜佛跳舞啊,踢球扣篮啊,这些动作根本就做不出来,打死也没用。驯象师说:"没有等不来的晴天,也没有训练不出来的大象,我的名誉不能毁在它身上。"他先是用象钩敲它浑身上下的敏感区,又用鞭子抽它的耳根，看还是不管用，就用上了电警棍，几乎电死杯萼木。杯萼木其实早就想逃跑了，跑不脱就跟驯象师拼了，一死了之。但它觉得父亲肯定还会来接它，就一直忍着，忍到实在无法忍受时，才用尽全力，挣脱了拴着它的镣铐。午夜时分，它拖着半截黑铁的链条，嚓啷嚓啷地离开了这个让它终生难忘的地方。"章朗谷"后院墙角的铁门是开着的，不知是被人故意打开了，还是被天意的大水冲开了，那几天暴雨连绵，的确发了一场洪水，冲垮了"章朗谷"的一些设施。父亲冲母亲吼道："你为什么不早说？"母亲说："我害怕你发脾气，不敢说。再说我一去'章朗谷'上班，地不容就说了，首先是嘴要牢，看到了什么绝对不能说出去，嘴不牢的，立马开除。我怕我一说，工作就丢了。"父亲悲愤极了，流着泪说："杯萼木就是我们的孩子，人家都打成那样了，你还在想你的工作，你还是人吗？"父亲走了，围绕着景洪城到处打听："见到一头走路不得劲的大象没有？"然后朝着雨林的方向走去，边走边寻找。一个月后，保护区管理站的人来到家里说：父亲失踪了，他觉得母象杯萼木有可能惧怕人的迫害躲进了幽深的暗罗峡，就绕到峡口走了进去，那几天一直下雨，河水暴涨，发生了好几起山体滑坡。他不见了以后，管理站派了三拨人找了一个星期，找遍了暗罗峡的角角落落，包括暗罗丛生的悬崖峭壁，都没有找到。母亲问："你们的意思是……""不是叫泥石埋掉了，就是叫大水冲走了。"母亲哭，孩子也哭。虎头兰从此没有了父亲。

母亲拉扯着虎头兰，一直到他上了高中，然后就一病不起，半年后撒手而去。没有人供他上学了，他只有退学，来到"章朗谷"接了母亲的班养活自己。渐渐地他学会了开车和招揽游客，学会了一切他都必须学会的为人处世之道。他始终认为地不容就是个混世魔王，要不是他，父亲死不了，所以他恨他。又觉得自己没有别的本事，离开了"章朗谷"就等于砸了自己的饭碗，只好忍着，如同当年的母象杯萼木，表面上服从，背地里诅咒。大概地不容也能意识到虎头兰对自己的态度，不想加深他们之间的矛盾，加上父亲的死让他多少有一点愧疚，对虎头兰还算有些照顾。比如，很多游客对所谓的大象表演没有兴趣，认为那是人类对动物尊严的伤害，他们来西双版纳就是想看看独木成林、老茎生花、绿绒宫殿、空中花园、板根大王、茶树老祖、桫椤群落等植物奇观。遇到这样的游客，虎头兰有时也不会放过，拉着他们往一个个景点跑，挣的钱公司知道了就上交，公司不知道就自己揣着，但事实上地不容没有不知道的，看他有那么两次没把钱交上来，就告诉财会，他一个月只能有这么一次，算是补贴，再多就要追回来。

有一次虎头兰带着几个游客来到父亲的雨林观赏篦齿苏铁和云南苏铁，突然想起了自己童年时的椿木屋，就绕了一下，想路过时望上一眼，看它还在不在，没想到他不仅看到了椿木屋，还看到了一群大象，它们立在越来越茂盛的见血飞和木莲河之间的草地上，雕塑般一动不动。他立刻意识到这就是跟父亲交过朋友的蓝果树家族，悄悄地停了车，叮嘱车里的游客不要动，自己打开车门走了下去。他先是躲在一棵长果桑后面观察，然后一步一步往前挪，挪到了二十米近的一棵浆果乌桕后面，伸出头去瞧着。象群似乎没有发现他，有几头走进河里，用鼻子甩来甩去地戏着水，有几头开始吃东西，是叶子很漂亮的美果九节。他心说要不要再往前靠靠，前面还有几棵坚叶樟，足可以掩护自己。正要侧身过去，感觉一条粗大的蟒蛇重重地把头搭在了他的头上，他吓得浑身颤抖，回头一看，哪里是蟒蛇，是一头大象伸过来的鼻子。他抖抖索索的，想跑开，腿却软得抬不起来，正念叨着老天爷，你保佑我，给我力气让我跑掉，就见大象又把鼻子架在了他的肩膀上，不禁惨叫了一声。现在只要象鼻猛地一挥，他就会飞出去，撞在坚叶樟上，然后脑袋开花，五脏迸裂。雨林突然安静了，地上的石䳭和丘鹬死死盯着，树上的白腹鸫和红顶鹛呆呆望着,连几只鹩莺也不再叽叽喳喳了,白天睡觉的雕鸮醒了过来,"哇哦"一声,瞪鼓了眼睛看着。但是很快大家就发现,什么也没有发生,大象哞哞地叫了几声,看他没反应,便后退着走了。虎头兰一屁股坐在地上,半天才回过神来。他觉得那是蓝果树家族的头象,不是来侵犯他,而是来问候他的,因为它闻出了依然散发在他身上的父亲的味道。或者它在问:你父亲和我们托付给他的母象呢,怎么不见啦?他站起来,大声说:"死了,我父亲已经死了,母象杯葶木不知道去了哪里,一直没有下落,对不起,我父亲没有保护好它。"所有的大象都停止了动作,静静地听着。他觉得它们听懂了,便朝前走了几步,对着象群唱了一首歌。它们嗷嗷嗷地回应着,尤其是头象,声音一会儿粗一会儿细,要是能知道意思就好了。离开的时候他灵机一动:父亲的"雨林看野象"是不是又要开始了?是的,开始了,以后的两年里,他每个月都能至少三次看到蓝果树家族,当然是带着游客,是收费的,"章朗谷"赚了,他也赚了。但毕竟雨林越来越小,人口的增加、村寨的蔓延和随意的开垦越来越多,占去了太多太多的大象栖息地,象群在两年中循环利用了所有生长着食物的地方后,毅然离开这里,再次朝着木莲河下游走去。虎头兰再也没见过蓝果树家族,见到的却是另外三头陌生的大象,它们看上去非常胆小,见人就躲。但毕竟虎头兰对勐海低丘雨林比外来的三头大象更熟悉,知道哪里有它们最喜欢的食物,沿着象道寻找,总能找到它们。

似乎地上的花朵一少,天上的花朵就会多起来,云在开花,开的是什么花?有没有香味?颜色是什么?都不知道,但形状却是有模有样的:规矩而羞涩的构树花、细碎而抱团的密蒙花、松散而娇小的铁刀木花、粉润而可爱的团花、一任铺排的叶子花,就像镜子对地面带着时差的映现,消失之前离世的芳影若干年后才能出现在天上,地面因此而更加凄惨,挥之不去地勾弄着人的怀念:那个时候这里是多么芬芳馥郁啊，不像橡胶林、甘蔗林、稻田和茶园，只在间开的塄坎上才有蝴蝶和蜜蜂的短暂停留，而残存在它们面前的只是一株火龙果的花蕊白瓣、一树澳洲坚果巨型蜈蚣似的素爪洁毛、几棵水芹珍珠白似的星星点点。虎头兰的故事讲完了，大家沉默着，都在回想：远去的蓝果树家族、消失了踪迹的母象杯萼木、为大象而死的虎头兰的父亲。毛管花说："蓝果树家族两次都是走向了木莲河下游，那里还有雨林吗？是不是它们的老家？"虎头兰说："有雨林，但也不怎么清静。哪里都有村寨，哪里都有游客，人是越来越多，大象看着肯定很闹心，怎么老家新家都是乱七八糟的？"雨燕说："那你还带着游客到处跑？"虎头兰说："跑是跑，为了挣钱嘛，没办法的事情，但人心都是镜子，这个改不了，明晃晃地一照，什么不明白？就算不破坏雨林，也会破坏安静，野生动物是不喜欢的，人常去的地方，包括保护区，你根本看不到豹子、猴子、金狗、原猫这些动物，大象是一忍再忍，想方设法适应着被人搞坏了的环境。它们食量大，吃得多，几公里、几公里地走着吃，有的地方能躲开人，有的地方躲不开，现在躲不开的地方越来越多。"石栗说："对啊，不能哪里有个大板根就去参观，有个独木成林就去拍照，有个'史前遗老'比如苏铁、桫椤、竹柏、木兰、鸡毛松、肋果茶、假海桐、蜘蛛花就去打搅。良好的旅游都是有限旅游，该封闭的就得封闭起来，让雨林安安静静、自由自在地生长，不能什么东西都让我们司空见惯了，搞得子孙后代连发现的惊喜都没有。"黄鹂说："你说到了生态伦理的一个重要方面，不能什么山都去登顶，什么森林都去探个一清二楚，自然的神秘性减去一分，它对人的精神影响也会减去一分，一旦自然的神秘性全部消失，它对人的精神作用也会消散殆尽。当大自然只剩下一堆物质组合时，人又有什么理由崇拜它呢？接踵而来的便是轻蔑和无视，是为所欲为的践踏，所以说保护大自然的同时，更要保护它的神秘性，我们需要它的物质能量，更需要它的精神能量。"毛管花说："有道理，探索大自然可不纯粹是为了揭秘，很多时候恰恰是为了让神秘的现象持续神秘，越是神秘文化发达的地方对自然的保护就越彻底。"雨燕对这些话题似乎不感兴趣，拍了一下虎头兰的肩膀问："你刚才说你给象群唱了一首歌，唱的是什么？""西双版纳有个大象医生岩罗章，他也是大象的'章哈'，就是大象的歌手，走到哪里唱到哪里，很多人都会唱他的歌。"雨燕说："唱给我们听听呗。"虎头兰清了清嗓子唱起来。雨燕说："大象们注意了，虎头兰的歌唱开始了。"

召掌寨的章哈唱起来了吗？
是的，他唱起来时天上下雨了吗？
是的，天下雨时绿鹭飞走了吗？
是的，绿鹭飞走时变成眼泪的翅膀了吗？
是的，翅膀扇起时大象的悲伤变成河了吗？
是的，河水流淌时再也回不到源头了吗？
是的，源头出现时已经有死亡和离散了吗？
是的，死亡和离散发生时大象正在起步吗？
是的，起步时流尽了泪从此它们不流了吗？
是的，不流泪时就有绿鹭来做泪的翅膀吗？
是的，泪有翅膀时章哈才会唱起来吗？
是的，召掌寨的章哈唱起来了吗？
……

黄鹂说："哇，这首歌是可以回环往复的，永远唱不完。"毛管花说："因为死亡和离散是周而复始的，悲伤也就跟着来了。"石栗说："大象听到你的歌声，一定明白你的意思，肯定都在心里哭。"雨燕说："它们回应了你,你说声音一会儿粗一会儿细,那就一定是哽咽了。"说着抖动着肩膀学起来。毛管花说："如果大象听到我们歌唱,就会……"他想作诗了,却又不好意思念出来,摆了摆手说,"不好不好。"雨燕从琴盒里拿出吉他,弹了几下,便唱起来:

> 如果大象听到我们歌唱,
> 就会离开莲座蕨的故乡,
> 拿着象蹄果,举着象牙芒,
> 走过来与我们分享。

雨燕问："你是不是这个意思？"毛管花说："差不多,但是你比我表达得更好。"雨燕又唱道:

> 如果大象听到我们歌唱,
> 就会摇响密蒙花的铃铛,
> 因为它们爱上了美丽的姑娘,
> 不管公象还是母象。

毛管花说："太好了,下一首我来。"然后唱道:

> 如果大象听到我们歌唱,
> 就会从夜晚徘徊到天亮,
> 因为不知道哪个姑娘更漂亮,
> 谁会伴它终生流浪。

黄鹂抢着唱道:

如果大象听到我们歌唱，
　　就会把鼻子送我们作奖赏，
　　让我们闻到百里外的花香，
　　是大象散发的芬芳。

　石栗说："这是生态学家的观点，境界就是不一样。"毛管花说："那你也来一段吧，境界更高的。"石栗说："我试试，很少唱歌，别见笑。"

　　如果大象听到我们歌唱，
　　就会望着浓雾遮去的夕阳，
　　思念生长着蓝果树的故乡，
　　木莲河静悄悄流淌。

　雨燕弹着吉他说："这个又比黄鹂的好。"石栗说："哪里啊，我是班门弄斧。"毛管花说："反正都比我的好。"黄鹂说："别一下子谦虚成大泡竹了，让我们不适应。"雨燕说："大泡竹算什么？歪脚龙竹才虚心呢，里面是又黑又大又深的洞，而且还是歪的。"黄鹂说："这个比喻太恰当了，我同意。"虎头兰说："也让我唱一段吧。"大家说："太好了，我们听着呢。"他唱道：

　　如果大象听到我们歌唱，
　　就会带我走过所有的山岗，
　　去寻找长满杯萼木的地方，
　　那里是父亲的天堂。

大家安静着，突然鼓起了掌。毛管花说："这一首才是最好的。"虎头兰的眼睛有点湿润了。雨燕停止弹奏说："车怎么停了？"黄鹂说："我也才觉得，而且什么也看不清。"毛管花夸张地说："啊，雾，这里是西双版纳的浓雾，姑娘的面纱，大象的隐身衣，我们的蚊帐，睡觉吧，什么也看不见了。"雾有些多情，总是出现在需要看清楚周围的时候，但它的意思却是为了让你少一些沮丧和悲伤：那些你们不喜欢的景观有什么看头呢？看看我吧，我里面有什么？透过车窗，能看到雾里有白的丝线、蓝的纹脉、青的条理，有大地细胞一样的赤红壤的颗粒、水分子组成的蜂窝状结构、枝叶叠加后变成化石形状的压缩。更有一种味道在水汽里弥漫，那是不同于任何异方浓雾的味道，是版纳雨林浸透着花香、叶苦、根辣、瓤甜的味道。仔细闻，所有的雾都有自己的味道。虎头兰下去看了看说："雾是走动的，等会儿就散了，你们要是饿了，就吃点东西吧。"黄鹂说："真有点饿了。"毛管花下车，从后备箱里把装着食物的塑料袋拿出来，一人发了一瓶"大象泉纯净水"、一个"象粪包烧"："不够还有啊，吃饱。"虎头兰不知从哪里变出一些水果，用巨大的香芋叶子托着让大家吃，有野蒲桃、野油梨、五眼果和神秘果。雨燕和黄鹂几乎同时问："酸不酸？"虎头兰说："你们先吃神秘果，就是那个红的，然后吃别的，再酸的水果就都会变成甜的。"石栗说："这就是神秘果啊？国宝级水果，早就听说了，第一次看到。"大家吃起来。虎头兰盯着大家吃了神秘果又吃别的水果，紧着问："怎么样，变甜了吧？"黄鹂说："可是我也不知道这些水果原来的味道啊。"毛管花笑嘻嘻地说："原来的味道都是酸的。"雨燕说："就像你。"毛管花说："我怎么了？西双版纳的人都喜欢吃酸，我是入乡随俗，你们也得逐渐适应。"黄鹂说："美得你，我宣布，从现在开始，我跟酸没关系了。"雨燕说："那他又会变成小米辣，辣得你恨不得割掉舌头。"黄鹂挥动柔软的胳膊说:"割掉舌头的是你,不是我。"雨燕说:"毛管花,听到了没有?失望了吧?就得这样惩罚你。"毛管花嘿嘿笑着,有意无意地瞅了一眼石栗。正在吃五眼果的石栗冲他苦笑着,意味深长地摇了摇头,然后拿出手机,打开看了看说:"我发现一直没有信号,这里也没有。"

3

召恩罕没想到会在州政府大楼前的几棵假槟榔下见到辞职了的原管理局副局长刀畲。他停了车,边走边接电话,是资源保护科科长玉皎打来的,说的是发生在今天早晨的一起新的人象冲突事件:美登木家族出现在龙果林流域,又开始采食三个村寨的庄稼,寨民们正在驱赶。他说:"你先赶过去,我汇报完了就去现场。"刀畲快步来到跟前,也不等他通完话,就敞着嗓子说:"召局长好。"召恩罕收起手机问:"你怎么在这里?""我听马副州长说你要来汇报工作,就来这里等着,早饭都没吃。""有事吗?"刀畲支吾了一下说:"我还是想回咱管理局。""可能性不大,这个你应该明白。""局机关不行的话,基层也可以,我听说肉豆蔻管理站缺一个站长。""那更不可能,基层干部责任重大,每个人都得独当一面。""那有什么,我又不是不能干。""能干不能干你自己清楚,说起来你是主动辞职,但那不过是给你个面子,事实上你是被开除的。""这个我知道,但我就是想回去,将功补过,再说人总得吃饭吧?"他一说吃饭,召恩罕心就软了:"听说你在木材加工厂当车间主任,怎么,又不干了?""效益不好,我也不喜欢,不想干了。"召恩罕望着雾蒙蒙的天上飞过的一只长嘴地鸫,想了一会儿说:"这样吧,我看能不能在别的地方给你想想办法,回管局是不可能了。"刀畲失望地叹口气说:"那就谢谢了,别的地方我不去,大不了饿死呗。""别拿这个吓唬我,西双版纳这种地方谁还能饿死?木材加工厂虽然效益不好,工资还是发着吧?"召恩罕说着拍了拍他的肩膀,朝大楼前的阶梯走去。

副局长刀畲辞职的原因与三起大象死亡事件有关,一起是在勐海雨林东缘跟农田衔接的地方,两头大象误食农药死亡。他的责任是:在阻止农民使用对野生动物有杀伤力的百草枯、对硫磷、西梅脱等农药时,只是带人去村寨散发了宣传品,而没有仔细讲解,更没有部署检查,很多不识字的农民还以为那是鼓励他们使用剧毒农药的彩色传单。一起是一头成年雄象对寨民在雨林中野放耕牛和在象道两边种植咖啡不满,对耕牛和人屡屡发起进攻,省林业厅和版纳雨林管理局做出活捕圈养的决定,但实施活捕的刀畲拒绝贾海桐的帮助,他自己又胡乱下命令,说是"我们要以人为本,宁肯象死,不能人伤,只要大象的举动里有百分之一的伤人意图,我们就要先下手为强",结果雄象进入人们的视野后朝前走了几步就被射杀而死。一起是澜沧江西侧的山地雨林里出现了一个有十四头大象的象群,其中一头幼象前腿受伤严重,行走艰难,整个象群为了保护和帮助幼象滞留不去。刀畲得到消息后,让下面的人对贾海桐的大象救护队保密,自己带人前往救助,但他不听玉皎的意见,还发脾气地说:"你们不要瞧不起我,我首先考虑的是人的安全,因为我也是人。"他只是让人远远地看着,发现象群开始走动,幼象在母象的呵护下也能慢慢前移时,就以为伤口已经痊愈,没有实施惯常采用的应急救援方案,几天后幼象死亡。三起大象死亡事件都是因为个人失职和对待大象的漫不经心,可见他是一个不适合干这项工作的人。那时候的召恩罕正好被借调到北京中国林业科学研究院,参与中国雨林保护与发展规划的制定,家里的工作由副局长刀畲全盘负责,按理说跟他没有任何关系,但他还是觉得无法开脱,做了三次检讨,两次提出引咎辞职而被挽留。他说:"那我就是赎罪了,版纳雨林管理局的局长成了面对大象的赎罪者的代表,也算是件好事。"

召恩罕的汇报持续了两个小时,刚走出马副州长的办公室,就听里面喊道:"先别走,还有一件事。"召恩罕转身回去,听马副州长说:"你对刀畲怎么看?""我知道他找过你,想回管理局。我觉得没有这个可能吧?""没有吗?就不能给他一个改正错误的机会?""怎么改正?他能让死去的大象活过来?""那肯定不能,就这样吧,你看着办,我知道你是什么态度就行了。"马副州长说着挥了挥手,"去吧去吧,你现在比我还忙。"召恩罕大步流星走出政府大楼,看到刀畲还没走,就迎了过去:"你怎么还在这里?想等我改变主意是吧?马副州长说了你找过他,但你要知道有些错误一旦犯了就不可挽回,谁的生命都只有一次,大象也一样,不可能死而复生,你的错误就永远是错误。""你要是这样说,那我就没话了。"刀畲愣愣地望着他,突然转身,来到一棵假槟榔的背后,咚的一声靠到树干上,咬牙切齿地骂了一句:"我x你妈。"召恩罕走向自己的车,开出去一会儿才意识到对方骂了自己,苦笑一下,就把这事丢在脑后了。迎面而来的是一排油棕组成的行道树,颀长的羽叶根部,是漆黑的油棕果,几个孩子正在捡拾掉下来的果实,好拿回去糖炒。油棕的对面,是一排椰子树,也是羽叶蓬松,高树硕果。椰子树的尽头衔接着一个精致的三角花园,花园的内三角高高地生长着三棵老鸭烟筒花,垂吊起洁白的花枝,十分优雅。树下的花坛里,有棕竹、夜花、三角梅、白花酸藤子和木芙蓉。再往前,又是一个街心花园,栽种着红色花朵的花旗木、粉色花朵的山扁豆、红黄色花朵的假连翘,几棵铁刀木横逸着枝干,衔接起来组成了一个空中花园,一边长满了附生的流苏石斛、圆花石斛、大苞鞘石斛、反瓣石斛和报春石斛，一边又是石仙跳、白花卷瓣兰、飘带石豆兰、朵朵香和寒兰的世界。召恩罕放慢速度瞅了几眼，一踩油门，疾驰而去。云端里，一只草原雕冲向气流，跟上了他。

是最不应该发生人象冲突的地方发生了冲突，也是最不应该挑起矛盾的美登木家族带来了新的麻烦。美登木家族来自青梅林河流域，那里虽然叫青梅林河，但两岸生长的不光是版纳青梅，还有千果榄仁、班洪大风子、肋巴木、云树、白颜树等，是一片分布于"U"形沟谷的季节性雨林，从天然雨林斑块化后的遥感影像看，那里是雨林最大斑块的核心，有九个村寨，是三个大象家族从上游的海芋崖到下游的柊叶川循环采食的中间部位。先前这里的人象冲突跟山雾一样频繁，每天都有好几回聚散，大象对农田的损坏和人对大象的驱赶交替上场，双方都抱定了不战胜对方不罢休的态度，竭尽全力。人的报复和大象的报复体现了两种截然不同的生物在这方面的共同擅长，虽然还没到人死象亡的地步，但差不多已经是冰炭不容了。召恩罕无数次来到这个地方，帮助寨民架起长明灯，安装模拟爆炸声的音响，拉起电围栏，挖出防象沟和建起防象壁，试图建立一条楚界汉河似的隔离带，但收效甚微。聪明的大象很快把长明灯和爆炸声当作了优质农田的标志，也找到了通过电围栏的办法：撞倒大树，砸断铁丝网，或者拔除拉扯铁丝网的水泥柱，开辟一条通道。至于防象沟和防象壁，它们的办法是用鼻子和脚挖出一道斜坡，一个家族的主要成员齐心协力，一会儿工夫就能把那些直立的紫色土、石灰土和水稻土变成"路路通"。召恩罕几次站在大象上不去的山腰里冲着大象发火："你们怎么能这样？温饱线上的寨民难道不吃饭了？"大象们也用嘶鸣回应着他，似乎是说它们不过是在维护自己的权利，在它们来到这里，把河谷两岸的雨林当作大象家园时，既没有这么多的村寨，也没有大片大片的甘蔗林、玉米地和水稻田。是你们侵占了我们的领地，不是我们盗食了你们的庄稼。如果你们不种这些东西，那里一定长满了能让我们吃饱的箭竹、象草、野芭蕉。他没了办法，请来贾海桐和他的大象救护队帮忙。贾海桐说："你用什么办法可以制止村寨的人攻击大象？"召恩罕说："说服，我一定要说服他们。""那你也得用同样的办法对待大象，不然大象怎么能服气呢？"召恩罕瞪他一眼说："我要是能说服大象，还请你来干什么？"贾海桐望着在一片竹节树的边缘探头探脑的大象说："其实我也无能为力，我给你问个人吧，看他有没有办法。"这么着，岩罗章又来了。他说："我来过青梅林河流域，给两头大象治过同样的病——肠梗阻，一头是千斤拔家族的，一头是使君子家族的，如今跟你们搞对抗的到底是哪个家族？"看他们都摇头，又说，"就让我先去看看吧。"他背着竹篓，挥动着有象脚鼓文身的胳膊，朝着有大象的地方跑去，边跑边喊："听听我的歌声，就知道我是大象的'章哈'；闻闻我的药香，就知道我是大象的医生。我来了，你们好。"喊着，就唱起来：

大象请告诉我青梅林河的秘密，
它怎么把傣族武士留在了这里？
如果说雨林和大象是一对夫妻，
怎不见扎根的大象会跑的花梨？

那一天象道变得出奇的安静，大象们都不在中间走来走去，而是后退到两边的雨林里，一边觅食一边等着这个人走过去后再走回来。歌声和药香它们都记得，就算有些大象没有亲眼见过他，也听别的大象说起过：他身上散发着薯莨、唐菖蒲、五彩芋、泉七、螳螂跌打、大叶双眼龙、香附、碎米莎草等几十种植物混合起来的味道，看他好像是个人，其实不然，是许许多多花草树木的结合，它们结合起来干什么？没有哪头大象不知道：自从我们诞生以来，伤病从来没有离开过我们。大象们哞哞地叫着，算是跟他打招呼。他停下来看看它们，问它们好不好，有什么事，生病了没有？完了又说："大象是不会头疼脑热的，只要不倒下，能吃东西，就说明好着呢。可是你们为什么非要跟人过不去呢？不会到了不吃人种的东西就会饥寒交迫的地步吧？稻谷和玉米这种东西，是谁种了谁吃。"头象的回答是一阵响亮的叫声。他说："你说什么？不是你们千斤拔家族干的？那是谁呢？"高天里的云朵素雅得就像大白杜鹃，朝着地面盛开着，渐渐飘下来，变成了雾，在树冠上缠来绕去。一只白腹凤鹛飞下来，落在人和大象之间的毛麻楝上，像是要跟已经在那里的灰头鸦雀说什么，看到岩罗章又开始奔跑，便翅膀一展跟了过来，啾啾啾的：是谁掀起的风？是我的翅膀还是你的双腿？植物们摇晃着，一长就是一堆的开口箭把条形的叶子伸了又屈，屈了又伸，吉祥草谦虚地迎过来，做出弯腰鞠躬的样子，忽地笑哈哈大笑，夜香树白天吐香，多须公的白须不停地颤抖着，风在嬉戏。三岔路口到了，岩罗章看到陪伴自己的白腹凤鹛变成了银耳相思鸟，就说："你是来带路的吧，使君子家族在哪里？"看到它飞向了自己左边的象道，便拐了过去。很快他就见到了使君子家族，因为他治疗过肠梗阻的恰好是头象，就径直跑到了它跟前，摸了摸对方的肚子问："怎么样，还好吧？"头象把鼻子伸向他，轻轻吹了吹他的头发。他说："那就是说你现在什么病也没有，要是有的话你会把鼻子伸到竹篓里探来探去。"然后他把刚才对千斤拔家族说过的话又说了一遍，得到的回答是，它们对村寨的人从来都是敬而远之的，既没有亲密无间，也没有剑拔弩张。岩罗章点点头说："那就好，人是不能得罪的，别看你们是大象，人家有发明创造，比如火炮枪弹，你们没有，你们就是力气大一点，但力气算什么呢？在这个世界上，技术比力气更重要。再说人也有人的难处，尤其是村寨的人，他们跟你们一样，把自己牢牢地绑在土地上，要是双方不能互相谦让，结果是很惨的，不是他死就是你亡。"他告别使君子头象和它身后的象群，再次跑起来，心里犯着嘀咕：那就一定是美登木家族了，恰好我跟它们没有近距离接触过，怎样才能告诉它们，不应该侵犯人的利益呢？他加快速度奔跑着，三次路过村寨，三次停了下来，跟碰到的人聊上几句，就又开始奔跑。

> 埋西里的三群大象互相不服气，
> 比一比谁的鼻子更粗尾巴更细。
> 当鹡鸰鸟做窝在美登木的空隙，
> 头象垫着鼻子把大树推倒在地。

他唱出了美登木家族之所以叫这个名字的原因，也唱来了一片天籁般的和声，原来白腹凤鹛、灰头鸦雀和银耳相思鸟都来了，再加上一只早就等在这里的黑白鹡鸰，雨林变成了合唱的舞台。舞台前安静地伫立着一群大象，那就是美登木家族。岩罗章看到它们后就不唱了，跳起来，从橄榄树上摘下一根枝子，举在手里走了过去。多少天以来美登木家族第一次没有进入农田吃东西，在天在地在山在水的象魂托梦给头象说：他要来了，就是你们早就听说的大象医生。请不要紧张，他的到来并不能说明家族的成员有病。你要告诉他美登木家族所有的冤屈，要让他看到你们现在的处境，要对他说，如果我们还有可去的地方，就一定把自己的家园让给人，可是，你也知道，雨林已经不是大象的雨林，哪儿都是人的主宰而不是大象的主宰了。美登木头象用鼻子接过了岩罗章送来的橄榄枝，用它赶了赶一直在脊背上嗡嗡不息的苍蝇，然后便嗷嗷嗷地哭诉起来。岩罗章愣住了：我可从来没听到过这样的大象叫声，但一听就明白，那是从心底里流出来的悲伤。他抚摸它的鼻子给它安慰，说了许多别的大象家族的苦处以便让它觉得相比之下美登木家族的处境还不是最坏的，然后跟着它巡视了一番它们的家园，吃惊地叫起来："这怎么可以呢？你们也太老实了。"告别的时候，他挨个儿看了看簇拥在身边的二十多头大象，喃喃地说着："虽然你们都没有大病，但从肤色和眼睛看，差不多都有低血钙症，也就是缺钙，营养不良，而且一个个都这么瘦，每天都吃不饱是吧？吃的时候情绪紧张，生怕人们又是扔石头又是敲锣打鼓地前来驱赶，严重影响到消化，好不容易偷吃到一点，还不能很好地转化成营养。"他抱着头象的鼻子久久不肯松开，最后说："请耐心等待，我会告诉他们我看到了什么，同情大象的人还是挺多的，包括让我来看看你们的这两个人。"然后就跑起来，边跑边唱：

　　我也曾是掠过雨林的一股凌厉，
　　何时可以对大象说一声对不起？
　　手中的依兰香枝在荒风中失去，
　　脚下的土地长满了悔恨的芦荻。

岩罗章几乎是哭着给召恩罕和贾海桐诉说了美登木家族的境况：当它们出现在青梅林河流域时，这里已经是千斤拔家族和使君子家族的地盘，应该是它们跟这里的主人有过难以忘怀的交情，两群大象把它们留了下来，各自划分出一些林地作为它们的采食区域，还转让了一个硝塘和一个泥浴坑让它们享受。它们很感激也很知足，结束了流浪，平静安乐地生活了差不多三年。没想到突然有一天人群出现了，一番忙碌之后，青梅林河流域的六个村寨变成了九个村寨，新来的三个村寨把寨址全部选在了美登木家族的地盘上，接着就是开田垦地，不是有限度有保留有轮歇的刀耕火种，是砍掉所有的植被，再用机器铲平土地的那种翻天覆地，而且所有被开垦的土地都是一年播种两季，年年不歇。"你们去看看吧，百分之八十的土地都被人占用了，剩下的雨林巴掌大一点，我跟它们的头象走了二十分钟，东西南北就走遍了，里面全是顶果木、葱臭木、大风子这些够不着枝叶的大树，树下的灌木和草吃得一干二净，连蚂蚁都在饿肚子，跑到树冠上找吃的去了。这样的地方二十多头大象怎么生活？我要是大象也得往农田里跑，除非我不想活了，想借此机会把自己饿死。"召恩罕和贾海桐去实地看了看。美登木家族的大象们看到他们跟岩罗章在一起，就没有扑过去阻拦，只是把两头小象围在中间，警惕地望着他们，发出低沉的隆隆声警告他们：可不要对我们的小象起坏心。

　　召恩罕开始行动了，先是说服分管副州长和其他州委领导，拿到了授权和拨款，然后带着石栗和玉皎，花了半年时间和加起来超过五十公斤的唾沫，说服美登木家族地盘上的三个村寨搬迁到离青梅林河流域五十公里的龙果林河流域，那里属于山地雨林，虽然海拔高了三百到五百米，但流域更开阔，地势更平坦，更适合开垦农田和养殖牲畜。搬迁之前，他雇用寨民采集了一千六百公斤各式各样雨林植物的种子，来年播撒在了被开垦的土地上，还组织民工对一些可以无性繁殖的树木，进行了大量的嫁接育苗。西双版纳的深层土壤虽然贫瘠而缺氧，但高温和多雨能使它快速分解土表营养，弥补了先天不足，只用了两年工夫，抛荒的农田上就长出了数不清的树苗，美登木家族又可以心满意足地生活在这里了。后来每每提到青梅林河流域和龙果林河流域，召恩罕都会有一种成就感，觉得那就是增扩动物生境和开通大象廊道的示范区，版纳雨林管理局的行为也应该叫作示范行为。

　　但是现在，示范区和示范行为一瞬间坍塌了，美登木家族跋涉五十公里，来到龙果林河流域，又开始狂吃人类的作物。正是玉米成熟、旱稻收割、甘蔗开镰的季节，大象们想吃什么吃什么，一般是午夜吃甘蔗，黎明吃玉米，黄昏吃稻谷，别的时间随机应变，遇到什么吃什么。寨民们扔石头，举火把，敲击锣镲，甚至放了鞭炮，统统不管用，人象冲突再次爆发。

4

汽车在山路上行走，召恩罕开得飞快，两边的林木呼呼闪过。风带着丝绒般的温柔，摩挲着绿的叶子、黄的叶子，但震颤却大有区别，绿叶带着殷切的接纳，几乎是捧着风让它抒情地滑过，然后从叶根开始，激动地久久摇摆着；而黄叶的摇摆总是被动而僵硬的，声音也不对劲，嗞喇喇嗞喇喇的，带着衰退的哀怨和挣扎的无助，很快就安静了。沉思的黄叶考虑着飘坠的日子，竟有些悲伤得不能自已了：年轻的日子，丝绒般的柔风，树叶跟阳光、雨露、空气也就是风的爱恋，怎么这么快就结束了呢？召恩罕赶到时，贾海桐和玉皎都在现场，身边围了许多人，全是从青梅林河流域迁来的三个村寨的新居民。五十米开外就是大象，它们站在一块被自己采食一空的稻田里，守卫着身后迎风摇摆的稻谷，好像那些粮食原本就是它们的。贾海桐说："很奇怪，听寨民反映，它们一路走来，经过了不少原来就住在龙果林河流域的老住户的农田，好像没看见，头都不歪一下，一见这三个村寨的田地，就都停下来，抢着扑了过去。同样是玉米，隔着一条田埂，这边是老住户的，那边是新居民的，大象们一律都在新居民的田里吃喝，好像它们认得哪些作物是哪些人种的。"召恩罕说："这个也不奇怪，谁种的谁就会在田里留下味道，大象有味觉记忆，用鼻子一闻就知道。奇怪的是，它们为什么要跟这三个村寨的人死磕到底？都已经分开好几年了，居然还能追踪过来，是不是一种报复行为？三个村寨的人去老家做了什么？"贾海桐望着周围的寨民说："我问了他们，都说自从离开青梅林河就再也没有回去过。"召恩罕说："那是不是别的象群占领了它们的地盘，它们没地方去，就又开始流浪了？"玉皎说："上个星期我还去过青梅林河流域，那里还是千斤拔、使君子和美登木三个家族，都是老相识，不会互相抢占吧？"召恩罕又问："美登木家族地盘上的雨林怎么样？"玉皎说："好得不得了，现在是整个青梅林河流域最茂密的地方。"召恩罕皱着眉头沉默了一会儿说："我想的是那里还有六个村寨，怎么从来没听说过人象冲突？难道千斤拔家族和使君子家族对稻谷和玉米不感兴趣？你们在这里守着，一定不能让冲突升级，再把寨民的损失调查清楚，做出准确的评估，我们要尽快做出赔偿，虽然赔偿额度跟损失并不对等，但总比没有好。再说也是一种转移目标的方法，好比大象是孩子，我们是家长，现在我们是来认领的，让寨民们有什么气朝我们管理局撒，不要死盯着大象不放。我去青梅林河流域看看，总是有原因的，大象不会无缘无故地离开家园。"还是风，还是丝绒般的温柔，来了又走了。

召恩罕驾车而去，查看了雨林，访问了六个村寨，还在紫树村的村长家住了一晚上，第二天返回冲突现场，就已经是另外一种想法了。他对一直待在这里劝说寨民放弃对抗的贾海桐和玉皎说："开会吧。"会场就在玉皎昨晚居住的房东家，这是一座干栏式的木板楼，阳台很开阔，能坐七八个人，管理局来这里解决问题的人都参加了，包括统计和评估损失的人员。召恩罕说："我已经搞清楚了，美登木家族不是来报复的，是来乞讨的。它们过去在青梅林河流域采食三个村寨的庄稼，虽然屡遭驱赶，却从来没有遇到过危险，这是它们跟踪而来的主要原因。它们是一个正养育着两头小象的家族，一般来说会很谨慎，不到万不得已，不会进入陌生人种的田地，因为它们很可能有过受到伤害的经历，不知道人家会不会拿了枪和箭对付它们。也就是说它们专吃三个熟悉村寨的玉米、稻谷和甘蔗，是出于信任——无论寨民们使用石头还是火把还是鞭炮，最终的结果都会是它们的安然无恙。这一点要给寨民们说清楚，对大象的驱赶一定要适可而止，跟过去差不多就行了，不能让人家觉得人越来越坏。"房东拿了一摞大小不等的碗，摆开，倒了大叶茶请大家喝，还用竹撮箕端来一些红艳艳的木奶果，说是自家院子里长的。玉皎拿起一颗闻了闻："好甜。"又忍不住问道，"为什么要乞讨啊？那么好的雨林留给它们了。"召恩罕说："这就是我要说的关键。我这次去才了解到，在千斤拔家族和使君子家族的地盘上，每年都有刀耕火种，每年也都有抛荒地，抛荒地上没有大树，长的全是大象爱吃的灌木和草本，我大致数了数，至少有三十五种。但是美登木家族就没有这么幸运，村寨迁走后，我们生怕开垦过的田里不长树，密密麻麻种了不少，连村寨旧址都没有放过，还不准人砍伐烧荒，结果树都长起来了，越长越高，很快形成了林冠层和乔木二层、三层，郁闭度太高，阳光照不到地面上，剥夺了林下植物生长的权利，大象爱吃的山黄麻、鹅掌柴、蛇藤、类芦、棕叶芦、蔗茅、硬秆子草、野芭蕉一样都没有，连竹子都开花死掉了。这样一来，虽然我们把雨林腾了出来，但大象仍然吃不饱肚子，只能按照老样子，找人要吃的。"贾海桐说："照这么说，雨林并不是越茂密越好？"召恩罕说："对啊，还应该有草地，有灌丛，有轮歇地和抛荒地给矮生植物提供生根发芽的机会，过去我们认为，只要保护好林木就等于保护好野生动物，现在看来并不尽然。"玉皎说："我明白了，人也不是离得越远越好，大象应该比人更清楚它们有时候离不开人。"召恩罕说："美登木家族真是太聪明了，它们专吃跟自己打过交道的三个村寨的作物，就是想让我们明白，人到底犯了什么错误。紫树村的村长告诉我，他们原本住在火桐沟一带，生活就跟现在一样，年年都有开地和抛荒，千斤拔家族差不多有十年跟他们生活在同一块地方，后来他们迁到了木棉山一带，两年后又迁到了青梅林河流域，千斤拔家族就一直跟着，你走到哪里，它跟到哪里，就像一群孩子，赖上了你：喜欢不喜欢就是我啦，你们看着办吧。使君子家族也一样，它们是跟了别的村寨。这样跟来跟去，从来没发生过大象跟人打架的事。偶尔狭路相逢，大象会立马躲开，好像它们也知道，靠得太近了双方都没有安全感，它们的原则是不即不离，不卑不亢。这给我一个启示，在西双版纳，创造一个人类、大象和雨林共生共存的局面，不是不可能的。"

玉皎说："这么说青梅林河流域就是个样板，照着做就是了。"贾海桐摇摇头说："做不来，现在还有几个能为大象开荒，又为大象抛荒的村寨？人的欲望和大象的欲望不一样，大象是为了吃饱肚子，然后延续后代。人呢？吃饱了还想吃好，吃好了还想发财，发了小财又想发大财，永远没有个够。"召恩罕说："青梅林河流域有两个村寨去年想毁了雨林种橡胶，被我们制止了，现在他们又想换个地方，请求我帮忙，说是只要能种橡胶，哪里都行。我想迁出去也好，留下四个村寨，种的地会比过去多，日子也会更好些。"玉皎问："关键是有没有地方？"召恩罕说："要是能纳入增扩动物生境和开通大象廊道计划，地方还是有的，但不一定非得种橡胶。"贾海桐说："我们说得这么远，眼前的问题怎么解决？是不是可以考虑把那三个村寨再迁回去？"没等召恩罕回答，玉皎就说："肯定不行，我问过他们，龙果林河流域的日子比过去好多了，怎么可以再让人家回去刀耕火种？"召恩罕说："村寨的回头路不能走，但可以把适当的烧荒开地作为增扩动物生境、开通大象廊道的一个办法。"贾海桐着急地挠了挠头发："既然大象是冲着三个村寨来的，他们不带头，谁还有能力让美登木家族赶快回到青梅林河流域去？"召恩罕说："你问问大象医生，看他有没有办法？"贾海桐立刻摸出手机，拨通了对方，把手机交给召恩罕说："你们的业务，还是你来给他说。"

岩罗章说他也不知道自己有没有办法，到现场问问大象才能确定。"你们等着，我这就过去。"召恩罕说："人象冲突不等人，我们派车去接你，你在哪里？"岩罗章说他在澜沧江边一个生长着大片缅桂花树的江滩上，正在给那头活过来的老母象上药。"来这里没有汽车路，你们还是等着吧。""你大约多长时间能到？""我也说不上，因为还得拐到蝴蝶坝子去，小公象该换药了。"召恩罕知道对方不是一个拖拖沓沓的人，就说："好吧，不催你了，你慢慢跑，别着急。"关了手机他又说，"走，我们去看看大象。"大家都站了起来。房东说："饭做好了，你们吃了去。"玉皎问："什么饭？""酸肉竹筒饭。"玉皎做主道："那就带到地里去吃吧。"

大家各自带了一个竹筒和一双竹筷子，走向田野，来到一棵巨大的高榕下，坐在横七竖八的板根上，剖开竹筒吃起来。百米之外也有一棵大榕树，这时候有点热，大象们正在树荫下休息。四周很安静，寨民们已经不再驱赶美登木家族了，想不出新的办法，徒劳的驱赶让他们有些疲惫，何况管理局的人在这里，请他们看看大象是如何霸道地夺走了他们的作物，也算是一次无言的申诉。玉米几乎没有了，收割的收割，吃掉的吃掉，田野披挂着稻谷的金黄和甘蔗林的紫绿，以缓慢的波浪衔接着流域两侧，又朝着河边伸展而去。龙果林河以它一年中最丰赡的流量制造出了开阔的水面，原本弯曲细长的河道变得说弯不弯说直不直，余水漫溢着，引来一些绿鹭、黑鹳和栗树鸭，落脚在淹没了稻田的浅水里，徜徉、采食、恋爱、飞舞，对它们来说那是个有荤有素、有爱有侣的好地方。但是据当地人说，来这里的水鸟已经少了不止三倍，因为安静少了，植物的种类少了，小动物和昆虫也在农药面前纷纷倒下了。农田的覆盖显得霸道而无序，曾经的大片野生龙果林变成了丘陵的帽子和田埂上的点缀，零零星星的肉托果、滇楠和糖胶树孤儿一样耸立在隆起的不长庄稼的石灰岩上，表明这里曾经是一片葳蕤而多样的山地雨林。还有一些毛荔枝和鸡毛松，软弱无力地镶嵌在一块块不同形状的甘蔗林周围，比苍蝇还小的无刺酸蜂就把蜂巢建造在鸡毛松的树洞里，源源不断地飞出去又飞回来。原野里到处都是见缝插针的绽放，能看到蓝白色的可爱花、粉红色的含羞草和明黄色的望江南，好像还有一些别的花，但已经远得看不清是什么了。

　　大家一边看一边吃。吃了几口，召恩罕便拨通了管理局的电话，询问小象的情况。那边的人说："都饿得站不住了，还是不吃不喝，我们请医院的医生过来给它挂了吊瓶，输的是加强营养液。"召恩罕琢磨了一会儿，又把电话打给了老茎生花派出所，问他们找没找到那个叫毛管花的年轻人。派出所的人说没有，打了几次电话都不通。召恩罕说："麻烦你们给他发个短信：速来版纳雨林管理局，小象不吃不喝，危在旦夕。后面加上我的手机号和名字。""管用？""试试吧。"贾海桐就像是往树洞里灌水，呼啦呼啦几下就吃完了一竹筒饭，又接过玉皎递过来的金属旅行杯，喝了几口大叶茶说："我说说寻找缅桂花家族的情况吧，我们找，也发动一些护象员找，没发现踪迹，好像它们已经走出了勐腊雨林。我正在扩大寻找的范围，一个大约有十三头大象的家族行动起来不可能不留一点痕迹，何况还有一头被砸伤的小公象，除非盗猎者已经动手，但这也是不可能的，三四个盗猎者对付不了这么多大象。"召恩罕问："你怎么知道是三四个？"贾海桐说："这就是我要说的重点，我们不是要找岩光吗？我挨个问了救护队的人，都说不知道这个人在哪里，过去没深交，现在就更不会联系了。只有一个人说得详细些，岩光在救护队时正好他家装修房子，他请岩光过去帮着搬搬家具，岩光说电工你不用请，我来给你搞。他果然搞定了，虽然动作不怎么麻利，但一看就是个干过电工活的人。有一次岩光给他吹牛，说是能打死大象的电路都打不死他，他有不触电的特异功能。听听，他提到大象了，简直有点情不自禁。我这样想，既然我们已经确定岩光是三个守夜寨民中的一个，现在又确定岩光是个懂电而且会操作的人，缅桂花家族成员的三起触电死亡，是不是离蓄意谋害又近了一步？"

召恩罕说："不错，是这样，但还是得有证据，主要是人证。"玉皎说："关于他会干电工活这一点，还可以去蚁花寨求证。"贾海桐说："不用了，我已经去过了，问到的寨民都说不知道他懂电，只知道他年轻时在景洪城的一家建筑工地干过。我问他们是什么工地、哪个工程队，都说不上来。我想这也可以理解，村寨的民用电一般不会有什么大问题，最多就是换换保险丝、换换灯泡什么的，男人女人都会干，他的技术也就显不出来。最要紧的是……"他抠了抠耳朵，又抓了抓胳膊。召恩罕催促道："别停下，说呀。"贾海桐说："岩光从建筑工地回来，到第一起大象死亡事件发生，仅仅相差了半年。"别人都沉默着，只有玉皎焦急地问："相差半年又怎样？你说清楚啊。"贾海桐说："很可能他是有了对公象的预谋之后才回来的，不仅不会暴露自己的电工技术，还会尽量掩饰。"召恩罕说："还有可能是时间太短，来不及显示自己，就到了应该保密的时候。"贾海桐说："岩光去帮助救护队的同事装修房子时两次接到同一个人的电话，好像那人希望岩光离开救护队跟他干，岩光说我现在已经是个月月拿工资的人，为什么要跟你干？而且这个人管他叫老叔。"召恩罕沉默着。玉皎说："他年龄不大，怎么就是老叔了？"贾海桐说："我也这么想，想着想着就明白了，那人不是叫他老叔，是叫他老树。老树就是岩光，岩光就是老树。"玉皎问："怎么又变成老树了？"贾海桐说："前几天我们不是营救了一头被捕兽夹夹住左后腿的小公象吗？通风报信的就是老树，我还问老树是真名还是假名？干什么的？他说见了面你就知道了。后来他又给我打过一次电话，好像喊了句什么就挂了。我们的人赶往营救现场时碰到了三四个人，慌慌张张的，见人就躲，一边躲一边推搡着一个人。我听了以后就想：这个人是不是老树？而推搡他的人很可能就是盗猎者，现在看来更有可能了。"玉皎说："不管这个人叫岩光还是叫老树，我们还是看不到他的影子。"召恩罕说："你把他的电话发给我，我请派出所查一查，确认一下通风报信的老树就是失踪的岩光。"

独木成林派出所很快回复了召恩罕，让所有人出乎意料：从登记的身份证看，购买这部手机的人既不叫老树也不叫岩光，而是叫玉腊。玉皎一听就喊起来："你是说猪屎豆？"贾海桐点点头："对，是猪屎豆。"召恩罕说："又进了一步，三个守夜寨民中，猪屎豆失踪了，他弟弟也就是那个搬运原木的汉子被缅桂花头象踩死，老树离开村寨在外面打工，后来不见了，原来是在跟着猪屎豆鬼混。"贾海桐说："然后他就换了手机，或者猪屎豆没收了他的手机又送给他一部新手机。"玉皎说："目标扩大了，这是个好事。"贾海桐说："但老树跟猪屎豆肯定不一样，不然就不会打电话告诉我小公象被兽夹夹住的事。"召恩罕说："这也反过来证明，猪屎豆一定是个盗猎者，盗猎者可是什么事情都能干出来，老树打出去的电话很容易被发现，他会不会有危险？"贾海桐说："我现在的困惑是，老树既然跟了猪屎豆，为什么又要背叛他？既然要背叛他，为什么又不跑掉？从他给我打电话又发照片的经过看，他是有机会也有时间逃跑的。"玉皎说："现在怎么办？通缉猪屎豆？"召恩罕说："证据不足，公安部门不可能只根据我们的推理发布通缉令，再说他们肯定都藏在雨林里，通缉给谁看？动物和树木又不会帮我们抓坏蛋。"贾海桐说："只要是盗猎者，肯定和外界有联系，没有市场的盗猎是不存在的。看来我得抓紧时间去趟'章朗谷'了，跟地不容聊聊雨林和大象，看他有什么反应。"说着站起来，做出要走的样子。召恩罕说："先别忙着走，我还有事要说。"

一只漂亮的鸟飞过来，落在不远处的田埂上响亮地唱了几声。贾海桐赶紧拿出手机要拍照，噗的一声它又飞走了。玉皎说："那边还有一只，两只飞到一起喽。"召恩罕说："知道那是什么鸟吗？银胸丝冠鸟，是列入国家重点保护野生动物名录的。"贾海桐走过去拍了一张，坐下来把自己拍的鸟照转发给了玉皎。召恩罕说："昨天我去州上汇报，马副州长的意见是寻找缅桂花家族要抓紧，不能总是等大象死了再交给警察破案。先找到它们，保护起来再说，尤其是要保护好那头被砸伤的小公象。又当着我的面，把我们对案件的疑问转达给了雨林公安，雨林公安的意思是让管理局提供更多的线索，他们会根据线索做出需不需要重新立案的决定。但是在没有拿到人证和物证之前，一定不要弄得沸沸扬扬，保密是最基本的要求。现在我们的工作有点难，三起大象触电死亡和窃取象牙事件的真相依然蒙在鼓里，我们既要回避赔偿的问题，又要安抚寨民的情绪，杜绝报复性追杀。所以从明天开始，管理局得把工作的重点摆到蚁花峡和蚁花寨，这里交给玉皎，我两头跑。"玉皎又说："要是有个副局长，你就可以只顾一头了。贾海桐，你能不能放下大象救护队，来管理局当个副局长，屈尊一下嘛。"召恩罕笑道："我也这么想过。"贾海桐捋了捋袖子说："只要你们下调令，我明天就上任。"大家都知道这是玩笑，因为勐巴拉娜西大象救护队虽然级别不高，却直属省林业厅，谁也无权调动他。召恩罕说："何必要等到明天，现在就可以。"贾海桐说："好啊，副局长也算是副处级了吧？大象救护队到底是什么级别我到现在都搞不明白。"玉皎问:"工资给你多少?"贾海桐说:"副科级的标准。"玉皎哈哈大笑:"我一直拿你当大人物看待,原来还不如我。"贾海桐说:"所以嘛,提拔我还不如提拔你和石栗。"召恩罕说:"目前州政府根据版纳雨林管理局的意见,已经正式向省里提交了《迅速实施增扩动物生境和开通大象廊道计划》的报告,我们得做好实施计划前的所有准备,副局长的任命也是个大事,我昨天又提了出来,马副州长倒还比较痛快,说这两天就给州委汇报,尽可能按照我的意见来。"贾海桐问:"你是什么意见?"召恩罕说:"石栗是要走的人,当然是提拔玉皎了。"贾海桐说:"石栗呢,怎么今天没来?"玉皎说:"先是去机场接人,然后又去了勐海雨林,说是发现了三头新来的大象。"贾海桐说:"他把保护大象和雨林管理合到一起了?"召恩罕说:"现在好多事情都能合起来办,我突然想到,是不是应该把寻找缅桂花家族跟寻找猪屎豆和老树放到一起考虑?如果真像我们猜测的,大象的三起触电死亡是有人蓄意谋害,缅桂花头象一直在追踪盗猎者,而盗猎者也想除掉威胁着他们的敌手,盗猎者和缅桂花家族就一定会互相走近,我们只要找到一方就能找到另一方。所以无论是去蚁花峡做寨民的工作,还是去别的地方寻找缅桂花家族,一定要慎之又慎,因为我们面对的不光是有情绪的普通寨民,还有无恶不作的盗猎者。"贾海桐说:"这个意见太重要了,大象在哪里,盗猎者就在哪里,反过来说盗猎者在哪里,大象就在哪里。"玉皎说:"听你的口气,好像你真的是副局长了。"贾海桐说:"放心吧,就算我是副局长,也是编外的,你才是未来的副局长。"有人喊:"局长,有人找。"大家朝不远处几棵被踢响的钩柄狸尾草看去。

5

　　风吹来,鸟飞来,是一只松雀鹰,掀动着翅膀,翱翔在青云之下,棉絮状的云正在加厚,洁白变色了,就像稀稀地覆盖了一层球柱草和大雪兰,暗亮中闪动着氢和氧的莹光,真正透明的恰恰就是这样的天气,而不是万里晴空。还是风的作为,涂抹着清透,笼罩着明快。雨开始降落,水滴被鹰翅击碎后洒向了一个人,他背着竹篓,唱着歌,好像不会走路,一迈步就是跑。

　　岩罗章来了,兴高采烈地说起澜沧江边缅桂花盛开的江滩上,老母象如何奇迹般地站了起来。静风时刻,身边的鱼腥草和金荞麦却疯了似的摇晃着,欢呼啊,雀跃啊,看着它又朝前走了几步,就更加起劲地拍起了巴掌:沙啦啦,沙啦啦。武姬蜂来了,突眼蝇来了,绿玉蟓来了,黄猄蚁来了,其实它们一直没有走远,当它们意识到大象本来就不喜欢它们,而这头重伤在身的象奶奶更不希望它们过多骚扰时,就都不远不近地躲开了。这会儿又都来到跟前祝贺它的新生:好啊好啊,大象还是站起来好,躺下多没意思,我们都替你绝望啦,现在好啦,你又可以拉屎啦,快拉吧,我们需要你的屎。还是那群斑文鸟,还是停在了白缅桂花树上,激动地叫了几声后,纷纷下来,落在了象奶奶的背上:哇,你的皮肤这么干净,那些无处不在的寄生虫去哪里了?是这个不断给你喂药上药的人清除掉了吗?那个人是你的什么人?亲戚吗?怎么对你那么好?那一对阔嘴鸟夫妇带着三个孩子飞到了象奶奶躺卧了好几天的地方,发现那里什么都没有,疑惑地想:粪便呢?是象奶奶藏在肚子里不想拉出来,还是让那个人吃掉啦?没有大象的粪便就没有它们吃的虫子,大自然是讲究卫生的,但又不会把细菌和虫卵的温床一风吹尽。鸟妈妈说:那咱们走吧,去别的地方看看。它翅膀一扇就要飞走,又停下来说:象奶奶能站起来走路啦,我们以后可能不会再来这里啦,应该打声招呼再走。它飞到象奶奶的鼻子上,用阔嘴挠了挠对方的痒痒说:我早就知道你会好起来的,就是没想到会好得这么快。那个人真厉害,不知道他会不会治疗我们鸟的病,孩子它爸最近精神不好,吃虫子不香,想问问他,又怕他听不懂我们的话,要不你帮我问问?象奶奶答应着,冲着岩罗章哞哞了几声。岩罗章说:我能治象病就能治鸟病,关键是你得让病鸟落到我的肩膀上来。鸟妈妈说:难道你不会隔着空气治疗吗,就像有的人站在老远的地方一只眼睛一闭就能打死我们那样?岩罗章说:你说的是猎人的枪,治病用的可不是枪。鸟妈妈犹豫着:落到你的肩膀上?那不行,万一你把孩子它爸抓起来呢?我可是见过鸟笼子里的鸟,虽然有吃有喝,却已经不是一只真正的鸟啦。岩罗章说:我保证不抓它,我知道真正的鸟是什么样子的。鸟妈妈摇摇头说:我听说世界上最不可信的就是人的话。岩罗章说:"是一部分人的话,不是所有人的话。"说着,从竹篓里取出一个小布袋,拿了一点白香薷的小坚果和天仙藤的切片,找来一大一小两块石头,碾碎后撒在一片盈江南星的叶子上,说:"你让病鸟把这个吃了,一天三次,三天吃完,差不多也能治好,就是效果慢一点。"鸟妈妈发出一阵金属般脆亮的鸣叫,让鸟爸爸过来吃药。噗的一声,阔嘴鸟爸爸飞到了盈江南星的叶子上。岩罗章唱起来:

  真正的鸟用翅膀宣誓生命:
  我要驾驭空气,
  重量超过黄金。
  我要飞越关山,
  衡量地球的腰身。
  我要让阳光追不上我,

带给你永远不变的光阴。
　　我要巡视全世界的荒漠，
　　让它变成碧绿青的雨林。
　　我要像海风一样翱翔，
　　带着席卷一切的神圣。
　　我要驱赶月亮和星星，
　　让它们都在蓝天下现身。
　　我要传说你——我的大象，
　　你有胜过无量山的雄浑。
　　我要遮罩你——我的人，
　　你有加温真善美的热忱。

　　阔嘴鸟夫妇带着三个孩子飞走了。象奶奶又往前走了两步，晃着鼻子闻了闻地上的金荞麦。金荞麦快活地说：我长在这里就是让你吃的，吃吧吃吧，别客气。它有气无力地卷起一片叶子，想放进嘴里又没放，金荞麦失望地哀叹一声，举起白色的花朵拍了拍它的腿。象奶奶屁股和后腿上的伤口已经结痂，就像贴了几片紫锦木闪亮的叶子，虽然还不知道什么时候才能好利索，但不恶化的趋势已经十分明显了，火烧火燎的疼痛变成了一种针刺的酥痒的嗡嗡响的感觉，它凭着经验知道，这应该是好转的迹象。被岩石割掉了一大块的右耳已经结束感染，收缩着伤口的面积，也收缩着疼痛，忍受从极限降了下来，就像紧紧捆绑着它的绳索突然解掉了两根。一些食蚜蝇和几只局限蚊在耳朵边飞来飞去，却从不落上去，好像闻闻血腥的味道就可以了，好像连苍蝇和蚊子都开始怜惜死而复生的象奶奶了，好像所有的有情物和无情物都在一瞬间达成了共识：应该像那个人一样仁慈地对待这头虚弱的大象——一片鲜嫩的芭蕉叶从百米外借着草潮漂泊而来，盖住金荞麦的花朵，碰了碰象奶奶的脚：请尝尝我的味道，你已经好多天没吃我啦。一只隐纹花鼠忍不住从草丛里跳了出来：谁说的？我已经偷偷观察好久啦，那个人给它喂的营养丸就是用鲜榨芭蕉汁捏成的。象奶奶点点头：它说得没错，要不然我怎么还会有力气站起来呢？岩罗章说："我每次还会给它喂三四个十六种草药配制的臭木丸，防止它心力衰竭，效果看来不错，它现在除了外伤，什么毛病也没有，不出意外的话，至少还能活十年。"贾海桐说："祝贺你啊，又挽救了一头大象。"然后问他小公象的情况怎么样。岩罗章叹口气说："我现在还说不上，伤迟早会痊愈，它也会一直活着，但我的标准不光是保住它的性命，如果它以后是个瘸子，回归不了大自然，你说算我治好了还是没治好？雨林里的公象越来越少了，好不容易有了一头，又成了不能耀武扬威的残疾象，将来怎么传宗接代？"玉皎问："它不是左后腿被夹住了吗，跟传宗接代有什么关系？"贾海桐说："公象的爱情是要经过打斗的。"玉皎吃惊地问："跟谁打斗，跟母象？"召恩罕呵呵一笑："你是西双版纳人，怎么连这个都不知道？"又指着贾海桐说，"他会跟你打斗吗？他只能跟别人打斗，假如别人斗胆说一句'玉皎我爱你'的话。"玉皎瞪大眼睛说："你们说的是争风吃醋啊？"岩罗章朝美登木家族走去。召恩罕喊起来："你这就过去？"岩罗章说："你不是说人象冲突不等人吗，我还等在这里干什么？"大家都说："小心点，它们正在气头上。"岩罗章说："我以前接近过它们，心里有数。"绿色的高榕带着绿色的爱情护送着他，又让一颗湿漉漉的榕果落在了他面前。他捡起来，旋转着在衣服上擦了几下，然后边吃边走边唱：

大象你需要什么？
我只是一棵路边的小草，
不能给你香甜的芭蕉，

如果你想去别处寻找,
请在我的弱叶上落脚。

大象你需要什么?
我只是一缕林外的山风,
不能给你通天的象道,
如果你想好要去远方,
请顺着我的走向呼啸。

大象你需要什么?
我只是一只忧伤的犀鸟,
不能给你领地的广袤,
如果你有郁闷和烦躁,
请等着我带给你破晓。

大象你需要什么?
我只是一个善良的医生,
不能给你生命的自豪,
如果你想做江浪海潮,
请让我把你的病治好。

  雨淅淅沥沥的,斜洒的姿态表明了大自然的慈爱,因为所有的枝叶和所有的毛发都不是直立的,斜洒有利于吸收和沐浴,也有利于动植物的选择:你是喜欢迎着雨,还是喜欢背着雨?就跟大树的梢头总是挑着最后的温暖,雨的末端不会少了在天上爱恋冷空气的甜蜜,落地的刹那它就已经是幸福的种子了。没有谁是只喜欢阳光不喜欢雨水的。雨知道,所以就隔几天来一次,簌簌不断,每一次都是投其所好。这是大地和天空的爱情，是人和大象的爱情。岩罗章走进一片稻田，来到美登木头象跟前，摸了摸它的鼻子，从背上取下竹篓放到地上，一屁股坐下说："今天跑得太快，有点累了，真想喝一口大叶茶。你们大象就这点不好，人喝的你们能喝，你们喝的人不能喝。"说着喘了口气，歪靠在它的腿上，问它为什么要带着家族来到龙果林河流域？头象哞哞地回答着。他说："你明明知道只要是农作物的收获季节，寨民就不欢迎大象，你怎么还来？"头象用鼻突在他头发上摩挲着，又碰碰他的嘴。他又说："我知道你们不来就会饿肚子，但是你们也应该想到，大象吃了村寨的粮食，寨民们也会饿肚子，这在人类社会叫损人利己，在你们大象社会叫什么？叫义无反顾，还是叫大义凛然？现在怎么办，总不能就这样带着'义'字对峙下去吧？二十多头大象呢，一直吃下去得吃掉多少啊？而且你们很浪费，踩倒的跟吃掉的一样多。当然你会说踩倒的是留给人的，但庄稼只要一倒地，再让雨水一泡，基本就收不回去了。这样吧，你带着家族先回到青梅林河流域，我让他们给你们烧荒开地，再种上玉米、旱稻、芭蕉、羊蹄甲、鱼尾葵、类芦、棕叶芦这些你们爱吃的东西。对了，还有山黄麻，它一年就能长起来，等有了别的树木，很快又会死掉，所以我们叫它短命草，你们要是爱吃，还得抓紧吃。"正说着，背靠着的象腿移开了，他朝后倒去，还没着地，象鼻就伸过来从后面托住了他。他刚要说声"谢谢"，就觉得自己腾空而上，呼呼地摇晃了几下，又被抛向更高的地方，鸟一样飞了起来。砰然落地的时候，所有的大象都吹着气，把鼻子指向了他，嘲笑是显而易见的。巨大的高榕下响起一片惊叫，召恩罕和贾海桐几乎要扑过来，看到头象并没有做出走过去踩死他的举动，就又止步了。岩罗章爬起来，看看垫在身下的一片厚实的稻草，知道这是头象刻意选择的落点，揉了揉屁股，唱着歌冲过去，一拳打在头象的肚子上，又抱着它的鼻子说："我又不是猴子，你把我抛得那么高，万一摔坏了你赔啊？"头象再次用鼻子卷起他，秋千一样摆动了几下，又轻轻放在了地上。远处观看的人这才意识到他们是闹着玩呢。岩罗章后来告诉他们，其实也不是闹着玩，是一种和解的方式，也是一种告别的仪式，就在他被抛向天空的一刻，他就知道象群不会再在这里跟人对峙了，它们要走了。

美登木家族是跟岩罗章一起走的。岩罗章背起竹篓，唱着歌，陪伴着象群走到一个长着一些棕竹和蒲葵的岔路口才分手。他对美登木头象说："过一阵我再去青梅林河看你们，要是他们还没有为你们烧荒开地，再种上你们爱吃的植物，我就跟他们急。"说罢就奔跑而去。他觉得走路太累，必须跑起来才会轻松些。再说了，哪里都是急需要他，他浑身的细胞也急需要为大象的急需要做出努力，怎么可以像带着孩子的母象一样慢条斯理、左顾右盼地走路呢。这会儿，他的心已经飞向澜沧江边缅桂花盛开的地方，老母象已经站起来，可别再次倒下，或者就此走掉，它还需要治疗至少半个月，藤草汤、四十七灵膏、臭木丸、营养丸对它的支撑依然像空气一样重要。但是他没想到，受到在天在地在山在水的象魂启示，分手之后的美登木家族并没有回到青梅林河流域自己原先的地盘，而是走向了聚果榕坝子，那是历史深处象王开辟的大象营地，是傣族武士埋西里率领公象跟母象会师的地方。没有人知道它在哪里，但大象是知道的，或者说只要是没有被象魂遗忘的大象，就都会在一个意料不到的时间里，产生一种走向聚果榕坝子的冲动，这时候无论象群还是独象就都会明确无误地朝着应去的目标，翻山越岭地开辟出一条或隐或显的象道。所以说未必就是岩罗章的到来让龙果林河流域的人象冲突迎刃而解，大象和神圣象魂机密而不确定的联系也许才是烽烟散尽的关键。只不过聪明的大象在服从召唤的同时，还给了大象医生岩罗章一个大大的面子。

让岩罗章更加意外的是，美登木家族的离开并没有给召恩罕他们带去轻松和愉快，一个莫名其妙的电话改变了那里的气氛：雨惊愕在半空里半天不下来，一条西双游蛇突然失去游走的隐秘性，吓跑了那只被它至少觊觎了一个小时的宽头短腿蟾。还不知道有多侥幸的宽头短腿蟾跳出稻田，跳向了有人群的地方：瞧瞧去，他们怎么了？风在吹拂中带着肃静，带着扬善抑恶的侠义：人类对好人的冤枉是由来已久的。巨大的高榕上，藏在树冠密叶里的一只白胸苦恶鸟猛不丁叫了一声，而树下依然一片沉默。原来州委办公室打电话让召恩罕赶紧来州上。他问什么事？对方说开会。他不想去，就打电话给马副州长："什么重要的会，我可不可以请个假？龙果林河流域的危机虽然解除了，但别处的危机又来了。那个叫毛管花的年轻人刚刚来了电话，说他这会儿在勐海低丘雨林，那里出现了三头大象，也出现了以猪屎豆为首的盗猎团伙，他和他的同伴也包括管理局社区工作科科长石栗正在保护大象，不敢离开，两全其美的办法就是管理局迅速派人带着小象去找他，一来可以尽快让小象回家——他在临沧水鹿河边见过那三头大象，它们就是小象的亲人，为了寻找另外两个被河水冲走后死活不明的家庭成员，来到了西双版纳，当地人管它们叫缅桂花家族，跟我们西双版纳蚁花寨头象踩死人的象群是一个名字；二来可以多几个人对付盗猎者——他们手里有枪，不定什么时候就会射向三头大象，大象现在很危险，再要是发生意外，临沧来的缅桂花家族说不定就没了。我正准备赶过去呢。"马副州长说："你派人赶紧去勐海低丘雨林，想尽一切办法保住大象，必要的时候也可以打草惊蛇，避免盗猎者开枪，就算失去罪证，让他们跑了，也在所不惜。他们跑了还可以抓，大象一旦出事，就不可能死而复生。另外，尽快通报雨林公安。""通报了。""那就好。你本人还是抓紧时间回来，因为事情跟你有关，非常突然，我也是几分钟前才听说，有人实名举报你跟盗猎者勾结起来盗卖象牙，还说电死蚁花寨的三头大象是受了你的指使，只要抓住猪屎豆就能证明。"召恩罕笑了："还有这样离奇的事？""是很离奇，但既然是实名举报，纪委就得认真对待。""这么明显的诬陷还需要认真对待？谁举报的？"马副州长不吭声。召恩罕哼哼一声说："不过我倒要认真对待这个举报的人了，他居然知道猪屎豆就是盗猎者，而且跟蚁花寨死去的三头大象有关，也知道猪屎豆一直逍遥法外，所以才说抓住猪屎豆就能证明。这么一想，我差不多明白这个人是谁了，刀畲。"马副州长说："不要想太多，现在一切都不明朗，来了就知道，开车注意点，千万不要有太大的思想负担。""莫须有的事情我会有什么思想负担？""你应该想到，在这种情况下，接受调查的人都会暂停领导工作。""不让我干了？那雨林管理局怎么办？""确定一个临时负责人，我想听听你的意见，谁合适？"召恩罕想了想说："等一会儿我再告诉你。"

沉默。在召恩罕拿出意见之前，所有人都在沉默。一只华丽灰蜻飞过来，停在半空里瞧着面前的几个人：脸上怎么了，都是阴雨绵绵的样子？一只黄翅绿螅悬停在它上面说：暂停领导工作啦，这就跟我们死掉一样。话音未落，一只虎纹伯劳飞过来，一嘴衔住它，飞了几下又放了，似乎是在启蒙对方：暂停领导工作怎么会是死掉呢？召恩罕不会死。召恩罕望着虎纹伯劳，突然扭头盯上了玉皎。玉皎反应敏捷地喊起来："我可不当临时负责人，你给石栗说吧，他学历那么高，比我强。""石栗是要走的人。""走了再说嘛。"召恩罕想了想，望着云雾弥漫的天空说："我再跟马副州长商量一下。玉皎现在去雨林，一定要找到毛管花和石栗他们，保护好三头大象。我去州上，看人家怎么调查，争取尽快回管理局，换一辆皮卡车，带着小象去跟大家会合。"贾海桐说："那我呢？我干什么？"召恩罕说："我已经是个'暂停领导工作'的人了，怎么敢指派你？"贾海桐说："你从来没有指派过我，每次都是请求帮助。"召恩罕说："好吧，那我最后请求你一次，跟着玉皎去，帮帮她。"贾海桐说："其实你不说我也会去，我是勐巴拉娜西大象救护队队长，职责所在。但是你说了更好，免得天上的赤颈鹤嫉妒，说我是跟着玉皎去的。"他一脸严肃，表达的却是另外一层意思：忠贞不渝，一生只会有一个伴侣的赤颈鹤攀比着他对一个人的爱。玉皎听明白了，脸微微有些泛红："都什么时候了，你还开这种玩笑。"贾海桐说："嗨，男人嘛，就跟大象一样，顶天立地，行走四方，没事的，你是什么人，大象、豹子、小鼷鹿、蝴蝶、蜜蜂都知道。"召恩罕苦笑一下说："我没事，就是可惜了我那些计划，很可能要被搁置了。"说着眼泪几乎掉下来。

6

雾薄了许多，黑色商务车慢腾腾朝前走去，渐渐地，窗外清晰了，雾的消散如同山影的倾倒，飞溅起一天的碎石星火，都是叶子和枝子的形状，是万朵花开的模样，朱果藤扭结而上，榕树须垂挂而下。年轻的滇木花生把自己扭曲成了老人，年老的长圆夜楝木却舒展得像个少年，两棵东京枫杨和一棵秃瓣杜英挤在一个坑窝里，又被赖皮的多穗白藤紧紧攀附着，花盛叶茂。赤材推搡着林间的伴侣，自私地独占了一块高隆的土壤，却有割舌树一头撞过来，顶在了它的腰上。常绿苦树和大花藏丁香都是横着长的，好像根扎在了空气里。紧接着又是大山的立起，绿森森不见首尾。坐在副驾驶座上的毛管花喊起来："看啊，快看。"虎头兰一个急刹车："怎么了？"毛管花说："雨林出现了。"虎头兰说："这有什么奇怪的，它也该出现了，我还以为看到了大象。"虽然在西双版纳看到雨林并不值得惊奇，但一路走来的失望还是铺垫了大家的情绪，几个人显得跟毛管花一样惊喜，瞪眼望着窗外，石栗"哇"了一声，雨燕"哇塞"着，黄鹂则是"哇哦"，就像沙漠里看到了绿洲，沧海中看到了彼岸。第一个跳下车的雨燕一脚踩住了一棵倒地的橄树枝杈，上面附生着一枝露珠闪闪的黄花，赶紧蹲下，扶起花瓣说："我怎么把花踩倒了？这是什么花？"大家纷纷下车，黄鹂指着司机说："就是他。"雨燕说："虎头兰？"虎头兰说："对啊，那就是我喜欢戴的花。你乱踩什么？"说着弯腰摘了几朵新鲜的，把竹篾帽上蔫不拉几的花换了下来。雨燕问："西双版纳的男人都戴花吗？"虎头兰说："只能说有的男人喜欢戴花，比如我，搞旅游的，想另类一点，吸引人嘛，让人家一看就觉得到了西双版纳就是到了花海里。再说有香的人不招蚊子，尤其是戴着依兰香的人。"黄鹂说："这个我早就知道，你要是怕蚊子吃掉你，拿几朵依兰香戴着，我保证被吃掉的是蚊子。"雨燕问："你做梦都想让蚊子吃掉我是吧？"黄鹂说："你才知道？"雨燕又问："然后再让蚊子吃掉毛管花？"黄鹂小声说："错了，是吃掉石栗。"雨燕瞅了石栗一眼说："他有什么不好？又帅气又稳妥又有地位。"黄鹂奇怪地望着她："第一次听你这样评价一个人，你也会看重一个人的地位？"雨燕苦涩地一笑："你不觉得很多时候地位决定一切吗？人家在乎的你不在乎，怎么可能走到一起？""谁说我要跟他走到一起？""真的没想过？不是骗人吧？""听你的口气你好像看上他了？要不要我在你和他之间拉个线？"雨燕拍了一下黄鹂说："你还是想办法把自己那根线拴牢吧，我要是想，自己就能搞定。"石栗喊道："看啊，这里有魔芋。"毛管花补充道："是疣柄魔芋。"大家围过去瞧着。石栗又说："魔芋怎么跟繁缕长在一起？"雨燕说："为什么不能在一起？"黄鹂说："对啊，为什么不能在一起?"石栗莫名其妙地望着她们两个,知道话里有话,一时又猜不透,笑一笑,过去了。虎头兰说:"赶紧走吧,这样看下去没完没了,花花草草有什么稀罕的?我们是来看大象的。"

大家纷纷上车。商务车重新上路。雨燕问:"是不是到了你说的椿木屋,就能看到大象?"虎头兰说:"两岔里去了,从这里去椿木屋比从景洪城去还要远,我们绕了一大圈到了勐海低丘雨林的西边,三头大象在这边活动的时候多,容易找。你们还是看窗外吧,说不定大象就在我们路过的树林里。"大家就都盯着徐徐划过的雨林,毛管花更是一眼不眨。车在草丛里颠簸,漫漫漠漠的雨林海潮一样动荡着,树的堆积带着天造地设的规范镶嵌在云山之间,高天的牙齿和大地的牙齿严丝合缝地咬合在一起,所有的绿色都变成了咀嚼时汁液的流淌。毛管花眨巴着眼睛想:怎么都流淌成大象的模样了呢?每一棵树、每一片浓绿、每一种叠床架屋的绵密,都是奔驰的大象走向无极的造型,有公象,有母象,有缅桂花家族的所有成员,自然也有跟他来到西双版纳寻找亲人的小象,大象是金毛榕和中平树的,小象是闭花木和湄公栲的。但转眼又不一样了,商务车忽地一颠,就像变戏法似的,大象们又变成了别的材质,天南星、鸟巢蕨、红厚壳、青紫葛什么的,雨林就是雨林,它是多样性的代称,大象就是大象,什么材料都可以塑造。毛管花惦记着正在版纳雨林管理局等待他的凤凰木,不禁有些担忧:它怎么样了?这会儿在干什么?真希望它别总是把自己的命运拴系在一个人身上,为什么不见到他就不吃不喝呢?吃饱喝足了再去思念,不也是一样的吗?真是个孩子,什么都不懂。突然看到长茎杜英的小象变成了大花五桠果的小姨,又开始怅怅地自责:该给小姨报个平安了吧?不能老是需要她打钱的时候才去又甜又腻地小姨长小姨短。他摸出手机摁了几下,发现没有信号,就又把眼光投向了绿浪滚滚的雨林。大象小象的造型全部消失了,除了树还是树,就像疾驰的云朵,又像耸起的堡垒。突然听到雨燕说:"我好像看见人了。"虎头兰问:"在哪里?"没等到回答又说,"这里怎么会有人?要有的话一定是盗猎者。你真的看见了?"雨燕说:"我的眼睛跟我的音乐人耳朵一样,挺给力的,虽然我说是'好像',但也有百分之八十的把握,就在那一片楝树旁边,忽地一闪,不见了。"

　　商务车慢了下来,在长满鸭跖草和莎草的地上摇晃了几下,停住了。虎头兰灵活地扭动脖子前后左右瞄了一阵,没看到什么,就开门下车,朝雨燕手指的地方走去。毛管花说:"那里有苦楝和毛麻楝,也有老虎楝。"雨燕说:"我又不搞专业,能认出楝树就不错了。"石栗下车,跟在了虎头兰后面。雨燕说:"等等,我也去。"黄鹂望着她,又望了一眼不准备下车的毛管花,欠了欠身子没动。两个人平静地望着他们的背影,望着迎面扑来的树海瞬间淹没他们时掀起的一阵绿浪。黄鹂突然问:"喂,你觉得他怎么样?"毛管花说:"谁怎么样,虎头兰?""你装什么装?明明知道我问的是谁。"毛管花弯起嘴巴一笑:"挺好的,跟你挺般配。""我就知道你会这么说。我发现石栗跟谁都般配,你看他跟雨燕走在一起,似乎是认识了好久的老朋友,不像你,跟谁在一起都有点不搭。"毛管花呵呵一声,不说话了。黄鹂说:"他们怎么还不回来?""我去看看。"毛管花下去了。黄鹂说:"你好像在躲着我?""为什么不呢?石栗看你的眼神就像公象看母象,专注而深情,我都有点受不了。""我怎么没觉得?他看谁都那样。""他一来,我就觉得我多余了,活着都是多余的,有什么能耐跟人家竞争?他是真心爱你的,你可千万别错过。""你好像从来没这么谦虚过。""哪里是谦虚,是自卑,真的,我能给别人带来什么呢?贫寒、失意、无定、忐忑不安,再就是带着凤凰木四处漂泊,我发现我只跟大象有缘分。""倒也是,你能带给别人什么呢?""人的追求可以虚幻,但爱情不能虚幻,它必须捏在手里,实实在在的。""这还不容易。"她说着也下了车,伸手就要捏他。他躲开了,大步走向楝树密集的地方。"果然是捏不住的,但你也别丢下我呀。"黄鹂说着追了过去。

　　楝树后面并不都是楝树,也有王冠蕨、美果九节、橡皮树什么的,十平方米之内,至少生长着一百种植物,它们在这一刻几乎都成了见证,这里刚才的确是有人的:脚印、损坏的枝叶、树干上蹭灭烟头的痕迹,还有一张揉皱的纸巾。毛管花和黄鹂走到跟前时,石栗正在说:"如果他们不是做贼心虚,为什么会见人就躲?"虎头兰说:"我不是说了嘛,来这里的除了盗猎者,不会有别的人。"雨燕问:"我们不是人吗?"石栗说:"他用的是大象的眼光,在大象看来,人跟人没什么区别。"毛管花说:"不对吧?就连小象凤凰木也知道有人可靠有人不可靠。"石栗一笑:"这方面你有经验。"黄鹂问:"现在怎么办?"虎头兰说:"继续往前走,找到白榄河,我在河边两次见到过三头大象,它们会去喝水和吃白榄的。"石栗问:"离这里有多远?"虎头兰说:"大约十公里吧。"石栗说:"肯定不能去,盗猎者都在这里了,我们去那么远的地方干什么?"虎头兰说:"我们是来看大象的,又不是来看盗猎者的。"石栗说:"盗猎者怎么会待在一个离大象十公里远的地方?"毛管花说:"也许盗猎者仅仅是路过这里。"石栗说:"不可能,要是路过的话,就不会在这里待那么久。"雨燕问:"你怎么知道他们待了很久?"石栗说:"看看留下的痕迹就知道,脚印杂乱,方向不一致,损坏的树枝草叶面积又大,应该是趴卧在地上的。四个人仅仅是路过的话,不可能这样。"黄鹂问:"为什么是四个人?"石栗说:"地上有个四个趴卧的痕迹,脚印显示有三种不同的鞋掌印痕,但从大小看,正好是四双。"大家不说话了,都等着有人首先反驳或者首先赞同。雨燕说:"说话呀,怎么都变得这么深沉?"还是没有人发表意见。雨燕就捣了石栗一下说:"你还没说下一步怎么办呢?"石栗说:"听听大家怎么说。"虎头兰说:"我觉得还是应该去白榄河边等着,在那里看到大象的把握更大,今天看不到,明天肯定能看到,大象总是要喝水洗澡的。"石栗说:"万一盗猎者得逞呢?我们就什么也看不到了。再说了,他们的出现等于是指点,找到了他们,就能找到大象。"毛管花说:"不敢苟同,我敢跟你打赌,附近只有盗猎者,没有大象,大象就在河边。"石栗问:"理由呢?"毛管花说:"没有理由,只有感觉。"雨燕说:"那怎么办?总不能分开行动吧?"毛管花说:"举手表决吧,要不然你让虎头兰怎么办?他希望我们看到大象,但我们又不听他的。"表决的结果是:雨燕和黄鹂都同意石栗的意见,三票对两票。

毛管花的寻找在叹息中开始,他好像很在乎两个女孩一起赞同石栗的举动,既不理睬雨燕,也不理睬黄鹂,满脸的尴尬和不快表明他正在经历一次飘飘而下的失落,如同一片叶子,没等枯黄就被风吹离了枝杈。但是他的眼睛里却没有一丝叹息的翳障,光亮得比谁都耀眼,被它盯视的树木每每都会发出唰啦啦的响声,似乎不是盗猎者逃走了,就是大象离开了。一行人沿着不难发现的盗猎者的脚印朝雨林深处摸去,没走多远,雨燕就"哎哟"了一声,抬起右脚,不停地甩来甩去,眉头皱得就像长了一棵藤缠树。黄鹂问:"怎么了?"雨燕朝前跳了几下,哼哼唧唧地用鼻子说:"我踩到脏东西了,怎么办?"然后又对石栗说,"你别过来,臭死了。"本来石栗没打算过去,听她这么一说,就赶紧来到跟前,看了一眼说:"那就在地上蹭蹭呗。"雨燕蹭了几下,沮丧地捂起鼻子跺跺脚说:"蹭不干净。"石栗说:"你等等。"他四下看看,走出去几米,摘回来一片大黑麻芋巨大的叶子,"用这个擦擦吧。"走在前面的毛管花突然扭头说:"别动。"然后几步跳过来,摸着她的鞋问,"在哪里踩到的?"雨燕指了指身后。毛管花过去一看,惊喜得叫了起来:"象粪,这里发现象粪了,还是新鲜的。"走在最前面的虎头兰赶紧跑回来,低头闻了一下,突然把右手食指放到嘴前,长长地"嘘"了一声,扭动身子四下观察着。毛管花寻寻觅觅朝前走了几步,小声说:"这里还有。"说着弯腰把象粪捧起来,捏了捏,又掰开看了看。这个举动就像递过来一支安慰剂,让雨燕顿时丢开了运动鞋被搞脏的烦恼,跟着大家围了过去。毛管花说:"这么软,虽然有点凉了,但里头没有昆虫,说明大象离开这里最多不超过一个小时。"他们继续往前搜寻,经过了几棵红皮水锦树,又经过了一片围涎树和紫金牛,正要绕过一棵顶果木,雨燕小声说:"我好像又看见人了。"黄鹂问:"在哪里?"雨燕却望着石栗说:"在你的右首,那棵白花树的后面。"大家都朝那边看去,却什么也没看到。但他们都相信雨燕的眼力,因为正是她的发现把大家引到了这里。虎头兰问:"也是忽地一闪不见了?"雨燕点点头。石栗和虎头兰便朝白花树走去。而毛管花却把注意力放在了相反的方向,猫着腰走了过去。雨燕犹豫了一下,转身跟在了石栗后面。黄鹂显得更加犹豫,左右顾望着原地立了一会儿,才决定还是跟着毛管花走。

雨林往原始里宁静着,鸟儿们一只只屏声静息,能听到蚂蚁的脚步声正从树干上传来,空气好像是被谁呼出来的,带着些微的温度。所有的树叶都停止了摇摆,当花絮依然追逐着花絮时,大树立马闭上了眼睛:惭愧啊。黄鹂很快发现自己的决定是正确的,因为她成了所有人中第二个看到大象的人。在十几米远的地方,一片红花木犀榄和金珠柳后面,一头大象露出了屁股,一头大象露出了腰身,一头大象露出了耳朵。它们一动不动,好像是躲藏起来的,不想发出任何响动。但它们没想到,厚实的林幕也会有渔网般的树隙,自己的身形太庞大了,很难被一点不漏地遮挡。毛管花隐身在布帘一样垂挂着的玉叶金花后面,愣愣地看了片刻,然后悄然退去，路过黄鹂时，轻轻拽了她一下。两个人来到白花树前，朝那三个人招招手。黄鹂小声说："大象。"一行人跟着毛管花回到刚才看到大象的地方，大气不敢出，静静地盯着前面。空气是凝固的，呼吸也显得不怎么顺畅，黄鹂忍不住咳嗽了一声。一头大象立刻掉转身子离开了那里，另外两头大象跟了过去，转眼不见了。雨燕埋怨地瞪了黄鹂一眼。黄鹂抱歉得打打自己的嘴。毛管花说："没事。"就要跟过去。石栗拉了他一下："小心。"毛管花说："你们别动，我一个人先过去侦查一下。"他蹑手蹑脚地来到大象刚才藏身的地方，除了散发着气息的象粪，什么也没有，便循着象脚的印痕往前走了一段，忽听自己的侧翼咚咚两声，扭头看了半天，才意识到是两颗比柚子更大的油瓜坠落在了地上。又不是油瓜成熟的季节，怎么会突然掉下来？正琢磨着，立马就有了答案：大象是想告诉他，请不要走远，我们就在这里。一头大象走了出来，又一头大象走了出来，接着第三头大象也走了出来。毛管花本能的举动不是转身跑掉，而是跟三头大象一样，从挡身的割舌树后面走了出去。现在，人和大象可以互相直面了，距离不到八米。毛管花激动地说："你们好啊！"千真万确，就是他在水鹿河边的悬崖上看到的那三头大象，是缅桂花家族。站在最前面的母象大概是头象吧，从嗓眼里发出一阵呼噜噜的叫声，似乎同样也是激动的：你好啊，我们托付给你的小象呢？它好吗？在哪里？毛管花立刻听懂了："小象很好，但它这会儿不在我身边，怎么才能把它交给你们呢？我就是为了寻找你们，才和它分开的。"

大象沉默着，斑驳的林间光影开始集体移动，整齐得就像谁喊响了"一二一"的口令。风从睡眠中醒来，用手指弹响了姜文云斑蛛和罗琦美蒂蛛刚刚拉紧的琴弦。爱地草的情歌悠扬而来，黄栀子的伴唱缓缓跟进，花开了，开得有声有色。毛管花的身后传来一阵脚步声，所有人都跟了过来，就在他们惊喜地"哇哦"又"哇塞"

的时候，三头大象突然掉转身子朝前走去，走得很快，眨眼消失在一片帽蕊木的绿幕后面。毛管花说："先别走，我还没说完呢。"但大象的离去带着躲避灾难时本能的坚定，等他走过去再次寻找时，就连脚印也都消失了。他回到大家面前说："小象凤凰木的亲人终于找到了，早知道这样我把它带来就好了。但愿它们别走得太远，我还会来的。"黄鹂说："我们都是第一次这么近地看到大象，一个个都傻了，连照片都忘了拍。"雨燕说："谁说都傻了？拍了照片的人，请发给大家共享。"石栗说："等手机有了信号我就发。"黄鹂佩服地说："怎么这么镇定？"雨燕说："这就叫素质。"石栗说："要说素质，毛管花是最好的，人家都可以跟大象说话。"毛管花说："我肯定不如你，差点吓得尿裤子。"

　　虎头兰长长地喘了一口气，笑道："怎么样，我说能让你们看到大象吧？"黄鹂说："你挣到了钱，我们也大饱眼福，双方的目的都达到了。"雨燕望着毛管花和石栗说："刚才你们打赌了没有？"石栗笑道："真后悔，我怎么没打赌呢？"雨燕说："反正毛管花输了，得请客。"毛管花说："才不请你们呢。"黄鹂问："为什么？"毛管花说："我没钱。"瞪了一眼石栗又说，"他有钱，让他请。"石栗说："请就请，不就吃顿饭嘛。"虎头兰说："走走走，赶紧去车上，今天就能回去了。"毛管花说："回去得越快越好，争取明天再来，把小象凤凰木还给缅桂花家族。"石栗说："不能回，盗猎者没找到，三头大象的危险还没解除呢。"雨燕说："也对，万一出了事，你把小象还给谁？"黄鹂望着毛管花，觉得自己应该站在他这边才对。毛管花摘下一片小花楠的叶子，放在鼻子边闻着不说话。石栗说："我们已经发现了盗猎者，如果不去制止，就跟姑息纵容是一样的。"毛管花突然扭头转向黄鹂，指着石栗说："他是对的。"黄鹂说："我也没说他不对啊。"毛管花又对虎头兰说："我们应该听他的，他是领导。"虎头兰说:"我已经让你们看到大象了,你们还不走,那这个钱怎么算?"雨燕问:"你想加点钱?"石栗说:"想加多少你跟我算,因为暂时不走是我提出来的。"黄鹂说:"那不行,还是大家平摊。"毛管花说:"我才不摊呢。"黄鹂失望地望着毛管花:"你就缺这点钱?"毛管花说:"别忘了我是一个不挣钱的人,人家是挣钱的,而且挣得不老少。"黄鹂心说过去怎么没发现他是这样一个小气鬼。石栗说:"干脆这样,这次大家来雨林,所有的费用我都掏了。"雨燕说:"还有我,我跟你一起掏。"毛管花说:"那倒没有必要。"黄鹂瞪了一眼毛管花,摇摇头说:"我也觉得没必要,还不是为了让小象见到大象?"虎头兰说:"你们不就是想保护大象吗?算了,我也不加钱了,听你们的。"一条颈斑蛇从不远处的雌蕊草丛里蹿出来,优雅地弯曲着,吓飞了一只真正的黄鹂鸟,惊慌的啁啾落下来时,变成了一朵鸡矢藤的花朵,洁白裹缠着红艳,风情万种。

第七章 "绞杀植物"之歌

公象路过时看到姑娘正在家门口哭丧,
便知道疫病来了,父亲死了,母亲也死了。
姑娘恐惧地望着远处,乞求公象守在身旁:
就剩下我一个人了,我在等待情郎。
公象走了又回来,献给她一朵鸢尾花。
以后几天,它赶走了来犯的狮子和胡狼,
赶走了抢劫的强盗和不怀好意的流氓。
直到情郎从通往贸易镇的路上走来。
情郎吓得嗷嗷叫,投毒害死了公象。
姑娘悲恸不已,一口吞下掺着剧毒的果酱。

1

一丝风从林冠的缝隙里穿过来,留下一瞬的凉爽,又沙沙地走了。石栗说:"咱们现在说说下一步怎么办,刚才在白花树后面看到的盗猎者的脚印跟第一次看到的没什么区别,从掌纹看是三种,从大小看是四种,说明还是四个人。接下来就是追踪了。虎头兰你对这里的雨林很熟,应该能判断出三头大象会去哪里。"虎头兰说:"白榄河边的可能性最大。"毛管花说:"都到这种时候了,三头大象还顾得上喝水、洗澡、吃白榄?"石栗说:"也许大象并不知道已经有盗猎者盯上了它们,它们摆脱了我们就觉得万事大吉。"雨燕说:"你的意思还是盗猎者是跟着大象走的?"石栗说:"他们肯定更熟悉大象活动的规律,我们争取提前到达,埋伏在那里,一旦发现盗猎者和大象同时出现,就发出声音来,把大象吓跑,反正不能让盗猎者得手。"毛管花说:"这算什么?盗猎者下次还会得手,我们不能一直守在这里。最好的办法是,你带着我们冲向盗猎者,把他们抓住,大象不就一劳永逸了?"雨燕和黄鹂知道他说的是风凉话,奇怪地望着他:你怎么这样?石栗认真地说:"也不是没有可能,他们总不能时时刻刻四个人在一起吧?只要我们抓到一个人,盗猎者就不会继续纠缠在这里威胁到三头大象,你就可以放心大胆地带着小象来这里跟它们会面。"毛管花说:"万一我们抓到一个人,另外三个人扑过来抢夺呢?"雨燕说:"我们也可以把抓到的人先藏起来。"毛管花说:"藏到哪里?谁来守护?我可不敢。"虎头兰望着毛管花摇摇头说:"我发现你这个人不行,太自私。"毛管花瞪他一眼说:"你怎么这样说我?让你带我们来看大象还是我跟你交涉的。"石栗说:"走吧,赶紧去白榄河边。"

一行人脚步匆匆地走向商务车停靠的地方。几只灰头椋鸟迎面飞来，发出一阵古怪的叫声，像是要阻拦他们的行进，没有奏效之后就把他们头顶的空间交给了一群蓝绿鸦。鸦鸟们从青冈飞到巴豆，又飞到天料木，在一个几乎等边的三角形轨道上来回穿梭，也是不怎么正常地喊叫着，有点像"别去啊，别去啊"。接着又来了菊头蝠，在林空里连续画了几个"8"字，很快飞走了，它们的出现似乎早了点，天还没黑呢。两只爬在南洋木荷上的鼬獾看看菊头蝠消失的地方，又看看经过树下的人，突然跳下来，奔跑着在草丛里掀起了一阵波浪，波浪横亘在他们前面，半天不消失。走在最前面的毛管花冲着华盖一样的大苞火筒树嘟哝了一句什么，原来几颗果球落下来砸在了他头上。石栗主动把自己落在了最后，不时地回头看看：我们在跟踪盗猎者，盗猎者难道就不会跟踪我们？还有野兽，金钱豹、印支虎、眼镜王蛇什么的，别在后面给我们来个突然袭击。雨林里的光线越来越黯淡，傍晚挤进来后发现有些憋屈，似乎不习惯浅淡的叠加越加越深厚的情状，正想着离开却发现已经晚了。而在雨林外面，它都是豪迈地来豪迈地去的。他们继续走着，最后的阻拦来自一条闪鳞蛇，它从毛管花身后钻出来，在草尖上游动着，飞快地路过了雨燕和黄鹂，吓得两个女孩互相抓在一起，尖叫不休。石栗和毛管花几乎同时蹿了过去："怎么了？"闪鳞蛇在留下最后一道鳞光后消失在一棵黄肉楠的树洞里。石栗说："雨林的多数动物都是晚上出来活动的，我们得赶紧回到车上去。"话音未落，苦楝、毛麻楝和老虎楝就来迎接他们了。虎头兰朝前抢了几步，对毛管花说："你倒会认路，我们的原路返回一点都不差。"毛管花迷惘地问："是不是我这个人太自私，连多余的路都不肯走几步？"虎头兰说："这方面自私了好啊，说明你精明。"商务车到了，走的时候忘了锁车，门都是开着的。石栗抢先几步上去，到处看了看，连车座底下也没有放过，又下来说："上吧，里面什么也没有。"雨燕上去后问:"车里会有什么?"黄鹂一边上一边说:"万一蛇爬进来呢?"雨燕尖叫着浑身一抖,鸡皮疙瘩顿时起了一层。石栗说:"我要是蛇早就被你吓死了,哪里顾得上咬你?"关门,发动,却不走,虎头兰直勾勾地望着前面,一掌打在副驾驶座上的毛管花腿上。毛管花正失望地盯着依然没有信号的手机,猛地抬起头,不禁"哎哟"了一声:"他们居然自己找上门来了?"

盗猎者出现了,四个人齐刷刷地站在商务车前面,用两支长枪对准虎头兰和毛管花。后面的人没有看到挡风玻璃前的情形,还在说着关于蛇的话题。毛管花开门下去了,这一刻他好像并没有害怕,只是有点迷惘:有枪有什么了不起,我们又不是大象,牙和肉还有骨头和皮能值几个钱?他走过去,平静地问:"你们想干什么?"一个小个子的人反问道:"你们想干什么,跟踪来跟踪去的?"毛管花说:"我们是来看大象的,发现雨林里有人,就想打听一下哪里有大象。"小个子说:"大象已经看到了,你们是不是应该回去了?""不,我们担心有人会杀了大象,想留在这里保护它们。如果它们死了,那我这一趟不就白跑了?"他说起临沧与北回归路,说起水鹿河与缅桂花家族,说起这个家族的骨肉分离,说起自己和小象凤凰木一路走来,相依为命的经历,说起他刚才看到大象时的喜悦:孩子和家里人终于可以团聚了。正说着,感觉后面有呼吸声,扭头一看,石栗也下了车。小个子冷笑一声,突然扑过来,撕住了毛管花的领口:"你撒谎,哪里有什么小象?"石栗想拦住他,一个端枪的人立刻冲过来,拿枪口顶住了他的胸脯。小个子把毛管花摁倒在车头上,吼道:"老实说,你们是干什么的?"石栗说:"你别问他,来问我,我是他们的头。"他没说自己是版纳雨林管理局社区工作科科长,只说大家都来自昆明,雇了虎头兰的车来看大象,目的就是想知道这里的三头大象是不是小象的亲人。小个子听着松开了毛管花，又不放心地问："真的有小象？"石栗说："要是撒谎，我能跟他说得一样吗？再说你也可以听口音，昆明人的口音听不出来吗？除了司机，我们几个都一样。"

小个子后退了几步，又吆喝一声让端枪的人退回到自己身边。所有人都不说话了，静静地对峙着，琢磨着对方，也考虑着自己：接下来怎么办？小个子踱起了步子，看看天又看看地，问道："你们最快什么时候能让小象见到大象？"毛管花一脸迷惘：这是什么意思？石栗说："如果大象安然无恙，明后天就能见到。"小个子说："当然越快越好，我们也是保护大象的，巴不得早点看到小象和大象团圆。"石栗说："那你们还用枪对着我们干什么？"两支长枪在小个子的示意下放下了。小个子又说："我们是勐巴拉娜西大象救护队的，队部在蝴蝶坝子，西双版纳就这么一个把大象当爹当娘的地方，不知道你们听说过没有？"毛管花疑惑地摇摇头：怎么救护？随便把枪对准人就算救护？小个子说："你们要是不信，可以打电话验证。"说着拿出手机，摁了几下说，"怎么没信号？"毛管花哼了一声：不可能这个时候才知道手机没有信号吧？石栗说："我们没说不信，但这年头说假话的人太多了，人们也就不把表白当回事了。"小个子说："这样吧，你们可以去看看我们大象救护队的车。"毛管花不想去。石栗说："走吧，看到了我们就相信了，相信总比不相信好。"又问对方，"远不远？"小个子说："两三公里。"

空气正在奔跑，苦苦地清新着，像是那些隐藏在绿色后面的汁液正在沸腾，把水蒸气送上了天。归巢的四声杜鹃凄厉地鸣叫着，几只纹蓝小蜻和异色灰蜻还在辛苦地飞来飞去。植物们告别着昼日的光亮，在一声声止不住的惋叹中躲进了帷帐，似乎大家都躺下了，空间骤然开阔。上车的时候有人嘀咕道："我就不去了吧？还得回来。"刚才用枪顶住石栗胸脯的那个人说："走几步路算什么？听猪屎豆的。"所有人都挤进了商务车，雨燕和黄鹂蜷缩在角落里，石栗跟她们坐在一排，拍拍这个，又拍拍那个：没事的，别害怕。毛管花坐在副驾驶座上，不停地从后视镜里观察着那四个人，发现除了叫猪屎豆的小个子在不停地指挥虎头兰往左往右外，其余三个都看着两边的窗外，天色正在黑下去，他们看到的不是景致，而是被玻璃映照出的石栗和毛管花，说明对方也跟他们一样充满了警觉。汽车颠簸着，半个小时后来到一片常绿榆和团花树混杂的树林前。所有人都下了车，猪屎豆摁亮手电带着大家走进树枝遮挡的林间，把光打在一辆皮卡车上说："我们的车只能停在这里，再往雨林里边开，会惊吓到大象的。"绿色的皮卡车上一左一右画着两头白色公象，车门上印着"勐巴拉娜西大象救护队"几个红字。虎头兰说："我见过这辆车，好像是他们队长贾海桐开的。"猪屎豆说："车有点旧，队长把它让给我了。"虎头兰说："这还旧啊？说明你们多有钱，不断在增加新车。"猪屎豆说："事情越来越多，车就得增加，所有的大象都得我们保护。哎对了，你带着游客到处跑，见没见过缅桂花家族，一个有十三头大象的象群？"虎头兰摇头。猪屎豆又问："也没听说过？"虎头兰还是摇头。猪屎豆说："缅桂花家族踩死了人，有人要报复，我们急需要把它们保护起来，正在到处打听。你再想想。"虎头兰说："这还用想，有就是有，没有就是没有。"石栗说："果然我们的目标是一致的，都是为了保护大象，你们很忙，我们也不想过多打搅，那就……拜拜了？"他不过是想试探一下，看对方会不会放他们走，没想到猪屎豆痛快地挥了挥手说："快去快来，我们就在这个地方等着迎接小象，三头大象随时都在走动，你们不一定能找到，但是我们可以，大象跟我们有交情，走到哪里都会用叫声通知我们。"石栗答应着，催促大家快走："天已经黑了，回去都到半夜了。"毛管花一行回到车上，正要启动，那个用枪顶住石栗胸脯的人跑过来敲打着车窗说:"我把手机落车上了。"石栗给他开了门,他把脑袋伸进来,扭来扭去地寻找着,突然小声说:"我叫老树,今天要不是你们来,三头大象恐怕早没命了。千万不要走远,只要你们在,我们就不敢动手,也不要把小象送来,我们百分之百会把它卖给章朗谷大象表演公司,一头活小象的价钱,抵得过几十头大象的骨肉钱。"然后从口袋里摸出手机,转身回去,大声说:"找到了,找到了。"

商务车疾驰而去,走出去好一会儿,大家才松了一口气。雨燕说:"哇,吓死我了。"石栗说:"就算没有老树最后说的那几句话,我也相信今天我们救了那三头大象。"又想说说他们——召恩罕、贾海桐、玉皎以及自己正在寻找肇事后失踪的缅桂花家族和行踪诡秘的猪屎豆盗猎团伙的事,话到嘴边又咽了下去。毛管花说:"太拙劣了,完全没有必要让我们来看车,亮出工作证不就行了?"石栗说:"他们没有工作证,只有这辆车,车是偷来的。"黄鹏问:"这个老树是干吗的?不会是卧底吧?"雨燕说:"应该是吧,看着酷酷的。"毛管花说:"小象就是从章朗谷大象表演公司救出来的,他们又想卖给'章朗谷',门都没有。"雨燕拍了一下身边的石栗,又拍了一下前边的毛管花:"我还是挺佩服你们的,沉着冷静,一点也不害怕。"毛管花说:"谁说我不害怕,我的腿一直在发抖,你没看见?"虎头兰问:"是去白榄河边吧?"毛管花说:"领导,问你呢。"石栗说:"没错。"雨燕说:"你还真把自己当领导了?"石栗一笑:"总得有人回答吧?"黄鹏盯着石栗,眼角的余光又发现毛管花正在后视镜里看着自己,便咳嗽一声低下了头。

白榄河很快到了。鹅卵石的滩地上,他们升起了篝火。毛管花从后备箱里拿出剩下的"象粪包烧"和"大象泉纯净水"发给了大家,最后发到了石栗跟前:"怎么办,就剩一个包烧了,你吃还是我吃?"石栗说:"你吃吧。"毛管花说:"你真的不想吃?"石栗说:"不想。"雨燕说:"他哪里是不想吃?是想让你吃。"说着把自己的包烧递给了石栗,"吃我的吧,我不饿,再说还有水果。"石栗说着"谢谢"推开了雨燕的包烧,来到篝火边,抓起两个野蒲桃吃起来。黄鹂看看手里的包烧,似乎觉得自己更应该让给石栗,走过去,想了想,又绕到一边去了。毛管花在篝火上烤了烤自己的包烧,吧唧吧唧吃起来。黄鹂望着他微微叹了口气。虎头兰说:"天亮就好办了,雨林里到处都是吃的。"说着,从篝火边捧起香芋叶子,把路上吃剩下的水果分给大家,分到毛管花时,只给了他两只野油梨。毛管花接过来咬了一口说:"太酸了,还有没有神秘果?"虎头兰说:"没有了。"石栗说:"我这里有。"说着挑了两个最红的给了他。毛管花毫不客气地接过来,先吃神秘果,后吃野油梨,依然是吧唧吧唧的,像是一种炫耀。黄鹂又是一声不为人觉察的叹息。一只听觉超凡的红角鸮听到了,发出一阵瘆人的咕咕声表示回应:你们是人,怎么能发出攀鼠的叹息?几个人回头看去,什么也没看到,篝火的亮光蒙蔽了他们的眼睛,也让四周的夜色变得更黑更神秘,不知有多少星星一样的眼睛此刻是熠亮的,正或远或近地瞪视着他们。黑森森的耸立连接着百褶裙一样的天际线,让墨蓝色的月光尽量结实地缠绕在树冠的轮廓里,一些青灰色的斑点悄悄移动着,像是夜晚变成了蜈蚣,正在用无数腿脚爬过大雨林的表层。而在地面之上,一只毛猬已经用嫩叶填饱了肚子,正想着是不是应该回家去。几乎在同时,成群结队的长舌果蝠把嘴伸向了山李子、鸡嗉果和白榄,树上传来一片咀嚼果肉的沙沙声。懒猴以五分钟走一步的飞快速度移动着,它不希望果蝠们把眼前的野果全吃掉,但它的飞快却只是赶走了一只不远处的椰子猫。椰子猫在它面前吃掉了十几颗锥栗,就等着它来抢夺呢,因为那里只剩下一些果皮了，突然看到一只豹猫轻手轻脚地出现在五米远的油麻藤下，立刻警惕地翘起了尾巴，它不喜欢这个总想吃掉自己的家伙，噗地一下蹿到了更高的地方。一只食蟹獴刚刚咬死了一条滑鼠蛇，看到一只穿山甲走来，不断用吻尖探寻着白蚁垒起的巢丘，就对它说：你眼睛不好使，千万别到河边去，那里今晚有人。穿山甲赶紧掉转身子改变了方向，半路上遇到熊狸和青鼬，提醒它们立刻返回。熊狸和青鼬不听它的，往前走得更快了，因为它们的耳朵更好使：白榄河边不光有人，还有歌声和吉他声，它们是见多识广的雨林的儿女，以它们的经验，能发出那种比鹩莺的鸣叫更动听的声音的人，一般不会残害动物。美丽的雨林之夜，有篝火，有男女，有淙淙河水的陪伴，有徐徐林风的唱和，应该是最适合产生音乐的时刻，怎么可以毫无作为呢？雨燕从车上取来吉他，随意地弹了一会儿，渐渐就变成了一首歌：

大象，请让我骑着你，
去寻找西双版纳的姑娘。
如果姑娘爬不到你高高的背上，
就请用你的鼻子托她来到身旁，
如果姑娘去了山那边的勐养，
就请你闻着花的芳香，
到达她唱歌跳舞的地方。
如果姑娘已经有了中意的青年，
就请你试试他的胆量，
能骑大象的青年才具备勇敢和善良。

大家鼓起了掌。雨燕说："你们谁来一首？"毛管花说："领导来一首。"石栗说："我不行。"毛管花带着嘲笑的口气说：

"你连歌都不会唱,怎么还能谈情说爱?"石栗笑道:"所以嘛,总是失败。"雨燕鼓励道:"随便唱,只要你能唱出来,我就能伴奏。"石栗不好意思地望着大家说:"你们谁先唱,我再想想。"黄鹂解围似的说:"那我唱吧,千万别笑话。"毛管花说:"谁唱都行,但有个前提,必须唱到大象。"

当流星划过昨天的梦想,
生命的硝烟里是你我的发烫。
为什么你是独立傲岸的大象?
为什么我是柔情似水的姑娘?
你从深不可测中走来,
带着创伤,一路呼啸,
落入沙漠便是再造洪荒,
坠入海洋便有大水激赏。
而我只能远远地观望,
带着夕阳的凄美和雨林的艳装。

一头静穆的母象等待一头奔腾的公象,
等待一千年寂寞之后兑现承诺的时光。

黄鹂的歌唱音不高,却很柔美,悠扬中带着丝丝缕缕的伤感。吉他在一弦上开始,在六弦上止息,就像从白昼到黑夜的循环,用不同的音高表达着相同的音级,能感觉到一种错落中的一致和完整。黄鹂说:"读研究生时唱过的歌,词是我新填的。"石栗说:"是不是我也可以用这种办法唱?"毛管花说:"当然可以。"虎头兰问:"想好了没?要是没想好,我先唱。"大家都说:"好啊好啊,你先唱。"虎头兰清了清嗓子,粗声大气地唱起来:

前边贴着指甲兰的窗花，
后边栽着野牡丹的门栅，
东墙是白色棒槌瓜，
南墙是变色羊蹄甲，
西墙是紫色蕉麻，
北墙是螳螂跌打，
还有一圈狗茄子的篱笆，
挂满了舌头草的花。
你有一个走不出去的家，
窗前门后就是天涯。

2

雨燕的伴奏如同气流的回旋，先是越来越高，接着又越来越低，突然高低融合了，雨哗哗而下，满地都是丁零当啷的水花。完了她说："唱得不错，就是没有大象。"石栗说："他唱的是大象生境岛屿化和破碎化的事，句句不离大象。"雨燕说："哇，这么高明？"黄鹂瞅了一眼毛管花说："接下来谁唱？"毛管花说："该领导露一手了，大家鼓掌。"雨燕说："你别阴阳怪气的。唱吧石栗，你肯定唱得比毛管花好，他是嫉妒。"石栗清了清嗓子，开了好几个头，才在一个合适的音调上唱起来：

今天，我来到雨林，
寻找大象的踪影。
我想起岁月只有奔放才能流金；

想起七指蕨走向活化石的历程，
从来都是根对土壤的感恩；
想起粗枝崖摩的攀升里，
不止有岁月的艰辛，
还有拔起而后高挺的风景，
有超越擎天树的坚韧；
想起穗花杉用瘢痕托起命运，
而散播于四野的却是冉冉素馨。
我询问风的根在哪里？
天空告诉我的却是雨的来临。
只有热量才会上升，
只有落下才会长成。
这里是大象的雨林，
所有的生命都有阳光的谦虚和勤恳。

歌声停止了，雨燕加了一段即兴的尾奏，让旋律忽一下高了两个八度，似乎那也是石栗唱出来的。毛管花说："完蛋了，压轴的已经出现，我不能再唱了，领导就是领导，这么厉害的词，应该是今天这个雨林晚会的第一名喽。"雨燕说："不得不佩服是吧？歌以咏志，人家的人生是有理想的，你呢？流浪的时候忘了姑娘，睡觉的时候忘了梦想，找大象的时候忘了小象。"毛管花说："谁说我忘了小象？"黄鹂说："除了自己，他什么都忘了。"毛管花说："不对吧？我时时刻刻都惦记着……"他看看燃烧的篝火，看看深沉笼罩的夜晚，看看黄鹂，又看看雨燕，也没忘了看看虎头兰，突然抬手指向了石栗，"他，他怎么干什么都比我厉害？能力比我强，地位比我高，长得比我帅，人也比我好，现在连唱歌都比我高出了两个八度，我能不嫉妒吗？说真的，我要是大象，就会一鼻子打死他。"黄鹏说："说这些干什么？你唱不唱了？"毛管花摇摇头。雨燕说："不行，雨林之夜的演出谁也不能缺席。"毛管花说："唱什么呢？实在是不敢班门弄斧。"雨燕说："你不是说你没忘了小象吗？就唱唱它呗。"毛管花说："还是命题作文，让我想想。"他想着，雨燕随随便便拨弹着吉他，突然听他唱起来，赶紧跟上。

> 我有什么资格跟着你——小象凤凰木，
> 走过石灰岩和大板根相拥而成的雨林，
> 高高在上的是附生和寄主组成的穹隆，
> 是被蒸晒的露水飘入天际的丝丝云彩，
> 是小象用小长鼻喷射而出的蓝色金空。
> 你说你是澜沧江的雏形是移动的爱情，
> 跟不上的就只配做高崖陡壁遥遥远去。
> 你说你是日光的投影所有物体的情侣，
> 人们没有办法离开你，除非毁掉自己。
> 你说所有的绣球都带着科里奥利效应，
> 偏转之中接到的永远是你没有抛向的。
> 你说太阳风和大气层的后代并非极光，
> 而是小象是太阳王恩赐给大地的电浆。
> 小象把天真给了我，世界便一片老成；
> 小象把自由给了我，地球便安享和平；
> 小象把友善给了我，教会我萨瓦迪卡；
> 小象把爱情给了我，消除我所有仇恨。

雨燕的伴奏平缓而沉稳，音符总是在四弦、五弦和六弦上滑来滑去，能感觉到一种内在的律动左右着弹奏，也左右着歌者缺乏跌宕的情绪。做一条平缓的河流有什么不好？雨林的起伏依赖于地形，也依赖于它自身的诉求，大自然永远不会对生命的正常诉求麻木不仁，只有人才是诉求的敌人。歌唱结束了，石栗第一个鼓掌。雨燕说："你好几个地方跑调了知道吧？"毛管花说："对一头学夜莺唱歌的大象来说，跑调是正常的。"石栗说："反正比我唱得好。"虎头兰说："你们两个差不多，但要是投票的话，我会投给石栗。"毛管花说："为什么？想巴结领导？"虎头兰说："人是看重不看轻的，有些树是天生的糙木头，长多高都是轻的，有些长一年重几十斤，最后重得你都抬不动。"毛管花说："你就说我是速生的轻木，他是珍贵的铁梨木不就行了？"雨燕问："什么叫科里奥利效应？"石栗想说，看了一眼黄鹂，又不说了。黄鹂说："就是由地球自转造成的物体偏转。"雨燕眼睛里的疑惑被篝火映照得更加熠亮。毛管花说："就好比你把绣球抛给了石栗，接到的却是我，黄鹂把绣球抛给了我，接到的却是石栗，因为我们都在爱情的旋转体上，绣球的轨道不是直线而是弧线。"雨燕问："最后你们两个再交换是吗？"毛管花说："不，不交换，谁接到就是谁的。"说着长长地打了一个哈欠。哈欠是传染的，所有人都打起了哈欠。虎头兰说："都到车上去睡吧，雨林的地面太潮，再说还会有野兽。"雨燕说："有篝火就不怕了。"黄鹂笑道："蛇是哪里有篝火就往哪里窜的，尤其是剧毒的眼镜蛇。"雨燕说："你就是蛇，一条美女蛇。"石栗捡拾着丢在地上的"大象泉纯净水"的瓶子。毛管花把自己手里的空瓶子也丢给了石栗："干脆都交给你吧。"大家熄灭了篝火，坐进七座商务车里，睡了。一只大灵猫走过来，想看看有没有留下什么吃的，失望地离开时，碰到了一只抱着同样目的的白尾鼹，咧了咧嘴，吓得白尾鼹转身就跑。

雨林的早晨是鸟的美好时光，几乎在同一时刻响起了许多不同的鸣叫，有山鹳鸰的呖呖，有佛法僧的咦呢，有鸦鹃的啾啾啾，有金丝燕的唧唧唧，有蜂鸟的噍噍，有戴胜的呢喃，有山椒鸟的啁啾，有八色鸫的喁喁，有丝光椋鸟的嘤嘤喈喈，有冠鱼狗的咕咕喳喳，而更近的地方是一阵苦恶苦恶声，白胸苦恶鸟飞过来，想落到汽车上又没落，然后是噪鹃的酷鸣酷鸣，啄木鸟的咕哚咕哚，还有鹦鹉对大象嘶鸣的模仿，因为它看到大象正在走来，是最近经常在这一带活动的象妈妈、象姨、象姐姐。毛管花醒得最早，打开后备箱，从双肩包里取出了相机、折叠式画板和画笔，先拍了几张薄雾中的雨林晨光，然后支起画板画起来。依然是素描，但一同绘出的还有心里的纸面，那里的色彩早已饱满得变成了染料的河，首先它们都是发光的，因为只有发光体才具有自己固定不变的颜色，更因为他规定自己让所有的线条都能同时代表光影和色彩，所以画得很谨慎：绒毛番龙眼是直线的，千果榄仁是曲线的，箭毒木是细线的，版纳青梅是粗线的。而在更远更高的地方，是盆架树的碎线、山韶子的斜线、假含笑的升线、云树群的降线。满地的花万色铺陈，水鹿鬣羚一样跳跃的美堆积在心里，随时都会给画面增添大雨林的信息，包括白榄河边的泥土，第一层是温暖的中铬黄，第二层是亮堂而有光感的冰飘色，第三层是蓄含胭脂的浅珍珠红。描着，又意识到这里的雨林太浓密，画面显得有点拥堵，就用想象在深景里开出了一片林间空地，那里生长着一些橘色牛奶菜和须瓣开口箭，三头深灰色的大象正在安详采食。石栗在身后说："真漂亮。"毛管花扭头一看，大家都醒了，都在看他画画，便笑道："你们要是能透视到我脑海里，那就更漂亮了。"虎头兰说："快看，大象。"几个人都盯着画面。雨燕说："其实你也可以再增添一头公象，带着长长的白牙，那才威风。"虎头兰说："要是公象来到勐海低丘雨林，盗猎者早就动手了，他们是要象牙不要命的。"黄鹂说："那就再画几个盗猎者藏在竹林里，公象发现后愤怒地冲向了他们。"毛管花说："我追求的是大自然的静穆和美好,过于写实会破坏一切。"虎头兰又说:"它们走过来了,好像是冲着我们的。"大家这才发现虎头兰说的是真正的大象。

　　三头大象出现了,朝这边缓慢地移动着。毛管花丢下画笔,拿起照相机拍了几张,麻利地收起画板,放回汽车后备箱,就要迎过去,又回头说:"你们先别过来。"石栗说:"把相机给我。"说着从他脖子上取了下来。毛管花朝前跑了几步,然后放慢速度,学着小象的叫声靠近着。为首的那头母象扬起鼻子,哞哞地叫了几声,看到来人停在了距离自己五步远的地方,就也停了下来。毛管花一边观察着大象的举动一边说:"怎么听着好像是一种求告、一种诉苦?我再说一遍,小象好着呢,等你们安全了,我就把它带来还给你们。"三头大象开始一起发声,有哞哞,也有嗷嗷,有点抢着说话的意思。毛管花仔细琢磨着,问道:"莫非你们已经知道盗猎者正在逼近,危险就要来临,而我们是来保护你们的?"头象的声音突然增大了:呜呜呜的。毛管花说:"那就跟我们在一起吧,别紧张,让我摸摸你的鼻子,就算我们达成了协议,待在一起,互相保护。"他朝前迈了一步,又迈了一步,把手伸过去,先用指尖触了触象鼻,然后轻轻摸了摸。大象们友好地晃动着鼻子,不再有任何声音了。毛管花说:"我保证只要你们不离开我们,就是安全的,保证跟我在一起的都是好人,不会带给你们任何伤害。"说着指了指身后,"是不是也让他们过来?"头象的回答是弯起鼻子,用鼻突摸了摸毛管花的额头。毛管花双手握住头象的鼻子,使劲抱了抱说:"明白了,我去叫他们。"他迅速转身,边走边喊:"过来,没事了,大象知道你们是我的朋友。"其实石栗他们已经过来了,一个个躲在树后面伸头探脑地观望着,只有雨燕是躲在石栗后面的。雨燕问:"我也可以摸摸大象吗?"毛管花双手叉着腰说:"我问了头象,头象说雨燕和黄鹂可以,石栗不行。"雨燕问:"为什么?"毛管花说:"头象说了,我同意让谁摸,谁才可以摸。"雨燕又问:"那你为什么不同意石栗摸?"毛管花问:"你说呢?"石栗把相机还给他:"你看看,我拍的,你跟大象在一起。"毛管花一看:"不得了,专业水平,布局和光线都特别棒。"石栗说:"我是搞林业的,拍照是基础,算不了什么。"毛管花说:"但如果你把它当成艺术就不一样了。"说着把照片给黄鹂和雨燕看。黄鹂不吭声,雨燕赞不绝口:"就水平来讲,毛管花只能当徒弟。"毛管花把相机交给石栗:"以后你就负责给大家拍照。"几个人说着,来到三头大象跟前。毛管花说:"现在开始摸,谁先来?"雨燕说:"我先来。"说着来到毛管花身后,伸出了手,却又够不着。毛管花让她来到自己前面,她不敢。头象看着她,明白她想干什么,就把鼻子伸过来,摸了摸她的手。她尖叫着说:"它摸到我了。"接下来是黄鹂摸象,她大胆地走到头象跟前,把两只手都放在了象鼻上。头象温顺地一动不动,似乎很享受她那双绵软的手跟自己粗糙皮肤的接触。石栗想给摸象的人拍照,发现到处都是树枝的遮挡,就前后左右地移动着。虎头兰过去也摸了摸,问道:"早饭想吃什么?"黄鹂说:"你不是说雨林到处都是吃的吗?"虎头兰说:"对啊,所以才要想好吃什么。"毛管花说:"我们跟着大象走,碰到什么吃什么。"虎头兰说:"也好,大象喜欢往哪里走,哪里吃的东西就特别多。"

　　大象们好像明白他们说什么,转身走去。几个人跟在后面,不一会儿就看到一棵树干上挂满红色果实的大树。虎头兰跑过去,摘了一些分给大家:"木奶果,已经熟了。"雨燕问:"就这样吃啊?"毛管花说:"那还怎么吃?"黄鹂说:"她问的是要不要洗洗?"毛管花说:"雨林里什么污染也没有,这么环保的地方,还洗什么?我们昨天吃的水果没有一个是洗过的。"虎头兰说:"到了雨林,人就跟动物是一样的,见到了就吃,别再讲究这个讲究那个了。"毛管花吃了一颗,觉得味道不错,就走过去,给三头大象一人喂了几颗。雨燕喊起来:"我也要喂。"跑了几步又停下来说:"毛管花你说你同意我喂它们。"毛管花就正儿八经地对大象说:"我同意这位姑娘喂你们,千万别客气啊。"雨燕用那只弹吉他的纤细的手,小心翼翼地把几颗木奶果递了过去。头象伸过鼻子来,用鼻突灵巧地拿了一颗,送到了嘴里。雨燕又用同样的办法,喂了另外两头大象,完了问:"给我拍照了没有?"石栗说:"拍了。"接下来黄鹂也喂了大象,也照了相。头象似乎明白这叫合影留念,扬起鼻子摆了一个漂亮的pose。虎头兰说:"我也来一张。"他忘了给大象喂木奶果,头象就用鼻子卷起一棵楼梯草在他头上打了一下。咔嚓一声,正好就是象鼻、草叶和人头接触的瞬间。石栗说:"谁给我拍照?"雨燕说:"我来,不过我不太会用照相机。"黄鹂说:"那还是我来吧。"她接过相机瞄准了大象。石栗跳了过去。雨燕一把拉住说:"毛管花还没同意呢?"石栗说:"没事,大象不反对就行。"说着,从口袋里摸出几颗木奶果,双手捧着,先喂了头象,又喂了另外两头大象,然后挨个摸了摸,算是一一问候。黄鹂咔嚓了好几下。毛管花跺跺脚,皱紧了眉头说:"我本来以为至少在接近大象方面我可以超过石栗,现在看来还是不行,就没有我比他强的。"又严肃地对头象说,"他是越权,你是失职,在我没有同意的前提下,是不可以让他喂你摸你的,你应该把这个人一鼻子打到天上去。"雨燕更加严肃地说:"毛管花你要注意了,大象不喜欢心胸狭窄的人。"毛管花说:"是我狭窄还是他不尊重我?"

阳光任性地制造着所有物体的阴影,明与暗的对比中,绿色显现着它的稳固——虽然生命的迹象常常处在动荡不息的态势中,但鲜活与闪亮却一直是雨林的常态。更有各种不同的造型以柔软而富有弹性的特质,吸引着风雨的雕塑,是那样的轻而易举又无能为力——雨林似乎从来没有变过,除了绿还是绿,绿色盛大。他们跟着三头大象继续往前走，方向是朝南的，略微有点下坡，白榄河的河面渐渐狭窄了，流淌变得急促了些，植物对地面的覆盖显得更加深厚，大概有七八十米，板根出现了，有红厚壳的，有高山榕的，有长茎杜英的，有藤黄的，有木棉的，有的像一面墙，有的像一道坎，还有的扭来扭去像是在给本树划分地盘，更有波浪起伏的，如同镶嵌的花边，寻找着有营养的腐殖质迤逦而去。石栗说："可见板根并不仅仅是为了支撑高大的树身，从裸露在河沿上的土层就能看出来，雨林的土壤是贫瘠的，必须依靠快速分解的土表营养才能培育如此丰盈的林木奇观。"几乎所有的板根上都铺满了苔藓和地衣，有的还成了小动物和昆虫的巢穴。毛管花说："这些树有不同的习性，怎么会生长到一起呢？是不是有人为的干预，比如栽培、改变土壤条件和培养植物习性？"石栗说："雨林修复的重要方面就是补缺，既要弥补空缺的地块，也要弥补空缺的树种，有自然弥补，也有人工弥补。但这里的树是不是有人为的作用，我还不知道，只知道有大象的干预。"黄鹂说："虽然植物的习性各个不同，但总能发现它们的共同点，就像人和人一样。生命都有很强的适应性，共同点是适应性的基础，从不适应到适应，叫生态换位，换位以后肯定会改变形貌，有的变大，有的变小，比如喜欢水边的植物到了山地，不是不长了，而是变异了，很多植物亚种就是这样出现的，何况水边和山地并不是一个永恒不变的自然现象，互相的替代随时都可能发生。"雨燕问："大象怎么干预？"石栗说："大象和植物的深层关系是雨林管理局的一个重点研究课题，还不到得出结论的时候。"几棵野生波罗蜜迎面而来，大象们停下，扬起鼻子摘取着果实，咚咚咚响过几声后，它们开始用前脚和鼻子又踩又扯地剥皮，像是给人的示范，每一头大象都在对付一个很大的波罗蜜。毛管花说："看见了吧，它们一共摘下来八个，其中五个是给我们的。"雨燕蹲下来摩挲着波罗蜜说："这么大的果实，也只能长在树干上，树枝哪能托得起？"石栗说："波罗蜜是西双版纳的经典植物，名副其实的老茎生花。"他们一人抱了一个，扒开黄色果皮吃起来，奶油一样的果肉既香甜又滑软，雨燕和黄鹂都说好吃。虎头兰说："果肉里面的种子也好吃，可以当饭，可惜我们没有带锅。"雨燕说："下次你带我们来野炊吧？"

人和大象一起吃完了各自的波罗蜜，才又开始往前走。路过几棵茂盛的羊蹄甲，三头大象扯下一些粉花丢在了龙牙草丛里。虎头兰抓起一朵花塞进嘴里咀嚼着。毛管花看着说："快吃啊，大象请我们吃花朵。"他尝了一口，甜甜的花瓣，酸酸的水分。虎头兰说："粉花炒肉才好吃。"雨燕说："多好的花，怎么就吃掉了？我不吃。"黄鹂说："那你给大象说，别让它们再往下扯了。"石栗吃了一朵花，又捡起一些花，送到头象嘴边说："还是你们吃吧，我们下次带了锅再来吃。"头象吃起来。雨燕和黄鹂也捡了几朵花送到另外两头大象的鼻子上。再往前走时，头象领着大家来到了一棵树干上布满瘤子的大树下。毛管花朝上看了看说："这是一棵树花生，也叫大果人面子。"就见头象把鼻根垫在树干上使劲摇晃着，果实丁零当啷落在了地上。毛管花捡起一颗，掏出里面的种仁尝了尝："很香，这应该是我们这顿饭的主食了，赶紧吃。"大家吃起来，也剥出种仁给大象吃，吃了差不多一个小时才离开。黄鹂说："我已经饱了。"石栗说："那你去给大象说，别再让它们刻意带我们去有食物的地方了。"黄鹂便对着头象说了同样的话。但头象似乎没听懂，又带他们走向了栽种着鸡蛋果和番木瓜的地方。石栗拍着肚子说："我不能再吃了。"雨燕剥了一个鸡蛋果给他："还是尝尝吧，难得大象请客。"石栗吃了一颗，咂咂嘴，对望着自己的黄鹂说："站着干什么？快尝尝，你要是不吃，终生后悔。"黄鹂便拿了一颗送给头象，头象却用鼻突捏了一颗送给了她，她接住了它的，又把自己手里的放进了它嘴里。毛管花看着说："哇，好甜蜜，就像你跟你的恋人。"黄鹂说："没有恋人，找个恋象，不可以吗？别什么都嫉妒。"毛管花说："这方面我绝对不嫉妒。"雨燕抱了一个椭圆的番木瓜让石栗打开："咱不能辜负了大象的一片好意。"石栗说："那你应该和大象一起吃。"他从口袋里摸出一把钥匙，打开番木瓜，拨拉掉里面的黑色籽种，"一半是你的，一半是大象的。"雨燕说："一半是我的，一半是你的。"石栗说："好吧，那我跟大象一起吃。"说着拿了一半，用钥匙切割成四份，走向了三头大象。雨燕拿着一半自己吃不完，就跟黄鹂一分为二吃掉了。毛管花一人吃着一个差不多两公斤的番木瓜，撑得都开始喘息了，满嘴流淌着汁液，看上去又贪婪又难看。黄鹂想：他怎么就不懂得跟别人分享呢，比如我，比如大象？

3

风来了，诉说有些婉转：在我们的故事里，充满了甘甜和享受，所有的果实不经过风吹雨淋是不会好吃的。但更多的时候却充满了摧折、扫打、席卷、暴雨连绵，雨林的受伤是常有的事，可它们从来都是吐着苦水悲喜自渡。风来了……又往前走了一会儿，头象离开了白榄河，方向是朝西的，脚下缓缓地有了一点坡度。它们边吃边走，都是只有它们才能果腹的重阳木、银叶巴豆和刺通草什么的。五个人跟三头大象伙在一起，走一走，歇一歇，不时地拍着照。最喜欢拍照的开始是雨燕，不停地说："石栗，给我来一张。"后来黄鹂变得跟她一样喜欢，不过她从来不说"给我来一张"，只要往那里一站，随便摆个姿势，石栗就会把镜头对准她。每次她都会说："谢谢。"当然她们拍得最多的还是跟大象的合影,甚至有一次,黄鹂骑在了头象的鼻子上。雨燕也想骑,试了几次,都没有成功,不是她不行,而是头象似乎更喜欢黄鹂。石栗感慨地说:"跟大象在一起,我最大的感受就是,人也可以是大自然的一部分。我是学植物的,总希望有一点研究成果,著书立说什么的,到了雨林才发现,研究成果应该是一步一步走出来的,是跟植物一起长出来的,是吃野果野菜吃出来的。大自然本身就是一本永远读不完的书,所有的生命都是字里行间的标点。"雨燕较劲地说:"你说清楚,到底是什么标点,逗号还是顿号?"毛管花说:"虎、豹、熊、猫选择做冒号,豺、狐、獾、狸选择做破折号,象、犀、牛、鹿选择做连接号,雁、鸭、鹳、鹤等飞禽选择做顿号,蜻蜓、龟蟾、蚂蚁、虎甲选择做分号,乔、灌、草、苔藓选择做逗号,分解植物和动物的细菌选择做句号,而人的选择是省略号,省略掉的就是他们自己,好像他们不是自然的一部分,总要强调'人与自然的关系'。"黄鹂说:"这样的强调也没什么不好,说明人已经意识到做省略号是不对的。"虎头兰说:"还有些号你没说,比如问号。"雨燕说:"谁问谁就是问号。"黄鹂说:"那就是你,你喜欢问。"雨燕说:"你是什么号?括号吧?双手做搂抱状,但就是不知道中间是谁。"黄鹂说:"打死你。"雨燕瞟了一眼毛管花说:"打我有什么用?"扑通一声,一串大叶蒲葵的蓝色果实落进白接骨草丛里,打断了他们的话。

中午时分,大象把他们带进了一片诡异恐怖的林地,视域之内到处都是奇形怪状的造型。他们跟着大象从树隙间走进去,在铺满枯叶的林地上转来转去。毛管花说:"我们是不是到了雨林的地狱,怎么这么多绞杀榕?"石栗也说:"太吓人了,我是第一次看到这样的情景。"雨燕跳来跳去的,说了两声"快给我拍照",惊呆了的石栗好像没听见。黄鹂平静地说:"怎么可能是地狱呢?我觉得是雨林的天堂。"毛管花问:"你怎么这么说?"黄鹂瞪着前面不回答。她看到一棵年轻的黄葛榕紧紧拥搂着一棵胸径至少有一米二的长柄油丹,密如蛛网的藤状根茎裹缠在大树身上,一副同生共死的样子。毛管花说:"真是杀气腾腾。"黄鹂立刻说:"应该是缠绵不舍吧?"雨燕说:"我发现一来到这里,你们两个就对立起来了,为什么?"没有人回答,都把眼光投向了三头大象吃东西的地方,那里有一棵矮壮的歪叶榕正以粗细不等的气生根绑缚着一棵光叶天料木,后者枝老叶黄,眼看着离衰朽不远了。黄鹂说:"你肯定觉得天料木是任其宰割,但我以为是它的舍己为人。"毛管花神情迷惘得如同裹了一层绞杀榕的树须:"能这样理解吗?理由是什么?"再往前走,又看到卑微的钝叶榕把躯干从上往下盘绕在一棵树冠高阔的绒毛番龙眼上,足足有二十四圈,有些地方已经深深嵌进了大树的主干,并在那里滋生出新的根须,吸收着对方的营养。石栗说:"你们两个快发表意见,这应该是什么?是你情我愿还是犯上作乱?"雨燕说:"还用问?毛管花认为是犯上作乱,黄鹂认为是你情我愿。"毛管花问:"你呢?你怎么认为?"雨燕说:"我肯定不同意黄鹂的,但也不同意你的,我同意石栗的。"石栗说:"我现在还没意见呢。"

黄鹂说:"这两年我就在研究这个问题,有雨林就有绞杀的观点肯定是不对的,世界上也许并没有所谓的'绞杀植物',是我们的曲解让这种原本十分美好的生态现象蒙受了数千年的不白之冤,那些看似'绞杀'的残酷现象,其实是一个老树滋成幼树,大树乳养小树的过程。当人类从自己的恶习出发判定植物间的'绞杀'和'被绞杀'时,忘记了植物永远都是制造养分的生物,是生产者,它们利用土壤、阳光、水和二氧化碳合成营养,然后提供给食草动物。任何一种植物如果离开了利他和利己的互相交替,就不可能形成自己的生态位,也就是说首先是付出,其次才是得到。就拿榕树来说,它的果实会成为鸟和许多树生动物的食物,果肉会转化为营养，种子会随着粪便落进树窝、枝杈和树皮的裂缝，萌芽生长，蔓生出柔韧的茎条，有的向上，有的向下，攀附、拧动、缠绕、覆盖，编织着网络，吸收寄主树的表皮营养，再渐渐把许多根扎入土壤，让自己由疑似藤本的植物变成生命力顽强的小乔木，这个时候寄主树往往会因为阳光和营养的双重缺乏而生长不良甚至枯死歪倒。但爱的奉献并没有结束，滋养了榕树的大树会在成为朽木之后继续滋养新的生命：昆虫因它而繁衍，菌类因它而生长，土壤因它而肥沃，所有的生命都会因它而获益。大树把自己对世界的爱分为允诺、成全、牺牲、腐朽、分解、滋养几个步骤，它对各类榕树的附生以及所谓的'绞杀'满心愿意，如果不愿意，就一定会想办法拒绝，比如长出毒刺，迫使对方夭亡，或者用枝叶遮盖，让它见不到阳光而失去生长的机会，甚至可以用枝叶裹住它，让大象在采食自己时顺便用鼻子把它扯下来。不能不说说为什么许多大树会为攀附而生的各类榕树奉献一生？因为榕树是热带雨林的滋养之母，它为许多生物提供了相得益彰的生态位，尤其为种类繁多的苔藓、地衣、蕨类和兰草提供了附生和寄居的条件，为昆虫、鸟类、小型哺乳动物和两栖动物提供了食物和栖息环境，它终年开花结果，让繁多的榕果成为雨林动物的主食，也让自己演变为生物共生关系中坚挺牢固的一环。受益者还包括了人类，傣族人会用木瓜榕、厚皮榕、高榕、聚果榕、鸡嗉子榕的嫩芽和果实做蔬菜当水果，还会用它们的根、皮、叶、茎熬成汤药治疗腹泻、痢疾、咽喉肿痛等疾病。榕树的地位如此重要，所以被攀附的大树宁肯牺牲自己也要保证它们的成长，尽可能多地让它们扩大面积，增加种类。何况还有通门开窗的好处，借助附生者的茁壮成长和牺牲者的轰然倒下，雨林的郁闭度就会减少，阳光有了进入深林来到地面的机会，于是无数生命再度萌发。大自然充满了美好善良的能动性，每一步发展都是为了营造一种更加完善而合理的生态结构，而人类却千年百年地误解甚至玷污了此种好意，阴暗地以为那是基于贪婪的欲望，下了'绞杀'的毒手。"

大家不吭声，都在回味黄鹂的话。突然石栗鼓起了掌："精彩。"虎头兰说："她说得对，榕树就是这样的，傣族人特别喜欢榕树。"毛管花说："等等，我有个问题，你也是第一次来西双版纳吧？怎么了解得这么透？"黄鹂说："'绞杀植物'是世界雨林的普遍现象，在哪里都能研究，再说了，你怎么确定我是第一次呢？我大三时就跟几个同学一起来过。"毛管花说："我怎么不知道？"黄鹂说："我有必要把什么都告诉你吗？再说你也没问过。"雨燕喜气洋洋地说："太棒了，你们两个，原来谁也不了解谁。"毛管花说："照你的说法，植物的'绞杀'现象其实是不存在的？"看黄鹂点了点头，又挥挥手对大家说，"误解了，你们这些习惯于'绞杀'的人类。"好像他瞬间变成了一棵聚果榕，摇曳着金色的果实，在向世界宣告雨林感恩日子的到来：感恩榕树的附生，你背着"绞杀者"的恶名，牺牲了声誉，成全了雨林；感恩大树的倒下，你带着乳养者的疼痛，牺牲了躯体，挽救了生命。大树说我生来就是为了成全你们——给你们营养，为你们死亡。从来没有别的什么树绞杀过我，它们不过是把我看成了对它们有利的乳养之神。毛管花在心里愉快地赞同着，说出来的话却激愤得让人难以接受："在我心里又多了一个让我妒火中烧的人，我除了咬牙切齿还能做什么呢？早一点看透你就好了。"说着发狠地踢了一脚钝叶榕伸过来的气生根。雨燕说："没想到你这么小肚鸡肠，不理你了。"头顶，一只小白腰雨燕飞翔而去。

黄鹂不在乎毛管花的表白，继续说道："我们看惯了热带雨林的附生植物，比如石韦啊，虾尾兰啊，玫瑰石斛啊，石仙跳啊，碧玉兰啊，总以为它们生长在大树的高枝上，是为了争夺阳光、水分和扩张叶片的空间，但换一个角度讲，也可以不是为了所谓的争夺，雨林的大树本来就有义务扶持弱小植物，它培育出足够粗大的枝杈，通过鸟对种子的搬运，让弱小植物获得展示生命的机会。争夺是带着恨的，扶持是带着爱的，大自然本身就是一个充满了爱的帮扶系统，而人类非要把它理解成你死我活的战争。再比如我们今天看到的'老茎生花'现象，为什么植物要在靠近地面的主干上开花结果？是为了让动物便于采食，然后把种子传播到有阳光有足够空间的地方。降低位置提供果实，有利于别的动物的生存，传播种子增加植被，有利于土地的水源涵养量和生态稳定，都是一种为别人乃至地球的奉献行为，而不能仅仅理解为基因进化中的自私性和生长的功利性。要知道，植物也是有爱有精神的，我们不能因为自己狭隘就诋毁人家的宽厚，不能因为自己卑劣就贬损人家的高尚，光明的猜想会得到光明，阴暗的揣度会带来阴暗，植物从人类这里基本得不到什么，却可以教会我们许多。"

毛管花说："你是不是想说我们对生存法则的理解是错误的，不应该是弱肉强食，而应该是和平共处？"黄鹂说："是的，大自然的体系里基本不存在弱肉强食和你死我活的现象，而是你活我也活，你死我也死，是万千物种的共生共享、互惠互利。植物在奉献枝叶和果实的同时，拜托食草动物把自己的种子运往别处，延续种群的发展。食草动物会用大量的粪便给植物施肥，并养育数不清的昆虫，而昆虫又会通过授粉让植物生生不息，从而保证食草动物有取之不尽的食源。同时食草动物还会以庞大的数量优势，把一定量的肉食尤其是老弱病残奉献给食肉动物，而食肉动物的回报便是控制食草动物的数量，避免它们发展到因繁殖过多而无草可吃的地步，并让食草动物的种群始终保持在健康壮硕的状态中。这里需要强调的是，食肉动物是食草动物的管理者，食草动物又是植物的管理者，它们都不是所谓的'天敌'。那么谁又是食肉动物的管理者呢？是它们自己。食肉动物通过五种办法实现自我管理，一是保护基因的欲望会让它们吃掉同类中其他雄性的孩子；二是它们通常处在互相提防或者残杀的紧张关系中；三是捕猎和打斗很容易受伤，导致死亡的可能性很大；四是它们都有强烈的领地意识，不准别人进来，也尽量不去占领别人的地盘；五是一夫一妻制以及爱情能力和繁殖能力的低下是它们不可逾越的障碍。通过这五种自我管理的办法，它们成功地控制了种群的数量，也避免了食草动物的过多死亡。另外，食肉动物还会在死后用自己的身体成全昆虫和细菌，从而把自己分解成可以壮大植物也壮大食草动物的营养，这几乎就是一种感恩中的回馈，而不是残酷的竞争。食物链没有顶端，也没有低端，它是一种环环相扣的循环。只要没有人为的干预和自然灾害的破坏，这样的循环就会处在一个良性的状态中奇妙地存在下去。适者生存的意义在于：我是你存在的保证，你是我发展的需要，在我与食物和我与所谓'天敌'的表面关系背后，是根深蒂固的多样性关联和利他行为的规律性展现。单方面要求对方的奉养和成全，而缺乏自己的付出和献身，就是一种典型的不适者，不适者不生存。所以任何极端利己主义、唯我独存主义都是自取灭亡。生命的存在取决于生态位的合理，而生态位的确立取决于你是不是对别人有用和有益，有用有益的程度越高，你的生态位也就越高越牢固。换句话说，当所有的生命不需要你的时候，你的生命也就没有意义了。生态学告诉我们，生存法则一定不是人类编造出来的野蛮而原始的'丛林法则'，人类、动物和植物的追求都一样，那就是文明、友爱、共进、齐济、幸福、美好，而不是发动战争、抢占地盘、屠杀别人、满足一己之欲。"又是石栗首先鼓掌："这个我更加赞同，我一直认为进化不是更加高级，而是更加适应，适应就是适应需要而不是相反。"三头大象静静地立着，不吃也不动，好像也在听。毛管花走过去，拍了拍头象的腿说："别听这个姑娘的胡说八道。人类对自然的判断基本都是盲人摸象，她也不例外，尽管她是生态研究方面的新秀。"又用鼻腔狠狠地"哼"了一声，好像他挺讨厌黄鹂的这一番说辞。大家都听到了，转身望着他。黄鹂眼里的失望就像悬悬地挂了两颗明亮的油瓜，几乎要变成泪珠掉下来了。雨燕说："这一刻，我们总算觉醒了。"望了一眼黄鹂又问，"我说'我们'没错吧？"黄鹂没有回答，走过去，从木瓜榕的老茎上掰下一颗紫色榕果吃起来。石栗说："渴了吧？野荔枝水大，那边有，我去给你摘。"雨燕说："别忘了我呀。"几只白腹凤鹛跳来跳去地叫着，如丝如缕：别忘了我呀。

云开始扎堆，白色的飘移拉响了汽笛，是风的呼啸，宽阔的云彩之江裹挟着高处的绿莽，奔腾向西。更绿了，生机无限的雨林总会在金色和蓝色消失的时候，显示内在的秀丽，不靠光，不靠阴影的托举，不靠镀金镀蓝的伪装，就靠自己，就靠植物的根脉和土地的联系，就靠枝叶和花朵本身的妖媚，让绿色的风情层出不穷而又残缺不全——眼界里无处没有豁齿、罅隙、塌缩、无缘无故的倾颓、重峦叠嶂的痉挛，以及茂绿和荒枯的变异、疏放和密生的对称。残缺美是如此的丰富，以至于让人的视线常常会抽搐起来，是幸福的抽搐，引发出人心跟大自然相濡以沫的酸楚和一股拥抱良心的激流，赞美大象。一行人又开始走动，还是跟着三头大象，坡度明显变陡了，他们越走越高。石栗和黄鹂走在最后，依然热烈地讨论着生态位的话题。石栗说："你这个观点太对了，生物的利他能量决定了生态位的高低强弱。比如大象，它用象道给雨林带来阳光，用粪便给生物带来营养，用采食给物种带来播种的希望，雨林对它的需要是全方位的，毁掉了大象就等于毁掉了最牢靠的生态位，结果就是动摇所有物种的生态位。人生的要义不也是一样吗？根本就不在于你有没有能力获取，而在于你有没有能力付出，就像你说的，如果一个人对任何人都没有用处，那他除了顾影自怜还能有什么结果呢？"黄鹂连连"OK"着，又说："事实上不存在一点用处都没有的生物，凡是存在的都是有理由的，研究生态就是为了给各种生物找到存在的合理性，包括蚊子和苍蝇，如果没有它们，很多鸟就得饿肚子。所以我们不能仅从人类的好恶出发粗暴地判定谁是益虫谁是害虫，谁是益鸟谁是害鸟。比如我们说蝙蝠对人类有益处，因为它能吃掉大量危害庄稼和树木的昆虫。可要是把昆虫都吃光了，谁来分解动物的粪便和尸体，让它们变成富含氮、碳、钙的大地营养呢？事实上，在整个生物界，既没有益虫，也没有害虫，每一种虫子的存在都取决于自己的需要和别人对自己的需要，尤其是后者，它几乎决定了该物种的数量和存活的历史。"

石栗说："你一说这个我就想起读研时的一个老师，他不是我的导师，但我特别尊重他。他用大半辈子的时间写了一本书叫《野生动物的经济价值》，里面是这样描述金钱豹的：不可或缺的观赏动物，毛皮尤佳，可以增威、防潮、保暖，骨入药，强筋健骨，镇痛，驱寒，压惊，主治痉挛、麻痹、惊风、抽搐、风湿、癫痫、健忘、痔瘘、瘰疬和所有疼痛。还开了一个药方，豹骨20克，加独活、重楼、虎杖、牛膝、木姜子、木防己若干，白酒一瓶什么的。书中对孔雀的介绍是这样的：著名留鸟，雄性为上品观赏动物，尾毛是瓶供佳物，也可制作工艺品，肉可食，有清热解毒之功效，一般用于肝胆疾病，胆汁的抗毒性极强，可治药食中毒。羽毛走肺经，消肿胀，排脓毒，粪可化林瘴病毒。他也没放过大象，说公象为大地之宝，象牙是人类雕刻艺术的最佳选材，昂贵可比黄金，肉可食，皮骨皆入药，凝血止血，主治创伤及一切出血性外伤，是伤口感染难以愈合的必选之药。牙粉镇邪扶正，消肿、解热、镇痛、排毒，可治心悸心慌、毛虫蜇伤、毒蚊叮咬、肛瘘痔疮等。也开了一个药方，皮30克、骨15克，加桂枝、金粟兰、鹿角藤、古钩藤、秦艽什么的。他对很多鸟儿都做了是益鸟还是害鸟的判断，而且用事实求证了它们的'经济价值'，比如对斑尾鹃鸠，他的描述是：

体态儒雅大方，羽毛鲜艳美丽，肉质滑嫩味美，为狩猎鸟的最佳选择，数量不多，极其珍贵，被列为国家二级保护鸟类（多么矛盾啊，既珍稀，又可食，似乎还在鼓励违法）；对普通三宝鸟的描述是：蓝黑、蓝紫、蓝栗相间，绿色斑纹，亮丽可爱，骨肉入药，解毒、通淋功效甚佳，主治痔疮、淋症、鱼骨哽咽等症，鲜用或焙干研末或香油调涂患处均可（多么美丽的鸟儿啊，人怎么忍心打死、煮熟、焙干、研末呢？又是怎么知道它能够治那些病呢？难道带着猎枪去山林花几天时间猎取几只珍贵的三宝鸟比去一趟医院还要简单？）。就在他打印了书稿，送给所有专家征求意见时，不知遇到了什么事，顿悟了，收回书稿，全部烧掉，一张纸都没留，同时也从电脑里删除了电子版。问他为什么？他说我是个动物学家，怎么能如此厚颜无耻地出卖动物呢？这本书就像是在鼓励屠杀，什么营养价值、医疗用途、观赏佳品，统统忘掉吧，人类不需要这些知识。从此他连这方面的课都不上了。我刚才说了，这是他研究了大半辈子的成果，900多页的配图大书，就这么说放弃就放弃了，说明他是个对生命有敬畏，对自己有标准的人，不佩服不行。"黄鹂说："这位老师太伟大了，生态位的稳定有作为也有不作为，有时候不作为就是作为。"

雨燕在前面喊起来："你们快点，我还想照相呢，现在是斜阳，光线这么好。"一树火烧花开得烂漫无比，如同霞云翻滚，招蜂引蝶地在那里炫耀。雨燕摆了pose立等着石栗去拍照。两个人都有点意犹未尽，却也只能打住，因为等着他们的不仅有雨燕还有大象。石栗跑步过去，给雨燕拍了照，又等着给黄鹂拍。雨燕问："你们说什么呢，那么热烈？"石栗说："你应该去问她。"雨燕说："你能保密的，她还能泄密？"说着黄鹂到了，靠到树干上，望着斜上方的花，一副若有所思的样子。石栗拍了以后给她看："很美。"雨燕说："我不美吗？"石栗说："一样美。"雨燕说:"这还差不多。"说着,他们来到大象身边,又以火烧花为背景给每人拍了人象合影。一只黑胸蜂虎和一只橙腹咬鹃争先恐后地挤进来,愉快地鸣叫着:我也要照相。照出来后才发现,深景里,还有一公一母两只珍贵的白鹇。

4

继续往前走时,谁也不再大声说话,也不再欢天喜地地拍照,似乎都有点累了。毛管花跟头象商量:"可不可以不往上走?下面不是挺好的吗?"头象用坚定的步伐告诉他:不行。好在大家走得很慢,随时都能停下来休息。地势一直在上升,雨林的覆盖薄了许多,只有二三十米了。当一棵南洋木荷拉着普文楠的手来到面前时,三头大象停下不走了,地上到处都是珍珠莎、四角果和翻白叶,它们专心致志地吃起来。毛管花说:"你们有吃的了,我们怎么办?"头象哞哞了几声算是回答。他琢磨了一下便朝前走去,果然不出所料,就在南洋木荷和普文楠的后面,生长着一片果实累累的食物林。他喊起来:"快来啊,大象把我们带到了雨林餐厅。"虎头兰首先跑过来,高兴地说:"这么多好吃的,怎么都长到一块了?应该是专门培植的吧?还有水藤,连喝的都有了。"大家走过来,看到几棵刺栲和一棵滇刺枣紧挨在一起,全都结满了果实,看到一棵红毛丹身边围了一圈龙果,像是在比赛谁比谁更艳,看到一棵野杧果后面又有一棵番石榴,紧跟着的又是酸角和曼登果,好像有人专门种在了这里。毛管花有野外生活的经验,知道这些东西基本都吃过,便自顾自地吃起来。虎头兰当仁不让地做起了介绍,还摘了果实告诉别人怎么吃。大家吃着,没忘了关照一下三头大象。他们发现大象的口味不一样，头象喜欢红毛丹，另外两头大象一个喜欢龙果，一个喜欢番石榴。等他们吃得不想再吃的时候，黄昏就来了。虎头兰问："今晚怎么办，是守着大象呢，还是回到车上去？"毛管花说："肯定是守着大象了。"雨燕问："那怎么睡？"毛管花说："躺着睡呗。"雨燕说："讨厌，我是说万一蛇来了怎么办？"石栗说："没事，男的在外边，女的在里边。"毛管花说："你以为蛇就不咬男的了？我也害怕蛇，也想睡在里边。"石栗说："那就三个男的轮着站岗放哨。"虎头兰说："这样更好。"毛管花说："算了吧，以我的经验，只要有大象，连蚂蚁都不敢来，它一鼻子就能吹到山那边，蛇更不会来，大象会用鼻子卷起来把它扔到月亮上去，再回到地面时，就已经不是蛇了。"雨燕问："那是什么？"毛管花说："是肉，但不是你吃的，是饿老鹰吃的。"石栗说："那就请你给大象说说，让它们仔细保护好我们。"毛管花就对头象说了，看着它慢腾腾摇了摇鼻子，就礼貌地说了声"谢谢"，又说："它答应了，你们放心睡吧，我保证明天一早你们一个个都还能站起来。"雨燕说："除了你，你肯定是躺着的。"又说，"可惜吉他没带来，不然的话，今夜又是一场雨林晚会，或许大象也能跟着我们唱呢。"毛管花说："肯定会的，大象的音域特别宽，低音是次声波的，人的耳朵根本听不见，高音是'High C'之上再高三个八度，什么叫振聋发聩，大象就是。"黄鹂问："你说的不是唱歌是喊叫吧？"毛管花说："大象是摇滚歌手，喊叫和唱歌有什么区别？"雨燕说："哇，那就太棒了。"

　　人睡了，三头大象果然护佑在他们周围，有时站着，有时走一走，但没有一刻是躺下的。一夜过去了，蛇没有来，丛林猫没有来，金钱豹没有来，它们都止步于二十米之外，大象一闻就知道谁来了，用前脚刨挖着地面，夯起耳朵，一扇一扇地警告着：别以为你藏在莎草后面我们就看不见，赶快走开，小心踢死你。只来了一只不吃肉的赤鹿，它是来给大象打招呼的：你们好啊？我们又见面了。一看地上躺着人，吓了一跳：活的还是死的？怎么你们不怕他们？头象就告诉赤鹿很多往事。赤鹿说：救过小象的人肯定是可以接近的，但他们没救过小赤鹿，我还是有点怕。说着，迅速离开了。

又是毛管花醒得最早。他本能地想着要在清晨鲜亮的光线里画一幅画，爬起来，问了忠于职守的大象早安，又去远处方便了一下，才意识到自己没带画板和画笔。他回到大象身边，坐下，望着四周的景色，突然有了灵感，心说诗来了：

> 已不是迷惘季节，而我依然迷惘。
> 是灿如梨花的迷惘，
> 在大象的早晨羽翼般颤动。
> 白色泛滥，空间抹去了她的身影，
> 而我还在相信她的眼风吹垮了雨林，
> 一任绿色倾泻。
> 我看到你倒映在象足的水洼里，
> 就像它的情人旖旎如花。
> 我看到大象托你的长鼻变作蛇藤高入天际而后沉落如泥，
> 孤留着你飞去的仙身，
> 如鹰的冲浪，缠绵着翅膀。
> 去吧，我的姑娘，
> 我的梦的边界，我的昨天和今天，
> 而我只有大象
> 和迷惘。
>
> 在雨林，大象袭击了所有的猛兽，

用沉默和纹丝不动，
　　让刈害的黑光消失在月华之下。
　　我不知道哪里是我的孕房，
　　却诞生在大象的脐下，
　　写诗作画。
　　我是我的爱人，
　　大象是大象的爱人。
　　来吧，我们的交换，
　　就像海洋和天空交换了风暴，
　　然后是呼啸空谷的水瀑，
　　是雨后天晴，
　　是爱的寂静。

　　大家都醒了，用水藤里的水洗漱，又在大象奉献的雨林餐厅随便吃了点瓜果，便跟着它们继续行走，依然是向上的，顺着宽阔的山梁，之字而行，慢慢地，山顶不远了，云雾飘下来迎接大象和人，摸摸这个，摸摸那个，摸出了一阵湿漉漉的感觉。那就上吧，可以登高望远，看看勐海低丘雨林的概貌，看看什么树喜欢在最高的地方栉风沐雨，吸纳阳光。大家似乎都这么想。路上的景色和植物跟昨天不太一样了，自然要多多拍照，石栗上上下下地忙着，拍人物，拍大象，也拍植物，好多植物他都是第一次见："这就是篦齿苏铁啊？还有大叶茶树，至少有一千年吧？好大一棵榕树，都说是独木成林，其实也可以是一树成屋，屋里有柱，有顶，有门，有窗，甚至还有下垂的根须组成的墙和房屋的间隔。数数看，有多少插入地下的气生根？"雨燕和黄鹂比赛似的数着，雨燕数了四十根，黄鹂数了三十八根。毛管花说："这不算什么，你看看它身上有多少种附生植物，那才叫奇迹。"石栗就数起来，越数越糊涂:"大概有六十种吧?又好像是七十种,好多我都分不清楚,到底是什么品种的蕨类和兰类。"黄鹂说:"有华剑蕨、书带蕨、铁角蕨、阴石蕨、铁线蕨、伏石蕨、光叶蕨、肾蕨、檞蕨,哇哦,这是什么?我也不知道了,反正是蕨类,不会是我们新发现了一个种吧?这可是已经有数万年历史的活化石。"石栗说:"那样的话,就应该以你的名字命名了,叫黄鹂蕨。"她要采集标本,石栗走过去拍照。咔嚓一声,一只蓝翅八色鸫惊飞而起。

还没走到山顶,三头大象就停了下来,台地如坝,有大风也有大雾,湿漉漉的空气里,飘散着浓香,香源是一株株藤蔓细长的香荚兰,它们以群落的形式攀附在几乎所有的大树上。还是拍照,雨燕说:"给我和黄鹂来一张吧?"黄鹂没说话,默默地站了过去。这是进入雨林以来,两个女孩的第一张合影,雨燕笑着,黄鹂也笑着。毛管花一屁股坐在一丛兔耳兰上,仰身躺了下去,没过一分钟又起来了,从口袋摸出手机看了看,惊诧地喊道:"你们知道大象把我们带到什么地方了?一个有信号的地方。它们怎么知道我们需要跟外面联络?"所有人都拿出了手机。毛管花发现有几个未接来电,还有一个老茎生花派出所发来的短信,告诉他小象凤凰木不吃不喝,危在旦夕。还留了联系电话和联系人召恩罕。他赶紧打了过去,说好等着管理局的人迅速带着小象来找他。之后他又把电话打给了小姨。小姨问:"是不是又没钱了?""我一打电话就是要钱啊?你把我看得也太那个了吧?""要钱是好事啊,说明你离了小姨就寸步难行。""说真的想你了小姨,特别特别想。""为什么?""我做了一件事,感觉挺高尚,但也很悲伤,甚至有点凄凉。""什么事?""以后再告诉你。""赶紧回来吧,我也想你了。""不行,小象凤凰木还没有跟家人团圆呢。""那你就让它们快点团圆嘛。""事不在人为,得听天由命。"又说了一些别的事,就挂了,然后起身过去,对三头大象说:"好消息,有人会把小象送来，快的话下午你们就能见面了。"头象哞了一声，另外两头大象同时哞了一声。雨燕把电话打给了爸妈，喋喋不休地说着大象和雨林，吓得爸妈喊叫起来："快离野象远一点，万一它们兽性发作，你连喊一声救命都来不及。""怎么可能呢？我待会儿给你们发几张照片。"父母对大象的兴趣就像树木对石头的兴趣，不管她怎么解释，他们就只说四个字："赶快离开。"她不耐烦地说："好好好，别担心，我已经离开了。"虎头兰也在说离开，他给"章朗谷"打电话，告诉单位自己这两天在干什么。那边接电话的人请示了地不容以后告诉他："你现在立刻回来，再不回来就开除你。"虎头兰说："肯定回不去，我跟几个研究雨林、保护大象的人在一起。""就因为大象，头儿才让你们赶快离开。""他怎么知道这里的事？""这个你就别问了。"虎头兰想了想也就明白了：肯定是那帮盗猎者发现他们一直在保护大象，就把状告到了地不容那里。地不容跟他们绝对有关系，要不然老树怎么会说，只要他们得到小象，百分之百会卖给章朗谷大象表演公司？他叹口气说："他想开除就开除吧，反正'章朗谷'也不是个什么光彩的地方，我早就想离开了，顺便说一声，商务车被倒下来的大树砸扁了，你们得花二十万才能修好。""不管砸成什么样，你把它弄回来，越快越好。""那要是翻到悬崖底下被大水冲走了呢？"说着就挂了。

　　黄鹂拿着手机，犹豫着：要不要给父母打个电话？他们是很少关心女儿的，全部心思都放在那个过继来的弟弟上，自然也不会操心她在雨林的一切。不过看着所有人都在打电话，便也机械地拨了一下，语言干涩地说起来。手机里传来父亲黄天鹤的声音："你去了西双版纳？怎么没提前说一声？我有东西要带给朋友。""你在这里有朋友？"黄天鹤没有回答，想了一会儿说："你回来前去找一找章朗谷大象表演公司的地不容，'章朗谷'在西双版纳很有名，怎么找你一打听就知道。""我找这个人干什么？""看他有没有东西带给我。"一句关心的话都没有，也不好奇女儿为什么会去西双版纳，就分配了一个任务，还叮嘱她"你别给我不去"。黄鹂答应着挂了，心里闷闷地想：父亲的交际倒挺广，这么远的西双版纳都有朋友。这时她格外清晰地听到了石栗的电话。石栗站在一棵滑桃树下，面对着一棵乔木紫株，紫株知道自己该怎么做，就挥动枝叶把声音朝她这边扇过来："爸，如果我三年满了不想回昆明，留在版纳雨林管理局工作，你觉得怎么样？""理由是什么？""我喜欢这里的工作，此外还能兼顾到专业，大象生境和雨林生态是个迷人的选题，有人的研究已经很深入了，但我也有一些新的想法，可以重新开始。"父亲沉默着，突然说："你也可以不征求我的意见，要是想好了，应该先给单位谈。""我就怕单位领导会征求你的意见，到时候你要是不知道，那人家还怎么考虑？""倒也是。不过你要想清楚，大象和雨林都不是好办的事情，尤其是大象，人类社会怎么处理好跟它们的关系，这在全世界都是个难题。还要有这样的思想准备，中国的热带雨林主要在西双版纳，你在那里干得越好提拔的可能性越小，因为替代是很困难的。""如果我的工作就是我的专业，我还巴不得没人替代呢。"接着他又把电话打给了省林业厅资源林政处，表达了自己想留在西双版纳的愿望，不经意间回了一下头，黄鹂赶紧走开了。

  黄鹂全听到了，包括石栗父亲的话，好像声音本身就带着意识，知道应该传递给什么样的第三者。她的感觉是不期然而然的失落，虽然她跟他认识也有一段时间了，却从来没有过那种必须时刻关心他的存在的感觉，这种感觉就像河对岸的依靠，很多时候并不是有水就有河，而是有岸才有河，岸是对水的规范，被规范的水才叫河，不然就是一片汪洋。她是奔流的河，石栗是固定的岸——比喻是不是有点矫情了？但矫情的背后似乎有一种不知不觉的清醒，清醒的背后又是丝丝缕缕的反省：以前自己为什么那么排斥他呢？是因为对他了解得太少，还是因为毛管花对她有一种邪魅般的引诱？都有吧？那么现在呢？毛管花的影子不还是跟过去一样又显眼又沉重吗？不，邪魅从来不是沉重的，只有山、只有雨林、只有大象才是沉重的。对她来说，这个沉重的存在已是侧影和背影的交替，而不再是迎她而来或者她迎而去的那棵繁花似锦的木棉树了，她好像很难看到他的正面，就算面对面地说话，能从心里望见的也还是他脑后那随风飘摇的乱发，并不具备勾人魂魄的力量。那么谁又是另一棵拔地而起的木棉树呢？不是石栗，应该不是，不同的个性和趣味都说不是。但她又充满了怀疑，如果真的不是，她的失落又为什么来得如此诚挚和及时？他要留下了，而她依然要回去，回到原来的生活中，回到父母允许她居住的门面房里。从大雨林到门面房，从大象和友人的陪伴到孤身一人，如此巨大的差距让失落变成了从天而降的石头，咚的一声砸碎了所有的感觉。说真的对石栗她还是没有那种想把一个女人的缠绵悱恻奉献出来的冲动，没有那种曾经在毛管花面前有过短暂表现的率性而为，她想随心所欲、特立独行地面对未来，却发现所有自己心存恋慕的行为，都跟石栗的四方四正有一种违和感。但一个人的魅力并不取决于另一个人的喜好，而在于他本身所具有的超越环境的能力和非同一般的质量，好比大象，当能力和质量都来维护它的存在时，生命的表达方式就跟旁观者的意识没有关系了，它既可以温顺而端方，也可以飞扬而奇葩，凡是表现出来的，就都是能够激起涟漪，变作风暴，形成潮涌的一部分，是江河。

　　天有些苍白，没有太阳，没有云朵，没有蓝天，没有雨露，是什么也没有，只有覆盖与阻拦的那种天气，好像雨林上面就是混沌，死气沉沉地等待着开启，是雨林对天空的开启。这时候才发现，大地尤其活跃，树没有风也在摇摆，鹰没有气流也在飞翔，花没有太阳也在开放,树没有雨露也在水亮。两只水鹿奔窜而出,跑出去几步,又停下来回头看看。一群攀树而行的豚尾猴摇下许多瘿袋果来。洁白的商陆花不满地摇晃着:你们想巴结大象,为什么要砸到我身上?一只同缘蝽飞过去想安慰它,却没有踩稳,从圆柱形的茎头掉了下去。野百合以鲜艳的紫蓝色勾画着可以行走的路,三头大象的跋涉又开始了。它们没有再往上走,而是沿着平坝似的台地朝南走去。几个人跟在了后面,没走多远,看到它们突然停下了,扬起鼻子静静伫立了一会儿,然后就开始又是跺脚,又是嘶鸣,持续了两分钟才结束。毛管花喊起来:"怎么了你们?"头象朝他走来,哞哞地叫着,带着伤感的慢节奏,像是一种告别、一种叮咛。毛管花问:"什么意思啊?我们哪里做错了吗?"头象还是悠长地哞哞着,越来越像告别了。毛管花说:"不能吧,你们要跟我们分手?"头象看他理解了,立即转身,快步走去。毛管花愣愣的,突然喊一声:"别走啊,我说了有人会把小象送来,说不定下午你们就能见到它。"大象们用一阵急切的嗷嗷声回答着,很快消失在几棵密实的鸡血藤后面。毛管花追上去说:"非要走啊?小心点,保护好自己,盗猎者说不定就在附近。"他迷惘地跟了它们一段,又迷惘地回来,琢磨着:莫非它们又去寻找那两个被河水冲走的家庭成员了?他现在还不知道,自己对大象的理解正在接近大象的本意,三头大象的缅桂花家族——一个由象妈妈、象姨、象姐姐组成的象群,本来还会在勐海低丘雨林徘徊几天,突然收到了象奶奶通过别的大象转来的次声波信息,就心急意切地冲着信息来源的方向走去,它们希望毛管花继续照顾好小象,希望在它们找到象奶奶后,还能在雨林见到他们,同时也跟小象会合。毛管花说:"看它们走的速度,肯定有急事,就算盗猎者发现它们,也赶不上。"虎头兰说:"他们是往南去的,不多远就是勐海低丘雨林的边缘,那里沿河有好几个村寨。盗猎者一般不会去那些地方,因为很容易暴露，大象反而比在雨林更安全些。"石栗问："寨民看到大象会怎么样？"虎头兰说："现在大家都知道大象是保护动物，没有人愿意犯法，一般都是远远地看着，或者敲锣打鼓地驱赶，不让它们吃掉稻谷和玉米。"黄鹂问："我们现在怎么办？"毛管花望着石栗不回答，意思是听领导的。石栗说："只能原路返回，没有别的选择。"毛管花说："也好，我们停车的地方肯定是最好找的，在那里等着管理局来送小象的人。"一片杠板归沙啦啦摇手，摇下几朵淡紫色的花。

5

因为是下坡，一行人走得很快，大象没有了，照相照够了，景色都是来时看过的，没有了惊奇，减少了乐趣，话也就说得不多，都在想着自己的心思。雨林读懂了他们的情绪，生出些水汽来朝他们喷洒，似乎他们是行动的珠果花烛，为了让悬吊的气生根找到潮湿的土壤才来到了这里。两个小时后，他们到达了饱食过水果的雨林餐厅，走在最前面的毛管花停下来，问大家要不要再吃些水果。雨燕说："要的。"毛管花说："那就仔细找找，肯定还有你们没吃过的。"说着一屁股坐在了莎草丛里。虎头兰说："我带你们去吃人心果和野龙眼，昨天我看见了，饱了就没摘。"几个人跟着他去了。不一会儿，石栗拿了几颗人心果过来，递给毛管花说："谢谢了。""是你给了我水果，怎么反倒要谢我？""你一路都在装，现在还在装。""真的不知道你应该谢我什么。"石栗想了想说："其实我也不知道，因为结果未必就是我的如意和你的失意。"毛管花苦苦一笑说："我有什么可失意的？"说着咬了一口人心果。石栗说:"你把自己搞得又自私又胆小又狭隘,打赌是为了输掉,装傻是为了放弃,又要忍辱负重,又要事事抬举我,成全的效果虽然很好,但未必就是我希望的。简单地说,你不能蔑视我的竞争能力,我要的女孩不应该是别人让给我的。"毛管花摇了摇头,望着云南黄杞的高枝上一只叫声不停的蓝矶鸫说:"你肯定错误地估计了我的作用,其实一直是雨燕在成全你。"石栗呵呵笑着:"你当然可以转移目标,但不能太荒唐。""这么给你说吧,一只金钱豹猎到了一只巨松鼠,它漫不经心地卧在巨松鼠身边,想打个盹再吃掉猎物,这时又出现了一只豹猫,冲着巨松鼠贪婪地咧了咧嘴,金钱豹的第一个举动便是扑过去叼起巨松鼠就跑。"石栗说:"黄鹂不是那只金钱豹,雨燕也不是你说的豹猫——她跟你差不多,也是装模作样,但我能看得出来,她不是发现了新大陆,而只是想尽快离开原来的目标。""好像你总是在误解别人的善良和美好,如果她不想成全你和黄鹂,就会天天扑过来拥抱我,结果就又是最初的样子,你只是一个茶余饭后被她们用来消遣的角色。"石栗若有所思地瞪着面前的一棵绿玉树,拽了拽攀附在上面的赤苍藤,落下来的却是一串穿墙风的青涩果实。毛管花站起来说:"该走了吧?"一只栗鸦不知从哪里惊飞而起,钻进了一棵霸王棕茂密的枝叶。毛管花用眼光跟踪着,不禁有些疑惑:夜君子怎么变成了昼日郎?石栗走过去,对还在跟着虎头兰摘果子的雨燕和黄鹂说:"你们是不是还想住一晚上?"虎头兰双手捧着五颜六色的野果,让石栗尝尝。雨燕说:"你们猜我现在最想吃什么?"黄鹂说:"一碗米线。"雨燕说:"你怎么知道?"石栗说:"这一路不是甜的就是酸的,现在就想吃点咸的辣的。"

毛管花心里牵挂着小象,率先朝前走去,但很快发现,他们已经走不过去了,前面是一棵高大的四数木,十几块弯弯曲曲的大板根就像一些堑壕和堡垒横挡在路上。毛管花想:怎么上山时没看见这么大的板根?似乎它们是临时出现的,就为了配合四个盗猎者的野蛮行为。猪屎豆带着他的人,瞪着眼,举着枪,杀气腾腾地守候在堑壕里,风从树隙间经过,看着这里凶多吉少,就匆匆逃走了。静,只有一阵沙沙声格外清晰,那是一条金环蛇在落叶间的游走,是毛管花没有停下的脚步对竹节草的踢踏。他走向那些板根,仿佛自己也是一块支撑着主干与树冠的板根,只是因为吸收的营养不同而变得有些矮小。勇敢的延伸立刻变成了雨林的吃惊,一只蓝喉拟啄木鸟飞到近前,啄开四数木的树皮,叼出里面的吉丁虫,却不是为了吃掉:请看吧,有个人居然连祸害大象的盗猎者都不怕,他们可是有枪的。说罢又把吉丁虫放下了。而在树蕨宽大的羽叶上,一只斑姬地鸠突然叫起来,它最怕的就是暴露,一见人就会躲起来,现在居然不怕了。斑姬地鸠的不怕鼓舞了一只钳嘴鹳,鹳鸟开始呼风唤雨,声音响亮得都震动到了林窗下的野杨梅,它们还没有熟透,就纷纷坠地。风来了,雨来了,毛管花的声音出现了:"你们好啊,我们又见面了。"猪屎豆说:"是啊,又见面了,你们要找死我们就只好奉陪到底。""这话怎么讲?我们又不是寄主树,为什么要主动找死?"猪屎豆说:"我以为只有我们这种人才会骗人,没想到你们的假话说得比我们还真,小象呢?""听听吧四数木,原来真正找死的在这里,盗猎和买卖大象是犯罪难道你们不知道?""不知道,我就知道大象能让我发财。""既然这样,那就对不起了,我看到一头野猪就在不远处,我也想发财。"说着猴子一样拽着扁担藤爬上大板根,翻墙一样跳到地上,大吼一声,扑向了猪屎豆。刹那间他把一路以来的自私、胆小、狭隘和傻里傻气抛到了九霄云外,毛管花又成了原来的毛管花。他身后不远处的雨燕和黄鹂几乎同时惊呼了一声。石栗和虎头兰也想过去,却没有翻越大板根的能耐,只好绕来绕去地跑向板根的末端,结果越跑越远。枪响了,猪屎豆没有举枪,举枪的是老树和另一个盗猎者,子弹也不是射向人的，因为扑翻猪屎豆的毛管花很快又被力量更大的猪屎豆压在了身下。猪屎豆一只手锁住毛管花的喉咙，一只手伸向自己的后腰，那里挂着一把皮革鞘的滚背刀，刀子是用来割下象牙，卸开象骨，剥取象皮的，现在他想用它对付一个人了。又是一声枪响，老树的枪法太臭了，居然连四数木粗硕的树干都没有打中。之后便是喊声，是一个女人的，接着又是一个男人的："毛管花，毛管花你在哪里？"女的说："我是版纳雨林管理局的。"男的说："我是勐巴拉娜西大象救护队的。"反应最快的不是被呼唤的毛管花，而是猪屎豆，他攥着拔出来的刀子跳起来就跑。老树第一个跟了上去，问道："怎么了？"猪屎豆吼一声："你傻呀你？死对头来了。"

四个盗猎者转眼不见了踪影，只能听到被搅扰的草树乱纷纷响成一片。毛管花爬起来，搓揉着被掐疼的喉咙，深长地呼吸着。雨燕第一个跑过来："没事吧？"又小声说，"我知道你心里憋闷，但也不能用这种办法啊，万一人家一枪打死你怎么办？"接着黄鹂来了，说："你是知其不可为而为之，为什么呀？就不能冷静一点？又不是孩子。"毛管花说："反正不是为了人。"雨燕说："你就说你是为了大象。"石栗和虎头兰气喘吁吁地跑了过来，说他们追了一阵没追上，盗猎者向北跑了，跟三头大象走去的方向正好相反。毛管花说："缅桂花家族安全就好。"话音未落，就听呼唤他的声音又出现了。大家就一起回应着："我们在这里。"

率先抖动起来的是粗榧的叶子，接着附生的蛇足石杉也飞快地摇了几下，八宝树开帘了，黑绿的深林里钻出一男一女来，一见他们四颗黑眼睛就灿烂地开出了四朵木鳖子花。虎头兰见过其中的一个，大声说："贾队长来了。"贾海桐问："谁是毛管花？"毛管花没有回答，朝来人的身后张望着。玉皎打量着雨燕和黄鹂说："西双版纳的凤凰都是飞来的，你们怎么是走来的？走来干什么？

跟我们傣族的小卜少（姑娘）比漂亮吗？那可要小心点，万一把人家比下去，你们就哪里也去不了啦，我们这里的小伙子可都是抢姑娘的好手。"大家笑了。雨燕指着黄鹂说："把她抢掉我就高兴了。"黄鹂说："毛管花你赶紧抢。"毛管花做出抢的样子，却不知道应该扑向谁，瞪着眼睛问来人："我的小象呢？"贾海桐问："刚才谁在打枪？三头大象在哪里？"双方都很失望，三头大象走了，而小象也没有来，四个盗猎者奔逃而去，只留下一些需要解释的语言从各自的嘴里跑出来撞响了满世界的树叶，是大风，是人的深呼吸。一行人于心不甘，朝着盗猎者消失的方向，搜罗了很长时间，没发现他们的踪迹，才一路向下，走向白榄河边。这时有一个人也从另一个方向靠近着他们，他开着一辆皮卡车，沿着绕行在河边林间的车辙，忽快忽慢地寻找着目标，而目标也因为时间的逆行就在前方等着他。黑色商务车出现了，他根据经验判断，要找的人一定跟这辆车有关，他最好就在这里等着。他停车下去，想联系贾海桐他们，看到手机没有信号，便去车厢看了看，发现一只发冠卷尾早已经停在象背上，用尖尖的小嘴安慰着凤凰木，看他靠近后飞走了。

　　小象是侧躺着的，汽车的颠簸让它无法站立，再说它也没有力气让四根小柱子支撑起它随风摇摆的身体，不吃不喝的结果就是这样：血肉和筋骨正在萎缩，虚弱就像一条松毛虫对树叶的蚕食，和时间做搭档一点点把一棵树的精气神变成了它自己的粪便和茁壮，然后便飘散而去。唉，思念的折磨真是残酷啊，它到底是一种什么东西，怎么就拒绝不了呢？明知道自己也可以不思念，却无法摆脱那种力大无穷的挤压和缠绕，像极了终身生活在一起的榕小蜂和榕果协同进化的关系，让它除了不思饮食，还有万念俱灰。一头象的理性和感性在这个生命攸关的时刻发生了倾斜，翘得高高的是情感深处的一粒钻石，沉重而闪亮，让全部的功利性和实用性瞬间滑落，然后就是命悬一线的恐惧。召恩罕看到小象的肚腹一起一伏的，潮湿的眼睛半睁半闭着，赶紧摸了摸它的鼻孔，还好，呼吸的节奏虽然有点紊乱，却还是顺畅的，说明心肺的运动还没有衰竭的迹象。他踩着轮胎爬进车厢，想把它扶起来，让它看看雨林内部流水潺潺、林木竞秀的环境，使了半天的劲也没有奏效，正要下车，发现它的前腿根有些破损，用手摸了摸，摸出一层黏液和血迹。他顿时有点紧张：是被毒虫咬伤了吗？好好的皮肤怎么会溃烂？赶紧俯身把额头贴到它头顶的智慧包上，没感觉到发烧，就又仔细看了看别处，没看见第二处溃烂，却看见到处都是比老象的皮肤还要松弛的皱褶，瘦了，已经是皮包骨了。心说恐怕是因为伤痛才不吃不喝的吧，毛管花来了又能怎样？他下车，去河边走了走，琢磨要不要给大象医生岩罗章打个电话，就听小象长长地哞了一声，赶紧回来，发现它已经站起来，朝着一片火筒树和大吊兰延伸而去的地方扬起了鼻子。

熟悉的味道若有若无，就像土沉香的分布，隔一段才有一棵，所以香味是线形的而不是雾状的。小象凤凰木把鼻子举到了最高点，忽又垂下来，追踪着分层而来的微风，有的风喜欢裹带味道，虽然微弱却很浓郁，有的风不喜欢，即便很强劲也还是最初冷空气和热气流交汇时的清透。应该是它从至少两个层次和两股风中闻到了毛管花的味道，立刻站起来，趴在车厢板上，后腿蹬了几下，便翻了下去。召恩罕跑了过去："你怎么能这样，摔坏了怎么办？"小象用挣扎着站起来的举动告诉他自己没有摔坏，然后便嗷嗷地叫着，跑向了一只刚刚落入柊叶丛的山鹡鸰。山鹡鸰并不怕它，跳起来在离地面一米高的空中翻飞了几下后再次落下，像是一种引诱：过来呀，过来呀。小象过去了，虽然虚弱让它这头立足大地的哺乳动物滑稽地失去了稳健，但踉踉跄跄的姿影更说明它的判断没有错：毛管花正在朝它走来，而且是心急意切的，不然干吗要呼哧呼咻喘气呢？这是它的大耳朵告诉它的，好像他跟它一样，也知道离别后出现的距离正在缩短，见面就在下一个瞬间，还知道见面发生的时候会是怎样一种情形。

小象一头撞倒了他，然后把鼻子塞进他嘴里，使劲吹了一下，让他的面颊顿时鼓了起来。思念的漫漫长途终于到点了，那一刻小象凤凰木和毛管花都哭起来。他抱着它，用张开的双臂，它也抱着他，用蜷起的鼻子——它把鼻子从他的嘴里拔出来，然后紧紧圈住了他的脖子。小象嗷嗷地叫着，尖厉而悠长。对它来说，分开和重聚都属于生命史的最大事件，不管是深悲还是狂喜，都必须是感情深处最有血肉气息的表达：你怎么不管我了呀？毛管花使劲抚摸着它："对不起，对不起。"然后仰身躺下，让小象趴在了自己身上，就像人类的孩子趴在母亲的胸怀里那样。他说："我有奶，我可以喂你的。"说着伸出了湿漉漉的舌头。召恩罕看到，小象的肌肉在颤抖，尾巴也在颤抖，如同人的抽搐，体现着一种情感走向极端之后肉体的不由自主。小象嗷嗷地叫着，毛管花也嗷嗷地叫着。

雨燕跑过来，蹲在小象身边，抚摸一下，"哇塞"一声，似乎凤凰木的皮肤有电击的效果，但不是疼痛而是喜悦，又说了声"原来就是你啊"，表明她早已经知道它了。接着是黄鹂的抚摸和"哇哦"，好像她从来没有见过大象，一连说了好几声"你原来是这样的"。小象停止哭叫，松开毛管花，好奇地望着两个姑娘，突然伸出鼻子闻了闻她们，然后朝着雨燕吹了一口气，吹掉了落在她肩膀上的一片轮钟草的花瓣。黄鹂说："你也吹吹我呀。"小象没有吹她，扭转身子，用一种疑虑重重的眼光望着走过来的虎头兰，后退几步，牢牢靠在了毛管花身上。虎头兰说："它好像知道我是章朗谷大象表演公司的。"然后把手中的一颗白榄递给了它。它不吃，都饿得一摇三摆了，它依然不吃。毛管花说："交给我吧。"接过白榄就要喂，正在不远处跟石栗说话的召恩罕喊道："你可不能喂这些东西。"又说,"大象跟人一样,好几天不吃肠胃功能就会退化,喂点流食还差不多,你去我车上看看。"毛管花起身走向那辆皮卡车。小象凤凰木紧紧跟在身后,生怕转眼又会失去这位"象妈妈"。但是它跟了几步就走不动了,扑通一声瘫卧在地上。毛管花摸着它空瘪的肚子说:"你这是何苦呢?万一我们从此不再相遇,难道你还要把自己饿死?"雨燕说:"恐怕就是这样。"说着去皮卡车上找流食。黄鹂说:"它对你的依赖是生存必需的依赖,好比所有生物都必须依赖盖亚母亲那样,你千万不要以为自己是个人,永远都是被依赖的对象,其实你无时无刻不在依赖别人,比如现在你对雨林和小象的依赖,对雨林的依赖让你还活着,对小象的依赖让你变成了一个还算有点良知的人。"毛管花不想在这个时候跟她理论这些,说:"你能不能想办法去河边搞点水来?"虎头兰说:"我去。"皮卡车上有瓶装的牛奶,雨燕一手攥着一瓶说:"不用水了吧?"

而在另一边,召恩罕正在告诉石栗自己"暂停领导工作"的事,石栗吃惊得就像一棵南天竹开出了心翼果的花,噗的一声飞上了天。召恩罕又说起已经确定让他担任"临时负责人"。石栗说:"我不行,玉皎对情况比我更熟悉,我可以协助她。""你不用推辞,马副州长已经同意了,让玉皎协助你。"召恩罕叹口气说:"把我换下来说不定是好事,因为这几年我真的没干出什么成绩来,至少没有让雨林出现多数人预期的样子,更没有让雨林的旗舰动物大象生活在一个安然无恙的理想环境里。"然后说起版纳雨林管理局,内部结构、工作权限、雨林现状、大象保护什么的。贾海桐在不远处喊道:"一只鹃隼,快看。我跑雨林跑了这么久,还是第一次看见。"鹃隼从几株密花胡颓子上展翅而起,飞远了。贾海桐来到召恩罕跟前说:"毛管花这个人真不错,他得下多大工夫才能和一头小象建立这么深厚的感情,这才叫相依为命。好啊好啊，小象开始进食了，毛管花喂它才吃，两个女孩喂就连嘴都不张一下，真是忠心不二。它吃毛管花的牛奶，就好比吃象妈妈的奶，有奶便是娘，这句话对人是贬义，对动物可是褒义。快看那边，喜光花和五月茶后面，几头印度野牛正在望着我们，这些家伙胆大机警，看谁不顺眼就顶谁，小心点。"石栗随着他手指的方向看去，看到了野牛，还看到了几只在刺花椒丛里跳来跳去的绿嘴地鹃，就是没看到小象喝牛奶，雨燕和黄鹂挡住了他的视线。他说："你把小象送给毛管花，等于给他出了个难题，他现在怎么办？"召恩罕说："总不能把小象留在管理局，看着它饿死吧？"

喝了两瓶牛奶的小象又能站起来了，这意味着人们眼里的雨林迷雾即将散去，有多少选择会在这一刻变成路途上的分岔，就像树冠后的晴空会让一直在高树下兜底的山芝麻和鸡骨香再升高一节那样。首先是毛管花的选择，他在坐车返回景洪城把小象交给管理局或者勐巴拉娜西大象救护队和继续带着小象跋山涉水去寻找缅桂花家族之间，毫不犹豫地选择了后者，然后便去商务车上取下了自己的双肩包。接着是贾海桐的选择，他说："还是把小象送到蝴蝶坝子吧？谁知道那三头大象去了哪里？"石栗也说："万一你和小象再遇到盗猎者呢？"毛管花断然摇头，说了声"不怕"。召恩罕说："那就是蝴蝶坝子的职责了，保护他和小象。"贾海桐走过去摸了摸小象右耳朵上的紫色菊花斑说："我肯定不能跟着它，明天还要去章朗谷大象表演公司会会地不容呢。"这时候出现了召恩罕的选择，他呵呵一笑说："那就只好我跟着去了。"玉皎说："不行局长，你不能去。"召恩罕立刻纠正道："我现在已经不负局长的责任了，正好有时间到处走一走，散散心。"贾海桐说："你不配合调查了？""我的问题我已经说清楚，几句话的事，重要的是他们得让举报人刀畬拿出证据来，还得去别处核实。"玉皎说："就算你跟着去，同样也是危险的，盗猎者对付一个人和对付两个人没什么区别。"召恩罕哼了一声说:"我倒想见识见识这伙人,你们暂时别张扬我'暂停领导工作'的消息,让盗猎者觉得我还是代表管理局的,或许会收敛一些。"说着就去皮卡车上取出了剩余的六瓶牛奶,走近小象指着它前腿根里的溃烂问:"不会影响它走路吧?"毛管花俯身看了看,又摸了摸:"但愿不会。"说着把牛奶装起来,本来就鼓鼓囊囊的双肩包几乎要绷炸了。

  现在,选择的歧路口来到了雨燕和黄鹂面前,她们互相看看,都没有抢先,揣摩是必不可少的:对方到底是想跟着毛管花去呢,还是另有打算?无根藤的白花开了,断肠草的黄花闭了,更有醉鱼草的紫花在半开半闭之间弹起了花蕊,其实它们都知道结果是什么,但就是不说。憋不住说起来的是一只斑鱼狗,它从倒樱木飞到盆架树,不停地叫着,可惜它的泄密没人听得懂。还是雨燕最后告诉了大家,她先对黄鹂说一声:"你去啊!"看对方纹丝不动,便做出一副无可奈何的样子说:"看来只有我去了,真倒霉。"她的同类、一只短嘴金丝燕欢快地叫着,表明它知道雨燕有些装模作样,她此刻的心情并不是真的沮丧。黄鹂长长地喘了一口气,小声说:"祝贺你啊。"雨燕说:"这不是最后的决定。"说着从车上取下吉他背在了身上。石栗笑道:"谢谢你善良的用心,你跟毛管花都应该是我最好的朋友。"雨燕说:"我想知道,如果黄鹂的选择是跟毛管花去寻找缅桂花家族,你会怎么办?""我在景洪城远远地看着她。""从现在开始我也会远远地看着你。"雨燕瞅了一眼黄鹂又说,"你要是错失良机,那我就白费心思了。"石栗一笑,没有任何表示,伸手想抓住一只飞过眼前的联纹缅春蜓,春蜓一闪,来到了他脑后。

6

　　毛管花、召恩罕和雨燕带着小象凤凰木，背包出发了，人们目送着他们，消失在汽车无法行走的雨林蛇道上。白榄河的水奔跳在绿云之下，谷地是那样开朗，就像一条豁然向阳的通道，在金色的光脉里流淌着能量。白雾随生随逝，都是瞬间的有无、转眼的荣夭，久久蒸腾的依然是植被营造的精神，是浩瀚树海的大幅度起落，有些漫过山顶，又去看不见的那边风流成洋，有些直立而上，形成蓝天的边界，让迷蒙有了不断攀升的高度。绿云之上是白雾，白雾之上是太阳，很多时候在雨林并不是太阳照耀大地，而是白雾普照万物。鸟叫了，兽鸣了，已经被密叶遮去身影的雨燕唱起来，悲伤的告别里，带着对远方和未知的希冀：

　　　　你不会告诉我爱的颜色，
　　　　但我知道它是白的底绿的边蓝的片橙的点，
　　　　还知道黑灰色的行动从来不选择凋残。
　　　　你不会告诉我爱的形状，
　　　　无论它在暗角里表达，还是在阳光下闪现，
　　　　都只有风吹过河面时不可预测的变幻。
　　　　你说爱的纵深里从来就是死亡，
　　　　你说死亡的遮蔽中爱正在泛滥。
　　　　是一头小象启示了世界：
　　　　兽性从来比人性还要柔软，
　　　　就算是鹰隼虎豹蛇蟒犀象也会被善良眷恋。
　　　　小象的妈妈不一定是大象，
　　　　人的妈妈也不一定是人，

却一定是爱的田园。

贾海桐听着,突然追了过去,还没到跟前就说:"把歌词给我,勐巴拉娜西大象救护队有两头喜欢听人朗诵诗歌的大象,我得给它们带礼物回去。"雨燕说:"怎么还有这样的大象?"毛管花见怪不怪地说:"诗歌我有好多呢,都是自己写的。""那就都发给我。"一只古铜色卷尾停留在八宝树的枝杈上使劲叫着,像是说:诗歌谁不会,我这里多得是。

贾海桐一回到蝴蝶坝子,就听说昨天来了一群大象,在门外又是跺脚又是喊叫,救护队的人和大象都很紧张,只有母象无忧花不紧不慢地走过去,把鼻子伸出关闭的铁栅门,和外面的大象缠鼻而泣,哭泣的内容连暮眼蝶和秀蛱蝶都分得清楚,纷纷飞过去,落在象体上感受悲伤掩盖下的欣悦。无忧花说:你们怎么来了,是闻到我的味道了,还是听到我的歌唱了?头象说:没想到你在这里,而且活得这么好,比原来胖了许多。象群用长牙和鼻子摇撼着铁栅门,似乎想进来,没有奏效后就缓缓离开了。贾海桐问道:"象群有多少头?"得到的回答是:九头,其中一头是半个耳朵的大公象。贾海桐知道红毛丹家族来了,半耳大公象跟着的意思就是,要把母象无忧花接走,为家族的繁衍尽到一头母象的义务,既然没达到目的,就不会走远,今天肯定还会来。他让人打开蝴蝶坝子的大门,又把无忧花带过去,放了些悬钩子、大乌泡和一担柴让它吃着。贾海桐想对了,红毛丹家族就躲在不远处的竹林里窥伺着蝴蝶坝子,一见门打开,无忧花开始在门边吃东西,头象就带着大家快步走了过来。无忧花迅速走出大门,迎了过去,先是跟头象碰了碰鼻子,然后跟别的家族成员一一接吻,是鼻子伸到嘴里的那种接吻。有一头比它小一圈的母象(大概是它妹妹)勾住它的鼻子激动不已地扯了扯,像是说:走吧,现在就走。无忧花朝前走了几步,再次来到头象跟前,把鼻子举上对方的头顶,吹掉了落在上面的一只食蚜蝇,然后紧紧缠住了它的鼻子。头象明白它的意思,甩着头叫了一声,然后看了看不远处的半耳大公象。大公象走了过来。无忧花畏怯地望着它,松开头象,后退着掉转身子,走进了大门。它没有停下,只是一次次地扭头回望着,朝花团锦簇的坝子深处走去。一群黄粉蝶和报喜斑粉蝶划出一个个"S"形线条舞蹈而来,环绕着无忧花转了一圈又一圈。金凤花学着粉蝶的样子婆娑着,翩翩而动。异木棉忽而白了,忽而黄了,忽而粉了,之后又是斑斑墨色的荡漾。无忧花绕过堵挡着它的斑斓,又绕过更想堵住它的那排椰子树,用鼻子卷起几朵夜来香的花朵,撒向了自己的脊背。便有几只玉斑粉蝶和达摩粉蝶飞过来,飘摇在象背的上空。无忧花朝上看了一眼,卷起一些大花紫薇,还是撒向了脊背,顿时来了几只虎斑蝶和青斑蝶,剧烈地掀动着翅膀,驱散了粉蝶,然后朝象背落去。贾海桐快步走来,拦在无忧花面前说:"为什么?为什么不离开这里?你的伤已经完全好了,红毛丹家族需要你回去,它们已经进来了,踩碎了金凤花,摇撼着异木棉,挤歪了椰子树,好像已经发怒了,以为是我们绑架了你。"无忧花哞哞地叫着,仿佛说:别管我,我喜欢这里。然后发出了一阵锐利的鸣叫,长度约有两分钟,差不多就是一首歌了。也许就是这一阵鸣叫制止了红毛丹家族的行动,头象停下了,犹豫了片刻,也发出了一声同样锐利的鸣叫。别的大象簇拥在头象身边,此起彼伏地鸣叫着,是遗憾的叹息,也是无奈的告别。头象转身走去,包括半耳大公象在内的所有大象都跟在后面,缓缓走出了蝴蝶坝子的大门。贾海桐还是不理解:"这里有什么好的?你居然会放弃茫茫雨林的诱惑,难道远离人类干涉的自由不是一头大象与生俱来的追求?"无忧花不理他,朝着抢救亭那边的雨林空地走去。几只棕翅串珠环蝶和凤眼方环蝶激动地翻飞而来，欢欣鼓舞。

抢救亭里，医生正在给小公象测试体温，一见贾海桐就说："从昨天晚上开始，烧退了，肿也消了点，但还是不吃东西，现在的吊瓶除了消炎，还加了营养液。"贾海桐看了看小公象受伤的左后腿，浑身上下摸了摸，从地上拿起一把刷皮肤的刷子，不停地刷着。大象虽然是厚皮动物，皮肤却非常敏感，风吹过，蚂蚁爬过，蚊虫叮咬，太阳暴晒，都能引发瘙痒，它们解痒的办法就是沐浴：水浴、泥浴、土浴、枝叶浴等。但受伤的大象失去了沐浴的能力，如果没有人的帮助，就只能忍受了，跟人一样，大象对瘙痒的忍受很容易达到临界点，于是就烦躁不安。小公象侧躺着，水灵灵的眼睛里虽然还有警觉，却少了那种幽暗深深的惧怕，鼻子卷扬而起，耳朵一竖一竖的，看上去精神了许多。贾海桐放下刷子说："疗伤需要大量的蛋白质，庞大的身体也需要食物的支撑，光靠营养液恐怕不行，还是得让它吃东西，试着喂些黏玉米、葛根、薯蓣、木薯、竹芋、树花生什么的，这些东西营养好，大象又爱吃。"医生说："我待会儿就试试，不行就打成汁，掺上牛奶或者果汁强迫它吃。"贾海桐点着头，迅速离开那里，朝雨林空地走去。独牙公象迎着他走来，看他不理睬自己，就哞地叫了一声，那是它在打招呼，"哈罗"的意思。他只好拐向它，握住它那白花花的大象牙说："你是不是又开始跟母象无忧花谈情说爱了？搞得它连家族来接都不想跟着去。可是你要明白，我们救护大象不是为了豢养，而是为了放归自然，为了让西双版纳这片罕见而不可替代的雨林，同时也是脆弱而濒危的自然奇迹，继续拥有大象的身影，也让大象在维护雨林的生态平衡方面发挥旗舰动物的作用。我这样说是不是太啰唆？就像念文件，但这样的文件是必须念的，你最好能理解一下，带着所有可以走动的母象离开这里。"独牙公象摇晃着大白牙，哞哞地叫着，像是说：我才不愿意理解你呢，你们人真是太复杂啦。贾海桐明白它的意思，却还是叨叨着："有件事情我不得不提醒你，版纳雨林里的盗猎这些年越来越少了，但并没有绝迹，你这支牙对那帮贼心不死的坏蛋依然有巨大的诱惑，将来一旦离开这里，就不能像现在这样，随便让人把手放在你的大白牙上。我知道你禀性温顺，喜欢跟人套近乎，但你能信任的，只有蝴蝶坝子的人和哈尼茶树王寨的人，别的，都要警惕，人脸上没写着好坏。对了，我一直在想，那一次一向好脾气的你怎么会对那个戴着棕色凉帽的人发那么大火呢？还毁坏了人家的奥迪，不会是无缘无故的吧？我觉得你跟那个人好像有仇，突然认出来，就想报复。"他说着朝一边走去。独牙公象缓慢地抬起头，小声哞哞地叫着，像是表示同意。

　　两只玉带黛眼蝶落到了贾海桐头上，他顶着生命的斑斓来到母象槟榔青和幼象金合欢跟前，从口袋里掏出两颗桫依果，先给了金合欢，又给了槟榔青，抚摸着幼象说："要是有一天，普洱茶家族突然来认领你，你会跟着去还是会留在蝴蝶坝子？今天母象无忧花就没走，不走是不对的，我要提前告诉你，雨林养育了你们，你们也在创造雨林，长期待在蝴蝶坝子，创造的功能就会下降，直接的后果就是雨林的萎缩甚至消失。我现在跟你们有感情，不能把你们赶走，一旦你们中的哪个突然离开了，我也会伤心，但你们也得从雨林的需要出发，多为你们自己的将来想一想，千万不要感情用事，以为这里的人对你们好，你们就应该永远陪伴着他们。"槟榔青看到金合欢不吃桫依果，就嚼烂自己的，用鼻突拿了一点碎屑放到了金合欢的嘴里，告诉它：这是可以吃的。金合欢吃起来，完了又把鼻子伸过来，放进了贾海桐的口袋。贾海桐又拿出两颗鸡嗦果，一人分了一颗，摩挲着金合欢的头说："你太小，没吃过的东西太多了，找个时间，我带你们去一个野果品种多的地方，让槟榔青好好教教你，哪些能吃哪些不能吃。"槟榔青老成持重地摇晃着鼻子，从嗓子眼里发出一阵轰隆隆的响声，像是说：我们王莲家族曾经在聚果榕坝子生活了几十年，那里的野果可真多，我们就是吃了各式各样的野果才兴旺发达起来，一个拥有八十多头大象的氏族，在西双版纳的历史上绝无仅有。后来聚果榕坝子的一半雨林变成了橡胶林和稻田，王莲家族远离而去，也就迎来了不断被盗猎的悲苦日子。贾海桐说："太可惜了，我是说聚果榕坝子和王莲家族的消失都太可惜，家园一旦没了，大象的好日子就到头了。好在还有你，你到现在还活着，说不定就是为了振兴王莲家族。独牙公象是不是还在纠缠你？什么？不纠缠了？是它对你不感兴趣了，还是你已经怀上了？"槟榔青朝他靠了靠，哞哞地说着：你摸摸我的肚子不就知道了？"这么说你已经怀上了？祝贺你啊母象槟榔青，很快你就有自己的幼象了，如果能把王莲家族剩下的两头小母象找回来，家族不就可以重整旗鼓了？"说着摸了摸它的肚子，"这个时候恐怕还摸不出来吧？我怎么觉得反而凹进去了？"槟榔青用自己的鼻子碰碰他的鼻子，像是说：你用这个摸就摸出来啦。"别把人的鼻子当成大象的鼻子，你没见我的鼻孔就贴在脸上吗？这样的鼻子对你们大象来说是不是很丑陋？"槟榔青哞哞地叫着。贾海桐也哞哞地叫着，盯上了小母象蜜沉香。两只玉带黛眼蝶朝蜜沉香飞去。

一向对人不亲热的小母象蜜沉香今天表现得有点反常，一见贾海桐就主动走了过来，停在离他五步远的地方嗷嗷地叫着。贾海桐说："怎么了你，好像有事？"说着从口袋里摸出一颗紫泡果掌在手里走向了它。它眼中流露着警觉，却没有后退，犹豫着伸过鼻子来，小心翼翼地卷起紫泡果，放进了嘴里。贾海桐说："明白了蜜沉香，你喜欢吃野果。"说着把口袋里的野果全部拿出来放在了地上，有野杨梅、野柿子、野龙眼、山楂和羊奶果。小母象蜜沉香一个一个卷起来，毫不客气地吃掉了。"你肯定是吃着野果长大的，怪不得身上甜丝丝香喷喷的,这样就好办了,我们以后多摘些野果给你吃,你是一头孤儿象,理应得到更多的关照。"蜜沉香没听他说完,就后退着离开了他。他后悔地拍拍脑袋:昨天多摘一些野果就好了。然后走向了不远处的亚成体母象千年健和老母象黑面神。

两头母象正在聊天,听它们聊天的,还有几只蒙链荫眼蝶和奥眼蝶,有的静落,有的静翔。千年健用前脚掌摩擦着地面说:我总是想,我要走啦,我要走啦,怎么还不走呢?昨天差一点走掉,又是我们在天天地在山在水的象魂拦住了我,对我说绞股蓝家族不是你的生命,你的生命在这里,这里的每一头大象都是你生命的一部分。我怎么想也想不通,它们既不是我的亲人,也不是我的族人,凭什么我必须为了它们而放弃亲情和自由?我为避难而来,这么长时间啦,灾难应该早就过去了吧?请你看看我头上的白斑,是不是已经变黑啦?如果没有,我用一片海芋叶子遮住不就行啦?黑面神说:人的眼睛多厉害啊,就算能遮住也会认出你来的。你还是安心待着吧,就像我,永远不想回到千张纸家族里去啦,老了嘛,吃不动草啦,走不动路啦,就算别人不嫌弃,自己也会嫌弃自己。千年健说:我怎么能跟你一样,在我们绞股蓝家族,头象下来就是我,如果它老啦,我妈妈和关照过我的三个姨妈以及那个淘气弟弟,都会拥戴我当头象。黑面神说:头象有什么当头?还得操那么多心,就像我……千年健立刻打断了它:你以后能不能不说"就像我"这句话,都像你的话我们大象就完啦,在这个世界上,进取才是活着的理由。说着扇了扇耳朵:你看谁来啦。两头有文化的大象无声地扬起鼻子表示了对贾海桐的欢迎。"看样子你们挺高兴的,是不是猜到我是带着礼物来的?今天我要给你们朗读毛管花的诗歌,你们不是第一次接触,上次我朗读的也是他的诗歌。"千年健和黑面神几乎同时哞了一声。贾海桐便拿出手机读起来:

如果是血肉的躯体，
应该早已经倒下——
大象，我们的图腾，
被傣锦赋予的形象，
何时变作蓝与白的风景，
而让天空无话可讲？
大象的拔地而起如此辉煌，
群塔从此有了黄金与青玉，
有了望天树的高度而和苍鹭对唱；
干涸的古井从此清澈如黎明的月光，
漾然于大地的秀眉之下，
传说着销声匿迹的太阳，
佛寺如此安详；
从此滑竹梁子有了版纳屋脊的造型，
打洛江的浇灌不再止息于无雨之晨，
长满河岸的贝叶经总是飞起来，
带着象脚鼓的节奏播撒吉祥。
但我永远不理解，就在这里，
绵延着猎杀大象的现场，
就在这里会以虐象换来山鼓的私囊，
就在这里会发生惊天动地的破碎
——大象的栖息地从此变作粪金龟的丸壤。

而我们还在说：
骑着大象走来的是我的姑娘，
是爱与梦想。

奔跑的脚步就像黑翅鸢呼呼地扇动着翅膀，风来了，象鸣出现了，一群约有一千只的黛眼蝶四散而去，岩罗章的到来就像一场音乐剧的开始，先有序曲，然后才是登场。脚步还没停下，他就把竹篓从背上取下来，抱在了怀里，大声说："带我去食堂吧，我饿了。"然后围着贾海桐转了一圈，朝着食堂跑去。贾海桐拿着手机，边走边读，坚持到读完，才向千年健和黑面神说了声"拜拜"，追着岩罗章跑起来。两个人一前一后来到食堂，面对面坐下，自然是有什么吃什么：并窝猪肉、油煎青苔、清炒酸芭蕉、焯水芹、蒸菠萝饭。岩罗章说他是来看看小公象的，又带了一些新熬制的"藤草汤"和"四十七灵膏"，还有营养丸和用枯矾、轻粉、白薇、血竭、乳香、儿茶、没药、龙骨、海螵蛸、寒水石、梅花片、蚯蚓粪炮制的生肌散，都交给了医生。"从现在的样子看小公象会好起来的，但还要加上按摩和康复训练，防止肌肉萎缩，要不然就算伤好了，也是个走不动路的残疾象。"又说起老母象，本来觉得还需要治疗半个月，现在已经用不着了。那天他给它喂了汤抹了膏，说你好好待着，我过两天再来，正准备离去，就见它把鼻子伸过来，从头到脚轻轻抚摸着他，很缠绵很抒情地抚摸着他。他明白它的意思，就说："这片长满缅桂花树的江滩是你的福地，你应该听我的，彻底好了再去寻找你的家人。"它没有听他的，大象的主意一旦拿定，就会有山朝上水朝下的坚定。老母象走了，走出去不远，就开始沉沉地低鸣，重重地跺脚。次声波的信息就在这个时候通过空气和脚下的土壤发射了出去。以后它肯定会频繁地做出这样的动作，因为它知道并不是所有接收到信息的大象都会把内容再次传递出去，有的理解，有的不理解，就看它有没有这方面的经历了。贾海桐问："那你现在打算怎么办？""由它去吧，只要它觉得自己能行，基本就是万无一失的，大象是一种越活越谦虚的动物，一头老母象从来不会高估自己，要是它走着走着感觉不得劲，一定会回到原地等我。""这么说你还得去一趟盛开缅桂花的江滩?""肯定的,这是感情动物对感情动物的留恋。"他们很快吃完了,离开时贾海桐问他现在去哪里。他说召恩罕给他打了电话,说小象凤凰木前腿根破损,像是被毒虫咬伤的,他得去看看,然后穿过勐腊雨林,去一趟靠近中缅边界的尚勇和勐满。"那些地方又有受伤的大象了?""也许会有吧,我这是上山下乡,巡回医疗,已经一年多没去了,再看看那里的大象是不是也动起来了。忘了告诉你,我这一路跑来,看到两个象群由西而东渡过了澜沧江,为什么这个时候要去东边?新出现的象道和象粪告诉我,还有几群大象也在向东迁移,如果连尚勇和勐满的大象也在东移,那就说明西边和南边的雨林都已经不适合大象生存了。""可是西双版纳的东边又有多少地方容纳那么多大象呢?""会有的,只要大象能去就一定会有。""那就请你留下一首歌再走吧,大象的'章哈',要不然我会想不起你又来了一趟蝴蝶坝子。"岩罗章背起竹篓,摆了摆象脚鼓文身的胳膊,唱起来:

> 有一天白象来到孔明山,
> 朝南踢出三道沟,
> 起名攸乐、倚邦和蛮专,
> 朝北踩破三道坎,
> 起名革登、蛮芝和曼撒,
> 从此版纳有了六大茶山,
> 它是普洱茶不竭的源泉,
> 茶马古道伸向远方的始端。

第八章 澜沧江之歌

行走的途中我们遇到大象保护组织的里昂，
他说我把这个故事送给来自东方的大象：
旱季的大火燃烧在只有一坑水的草原，
人和大象都跑向那个地方，却不可以共享
——太少了，要么人饮，要么象喝。
一番你死我活的争抢，人群纷纷退场。
快喝呀，火势已经逼临，那些人正在倒下。
水坑干了，不够每头大象把鼻子吸得鼓胀。
大象走过去，鼻子伸向那些人的嘴，流淌。
刹那间，火离开，坑冒水，人象无恙。

1

岩罗章跑起来，风呼呼地从身体两边划过，声音出现了，双脚和大地的和弦带动着云彩和空气的摩擦，三叶鬼针草欻啦啦地响过了树鸭溪，溪流那边，又是苏门白酒草的衔接和多花野牡丹的延伸，依旧是欻啦啦的奏鸣。他踩倒了藿香蓟，踢飞了金腰箭，让野茼蒿一次次弯腰断肢，感觉象魂又一次来到了他的身上，就在耳边带着睡醒后的呢喃，拨动着仅属于他的琴弦：为什么你家的族谱从来不给外人看？如果上面真的是除了救大象还是救大象，那就是英雄业绩了，何必要机密地藏起来呢？藏在竹楼的心脏里，即使别人想偷看，也不知道火塘边巨龙竹的中柱里有几页漂亮的文字。其实它一点也不漂亮，你知道的，就像你脚下的那条迷人的大吹风蛇，只会吓你一跳，咬你一口。象魂的提醒是多么及时啊，他看见它了，赶紧朝一边躲去，转眼就来到二十步之外，然后稳住身子，余悸未消地回望了一眼。大吹风蛇在一片黑鞘沿阶草里迅速移动着，突然直立而起，把头翘上了一棵纯叶樟的主干。他倒吸一口冷气，踏踏踏地奔跑而去，以为从此安全了，突然觉得一脚踩到了一个圆鼓鼓的柔韧而绵软的东西，浑身不禁一阵痉挛，惊叫着差点摔倒在地，定睛一看，哪里是什么蛇，是几根纠缠在一起的长鞭藤和一些裹住了它的橙色龙船花。象魂温和地对他说：想知道你如此害怕蛇的原因吗？诱惑了岩然家歪下巴次子的蟒魔和龟魔同样也诱惑了你，蟒魔抟捏了你的灵魂，龟魔抟捏了你的肉体，你和你的先祖一样是有罪的，如果说达僻是转世的蟒魔和龟魔的合体，你就是那个在他们的合体中被远程繁殖的人，就像一粒菱叶冠毛榕的种子，被三宝鸟带到了北方的黑土地里，长出来的并不是冠毛榕的版纳形象，你爷爷是这样，你父亲也是这样。你一直想重复爷爷和父亲的生活，甚至想超过他们，所以你给蟒魔和龟魔的后代穿上了现代服装，这服装是带翅膀的，它的本能就是在版纳仅存的雨林里飞啊飞，似乎永远停不下来，因为当你停下时，左右你灵魂的敬信里一定是蟒魔和龟魔的狞厉，他们只会让你跌落在残忍到无底的深渊；当你跑起来时，敬信的光环里又是象王召掌和傣族武士埋西里的面影，他们会用手掌托着你，让你摆脱"血舞之夜"的勾引，延续你现在的生活——所有人的眼里、所有动物的眼里、所有植物的眼里、所有山川地貌的眼里，你的"大象医生"的生活。也就是说，你害怕蛇是因为你的一半害怕着你的另一半。作为家传三代的大象医生，你没有跟爷爷和父亲分道扬镳，几乎复制了他们的一切，只有一点不一样，那就是爷爷和父亲都是光着脚奔走，你却从上初中开始就穿上了鞋，因为你总是重复着一个噩梦：自己一双热乎乎的脚，一下踩到了冰凉的蟒蛇身上。每每被吓醒，你都会大汗淋漓。大象医生跟大象一样，都是天生惧蛇的生命体，尽管迄今为止你还没有一次踩到过蛇。蛇依然在梦中，朝你"S"着身体，奔赴而来。

　　下雨了，雨怎么是滚烫的咸涩的？出汗了，汗怎么是天降的如注的？流泪了，泪怎么是彩色的线形的？也许该来的都来了吧，岩罗章和视域内的一切都成了湿腻的水乡，奔跑的声音就像船桨拍水，激浪粉碎后的水花飞溅让坎坷不平的跑道变成了一条河，而他就是河心里一座行动的岛屿，挂着娑罗双和异翅香的风帆，踏波走浪，从当地的高处奔向他乡的高处，从历史的高处奔向现实的高处，然后就是扪心自问：我这是去哪儿呢？是不是要回去了？回到族谱的开头，然后急转直下，再走一遍从前的路。达僻的捕象队，一百多头大象的喋血死亡，"血舞之夜"五十人的捕象队，版纳雨林的燃烧，以及缩砂蜜、安息香和罗芙木的林苑里，十三头大象死去的惨案，族谱上都有记载，光笔迹就有好几种，能够想象岩然家的歪下巴次子、次子的妻子、爷爷和父亲都参与了延续族谱的事。在爷爷的亲笔里，他说自己为了寻找踩死父亲的那头母象，走遍了西双版纳以及周边拥有大象的所有地方，经过三番五次的确认之后，盯上了缅桂花家族的一头大象，然后用歪下巴父亲留下来的一把毛瑟枪打死了它。他不知道缅桂花家族的大象都叫它二姨，只知道它因为疾恶如仇在象群里有着举足轻重的地位。他第一枪打穿了它的眼睛，第二枪打烂了它的肚子，第三枪打中了它的智慧包。报复成功了，爷爷飞鼠一样奔逃而去，他害怕家族的大象闻到他的味道，记住他形貌，害怕自己也会像歪下巴父亲那样，被复仇心比人不差的大象用巨脚踩踏成肉泥。他的肇事逃逸似乎成功了，那一天雾大，他很快被遮挡，那一天北风顺着万蕨谷流淌，他朝南跑去，处在下风口，那一天他碰到一个右手长着六个指头的猎人，急中生智，便把自己的豹皮坎肩、有黑黄檀刀鞘的猎刀和那把毛瑟枪送给了对方，心说就算缅桂花家族的大象记住了他的味道，又能怎样呢？味道已经转移了，倒霉的不是自己而是六指猎人。而猎人的回报便是告诉他传说中的象仙沟具体在什么位置，在象仙沟里，所有从地上长出来的都能吃，人如果在那里安家落户，一年四季有吃不完的东西，根本不需要吃辛吃苦地种庄稼、养猪牛和忙活别的营生。爷爷问：为什么叫象仙沟？猎人说：经常有白象在里面走动，只要能做到它吃什么你也吃什么，你就能长命百岁。爷爷到达了象仙沟，跟着大象走遍了沟内的所有地方，吃过了白象吃过的所有果实和枝叶，很快出现了不一样的感觉：水香薷和文殊兰让他善良，菩提树和铁梨木让他悔过，箭根薯和大百解让他愉悦，佛肚树和腊肠豆让他无累，观音座莲和皱皮木瓜让他思变，无忧花和红花丹让他悲悯，雄黄豆和毛麝香让他意识到了父亲的罪孽和自己的罪孽，他早晨吃油瓜和紫铆，中午吃糖棕和苦瓜，晚上吃芦荟和槟榔，第二天又换成灯台树、山鸡椒、红瓜、肾茶、苦藤、苦笋什么的。他每年至少有三个月待在象仙沟，别的时间他或者在家乡村寨陪伴着妻子和孩子，或者在雨林里到处游荡，采挖和品尝各种野物。他几乎把所有能果腹能治病的植物都吃了一遍，哪怕它是有剧毒和大毒的植物比如钩吻、巴豆、商陆、雷公藤、了哥王、夹竹桃、曼陀罗、马钱子、大蝎子草、一把伞南星等，大概是以毒攻毒的原理起了作用，他居然没有被毒死。渐渐地他成了一名兽医，救治着所有自己遇到的伤残动物，后来又因为连续救治了四头大象而被人称作大象医生，他自己也开始到处打听和寻找受伤或得病的大象，因为他发现这种威武雄壮的庞然大物恰恰又是最容易受伤得病的动物。有一次他甚至治好了缅桂花家族落单头象的创伤，惊喜地发现它已经认不出他就是那个杀害过它的家族成员的凶手了。

　　但父亲的记录却证明爷爷的嫁祸于人带给他的并不是安然无恙，六指猎人在跟他分手后的第二天就发现了二姨的尸体，还看到缅桂花家族正在围着它悲声悼念。大象们看到猎人后扬起鼻子闻了闻，就集体冲了过来。他转身就跑，看着对方穷追不舍，立刻明白是谁杀害了这头大象，也明白了爷爷为什么会送他那么多东西。他边跑边脱下豹皮坎肩，摘下黑黄檀刀鞘的猎刀，取下那把向它们射出了子弹的毛瑟枪，一一扔在了路上。象群的追撵慢下来，它们撕碎了豹皮坎肩，踩裂了黑黄檀的刀鞘，卷起毛瑟枪扔下了悬崖，冲着远去的猎人一再地咆哮着。从此缅桂花家族的大象开始追踪六指猎人，还通过交谈和传递次声波信息，让尽量多的大象家族也参与到了对六指猎人的围剿中。六指猎人在雨林失去了自由和赖以生存的能力，怨恨也就越积越深，何况他出生在一个崇拜大象的佤族村寨，当了猎人之后才搬迁到条件更为优越的蚁花寨，就算没有对他的诬陷，他也无法忍受对大象的残害。几年之后，爷爷正在象仙沟的沟口给一头来这里找他治疗摔伤的大象敷药，猎人埋伏在一棵半枫荷后面，一箭射中了他的脖子，然后背着尸体找到缅桂花家族，对它们说：这才是你们要找的仇人，我已经为你们报仇，请不要再追踪我了，我是冤枉的。果然，就在缅桂花家族对爷爷的尸体一阵鼻鞭的抽打，又踩扁踩烂踩成泥之后，很快放弃了对六指猎人的敌意。追踪消失了，他又可以自由自在地穿行在版纳雨林里，以猎杀小动物为生了。不仅如此，缅桂花家族还不止一次地给了他意外的帮助，当他不小心来到黑熊养育孩子的树洞前，黑熊妈妈咆哮着就要扑过来时，头象扇动着带有紫色菊花斑的耳朵，呼啸而来，挡在他前面，给了他逃离死亡之地的机会。还有一次，他病了，瘫倒在脉耳草丛里无法动弹，两只云豹闻味而来，就要龇牙下口，缅桂花家族从天而降，赶走了云豹，然后团团围着他，不让任何动物哪怕是一只食肉的小伏翼靠近，直到他病愈站起。六指猎人的恩怨分明不就是大象的恩怨分明吗？在对爱与恨、善与恶、美与丑的认知里，人和大象又有什么区别呢？

族谱中父亲还记录了惊心动魄的"血舞之夜"，他是五十人捕象队的向导，不仅准确地带他们来到了大象出没的地方，还帮助他们锁定了缅桂花家族的一头小象：看见了吧，它只有三岁，最符合你们的捕捉标准。他们的捕捉引发了家族全体大象的愤怒，一场为了小象的保卫战拉开帷幕，四头冲锋陷阵的大象壮烈牺牲，其中最壮硕也最勇猛的那一头，就是中了父亲的枪弹而倒下的。其他三头死于贾蒟之手，这是一个被称作神枪手的退役军人，捕捉小象得逞后，他就销声匿迹了。因此在缅桂花家族以后的复仇中，父亲成了首当其冲的一个。那时他已经是大象医生和大象的"章哈"，为什么还会以背叛大象的方式把自己逼上绝路呢？父亲的记录里有着互相矛盾的解释：度尽劫波兄弟在，相逢一笑泯恩仇的结局并不是没有可能，可是大象呢？它们懂得什么叫冰释前嫌吗？再说我也不能忘记，正是缅桂花家族的存在导致了先辈的死亡，它们始终是我的第一仇人，其次才是六指猎人。甚至还有这样的话：我是大象医生，我给除了缅桂花家族之外的所有大象治病，我发誓要为岩然家的歪下巴次子——我的爷爷，也为我的父亲，报仇雪恨。这应该是父亲对自己之所以参与制造"血舞之夜"的解释，绝不是新一轮复仇行动的开始，因为好像已经了结了，缅桂花家族中四头大象的死亡和一头小象的背井离乡，应该能够抵消他内心的仇恨。但不知为什么，在父亲躲开缅桂花家族二十多年后，他又一次成了猎杀大象的向导，这一次他把盗猎者带到了缩砂蜜、安息香和罗芙木的林苑，那儿又是缅桂花家族长期生活的地方，那儿还有别的大象家族，那儿来了几头独立的公象正在跟缅桂花家族的母象谈情说爱。结果是难以想象的惨烈，十三头大象先后死去，十二对象牙被陆续窃取，虽然主犯落网，并判处了死刑，但作为引发这场屠杀的向导，父亲并没有得到追究，因为他是善名在外的大象医生，没有人相信他的残忍一点也不亚于那些为了牟利而丧心病狂的盗猎者。但活了八十多岁依然健朗的蚁花寨的六指猎人却没有放过父亲，他重复了几十年前对待爷爷的办法，来到雨林南部的象泉岭，把抹了箭毒木汁液的竹箭射向了要去给大象治病的父亲。在他的想象里，他还应该用一头毛驴驮着尸体，送给一息尚存的缅桂花家族，让它们尽情地用鼻鞭抽打，用象脚踩踏。但父亲没有立刻死去，等六指猎人想射第二箭时，有人走了过来，让父亲的生命又延长了几天。

父亲被人送进了勐腊县医院，抢救了两天，等见到儿子，说出了他想说的话以后才闭眼。他说："你是上过学的，都高中毕业了，可以走自己的路，不一定非要跟我一样。"岩罗章流着泪使劲摇头，心说已经不可能了，父亲，只要是你的儿子，就必须生活在大象的生活里。再说我已经是个能奔跑，会爬树，也会给其他动物治病的人了，为什么要浪费自己呢？父亲知道他想什么，又说："那就随你吧，但你得给自己找个媳妇，还要拴住她，不能像我和你爷爷，就想着不让爱过的女人跟自己一起承担罪过，更想着不让她们也承受必然会到来的报应。我家的竹楼里不能没有女人的气息。"他擦着眼泪,望着父亲咽气时的难过,这才明白爷爷和父亲为什么要跟奶奶和母亲分手。他背着父亲走进勐腊雨林,把他埋在了象泉岭下,然后爬上一棵望天树,分辨着哪儿有大象活动的迹象,然后沿着象道跑了过去,告诉所有他碰到的厚皮动物:"我的父亲死了,他死在仇人的毒箭下,死在缅桂花家族的报复中,我的选择还能是什么呢?我没有母亲,只有父亲,他现在死了,剩下的我以后就是你们的医生了,请不要嫌弃啊,虽然我年纪轻轻。"那一天,他一口气跑了四十多公里,比马拉松的全程还要多。

岩罗章登场了,年纪轻轻的大象医生,顿时有了两颗心,一颗心想着治病救象,一颗心想着快意恩仇,复仇的对象不仅仅是缅桂花家族,还有六指猎人——尽管警察已经破案,准备以故意杀人治他的罪,但没有等到宣判,他就过世了,居然是正常死亡。也好,那就让他的子孙后代替他还债吧。岩罗章第一次在族谱里留下了自己的笔迹:如果能让六指猎人的后代变成猎杀缅桂花家族的罪魁,岂不是一箭双雕?可是父亲,我无法答应你"给自己找个媳妇"的遗言,因为我也跟你和爷爷一样,不想让任何一个女人跟自己一样承担这种无论怎么做都无法抵消的罪过,更不想让自己的后代延续家族的复仇传承,从而变成一个伪装成善良君子的魔鬼。我想以最后的复仇来了结岩然家跟大象的恩恩怨怨,我家的竹楼里不仅依然没有女人的气息,很可能连竹楼也不会存在了。结束,便是我对这个世界对版纳雨林唯一的恩德,至于奔跑着为大象治病疗伤,不过是谋生而已,掩饰而已,走向结束的过程而已。

雨大了,奔跑的速度却一点也没有减弱,岩罗章就像在流沙河里游泳,不时地抹着脸,挥动着甩水的手臂,象脚鼓的文身因此而扭曲成了缠身的蛇藤,发出一阵碎裂般的呻吟。土密树的枝条敲击而来,几乎能敲碎他的臂膀,风的划过和他的前行越来越快了。咚的一声响，一只油瓜掉下来，差点砸到他头上。他绕过那棵瓜藤缠绕的银鹊树，跑向一片古茶林，雨水中立刻有了苦香茶的味道，就像他行进在茶汁河里，满河都是刚泡好的大叶茶，张张嘴就能喝了，又解渴又解乏。几只豚尾猴从他面前跳过，吱吱地叫着，像是说我们认识的那个人又来啦。他听召恩罕说前腿根破损的小象凤凰木是被一个叫毛管花的人从临沧带到这里的，还说小象的家族也已经到达西双版纳，家族的名字也叫缅桂花。他当然想不到缅桂花家族曾经有过迁移中的离散，只觉得自己必须搞清楚这两个同名的大象家族互相之间到底有没有关联？西双版纳的缅桂花家族中，具有亲缘关系的母象都有一个遗传特征，那就是右耳朵上的紫色菊花斑。至于他说要穿过勐腊雨林，去一趟靠近中缅边界的尚勇和勐满，不过是一个借口，因为比起召恩罕、贾海桐这些人，他更熟悉雨林里的村村寨寨，或许他能打听到离开蚁花寨后踪迹全无的缅桂花家族到底去了哪里，它们的失踪跟诸多向东迁移的象群有没有关系？或许那个把仇人用鼻子卷起来扔到天上，又扑过去踩死的缅桂花头象，已经被寨民们杀死，尸体被大卸八块后，丢进了澜沧江，而他要做的就是想办法找到证据，像一个法医那样帮助警察把罪犯绳之以法？希望是这样，担忧也是这样，担忧的原因是他不想这么快就结束一切，更不想让猪屎豆远离这起事件的核心而成为一个逍遥法外的人，任何人都不应该替代这位六指猎人的后代承担猎杀大象的罪恶。所以他不仅想找到缅桂花家族，还想见到猪屎豆，但他几乎不跟猪屎豆电话联系，只能祈求雨林恩赐运气了。雨林似乎从未辜负过他。

他跑出古茶林，沿着几棵光泽锥花组成的通道，跑向了一片毗黎勒，立刻有了一种飘飞而起的感觉。没有意识到上坡，却遇到了下坡，好像山是为他而倾斜而构造，路在向下，风在向下，雨在向下，他轻松地滑翔着，如同福耳鹰在山顶的气流里一路降落。而雨林却凝然不动,掠过了勾儿茶还是勾儿茶,路过了大老鼠耳还是大老鼠耳,躲不掉的雀梅藤,离不开的翼核果,哪哪儿都一样,包括了林木最喜欢的宁静,即便有雨珠碰撞枝叶的喧闹,那种回归时间尽头的感觉依然浓厚。他想起自己第一次去蚁花峡的情形,也是这样,跑过了很长一段浓绿护卫的下坡路,直到枔木河出现在身边。他停止奔跑,打听蚁花寨的位置和六指猎人的竹楼,打听猎人家里还有什么人。两个小时后,他见到了六指猎人最疼爱的孙子猪屎豆,观看着竹楼吃惊地说:"怎么什么也没有?吊在屋檐下的猎物呢?挂在厨房窗口的腊肉呢?晒在阳台上的粮食呢?院子里的波罗蜜、火龙果、番木瓜、红毛丹、山荆子呢?那些点缀生活的石斛花、炮仗花、鸡蛋花、火烧花、芭蕉花呢?"猪屎豆愣愣地望着他,什么话也没有。他长长地叹口气说:"我是大象医生,跟你爷爷六指猎人有过交往,今天来看看你,没想到你这么穷,家里别的人呢?"其实他已经打听清楚,猪屎豆还有一个同样是单身汉的弟弟。他问着,没等猪屎豆邀请,就踏上竹楼的楼梯,面对家徒四壁的室内,又是一番感慨。这天,他在火塘边喝了茶,吃了几口密毛栝楼的果实,拿出一沓钱塞给了主人:"改变一下生活吧,不能再这样下去了。"以后的发展自然是两个人的关系越来越密切,他对这个家的帮衬持续了差不多五年,让猪屎豆发自内心地感觉到:岩罗章比我的亲哥哥还要好。有一天他问:"你喜不喜欢大象?"猪屎豆说:"喜欢。""喜不喜欢象牙、象皮、象骨、象脚、象肉?"猪屎豆摇摇头。"都是很值钱的东西,为什么不喜欢?"那一刻他的心黑成了一团墨,在展示猪屎豆的生活前景的同时,也展示了缅桂花家族的悲惨的未来:猎象不一定用枪和箭,投毒是一种,电击也是一种。这两种办法我都可以教你。但猪屎豆最终并不是他教出来的,当他在一个夜深人静的时刻,送给猪屎豆一部手机,又把章朗谷大象表演公司的老板地不容的电话告诉他,让他问问一头死象值多少钱后,一切都不用他操心了。

2

还是雨,还是奔跑,还是寻找被茫茫林海包藏起来的大象与人,罪人岩罗章用自己飞速摆动的双腿敲打着版纳大地,就像树的摇晃由于根扎于土壤而显得风姿绰约,一丝神圣感油然而生,一下子让他觉得自己又变成好人了,而且是好人里头最有救世本领的一个。看啊,排成一队的大象,剪影般定格在长花后壳树的网罩中,雨帘遮挡着身躯,也遮挡着秘密,大象们神秘莫测的举动增加着雨林的深奥,写意似的轮廓里,不散的精魄朝着东方举起了象鼻。东方在哪里?在它们脚下的延伸里,在它们怀着一个引而不发的目的走向前方的稳健中。那么,前方又是什么呢?是传说中的聚果榕坝子?那么,聚果榕坝子又在哪里呢?一声长鸣,大象的叫唤说明它们也看到了岩罗章。他跑了过去,拨开青绿的雨帘,再拨开墨绿的树帘,一看,不禁惊叫一声:"是你们哪,千斤拔家族?"然后就唱起来:

> 金钱豹霸占了南贡山,
> 它一顿吃掉了三只猪獾,
> 吓坏了懒猴、野牛和长臂猿,
> 水鹿和鼷鹿更是面对劫难。
> 大象听说后气得鼻子举上了天,
> 派穿山甲火速去了缅甸,
> 拿来一截白色的木杆,

插到象粪上变成了一朵古老的王莲，
　　王莲的色彩射瞎了金钱豹的琥珀眼，
　　让它变成了黄白黑红蓝五朵野牡丹。

　　岩罗章给千斤拔家族的头象医治过分娩后的无奶，给一头小象医治过消化不良，彼此是熟悉的。它们停下来，望着大象医生就像望着一头似曾相识的公象，讶异中带着热情，亲近中保持着距离。他走过去，准确地找到那头曾经有过胃疾的小象，捏了捏它鼻子上的肌肉，看了看它眼睛里的色彩，又摸摸肚子，用拳头嘭嘭嘭地敲了几下，大声说："你现在很好，吃什么都能消化，但既然碰上了，我还是给你喂一点药吧，防患于未然。"说着取下背上的竹篓，从一个鹿皮小囊里拿出一粒黑色药丸，放了小象的鼻突上。小象立刻卷进了自己湿乎乎的嘴巴。他背起竹篓，走到头象跟前，摸着它的前腿说："你们要去哪里？见没见到缅桂花家族？"在听到头象哞哞了几声后又说："可惜我听不懂你的话，但你是懂我的，说到底还是大象比人聪明。"又看看象群说，"是不是有两头母象怀孕了？走远路是危险的，保重啊。"说着爱抚地打了头象一拳。奔跑再次开始。

　　水色濡染着所有的树叶，湿亮占领的世界里，天上地下一片晶莹。雨把自己下成了网，左一经，右一纬，横线交叉着竖线，所有的生命都变成了网中的鱼，都是一种挣扎着逃脱的姿态。一棵常绿臭椿呼啦啦倒下了，虽然不是此时此刻发生，但呼啦啦的声音依然存在，被压倒的蓝果蛇葡萄和白粉藤歪斜在地上，被砸断的大叶千斤拔和山油柑横七竖八，但是都还活着，只要不是让它们离开雨林的那种伤害，就算断了根，它们也会坚顽地活下去，始终成为雨林的一部分。甚至可以这样说，雨水的滋养会让倒下后的存活变得格外挺拔和壮丽，因为挺拔的不一定是直立的，壮丽的不一定是壮实的，西双版纳的雨林在雨色里格外祥静。奔跑持续到傍晚时，岩罗章看到了毛管花、召恩罕、雨燕和小象凤凰木，简短的寒暄之后，便开始检查小象前腿根的破损，看形状，闻味道，甚至还伸出舌头尝了尝渗出伤口的脓液。他说不是咬伤，也不是刀伤和钝物击伤，更不是自残，而是情绪导致的表皮伤，小象抑郁了，而且很严重。毛管花说："肯定是前几天跟我分手的原因，此前没发现它这个地方溃烂。可见大象的感情是人不能比的，那是名副其实地发自内心。"岩罗章敷了药，喂了药，又用一块构树皮包了一些药，交给毛管花让他每天敷喂一次，然后问起凤凰木的来龙去脉，并在心里断定了这头小母象跟西双版纳缅桂花家族的关系：百分之百的近亲，右耳朵上的紫色菊花斑便是证明。而且有关系的不光是小象凤凰木，还有他们带着小象正在寻找的三头大象：象妈妈、象姨、象姐姐。他突然想到，那头得到救治后离开自己的老母象会不会也跟这头小象和那三头大象有关系呢？可惜它的右耳被尖利的岩石割掉了一大块，他没有看到紫色菊花斑的标记。他抚摸着小象，越想越觉得自己必须立刻找到踩死人后突然销声匿迹的缅桂花家族，还有猪屎豆。对缅桂花家族的行踪，猪屎豆应该比谁都清楚。

天就要黑了，不能再在大雨浇淋的密林里待下去了，岩罗章带着三个寻找三头大象的人，走向了就近的拉祜族的鸡㚟寨。召恩罕说："要是不下雨，我们今天晚上的目的地应该是铁刀木寨。"岩罗章说："那就明天去吧，铁刀木寨离这儿已经不远了。"他们在鸡㚟寨的村长家吃了晚饭，自然是鸡㚟和腊肉的包烧为主，另有珊瑚菌和青头菌的汤，拌和着牛肝菌和大红菌的糯米竹筒饭，所有的菌类都是村寨山背后的产物。饭后毛管花、召恩罕、雨燕和小象凤凰木睡在了村长家的竹楼里，岩罗章告辞而去，说要连夜赶路，其实他是要去铁刀木寨，想先于召恩罕他们知道，那里有没有由象妈妈、象姨、象姐姐组成的外来的缅桂花家族？会不会遇见西双版纳的缅桂花家族？他背着竹篓，刚走下楼梯就跑起来，边跑边唱。"哇，这么好听。"雨燕扑到阳台上，望着他消失在雨声淅沥的黑夜里。

> 西定山迷蒙的南坡上，有四个大象的脚掌，
> 琴弦拉在脚掌的趾印间，发出美妙的声响。
> 大象喷出一口气，让云雾变成大海的波浪，
> 波浪连接着南糯山，山上居住着茶树之王。
> 茶王有三个女儿，用清香的口齿采摘茶秧，
> 她们辛勤劳作让山地变成了女儿茶的故乡。
> 大象说，来吧，请把女儿茶驮到我的背上，
> 我要用世上最香的茶进献大象医生岩罗章。

鸡圦寨被鸡唱响的黎明里，新雨的飘洒已经消失了，只有昨天的雨安静地附丽在地面上，让雨林显得更加名副其实，亮绿照耀着雾蒙蒙的天空，白气、灰气和青气层次分明地纠缠在一起，慢慢地动荡着，也消失着，一只鹊鹞飞过来落在了竹楼顶上，周围的几只和平鸟与小盘尾便惊飞而起，朝寨子后面的雨林深处飞去。一只黑背燕尾的水鸰飞向鹊鹞，像是驱赶的样子，亮亮地叫了一声又迅速远去了。植物和动物都知道太阳就要出来，能向高的都开始向高，雨后晴日的第一缕阳光给谁都会带来喜悦，万物正在享受滋养，平凡而珍贵的水和阳光总是轮番而来。三个人吃了糍粑、烤竹笋和酸薹菜的早饭，也给小象喂了最后一瓶眼看要坏掉的牛奶和几颗野杧果。毛管花把一百元钱放在了火塘边。召恩罕使眼色让他收起来，小声说："给钱是不礼貌，但我们可以孝敬家里的老人。"说着自己拿出钱来，走向村长的妈妈，双手合十，说了几句祝福的话，然后把钱放在了老人面前。老人微笑着，也是双手合十祝福了客人。

太阳出来了，又藏起来了，反反复复跟大地玩着捉迷藏，白花花的气雾弥漫而来，飘一段就会薄一层，直到所有的气雾被光华驱散。又要上路了，三个人带着主人送给他们路上吃的竹筒饭，保护着小象走下楼梯，告别这座被雨水洗过的新鲜而干净的竹楼。没走多远，召恩罕的手机就响了，是马副州长的声音："怎么一直联系不到你？""大概是到了鸡枞寨才有了信号吧，什么事？""我还是别啰唆了，具体情况让人家告诉你，你赶紧给石栗的父亲打电话，他昨天打过来两次，都说找你。"召恩罕立刻打了过去。石栗父亲的话省略了所有的寒暄，第一句就直奔主题："终于找到你了，我要说的是，现在我把舞台交给了你，你想怎么表演都可以，但只能有一个结果，大象好起来，雨林好起来，老百姓的生活好起来。"他愣怔了片刻，结结巴巴问道："什么舞台？我可不会演戏，领导你搞错了吧？我是召恩罕，西双版纳的召恩罕。""你说得对，版纳雨林这么重要的舞台，可不是用来演戏的。"他更纳闷了，却没再说什么，一直默默地听着，直到对方说："雨林的危机、西双版纳的危机，我们都清楚，你上报的解决方案我都能背下来，禁种橡胶、拔除砂仁、杜绝开垦、退耕还林、迁出村寨、恢复雨林、科学旅游、适当封闭、排除障碍、增扩生境、开通廊道，我再给你加上民生优先和改变现状。现在需要的是抓紧时间，大刀阔斧，能够一年干成的不要再拖两年三年，我等你的好消息。"说罢就把电话挂了。召恩罕呆呆地想了一会儿，又把电话打给了马副州长："到底怎么回事？谈了半天工作，我还是不明白。""你真的不明白啊？很快你就是西双版纳傣族自治州的副州长了。"召恩罕"啊"了一声："我可是一点准备都没有，雨林管理局怎么办？""局长还得你兼着，州上准备提拔两个副局长，一是石栗，二是玉皎，由石栗主持工作，他已经表示想留在版纳雨林管理局工作。""是这样啊？那就好。""赶紧回来，书记要找你谈话，我也要给你交代工作。""对我的调查呢？""结论已经出来了，你是冤枉的，现在纪委的重点是调查刀畚这个人。""好吧，我这就回去。"话虽这么说，召恩罕并没有立马告别毛管花、雨燕和小象凤凰木，还是按照原计划，带着同行者走向了铁刀木寨。

两个多小时后，在一个峰回路转的林地豁口，他们望见了铁刀木寨的寨门，靠近了才看清楚，寨门一边是一棵挓挲着粗大枝干的酸角树，一边是一棵笔直的羯布罗香，搭着枝叶繁茂的白藤和大刺果藤作门楣，门外的两面山坡上都是弯弯曲曲的梯田，水稻的金黄推搡着涌荡而来的排排绿浪，形成了层层台地随心所欲的叠加和各种平行线任性飘逸的延展，更有放了水的梯田明镜似的或沉底或升高，倒映着天空的蔚蓝和白云的变幻，好像大山长出来的不是植物，而是太阳的家乡。一切都是有规则而无规律的摆放。毛管花激动地看着，放下双肩包，拿出相机，咔嚓咔嚓着，又说："雨燕，你不来一张？"雨燕也用手机拍着，立马跑过去，把自己镶嵌到梯田的背景上。召恩罕说："也给我来一张，别忘了发给我。"毛管花说："好啊，我再给你修一修。"完了继续往前走，便是寨门内的空场了，从场边藤编的老人椅和椅边的农具看，这是个既可以聚会娱乐，也可以打谷晒粮的地方。有三条不同方向的路从空场边延伸而去，弯弯曲曲连接着鳞次栉比的竹楼，竹楼依山而建，高低错落的布局让斜射的阳光没有遗漏任何一家。一个头缠红色布巾，穿着无领对襟上衣和宽腰无兜裤子的汉子走过来打招呼，特意看了看小象，摇摇头说："不是我们这里的，你们找谁？"召恩罕说："村长。"那人指着右边的一条路说："从这里往上，就能见到他。"说罢，摸了摸小象就走了。

他们左顾右盼地走了过去。召恩罕说："这是一个古风犹存的傣族村寨，我以前来过，印象很深刻。"指了指村寨西边的一片茂密的黑雨林又说："看见了吧，那些树，全是清一色的铁刀木，当地人叫作'挨刀树'。"雨燕问："为什么？"毛管花说："铁刀木你还不知道？越砍越茂盛，永远砍不完。"召恩罕说："不错，这是一种生长快、热值高的乔木，木质很硬，钢铁一样，茎叶和花能当蔬菜，做汤和拌肉都很好吃，树干和根又是红木的用材，可以做家具和雕刻艺术品。我是想说，西双版纳的傣族是中国56个民族中唯一一个种植薪炭林的民族，一户人家有二三十棵树，就足够全家几十年的生活用柴。砍了长，长了砍，又是取暖又是做饭，但寨子周边的林木不仅没有减少，反而越来越多。所以很多傣寨的旁边都有一片铁刀木的薪炭林，寨子越大，薪炭林也就越广。"说着他们走了过去。毛管花和雨燕吃惊得叫了一声，只见每棵铁刀木都长得十分伟壮，两人抱三人抱的主干上延伸出的枝干多达几十根，直径都在十厘米到三十厘米之间，有的高二十多米，有的高五六米，枝干上一律附生着萝摩、石楠、苦苣苔、漏兜和茜草。毛管花赶紧照相，雨燕立刻又把自己交给了聚焦后的光影。之后他们沿着薪炭林往寨子北边走去，路过了一座青色的砖塔，三米多高，有雕刻的大象和犀牛、石梓花和蒲桃果，看上去是个很古老的建筑，塔门是开着的，里面有一口可以汲水的井，水井不深，能看到清水荡漾。绕过水井，沿着一条肉托竹柏护卫的小路往上，在薪炭林的南部边缘，看到一座造型精致、清净幽深的佛寺，佛寺被紫铆、大叶藤黄和腊肠花环绕着，走过去便是村寨背后的山地雨林。召恩罕说："上面的雨林叫'龙林'，也叫'寨神林'，大得覆盖了我们能看见的所有山头，是村寨保护神和祖先灵魂居住的地方，也是寨民墓地，里面的一切都神圣不可侵犯，禁止砍伐、开荒、造屋、种植、采集、打猎、放养牲畜，除了一些墓堆，其他都是原始的模样，保留了许多古老的树种，也是天然动物园和水源涵养地，所以整个村寨有泉有井有溪有河，水是用之不尽的，干净得就像地球之上最早的水。"说着，他们绕过几棵清香木，又绕过几棵灯台树，一条只有矮生的伞形紫金牛、梗花鸡屎树和蛛毛水冬哥的通道出现了。召恩罕说："前面就是寨心。"

寨心差不多是个小果园,有木奶果、阳桃、柠檬、柚子、羊奶果、木瓜榕、杧果、西番莲、皱皮木瓜以及顺着几棵木瓜枝干攀缘而上的红瓜,所有的果树都已是果实累累。果树的间隙,满满地都是花草,有浅紫色的肾茶花、红色的大花田菁、白色的旋花茄、金黄的无忧花、粉色的烟草花、素洁的砂仁花、红白相间的竹叶兰。有个头缠黄色布巾,穿着一身迷彩服的傣族汉子坐在花圃的石头条凳上,一见我们就站了起来。他说他是村长,听说来了一头小象和几个客人,就来寨心等着,好像他知道小象一行必然会经过这里。召恩罕用傣语跟他交谈起来,没说几句,对方就热情得不得了,非要请客人去他家坐坐。召恩罕说:"你家就不去了,寨子里有没有贫困户我们想去看看。"村长说:"那就去东头岩家,家里有病人,他这两年没有出去打工,收入在我们寨子里是最少的。"说着,过去摘下两只红瓜和几颗羊奶果送到了小象嘴边。小象不吃。毛管花赶紧接过来,再喂它时,它就吃了。村长说:"它还会挑人?"毛管花说:"太小,不懂事。"

等小象吃完了水果,他们才朝东头岩家走去,一进金刚纂和小桐子围起的院子,就看到这里的植物又是一番景象。雨燕说:"好像这里不是人家,是大观园。"召恩罕说:"西双版纳有三个雨林保护模范乡,还有一个铁刀木寨这样的傣族典范村寨,主要是祖传的习俗起了作用,每家都拥有五树六花,也是习俗之一。"毛管花和雨燕带着小象参观了一番,一一看过去,树有菩提树、贝叶棕、铁梨木、大青树、槟榔树,花有鸡蛋花、荷花、凤凰花、缅桂花、仙女花、地涌金莲。毛管花说:"我是第一次完整地看到五树六花,合起来就是红橙黄绿蓝靛紫了,加上红外线和紫外线,既是阳光的颜色,也是宇宙的颜色。"雨燕说:"你想到画画了吧?赶紧给我照相,以后把我也画进去。"她摆出姿势,脸上尽量灿烂着,似乎想把鲜花比下去。一只绿带燕凤蝶飞过来,在她头顶盘旋了几圈,还是落向了不远处的鸡蛋花。毛管花说:"最笨的女孩才会在花丛里照相,到底是看你还是看花?"雨燕说:"你看我,我看花。"毛管花边拍照边说:"花香的味道这么浓郁,要是把五树六花清热解毒、活血祛风、通气止痛、减肥通便、解表散淤这些药用功能考虑进去,那就不光是好看,还能防病治病了。"召恩罕说:"有的村寨会有变化,比如把仙女花换成玉兰花,把荷花换成更容易生长和花期更长的金凤花,但大致差不多。"毛管花摘下两朵鲜嫩的缅桂花给小象凤凰木吃了,让它待着别动,自己跟着村长踏上了竹楼。主人在门口迎接着他们,原来就是那个在寨门内的空场上跟他们打招呼的人。他们走进去,看到卧室的门用布帘挡着,传出病人咳嗽的声音,火塘上炖着一只瓦罐,冒出苦甜混杂的傣药的气息。他们围着火塘坐下,主人拿碗和暖水瓶给他们倒了茶,又用白藤的簸箕端来野龙眼和番荔枝让他们吃。他们问起主人的营生,他说前几年他和亲戚合伙在县城开了个叫"傣家美食苑"的饭馆,挣了一些钱,这两年在家里照顾中风的父亲,就只能采摘些野菜野果出售了,此外还种了两亩稻米,养了三头牛。偶尔会有人来参观和拍摄大象,村长会派他带路,也能挣一些导游费。毛管花问道:"这里有大象?"召恩罕说:"村寨东边是大象林地,我们的主要目的就是来看看那三头大象是不是来到了这里。"村长说:"昨天晚上大象医生岩罗章来了,也问起三头大象的事,住了一晚上,今天早晨才走,现在你们又来打听。"召恩罕哦了一声,没太在意。雨燕说:"到底有没有呢?"村长说:"我们的大象林地长年累月只有一些固定的公象,别的家族都是来了又走,走了又来,这几年来过的有绞股蓝家族、千张纸家族和蓝果树家族,都是十头大象以上的家族,从来没见过你们要找的三头大象。"小象凤凰木嗷嗷地叫起来，大概是等毛管花等急了。毛管花说："咱们去大象林地看看吧，万一这时候来了呢？"几个人走出了村寨。大象林地，雾茫茫。

3

铁刀木寨的大象林地并没有一个确定的范围，公象们走多远，边际就有多远。差不多有二十年了，它们无论走出去三五天，还是一两个月，都会回到寨子旁边来，一回来就集体长鸣，寨民们就都会去看看，丢一些野菜野果给它们，还会在离寨子不远的两个硝塘投放一些食盐。大象林地有四分之三是雨林，剩下的是一些可以翻耕的空地，每年都有粗放的播种，雨季开始前的四月一次，结束时的十月一次，有玉米、旱稻、甘蔗什么的，或者是一些大象爱吃的草本，阿宽蕉、野芭蕉、柊叶、白茅、棕叶芦什么的。召恩罕问："这就是公象们一直在这里的原因？"村长说："也不一定，大象不光会看人，更会看风水，知道在哪里生活会更安全，还不得病，也容易碰到有产生爱情的母象的象群。其中安全是最重要的，没有一头公象会在我们这里失去象牙。"毛管花问："盗猎者不会来吗？"村长说："寨民们比大象还要警觉，发现有不对劲的陌生人，会立刻扑上去拼命。"一行人和一头小象忽南忽东地走了两个多小时，才在一条小河边看到了正在休息的公象们。毛管花数了数，一共七头，正要随着村长过去，小象凤凰木停下了。它疑虑重重地望着前面，并没有因为见到同类而兴奋异常的表示，更多的倒是畏怯和提防，似乎本能地感觉到那个群体跟它没有任何关系。公象们一见小象就有些骚动，有的嗷嗷地叫，有的哞哞地叫，在水边走来走去，但很快又平静了，都愣愣地望着小象，像是在琢磨：它是谁？怎么这么小？什么时候才能长大跟我们谈情说爱呢？有那么一刻，毛管花想：要是这些公象能够接受凤凰木，自己该不该把它留在这里呢？但很快他就知道，没有留下来的可能，小象紧紧贴在他身上，不肯朝前挪动半步，公象们似乎也没有跟小象亲近的愿望，看到它们熟悉的村长带着召恩罕和雨燕来到了跟前，体格最大的公象伸出鼻子碰了碰他，然后就带着其他公象朝雨林深处走去，好像在用行动表明，它们跟这头陌生的小象是有距离的。

雾浓了，又淡了，很快又去别处聚会了。当蓝天出现时，所有的绿都清浅光鲜了许多，雨林像是突然生长起来的，林间空地也是一分钟前才开辟的。青嫩在蓦然有了显要的表现机会后，又本能地害羞起来，一层淡淡的雾后红岚涂抹在它的脸上，就像初恋的少女不好意思面对那个人肆无忌惮地盯视，但又无法躲开，只好胆怯地低下头去，望着自己的脚尖和缀在脚尖上的影子。阳光从后面流泻而来，所有的阴影都出现在同一个方向，大自然的步调一致制造着热带雨林的整体色彩，这里没有荒凉和枯败的地位，凋零意味着再生，金黄包藏着绿萌，花和叶子都是这样，用花和叶子喂养的大象也是这样。回去的路上，召恩罕说："看见了吧，在这里大象是人类的伴生物。"毛管花说："也可以是相反的，人类是大象的伴生物。""不管怎么说，铁刀木寨是一个典范的傣族村寨，如果所有的雨林村寨都跟这里一样，有人和大象的和平共处，有人对环境的保护和美化，有薪炭林的存在能做到居住在雨林却丝毫不伤害雨林，更有除了种植有限的水田，还有其他改变生活的途径，那恢复雨林生态，增扩动物生境，开通大象廊道的目标就不难实现了。我今天来这里，除了跟你们一起寻找小象的亲人，还想巩固一下我曾经的想法：我们能不能做到在西双版纳打造至少五十个像铁刀木寨这样的典范村寨？"毛管花说："西双版纳人满为患，五十个村寨才能包括多少人？""你说得对，这几十年外来人员的大量涌入和当地人口的快速增加是西双版纳存在的最大问题，带来的直接后果就是乱砍滥伐和毁林造田，所以还得有一个更加彻底的举措，那就是以提高生活水准和保护雨林资源为目的的搬迁——不光是村寨，还应该包括其他一些人居之地，是雨林人口的整体搬迁。"毛管花说："问题是往哪里搬呢？景洪城已经很拥挤了。"召恩罕点点头说："这是我想得最多的，并不是没有地方，只是我们目前还不知道哪里是最合适的，敢不敢下这个决心？我得立刻回到州上去，协商解决这些事情，你们怎么办，是跟我一起去景洪城，还是要继续寻找三头大象？"毛管花望着小象不吭声，雨燕望着毛管花不吭声。小象迫不及待地表达了自己的意见：它哞哞地叫了几声，用鼻子拽着毛管花的手，离开了召恩罕。毛管花回头说："我听它的。"雨燕说："我也听它的。"召恩罕便问村长，公路离这里有多远？村长说："往东五公里就是省道，但你不一定能拦到车，还是先回寨子吧，吃点饭，我骑摩托车送你，顺便去景洪城买些日用品。"分手来得有些仓促，双方都是心急意切的：那就后会有期。不打算再去铁刀木寨的毛管花和雨燕一左一右护卫着小象凤凰木，朝雨林里边走去，突然又停下，毛管花大声说："加个微信吧，我把照片传给你。"说着跑了回去。但他传给召恩罕的不光是他给对方拍的人物照，还有几张他认为不错的雨林风景和几首他写的诗，也没说"指教""斧正"之类的客气话，反正到你手机里了，你爱看不看。召恩罕并不奇怪，因为不是第一次看到对方的诗，他坐在村长家的火塘前，回复了几个大拇指，然后边吃饭边欣赏，其中一首是这样的：

洞开的不是大自然的门户，
是毁掉生命的秘密。

我们的知晓总是出现在揭秘后的呆钝中：
晚了，大象的警告已经过去了。
你壮若无量山的身体行走在刀锋之上，
割裂脚掌的是你的沉重，
是利刃对最后一滴血的迷恋。
可你为什么还要行走，
还要告诉人们你对死亡的发现，
还要染红已然衰败的绽放而后挺身于荒芜之野？
是谁告诉你可能还来得及，
来得及在睡醒之后做一个魔法师的伴侣，
把爱的奇迹变得跟从前一样繁荣。
请关闭大自然的门户，
我们依然需要信守秘密：
黑森林的深处，
巨象用鼻息吹出了万物盛放，
然后累倒而死。
喝着巨象的血，
我们从海金沙裂开的掌叶上
滴
淌
而
来
。

　　贾海桐的电话打断了召恩罕对诗歌的欣赏："你在哪里，召副州长？看来真的要改变现状了，我听说提拔你就是为了恢复雨林的原生态，其中最主要的就是增扩动物生境，开通大象廊道，我太高兴了。有件事我想问问你，从政策和法规的角度讲，有没有可能取缔章朗谷大象表演公司？我给地不容打电话，想去会会他，他约我今天去澜沧江钓鱼，要是能够马上取缔，我就不费这个工夫了。""目前还不可以。""什么时候可以？""无法预测。""就因为它是西双版纳的纳税大户？""这只是一个方面，更重要的是我们没有禁止大象表演和禁止圈养大象的法律依据。"贾海桐沉默了片刻，又问起寻找三头大象的结果，然后挂了。

澜沧江的舌唇鱼不知道今天有人会来祸害它们，探出水面瞧见了地不容的私人游艇后也没有躲到六米深的江底去，还摇头摆尾地对一条警惕性很高的攀鲈说：我看到有个人脑子里的大象了，那头大象正在跳舞。一条逆流而上的马口鱼从它们中间穿过，激切地吐着水泡说：让大象跳舞的人都不是好人，赶紧躲起来吧，我上次就警告过你们。舌唇鱼说：那你就吃亏啦，只要跟着船走，就会有吃的，我已经占过好几次便宜啦。澜沧江正在缓慢地转向，在弯道内侧形成了一片平静而开阔的水湾，江水的浊黄沉淀着，在让水色变成蓝绿的同时，朝岸畔延伸出一片砖红、灰蓝和芥末黄相间的土壤，滋生出茂密的七指蕨、薄叶阴地蕨和披针叶莲座蕨。古老树种的怀抱里，一条天然的石灰岩堤坝隆升而起，托举着一些水同木、臀形果和李榄琼楠，笔直地插向了水域——防波堤出现了，对面冲积扇上的码头出现了，轮船出现了。巡逻艇会从这里起航，沿江而下，一直到达湄公河口。游艇也会从这里开始，把游客送往江边风景的形胜处，让雨林的血脉带去许多绝不后悔的赏心悦目。据说因为拍照还死过人，拥挤的游客你争我抢，一挤就挤到江水里去了，更多的则是拍掉了手机，还是因为拥挤，翘起手指戳点屏幕快门的瞬间，有人撞上了他或她的胳膊肘。在别处那些能看到星星的地方，人们总说天上一颗星，地上一个人，但在西双版纳，虽然也能看到星星，却变成了雨林一棵树，地上一个人。来这里生活和旅游的人真是太多太多了，多得影响了雨林的肺活量，都来不及制造氧气了，好像头天的产量第二天只用两三个小时就能享用完。

贾海桐踏上这艘白色游艇时，就强烈感觉到了窒息的存在，他不得不深深地呼吸了几下，才像平常那样跟地不容说起话来："你哪里来的底气，还能这么悠闲地坐在这里钓鱼？是因为有钱吗？""悠闲和有钱都不犯法，怎么了？""但愿你没有犯法。"地不容把一根六米长的玻璃钢碳素混合海钓竿架在船舷上，拿着鱼钩，正在把酒米做的饵料挂上去，指了指三米外的另一根同样的鱼竿说："今天就不下网了，咱们钓吧，那是你的。""我从来没钓过鱼，不会。""跟我学，我怎么钓你就怎么钓。"地不容拿起鱼坠扔向了水面，"很简单，耐心等着就是了，总有鱼会上钩的。"说着，坐到一张固定在船舷边的白色沙滩椅上。贾海桐看了看自己的钓具，饵料已经放好，就等他把坠子抛出去了，他俯身取掉鱼饵，随随便便抛了一下，就隔着一张刷了白漆的藤桌也坐了下来。贾海桐说："我把小象劫持走了，你怎么也不来找我算账？"地不容板着面孔说："害怕你啊。""你害怕的不是我，是你自己的不占理，因为你也是抢来的。说明你这个人还是有顾忌，有顾忌就有敬畏，有敬畏就有约束，有约束就有良知，有良知就有余地，有余地我就不会白费工夫了。""什么良知不良知的，你有什么事直接说。""我想请你关闭章朗谷大象表演公司，把二十头大象放归雨林。"地不容淡然一笑："真是直人快语，居然要给我说这个，是你在做梦还是我在做梦？"贾海桐坦坦然然承认道："我在做梦，但这是个好梦，梦里有你，你应该高兴才对。""你都挑衅到我的立足之本了，怎么还能高兴起来？""怎么叫挑衅呢？是把你当人看，跟你来交朋友的。你雇人写的那本书我看了，把大象的被逼无奈和惨不忍睹说成了它们的娱乐精神，也够王八蛋的。饥饿的艺术加上象钩的艺术，大象便匪夷所思地按照你们的设计做出了许多稀奇古怪的表演动作。如果大象能流泪，早就淹死你们这些拿它们的痛苦捞取金钱的人了。"地不容不以为意地哼哼一声："就算澜沧江是大象的眼泪，那又怎样？我们是人，有权利占有一切。""这恐怕就是人和动物的区别，动物是为了满足基本需求，不饿不渴，能够繁殖而已，人类却要贪占温饱和繁衍以外的许多东西，敛财无度，永远没有止境，适可而止对他们来说比登天还难。""别讲大道理了，还是面对现实吧，看看你的鱼漂，好像动了。"贾海桐俯身绞了一下尼龙线，不是收回，而是放得更长了。

　　一阵马达声响起来，能感觉到屁股下面的震动，游艇正在驶离码头，江心的波浪突然有些激昂，植物一样堆起来，形成了至少三个界线分明的林层，高高地升起，转眼又消失了。水纹蟒蛇一样流动着，组成一些形状不一的板块，覆盖着河面，也推搡着两岸，树在移动，越来越快，静止出现在船舷之下，水浪凝固成了统一的模样，就像一些神黄豆的造型。贾海桐扭头面向玻璃镶罩的驾驶室，看到开船的留着胡须的中年司机正在望着自己，便冲对方招了招手。有个穿着傣族长裙的女青年端着托盘走出船舱，把一些橄榄和荔枝放到藤桌上，又去端来两杯椰子汁和两杯葡萄酒，冲着贾海桐嫣然一笑。地不容说："中午想吃什么？船上可以做饭。"贾海桐说："随便。"地不容对女青年说："那就老一套吧。"女青年说："没有准备蜂蛹。""对岸的鞘花林里就有，去找啊。"女青年走了。片刻从船舱出来一个黝黑精瘦的汉子，走向船尾，脱了衣裤，一头扎进水里，朝对岸游去。贾海桐说："这么宽的江面也能游过去？"地不容问道："你会游泳吗？""我是个旱鸭子，所以特别羡慕大象，大象天生会游泳。"

　　游艇在阔湾里逆流行驶了一段，然后转向，朝着下游驶去，随着河面变窄，水色立刻变黄了，似乎两岸清澈的溪流一进入澜沧江就被一层黄绢裹了起来,然后水域变成了布展,绿树变成了泥土。不错,从船上看,只有江中才有泥土,水界的两边都是绿植,是一种密实无漏的覆盖。几只斑尾鹃鸠几乎蹭着游艇飞过河面,淹没在树海绿浪之中。黑尾鸥们却一直飞翔在河面上,一会儿远了,一会儿近了。风声和鸟叫拌和着水浪的喧阗,让眼前的景致变得声色俱厉。贾海桐抓起一颗橄榄吃着:"这是什么品种,这么好吃?"地不容说:"不是品种好,是长得地方好,就在澜沧江边的山矾林里,你多吃点,既能安神,又能养颜,还能生津止渴。""我听说最早喜欢吃橄榄的不是人而是大象,它们是天然营养师,有自我治愈的能力,知道对症下药地采食植物,很多时候当地人都是跟它们学的,它们吃什么人就采集什么,非常管用。比如大象爱吃蕨菜、香椿、臭菜、水芹、野茼蒿、香茅草、苦凉菜、火烧花、鸡蛋花、水薄荷什么的,人一看大象在吃,便采来自己也吃,又好吃营养又丰富,渐渐就离不开了。过去的西双版纳人是不种菜的,就吃野菜,都是跟大象学的。再比如大象爱吃四果野桐和小果野蕉,因为四果野桐富含钙,小果野蕉富含钾,爱吃瓦理棕、芦竹、棕叶芦和鸡嗉子榕,因为这些植物粗蛋白的含量都很高,它们游荡在大自然中,每天都在补充磷、锌、铁、镁、钙、钠、钾、硫、氮。可现在你们把大象关起来,天天喂的不是苦竹就是水杨柳,不仅食物单一,营养缺乏,还不让吃饱,让人家经常得病,早早死掉,这是摧残生命知道吗?"地不容哈哈大笑:"别说得那么邪乎,谁让人统治了世界呢?要是大象统治世界,它们也会把人抓起来,让人饿肚子,再给它们做表演。就算你说得对,我是在摧残,那又怎样?生命是有等级贵贱的,摧残人可能犯罪,摧残动物谁管得着?""谁不尊重生命,谁就不配拥有生命。我今天来就是想提醒你,如果你不能让大象拥有足够的尊严,很可能就是犯罪。亚洲象被世界自然保护联盟濒危物种红色名录列为濒危物种,在我国是一级保护动物，它仅仅分布在西双版纳和临沧南滚河流域的狭小范围内，数量不到300头。刚才我说了，我做梦都想关闭章朗谷大象表演公司，废除任何形式和任何理由的对大象的非法拘禁，因为它不利于繁殖，每头象产生爱情的时间不一样，雨季有，旱季也有，还要看能不能恰到好处地遇到公象。你剥夺了它们作为生命发展的基本权利，犯的是反生命罪知道吗？遗传的多样性是保证生物进化的基本条件，圈养的大象不仅失去了进化和发展的机会，还出现了胆小紧张，行为刻板，生存能力低下的现象。你说说，你们'章朗谷'到底是干什么的？""别把我们说成是大象的敌人，除了大象表演，我们也在研究大象。再说了，没有我们'章朗谷'，有几个人能见到大象？时间长了，孩子们还以为大象是个毛毛虫呢，谈什么保护？"

贾海桐望着几只飞过江面的灰燕鸥，眼光跟踪着它们直到消失，然后说："研究大象是为了解放大象，放归自然，不是为了给残酷的圈养提供所谓的依据，就好比我们研究法律不是为了给非法行为制造借口，非要把大象圈起来展出，才能提高公众对大象的保护意识，那是不是说人只能通过囚犯才能提高对人自身的认识呢？保护大象就是要让它们在自然状态下自由健康地活着，而不是相反。""就算你说得在理，我也不会听你的，我听科学家的，帮助我们写《大象的娱乐精神》的就是个科学家。"贾海桐喝了一口椰子汁说："也许是吧，只有人类立场，而没有大象立场的大象研究者是科学的悲哀，因为大象是有情物种，不是天上的雨水地上的石头。一般来说，没有生命平等的意识，就不能算是合格的自然爱好者和生态科学家。我在这里恳求你了，靠什么挣钱不好，非要残酷地折磨大象，请立刻废除象钩，把那些冷酷的驯象师赶走。"地不容大叫一声："动起来了，我的鱼漂。"赶紧往上绞线，却又不让鱼钩出水，得意地问，"你知道上钩的是条什么鱼？"看对方不回答,又说,"我敢保证是条大鳞结鱼。"为了继续谈下去,贾海桐回应了一句:"你怎么知道?""咬钩的鱼不一样,鱼漂的反应就不一样,比如墨头鱼,它的动作很大,水纹是上下的,宽头华鲮的水纹是一圈一圈的,红鳍方口鲃能在水面上造出一个洞来。"说着迅速把钓钩绞出了水面,果然是条大鳞结鱼。"怎么样,不得不服吧?"

贾海桐生怕自己也钓上鱼来,赶紧收回了自己的尼龙线,叹口气说:"我想知道你有没有父母?他们对你虐待大象怎么看?""他们认为我是在积德行善。""那么你的妻子呢,总不会也这么愚昧吧?""难听的话都叫你说了。"地不容大度地一笑,"我妻子只管戴项链,从来不管项链是怎么来的。""孩子呢?难道孩子也不觉得你带给大象的痛苦是无法容忍的?""这么大的动物都听我的话,我是大象首领,孩子们心目中的英雄。尤其是老大,崇拜我也崇拜大象,他是前妻生的,后妈管不了他,整天不上学,就喜欢骑着大象玩,'章朗谷'的每一头大象他都很熟。对了,他去管理局找过小象,想把小象救回来,因为我给他说'章朗谷'才是大象的天堂,结果被保安拦住了。"贾海桐更加不客气了:"怎么全家人都这么不懂事,是遗传出了问题还是教育出了问题?"地不容端起葡萄酒喝了一口说:"谁不懂事了?天堂有天堂的法律,那就是象钩,管理大象是要有一点手段的。""你那叫残忍。""残忍是动物的本性,人是高级动物,就应该有一点高级残忍。瞧瞧,鱼漂又动了,还得让你猜猜,上钩的是条什么鱼?""不会是双孔鱼、大鳍鱼和爪哇鲃鲤这些珍稀鱼种吧?""我知道你想抓我的现行,肯定会让你失望。""那有什么可猜的?随便你钓了。""我是想给你个机会,只要你能猜着,你说什么我都听。""你可要说话算数?"看对方点了点头,贾海桐便猜起来,一口气说了八种鱼:黄尾短吻鱼、少鳞白甲鱼、河口光唇鱼、鲮鱼、长臂刀鲇、缅瓜鱼、叉尾斗鱼、四须鲃。地不容一直在摇头:"都不对。""那我也给你个机会,只要你猜得不对,你就得听我的。""行啊,这是一条舌唇鱼。"说着地不容把尼龙线绞了起来,鱼钩出水的刹那,瞪起眼睛的贾海桐沮丧地"哎呀"了一声,的确是一条小小的舌唇鱼。"怎么样,不得不佩服吧?我对澜沧江的熟悉甚至超过了大象。"女青年走过来,小声说了句什么。地不容说:"那就吃饭吧。"一只黑领椋鸟大胆地落在了驾驶室顶上,高声鸣叫着。

4

江面闪烁着弯曲的水光,跳跃的不是浪花而是光点,无色而清洁。那个黝黑精瘦的汉子把一张藤桌和两把藤椅摆在了后甲板上。贾海桐有点奇怪:没看到他游回来,怎么已经在船上了?也没问,就去桌边坐了下来。菜转眼上来了,有油煎黑土蜂蛹、烤竹鼠、油炸牛皮、油煎蚂蚁蛋、苦凉菜蛋酥、酸包菜煮肉、酸笋煮鱼、油炸芭蕉,主食是太阳饼和糯米千层糕。虽然丰盛,量却不多,加上器皿都是珍贵的硬木清香木的,显得精致而考究。葡萄酒哗啦啦地流,先喝了一杯再吃菜,贾海桐没有客气。地不容肥胖的脸上闪耀着红润的油亮,吧唧着大嘴巴说:"我差不多半个月钓一次鱼,每次都是为了休息,今天不一样,你搞得我很紧张。""紧张什么?我又不是来抓你的。"地不容冷笑一声说:"你又不是坏蛋,抓一个好人干什么?""我明白了,为什么你会顽固地经营章朗谷大象表演公司,因为在你眼里好坏是颠倒的。""随你怎么说,穷人对有钱人的嫉妒我能理解。"游艇的速度加快了,两岸变得高陡了许多，不是土壤和岩石的增高，是林木改变了种类，本来就在四十米以上的百日青和光叶天料木在这里长得更高，加上一些绒毛番龙眼、千果榄仁、钝叶樟、大风子和长柄油丹这些高层乔木的扎堆生长，一下子限制了河面的宽度，但其实宽度还是增加了，因为前面有山的拥堵，有一座天然大绿坝的迎候。河道用一个优雅的拐弯让所有的水改变了方向，能感觉到山对水的强迫和水对山的顺从，似乎柔软的永远都是向下的，坚硬的永远都是向上的，但向下的未必弱小，向上的未必强大，长存才是它们双方的希望，何况宇宙的空间里，上即是下，下即是上，所有的都只是向着虚空的延伸。绿茫茫的前面，一些云雾正在阳光下生成，就像草树的萌芽，不停地升起然后覆盖出一片浓郁的绿荫。游艇来到了澜沧江水量最大浪涛最高的地方，孔雀桥出现了。谁也说不清楚这座桥是什么时候建立的，名字的来历也有些模棱两可，有的说是因为桥头的石头方柱上，曾经镶嵌着四只钢铁的孔雀，有的说是大桥最初建成时，第一次走过去的不是汽车也不是人，而是一群绿孔雀，它们在八十多米长的桥面上一边欣赏风景一边咕咕咕说话，走了四五个小时才走过去，还是因为人在大桥的一头用玉米粒引诱了它们。孔雀桥水泥和石料的桥墩有风雨剥蚀、洪浪冲撞的损伤，桥面已经不能行车，只能过人，但现在人也很少过了，东岸的舞草坝子和西岸的青梅山都修起了更加便捷的公路，人们的出行已经跟澜沧江没有关系了，江水有些寂寞，便大声地喧哗着，回音阵阵传来。

贾海桐望着孔雀桥又喝了一杯葡萄酒说："你经营了这么久章朗谷大象表演公司，难道就没有一次感觉到自己需要忏悔吗？""忏悔多少钱一斤？""跟钱没关系，我已经说了，你很可能在犯罪。""你一口一个犯罪，好像知道点什么？""我是勐巴拉娜西大象救护队的队长，没有一点证据，怎么敢胡说。"地不容嘿嘿一笑："胡说不怕，怕的是不胡说，说说你的证据看。""我怎么可能都告诉你呢？""那我只能认为你想讹诈我。""好吧，稍微提示一下，你认识黄天鹤吧？"地不容愣了一下，又立刻点了点头，诚实无比地说："这还用说，他是我们章朗谷大象表演公司的首席顾问。"贾海桐盯着他的眼睛说："他跟岩光有来往。""岩光是谁？""岩光也叫老树。"地不容略微迟疑了一下说："黄天鹤在西双版纳的关系应该都是我介绍的，我不记得有这么个人。""这个人现在跟猪屎豆在一起。""猪屎豆又是谁？""我还想问你呢。"地不容哼了一声，然后便嘿嘿一笑："我说你是讹诈你还不承认，我听都没听说过。""那就是说，是你的首席顾问在背着你跟老树以及猪屎豆来往？""也许吧，有来往又怎样？""猪屎豆是个盗猎者，他跟老树都是蚁花寨的人。现在查明，在蚁花寨死去的缅桂花家族的三头大象都跟这两个人有关，其中一头是亚成体公象，一头是成年公象，象牙不翼而飞。猪屎豆和老树单靠自己并不具备贩卖象牙的条件，他们必须跟外界联系，具体地说就是跟'章朗谷'的首席顾问黄天鹤联系，黄天鹤是昆明人，如果没有你的帮助，他带着那么重的象牙，在西双版纳寸步难行。"地不容还是笑着："既然你知道这么多，为什么不去报案，让警察把我抓起来？""给你个改邪归正的机会。""恐怕是因为没有证据吧？一种猜测而已。"贾海桐笑着不回答。地不容长叹一声："你这个人胆子真大，居然敢单枪匹马来我的游艇上给我说这些，你就不怕我弄死你？""虽然目前你的证据只有我一个人掌握，但我什么也不怕，死了就死了，我就是来为大象殉难的？"地不容哈哈大笑："来来来，喝酒喝酒，不说这些了。"女青年拿着酒瓶过来，添满了两个人的杯子。贾海桐一饮而尽，眼光投向岸边的雨林，发现游艇停了下来，便站起来说："看来我想挽救你的目的并没有达到，那就算了吧，我还有事，告辞了，你现在让船掉头回去，或者在这里靠岸。"地不容突然黑下脸来："你还回得去吗？实话告诉你，你说得没错，黄天鹤就是个象牙贩子，没有我，他走不出西双版纳，我也是大象贩子，但比他的业务要广得多，什么都贩，象牙、象骨、象肉、象皮、象脚。"说着朝女青年挥了挥手。女青年走了，黝黑精瘦的汉子和留着胡须的中年司机来了，一来就撕住了贾海桐。"你们要干什么？"贾海桐一脸惊慌。地不容说："我们要干什么澜沧江的鱼知道，它们对待旱鸭子的办法就是连骨头都吃得一干二净。"几秒钟之后，贾海桐就被扔进了水里，扑通扑通挣扎了几下，然后就沉底不见了。游艇加足马力，逃离犯罪现场似的疯驶而去。一对红点颏流畅地鸣叫着飞过了水面。江风浩荡在雨林的血脉里，呜呜地吼喊着，风声鸟声澜沧声。

西双版纳的缅桂花家族在头象踩死人后，坦坦然然地离开蚁花寨，穿过蚁花峡，把自己化成树海的一叶，消失在茫茫雾野里。它们没有去勐腊水芹滩或者勐仑竹芋山这些常驻之地，而是朝西穿越了整个勐腊雨林。路上不断有凤头鸦或者蜡嘴雀或者扇尾鹟前来通风报信：寨民们来啦来啦，已经离你们不远啦。缅桂花头象从胸腔里瓮声瓮气地回应着：知道啦，谢谢啦，我有一泡屎赏给你，那里面可能有一些泡软的细齿山芝麻和琴叶风吹楠的种仁，那可是含油量很高，能长脂肪的好东西，你和你刚刚出壳的孩子肯定爱吃。其实不用凤头鸦它们传信，大象们也知道蚁花寨的人肯定会追踪而来，长鼻子的嗅闻和大耳朵的谛听甚至还能判断出追逐者的远近和多寡。但动物和植物都是喜欢帮助大象的，经常是左边有猕猴和熊猴，右边有食蟹獴和红颊獴，白天有鬣羚和野牛，夜晚有果蝠和夜鹰，连一直不愿意离开水塘的掌突蛙也拼命地又蹦又跳，想追上缅桂花家族，把它看到的情形告诉这些逃难的大象：好多人呢，黑压压一片，赶紧躲起来吧，他们会让你们付出代价的。趴伏在地的润肺草和牛角瓜也说着同样的话，高高在上的大花哥纳香和银叶巴豆更是不停歇地催促着：快点，快点，往南走，不要去北边，北边人多。这些动物和植物都知道，自己是靠了大象才有了今天，大象的脚印、粪便、搬运种子的能力、开辟林窗的作用，以及需要保护大象才连带着被保护起来的雨林，都是它们生命旺盛的前提。它们本能地意识到看着大象受难而不施以援手差不多就是自掘坟墓。无论出于什么原因，大象不能再有代价了，大象的代价就是整个雨林的代价，是所有生命的代价。缅桂花头象跟动植物们沟通过，自然明白这个道理，但又觉得一味地回避并不符合大象的性格，大象不能再付出代价的想法并不代表可以放弃向人索要命价的行为，一个人的被踩踏而死完全不能跟三头大象的遭电击死亡和一头小公象的受伤互相抵消，缅桂花家族的惨重代价早已经发生过，而人的偿还却刚刚开始。

它们昼伏夜出，行动十分诡秘，移动的速度却很慢，一是它们还想寻找报仇的机会，二是不想让被粗大的原木砸伤的小公象叶子花因为逃亡而失去疗伤的机会。头象依靠丰富的经验给叶子花找来了重楼、虎杖、大白药、牛奶菜、三对节、木防己、螳螂跌打、马蹄犁头：请吃吧，都是活血化瘀、抗炎生肌的好东西。象妈妈无时无刻不守在小公象叶子花身边，用鼻子卷起大葫芦叶，驱赶着嗜血的蚊蝇。无微不至的关怀限制了叶子花的自由，它被夹在象妈妈和妈妈聘请的象保姆之间，哪儿也不能去。好处在于这样的不自由同时也限制了伤口的恶化，腰背上的血迹渐渐干硬了，一片肉芽悄然而出。八色鸫和红喉鹨天天飞来催促：好起来，好起来，赶快好起来。伤口便听话地加快了愈合的速度，结痂了，掉痂了，新皮肤出现了，只是它不像先前那样光滑，也少了几根灰色的硬毛。见多识广的杜茎山和木犀榄都吃了一惊：原来你们不依靠大象医生岩罗章也能治好自己的伤？缅桂花头象说：在我的记忆和祖先的遗训里，我们从来没依靠过人，人带给我们的除了灾难还是灾难，当灾难变成时间的同一语挥之不去时,我们身上流淌的就不是血,而是红艳艳的仇恨了。就在这一天,家族来到了勐腊雨林的边缘,再往前一步就要走出去了,头象停下来,喘了一口比露兜树还要粗的气:唉咦兮兮。一只赤腹松鼠从一棵豹皮樟的苔藓枝上跳下来,挡在它面前说:或许你们应该变个方向朝北走,走到景洪附近才是最安全的。头象说:你就是一只在几棵固定的树上跳上跳下的小玩意,一辈子的生活圈子不超过半公里,怎么知道那个地方是安全的?话音未落,就觉得脑海里一阵轰鸣,不知从哪里冒出来的神秘的象魂,带着风的节奏,进入了它的意识,它的想法立刻变了,大声浪气地说:好吧,我们听你的,亲爱的大尾巴动物。然后又对身后的象群说,我们在天在地在山在水的象魂终于又来引导我们啦,我们要去一个追踪者永远想不到的地方。缅桂花家族的大象们不停地撒着尿,朝北走去,一个星期后,它们出现在离景洪城只有两公里的胭木山下,一边是车水马龙的高速公路,一边是农药味熏天的咖啡园,已经不能再走了,正在疑惑,就见一个背着书包的孩子欢天喜地地冲它们跑来。

这孩子嘴巴奇大,瞪着一对天真明亮的眼睛,一点也不害怕大象。缅桂花头象警惕地望着他,吼了一声,却没有做出更加激烈的反应,毕竟是个孩子,身高只有几十厘米,连大象的大腿都够不着,不可能伤着它们,没有必要对他大发雷霆。大嘴巴孩子把所有的大象都看了一遍,很有经验地来到头象跟前,从口袋摸出几根杧果干,讨好地递给了它。头象鄙视地扇了扇耳朵,扭头不理睬。他又走到这些日子集中了家族全部怜惜和疼爱的小公象叶子花跟前,伸展了胳膊。伤口已经愈合的叶子花看看身边的妈妈,妈妈又看看头象,头象没有反应,妈妈就哼了一声,叶子花立刻凑过鼻子来,卷起孩子手掌里的杧果干,送进了嘴里。孩子说:"大象你们听着,我后妈她不是人,我不上学她打我,我去我爸的公司骑大象玩她也打我，上次我去雨林管理局想把他们偷走的小象再偷回来，她知道后又打了我，还说我就想着跟野兽在一起，都变成一头小野兽了，她给一头小野兽当后妈，脸面都没地方搁。我知道她的脸面就是放在梳妆台上的那些各式各样的小瓶子，偷偷打碎了两个，又把剩下的扔进了垃圾桶。还有那条她喜欢的花裙子，我剪断了松紧，剪掉了一朵大丽花，现在她要是再穿上，哧溜一下就会掉下来。嘿嘿，好玩吧？她肯定知道是我干的，我不跑出来，她会打死我。大象你们能不能跟我去我家，把她的所有衣服都撕成渔网，就像我爸爸在澜沧江里打鱼的那种渔网？你们要是不想跟我去，那我就只好跟你们去了，我才不回家呢？让他们满世界去找吧，找不到才好呢，我跟我的大象在一起。"缅桂花头象立刻掉转身子，果决地表明了它的大象立场：决不掺和人的事情，我们不会跟你去，你也不要跟我们走。孩子的反应却是一脸惊喜，以为是要走快走的意思，跳到头象鼻子底下说："我可不可以骑上你？"头象弯起鼻子，轻轻一推就把他推倒了：滚一边去，我们不需要你。如果是大人，而且有仇人嫌疑，它一定会狠狠地抽他一鼻子，然后搞死他。但眼前的这个人只是个孩子，而它们又是动物界以慈悲和仁爱出了名的大象，不能对他太过分。它哞哞地叫着：你不要得寸进尺，几根杧果干缩短不了缅桂花家族跟人的距离，我们跟你们之间依然是十万八千里，中间还有万山耸立的重重障碍。

　　孩子躺在地上嘿嘿笑着，并没有理解头象的拒绝，还以为它是在跟他玩呢，就像他跟别的大象在一起的时候那样。在爸爸的"章朗谷"，他只要顺着象腿往上爬，就会摔下来，因为爬到肚子那儿就不好爬了，光溜溜的肚子总是鼓着，就像一个大皮球。有时他会吊在大象耳朵上打秋千，打几下就会把自己甩出去，扑通一下坐在地上。他最喜欢的当然还是骑象鼻，骑着骑着就会掉下来，因为大象饿了，没有力气托着他了，这时候他会跑进厨房，偷几个胡萝卜或者玉米棒子出来，塞到他需要继续骑着玩的大象嘴里。这会儿，孩子打了一个滚，爬起来说："我昨晚梦见大象了，就在我家的门口，我说你们是来找我玩的吧？千万不要告诉我那个后妈，她不喜欢大象。大象说她居然敢不喜欢我们？一鼻子打烂了后妈卧室的门。早晨醒来一看，原来我睡在曼听公园的椅子上，才想起我和同学说好，今天要来朊木山上捡拾鸟蛋。朊木山上有许多白眉毛绿翅膀的野鸭子，它们总是把蛋下在草窝子里。可是同学没有来，就我来了，一来就看见了你们。"

缅桂花头象不听他啰唆，带着象群朝西走去。北去的路已经走尽，景洪城对缅桂花家族来说就是一片不可逾越的铁蒺藜，更不能原路返回，因为沿途的雨林稀疏而单调，到处都是被开垦的土地，它们得走很多冤枉路才能吃饱肚子，东边的路又被高速公路堵死，在长年累月生活在雨林深处的大象眼里，那就是一道深不可测的渊薮，带着不可征服的霸气和拒绝生命的傲慢，让它们望而生畏。又是在天在地在山在水的象魂启示了它：你们应该去西边，冲着落日的壮逝去寻找澜沧江的踪迹。啊，澜沧江。一想起它，缅桂花头象的胸腔里就会涌起一股写意般的豪荡之气，仿佛那种永不停息的奔流是大象的影子，是往日生活被时间精心挑选过的精彩片段的回放：水边的嬉戏带着滋润肌肤和心肺的欢畅，旱季枯水时节谨小慎微的横渡伴随着游泳健将的骄傲，此岸的温馨和彼岸的丰饶是多么诱人啊，大象精神在惬意的日子里一再地变换着方式：献给雨林的是健壮，是盎然绿意的千变万化，是生机勃勃的物种漫过大地然后升入天际的集体敬礼，是繁花似锦的地平线延伸而去的温度和通达。它们诗意地放肆着，想食食来，想雨雨降，所有的愿望都在有可能实现的范畴内幻化成了树色和花影的招摇。但美好总是瞬间的华彩，好事情的飞驰而去如同棕头幽鹛的一闪而逝，接着就是漫长的黑暗和难以承受的痛苦，黑颜色和白颜色的间隔总是不能对等。

人来了，又来了，一来就是一大群，不像现在，只是一个小孩。缅桂花头象停下来，撒了一泡尿，也让所有的母象都撒了一泡尿，然后看了看后面：大嘴巴孩子跟来了，而且还哼哼唧唧说唱着：

> 大象放个屁，
> 变成雨林的气，
> 气又变成波罗蜜，
> 波罗蜜又变成大油梨，
> 大油梨又变成白糯米，
> 白糯米撑破了大象的肚皮，
> 哎哟妈呀拉了一摊稀。

那一年的生离死别对我们缅桂花家族来说就像彻底丢失了快乐，从此我们就郁郁寡欢了，很长一段时间，黄眉柳莺的叫声是难听的，黑卷尾的搭讪是多余的，夜鹭的飞翔是难看的，朱雀的问候是讨厌的，真正是了无生趣啊，唉咦兮兮——前辈们对从前的诉说总是这样开头，然后才会说起到底发生了什么事情：为了摆脱追撵象群的人，三姨丢下象公主和小象以及象公主肚子里的孩子，带着缅桂花家族的大部分成员渡河而去，两天后想回来跟象公主它们团聚时，发现已经没有可能了，一座突然开始蓄水发电的水库拦住了它们的路，它们在水边徘徊着，直到采食干净了近处生长的所有双仔棕和大节竹，肚子开始咕咕叫，整天都在咕咕叫，就像怀了一肚子竹鸡的娃娃。有人出现了，好像是管水库的，并不坏，站在远处的加勒比松林里静静观望着，甚至还友好地扔过来了一些玉米、芭蕉和五桠果。但三姨知道，被人看见是不好的，他们跟大象一样都有心，却又跟大象的心完全不同，不同的地方就在于人心是不可测的，而我们大象的心透明得就像一汪泉水。当远观的人从几个变成几十个之后，三姨果断做出决定：马上离开这里，不再没完没了地期待水库干掉，自己带着家族过去或者等着象公主它们过来了。离开的时候是个午夜，除了斑头鸺鹠和红角鸮，谁也没看到。斑头鸺鹠说：走就对啦，待在一个人能看见的地方是很危险的。红角鸮神情紧张地说：危险已经萌芽了，它就在人的脑子里，我看到它就像一串铁血藤的白果子，结满了藤条一样的血脉。大象们都觉得有点言过其实，这里是斑头鸺鹠和红角鸮的家园，缅桂花家族的到来惊扰了它的宁静，作为食物的巢鼠和长尾攀鼠纷纷搬家，斑头鸺鹠和红角鸮找不到吃的，就希望大象赶紧离开。只有三姨是认可的，三姨说我也感觉到了危险的来临，而且是摆脱不掉的危险，是无法预测轻重的血光之灾，它如同冰冷的月亮夜夜窥伺着我们，我都开始打战了，好像被凉风吹透了那样。

5

三姨带着象群走向了雨林密集、没有人烟的地方，希望高耸的滇南桂、翘子树和青梅能够遮挡那些诡异的眼睛，不要再让灾难靠近它们，希望雨林每天都能滋生的云雾让象群消失在所有视野的盲点里，让它们安安乐乐度过那些能够抓得住的日子。然而大象的世界并不会按照大象的意愿徐徐展开，该来的来了，不该来的也来了，"血舞之夜"的笼罩突然得就像电闪雷鸣，五十人的捕象队如同无常组成的军队，抓走了一头小象，射杀了奋起保护小象的四头大象。直到惨案发生后两年，三姨才在象魂的启示下，捋清了事件的来龙去脉：它起源于达僻的捕象队，一百多头大象的喋血死亡。之后二姨踩死了达僻最得力的助手岩然家的歪下巴次子，歪下巴的后人又打死了二姨，缅桂花家族试图报复，却没有找到杀害二姨的那个人，替它们报仇的是一个被它们误以为是凶手的六指猎人，猎人打死了那个人，然后背到了它们面前，它们一闻就知道，正是这个已经变成僵尸的人让二姨的灵魂升天而去。它们愤怒地踩踏着，成泥了，化土了，昆虫们的分解开始了，营养扩散而去，林木们高兴了。但是大象们没想到这个仇人是有后代的，而且迅速演变成了它们最大的仇人，他用借刀杀人的办法把"血舞之夜"的灾难带到了缅桂花家族面前，让大象的悲伤就像新生的雨林山脉，一次次地耸起，一次次地浓密，黑色的记忆再也不可能变亮变白了，延续的灾难在变本加厉的时候变成了永远的噩梦。就在"血舞之夜"发生二十年之后，又是这个仇人把盗猎者带到了缩砂蜜、安息香和罗芙木的林苑，那儿除了缅桂花家族，还有别的象群，结果十三头大象先后死去，十二对象牙被陆续窃取，其中包括了缅桂花家族的六头大象。虽然那个活了八十多岁的六指猎人最终打死了作为向导的仇人，又一次替它们报了仇，但因为遇难的大象太多，年迈的三姨还是忧愤而死。

  按理说事情到了这一步，人就应该主动了结，但是没有，仇人死了还有仇人，或者说使坏的人到处都在，永无穷尽，连接勐腊水芹滩和勐仑竹芋山的蚁花峡又成了缅桂花家族的死亡墓地，一头亚成体公象、一头成年公象和一头母象相继触电死亡。大象们明明知道这是阴险毒辣的蓄意谋害，却又看不清谋害者的面影，只能隐隐约约闻到他们的味道。大雾朦胧，他们总是选择大雾朦胧的时候祸害大象。但是亚成体公象的姐姐——家族中正在跟一头流浪公象恋爱的母象却意外地看见了他们是如何截取象牙的，瞬间的记忆深刻到斧凿刀砍，它开始追逐报复，但结果是相反的，不仅没有达到目的，反而给自己惹来了杀身之祸。母象也是被电打死的，这一次没有逃过缅桂花头象的眼睛，因为大雾能够堵挡的不光是大象的眼睛，人的眼睛更会近视到极点，当凶手离开现场奔逃而去时，差一点撞到头象身上，相隔只有两三步，它不仅看清了他的面孔和形状，也记住了他浑身散发的臭味道。追踪开始了，头象锲而不舍地靠近着人群，试图认出他来，却一直没有奏效，复仇的急切渐渐变成了苦闷和焦虑。没想到就在今年，家族经过蚁花寨时，仇人自己冒了出来，就是那个搬运原木的汉子，凭着在天在地在山在水的象魂的指引，头象甚至都可以断定，此人也参与了谋害两头公象的罪恶，要是还不能搞死他，那就妄为大象啦。它怒火冲天，义无反顾地扑了过去，卷他上天，踩他入地，唉咦兮兮。原本它是想带着象群一直报复下去，直到死掉的大象和死掉的人能够相提并论，但是被象魂改造过的意识里，报复和避难突然失衡了，远远地躲开成了它的主要目的，那就走吧，暂时的隐忍并不意味着它们失去了大象本色，隐秘地藏起来，好好地活下去，似乎才是眼下最重要的事情。还有一个因素也应该考虑到，缅桂花家族中，具有亲缘关系的母象都有一个遗传特征，那就是右耳朵上的紫色菊花斑，任何时代的仇人都会按照菊花斑找到缅桂花家族，发动复仇与反复仇的战争。该是想办法消除特征的时候啦，而要达到这个目的，就得混迹在别的象群，还要找到那些具有更强势遗传基因的公象，完成传宗接代的爱情。它们一路行走一路撒尿，就是为了不失时机地留下引诱公象的气味。

    我把大象叫妈妈，
    后妈听了骂我傻。
    我把大象叫爸爸，
    爸爸听了笑哈哈。
    我给大象吃木瓜，
    后妈见了扇嘴巴。

大象要是听我话，

顶她一个仰八叉。

　　大嘴巴孩子又开始说唱了，大象们都停下来听着。走在最前面的缅桂花头象转过身来，生气地瞪着孩子：你跟着我们干什么？正要走过去干涉，就见孩子跑过去，嗖嗖嗖爬上了一棵野柿子树，摘了一个熟软的柿子扔给了小公象叶子花。叶子花用鼻子闻了闻，觉得是吃过的，就卷起来放进了嘴里。孩子不断地摘，不停地扔，几乎所有大象都围住了野柿子树。头象正要告诫大家不要这样，赶路要紧，一个柿子噗的一声落在了自己脚前，它犹豫了一下，用鼻子使劲拨拉了一下，想让柿子离象群远点，柿子却拐着弯滚到了小公象叶子花跟前。叶子花立刻卷进嘴里吃起来，轻快的动作让头象感觉到味道是香甜的，口感是绵软的，不禁流下了口水。孩子说："你也吃一个吧，不要光看着别人吃，树上有好多。"说着又扔给它一个更大更软的，吧唧一声碎了。它哼了一声，还是矜持地不吃，不过心里对孩子的厌烦却突然少了许多。它回身走去，用哞哞的叫声催促着大家：跟上，快跟上。大象们走了，孩子再次跟在了后面，他一手攥着一个熟透的大柿子，吃得满脸都是柿子酱。就这样边吃边走，走走停停，时间很快过去了，阳光迎面而来，东边的天显得格外空旷，西边的天却有些拥挤，仔细看才能分辨出是什么，有绿云，有金浪，有群飞的白鹭和黑鹳，有裹着花瓣的彩色气流形成的旋涡。身边的雨林被阳光照射了一天后有些懒散，耷拉着枝叶，收敛着绿光，渐渐朝着西边矮壮下去。高大的远了，低伏的近了，林地突然断裂了，一片隔界竹如同一道裙摆的镶边蜿蜒着走向两边，野古草和孔颖草堵挡的坡坎下，一面缓坡孔雀开屏似的铺设而去，花朵们层层叠叠地表现着因为冷暖差距不大而超越了季节的姿彩，有婀娜的萱草花，有俏丽的山梗菜花，有优雅的茑萝花，有汇聚了野秀精魂的马缨丹，有貌似绽放的五彩芋。而就在前面的前面，覆盖地皮的朱顶红过去之后，出现了一片正待收割的甘蔗林。缅桂花头象停下了，警惕地躲到隔界竹后面，望着焦叶碰出响声的甘蔗林。象群走过去，环绕在它身边一动不动。它扭头回望着，似乎在提醒大家：小心点，到了有人活动的地方。

大嘴巴孩子走累了，打着哈欠来到头象跟前，一屁股坐在地上，有一搭没一搭地问道："为什么不走了？"头象哞的一声，算是有礼貌地回应了他。"你说什么？"孩子问着，突然跳起来，好像弄明白了那一声哞叫中的全部内容，或者他的儿童习性总会把自己的想法附加给大象，而很多时候他的附加和大象的本意都能恰到好处地对应到一起。他一下子变得精神抖擞："我知道你们为什么不走了，你们不想遇到别人，遇到村寨，你们只喜欢我一个人对不对？等着，我去前面看看。"孩子放下书包，踩踏着缤纷的花朵，一溜烟地跑过去，钻进了甘蔗林。二十分钟后他拖着两根连根拔起的甘蔗走回来，喘息不迭地说："甘蔗林那边没有人，我看见村寨了，远着呢。"说着把一根粗的丢给了缅桂花头象，拿着一根细的来到小公象叶子花跟前。叶子花早早地伸过鼻子来等着，甘蔗一到跟前，立马卷了起来。孩子说："给我留点。"叶子花没听明白，卷着甘蔗走向了象妈妈。象妈妈接过去，前脚踩住，鼻子一拽，把甘蔗一分两半。母子俩满嘴流沫地吃起来。孩子失望地叹口气，回到头象身边，拿起那根它依然不吃的粗甘蔗，架在歪脚龙竹的歪脚上，狠狠地踩了几脚。但他力气太小，脚都踩疼了，粗甘蔗却没有断裂的迹象，便沮丧地望着头象说："怎么办？我都渴死了。"头象慢腾腾走过来，轻轻一踩，咔嚓咔嚓几声响，甘蔗断成了几节。孩子拿起一节放在了头象鼻子上，这一次头象没有拒绝，鼻子一弯，放进了嘴里。孩子又把另外几节分给了别的大象，自己拿着最小的一节，坐在一丛假獐牙菜上吃起来，完了说："还走不走了？走的话我在前面，你们在后面，我一看见人就唱歌，你们就藏起来。"头象似乎没听明白，什么反应也没有。孩子起身朝前走去。头象跟上了，走了几步又回来，用鼻子卷起了孩子落在地上的书包。

就这样，缅桂花家族在大嘴巴孩子的引导下，安全穿过了甘蔗林，绕开了北边山脚下的两座村寨，沿着一条被霞彩染红的小道，再次走进了能够隐蔽象群的雨林。孩子走不动了，坐下来，靠着一棵隐翼木说："歇会儿吧。"几分钟后他睡着了。缅桂花头象把书包放到他身边，带着家族继续往前走，走出去差不多半个小时，它又不走了。夜幕降临，黑色带来了树木的消隐，也带来了点点亮光的出现，神秘的雾气里，一些白的绿的眼睛星星一样闪烁着，但星星是不动的，这些眼睛却不怀好意地移动着。头象冲着那些眼睛嘶鸣了一声，让象群停下来休息，自己原路返回，去寻找那个被它们丢下的孩子。它在孩子身边守了一夜。天亮了。

旱季的阳光带着毫无遮拦的明晰和更加纯粹的金黄，把天空涂抹得一碧如洗。瓦蓝带着细毛樟和白姜花的香味，蔓延着清透，让它成了一种无色却有味的气体，濡染着雨林的草草木木，到处都是芬芳四溢的流淌，比不过香味的花朵们羞怯着，在早晨的露水里朝大象鞠躬致敬。一只丽棘蜥爬过来，好奇地打量着孩子，却被守护他的头象一鼻子打出了视野。大嘴巴孩子醒了，他是被饿醒的，揉着眼睛四下看看，反应了一会儿，才意识到自己在什么地方，拽着头象的鼻子站起来问道："它们呢？"头象知道他问的是谁，甩着鼻子指了指前面。孩子打开书包，拿出一袋他喜欢吃的油炸香辣猪皮，撕开袋口，捏出一块递给了头象。头象闻了闻，恶心得扭转了身子。他吃起来，看着头象用鼻子卷起了书包，就说："还是我背吧，占住你的鼻子，你怎么吃饭哪？"头象带着大嘴巴孩子很快回到象群里，就地吃了些火绳树和翅果麻的枝叶，长长地鸣叫一声，便开始了新一天的跋涉。孩子问:"你们要去哪里?"头象的回答好像是澜沧江,因为它把鼻子弯成了波浪的形状。孩子没看懂,想了想说:"反正你们去哪里,我就跟到哪里。"

一上午缅桂花家族都行走在密集的雨林里,没有现成的象道,只能边走边开辟,缓慢得就像版纳摄龟的爬行。走到正午时分,一片明显有烧荒痕迹的雨林天窗出现了,太阳放肆地照射着,光的引力让雨林边缘的几棵红木荷变得格外突兀,也让天窗的洼陷深入了许多,这里没有高大的林冠层和乔木一层二层,只有一些正在萌发的乔木和灌木:石梓、肉实树、山黄麻、盐肤木、三桠苦、假黄皮什么的。在树木的间隙,种着一些玉米和胡萝卜。象群和孩子都有些意外:在这个四面都是雨林的地方,怎么会有田地呢?谁来这里收获?孩子看到大象们犹豫着不敢走过去,就跑上前,钻进玉米田,到处走动着,没看到人,只看到一把锄头撂在地上,一条小路从锄头开始伸向了右边的雨林。他沿着小路往前跑去,没跑多远,就发现雨林消失了,一道断崖式的山谷出现在眼前,山谷对面,是一座十几户人家的小村寨,高低不一的竹楼掩映在绿树丛中,就像一些踏波走浪的船,有人影、牛影和狗影在间隔竹楼的村道上走动。他看了一会儿,赶紧返回,来到缅桂花头象面前说:"快走吧,我看见人了。"但回应他的并不是头象,而是一个高高在上的人。

那人坐在天窗边缘高大的红木荷上,鸟瞰着地面说:"着什么急啊?吃饱了再走嘛。"说罢抱着树干溜下来,咚的一声站到了地上。象群吓了一跳,尤其是象妈妈,惊呼一声,用整个身子护住了小公象叶子花。头象一声嘶鸣,忽扇着竖起的大耳朵,前脚在地上使劲刨了几下,似乎马上就要扑向那个人。那个人戴着竹篾帽,宽大的帽檐耷拉着,遮去了整个面孔,他知道大象愤怒了,赶紧后退几步,摘掉帽子,露出了一双大象一样特别醒目的大耳朵。大嘴巴孩子这才看清,对方也是个孩子,个头虽然比自己高许多,年龄却比自己大不了多少。大嘴巴警惕地问:"你在树上干什么?"大耳朵孩子说:"我在看你们,老远就看见了。不过这些大象不是我要等的大象。它们从哪里来,要去干什么,怎么会路过鳄梨寨的地盘呢?"大嘴巴故弄玄虚地说:"我不能告诉你我们的秘密,因为你没有告诉我你们的秘密。"大耳朵说:"我们有什么秘密呢?不就是在这里种了玉米和胡萝卜等着大象来吃嘛。"他再次后退了几步,畏怯地看着头象,发现它竖起的耳朵已经贴在了脑后,前腿也不再刨地,知道自己跟大嘴巴的交谈已经缓解了头象的愤怒,这才说起来。原来五年前一群大象路过鳄梨寨时,吃掉了这里的玉米和胡萝卜,寨民们是第一次在寨子附近看到象群,非常兴奋,因为在祖先的传说里,大象光临的村寨一定是风水最好的地方,住在这里的人不仅无病无殃,还能子孙满堂。他们没有驱赶大象,反而投放了更多的玉米和胡萝卜,希望大象明白鳄梨寨人的善良。象群肯定是理解了,从此每年都会光顾鳄梨寨附近,待上一两个月再离开。寨民们也会在这里种上更多的玉米和胡萝卜,等着象群来吃。后来大象医生岩罗章路过鳄梨寨,看了象群说:这是千斤拔家族,它们来这里是为了等待旱季中一个水小浪平的机会,好安全渡过澜沧江。可是今年不知为什么,早已过了千斤拔家族来临的日子,却不见它们的影子。大嘴巴说:"你问问你爸爸不就知道了。""我爸爸去景洪城打工了,他在城里又有了家,不会回来了。""那就问你妈妈,你妈妈不是后妈吧?""我妈妈不是我的后妈,是别人的后妈。"大嘴巴一脸疑惑:这是怎么回事?"我妈妈改嫁到别的村寨了,家里只有爷爷和我,我问爷爷为什么大象不来了?爷爷说这件事情你最好去问大象。爷爷病了,千斤拔家族一不来,他就病了。我问爷爷你怎么病了?爷爷说我看不到大象就病了。我想我一定要让爷爷看到大象,就天天来这里等着。麻烦你帮我问一下这些大象,千斤拔家族去了哪里?"大嘴巴就煞有介事地来到缅桂花头象跟前,说了前因后果,又问了大耳朵的问题,听到头象哞了一声,就回到大耳朵跟前说:"我的大象怎么会知道你的大象的事呢?除非你跟我们走,走着走着,我的大象也会变成你的大象,到那个时候你再问,它们就什么都告诉你了。"大耳朵摇摇头说:"我要是走了爷爷怎么办?""是啊,你爷爷怎么办?你爷爷病了。"两个孩子发愁地想了一会儿,便去摘了些玉米棒子,拔了些胡萝卜让大象吃。大象们吃着,吃完了丢给它们的,又毫不客气地走进地里,随心所欲地采食起来。两个孩子也一人攥了一根胡萝卜,嘎吱嘎吱嚼起来。然后就是分手,大耳朵把用一根柔软的弓弦藤条背在身上的竹筒饭送给了大嘴巴,又送了象群一段路程,才恋恋不舍地回去了。

又是密集的雨林,又是需要开辟象道的行走,缅桂花家族慢腾腾移动着,制造出一阵阵噼里啪啦折断树枝的声音。螽斯们、松鼠们、树蛙们、树蜥们,纷纷离散,引来几只掠食的白腿小隼忽上忽下。木蓝花胡乱开着,一枝衔接着一枝,突然又跟崖豆藤的花混在了一起,都是青紫的颜色、修长的花序,竟至于分不清谁是谁的,蜜蜂们有些犹豫:我们可是更愿意落在木蓝花上的,名字好听不说,味道也好闻。寂蓼的苦葛从高处弯过来细长的挑满了白色花朵的枝条,搭在马蹄决明的黄花上,又让同样也是黄色的酢浆草的花朵开在了自己的叶片上。古柯峥嵘,金花满眼,仔细看,有一半是霸王鞭的花朵。花色迷眼,尽是堵路的鲜艳。大象们绕开了,它们喜欢吃花,不吃的时候就惜花护花。突然传来一阵奔跑的脚步声,集中精力开辟象道的大象们吓了一跳,扭头一看:那个让它们饱餐了一顿玉米和胡萝卜的大耳朵孩子又回来了。头象有些不知所措:到底怎么办?要不要叫醒大嘴巴孩子?他趴在自己宽阔的脊背上刚刚睡着——就在象群连踩带拽地移开面前这些银柴和鼠刺之前,孩子抱着它的鼻子可怜巴巴地说:"让我骑上你吧,我走不动了。"它想了半天,才觉得可以,便让孩子骑上自己的鼻子,轻轻一举,把他放在了自己头上。孩子熟练地顺着象头爬到象背上,先是坐了一会儿,然后就趴下睡着了。头象哞哞地叫了两声,像是问:你来干什么?大耳朵孩子气喘吁吁地停在它面前,指着大嘴巴说:"他怎么了?"立刻又明白他在睡觉,就一屁股坐在了地上,"太好了,我追上你们了,要是追不上就惨了。爷爷说你只有跟着大象去,才能找到千斤拔家族,等你把千斤拔家族找回来,我的病就好了。"头象迷惑地瞪着他,不知道怎么回应,突然听到脊背上的孩子声气亮亮地说:"我爸爸总说梦是反的,可是我做的梦怎么都是正的?我刚才梦见你在追我们,追啊追啊怎么也追不上。你爷爷太伟大了,比我爸爸还伟大,我爸爸虽然是管大象的首领,但要是知道我跑出来跟大象在一起,一定会急疯的。他早就说过,家象可以接近,野象绝对不行。"缅桂花头象听着突然嗷嗷了几声,身边的象妈妈和小公象叶子花也跟着嗷嗷起来,接着所有的大象都发出了一阵嗷嗷嗷的声音。两个孩子互相看看:怎么了这是?以后他们会明白,大象之所以反应如此强烈,是因为它们严重不同意大嘴巴孩子的爸爸地不容的说法。大象们的意思是:他们居然叫我们"野象",难道这个世界上还有家养的象,如同牛羊马狗那样?我告诉你们:所有被你们豢养的大象,都是被你们抓起来的,不是大象自觉自愿的,别再叫我们"野象"啦,因为过去和现在都没有过"家象",我们就是大象,喜欢自由自在,喜欢山林野地,不喜欢人强加给我们的任何牢笼甚至脚镣,就算能让我们吃饱喝足,也还是一千一万个不乐意。

6

  大象们的叫声渐渐停息了。大耳朵羡慕地望着大嘴巴说："能不能也让我上去？""你给头象说，不要给我说。""可是它只会听你的。"大嘴巴就拍了拍头象说："让他也上来吧，他要跟我们一起走。"头象便伸过鼻子来，还鼓了鼓鼻尖上的肌肉。大耳朵没骑过大象，不知道怎么做才好。大嘴巴就坐在象背上指导着，让他先骑上象鼻，等象鼻升起后，再爬上象头，然后来到了自己身边。大耳朵说："怎么这么宽的背啊，比我睡的竹篾床还要宽。"说着，他从斜背着的布包里取出一块用山大黄叶包起的烤竹鼠肉，递给了大嘴巴。大嘴巴推了一下："你吃。"大耳朵说："我爷爷让我带给你的，他说能跟大象在一起的人都是有福气的，跟有福气的人在一起，自己也会有福气。"大嘴巴咽了一下口水才吃起来。头象看着，立刻朝后卷扬起了鼻子。大嘴巴赶紧把烤竹鼠递过去让它闻了闻，又从口袋摸出一块杧果干放在了它的鼻突上。它牢牢吸住，伸展鼻子，噬地一下喷给了不远处的叶子花。大耳朵伸出手来："我也想吃。""你自己掏。"大耳朵就把手伸进大嘴巴的口袋，拿出了最后两块杧果干。大嘴巴说："你最多只能吃一块，万一小公象还想吃呢？"大耳朵想了想，咽下舌尖上的口水说："那我就不吃了。"说着把两块杧果干又放回大嘴巴的口袋，望了望周围说，"要是能碰到杧果树就好了。"

  缅桂花家族持续着开辟象道的行走，速度渐渐加快了，望天树的到来让雨林的植被突然稀疏了许多，因为它太高太高，阳光照不进来，林下就没有多少别的乔木和灌木，只有矮生的心叶稷、细柄黍、泥胡菜、金足草和喀西茄什么的。象群绕着大树往前走，不时地停下来，嚼几口地宝兰和玉凤花。两个孩子一会儿下来一会儿上去地折腾着，头象容忍着他们的顽皮，就像对待自己亲生的小象那样耐心十足。每一次上到象背上，大嘴巴都要说唱一首儿歌，所谓说唱，就是想说就说，想唱就唱，唱的总是一个腔调，说的却可以根据内容的不同忽疾忽慢。大耳朵说："你这些歌都是从哪里来的？"大嘴巴说："从嘴里来的。""我是说谁教你的？""没有人教我。""那就是心里想出来的。""心里没想过，嘴一张就有了。"大耳朵张了张嘴："我怎么就没有？""你看我的。"大嘴巴忽一下张开了：

　　我跟大象过家家，
　　大象藏进野猪峡，
　　野猪见了跑回家，
　　家里有个猪后妈，
　　后妈后妈你坐下，
　　我来给你抠脚丫，
　　后妈伸出臭脚丫，
　　大象给她一象牙，
　　哎呀我的小猪娃，
　　牙齿别往心里扎。

大耳朵问："你会不会唱没有后妈的？"大嘴巴想了想，再次张大了嘴：

　　象背上落着一只竹鸡，
　　象脚前停着一只狐狸。
　　狐狸说我真想吃掉你。
　　竹鸡说只要大象愿意。

大象说你要吃掉竹鸡，

我就扒了你的狐狸皮。

  黄昏了，雨林的光线黯淡了许多，黑夜早早地裹住了行进中的大象和人。夜色加上雾色，像是要把涌动不止的生命封闭在一个固定的位置上，但交通的欲望和能力永远都胜过坚固的堵挡，眼睛看不见的时候鼻子和耳朵就会出来帮忙。斑灵猫出现了，短耳鸮出现了，大黄蝠出现了，所有的雨林夜行动物陆续登场，掠食的脚步依然匆匆忙忙，恋爱的冲动并没有停止，生命的昂奋和死亡同时演进，最寂寞的时刻恰恰也是最蓬勃的瞬间，这就是热带雨林。头象停下，嘶鸣了两声，一是告诉大象们该是休息的时候了，二是警告那些不怀好意的食肉动物，不要胆大妄为地靠近大象。缅桂花家族全体躺下，把小公象叶子花和两个孩子围在中间，美美地睡了三个小时，然后头象首先起来，想带着家族继续往前走，看到两个孩子睡意正浓，就只好站着不动。别的大象也都陆续起来，吃了一会儿周围密生的包疮叶、大叶仙茅和爬树龙，就又跟着头象躺在了地上。大象瞌睡少，睡三四个小时就能支撑一天，但今天不行，为了两个孩子它们必须放弃清夜凉爽中舒适的行走。天亮了，两个孩子醒了，大象们第二次起床了。它们没有再磨叽，刻不容缓地来到一条不知被哪个大象家族踩踏出的象道前，匆匆吃了几口茂盛的半夏、鸭跖草和凤梨，然后在头象的催促下，穿行而去。这是一条发育成熟的象道，两边的植物异常茂盛，中间却一点障碍也没有，大象们的行走快捷了许多。北树鼩和毛猬在让路，红头穗鹛和棕沙燕在跟随，大嘴巴和大耳朵在跑前跑后，并不寂寞的旅途变得轻松了也短暂了，好像还没有跋涉到需要停下来长喘一口气的时候，就听到澜沧江的水声代替风的呼啸迎面而来。

  缅桂花头象挺立在山坡上，望着下面由北而南的江水，沉思了至少半个小时，才带着象群沿着一道天造地设的石坝走下山坡，来到了水边。它用鼻子试了试水温，朝着对岸尖厉地叫了几声。一只冠斑犀鸟惊飞而起，领路似的飞向了对岸，几只在河面上捕食的黑尾鸥循声而来，在象群的头顶画了一个大大的"W"，又回到河面上去了。头象似乎有点踌躇，再次试了试水温，并把水撩到了自己的脊背上。过去它们也曾多次在旱季的澜沧江里渡来渡去，但水量好像都没有这么大，就算象群里有几头三岁到八岁之间的小象，也都安然到达了对岸。现在的象群里，最小的就是爱吃各色叶子花的小公象，它能过得去吗？头象歪过头去，征询地望着象妈妈。象妈妈说：应该没问题吧？叶子花已经六岁啦。头象说：要是你的担忧比不担忧还要多一点，那我们就去过桥。象妈妈说：不能啊，绝对不能。头象沉思着点了点头。桥它们不是没有过过，上游的桫椤桥，下游的孔雀桥，它们都曾走过去又走回来，感觉比渡河危险多了，每迈出一步都让它们心惊肉跳，那些大大小小的奔跑的房子，一会儿从后面追来，一会儿从前面堵来，见了象群不仅不减速，还会更快，眼看要撞到大象了，才会发出一阵刺耳的叫声，拐着弯让开它们。有时那些疾驰而来的房子好像不会拐弯，或者是故意的，就是为了把大象逼出大桥，象群只好惊慌失措地往桥边躲闪，桥边有的地方是蓝铁皮的篱笆，有的地方是水泥和钢铁的栏杆，大象们只能战战兢兢站在那里等着跑房子跟自己擦身而过。有一次，在还不是正式大桥的引桥上，为了躲开跑房子，一头母象一步跨过了蓝铁皮的篱笆，没想到篱笆外面的黄蓉花和漆大姑都是浮在上面的，是陷阱伪装一样的虚生虚长，一踩上去，出现在脚下的不是地面而是悬崖，结果是可想而知的，比撞上跑房子更惨烈的粉身碎骨让大象们好几个月都回不过神来。何况还有一股股随风而来的难闻的汽油味，还有会迷住眼睛、弄脏鼻腔的发烫的尘土，唉唉兮兮。当然最最重要的是，一旦选择过桥，就意味着暴露缅桂花家族的行踪，而它们正处在肇事后的逃逸之中，自投罗网的事情万万不能做，因为人的报复是没有底线的。

　　头象不由自主地朝后看了看，突然意识到它踌躇不决的原因并不仅仅是担忧小公象叶子花以及家族中别的成员会被河水冲走淹死，更是这两个孩子的存在，他们怎么办？是带着他们过去，还是不管不顾地丢在这里？它哞哞地叫着，似乎在征求两个孩子的意见。大嘴巴走过来问道："你们真的想过去？那我呢？我可不可以拽着你的耳朵往前游？"大耳朵听着有些紧张，大声说："我可不会游泳，但是你们也不能把我丢下，这里没有村寨，我晚上怎么办？豹子和山猫会吃了我的。"大概还是在天在地在山在水的象魂启示了头象，它一连朝空中喷了三次水，然后把鼻子伸到大耳朵的两腿之间，忽一下把他举起来送上了头顶。大耳朵赶紧爬过去，坐在了象背上。头象又把鼻子伸到大嘴巴的裤裆处，像是说：你也不要拽着我的耳朵往前游啦，还是上去吧，我能驮得动。缅桂花家族带着两个孩子的渡江开始了，头象信心满满，别的大象不管胆大胆小，也都没有畏怯不前的表示。澜沧江哗啦啦的流淌声突然增大了，像是说：居然过来了？怎么，非要在今天这个时候渡江？然后忽一下涨高了水面，增加了浪峰，瞪起眼睛又说：我这是警告你们，还是退回去吧，要是不听我的，不光那两个孩子会完蛋，你们缅桂花家族所有的大象都会葬身水中。

　　然而大象并没有听懂澜沧江的警告，依然用大脚一次次踢碎了平整的水面。它们是勇武的，又是见水就疯狂的，这两个习性相加，就让它们兴奋得有点忘乎所以了。它们排着队，一边开心地玩一边朝江心走去。因激溅而烂漫的水花让它们觉得水是亲切的，永远都不会为难自己。的确，这时候的江水带着迷人的微笑，一点生气的表示都没有，慢悠悠地波来荡去，用丝绸般的柔滑抚摸着大象粗糙的皮肤，一再地引诱着。大象的移动加快了，入水之后的所有试探变成了义无反顾地前行。江水温情脉脉地淹没了它们的四条粗腿，小公象叶子花首先漂起来了，水浪推动着它，轻轻碰触着在下游处保护着它的象妈妈。象妈妈用鼻子扶了一下它，又用气息赶走了一只水蚊子。江水依然微笑着，更加温情脉脉地漫上了大象们的肚子，然后便是拥抱似的迷惑，温柔而缠绵，让大象的脚步踩着细软的沙地更加迅速地远离了此岸。眼看就要进入江心流域了，头象停下了，用鼻子拍打着水面，告诉家族成员：长长的队伍会形成一道拦江的坝，这样很容易激怒澜沧江，因为它最讨厌的就是阻止它往下奔流的行为。江水笑呵呵地点着头：你们的头象真聪明。大象们听话地站成了一溜，齐头并进地往前走去，感觉脚下的江底慢慢升高，好像水的深度就只在它们的肚子上，就这样走下去，很快就是雨林覆盖的彼岸了。但是只有江中的长身鳡和天上的紫肃鸫知道，澜沧江从来就不是一条任由大象随便蹚来蹚去的江，为了引诱的忍耐很快就会结束。果然，就在长身鳡从大象的腿间溜走，紫肃鸫落入岸边的大瓦韦时，大象脚下的江底突然断裂了，瞬间就是深深的陷落，一个强悍的旋涡奔赴而来，推搡着它们，也拉扯着它们，波浪出现了，巨大而黑暗，就像不可超越的雨林冠层，水的淹没不是从下而上，而是从上而下，形同夜晚的覆盖，那么多水同时砸向了所有的大象。大象们乱了，夹在中间的小公象叶子花被浪手一把抓了出来，狠狠地抛向了下游。象妈妈一看大事不好，赶紧游过去，试图挡住顺流而下的叶子花，自己却被一股激流冲向了更远的地方。它求救似的望了一眼头象，发现头象的处境比它还要危险。旋涡把中心让给了头象，它不由自主地在水中转来转去，向下，向下，一再地向下，大象天生的游泳本领眨眼不起作用了。而它还要保护两个人类的孩子，一个依然在背上，一个已经落入水中，它只能用鼻子死死地卷住他，不让他被吸进水底，也不让他被大水冲走，它的想法是，就算两个孩子会被淹死，那也应该死在自己之后。它绝望地看到缅桂花家族已经四散而去，陷落的陷落，冲走的冲走，死亡来得如此突然，成了每头大象必须面对的现实。它多少有些后悔：为什么要在今天渡江？为什么要在这里渡江？为什么不可以不渡江？为什么要带着两个孩子一起渡江？它被旋涡撕扯着，眼看就要被大水吞没了，作为头象和家族的依靠，它将带着两个人类的孩子，成为第一批到达江底深渊的尸体，那里有一万条食肉鱼等待着它们。有个声音突然针芒一样出现在耳畔：别放弃，别放弃，朝这边来，这边的水又平又浅。它心说不是我要放弃，是我没办法不放弃。一排大浪扑来，头象不见了，两个孩子不见了，所有的大象都不见了，吞没来得干净而彻底，江面除了水还是水，澜沧江眨眼成了清一色的汹涌，凸起的只有柔软而力大无穷的波浪。但呼唤头象和缅桂花家族的声音并没有消失：噢——呀，噢——呀。是一头大象的呼唤，苍老而遒劲。

象奶奶不知道自己为什么会走到这里，但既然已经走来了，就没有必要再去追究为什么了。它站在对岸一座薹草和莎草覆盖的山岗上，看到了头象带领象群渡江的全过程，看着看着就悲鸣起来，是呼唤，也是哭泣，它老了，声音不能再大再亮再复杂了，只能把全部的感情变成单纯而缓慢的悲伤了。它似乎早有预感，看到象群一踏进水中，就开始哭泣，哭得就像这个季节必然会哗啦啦掉落的银杏叶，哭泣中还有诉说，它说自己从长满缅桂花树的江滩走到这里，想去跟自己家族的大象会合，没料到却看见了一群大象在澜沧江中被厄运锁住喉咙的悲剧。它诉说着家族失散和自己受伤的经过，一再感叹着：大象的命怎么这么苦啊？唉咦兮兮，这么多大象都死啦，年轻的大象、年少的大象都死啦，而我却还活着，我这么老啦，再也不想看到大象的悲惨遭遇啦，不管是认识的还是不认识的大象，我都没有能力再承受那种创巨痛深的不幸啦。既然澜沧江是一条喜欢收走大象的江，为什么不同时把我也收走呢？但听懂呼唤和诉说的不是头象和缅桂花家族的任何一头大象，而是滔滔不绝的澜沧江，江中急速奔流的新水那些年轻气盛的浪花并不认识它，但一直留在江边静水湾里的老水却是见过它的：那头来自临沧北回归线的象奶奶又来啦，这次不是在江中，而是在岸上，它的伤居然好啦，居然还能发出这样动人心魄的鸣叫。想当初，我们仁慈地把象奶奶送到了岸上，也把同一个家族的象哥哥送到了岸上，象哥哥如今在哪里？它还好吗？而象奶奶却步履蹒跚、孤苦伶仃地来到了这里，它是来看望我们的吧？我们是澜沧江，澜沧江听得懂你心灵深处的愿望，也知道你为什么会走下薹草和莎草覆盖的山岗，真是感动啊。别，别这样，别再往前走啦，你还是应该活下去，你可以活一百岁。澜沧江的老水们迅速行动起来，水涨了，浪大了，但是旋涡没有了，接着又是风平浪静，收敛开始了，而且立马有了神奇的效果：所有被淹没的大象一个个浮出了水面。

已经沉底的缅桂花头象觉得一股力量更大的水流从脚下冲来，头顶的水压突然失去了沉重感，已经僵硬的四肢又开始划动了，好像生命已不再属于自己，而是澜沧江的一部分。它变成了水，变成了浪，翻卷而起，然后就是水面上的活跃。出水的一瞬间，它看到了别的波浪，看到了跟自己一样在波浪中翻起的家族成员。从脚下将它托上水面的那股力量一直没有消失，继续推送着它，先是往前，后是往右，渐渐地它在水中的蹬踏变得有些自如，仿佛生命正在回归，自己又可以指挥自己了。它顺着水势朝前游去，眼看就要筋疲力尽了，前脚却意外地触到了一块滚动的石头，接着便是江床的来临，又游了几下，脚踏实地的感觉便出现了。它开始往前走动，一个更加意外的惊喜让它不禁大叫一声：它发现自己的鼻子自始至终都高高举起，牢牢地卷着孩子，不是一个，是两个，两个孩子都被它卷在鼻子上，暴露在鼻子两侧的四条胳膊和四条腿都还在活动，也就是说，两个孩子跟自己一样：还活着。再看四周，所有的大象都出现在这个性命攸关的浅滩上，包括家族中的宝贝小公象叶子花，居然安然无恙地跟象妈妈在一起。大象们休息了一会儿，慢腾腾走上岸去，看到一头老母象正在菩提树下迎候着它们。头象满眼愕然：啊？你是谁？

老母象说：我来自临沧北回归线附近，是缅桂花家族的一员，如今落单了，正行走在寻找家族其他成员的路上。头象吃惊道：怎么还有一个缅桂花家族？不会是冒名顶替吧？看我们是缅桂花家族，你就说你是缅桂花家族的，目的是让我们收留你，好让你的晚年从此不再孤独。老母象哼了一声，不服气地摇摇头：你们是哪里来的缅桂花家族？冒名顶替的恐怕是你们吧？但就在它摇头摆尾的瞬间，昏花的眼睛看到了头象右耳朵上的紫色菊花斑，愣了片刻，便长长地嘶鸣了一声：莫非我们真的是一个家族的？请看看我的右耳朵吧，要不是被尖利的岩石割掉了一大块，上面也会有一模一样的紫色菊花斑。头象一听它说起紫色菊花斑就惊讶得瞅了瞅对方的耳朵，然后发出一声通行在家族成员之间的哞叫。西双版纳的缅桂花家族中也有老母象，扮演着传承家族习惯和述说历史的角色，它听到头象的召唤后立刻走过来，仔细看了看象奶奶，摇了摇鼻子，意思是在它丰富多彩的记忆里并没有面前这个象奶奶的面影。象奶奶说：要是我没猜错，来到我面前的这个家族，就是当年被三姨带走的那些大象的后代。你们认不出我，是因为你们那个时候还没有来到这个世上，那时候家族中的小字辈是我，我是当年的象公主，跟三姨它们分开时已经有两个孩子，一个在身边，一个在肚子里。那么多人追撵着我们，我和我的孩子跑不动，三姨就说：你藏起来吧，我们过几天就来接你，为了家族的大部分大象能够活着，只能这样啦。于是就丢下我们，带着家族过了河，河很快变成了一片无法泅渡的大水,我们被隔绝在这边,等啊等啊等不来。大象们愣住了,象奶奶说的往事就算是能说会道的金眼鹛雀也编造不出来,何况那些往事它们也是知道的,毫无出入,还有什么理由继续怀疑呢?凡是知道家族历史的大象都说起来,你一言我一语,鼻子缠着鼻子说起来,头碰着头说起来,唉咦兮兮。象奶奶说:我正在寻找的亲人,母象的右耳朵上都有紫色菊花斑。大象们嗷嗷嗷地回应着。右耳朵上的紫色菊花斑就像家族耀眼的徽章,在家族成员共同关注的时刻,变得星星一样光彩夺目。澜沧江听到了,感动得不能自已,张开浪臂猛扑过来,在紧紧拥抱它们的同时,愧疚地说:请原谅,那些喜欢毁掉生命并在刚才淹没了你们的水,原本并不属于澜沧江,谁知道来自哪条鬼怪的溪流、哪片妖魔的河水,很多时候我们都左右不了它。请不要记恨我们,刚才是澜沧江不对。头象说:当然是你们不对,我们出于百分之百的信任,把身家性命都交给了你们,可你们呢?不光差一点把我们大象害死,还让这两个人类的孩子跟着一起倒霉,你看看他们,还不知道能不能活过来呢。

第九章 龙血树之歌

里昂带我们去了象牙有售国，熙熙攘攘，

加工厂高敞，象牙店堂皇，还有象牙广场。

我们穿街走巷，身上写着警世的标语：

象牙有殇，雕刻必亡。

勇敢的头象说：为什么不可以摧毁呢？

我们的鼻子、我们的四肢、我们的牙齿，

汇聚着所有被侮辱和被损害者的力量。

掀天揭地，让象牙燃起冲天的火光，

房塌店倒，给贪婪和奢靡最后一次送葬。

有人说：为了大象，我们宁肯回到洪荒。

1

两个孩子躺在地上一动不动。富有经验的象奶奶走过去,浑身上下闻了闻,然后卷起大耳朵的腿,倒吊起来使劲甩了几下,只听哗的一声,一股江水从他嘴里激射而出,然后便是粗闷的喘息,他活了。接着象奶奶又用同样的办法救活了大嘴巴。缅桂花头象佩服地望着它:真是妙鼻回春啊,活得比我们更久的大象就是不一样,要不是碰到你,我们还不知道怎么办呢。对了,你刚才说什么来着?你正在寻找自己的亲人,难道还有来自临沧北回归线的其他亲族?象奶奶就说起小象掉到悬崖底下之后,自己的经历和它所知道的家族成员的情况:小象不知活着还是死啦,象哥哥跟自己一样,被水鹿河冲进了澜沧江,又被澜沧江冲到了西双版纳,是死是活也是难以预料,象妈妈、象姨、象姐姐前来寻找,我跟它们已经联系上啦,大概离这里不远了吧?头象说:那就让我们一起去寻找,都是缅桂花家族的大象,不早一点见到的话,饭都不想吃啦。于是象奶奶又是低吼又是跺脚地开始联络,低频的次声波穿透而去,远了,远了。接着是头象的低吼和跺脚,告诉所有能接收到信息的大象:缅桂花家族正在寻找多少年前失散的亲人,是亲人的赶快回复,不是亲人的请帮忙把信息传递出去。然后是所有大象的低吼和跺脚,内容跟头象一样,但穿透地表土层和空气的力量却带着集体汇合时无与伦比的强大,连植物都能感觉到,漫漠的雨林瑟瑟地抖颤着,花开了又闭了,鸟儿飞远了又来了。一个小时后,缅桂花家族又开始了雨林中的跋涉。大嘴巴和大耳朵依然坐在头象的脊背上,脸上带着余悸未消的紧张和死里逃生的疲惫。头象关切地回望着,用长鼻摘了一些山李子和三桠果递给他们,他们吃着,很快就变得兴奋活泼了。几天后,也在寻找路上的毛管花于梦中看到了缅桂花家族和象奶奶的团聚以及它们朝着象妈妈、象姨、象姐姐走去的情形，不禁浮想联翩，拿出手机写道：

请相信我，西双版纳的父亲，
如果没有大象，就没有你的儿子，
——你的在暗夜深处酝酿光彩的儿子；
就没有那个把太阳从澜沧江捞起的黎明；
就没有罕见的雨林为人类消歇
可耻的那无比可耻的净碳释放；
就没有你绝育后的妻子还能孕成无边的虚粒子；
就没有氮和氧的媾和堵塞所有的窟窿。

请相信我，西双版纳的儿子，
如果没有大象，就没有你的爱人
从海上诞生的黄昏，那是镜花水月的一刻，
太阳风给我们吹来满天的星星；
就没有所有的茁壮，那些年少绮梦的青春；
就没有无数生命吮吸版纳巨乳的造影；
就没有你的精虫流向千古苏铁的风流；
就没有孕育星辰的所有子宫。

请相信我，西双版纳的情人，
如果没有大象，就没有北斗星的秋波，
在罗密欧与朱丽叶死后泛滥起爱的雨浪；
就没有我们的能量波破壁成五彩的酱汁，
把生命熔炼成一生都在寻找解释的终极密钥；
就没有量子涨落后的细胞在版纳积水中

灵光乍现的一秒钟——诞生罗迪尼亚大陆的可能。

大陆的核心是变色石，是大象的福祉。

（大象说：当人类穷尽全部的智慧，也无法复活一个灭绝物种的时候，却可以依靠人类千分之一的智慧，拽住一个物种走向灭绝的脚步，让它们永远不会有离开地球的背影。行行好，智慧的人类。）

象妈妈、象姨、象姐姐走到一个三岔路口后就停下了，不是人类世界里的那种三岔路口，而是出现了三棵代表三个不同方向的树，一棵是南边的剑叶龙血树，一棵是东边的勐腊龙血树，一棵是北边的狭叶龙血树。这三种龙血树本来不应该生长在相同的环境里，却奇迹般地簇拥到了一起，是剑叶龙血树在这里找到了自己喜欢的石灰岩，勐腊龙血树和狭叶龙血树找到了自己喜欢的肥沃的沟谷土壤，还是一种返璞归真的变异？它们一定忘不了，最早的时候它们是一棵母树的分支，是兄弟，相隔多少年以后，兄弟们克服重重自己的不适和外部条件的障碍，来这里手拉手，似乎就是为了今天大象和人类的聚首——演出就要开始了。

南边的剑叶龙血树从树根处送来一阵阵抖动的微波，让象妈妈、象姨、象姐姐迷惑不止：次声波的密码怎么这么多啊？显然不是一头大象发出的，是许多头大象此起彼伏的作为，不光是传递给它们的，是传递给所有大象的，意思是来啊，来啊，到这里来啊，这里是大象的聚果榕坝子。召唤是那么殷切，却没有一次抖动是说明原因的，到底去干什么？就像太阳没有长鼻子、月亮不长大耳朵一样难以理解。象妈妈立刻回复：收到。你们是谁？要我们去干什么？东边的勐腊龙血树从树下的土壤里传来一种只有家族成员才会发出的呼唤，亲切而节奏分明，让它们同样感到迷惑：为什么不仅仅是象奶奶的信息？就算象奶奶还能生育，也不可能一下子诞生这么多家族成员，然后迅速成长为一些能够传递次声波的大象吧？迷惑之中又有喜悦，这是上路以来它们接收到的距离最短的亲人信息，近了，近了，终于近了。象妈妈迫不及待地做了回复：象奶奶吉祥，想死我们啦，看来见面的日子用不了多久，你现在跟谁在一起？是不是我们缅桂花家族出现繁衍的奇迹啦？北边的狭叶龙血树从树枝和叶子上发出一些若断似连的哗啦声，仔细听才会分辨出是家族中一头还不成熟的小象发来的信息，也就是说小象跟上来了，那个一直关照着小象的年轻人把它带到雨林里来了。象妈妈顿时有些激动，身子转向狭叶龙血树，朝北走去，突然又停下，迷惘地望了望南边和东边，心说我们要是就这样离开这里，会不会从此就再也联系不到别的大象啦？尤其是象奶奶，德高望重的族中耆老，怎么可以终于联系上了又不管不顾呢？它把自己的迟疑告诉了象姨和象姐姐。象姨说：我们总不能分成三路吧？象妈妈断然首肯：绝对不能。象姐姐说：那还是优先去找象奶奶吧，毕竟它年纪大啦，走动已经很缓慢啦。象姨说：可要是小象和关照它的人找不到我们又走到遥远的别处去呢？象妈妈说：这个是有可能的。于是它决定：不管小象和那个人能不能理解，都应该发送信息让它和他过来，它们原地不动，等着，先等到了象奶奶，就一起去找小象，先等到了小象，就一起去找象奶奶。至于那些让它们去聚果榕坝子的召唤，就暂时顾不上啦，以后再说，有缘千里来相会，无缘对面不相逢，命里头有的，就算被象奶奶和小象的事耽搁一阵，最终还是会出现的——大象的聚果榕坝子，让我们彼此的眺望再持续一段时间吧。三头大象开始跺脚和低吼，然后边采食毛果珍珠茅和薯蓣边等着回音。它们耐着性子等啊等，等来的既不是回音，也不是象奶奶或者小象，而是一个唱着歌跑路的人，唱的是有关大象的歌，跑的是有关大象的路。

大象医生岩罗章之所以路过这里，是他从新象道的分布中发现了蹊跷：各处的大象家族好像都在朝着一个地方集中，他还拿不准那个地方就是传说中的聚果榕坝子，只觉得如果这是所有大象的行为，那就一定包括了缅桂花家族。他想找到它们，因为六指猎人的后代猪屎豆还没有死，它们的存在对他来说就不能是无关紧要的，也就是说在他的盘算里依然活跃着那个似乎已经锈迹斑斑的计谋——用缅桂花家族成员的死换来猪屎豆的死。他背着竹篓沿着象道一直跑，跑着跑着象道就断了，岛屿化的大象生境总会让大象绕过许多村寨或者外来人修建的房屋，才能到达另一片没有人居的雨林地带，有些大象性格倔强，硬是要穿越农田直线行走，那就一定又是一场不可避免的纷争了。只要不是缅桂花家族，岩罗章总要站在大象的立场上劝导人们不要动不动就讲以人为主，水稻没了还有旱稻，稻谷没了还有玉米，可要是大象没了，那就是西双版纳的末日了，因为表面上是大象依靠雨林，实际上是雨林依靠大象，不信你试试？人啊，还是宽容一点吧，西双版纳除了大象还有什么？千万别说还有树，树都是看大象的面子才活在地上的，不然早就飞仙而去了。他一直没有碰到缅桂花家族，也没有打听到猪屎豆的踪迹，就想去澜沧江边看看，既然是大象聚会，就一定有象群渡江，而且也到了一个可以渡江的季节。他不知疲倦地跑着，过了一片山红树，又过了一片黄牛木，刺天茄和木龙葵拦路的时候他慢了下来，面前是一个意外，多么耀眼的一块血竭啊，从来没见过这么大的，应该有四五公斤吧？更加意外的是血竭的光芒里，立着三头大象。双方都处在密林的遮挡中，看到时就已经很近了。他赶紧止步，疑惑地摩挲着臂膀上的象脚鼓文身，仔细瞅了瞅：哪个家族的大象，怎么从来没见过？想着立刻意识到，它们就是毛管花带着小象苦苦寻找的另一个缅桂花家族。他下意识地后退了几步，好像他一见到缅桂花家族就有一种本能的提心吊胆，生怕对方认出自己来，尽管三头大象比他更加小心地躲到剑叶龙血树后面去了。他愣愣地伫立着，没有像见到别的象群那样，哄着骗着去接近大象，以一个卑微的朋友身份去套套近乎，看看它们有没有疾病或者外伤，而是狠狠地揪了揪自己的头发，竟至于揪下了不小的一撮，又掐了掐自己的腰腹，留下了一片血红的掐痕。他似乎想通过这种方式，再一次坚定由来已久的复仇信念：不是我在自残，是大象在摧残，不是我不肯罢休，是大象一而再再而三的挑衅。

但这显然是说不过去的，大象挑衅了吗？它们只是躲躲闪闪地想离他远一点，只是想用疑惑的叫声告诉面前这个人：我们不知道你是好人还是坏人，就请你还是从我们的眼界里走开。他哼哼一阵狞笑：想得美，我怎么能走得开呢？你们的出现已经把我死死拽住了。瞬间就是魔性的来临，是阴毒的发作，是被仇恨扭曲的灵魂险恶无比的拳打脚踢，就在他的脑海里，一再地拳打脚踢：果断，果断，你必须果断，犹豫是你最大的弱点，它会让你成为岩然家的叛徒，会让你变成大象的一泡屎然后发酵成蛆。别忘了你的使命：让缅桂花家族的尸体成为你做人的骄傲，在它们毁灭的瞬间，才会有你真正的快乐；别忘了家族的历史，那是用滚烫的鲜血联系起缅桂花家族的生存史，死掉的不光是生命，还有在版纳雨林里到底谁比谁更有力量的荣耀；别忘了你是大象医生，你的竹篓里有的是可以让大象瞬间殒命的有毒植被提取物：喜树、鱼藤、野漆、钩吻、茴茴蒜、麻风树、火麻树、夹竹桃、杜鹃花、雷公藤、南蛇藤、了哥王什么的，光见血封喉就有一大瓶，那是可以毒死数百大象的药量。然而单纯搞死缅桂花家族并不是他追求的一切，或者说他更不想忘记的还不是缅桂花家族而是猪屎豆，猎杀大象的罪恶是这个六指猎人的后代必须戴在自己身上的枷锁，如果他的罪孽已经到了该枪毙的地步，那就应该跟大象一起死掉。他想着，慢腾腾放下竹篓，取出了手机。他从来不跟猪屎豆联系，并不是不知道电话号码，而是不想给自己带来丝毫的嫌疑。但现在他顾不得了，因为过了这个村就没有这个店，机会的出现只有一次，如果是天赐的，就一定是无法放弃的。岩罗章打开手机试了试，惊喜得差点叫出声来：居然有信号？立刻拨通了电话，又是一个惊喜：猪屎豆说他们离这里不远，不过同时对付三头大象的话需要增加武器和弹药，他必须马上跟地不容联系。"那就到猴年马月去了。""你放心，地不容和我肯定比你还要着急，不管能不能补充到装备，我们都会尽快赶到。"岩罗章挂了电话，像一只苍鹰一样感觉着气流的方向，顺风离开了三头大象的视界。他要让它们放心，不能让它们有丝毫危险来临的感觉而匆匆离开这里。他来到半公里之外一片艾胶树和白饭树杂生的丛林里，坐下来等了不到三个小时，就听到了猪屎豆他们按照他提供的位置，奔赴而来的脚步声。他学了一声彩鹬的叫声，高兴地唱起来：

  从前的章朗谷，有七棵高大的鹅掌楸，
  树冠是殿堂住着四百六十五只绿斑鸠，
  树下是大象硝塘，塘边有一圈沙田柚。
  如今的章朗谷，有一条栈道一座高楼，
  大象们黯然走过，仰望着鹅掌楸怀旧。
  闹哄哄的游客丢给大象们几个胡萝卜，
  大象们说，为什么飞来的不是绿斑鸠？
  有一天大象推倒鹅掌楸，掀翻沙田柚，
  把硝塘的水喷向了空中的栈道和高楼。
  懊悔死了那只黄狗：为什么我要出首？
  有个熊孩子用弹弓打死了一只绿斑鸠。

  贾海桐的试探成功了，地不容把他扔进澜沧江的举动表明，他的确是个犯罪分子。但他并没有报案,不仅仅是因为就像地不容说的"没有证据",更是因为他觉得自己的目的是拯救大象,而不是单纯地惩罚一个坏人,就算可以把地不容绳之以法,未必就能换来"章朗谷"二十头大象的解放,折磨和侮辱大象的继承者大有人在。他想试试另一种办法,拿他的罪孽跟他做一次交换:只要你能关闭"章朗谷",把二十头大象全部交出来,我就替你保密。他是在长江入海口长大的人,游泳跟江豚是同一个水平,潜水上岸的时候,发现激流勇进的江水已经把自己冲到了离扔他进水处很远的地方,还能看到游艇离去的背影。一对红点颏朝游艇飞去,流畅的鸣叫让他注意到游艇并没有行驶在速度可以更快的江心,而是跟他一样靠向了右岸。如同所有北半球的河流那样,澜沧江的右岸同样是容易受到水流冲击的侵蚀岸,水土流失之后断崖式的江岸上裸露着许多大树的根,什么叫盘根错节,看看西双版纳澜沧江段的右岸雨林就知道。他攀爬着根茎站到了平地上,再看游艇时,发现它已经靠岸了。常识告诉他:停泊在这个地方是完全不正常的。他像一头洗浴完毕的大象抖了抖浑身的水,沿着起伏不平的林地摸了过去,自然是悄悄的,豹子一样低伏着身子,蹑手蹑脚地靠近着。突然眼前的树势增高了,山一样挡住了他的视线,他爬上一棵长得跟大象一样的无柄雅榕,猴子一样蹲在树杈上,看到两个空着手的人通过临时搭起的两根树干登上了游艇,一会儿又下来,一人拿着一杆枪。贾海桐立刻意识到,这两杆枪是地不容提供的。岸上还有两个人,等他们闪出椰榆和油朴组成的密林,撤去连接着船舷的两根树干时,一个熟悉的面影撞入了他的眼帘:老树?没错,就是那个因为忘记把大鳍鱼和双孔鱼送回澜沧江而被他开除的人。站在一边指手画脚的那个小个子,应该就是猪屎豆了。游艇很快离岸,逆流而上,渐渐消失了。同样消失的还有岸上的四个人,他们踩踏着草叶,拨动着树枝,刺啦刺啦地朝雨林深处走去。

贾海桐摸了摸口袋里，手机已经不在了，是被游艇上的人抢走了，还是被江水冲走了？不过就算还在又有什么用？他的手机不防水。他跟了过去，枯叶遍地的草树间怎么小心都有刺啦声，好在鸟是向着他的，一对绯胸鹦鹉拼命地鸣叫着，夸张地在毛叶榄和白头树之间制造出一阵阵撞击树叶的响声。好像这样的掩盖还不够，蚁鴷和栗色啄木鸟也来帮忙，又是鸣叫又是扑腾地闹出了更大的动静。贾海桐的跟踪几乎可以大踏步行进了。雨林保佑，不要让我跟丢了这四个人。四个人都背着枪，行色匆匆地穿越着林海，走在前面的猪屎豆会不时地掏出手机来看看。殿后的是老树，他动不动就会扭过头来，警觉地望一眼身后摇晃的枝叶，好几次贾海桐都觉得他看到了自己，赶紧停下来，一阵紧张后，却发现老树的眼睛要么近视，要么自己恰好处在他的盲点上，他居然没有觉察到五十米之外的异样，还会大声问前面的猪屎豆："我们不会走错吧？"或者说："别太莽撞了，三头大象可不是好对付的。"这差不多就是告诉贾海桐，他们要去干什么勾当了。

半个小时后他们来到一片密生着黑皮插柚紫和白檀木的地方，拨开枝叶走了进去。贾海桐摸过去瞅了一眼，先是看到一头白象，又发现白象变成了一辆绿色皮卡车，才意识到自己丢失的白象车找到了。四个人从车里拿出一些香茅烤鱼和赶摆鸡吃着，还喝了酒，然后继续赶路。贾海桐的跟踪忽快忽慢，一群松鸦和几只大绿雀鹎一直陪伴着他，不停地鸣叫和起落着。突然，猪屎豆一行停下了，诡谲地说着什么。老树忍不住咳嗽了一声，被猪屎豆狠狠地踢了一脚："就你的声音大。"他们猫着腰往前摸去。贾海桐以为对方看到了大象，瞅了半天才看清出现在前面树窝子里的不是什么大象，而是大象医生岩罗章。他惊讶地"啊"了一声，赶紧捂住自己的嘴，呆呆地望着，好像他的心从来没跳过，第一次感觉到了跳动，竟是砰砰砰地带着啄木鸟猛啄树干的响声。怎么可能呢？连著名的大象医生都成了内鬼,这个世界上还有哪个人是值得信赖的?岩罗章只跟猪屎豆说了三五句话,又指了指前面——大概是大象所在的方向吧?就背起竹篓匆匆离去了,一起步就开始奔跑,没跑几步就唱起来,一副兴高采烈的样子:

> 说的是一百年前的今天,
> 缅桂花家族登上布朗山,
> 哈出一口气制造了云烟,
> 放了一个屁带来了夜晚,
> 丢下一根毛变成了白天,
> 撒出一泡尿浇灌了花园。
> 有个猎人名叫豪杰岩然,
> 在基诺山上望见了对面,
> 弯弓搭箭要比一比勇敢。
> 大象一见夹着尾巴下山:
> 我们没有仇怨不会射箭,
> 活着从来都是小心小胆。

2

贾海桐听着岩罗章的歌,望着他的背影,突然有些后悔:自己是不是不应该跟踪他们来到这里?要是他这一趟不来,岂不是西双版纳永远都有一个跟大象亲密无间的好人?可是现在呢?一片珍贵的红花木莲倒地了,一片同样珍贵的山白兰死掉了,一片更加珍贵的观光木折断了,只剩下一根苦枣藤,把雨林浓郁的苦涩缠绕在他的眉间心上。他低头望着地上被踩烂的刺苞菊，心说来到自己眼中的怎么都是罪孽啊？是不是只要自己被盗猎者一枪打死，雨林世界就干净了？一抬头发现猪屎豆他们已经不见了，四下看看，无法确定应该朝哪个方向跟踪，正在疑惑，就听自己左首传来老树的声音："走慢点，别落下我，大象就在前面，咱们得小心点。"走在前面的猪屎豆说："你这个野猪不吃的，能不能不说话？"老树说："那你不是也说了嘛。"贾海桐赶紧跟了过去。又是鸟儿们的掩盖，这次是长尾山椒鸟和凤头鹦嘴鹎，叫着喊着，扑着跳着，好像它们是性情凶猛的印支虎和金钱豹，正在龇牙咧嘴地捕食四处逃窜的水鹿和鬣羚，动静大得连贾海桐的喷嚏声都没让盗猎者听到。很快猪屎豆他们停下了，趴在地上窥伺着，然后散开，悄悄地包抄了过去。贾海桐把自己隐蔽在一片草沉香里，黑纹游蛇一样扭动着，匍匐而行。他看到四个盗猎者已经屏声静息，端枪瞄准，看到一棵剑叶龙血树正在点头哈腰，像是在替大象求情，一棵勐腊龙血树正在高昂着树冠，唰啦啦抖动，像是愤怒不已的样子，一棵狭叶龙血树正在借着阳光下的阴影，扭动身躯，像是要离开此地。就在三棵龙血树组成的等边三角形里，三头大象凛凛而立。它们显然已经发现了行踪诡异的盗猎者，却有点不以为意，竟没有选择仓促逃离，或者它们意识到即便逃跑，这帮坏人也还会追踪而来，姑且就不动不摇，对抗到底。贾海桐焦急得握紧了拳头：不能对抗啊，人家有枪弹，坚硬而爆裂，而你们是血肉之躯，柔软而易损。快跑啊，赶紧跑啊。一朵附生在滇南溪桫上的盆距兰身子一摇，把花蕊处的香露滴在他脸上，跟汗水洇在了一起，脸色水亮水亮的。

三头大象依然器宇轩昂地伫立着，用扇动耳朵的方式传达着蔑视。突然，为首的一头大象暴怒地嘶鸣了一声，用前脚使劲刨挖着地面，土石扬起，草高粱和苞子草的枝叶纷纷扬起，无比震怒的它眼看就要扑向盗猎者，也就是说盗猎者开枪的时间已经到了。贾海桐忽地站起，一个猛子扎向天空，噗噗噗地掀动着蓝绿色的雨林气雾，朝着大象弥扬而去。等他倏然出现时，大象被遮住了，是薄薄一层气雾的氤氲，也是他像足球门将那样叉开两腿张开双臂的身影。他大喊一声："你们要干什么？"然后便平静得就像一棵从历史深处陪伴着大象走来的云南苏铁，微笑着用商量的口气说，"可不可以这样，在杀大象之前，你们先把我杀掉？"猪屎豆愣了，另外两个盗猎者也愣了，剩下一个老树，突然站起来说："他就是勐巴拉娜西大象救护队的队长，咱们跑吧？"贾海桐冷笑一声："你觉得你还能跑得掉吗？"猪屎豆惊慌失措地朝后看了看，看到了一只草兔的逃逸和几只豚尾猴的愤慨，看到了一堵雨林墙在大风中的怒发冲冠，看到一只华丽蝶蠃俯冲而来，赶紧弯腰躲了一下。他在确定没有看到其他人后，便把枪端在眼睛前走向了贾海桐。老树赶紧跟过去，和猪屎豆并排来到贾海桐面前，也把枪端在了眼睛前。猪屎豆抬脚碰了碰老树的腿说："你确定他就是大象救护队的队长贾海桐？"老树说："这个怎么能认错？我在他手下干过，你又不是不知道。"猪屎豆瞪起眼睛问道："你不是已经死了吗，怎么还活着？""我没有抓到残害大象的魔鬼，怎么会死呢？""死到临头了，你还在说大话，我听说有大象为人殉葬的，没听说人为大象殉葬的，今天是什么日子？我的手痒痒得厉害。你说，你和大象谁先死？""恐怕是你先死吧？"贾海桐说着，转身面朝三头大象："走啊，你们赶紧走啊。"看大象们不走，扑过去踢了象妈妈一脚，"你怎么还看不出来？不走就是死，你们死，我也得死。"大象们还是无动于衷，像是执意要跟贾海桐一起同仇敌忾，战斗到底。贾海桐大喊一声，扑向了正在靠近自己的老树，推倒他的同时，夺过了他的枪，然后跑过去打了象妈妈一拳，朝着天空一阵猛射。象妈妈似乎明白了，不走是不对的，对自己不利，对这个保护它们的人也不利。它长嘶一声，迅速掉转身子，迈开了脚步。象姨和象姐姐立马跟上了它。

空气的流动强劲起来，枝叶和花朵以及果实全体都在摆手：快走吧。一株大花钗子股的催促来得更加真诚，干脆就随风扯断了自己，引导似的朝着远处奔跑而去。一片黄金间碧竹哗地豁开一个口子，像是说：就从这里走。一片落叶飘过去，挡在大象屁股后面，好像它就能阻止盗猎者的追撵。三头大象走得飞快，只用了几秒钟，就消失在一片长叶竹柏和钩叶藤茂密的延伸里。贾海桐转身警惕地望着猪屎豆和另外两个盗猎者，看到他们依然用枪对着自己，就把枪还给老树说："其实可以谁也不死，大象不死，我不死，你们也不死。我们谈谈吧。"猪屎豆狞笑一声说："大象跑不了，我追得上它们。但你这个人就不好说了，一旦放过，就不是我追你，而是你追我了。"又瞪了一眼自己的同伴说，"把他给我绑起来。"绑他的是老树和另一个盗猎者。雨林提供了绑架的工具，一根夜花藤和一根铁藤比麻绳更结实地缠绕在了他身上，又把他跟勐腊龙血树捆在了一起。龙血树扑向阳光的树冠立刻弯下来，为他挡住了斜射的阳光。他眯缝着眼，朝上看了看，看到一只小红蛱蝶和一只小三字蝶一先一后落在头顶的叶片上，心说你们不会是从蝴蝶坝子飞来看我的吧？或者是代表那里的万千蝴蝶来给我送行？不如你们赶紧飞回去，让那些大象火速来救我。一只彩青尺蛾飞走了，似乎它明白了贾海桐的意思。

猪屎豆拿出手机打起了电话，声音大得似乎生怕贾海桐听不到："你搞死的那个人又活了。""啊？怎么回事？""谁知道，幸亏落在了我手里。""等着，我马上过去。""你是说等你来了再搞死？""这次我一定要亲眼看着他死去，不然又活了怎么办？"猪屎豆挂了电话，望着贾海桐半晌才说："听见了吧，是地不容放不过你，不是我，我跟你无冤无仇，就算你想抓我，我也不恨你，因为你根本就抓不住我。你刚才不是说要谈谈吗，谈吧，你时间不多了。"贾海桐长叹一声说："很遗憾我会在失去自由的情况下跟你谈，在我的想象里，应该你处在我现在的位置上，谈话才有意义。""这些废话就不要说了，快谈吧。""我已经知道缅桂花家族成员在蚁花寨的三起触电死亡都是蓄意谋害，罪魁祸首就是你们，象牙也是你们取走的，但还是想听听你们自己说出来的犯罪事实和经过。"猪屎豆哼了一声说："你都快死了，知道这些有什么用？""为了让雨林听听，雨林里面还有飞禽走兽，还有大象和树木的保护神，还有吹过的风，走过的雾，它们都是有耳朵的。""有耳朵没有嘴，知道了又能怎样？说不出去。""那你就更不用怕了，说吧，有耳朵的都在听，不光是我。"猪屎豆得意地哼哼一笑："先说第一个死掉的亚成体公象，它是一根旧电线打死的，电线架在杆子上，离地面差不多有六米，我和我弟弟举着一根大水竹扯下来后扔到了大象身上，当场就电死了。搞死成年公象的电线杆是我们事先挖倒的，电线就藏在草窝子里，它转来转去吃草，让电线缠住了脚，想用鼻子解开电线，电线不结实，一扯电就跑出来了。母象是高压线电死的，高压线架起来好多年了，从来没有维修过，我弟弟在旁边埋伏了两天，才等来那头母象，他用光杆方竹绑着铁钩钩下来，砸到了母象头上。""害死公象是为了截取象牙，为什么非要有目标地害死一头母象呢？""我们截取成年公象的象牙时，这头母象看到了，记住了我们，追着撵着要报复，我有点害怕，干脆离开了蚁花寨，我弟弟没有跑，母象见了就追，它认识我家的竹楼和稻田，就在那里等着，好几回差一点让母象踩死。我们跟大象的关系都处成你死我活了，我弟弟只好电死它。想不到的是，他在钩下高压线时让缅桂花头象看到了，结果还是没有躲掉大象的报复，人命换象命大概就是他的命吧。"

贾海桐悲凉地感叹了一声说："据我所知，当初借着给大象守夜的机会截取象牙的寨民一共三个，另一个是谁？"猪屎豆没有回答，左右看了看。老树说："是我，怎么了？""你也逃脱了。""母象认得我，正好我也想去景洪城继续打工。""我知道你很早以前就在景洪城打过工，是在一个建筑工地吧？你在那里学会了电工活，然后……"老树紧张地说："没有然后，用电搞死大象是他们自己想出来的，不是我教的。"猪屎豆厉声说："是你教的，你说粗铜条的电线才能打死大象，细铜丝的恐怕不灵；你说最好是高压线，一打就死；你说60伏的只能电死小动物，想要电死大象，最好在220伏以上。"老树不吭声了。贾海桐又说："你在景洪城认识了召恩罕，因为了解大象被召恩罕介绍到了大象救护队，又因为疏忽大意，没有把大鳍鱼和双孔鱼送回澜沧江而被我开除，万万没想到，你会自暴自弃到这一步，堕落成了一个以杀害大象为生的盗猎者。"老树说："现在说这些还有用吗？""当然有用，因为你们还有救，只要现在能收手，仍然可以做一个光明正大的人，不至于永远生活在黑暗里。是的，是黑暗，人性在面对动物时表现出的超越自然的优越感和没有底线的残忍，是这个世界最大的黑暗，你们就是那些制造黑暗的人，面对大象和别的物种，你们好像不是生命，是冷冰冰的刀斧和火辣辣的枪弹。就因为你们的存在，人类在自然界面前变得越来越凶残丑陋。"猪屎豆说："还是闭嘴吧，别说这些我们听不懂的话。""不让我说是不可能的，时间不多了，我得珍惜，得让我身边的这三棵龙血树和前面看着我的戴胜鸟知道，死在你们面前的这个人，曾经也有过一个比你们更野蛮的父亲。"猪屎豆和老树对视了一下，又瞪着贾海桐：你又想说什么了？贾海桐停了下来，代替他的是一串田鹬的叫声，接着又是红尾歌鸲的鸣唱。猪屎豆等得不耐烦了，从口袋里摸出一根芎叶和烟叶卷成的粗大的版纳雪茄，点着抽起来。老树则显得有点疲倦，哀叹一声坐在了一棵假广子扭曲在地面的小板根上。贾海桐说起来，谁也没想到他会从"血舞之夜"说起，雨林的每一棵老树都难以忘怀，正是那个夜晚拉开了大象跟人的最大距离。

拥挤的树海更拥挤了，所有的植物都在这一刻朝着贾海桐移动了位置，推搡开始了，树和树之间的打架就像无数兵器的碰撞，带着风的节奏，此起彼伏。绿色的血光迸发出一些几何图似的形状，仿佛植物的熠亮和历史的轨迹是靠了数学的规划才有了今天的模样。瓜馥木说：我的年轮记下了那个夜晚，砍开我的身子就能找到。排骨灵说：我的记性在根茎里，下挖三米就明白了。假鹰爪说：我的叶子年年落，记忆却没有落，不信揪下一片叶子看看。贾海桐的父亲就是那个射杀了三头大象的神枪手贾蒟。"血舞之夜"以后，他离开沪上动物园回到了崇明岛老家，在那里待了十五年，等他再次出现在上海，成为动物园的一名专业饲养员时，已经是一个拖家带口的人了。不过他没有把家小带来上海，儿子贾海桐跟妈妈一直生活在长江入海口的崇明岛南岸，直到父亲意外受伤，他和母亲才来到上海，跟父亲生活在了一起。父亲是被老虎咬伤的，咬得非常惨，腿上、肚子上、肩膀上、脖子上都有伤，卧床不到两年就去世了。等他大学毕业，接替父亲成为动物园的工作人员，并有了上海的城市户口之后，才知道父亲是自杀的，是他首先扑向了虎山上的老虎，而不是老虎突发野性扑向了他。这只已经在动物园生活了八年的老虎吓坏了，看他一扑再扑不放过自己，才开始拼命撕咬，也还是没有当场咬死他，留下机会让人把他救出了高高的铁栅栏围起的虎山。父亲自杀的原因是那一天上海的高温超过了40℃，被抓来动物园已经长成大象的"版纳"出现中暑症状，加上饲料中钙含量不足导致的低血钙症，"版纳"开始发烧和拒绝饮食，临近中午又出现了晕厥现象。但它靠在墙壁上，始终没有倒下，因为"血舞之夜"的阴影一直笼罩着它，四头大象为保护自己轰然死去的惨烈带给它的永不消逝的悲伤和警觉已经变成了它的本能，它要随时保护紧贴着自己的还不到两岁的第二个孩子。父亲觉得这样下去"版纳"就是不死也会落下腿关节损伤的残疾，要求动物园采取紧急措施，把"版纳"立刻送回滇南雨林。动物园领导奇怪他会有这样的想法，拒绝的同时，斥责他是"神经病"。他哭着说："'版纳'是我抓来的，我不能看着它性命不保而无动于衷吧？你们不让我救它我就去死。"于是他真的有了一个"神经病"患者才会有的举动，义无反顾地走向了老虎的利牙。父亲的行为当然不是一时冲动，告别"血舞之夜"以后他就开始忏悔，他也和"版纳"一样，生活在血雨腥风带来的阴影里，直到自杀才得以解脱。贾海桐不仅继承了父亲的基因，也继承了父亲的情感世界，从知道父亲的真实死因开始，他就决定，自己这辈子要做的，就是填补父亲的忏悔里所蕴藏的巨大遗憾：拿生命去保护大象，爱它们，超过爱一切。三年后，母亲去世，再无牵挂的贾海桐辞了动物园的工作，离开上海来到了云南，又来到了西双版纳。

"现在你们知道我为什么不怕死了吧？我到西双版纳就是来替父亲赎罪的，大象就是我的命，它们要是死了，我还要命干什么？难道你们不觉得你们也应该赎罪吗？别告诉我你们不应该，其实有人已经开始了。"说着，扫了一眼老树，"需要我说出来吗？"猪屎豆惊讶地望着老树："你给我说清楚，他是什么意思？"老树表情很不自然地摇摇头，嗫嚅道："我哪里知道？"贾海桐说："都到这种时候了，你还想隐瞒，一旦我死了，你做的好事就没有人知道了。"猪屎豆满脸的狐疑变成了阴暗的恼怒："不会是你们已经串通一气了吧？"贾海桐说："实话告诉你，现在还没有。"猪屎豆吼道："你不要多嘴，让老树自己说。"老树突然跳起来，端着枪对准猪屎豆说："放了他，赶紧放了他。""你神经了？""我没神经，我对你本来就是三心二意的。"然后指着贾海桐说，"他知道。""这么说你一直都在出卖我？""不错，小公象被兽夹夹住腿后，是我告诉了贾海桐，让他赶紧来解救；也是我告诉那几个昆明人，不要离开雨林，继续保护三头大象，也不要把小象送来，我们不是什么好人。还有，今天我们一离开地不容的游艇，我就发现有人跟踪，我故意大声说话，就是为了不让他跟丢我们。我已经想明白了，不会再陪着你去猎杀大象了。"猪屎豆也把枪指向了老树："那你还跟着我干什么？""我想立功赎罪，但知道得不多，也没有证据，不够人家原谅我的，你跟地不容的交易，你跟大象医生岩罗章的关系，你到底杀死过多少头大象，赚了多少钱，我都想一点一点抠出来。再说了，我要是离开了，大象死了怎么办？跟着的话，有时候还能帮帮大象的忙，你们想杀害它们也不是那么容易。"猪屎豆开枪了，子弹打在老树身边的一棵五月茶上，枝叶飞进而起。老树也开枪了，子弹几乎蹭着猪屎豆的头皮飞鸣而过，显然他是真的想打死对方却又限于枪法不高明而错过了机会。他还想打第二枪，就听贾海桐大吼一声："住手，你不要命啦？"老树说："他不死你就得死。"贾海桐说："那就先让他打死我。"猪屎豆转过身去，莫名其妙地朝前走了几步，又慢腾腾走回来，脸上带着愤怒被分散后很难再次集中的迷惘问道："你为什么不让他打死我？""因为在我眼里你还是个人。"猪屎豆呵呵一笑，做出一副恍然大悟的样子说："我还是人吗？就凭你这句话，我现在就给你松绑。但不等于你可以不死，因为我有枪。"说着举枪瞄准了贾海桐一侧的剑叶龙血树，"看见了吧，那上面有一只黑背树蛙。"他闭上一只眼，又闭上另一只眼，接着枪响了，碎裂的树蛙飞散而去。他从腰际抽出那把滚背刀，割开了即使断根也会花叶峥嵘的夜花藤和铁藤。贾海桐离开背靠着的勐腊龙血树，来到老树跟前，又一次轻而易举地夺走了他手中的枪，然后把枪口朝向地面对猪屎豆说："别紧张，现在不会有人再朝你开枪了，但你也不能朝别人开枪。"又转向老树说，"我想不明白的是，你怎么会变呢？如果你跟着猪屎豆一条道走到黑,没有人不觉得是合情合理的。"老树说:"我也这么想,离开'勐巴拉娜西'以后没地方去,哪里都不要我,只有猪屎豆三番五次给我打电话,让我跟他一起干,我身上没钱,出路只有这一条,当时已经死心塌地了,就做一个盗猎者吧,有吃有喝就行。但是后来就变了,因为我不是一个人活着,我还有亲人。"

3

白云从头顶飘过,飘着飘着就破烂了,又不见了,仿佛雨林的梢头不仅豁开了它,也吸收了它。一棵高大的大叶蒲葵和一棵红果葱臭木互相倾靠着,支撑起一个多花脆兰和合萼兰附生的拱门,不分季节的花色和香气氤氲而来,蜜蜂和蝴蝶逐香而去,又有蓝翅叶鹎与和平鸟飞上飞下地啄食着美丽的蜂蝶,一只寻找伴侣的熊狸匆匆忙忙走着,跟一条草游蛇擦肩而过。草游蛇如同一串行动的花朵,带着碧绿环绕的华丽来到了人的脚前,很快发现了危险,飞也似的逃走了。老树说起他的父母,就在他十六岁那年,相继过世了,唯一的亲人是他大舅和生病的舅母,他们生活在勐遮坝子旁边一个浅浅的沟洼里,因为沟里易生跳八丈,就叫跳八丈寨。他小时候身体虚弱,得过肺结核、百日咳、习惯性腹泻,都是大舅和舅母花钱,带他去景洪城看医生治好的。舅母生病后需要住院,他就倾其所有地帮助他们,从蚁花寨死去的两头公象身上赚的钱基本都给舅母看病了。

舅母死后,每隔两三个月,他会去跳八丈寨看看孤身一人的大舅。有一次去时,看到院子里站着一头大象,大舅正在用一块打磨光滑的流苏梨藤竹的竹片剐蹭大象的皮肤,吓得他转身就跑。大舅喊住他说:"它又不吃你,你跑什么?你劲儿大,来给它蹭蹭,它浑身痒痒。"他小心翼翼地给大象剐蹭着,问大舅这头大象是哪里来的?大舅说有一天早晨他起来,迷迷糊糊跑下楼梯要去撒尿,一头撞到一个说硬不硬说软不软的东西上,打了个愣怔才发现堵挡在眼前的不光是灰蒙蒙的雾,还有一头浓雾裹起的大象。他尖叫着"救命"跑上了楼梯,关上门抖抖索索地等着,在他的想象中接下来发生的应该是暴怒的大象推倒竹墙,掀翻竹楼。但是没有,竹楼外面依然是早晨的活跃:鸡唱鸟鸣,牛哞羊咩。一对红头咬鹃落在阳台的栏杆上,互相梳理着羽毛,发出阵阵金属般清脆的叫声,像是在告诉他:出来吧,出来吧,什么事也没有,你出来吧。他待了好长时间才开门出去,看到浓雾已经散尽,大象静静地站在竹楼下,高高的脊背几乎能蹭到二楼的窗棂,看到大象卷扬起鼻子轻轻蹭了蹭他的衣襟,便渐渐不紧张了。他俯身仔细看了看才意识到,需要"救命"的不是自己而是大象,它的鼻子上、背上和脖子上全是隆起的水疱和瘀斑,密密麻麻一个接着一个,还有两个小东西在屁股上爬来爬去,一看就知道是蝎子里头最毒的大山蝎。他说:"老天爷,怎么把你蜇成这个样子了?是睡到蝎子窝里了,还是掉到蝎子坑里了?"他走下楼去,顺手摘了一根风筝果的枝子,把山蝎扫到地上,两脚踩扁了它们。大象看见了,感激地再次伸过鼻子来,碰了碰他的胸脯,朝他吹出一口温暖的气。大舅凑近了看看它的蜇伤,还摸了摸,又说:"你待着别动,我给你想想办法。"大象显然是明白的,待在院子里一直没有离开。大舅没有被蝎子蜇过,却让蜈蚣蜇伤过好几回,知道跳八丈寨的寨民们常用的办法。他拔来一些马齿苋、鱼腥草、蒲公英、桑树叶、椿树叶、野葱白、老姜黄,捣烂后厚厚地敷在了大象身上有水疱和瘀斑的地方。大象走了,两天后又来了。大舅就又给它糊了一次。就这样它来了又走，走了又来，终于靠着大舅的敷药治好了浑身的蜇伤。但伤虽然好了，它的来来去去却没有停止，三五天就会出现一次，站在院子里，默不作声地待着。大舅说："你还是回到象群里去吧，来我这里干什么？"大象摇晃的鼻子，像是在跟他说话。他到处问了问，没有人看到过象群，方圆几十公里都没有，才知道它是一头独象。"你怎么变成独象了？按理说母象是不会的。"每次见它，他都会问，得到的回答总是沉默。后来它来得更勤了，三天一回变成了两天一回，又变成了每天都来，变成了早出晚归，变成了他走到哪里它跟到哪里，家院中、稻田旁、水井边、打柴的林子里、去镇子的路上，都有它的影子，好像它不是一头大象，而是一只大狗。这么着，大舅和大象开始朝夕相处，也没有什么奇迹发生，就是形影不离，好像大象是来填补舅母的空缺的，也还会互相帮助，大舅喂它盐巴，它帮大舅挑水，两大铁桶井水，它用鼻子轻轻一提就起来了，然后跟着大舅慢慢悠悠往家走。

老树听着，不禁感叹了一句："你遇到大象里的菩萨了。"放下流苏梨藤竹的竹片又说，"不过还是要小心点，万一……它毕竟是野兽。"大舅说："小心什么？我已经离不开它了，它也离不开我了。"又说起那次他坐公共汽车去景洪城出售自己挖到的白蚁蛋，晚上没有回来，大象就去离跳八丈寨五公里的公共汽车站等着，一天一夜不吃不喝。大舅说："我死了你怎么办？我要是去蚁花寨跟外甥一起生活你怎么办？"后来才意识到，更严重的问题是没有了这头大象他怎么办？因为在他的意识里它已经是他唯一的陪伴和依靠了。老树当时就想，幸亏跟大象好的是大舅，要不然他笃定会告诉猪屎豆，想个办法害了它。后来有一次老树去看望大舅，在火塘边跟猪屎豆通话时，被卧室里的大舅听到了，这个唯一的亲人才知道自己的外甥早就不在蚁花寨待着了，祸害大象成了他走南闯北的营生。大舅在愕然之余劝他不要再干，如果已经打死过大象，就赶快去自首。看他不听，就把他搡出了竹楼："我们家没有你这个祸害大象的人。"寨门外的土路上，老树正沮丧地走着，突然听到身后传来大舅的声音："孩子，你再回头看看我。"他一回头，大舅就扑通一声给他跪下了，什么话也没说，只是跪着，默默流泪。大舅身后是大象，大象没有跪，但那个殷切瞩望的姿影永远都是跪着的。夕阳西下，薄雾遮去了火红，似乎扁圆的太阳也是跪着的。风大了，身边的冬桃、杜英和水石榕使劲弯下腰来，瑟瑟地抖颤着，所有的植物都是跪着的。再往后看，寨门边笔直的大王椰和更加笔直的龙脑香树也是跪着的。老树的眼睛突然潮湿了，膝盖一弯，也跪了下来："大舅，我听你的。"

　　雨林静静地听着，层层叠加的绿色让生命丰满得就像占据了整个天空，仿佛天有多大，雨林就有多大。阳光悄悄移动着，树阴变长了，光线有了层次，由下往上是铅青、浅灰、绿白、金亮和秀蓝，好像每个层次都开着不同的花，栖息着不同的鸟。阔叶们规矩地静美着，羽叶们舒畅地伸展着，白絮如雪。几只绿翅短脚鹎经过这里，突然停下，落在一棵鹅耳枥上，一边整理羽毛，一边看着下面。老树不吭声了。贾海桐喟叹一声说："大象和你大舅都是来拯救你的，你没有错过机会，也算是不幸中的大幸。"又望着猪屎豆说，"这个世界上到处都是拯救和被拯救的机会，就看你聪明不聪明，能不能把握住了。"猪屎豆说："谁来拯救我？"贾海桐说："也许是我吧？""哼哼，我不需要。""那就让需要的人接受拯救吧，老树你赶紧走，没有必要待在这里了。""我往哪里走？""你不是说你已经想明白了，不会再陪着别人去猎杀大象了吗？去守着你大舅，守着你大舅的大象，也许你们三个能生活到一起。不要说你立功赎罪的砝码还不够重，已经够了，我作证。走吧，快走。"看对方还在犹豫，又说，"你不走，我就要朝你开枪了。"说着抬起枪口指向了他。老树看看猪屎豆和另外两个盗猎者,咬咬牙,转身走了,很快消失在三头大象隐身而去的那片长叶竹柏和钩叶藤组成的密林里。贾海桐把枪放到地上,笑望着猪屎豆说:"我也该走了,你想办法给地不容交代吧,今后怎么做,你的确应该好好想一想,一切都还来得及。"猪屎豆沉默了片刻说:"我怕你来不及,你就不担心我朝你的脊背打上一枪?""你不会的,我相信,还是因为刚才那句话:你还是个人。对了,什么时候把我的白象车还给我?今天就算了。"说着,扭转身子,等了片刻,看他没什么反应,便大步朝前走去,心说只要他不开枪,我就赢了。他走向了三头大象和老树消失的反面,那儿有几棵山麻风树和辛果漆,有一只召唤他的黑白林鹊,还有一只前来迎接他的虎斑地鸫。更重要的是,他希望分散猪屎豆的注意力,如果对方还想追踪,至少得掂量掂量,哪个方向是最应该去的?也许就在猪屎豆迟疑不决的时候,三头大象和老树拐进了一片密林,就再也看不到踪影了。贾海桐隐没在辛果漆茂盛的枝叶后面站了一会儿,就听猪屎豆开始打电话:"你在哪里?半路上?不用来了,回去吧,人跑了。我也没办法,'勐巴拉娜西'的人来救他,我们能逃脱就算不错了。"贾海桐长舒一口气,看看暗淡下去的天色,快步朝有公路的地方走去。

象妈妈、象姨和象姐姐在一条东西走向的山谷里躺下睡了几个小时,起身趁午夜不可能有人闯入的机会,泡进一条不大的河流美美地洗了个澡,又在岸边平阔处吃了些箭根薯、水蔗草和芦竹,然后就上路了。它们走了好一会儿太阳才出来,哗地一下,雨林亮了,不光是色彩亮了,声音也亮了,晨风的吹拂伴随着几十种鸟鸣,阳光如同漫无边际的五线谱的织体,任由树叶草枝组成的音符随意地升降着,强弱着,快慢着,而大象就是弹琴的人,象鼻就是弹琴的手。象妈妈举起鼻子,舒展嘴巴,哗啦啦流淌着声音,好像不这样雨林就没有真正的交响。象姨和象姐姐也用同样的动作和声音拌和着，让声音的雄壮在金亮和白亮的色彩中，含蓄地搅拌成了一种刻骨铭心的明媚和诗意。几只白颊长臂猿从它们的头顶展开双臂飞翔而过，似乎在告诉它们：往北的路是此刻最正确的选择。的确，象妈妈正在一边鸣叫一边犹豫：到底往哪里走啊？遥远的南边依然会传来许多头大象此起彼伏的呼唤：请到这里来，这里是大象的聚果榕坝子。而从东边渐渐靠近的象奶奶以及跟它在一起的象群，也还是继续和它们保持着联系，尽管是依稀隐约的。唯独北边的小象和那个关照小象的年轻人再也没有任何音波的震荡了，哪怕是似是而非、随风消减的震荡。象妈妈抬眼望着远去的长臂猿，突然决定：不听长臂猿的，它们懂什么？大象的独立判断才是唯一正确的判断。它带着象姨和象姐姐快步往东走去，稳健的步履表达着跟身体一样结实而饱满的自信，似乎用不了多久就能见到家族的泰斗亲爱的象奶奶了。然而现实和历史的区别就在于，前者变幻莫测后者固定不变，走出去没有多远，象妈妈就意识到自己错了。眼前出现了一片辽阔的橡胶林，看上去都是至少生长了十年正处在割胶盛期的高大树木，株距在三米到七米之间，行距在两米到九米之间，间距中的套种品类繁多，有的是茶叶和胡椒，有的是砂仁和金鸡纳，有的是大叶木鳖子和香荚兰，有的是罗芙木和可可。但如果仅仅是这些满满当当淤堵着眼界的植物，是挡不住大象的，大象的踩踏风卷残云，就算还有枪和箭的助纣为虐，那也是可以用奔跑躲避的。橡胶林有一种比打枪和射箭更有杀伤力的情形，那就是让大象格外畏惧的橡胶滴淌的样子，那是生命的汁液，是流血的过程，作为有情物种，怎么能忍心一边麻木不仁地看着一边晃晃悠悠地走过去呢？再说还有农药的气息，难闻得就像鼻子里灌满了毒蜘蛛的液体。它们止步了。象妈妈觉得即便象奶奶已经出现在橡胶林那边，它们也无法走过去，象奶奶以及跟它在一起的象群也无法走过来，只能绕道，从左边绕还是从右边绕？这是一片陌生的土地，橡胶林会蔓延到哪里它们无法知道，只能原路返回了。

　　三头大象失望地唉声叹气，撒了一泡尿，拉了一泡屎，表示自己来过这里，就毅然掉转了身子。风也转身了，从后面推动着它们，也让所有的树叶把叶尖指向了它们前去的方向。返回的路是如此轻快，又是如此疑虑重重，难以取舍的选择又一次出现了：往南走向不断有大象音信传来的聚果榕坝子，还是往北走向小象寂然无声的茫茫雨林？象妈妈停下来，正望着树隙间的蓝天发呆，就见早晨见过的白颊长臂猿又来了，它们游隼一样飞翔在石密、藤春和八角香兰之间，突然停下，用长臂把自己吊起来，冲着三头大象锐叫几声，摘了几颗石密的果实扔了下来，然后就呜呜地叫着，朝着自己的来路荡起了秋千。象妈妈带头捡起石密果吃着，立刻决定，这一次相信长臂猿的指引，对方去哪里，自己就跟到哪里。它们朝北走去，虽然雨林的扩张里依然没有小象的信息，但步履却坚定得就像被太阳节节拔高的风嘴桐和楤榔木。象妈妈的虚怀若谷得到了回报，它们的相信没有落空，就在长臂猿突然消失后不到十分钟，象妈妈戛然止步，一个微微颤动的声音从远方传来，是赤蜻蜓的透明羽翼在空气中的拍打？是华丽蟒的蓝色翅膀和草枝草叶的碰撞？是顶叶蝉从灌林飞向乔木高枝的一次运动？好像都不是，再听听，声音渐渐大了，真像啊，像是象脚经过草丛的摩擦声，或者是象鼻撕扯草叶的断裂声。为什么不能迎着声音走过去呢？象妈妈带着象姨和象姐姐再次起步，一边谛听一边行走：轻点，轻点，不要碰响空竹叶子好不好？你们两个动静太大啦，我都感觉不到空气震颤的频率啦，一缕小风从前面吹来，带着香叶醇的气息和湿润的呼吸声，是不是有点似曾相识燕归来的感觉了？象妈妈加快了脚步，拌和着草树在风中摇摆的节奏，绕过了一棵乌口树，绕过了一片多毛狗骨柴，又绕过了一丛螺序草，当一只小鹩鹛飞过来落在脚前时，它停下了。三头大象都停下了。它们听到了音乐般迷人的脚步声，是小象的，也是人的。象妈妈说：一、二、三。刹那间三头大象齐声大叫：小象，小象。

还有什么比听到大象的叫声更能让毛管花和雨燕激动的呢？两个人紧紧地抱在了一起。小象的反应则是从后面跑过来，用鼻子拱开他们两个，贴到了他们身上。他们呆呆地伫立着，不敢有任何动静，生怕惊扰了大象，出现他们不想看到的两种可能：攻击而来，或者转身离去。按理说他们跟三头大象是有交情的，这两种可能都不大容易出现，但如果是别的象群呢？那就很难说了。大象的叫声突然消失了，似乎它们也在静静伫立着，等待那个豁然开朗的瞬间，看看到底是不是血脉连接的族亲，可以消除它们之间最后的距离。毛管花喘了口气，四下看了看：晴空丽日，这里是雨林的空白、天然的林窗，有一条清澈到超越了所有镜子的溪流，有叮咚的淌水声和树叶落进水面的轻响，有异乎寻常的寂静如同所有能够发声的动植物都睡着了一般。雨燕说："怎么办？"毛管花说："你保护好小象，我去前面看看，是不是我们要找的三头大象。"雨燕攥紧了他的手："别，要去一起去。"他们一左一右保护着小象凤凰木，小心翼翼地朝前走去。

林窗消失了，刺芙蓉和大萼葵出现了，葳蕤之前是更加郁闭的葳蕤，他们挤来挤去地穿越着，蓦然止步，看到三头大象就在十步远的毛猴喜欢下并排而立。毛管花一阵激动："果然是你们？"雨燕惊喜地"哇塞"着，摇着双手跑过去，拍了拍象妈妈，又拍了拍象姨和象姐姐。象妈妈温和地哞了一声，快步走过来，用鼻子摸了摸小象。小象呆愣着，好像还得过一会儿才能反应过来：面前到底发生了什么？象妈妈把鼻子放到了它的嘴上，它张口噙住，用舌头舔了几下，突然尖尖地叫了一声，之后便是持续不断的尖叫，是哭泣：妈妈呀，你真的是我的妈妈吗？是哀怨：妈妈呀，你怎么才来找我？是撒娇：妈妈呀，亲爱的妈妈呀。叫着，小象举起鼻子放进了妈妈低伏的嘴巴，呷摸了一会儿，又拿出来，和妈妈粗大的鼻子贴到了一起。两只象鼻缠绵地麻花着，就像一棵小高榕对寄主树的盘绕那样。片刻，鼻子松开了，小象本能地钻到象妈妈的肚子底下，迷恋地闻着给过它温暖和饱足的乳房。毛管花笑着，雨燕也笑着，天笑蓝了自己，风笑清了自己。小象突然从象妈妈的肚腹下钻出来，再次举起鼻子吻了吻妈妈的嘴，然后长喘一口气，回到了毛管花身边。

象妈妈看着它，哞哞地叫了几声：别走啊，还没亲够呢。毛管花说："你都见到妈妈了还这样？快过去吧，我们今天就要分手了。"说着，鼻子一酸，眼睛湿了。雨燕紧张地说："你可千万别哭，你一哭我怎么办？我会止不住的。"小象凤凰木好像明白他们的意思，嗷嗷地叫着，更加牢靠地依偎在了他身上。他推了它一把说："我只是个保姆，而且是临时的，现在结束了，去吧。"说罢握着它的鼻子，把它领回到象妈妈身边。象姨和象姐姐走过来，用鼻子亲热地抚摸着小象，喷吐着热烘烘的气息。毛管花揉了揉眼睛，摸着象妈妈说："没想到你们真的团聚了，这件事要是发生在人世间，肯定是要喝酒庆祝的。"象妈妈哞了一声，像是说：虽然没有酒，但我们有水。说着走到了十几步外的溪流边。象姨和象姐姐跟了过去。小象呆立着，看看象妈妈，又看看毛管花。雨燕说："都过去吧。"说着来到了象妈妈身边。毛管花推了小象一把，看它不动，就也来到了象妈妈身边，小象这才跑了过去。象妈妈喝了几口，然后就开始吸水喷水，喷湿了小象，也喷湿了毛管花和雨燕。雨燕快乐地喊叫着，放下背着的琴盒，脱了鞋袜，跳进溪流，朝象妈妈撩着水说："你这头大象，我们千辛万苦送来了你的孩子，你不感谢就罢了，还喷我们一身水。"然后爬在小象身上，把它摁倒在了水里。小象借势仰面朝天地躺下，滚过来滚过去，玩得不亦乐乎。毛管花叫了一声雨燕，朝她招了招手。雨燕会意了，走出溪流，穿好鞋袜，背上琴盒来到了毛管花身边。两个人手拉手快速朝雨林深处走去，没走多远，就听身后小象尖叫了一声，回头看时，它已经追上来了。毛管花说："看样子想悄悄溜掉还不行。"回身抱着小象说，"我说了我只是个临时保姆，该是告别的时候了，我们是人，有很多事情要做，不能老跟你在一起。"小象哞哞地叫着，像是说：不行，我不让你丢下我。雨燕说："送给它妈妈，让它妈妈劝劝它。"毛管花便带着小象回到了象妈妈跟前，叮嘱小象好好的，又对象妈妈说："再见了，一路平安，说不定以后我们还会见面。"说罢，流着泪转身跑向了雨燕。小象望着他，似乎比刚才更强烈地意识到这是最后的告别，而它是决不希望再发生任何生离死别的事情的。它哭着喊着再次追了上来。毛管花赶紧停下，和雨燕一起把小象送到了象妈妈跟前。雨燕对三头大象说："我们走了，你们拦住它，别让它再跟了。"象妈妈嗤嗤地喷着气，用鼻子挡住了小象。象姨和象姐姐也过来，站在了小象前面。毛管花和雨燕摆摆手，走了，一个用右手擦着眼泪，一个用左手擦着眼泪走了。雨燕埋怨道："叫你别哭你偏哭，搞得我满肚子都是酸楚。"小象没有追，静静地瞩望着。但就在两个人隐入密林的一瞬间，它凄厉地尖叫着，摆脱三头大象的阻拦，追了上来。毛管花和雨燕没有再管它，快步朝前走去，觉得它跟一段就不跟了，就会自己回到妈妈身边去了。没想到它一直跟着，即便听到了象妈妈高声大气的呼唤，也还是跟着。好像对现在的它来说，生命中毛管花的重要已经远远超过了象妈妈。"这可怎么办啊？"雨燕首先不走了。毛管花说："这次你送回去吧，我在这里等着你。"雨燕就拽着小象的耳朵和鼻子往回走。小象看毛管花不动，就抗拒着雨燕的拽拉，死死地靠在了他身上。雨林遮去了象妈妈、象姨和象姐姐的身影，只有呼唤一声比一声恳切地传来，小象用尖叫回复着，却依然不放弃跟着毛管花走的决心。雨燕犹豫着说:"其实我们也不一定今天就走,陪伴着小象,让它跟家人生活一段时间再离开,说不定就容易多了。"毛管花想了想说:"恐怕只能这样了,就是委屈了你,跟着受苦。""什么委屈不委屈,我才高兴呢,在路上就只有我们两个人,一旦回去,虽然在我心里还是你和我,但你就不一定了。""所以你想永远在路上?"雨燕打了他一拳:"你还真的以为你可以再拉扯出一个人来?"他握住小象伸向自己怀中的鼻子说:"如果非要拉扯,那就是它了。"

4

毛管花和雨燕带着小象回到了三头大象身边,呼唤消失了,雨林闪烁着原始的光点,有了白昼没有过的明亮。屏声静息的鸟兽们活跃起来,一头水鹿出现在溪流那边,望着大象和人站了一会儿,大胆地过来,把嘴伸进了水面。一只毛足飞鼠从对岸的柴龙树上飞过来,落在了离雨燕很近的甜果藤上。一只长吻松鼠跳到地面上,从象妈妈的腿间钻过来,又从毛管花的腿间钻过去,扭头瞧着人和大象。一只野兔蹿出柳叶鬼针草丛,胡乱跑了一圈,又回到了起跑的地方,那儿好像有它的窝。但它并不怕暴露,跟此刻所有看到大象和人的动物一样,它觉得能跟大象在一起的人,就一定跟大象一样对它们没有威胁。雨燕拿出手机对着毛足飞鼠拍起了照:"飞一个,再飞一个。"飞鼠一动不动。毛管花走过去,摘了几颗甜果藤的果实,一颗给了雨燕,一颗给了小象,剩下三颗给了三头大象。雨燕问:"人能吃吗?""当然。"雨燕吃了果子,再去拍毛足飞鼠时,那儿已经变成一只山蓝鹐了:"你是什么时候来的?"又问毛管花,"今天一路走来,没看到村寨,晚上住哪儿?""就是看到也不能住,小象怎么办?我们带去住村寨,它妈妈不肯,我们把它交给象妈妈,小象不肯。"在寻找三头大象的日子里,他们多数时候都会下榻村寨,只有两天是露宿野外的。但是从现在开始,他们只能跟大象在一起风餐露宿了。好在有三头大象守护,他们不怕遇到危害生命的野兽。雨燕看着大象们都在水里洗浴,就拿出吉他,坐在溪边弹起来,弹了一会儿便唱道:

  大象请到我跟前来,让我看看你的面腮,
  是夜花似的喜悦还是雨树似的悲哀?
  让我看看你眼眸里那些风雨不倒的耸立,
  是水光的映射还是阳光的移栽?
  看看昨夜的忧伤是如何侵犯了你的美丽,
  让火烧花的凤冠变作灰色褶子的荆钗。
  看看你生生不息的热度里,
  有没有被子弹灼伤后不再痊愈的苍白?
  看看姑娘的影子在你沉默的步履中,
  是否已然是北方情人思念之风的吹来。

  大象请到我跟前来,让我看看你的襟怀,
  是否又一次坐胎?是哪棵树的孩子,
  让你在分娩之前就披上了毛茸茸的青苔,
  再从你脚下徐徐展开,变作春风一度后,
  恋慕者梦中的呓语和碧波荡漾的情海?

  大象请到我跟前来,小声告诉我,
  我的爱人还有没有爱?或者,

他正在修葺可以育果成林的村寨，
让所有对我的爱都变作松风草的期待，
在一千个旱季里没有枯败？

　　雨燕正唱着，听到象妈妈叫了一声，抬头一看，它正在把鼻子伸过来。"你要干什么？"象妈妈不回答，只是硬朗地弯起鼻尖，静静等待着。毛管花说："它的意思可能是要上路了。""上路就上路呗，朝我伸鼻子干什么？""你骑上去就知道。"雨燕便骑在了鼻弯里，还没坐稳，自己就忽地升了起来，吓得她连连尖叫。毛管花说："把吉他给我，你抓着它的头骑上去。"她带着十二分小心坐到了象背上："我不会摔下来吧？""那就看你自己了。""那你呢？你怎么不上来？""它没有邀请我，大概看我是个男人，走起路来比你有劲吧。但它们可以把我的双肩包驮上。"说着拔了几根黄藤过来，兜着象肚把双肩包绑在了象姨的背上。大象们朝前走去，再也不会有何去何从的徘徊了：往南，往南，走向次声波依然频频传来的聚果榕坝子。雨燕双手揪住松弛的象皮，弯下腰来，匍匐在象背上，走出去差不多一公里，才直起了腰。渐渐地她适应了，动作自如起来，神情也舒展了许多。临近黄昏时，她从毛管花手里要过了吉他，骑着大象弹唱起来：

　　　我是大象眼里的姑娘，
　　　生命长河里最动人的波浪。
　　　我是大象眼里的黄昏——
　　　夜晚的母亲、逝去前的风光。
　　　但我永远不是高不可攀的天空，
　　　不是大象眼里，笼罩四野的荒凉。

大象不明白为什么鸟儿会在无草的蓝色里飞翔？
　　不明白雨林为什么会变成一艘船，
　　拖带着被刈断的桅杆和失去伴侣的木桨，
　　拖带着倾覆前的画舫和一地稻谷的金黄。
　　看吧，那被划伤的河流已变作大象眼里的曦光，
　　每一滴清澈都是淹没前的希望。

　　我看到一只鹰变作大象的思想，
　　悬挂在云端，传送着密雨，
　　浇透旱裂在时光里的土壤。
　　看到一股北风变作大象的意志，
　　镂空了所有的缝隙，让地球编织出
　　一张互相关联的网、一片爱的赛场。

　　太阳就要落山了，西天边际洇出的一溜浓黑就像一只巨大的黑兀鹫展开了翅膀，燃烧在翅膀之上，橘红和深紫的光焰升腾在山的曲线两边，那里是沟谷，是雨林起步的地方。遥远的不一定是不清晰的，似乎都能判断出晚霞不是云彩对阳光的拥有，而是草鞋木和白背桐的焦燎，是梵天花和四边木的焚毁。而在近前的堆垒中，层层叠叠的绿却都迷蒙成了裹着棉纱的物体，是什么想以穿衣戴帽取悦大象和人的眼球？是什么愿意生长在版纳雨林的堂奥里朝着夜晚奉献看不清的妖娆？是什么占领了地平线而后成为苍茫无际的颤动，牵引着把精力托付给寻找的生命？雨燕问："前面的是什么树，怎么这么高？"毛管花说："山韶子或者假含笑？"很快就发现自己说错了，"是云南石梓和长果桑。"象妈妈就在长果桑前停下来，笨拙地晃了晃屁股，然后就一动不动了。毛管花站到象妈妈肚子前，张开双臂说："下来吧。"雨燕说："我想坐着象鼻下

去。"说着，把吉他交给毛管花，自己爬到了象头上。象妈妈立刻举起了鼻子，雨燕紧紧抱着，从象头上溜下来，坐进鼻弯，像坐升降机那样，回到了地面。她捏捏它的鼻突说："谢谢了，你驮了我这么久。"象妈妈一副小事一桩，不值得感谢的样子，哞了一声，就去周围吃东西了。毛管花从象姨背上取下双肩包，拿出昨天晚上借宿村寨时，房东送给他们的小米辣鱼酱竹筒饭，用刀子一劈两半，摘了雷公桔的树枝做筷子，坐在地上吃起来。

这一夜，他们和大象一起披星戴月，自然是小象凤凰木跟他们睡在中间，三头大象或站或卧地睡在边上。雨林消失了凶险，平安宁静得连夜行动物的呼吸声都能听得到。以后的路上，他们夜夜跟大象在一起，就算路过村寨，也只是购买些食物或给手机充一会儿电，然后留下几句"萨瓦迪卡""扩坤""拉拱"就离开。每天每天，都是这样：躺在雨林，望着雨林，仰视着天空，树冠的摇晃、星星的窥伺、夜气的流走、云雾的覆盖像是另一个世界的景象，翅膀们飘翔而过，用不着分清是属于蝙蝠的翅膀，还是属于不眠鸟的翅膀，只觉得它们让雨林的神秘走向了深邃和丰富。飞动的萤火、落下的叶子、舞蹈的树须，还有触动感觉的毛毛雨，统统都有点亮的功能——是内心的明晰，让雨林之夜失去了黑色的覆盖。就这样，人和大象睡在无黑的夜晚，做着炫耀绮丽的梦。梦好像很长，太阳一落山，雨林就会打起哈欠，他们跟着雨林一起睡，身边是爱人，是小象，是植被的呼吸。然后又醒了，午夜醒来，看看守护在身边，轮换着休息的三头大象，涌荡在心胸的竟是丝丝缕缕的悔恨和幽怨：我们怎么就不能站着睡觉，怎么就没有粗长而万能的鼻子，怎么就无法领有野性而原始的生命，怎么就不可以品尝那么多自然生长的枝叶和果实，怎么就不能像大象彻夜守护人那样守护大象呢？太阳一出，或者天光一白，雨林总是伸着懒腰醒来，浑身一摆，便又是精神抖擞、风姿绰约了。鲜活就像色彩本身，走来了林草、林灌、林木、林朵和林果，奔驰的绿色、闪烁的光华、动人的绚烂、迷人的生长，变幻是无穷无尽的，一天跟一天不一样。为了躲开农田和村寨，绕来绕去地连续跋涉了半个月后，一男一女两个人和四头大象来到了一条流淌着玉蕊花瓣的河边，蹚过河去，就是山地雨林的边缘了，再往前走，虽然还是雨林，地势却平坦了许多，林木也稀疏了不少。一个大约有十头大象的象群突然出现了，惊奇地打量着象妈妈、象姨和象姐姐。头象嗷嗷地叫了几声，仿佛在问：你们怎么和两个人在一起？三头大象停下了。毛管花赶紧让雨燕从象背上下来，警惕地躲在了象妈妈的屁股后面。那群大象望了一会儿，漫不经心地朝一边走去，很快消失了。两个人和四头象继续往前走，半个小时后又碰到一群大象，有七八头，集体嗷叫了一阵，走过来想靠近三头大象，吓得毛管花和雨燕赶紧往后退，象妈妈也就跟着他们往后退。那群大象似乎理解了对方的拒绝，走着走着又改变方向，消失在一些气生根组成的帷幕里。

接下来的路途上，走一段就会碰见一群大象，直到第五群大象出现又消失之后，毛管花突然惊讶地说："快看，周围都是什么树？"雨燕看着："大概是榕树吧？""对，是榕树，这是高榕，这是钩毛榕，这是沙坝榕，这是垂叶榕，这是聚果榕。"聚果榕后面还是聚果榕，而且更加茂盛高大，再往后看，发现刚才经过的地方也都高高低低地生长着聚果榕。他惊讶地叫一声："聚果榕坝子？"雨燕说："你是说我们来到了传说中的聚果榕坝子？"毛管花往前跑去，跑出去一百多米又跑过来："那边多数也是聚果榕，还有缘毛榕和平滑榕。"说着摸出手机来，试了一下发现有信号，就打给了召恩罕，"我们到达了一个平整开阔的地方，很可能就是聚果榕坝子。""有聚果榕吗？""到处都是，还看到好几群大象。""你记好位置，有时间我也想去看看。""现在就来吧，我们和小象还有象妈妈它们一起等你。""你们找到三头大象了？太好了。不过最近很忙，抽不出时间。""我这样想，你不是要打造五十个铁刀木寨那样的典范村寨吗？这里的自然环境绝对够格。我们还在往里走，近处看不到山，都是平坝，要是面积够大，也许还能实现你说的那个雨林人口的整体搬迁。"召恩罕愣了一下："你居然能想到这一层？好吧，我争取尽快赶过去，请随时保持联系。"毛管花挂了电话，抱着小象笑望着雨燕和象妈妈说："如果这里真的是聚果榕坝子，那就是大象给人带来的福音了。"雨燕兴高采烈地跑过去，从树干上摘下一颗熟透了的榕果，轻轻咬了一口。小象凤凰木哞哞叫着跑了过去。她赶紧又摘了一颗，送到了小象嘴里。果实累累，长在树上就像堆积在箩筐里。象妈妈、象姨、象姐姐和毛管花都吃起来，没吃几口，就听一声颤颤巍巍的嘶鸣从不远处传来，眼界里出现了一头步履蹒跚的老母象。三头大象立刻不吃了，抬头望着，一副惊呆了的样子。

老母象身后还有一群大象，大约十三头，慢腾腾走着。象群中有两个孩子，一个骑在象背上，一个坐在象鼻上，正在叽叽喳喳说着什么。象妈妈后退了几步，突然扬起鼻子，发出一声高亢而洪亮的嘶鸣，跑了过去，象姨和象姐姐也同样鸣叫着，跑了过去。毛管花和雨燕带着小象紧跟在后面，一点也不害怕，两个孩子就是证明：这群大象不伤人。但他们现在还不明白，这是一个里程碑式的时刻，失散了几十年的缅桂花家族面对着一个重新会合的历史机遇，先是象奶奶跟象妈妈、象姨、象姐姐和小象的破镜重圆，接着是临沧缅桂花家族跟西双版纳缅桂花家族的旧梦再来。大象们在象奶奶的引导下，通过闻嗅对方的气味确认着彼此的血脉关系以及亲疏远近，有时还会互相看看家族的徽章：右耳朵上的紫色菊花斑。它们花了很长时间不吃不喝地缠鼻、碰鼻、嗑鼻、耳鬓厮磨，述说各自的经历，悲伤的时候会鸣叫，兴奋的时候也会鸣叫。毛管花和雨燕则跟两个孩子聊起来。大嘴巴孩子说："姐姐，你怎么这么漂亮？"雨燕得意地说："我有什么办法呢？就长成这样了。"大耳朵孩子说："哥哥，你们见到千斤拔家族没有？我爷爷病了，看不到大象就病了，要是千斤拔家族的大象回到我们鳄梨寨，爷爷的病就会好的。"毛管花问："就算能见到千斤拔家族，你有什么办法让它们回去呢？"大耳朵说："我见了它们就喊，大象回家吧，大象回家吧。"雨燕说："到时候我也帮你喊。"大耳朵和大嘴巴就预演似的喊起来："大象回家吧，大象回家吧。"毛管花和雨燕也跟着喊起来："大象回家吧，大象回家吧。"

召恩罕的上任促成了西双版纳州改变大象现状和雨林现状的开始。实施变得迫在眉睫，忙碌就像雨林里的雾，哪儿都在笼罩，又像风的吹奏，天上地下都有他的声音。他在说，石栗和玉皎也在说：这是从根本上解决人象冲突的办法，不管冲突多么尖锐，能够解决问题的只能是人，因为所有问题都是人造成的，现在我们不过是有了一次纠正错误的机会，更因为我们有法律，有政府，有摆脱贫困的办法，有保护环境的理念，有进化赋予我们的思维优势，有自主性很强的经济活动能力，有打工、经商和从事非农业生产的机会，而大象没有，大象是弱势群体，是需要人保护的对象，是没有能力改变生存环境的一群。请让一让大象吧，请宽容地对待它们吧，请对肇事个体的处理不要以牙还牙吧，我们是人，我们有信仰，有仁爱，有宽恕精神，有生命平等的意识，有己所不欲勿施于人的哲学，有尊重、让步、保护带给我们的荣耀，有道德认知以及优势生命体的谦让。大象是地球上最大的陆地动物，一头成年大象每天必须吃进160到240公斤食物，至少行走4到8公里，花16个小时找吃的，也就是说它需要占据数十平方公里的生境面积，才不至于掉到温饱线以下。它们跟人一样，对土地有着生命攸关的需要和无尽的眷恋。如果搬走了村寨和农场，不仅可以增加雨林面积，还可以减少车辆来往，废除无用的公路、电路和防象沟、防象网和防象墙，大象的迁移就可以畅通无阻，繁衍生息也就有了保证。寨民们说，我们也想搬，可是在西双版纳，哪里还有更好的地方呢？召恩罕沉默着，在这个关键问题上，他一直沉默着。

这期间黄鹂也义务参与了召恩罕和石栗的说服工作，她留在景洪城原本只是想去热带植物园、热带作物研究所花卉园、原始森林公园、药用植物园看看，然后再去章朗谷大象表演公司找找地不容，毕竟黄天鹤是她的父亲，委托的事她不能不办，万一地不容真的有东西带给他，而且很重要呢？空手回去就不好交代了。石栗给她在雨林管理局腾了一间房子，搬来用高地钩叶藤和密花省藤编织的藤桌、藤椅、藤床和傣锦的床上用品让她住着。她看石栗他们进进出出忙得不可开交，就问："有什么需要我做的吗？"石栗不客气地说："当然有啊。"于是就让她去了学校，去了一些有文化人的地方，从生态学的角度讲讲为什么要开通廊道，保护大象，也算是一种说服吧。她的说服自然是另外一种风格：大自然是一个环环相扣的织体，如同一张绷紧的网，每一个网格都有其不可或缺的价值，任何一处的损坏都会引起别处的松弛甚至断裂。地形地貌、气象物候、动物植物相对而生也相对而克，需要和被需要才是它们存在的理由。从来没有绝对自私的动物，也没有绝对自私的植物，极端利己主义、损人不利己或单纯的损人利己，是人类的发明，而不是动植物的本能。现在到了考验人的时候，是继续利己呢，还是变利己为利他，为别的生物做一点有用有益的事？要知道，人类史只是自然史的一部分，这个世界还有大象史、雨林史、蚂蚁史、蝙蝠史、蝴蝶史、粪金龟史等，人类要做的就是千方百计地延续而不是冷酷无情地斩断它们的历史。为什么要这样呢？我听说西双版纳的蛇菰河流域过去生活着两个象群，因为人象冲突严重，大象悲愤地转移了。之后这个地方连年受灾，庄稼歉收，朝不保夕，因为大象的离开意味着自然环境已不适宜它们的生存，大象不能生存的地方，人类也很难存活，至少无法跟从前一样舒适地存活。可见，在西双版纳，人象共存是多么重要，而共存的前提是，为它们提供一个无破碎、无侵害、无干扰的栖息地。

但不管是召恩罕，还是石栗、玉皎和黄鹏，所有的说服都只是停留在讲道理上，效果微乎其微，因为的确还没有谁知道西双版纳哪里有更好的土地，用来安置那么多需要搬迁的村寨和农场作业点，除了大象。大象用八方聚集的行动告诉了毛管花和雨燕，毛管花又告诉了召恩罕：聚果榕坝子浮出水面了。召恩罕带着石栗和玉皎要去考察前，把电话打给了贾海桐："想不想去看看？聚果榕坝子找到了，你肯定没去过。"贾海桐说："想去，就是太忙了，等我两天。"召恩罕说："不能等，你忙你的吧，下次我们再一起去。"蝴蝶们听到了，商量着派代表去看看。于是蝴蝶坝子就像爆炸了缤纷，华彩激扬而起，凤蝶高飞，粉蝶跟进，斑蝶随后，环蝶追逐，眼蝶弄姿，蛱蝶逞勇，珍蝶飘飘，啄蝶袅袅，蚬蝶争先，灰蝶恐后，弄蝶说：等我们一下，我们飞得慢。柔丽的精灵笼罩着天空，汹涌而去。

5

清晨，勐巴拉娜西大象救护队的忙碌在湿润的北风中开始，那是浪花飞溅似的北风，从太阳出发，经过八分钟的太空旅行，到达了蝴蝶坝子。它是一片片缝缀着花边的北风，是炽热的太阳风的余流，是所有那些喜欢飘摇在空中而后枯萎成泥的色彩完成涅槃的一次挺进。那么多花瓣落下来，不知曾经生长在何处，却让人在眼花缭乱中看到蜜蜂是如何勤恳地光顾了它们的心蕊,果实是如何因了花的败落而成就了自己,生长期的局限是如何让生命变成了弥足珍贵的风流云散。都不容易啊,所有的,所有的,火烧花、火焰花、火龙花,都不容易啊,稻眼蝶飞起来,矍眼蝶飞起来,玳眼蝶飞起来,似乎并没有因为那些轻如鸿毛的落英再也没有花汁可吮而慢待了它们。花瓣和蝴蝶的接吻如同刚刚绽放时那样情深意长。

  太阳蹿高以后,北风中的一缕突然离开气流俯冲而下,带着来自远方的紫雪花的白瓣,吹过了亚成体母象千年健,花瓣落了一身。千年健用鼻子卷起一瓣闻了闻,又放进嘴里嚼了嚼,便意识到自己该走了,这里的大象都该走了,除了左后腿受伤的小公象——虽然它已经可以站起来,也开始吃东西,但只能或前或后地挪动几步,长途跋涉肯定不行。千年健把就要出发的消息首先告诉了跟自己在一起的老母象黑面神,又说这是我们在天在地在山在水的象魂传达的命令。黑面神问:你是要去找你的绞股蓝家族吗?千年健说:不知道,也许是,也许不是,我们要去的地方是聚果榕坝子。你听说过聚果榕坝子吗?黑面神说:应该听说过,我都这么老啦,要是想不起来,那就是忘掉啦。千年健说:走吧,放心大胆地跟我们走吧,说不定还能见到你的千张纸家族,一头已经脱离家族准备去死的老母象还能跟家族成员再见一面,也算是托了勐巴拉娜西大象救护队的福。它们说着,来到了母象无忧花和独牙公象跟前,围着它们转了两圈,就把意思表达清楚了。再次起步时,心有灵犀的无忧花和独牙公象跟上了它们。四头大象一起来到雨林空地的中央,陪伴着母象槟榔青和幼象金合欢吃起了永远吃不完的象草、芭蕉、粽叶芦和王草,边吃边用发自喉咙深处的沉闷的隆隆声交谈着。槟榔青说:你是说我们要去我们王莲家族的老家聚果榕坝子啦?好啊好啊,太好啦。从前那里有吃不完的野果,不知道现在怎么样啦?王莲家族离开后,坝子上的橡胶林和稻田是不是又增加啦？但愿能遇到我们王莲家族剩下的两头小母象。说着它用鼻子拨拉了一下幼象金合欢又说，不知道能不能见到你们普洱茶家族，见到就好啦，你们就能团聚啦。不过你好像说过，你更喜欢这个到处都是花蝴蝶的地方，更喜欢待在我身边慢慢长大。虽然幼象金合欢还无法完全弄懂它的意思，但还是条件反射似的嗷嗷了几声。槟榔青又说：不久我就有自己的孩子啦，你可以跟它一起玩，还可以尝尝我的奶好不好喝。说着，它们走向了雨林空地边缘的小母象蜜沉香。这头孤儿象正在把一颗不知谁丢给它的椰子踢来踢去，看到大家走来，便丢下椰子躲到一边去了。千年健走到椰子跟前，卷起来放到嘴里，嘎嘣嘎嘣咬烂了硬壳，又拿出来，走过去送到了蜜沉香嘴边。甜丝丝的味道诱惑着蜜沉香，它犹豫片刻，便放弃了再次躲开的打算，张嘴咬住了滴淌着汁液的椰子。等它喝完椰子汁，似乎也就领会了大象之间的语言密码，看着大家朝前走去，就不远不近地跟在了后面。它们来到青瓦紫木的抢救亭跟前，围住了正站在那里吃棠梨果和长圆叶莓果的小公象。千年健过去，把鼻子伸到它耳朵边，像是说了几句悄悄话。小公象丢掉嘴里的果实，慢慢地靠过来，依偎在了千年健身上：恋恋不舍啊，你们怎么突然要走了呢？但很快小公象就后退着跟它们拉开了距离：走吧，走吧，你们不用管我啦。然后便可着劲儿嘶鸣了一声，像是说：象奶奶如今在哪里呢？我的缅桂花家族如今在哪里呢？千年健用同样的鸣叫回应着：万一我们能遇到，就一定转达你的消息。说着便带领大家走向了斑斑斓斓的象粪池。

　　蝴蝶们似乎早就等候在这里，感觉到大象们正在走来，便纷纷扬扬地飞到了天上，一唱三叹——它们的声音来自翅膀跟空气的摩擦，轻微得几乎没有，但大象们是听得到也听得懂的，节奏明快，如泣如诉：你们走了我们怎么办啊？象粪池就不会再有新鲜的象粪，我们也不会有足够的食物了。千年健说：还会有大象来这里的，西双版纳的大象永远都会受到伤害也永远都会得到救护。蝴蝶们似乎受到了鼓舞，变着花样起劲舞蹈着，暖曙凤蝶是一前一后扭着秧歌的，衲补凤蝶是一颤一抖跳着迪斯科的，统帅青凤蝶是一起一伏跳着交谊舞的，更有尖粉蝶的街舞、黑绢斑蝶的现代舞和惊恐方环蝶的芭蕾舞，在蔚蓝的背景上营造着动荡而迷乱的蝴蝶风情，仿佛一片彩色的海，有亿万朵浪花以永恒不败的姿势绽放着。千年健呜呜地叫起来，站在它身后的所有大象也都呜呜地叫起来，连平时总是在孤独中一声不吭的小母象蜜沉香也开始呜呜地叫起来，是留恋，是哭别，是发自内心的祷告：吉祥如意啊，蝴蝶们，植物们，还有大象救护队的人们。蝴蝶们你争我抢地落在了大象身上，让每头大象穿上了一件华丽的锦袍，然后就是让时间停止流动的静默，好比情人之间生离死别的拥搂，好比梁山伯与祝英台情比金坚的依偎。一个小时后，千年健带着大象们离开象粪池，在花草树木相拥的石径间弯来弯去地走着，路过了大花紫薇的领地、杂色花的岛屿和夜来香的方阵，路过了椰子树护卫的通道和异木棉异彩纷呈的花墙，来到了勐巴拉娜西大象救护队的办公楼前，又开始集体鸣叫。办公楼的窗户纷纷打开：怎么了，大象们？

　　贾海桐正在向虎头兰了解"章朗谷"二十头表演象的情况，听到鸣叫后立刻来到了窗口。他看到两头有文化的大象——亚成体母象千年健和老母象黑面神站在众象前面，以为是想让他给它们朗读诗歌的意思，便探出窗口喊了一声："忙着呢，麻烦你们等一会儿。"话音刚落，座机响了，拿起话筒，一听是地不容打来的，就有些奇怪：杀人凶手怎么还能主动给死里逃生的被害人打电话？冷冷地说："你是在给鬼打电话吗？"地不容说："这两天我一直等着，觉得随时都会来警察把我带走，等到现在也没有，你为什么不报警？"贾海桐没说自己已经报警，并和警方达成共识：先不要打草惊蛇，争取拿到更多的证据，从根本上解决"章朗谷"和地不容的问题。他冷笑一声说:"因为我的目的不仅仅是为了惩罚你,而是要豁出去想尽一切办法解救二十头蹲监狱的大象。""你觉得自己能达到目的吗?""走着瞧。""不说大象好不好?我们说说人。"地不容突然哀叹一声,"我想见你,就现在,可以吗?""又想害我?""那我也太笨了,这个电话很可能是录音的。""在哪里见?""去金象湖大酒店,我请客,赔礼道歉。""我不去酒店,想去你们'章朗谷'看看大象。""也好,那就来吧,我等你。"挂了电话,贾海桐对虎头兰说:"我还要去会会地不容,你去给大象读诗歌吧,它们也需要精神食粮。"虎头兰结束了带着毛管花一行的雨林游历回到景洪城后,就辞职离开了"章朗谷"。黄鹂知道他没地方去,撺掇石栗把他留在版纳雨林管理局。石栗觉得自己刚刚上任,立刻调一个新人进来,别人可能会说闲话,就把他推荐给了贾海桐。贾海桐说:"我们就需要这样的人,熟悉雨林,怜悯大象,吃苦能干。"第二天就让他签了聘用合同。虎头兰已经知道大象千年健和黑面神爱听朗读,就说:"我到哪里去找诗歌?""我转给你。"说着拿起新买的手机,把毛管花昨天发给他的几首诗转了过去。虎头兰来到大象们跟前,拿出手机读起来:

  望天树
如果大象死去,我会断身倒下。
因为我的根茎来自大象的血脉,
那是一个通天霞染的早晨,
是一个植入疏松的砖红壤而后汩汩汲入的早晨。
从此便有了笔直,似大象禀性笔直,
便有了一万个日子的望天,
便有了超越——超越所有的绿色覆盖。

从此我望天树的长鼻,
我麒麟叶的耳朵,
我白如玉梅的长牙,
我平阔如茵的脊顶,
就跟大象一样了;
我碎成万叶的心灵,
常绿于时间的生命占有,
就跟大象一样了。

古桫椤
如果大象死去,我会枯亡成泥,
他们说一万年以前就已经这样:
大象死了,我死了;大象活了,我活了。
我长在大象的脊梁上,走过了所有的沧海桑田。
他们说我诞生在第三纪以前,
用七千万年的历史换来至高无上的名誉:
活着的化石、濒危的物种。
够了,其实我只是大象的爱人。

这个世界只有爱人子遗而濒危,
只有爱的化石才能复活成羽状绿叶下的黑色孢子,
被清风托向婚床,
演绎精子和卵子的故事。

四数木
如果大象死去,我会变作尘土,
迷住所有的眼睛,让它们不再看到:

死亡都是再生的孕期；
斗转星移总是踩着大象的脚印；
日月轮回在板根的轨道上，
旋转出只有光速才会有的慢动作。
而我是板根之王，
是那个根基比树冠还要强大的绿色梦境。
我的伟岸支撑是大象倒下的幻影，
我的高阔造型是大象昨天的胎孕，
我在粉齑之后会长出流浪远方的翅膀，
随着大象去柯伊伯带瞩望太阳。

　　大象离开了，是爱听朗读的千年健和黑面神带的头，一起步就很快，沙沙沙地走远了。虎头兰喊道："别走啊，还有一首呢。"大概是好诗都在远方吧，千年健和黑面神没有听他的。它们走向了蝴蝶坝子的大门，大门是开着的，谁也没想到它们会走出去，然后彻底告别这个让它们康复如初的安乐之地，因为旷天大野才是它们的故乡，自由放浪才是它们本性使然的需要，一切都是为了做回自己。大象们边走边问：聚果榕坝子在哪里？我们什么时候才能走到？走在最前面的千年健一声不吭，坚定而快速的脚步就是回答：赶紧跟上，免得救护队的人前来阻拦。紧挨在一起肩并肩走路的母象无忧花和独牙公象异口同声地说：这个倒不用怕，他们对我们搞了那么多野化训练，不就是为了把我们放还雨林吗？现在我们要回归了，他们应该高兴才对。的确是这样，当虎头兰把七头大象一起走出蝴蝶坝子往南走向雨林深处的消息告诉贾海桐时，贾海桐的第一个反应便是惊喜地叫了一声，然后说："重新成为雨林野兽的机会终于到了，千万不要阻拦，但也不能放任不管，无论它们要去哪里，经过的地方大多是人类活动区和人象交错重叠区，我们既要做好保护，但又不能过多打扰，或者让它们产生依赖，所以绝对不能靠近，更不能用食物引诱，远远地跟着，送它们一程。我忙完这里的事，就去找你们。"

贾海桐收起手机，停了车，正要走进章朗谷大象表演公司的大门，就见黄鹂从里面走了出来，吃惊地问："你怎么在这里？"黄鹂就说起父亲托她来找找地不容，看有没有东西要带给他。"你父亲是……""黄天鹤。"贾海桐更加吃惊了，面上却不动声色，漫不经心地问："西双版纳的土特产多了，就怕你带不动。"黄鹂说："不一定是土特产吧？""那会是什么呢？""地不容让我不要马上回昆明，下个星期再来一趟。""那他就是想在这两天弄些新鲜的，银耳啊，鸡枞啊，牛肝菌啊，珊瑚菌啊，奶浆菌啊，越新鲜越好吃。"又扯了一些天气冷暖之类的话，两个人便挥手而别。贾海桐来到院门内，四下看了看，发现一个行为龌龊的公司居然也可以把环境收拾得美过它几十倍，就像一个品行不好的人未必不可以英俊漂亮那样。正对着大门，是密密实实的爬山虎、五叶地锦、南蛇藤和葛藤，这些攀缘能力很强的植物就像童话里的建筑材料，把一座三层办公楼装扮成了一座红叶点点的绿色城堡，绿堡前的花圃里是条纹状的花带，每一条都有两米宽、十米长，有孔雀草、四季海棠、麦冬草、红叶朱蕉、五彩芋、三角梅、花朱顶红、忽地笑、唐菖蒲，呈现着极致的秾丽秀逸。花带之外是酸包树、肉实树和大叶南洋杉的星罗棋布，左右两厢是一些随意生长的槟榔、椰子、枣椰、蒲葵、白藤、假槟榔、泽生藤、华山竹、酒椰，都是些不叫棕榈的棕榈植物。贾海桐苦笑了一下，觉得这真是个讽刺：地不容居然也是爱美的，爱着大自然的美，却又在挖空心思地摧残大自然造就的最美好的肉躯之一大象，真让人大惑不解又咬牙切齿。他想着，站到绿堡下，带着不期而至的仇恨，大喊一声："地不容你出来。"

地不容出来了，但不是从办公楼门里，而是从院角一个麻鸡藤和黑鳞秕藤自然长成的拱门里。"你不是要看看我的大象吗？到这边来。"十分钟后贾海桐看到了章朗谷大象表演公司的大象："怎么都在这里，今天没有表演？""表演一般都在下午和晚上。""我来过这里，是翻墙进来的。"地不容似笑非笑地哼了一声："你也有不光明正大的时候。""主要是不想跟你打起来，害怕伤了你。""还不知道谁伤谁呢。"贾海桐沿着紧靠院墙的象舍走了一圈说："你把它们关在这么小的铁笼子里，你经营的不是大象表演公司，而是大象监狱。""谁见过这么大的铁笼子？好得不能再好的铁栅栏房屋，通风透气又避免了日晒雨淋。""那你自己为什么不住进去？""我是人。""人犯了罪才会有这样的下场，说真的我做梦都想让你也尝尝困守牢狱的滋味。""那你的梦肯定白做了，我不会有你希望的结果。""未必吧？"贾海桐呵呵一声，又望着大象说，"怎么这么瘦啊？用骨瘦如柴形容都觉得不够恰当，应该是骨瘦不如柴。""那就是皮包骨头呗，你别忘了，它们都是母象，不能再胖，就跟姑娘一样，骨感美人才是最好看的，姑娘们都在减肥，为什么大象不能？只有减了肥的大象才听话。"贾海桐抓住栅栏上的铁门使劲摇了摇说："越狱是不可能了，只能劫狱。"地不容说："你可以试试。"贾海桐从门边拿起一个利锥一样锃光瓦亮的象钩，朝栅栏里面一头不停地摇着头的大象晃了晃，大象吓得尖叫一声，转身就跑，一头撞到了靠里的墙上。"你看看它们，行为刻板，动作机械，有摇头点头的，有踱步下跪的，有躲在黑暗的角落里一动不动的，有的傻头傻脑，有的胆小如鼠，有的面带戚哀，有的伤病缠身，所有这些都不正常，是圈养综合征的体现，就算你这个时候把它们放出去，也没有一头能在雨林里连续行走两公里。""这就对了，喂得太多，力量太大，我就圈不住它们了，拉出去一表演就能逃跑，我何苦要给自己找麻烦呢？"

天阴着，好像就这么一块阴着，阳光躲起来了，觉得这个地方不配享受照耀就躲起来了。甚至都看不到一只在别的地方随处可见的树麻雀，只有黑老鸦站在墙头上哇哇地叫着，如同人恶心时的呕吐，像是说：要是我不这样，人们还以为这是个吉祥的地方呢。空气是恶的，送来的花香带着一股馊腐的味道。墙根里，堆着一些被连根拔起的花树，干枯了，叶黄了，花死了。到处都是尘土，它们喜欢从四面八方聚集到这里，冲着"章朗谷"和地不容飞扬。贾海桐问："你不光对大象不好，对植物也不好。""哪里是我对它们不好了，是它们自己不争气，到了我这里居然不好好长。"原来"章朗谷"地界内的所有树木，不论是乔木还是灌木抑或是草本，每两年就得死一茬换一批，今年是刚刚换过的。贾海桐问："什么原因呢？""大概是水土不好吧。""哪里是水土的原因，是植物本身不愿意往好里长，它们觉得给一个坏人装点环境是一件可耻的事。草树代表祝福、兴旺和盛大，但在'章朗谷'，它们倒是挺愿意祝你倒霉的。"地不容脸上的肌肉抽搐了一下，颜色由黑黄变成了青灰，嘴唇颤抖了一下，想说什么，又憋住了。拴在院子一角的大黑狗冲着贾海桐叫了一声，接着就趴在地上不哼不哈了。贾海桐朝大黑狗走去，边走边招手。地不容说："小心点，它昨天还咬伤了一个新来的驯象师。""活该，谁让他驯象来着。"贾海桐没听地不容的，来到大黑狗跟前，俯身摸了摸它的头，解开了它脖子上的锁链，"你知道它为什么不咬我吗？因为连狗都明白谁是好人谁是坏人。"说着挥了挥手，"去，咬他。"大黑狗果然朝地不容吼了一声。地不容大步过去踢了一脚："吃里扒外的东西，你还来劲了。"说着又把它锁了起来，"今天你就别想吃东西了，饿的时候你就知道谁好谁坏。"贾海桐走向后院墙角的铁门，看了看两扇门之间的地面，心说就是从这里他把小象凤凰木救了出去。不过那种事情已经不可能再发生了，整个院子新铺了一层厚厚的水泥。贾海桐回身望着地不容，哀叹一声，语气里突然有了最诚挚的乞求："把这些可怜的大象交给我吧，我会让它们一个个胖起来，然后……""然后再还给我？""还给雨林，还给良心。"地不容冷笑一声："这种话你不能给我说，我一个商人要是天天讲良心，还怎么赚钱？我就是一棵铁刀木，又硬又冷又不怕刀砍火烧。"贾海桐失望地苦笑着："请不要玷污铁刀木，你是个什么样的人其实我早就知道，不过是心存幻想而已。你不是想见我吗，有什么事赶紧说，我还忙着呢。""那就去我办公室？"贾海桐冷笑一声说："就在这里吧，这里安全，万一你还想害我，大象和大黑狗都能作证。"

地不容立刻变得愁眉苦脸起来："我好像给你说过我那个老大，前妻生的，跟他后妈一直有别扭，最近跑了，不见了，找了好几天没有结果。""报警啊。""已经报了，没用，孩子喜欢大象，肯定跟某个象群在一起。在西双版纳，没有哪个人比你更熟悉象群的分布了，而且你们人多，麻烦找一找呗。""还有一个人，他比我更熟悉雨林和大象。""我知道你说的是大象医生岩罗章。""不，我说的是猪屎豆。"地不容愣了一下："猪屎豆是谁？"贾海桐冷笑一声说："又在装，那就委托给岩罗章。""我打过电话了，他嘴上答应得好，就是不见行动。我的意思是你不能捎带着打听，而是把自己的事全部放下，集中精力找我的孩子。""别人为什么要为你这样做？""我给钱哪。""多少？""十万。""你的孩子就值十万？""那就二十万。"看贾海桐摇头又说，"三十万。""不行，一头大象多少钱？""那要看活象死象公象母象了，要是一头带牙公象，几百万都不止。""原来在你眼里大象比自己的孩子还重要？这我还是第一次知道。""不一样，养大象是做生意，养孩子是传宗接代，要是孩子也能买卖，我的标价肯定会上亿。""这样吧，你把二十头大象全部交给我进行野化训练,我就给你全心全意找孩子。"地不容断然摇头。"或者一半,十头大象?"地不容还是摇头。"那就五头大象?""一头,你要是能把孩子找回来,我给你一头大象。""两头,这是最低价码。"地不容咬紧牙关,鼓起了腮帮:"好吧,两头就两头。""口说无凭,立字为据。""当然。"地不容说着,做了请的姿势。贾海桐是高兴的,能挽救两头大象,也算是意外收获。再说就算没有对方的请托,该救的还是得救,不能因为他是地不容的儿子就不理不睬。他领导的组织虽然名叫大象救护队,但需要营救的却是整个雨林和所有的生命,也包括人。

◗ ◗ ● ● 6 ● ◖ ◖

两个人朝绿色城堡走去。地不容的办公室带着暴发户的富丽堂皇,桌椅、茶几、沙发、壁柜、屏风都是进口黑黄檀和清香木的,制作古雅,雕刻精美。还有不少印度紫檀和大果紫檀的摆件:大鸳、金雕、凤凰、孔雀、猎豹、狮子、老虎、犀牛、大象什么的。贾海桐说:"怪不得西双版纳的珍贵木材越来越稀缺,原来都到你这里了。"地不容满不在乎地说:"我可从来不砍树,都是买来的木头,有发票的。想喝什么,酒还是茶?""毒药。""哈哈,我就知道你会起疑心,那就不给你倒了。"说着,叫进来一个人,让他立刻起草一份孩子和两头大象的交换协议。贾海桐在协议上签了字,摁了手印,走出章朗谷大象表演公司,来到车上,立马把电话打给了前往聚果榕坝子的召恩罕,通报了刚才跟地不容见面的事,又说:"注意一下地不容的孩子,要是能找到,那就是两头大象的福气。"然后又给虎头兰打电话,询问护送七头大象回归雨林的人现在到了哪里？虎头兰说了地点，又说他们碰到了那帮盗猎者，开着白象车远远地跟着大象，看到有"勐巴拉娜西"的人在保护，就又不见了。"严密防范，立刻报警，猪屎豆他们又开始行动了。"贾海桐说着，看到地不容开车驶出"章朗谷"的大门，朝西走去，便有些疑惑：往东是市区，四通八达哪儿都能去，往西只有一条路，是通往木材加工厂的。自己的孩子都找不到了，地不容去木材加工厂干什么？

召恩罕带着石栗和玉皎来到聚果榕坝子时，几只白眉鸫正在跟几只赤胸鸫打架，好像它们说好长蕊木兰上的昆虫归白眉鸫，锈枝木莲上的昆虫归赤胸鸫，但是赤胸鸫总是违背承诺，一看到绿豆象和亮叶甲就会飞过来啄走。空气如水，清澈得就像能看到在波纹里变形的鱼。树叶是无染的，每一片都像是刚刚被雨水清洗过。一地的红雀珊瑚和红背桂花推送着艳丽，浮起一层绿翅木蜂的语言：香甜，香甜。山乌桕在乔木和灌木的分界线上婆娑而立；劲直刺桐直接长出了满树的颜料，是红得让人既兴奋又畏怯的那种；石岩枫趴卧着，为几只鹌鹑做了一个遮风挡雨的窝，母亲肚子下的小鹌鹑喳喳而鸣。他们下了车，好奇地观望着，突然听到一阵喊叫，是一棵拥有十几条气生根的高榕发出的声音，它的枝叶断裂了，果实落地了，气生根生气了，呼啦呼啦抗议着。是一群灰叶猴的造次，它们像是受到了惊吓，在树枝间蹦蹦跳跳。玉皎说："估计它们已经很久没看到人了。"石栗奇怪地问："这么好的地方怎么会没有人呢？"玉皎说："不会是两个州的交界处，土地所有权存在争议，被搁置起来了吧？以前有过这样的事。""有这种可能，但根据方位和里程看又不像。"召恩罕说着，拿出手机打给了毛管花，问他在哪里，"你发的位置我看了，应该就在这个地方，怎么看不到你们呢？""都是山地雨林和热带山地常绿阔叶林的混搭，差不多一样的地貌，没有形状特殊的坐标，定位肯定不准，我们在哪里我也不知道。"“这样吧，我们都朝着能望见山的地方走。”"不行，我们跟象群在一起，往哪里走我们主要听大象的，只有我们的想法跟它们一样时，它们才会听我们的。"“那你告诉我你们行走的方向。"召恩罕做出了这样一个决定：朝西移动，因为毛管花他们是朝东行走的。石栗说："为什么要这样？万一我们跟他们是背靠背，那就会越走越远。"召恩罕说："我们的行踪大象一定知道，如果它们想帮助毛管花，就会迎面走来。"玉皎说："只能这么想了，反正往哪里走都没有百分之百的把握。"一只黄脚三趾鹑大胆地飞过来，落在十米远的蛇含丛里，不管不顾地嗛着东西，突然又飞走了。

他们开着车，在没有路的林地上扭来扭去地走着，速度很慢，没走出去多远，就已经是傍晚了。泄漏天色的树隙变得越来越小，一层淡橘色的气息浮动着，穹隆变成了一个巨大的玻璃罩，隔开了天和地的连接，暗淡一出现就显得结实而迅速，很快就是只闻鸟语不见鸟影了，好像夜晚不是来临的，而是被大象和人轻轻叩开的，它本来就在那里，用大象一样的巨大腿脚随意徘徊。他们停下来，随便吃了点东西，靠在椅座上过了一夜，第二天一早接着再走，两个小时后，遇到了一群大象，赶紧下车，躲到汽车后面静静观望着。象群瞅了他们几眼，一刻也没有停留，迅速改变方向，躲开了。玉皎说："我好像在哪里见过这群大象。"召恩罕说："你肯定没见过，人看大象都一样，大象看人却能分得清张三李四，因为人的味道千差万别，大象的记忆力又好，打一次交道就能记住。"他们继续往西，在扭曲的时间里蜿蜒着自己，蓦然之间，又看到一群大象，穿行在前面的椴树林里，带着神秘的魅影，一闪而过。玉皎有些疑惑："按理说象群没有扎堆的习惯，在不到十公里的地方，分布着两群大象，别的象群恐怕就不会再来了。"召恩罕说：

"照毛管花的说法,他们是步行,已经遇到了好几群大象,说明象群的分布非常集中,常规的判断也许不适合这里。"石栗说:"我想知道的是,平常这个地方象群都是这么密集,还是近期突然多了起来?"召恩罕说:"我觉得是后者,因为一直这么多的话,雨林管理局一定会听说,不会连来都没来过,贾海桐也会说起,他的勐巴拉娜西大象救护队不可能漏掉这么重要的一个地方。"

他们边说边往前开,突然迎面出现了一棵占地至少两百平方米的大榕树,熟透了的果实下雨一样落下来,停了车仔细瞅,发现有个人正站在树上用脚摇晃着一根聚满果实的枝杈。三个人打开车门走了出去。那人拨开枝叶,咚的一声跳了下来,原来是大象医生岩罗章。召恩罕说:"你怎么也来了?"岩罗章呵呵一笑说:"大象们都往这边走,我跟在后面,走着走着就看见了你们。"玉皎和石栗都问:"你以前来过?"岩罗章说:"西双版纳有大象的地方我都到过,就是不知道这里就是聚果榕坝子,现在知道了,想一想就应该是这个地方。这里几十年前是有村寨有农场的,开荒种地的人少说也有三四千,后来人搬走了,橡胶林和稻田也荒废了。"召恩罕说:"我们这一路走来,看到不少撂荒地上长出的次生林,有山黄麻、中平树、余甘子、木姜子、岗柃、山石榴、栎树什么的,最多的是榕树,榕树里头最多的又是聚果榕,好像这个地方最适宜生长的就是榕树。可是人为什么会离开呢?"岩罗章说:"俗话说水稻是会游泳的庄稼,橡胶是会流泪的树,它们都需要大量的水,光靠雨季的雨水和旱季的湿雾,没有人工引水,就都活不好。这个地方地势看着是平坦的,却有点高,东边和北边的山地雨林蓄积的水都从坝子两边流走了,开阔的平坝里头没有一条河,全靠打井,西双版纳别的地方挖下去三五米就能见水,这个地方的井都在十五米以下,而且不稳定,水有时多有时少,人喝可以,浇灌庄稼可不行,再加上鸟兽们联合起来驱赶人类,人怎么还能住得下去?"石栗问："鸟兽们也会驱赶人类？""就是不分季节天天在橡胶林和稻田里拉屎，拉下许多种子来，被肠胃暖热的种子两三天就能发芽，噌噌地冒出来，死死地盖住农作物，让你得不到水分也得不到阳光。"石栗说："刚才过来时我看到许多附生兰，一棵树上就有好几种，长叶兰啦，纹瓣兰啦，指甲兰啦，鸟舌兰啦，石豆兰啦，跟别处的附生兰不太一样，肯定也是鸟兽们播种的结果。"岩罗章说："你们经过的地方还不是过去的橡胶林，橡胶林更惨，一旦离开人的侍弄，就只剩下自生自灭了。大象在别处从来不进橡胶林，到了聚果榕坝子隔一两天就会进去逛一圈，去过的地方很快就会长出一层一层的野生草树来。橡胶树过不了多久就会腐朽，有的开始长蘑菇，有的变成了蚂蚁和蜜蜂的窝，有的干脆烂在土里变成了雨林的营养。"召恩罕说："榕树是喜水植物，有榕树的地方不应该缺水。"岩罗章说："水是有的，就是离地面太深。听说最早的时候这个地方有一片大湖，后来湖水多得把湖底压塌了，水就顺着地洞流到了别处，要不然古代的象王和傣族武士埋西里怎么会在聚果榕坝子会师呢？母象和公象也不可能在一个没有水的地方重新聚首，生儿育女，更不可能在人饥荒的时候教会人采食聚果榕的果实和叶子，还让出了聚果榕坝子的一半地方。"石栗说："大象让给了人，人又抛弃了它，这就是聚果榕坝子的历史？"岩罗章说："差不多是这样，现在的聚果榕坝子大象也不喜欢，没有河流不说，土也变酸了，走一天都找不到一个可以挖成硝塘的盐碱地。我很少来这里，就因为大象很少来这里。"玉皎问："可是为什么这次一下子来了这么多？"岩罗章说："我已经见到六群大象了，问它们为什么来这里，它们不告诉我。我就想肯定是它们自己也不知道，反正大象的事情谁也说不清楚，包括它们自己。"

召恩罕又说起正在想办法跟毛管花他们会合的事。岩罗章说："你们的方向肯定没错，就是没有考虑到，要是不在一条线上，就算你向西他向东，也还是会错过。"玉皎说："我们是相信大象的。"岩罗章说："既然相信，不如原地不动等着。"召恩罕沉默了片刻说："这也是个办法。"立马把电话打给了毛管花："你肯定觉得大象不会走错，那我们就不乱跑了，在这里等着，见面的时间也许更快。"毛管花心领神会："好的，我已经给大象说了，它们好像是明白的。"岩罗章说："你们慢慢等，我要走了。"又说他已经得到消息，有伤残象出现在聚果榕坝子，就是不知道在哪个大象家族里。没等他说完，头顶一只黄胸织布鸟猛不丁叫了一声，接着不远处一只白腰文鸟和一只黑头金翅雀也怪怪地叫起来，像是说：你撒谎、你撒谎、你撒谎。岩罗章仰头望了一眼，脸上顿时有些不自在。鸟儿们一眼看穿了他：哪里是要去寻找伤残象，明明是想知道缅桂花家族来了没有？三头来自临沧的大象是不是也到了这里？岩罗章已经知道自己的告密并没有出现预期的效果，猪屎豆连缅桂花家族的一根象毛都没有拔到。他取下挂在榕树气生根上的竹篓，背起来，扬起象脚鼓文身的胳膊挥了挥，跑了起来，没跑出去多远就一如既往地唱起来：

> 巴达山的雾障遮不住乌龟山的大象，
> 澜沧江的大水造不起打洛江的波浪。
> 不要说人心里那个火烤冰冻的妄想，
> 是罗梭的蛟龙想吃掉南腊河的鱼王；
> 不要说大象脚不会踩进干裂的土壤，
> 流沙河的源头是祖先流过血的地方；
> 不要说大象的章哈只会为大象歌唱，
> 没有当初的火燎怎会有今天的灼伤。

歌声消失的地方出现了一片嫩红的鹅掌柴，嫩红背后又是一堆豪辣的紫锦木，而在它们的两翼，湖泊一样荡漾着万草的园地，平阔如天。间或旗帜般地升起几棵滇缅榕和青藤公来，破空而立。白云渐渐靠近着，瓦蓝把身影蜷缩起来，遥遥远去，越来越小了。一只凤头麦鸡扑棱棱飞起来，追逐瓦蓝而去，仿佛只有它才是碧空的情人。

岩罗章说得没错，原地不动等着是最好的办法。下午，云朵们结束聚会，不再互相拥搂的时候，瓦蓝走来、阳光开花的时候，赤苍藤爬上聚果榕最南端的一条由气生根演变成的支柱根的时候，凉喉茶把自己泡在空气里送来阵阵苦香的时候，大象出现了。召恩罕他们惊讶莫名：从雨林深处走来的不仅仅是三头大象和小象凤凰木，而是整个缅桂花家族，是一个拥有十八头大象的象群。团聚的喜悦是不难想象的，祝贺啊，大象们。玉皎和石栗摘了许多榕果捧给了它们。它们边吃边接受着三个陌生人的抚摸，很快便开始回赠抚摸：缅桂花头象和象妈妈以及象姨和小公象叶子花都把鼻子翘起来，如同人类的茶壶嘴那样，吐着热气，贴了过来。召恩罕的额头、石栗的头顶、玉皎的脸颊顿时湿乎乎的。更让他们吃惊的是，跟缅桂花家族以及毛管花和雨燕在一起的还有两个孩子，其中一个嘴巴奇大的孩子居然就是他们要找的地不容的儿子。召恩罕立马打电话告诉了贾海桐。贾海桐说："一定想办法让孩子跟着你们回来，这关系到两头蹲监狱的大象是否能够获得自由。"他还不知道，七头回归大象的目的地也是聚果榕坝子，过不了几天，他也会来到这里跟孩子见面。大家说着话，人和人说着话，象和象说着话，人和象说着话。问起小象凤凰木的事，毛管花说："现在还不行，我昨天试着想离开，凤凰木又哭又叫地追了上来，我走多远它跟多远。"玉皎问："它妈妈不管它？"雨燕说："想管来着，就是管不住，虽然小，腿脚是它自己的。"石栗问："那怎么办？你得陪它到什么时候？"毛管花说："我也不知道。"雨燕说："你干脆加入象籍吧，做一头大象有什么不好？"毛管花说："好是好，就是要把你丢下了。"雨燕说："我也可以跟着你啊，你做公象，我做母象。"玉皎说："生下娃娃怎么办？不上学了？整天吃草吃野果，不长身体怎么办？"召恩罕说："最关键的就是这个，从此你们就不能吃肉了。"雨燕说："大象也有吃肉的吧？"石栗说："从来没有过。"毛管花深沉地说："我们不吃肉恐怕不行吧？"然后他们讨论起以下问题：大象能不能吃肉，吃了肉会不会变得凶猛起来，像狮子老虎那样？如果大象坚持不吃肉而他们继续吃肉的话会不会被大象嫌弃？好像毛管花和雨燕已经决定了加入象籍，就剩下一些细节问题需要协商。

正说着，召恩罕的手机响了，一看来电显示是马副州长，他就说："别又要开什么会把我叫回去，这里的工作还没开展呢。"马副州长问他对否决了的两个旅游项目还有什么想法。他说："已经否决了，还能有什么想法？""省上有人打招呼，说让我们再考虑考虑。""你是常务副州长你考虑吧。""这件事你分管，我在征求你的意见。""我的意见是谁打招呼都不行，旅游项目的确立会引发一系列问题：高速公路的架设、楼堂馆所的修建、停车场和娱乐场所的开辟，还有碳排量的增加、旅游垃圾的处理等，这些都会给雨林和大象带来不可挽回的灾难。西双版纳已经是一块被过度开发的土地，许多珍贵的野生动物已经灭绝和正在灭绝，我们的百年大计——作为立足之本的热带雨林已经非常稀少和脆弱，要是再开发下去，我们无法向子孙后代交代，未来对西双版纳的期待永远都是还有多少生机勃勃的雨林和物种，而不是空前的游客人数和旅游收入，不是让动物失去尊严的大象表演、形式主义的天天泼水节、凌驾于森林之上的空中走廊以及国际标准的商务之都、度假广场、高级商厦、豪华酒店。如果西双版纳百分之五十的土地恢复成原来的雨林，就会给地球贡献一处得天独厚的生命延续之地，一多半濒危物种将会停止走向灭绝的步伐；如果百分之七十的土地恢复成雨林，我们就能保护百分之九十的原有生物，就能给数万种动物和植物提供一个再生繁生的机会。西双版纳是一个巨大的基因库、种子场、繁衍地，是能让中国乃至世界畅通呼吸的肺。这才是最最重要的。"马副州长说："看来我们的意见是一致的，那就坚持到底吧。"挂了电话，召恩罕看看西斜的太阳说："今天我们还能去哪里？"毛管花说："刚才缅桂花家族带我们路过了一片台地，应该是古老的河流或者湖泊自然形成的岸畔，地势高，望得远，一看就知道聚果榕坝子比景洪城大多了。"召恩罕说："那我们现在就去。""我去给大象说。"雨燕说着跑向了象妈妈。玉皎问："大象会听人的？"毛管花说："有时候会，就看我们说得对不对了。"石栗说："我们要去一个眼界开阔的地方，有什么对不对的？"毛管花说："那它们也得知道我们是为了什么？是好心还是坏心？"

似乎雨燕没费什么劲就和象妈妈做好了沟通。象群在缅桂花头象和象妈妈的带领下朝来路走去。大嘴巴孩子和大耳朵孩子跑过去骑在了头象背上。大家跟在了后面。石栗开着车，要大家上来。玉皎说："太颠了，走路比坐车舒服。"阳光被雨林过滤成了星星点点的金斑，就像在地上铺了一层古老的书卷，文字跳荡着，似乎每一天都要重新组合一次，新的内容总会在这个时候跃跃欲试地表现出自我的丰富和独到。大树把阴影落下来，有的长，有的短，密集的榕果开始呈现一天中最后的灿烂，竟是流着奶和蜜的丰富和充足。昆虫们、鸟儿们、素食的走兽们，好像第一次发现了食物，激动地唱着歌开始享用晚餐。一片白云向西飘飞着，渐渐黄了，红了，又紫了，晚霞整齐地打出了一面横幅，看不清上面的字，却能猜得到那是聚果榕坝子所有动物和植物的签名，是一个用签名组成的"victory"。一个问题突然冒出石栗的脑海：如果在聚果榕坝子实现雨林人口的整体搬迁，会不会反而减少了雨林和大象生境的面积？他问毛管花怎么看？毛管花说他也不知道，得问问大象。他查了地图，发现聚果榕坝子的位置在整个版纳雨林的东部边缘，不是大象迁移的必经之地，如果开通大象廊道后增加的雨林面积超过聚果榕坝子，那就是好事情。召恩罕说："开通大象廊道涉及的地方很多，加起来是现有雨林面积的两倍，肯定会远远超过聚果榕坝子。现在的问题是，来这里的大象走不走呢？如果不走，那我们就又是侵占大象领地；如果它们是路过，或者是聚会，待几天就离开，让聚果榕坝子变得跟从前一样没有人烟，很少象迹，那就是一件两全其美的事，大象有了生境，人也可以安居。"大家都望着毛管花：你为什么不去问问大象，到底为什么来这里？毛管花摇摇头："问过了，它们也不知道。"雨燕说："我再去问问，一个一个问。"毛管花说："还是我去吧，你会的象语太少。"两个人一起走到象妈妈跟前，虔诚地问了一会儿。象妈妈哞了一声，掉转身子，把头指向了缅桂花头象，像是说：你们去问它。两个人便更加虔诚地走向了缅桂花头象，又是说又是比画地问起来。头象认真听着，突然甩着鼻子离开他们，走到象妈妈跟前，冲它鸣叫了一声，然后走过去，摘了一颗蛇根木的果实吃起来，一副事不关己的样子。毛管花和雨燕一脸失望，告诉大家："它们也许不知道，也许在互相推诿，只能等着瞧了。"一只灰头鹦鹉飞翔而过，一迭声叫着：等着瞧，等着瞧，重圆的镜子又有裂纹啦，好漂亮的一道裂纹。

第十章 聚果榕坝子之歌

还是在非洲,不是平原,是森林山岗,
我们和盗猎者迎面相撞。几支冲锋枪。
知道马上就是死亡,我们反而不怕了,
头象带我们走过去,鼻子上举着思想:
请想想人在遭到屠杀时会不会仇恨对方?
天谴到来时你们和你们的亲人会怎么样?
为何只能用罪恶赚钱,换取片时的舒畅?
为何麻木和残忍让你们失去了善的信仰?
为何你们的日子非要用大象的血肉做赔偿?
为何面对枪口我还要说爱你我生命的伴郎?

1

缅桂花头象和象妈妈起矛盾了,因为它们都是头象,都有资格和能力领导整个家族,就像人常说的一山容不得二虎。但它们是禀性温良的大象,是恭敬有加的素食主义者,矛盾的原因跟食肉的老虎狮子完全相反,不是为了争抢,而是为了谦让。缅桂花头象觉得象妈妈比自己年长,也比自己经历过更多的大风大浪,就像俗话说的,走过的桥比自己走过的路多,吃过的盐比自己喝过的水多,所以这个十八头大象的大家族应该由象妈妈负责。象妈妈的意思是我带来的大象只有四头,其中一头小象也就是自己的孩子还不愿意死心塌地跟着我,须得靠人的陪伴才能成为家族的成员。而你——了不起的缅桂花头象,带领着十二头大象,风里来雨里去,艰难地支撑着家族的存活与繁衍,我有什么资格取而代之呢?缅桂花头象说:我踩死过人,对人来说我就是眼中钉肉中刺,是臭名昭著的肇事大象,我自己可以躲躲藏藏,但整个家族却不能因为我而失去大象天生就具备的光明正大,更不能影响到整个家族的正常生活。万一哪一天,仇人发现了我,一枪打过来,没打中我,打中了别的大象怎么办?那不是殃及无辜吗?所以我不仅不能再做头象,还应该远远地离开家族才对。象妈妈断然否定:那不行,你要是离开,我就走,回到临沧地方水鹿河流域去。两头大象让来让去,谁也说服不了谁,只好商量出一个办法来:谁能用讲故事的办法把小公象叶子花和小象凤凰木一起吸引到跟前来,谁就当头象。

这些日子,叶子花喜欢跟凤凰木玩,但凤凰木总是爱理不理的,因为它已经习惯了跟毛管花和雨燕玩,跟他们玩,他们总是让着它,跟叶子花玩,对方总是欺负它,不是用鼻子抽打,就是动不动压倒,有时还会用脚踩踏,踩踏是很疼很疼的,只玩了一次,就已经无法忍受了。遗憾的是，缅桂花头象和象妈妈都没有讲出精彩迷人的故事，要么是小公象叶子花听一两句就走了，要么是小象凤凰木根本就不到跟前来；又是大象为什么不会爬树？我都听了一百遍啦。大象们都知道这是为什么：不是缅桂花头象和象妈妈肚子里没有好故事，而是它们故意显拙，想让对方讲得更好。遮蔽着它们的老榕树一直在上面看着，有些着急又有些无奈，哗啦啦摇晃着树叶说：我要是大象我就抢，做一个头象多荣耀啊，带着象群走南闯北，今天高山，明天低谷，哪像我整天只能待在一个地方，生叶子，长枝子，结果子，由着鸟儿做窝，猴子攀爬，白蚁打洞，连小小的鼻盾蟾都要欺负我，想躲都躲不掉。不过接下来的事情你们可不能让我失望，我见过的大象多了，尤其是这些日子，所有来到聚果榕坝子的大象我都看到了，还丢了榕果让它们吃，但我最看好的还是你们。我知道你们并不是在所有事情上都喜欢谦让，比如面对别的象群，你们都不想让对方超过自己是吧？这就对啦。赶快去吧，去那个铺了一层细白沙子的地方，讲讲你们惊世骇俗的故事。尽管大象的故事我都知道，但我和我的榕子榕孙们都还想再听听。一根榕树枝子落下来打在了象妈妈头上。象妈妈朝上看了看，明白老榕树是在催促自己，便率先离开了那里。象群跟在了后面。缅桂花头象高兴地看着，心说那我就殿后吧，头象没有殿后的，是不是我已经不是头象啦？一只裸耳飞蜥落到头象的屁股上说：殿后的才不是你，是我。

现在是早晨，这里是聚果榕坝子古大湖的湖心地带，已经有十个大象家族来到这里了。是在天在地在山在水的象魂在所有的大象梦里启示了它们，它们来了，要来这里讲讲故事了，然后就是评选，谁的故事最精彩，谁就能脱颖而出，成为西双版纳的大象领袖，率领一群自愿报名且出类拔萃的大象，去北方走走，看看昆明的风景，尝尝远处的风味，向世界宣告版纳大象的存在，然后……

啊，为什么还要有然后呢？古大湖的湖心地带如今是雨林的空白，似乎沧海桑田也未能改变它万年前的模样，洁白而细腻的沙子，深厚而绵软的沙子，可以躺在上面冲大地撒娇的沙子，铺成了一朵子午莲的模样，莲瓣上是只有它们才能辨认的每个家族的名字。大象们来了，然后秩序井然地各就各位，沙浴是它们的最爱，甚至超过了水浴，因为在西双版纳找一条河就像在天上找一颗星星那样容易，水浴是每天都可能享受到的。但是沙浴就不同了，大象们常常因为找不到纯洁的沙子而万分苦恼，当它们无奈地用干燥的泥土代替沙子来满足身体的需要时，对不干不净的忍耐便大大降低了沐浴的快乐。此刻，它们用鼻头卷起沙子左一下右一下地扬撒着，扬撒到自己的背上或者伙伴们的背上，白沙的抛物线就像切割蓝天的利刀，转眼的粉碎伴随着瞬间的弥合，蓝天依然是毫无伤痕的蓝天，大象依然是毫无残损的大象，只是发出的声音不一样，沙子对空气的摩擦与沙子对大象肌肤的摩擦，就像游蛇穿行区别于水鹿奔跑那样，是两种风格的变奏。有时候抛向空中的白沙线条会变形扭曲成一些文字或者动物形象，除了大象自己的记忆，没有谁能够把它们记下来，那些稍纵即逝的幻影也就只能是独属于大象世界的美好了。所有的物种都有自己的影像，有的留在年轮里，有的刻在脑海中。有一头大象突然掉转身子，把沙子扬撒到了自己的前面，前面不远不近的地方，是一座草树葳蕤的台地——古老湖泊的现代彼岸，有几个人躲在那里眺望着大象，它的抛撒也就变成了威胁：知趣一点，千万不要过来打搅我们，如若不然，我会像抛沙子一样把你们抛撒到九霄云外。

　　大象们知道，那几个人正想着要不要过来呢。毛管花问："我们怎么办？小象怎么办？难道就在这里待着？"除了雨燕，其他人都制止了他："你绝对不能过去，非常危险。"毛管花说："我都已经加入缅桂花家族了，还怕什么危险？"石栗说："那你就得爬过去,学着象叫爬过去肯定没有危险。"毛管花真的趴下了,用他学会的象语哞哞地叫着。雨燕说:"那我呢?""你待着。""不行,你也得待着。"雨燕说着,把毛管花拽了起来。大嘴巴孩子和大耳朵孩子哈哈大笑,朝象群跑去。召恩罕喊了一声"回来",看他们不理,便追过去,把他们揪了回来。"不要命了你们?那么多大象,它们认识你们两个是谁?"几个人看到缅桂花家族走向湖心地带的时间是那么漫长,不管是走在前面的象妈妈,还是走在后面的头象,都是一步三回头地期待着小象凤凰木跟过来。凤凰木犹豫着,前走了两步,又后退了三步,看到毛管花和雨燕没有跟自己的家族一起行动,就还是服从了自己并不成熟的内心需要:我不去,我不去,我要和这两个人在一起。缅桂花家族终于走远了,当它们跟别的大象家族一样开始疯狂沙浴,一丝不苟地清除着浑身的寄生虫时,小象凤凰木只能接受树枝的摩挲,来缓解自己身上时不时出现的痒痒。跟它朝夕相处的毛管花是了解它的,摘了些叶下珠的枝叶,不停地在它身上扫来扫去。等它不再痒痒时,它就哭了。它以为象妈妈和整个家族不要它了,它们消失在漫天飞扬的沙尘后面再也不回来了。它嗷嗷地哭着,却始终没有跑过去跟着妈妈,只是不安地用小鼻子探摸着身边的毛管花,像是说:妈妈已经丢下我啦,你可不能再抛弃我。毛管花坐下,抬起左胳膊搂住了它。雨燕也坐下,抬起右胳膊搂住了它。一只红头长尾山雀飞起来,消失在蒙自桤木拥抱天空的树冠里;一只金眶鸻飞下来,落在了人象之间的莕草丛里。它们是没有高低只有远近的,托赖着翅膀丈量天和地的距离的同时,又告诉人们可以丈量的距离都不算距离,比如它们跟大象的距离,想让它消失就能让它消失。红头长尾山雀和金眶鸻似乎是商量好了的,鸣叫了几声,便一起朝大象飞去。毛管花羡慕地望着它们,突然意识到,鸟的自由不仅仅是有一对可以飞翔的翅膀,更在于鸟的内心可以延伸出一片无法计量的辽阔——想飞到哪里就

能飞到哪里。"就算我们加入象籍,也还有很多东西要学。"他说着,脑海里一阵沸腾,诗歌出现了:

> 我已是启示录的一行文字了,
> 知道大象是什么?
> 是宇宙的思考,是思考中的另一个现实:
> 那升起的,艰难升起的我们,
> 在大象的头脑里终于有了位置,
> 透视镜的前端他们正在镌刻宣言——
> 要爱就爱在你的血脉里,要死就死在你的手心中。
> 我们和我们的祖先从来没有过这样的情人啊,
> 我们和我们的后代势必要为这样的情人付出一切。
> 从此我知道:
> 不把我丢向寂寞星空的不是我的情人,
> 不把我踩入岩壁演成化石的不是我的情人,
> 不是它喷水嬉戏又汲水淹没的不是它的情人,
> 不是它亲手点燃而成西天红焰的不是它的情人。
> 当黑夜飘浮起万千羽叶而我们还没有梳妆就绪时,
> 舞蹈开始了,
> 不必在乎往日时光那些与大象决裂的黄昏,
> 未知的前程里有着已知的伴侣,
> 这已经够了,
> 与大象共舞,我们的陶醉,
> 已经够了。

毛管花说:"我都念出来了,你为什么还不赶紧谱曲?"雨燕说:"我已经谱了,但不是你的词。""那就唱出来听听呗。"雨燕看了看身后的召恩罕、石栗和玉皎，他们都看着湖心地带的大象，耳朵却听着他们两个说话。玉皎说："想唱就唱，大象也喜欢听你唱。"毛管花起身走过去，从地上的琴盒里拿出吉他，递给雨燕。雨燕弹起来，小象把鼻子弯到琴弦上，好像要给歌手增添一种和声。雨燕说："哇，你都快成音乐家了，这叫什么？近朱者赤。"说着便唱起来：

我知道你是六角形——美丽的雪花，
却怎么也找不到两个一样的你。
你说：
大象有着一样的魁伟，
湖水有着一样的旖旎，
姑娘有着一样的美丽，
山脉有着一样的高低。
可为什么我们不能有一样的心情，
在爱的路上寻找共同的栖息地？
为什么我们会在芳草萋萋的时候，
等待过时的花期然后再说我爱你？
你并不知道雨林的等待里，
有大象的饮泣，有所有生命的疲惫，
当你踩着花蹊闻着花香走来，
却已是雪花独秀的天气。
你说西双版纳没见过雪花，
也不知道独秀是哪种花的手笔。
可是在我心里，早已是雪花堆积的奇迹。
大象说：我等你等来了素天洁地。
雨林说：我等你等过了所有的除夕，

却依然不见一洗尘霾的新年初一。

有些潮湿，有些来不及吸收的余露正在叶片上蠕动，有些来自远方的若断似连的蓝色海风在走进雨林后突然就不想走了，驻足的时候，光叶合欢树下的排钱草泛起一阵疯浪，几棵楹树仰躺着，几乎要倒下去，又直起身子，哈着腰拿大顶似的把头重重地磕在了山蚂蟥的枝叶上。风消失了，就像许多野生动物的消失，无影无踪。在已经到达聚果榕坝子的象群中，缅桂花家族是最后进入湖心地带的，它们的位置在子午莲南边的莲瓣上。当它们陶醉在沙浴中，享受着前所未有的清洁快乐时，就有一只暗绿绣眼鸟落到了子午莲的花蕊上，不停地咕叽咕叽着，像是在宣布着什么。接着是蓝喉太阳鸟的啁啾，是黄腹花蜜鸟的咿呀，是厚嘴啄花鸟的唧喳，热场开始了，很快又结束了。然后便是大象们的鸣叫，叫声虽然此起彼伏，却一点也不凌乱，好像有谁在冥冥之中为它们排列好了出场亮相的顺序，从东边的一片莲瓣上开始，从阳光断裂成金属棒的地方开始，从木奶果家族开始——头象一声长鸣，所有的家族成员迅速跟进，从亢亮到雄壮，延续了几分钟，便戛然而止。接着是普洱茶家族，又接着是大花田菁家族，下来是美登木家族，又下来是缅桂花家族，然后依次是绞股蓝家族、千张纸家族、蓝果树家族、千斤拔家族、使君子家族、红毛丹家族，最后是王莲家族。王莲家族只有五头大象，却成了不至于让出场仪式变得虎头蛇尾的重头戏，原因是所有大象都知道，这是一个有着辉煌历史的家族，家族成员最多时居然有八十多头，正因为是一个超级庞大的家族，也超负荷地承载了命运的悲惨和死亡的遗恨。就在家族成员一个个离世，只剩下两头小母象的时候，它们坚韧不拔地活了下来，并成功孕育了三头小象，保证了王莲家族的血脉不断。如今三头小象已经长大，其中一头公象就要离开家族开始独象生涯了，它发誓：为了寻找爱侣，繁衍生息，它将鞠躬尽瘁，死而后已。也就是说，虽然王莲家族的生活艰辛到难以想象，但家族却始终存在着，已然成为大象在艰难岁月中不屈不挠、发奋存活的榜样。足够的尊重来自象魂，也来自大象们的心愿，有几头灵性的大象已经得到象魂的梦告：这个家族将有一次喜出望外的重逢，被人抓去后九死一生的原来的头象槟榔青就要出现了。这真是命运的奖赏啊，王莲家族经历的并不都是伤心泪目的苦难，还有团聚的快乐，有血脉连接起来的幸福，对它们来说时光就要变成唯一的金色了。

在所有的大象家族都用嘶鸣报告了自己的到来之后，大象故事会开始了，没有主持，所以一开始大家都在谦让：你们先来吧？不，还是你们先来吧。结果是谁也不先来了。风在匍匐，搅动起一条流沙的溪河浪卷而来。一只龙蜥逆流而上，转眼来到了大象的脚前，仰头观望着，眼睛一眨一眨的。

红毛丹头象说：按照在天在地在山在水的象魂的启示，还有几头大象迄今没有到达，干脆等一等吧？木奶果头象说：不能等，万一它们一年以后才来呢？普洱茶头象说：一年以后能来就算是快的啦，我担心它们十年以后才会来，我们要是等十年，那不就要吃光聚果榕坝子的食物啦？大花田菁头象说：那就还是开始吧，不要再拖啦，要是拖到肚子咕咕叫的时候，故事就讲不好啦。美登木头象说：那你们推来推去干什么？还不赶快讲。缅桂花头象说：推来推去的也有你啊，你为什么不先讲？绞股蓝头象说：干脆这样，让王莲家族先讲吧。王莲头象害羞得低下头，坚决不肯先讲。千张纸头象说：咱们让就要飞过来的树麻雀决定吧，它们落在哪个家族大象的背上，哪个家族的头象就先讲。蓝果树头象说：这个办法虽然好，但树麻雀十几只甚至几十只一群，它们要是一个家族落一只怎么办？千斤拔头象说：听我的，咱们就以那只捕蛛鸟的落点为根据。使君子头象说：捕蛛鸟呢？捕蛛鸟在哪里？大象们呵呵呵地笑起来，飞来看热闹的捕蛛鸟已经落在了它背上。没有必要再谦让下去了，大象故事会的第一个开讲者是使君子头象：

很久很久以前，我们使君子家族有一头喜欢睡觉的大象，别的大象一天睡三四个小时就够啦，它要睡八九个小时，家族要行走，要觅食，要开辟象道，还要去河边洗澡，去硝塘吃盐，时间紧得忙不过来，不能等它醒了再行动吧？只好丢下它，过十天半月再来原地找它。每次大家都能找到，好像它除了睡觉，就是吃一点周围的空竹、毛脚龙竹、甜龙竹什么的，不管吃饱吃不饱，营养够不够，睡觉才是最重要的，就像俗话说的，一睡顶九饭。有一次我们离开它久了点，大约两个月吧，再回去找它时，发现它身边坐着一个人。那人一见我们，站起来就走，很快就不见啦。我叫醒睡觉的大象说：怎么回事？人是最可怕的，你居然跟人在一起？爱睡觉的大象说它睡着啦，做了个梦，梦见一个番木瓜掉在了它面前，醒来时就看到身边坐着一个人，手里捧着一个番木瓜，看到它醒来，放下番木瓜就走啦。后来它才意识到，其实已经很长时间啦，它一醒来人就走，一睡着人就来。我说既然你睡着啦，怎么知道人来了呢？它说有一次它假装瞌睡，躺在了地上，很快他就出现啦，抱着一个大柚子，等它真的睡着又真的醒来后，人才留下大柚子匆匆离开。就这样，每一次我们这头爱睡觉的大象单独睡觉的时候，就会有一个人陪伴着它。我们都知道，要不是这样，它恐怕早就被猎人打死啦。这个人陪伴了它三十五年，直到它老死。后来我们再也没看到那个人，就想这是个千年等一回的好人，为什么不去找找他呢？让他也来陪陪我们，要是他愿意，我们就不用在睡觉时派出警戒象站岗放哨啦。再说我们有小象，小象的瞌睡也很多，比那个爱睡觉的大象还要多。我们知道离爱睡觉的大象死去的地方不远有个村寨，就小心翼翼地走过去打听，问壁虎，问鱼螺，问角蟾，甚至都问到了我们从来不主动靠近的过树蛇，才知道那个人也已经死啦。就在村寨边的坟地里,我们闻到了他的味道,那里有一个新近垒起的坟堆,他的味道从泥土中跑出来,哪里也不去,就往我们鼻子里钻,告诉我们:我死啦,又可以和爱睡觉的大象在一起啦。

使君子头象的故事讲完了,大家唏嘘不已。它摇晃着耳朵说:现在该红毛丹家族了吧?因为你们就在我们的旁边。红毛丹头象说:千斤拔家族也在你们旁边,为什么不是它们讲?千斤拔头象说:我讲就我讲,但是你必须保证你讲得比我好,就好比我们寻找食物,接下来的路上一定要比已经走过的地方丰富,要不然我们为什么还要往下走呢?红毛丹头象甩着鼻子想了想说:那还是我先讲吧,我肯定没你讲得好。那只爱听故事的龙蜥便又来到红毛丹头象的脚前,仰起了头。

2

很久很久以前,在雨林西边的琼楠沟,我们红毛丹家族认识了一户人家,他们家就三口人,父亲母亲加儿子。每年每年,收获的季节,我们都要去他们家的地里吃玉米,它们家种的都是黏玉米,又香又甜又有营养,连续吃几天,立刻就会胖起来。我忘了是不是一开始他们就允许我们吃,或者驱赶过我们,看我们赖着不走,也就算啦。他们没说你们吃光了我们吃什么这样的话,只说就在这里吃,不要再进到别的田地里。好像他们把家里的地分成了两块,一块是他们自己吃的,一块是专门为我们种的。我们起先不明白,后来明白啦,就年年去同一块地里吃。就这样几年过去啦,这户人家的父亲死啦,接着母亲也死啦,只剩下儿子一个人住在一座破旧的竹楼里。我们没有多想,又不是大象死啦,想悲伤都悲伤不起来,该吃吃，该喝喝，一如往年地吃着地里的黏玉米。又过了几年，这个人离开了琼楠沟，破旧的竹楼很快倒塌了。但他年年都会回来，在我们吃惯了的那块地里种玉米，我们知道他是种给大象的，每次看到他都想：他已经离开这个地方啦，今年肯定是最后一次回来种玉米了吧？万万没想到，他年年都回来，一个大象家族和一个人的约会居然一年不落地延续了几十年没有变。今年他又来啦，我们就想，恐怕明年他来不了吧？不是不相信他，而是他已经老啦，头发白啦，胡子长啦，腰都直不起来啦，腿脚也不带劲，一瘸一拐的啦。我们已经想好，他要是不来，我们就去找他。他住在什么地方我们不知道，但有一点是可以肯定的：在北边。因为有一次半耳大公象从别处逛了几年，风尘仆仆地来到我们家族说，它不止一次地见过走出琼楠沟的那个人，他在北边的一户人家做了上门女婿，年年在外面打工，有时在景洪，有时在昆明。昆明是个很远很远的地方，他专程回到琼楠沟给你们种玉米，可见你们的关系有多亲，是不是红毛丹头象是那个人生的？或者不是，是你们里头的另一头大象是他生的？或者也不是，是红毛丹家族的大象生下了那个人？唉，人啊人，坏的时候不可思议，好的时候也不可思议。

　　红毛丹头象讲完了，大象们又是一番感慨：是啊，我们遭受了那么多人带来的灾难，也得到了很多人给予的幸福，我们都不知道是远离他们好呢，还是亲近他们好？红毛丹头象朝前走了几步，扬起一股沙子丢在了自己背上，又扬起一股沙子丢在了不远处王莲头象的背上：按照顺序的话下来该你啦，你讲得肯定比我好。王莲头象叹口气说：我的表达能力太差啦，经历了那么多事情，就是讲不出来。能不能再让我想一想？红毛丹头象说：这个你不能跟我商量，你问问你那边的木奶果头象，因为你要是不讲，就该轮到它啦。木奶果头象立刻说：不行不行，王莲家族都不讲的话，我们还讲什么？那就是小巫见大巫啦，就是班门弄斧啦，就是当着印支虎的面炫耀皮毛啦，就是忽闪着耳朵当翅膀啦，就是翘了一下尾巴就以为长出了娑罗双啦，就是……王莲头象说：你嘴上的功夫这么厉害，我就更不敢讲啦。话虽这么说，但它还是扬起鼻子做了一个准备讲的动作。它知道来到聚果榕坝子就是为了讲故事，不愿意讲或者没故事可讲都不能算是理由，推托是不可以的，尤其是王莲家族，几乎经历了西双版纳大象生荣死夭的所有风雨，怎么可能没有故事呢？它咳嗽了一声说：好吧，那就讲一个，我从来没讲过故事，你们别笑话我呀。脚下的沙地里，已经不是一只龙蜥，而是好几只了，也不是光有龙蜥，还有飞蜥、树蜥、丽棘蜥、南草蜥、细蛇蜥和巨蜥了。蜥们都说：不笑话，绝对不笑话。好像大象的故事是讲给它们听的。流沙游走，优雅的曲线证明了风的美感——它好像永远不喜欢直角，不喜欢柔美之外的任何风格，即便狂暴起来，也还是弯曲可爱的。突然，半空里的沙子纷纷落地，喜欢它们的只有引力了。风收住脚步，停在蜥们身边，眼巴巴望着王莲头象：快讲啊，我还忙着呢。

很久很久以前，一个老人带着一头老象，行走在西双版纳的土地上。老象老了，已经离开家族独自生活了，独自生活的意思就是在别的大象看不见的地方悄悄死掉。以往的年代里，老去的大象、预感到不久于世的大象都是这么做的。但它能做到不为象知，却做不到不为人知，就在它把自己隐蔽在雨林深处，走来走去地消磨着余下的时光时，被人盯上啦。盯上它的是两个人，一个是女人，一个是男人。女人说：这头老象是我先看到的，它应该归我。男人说：虽然是你先看到的，但你一个女人家，不一定跟它走到底，等它走着走着倒下时，说不定已经是几个月以后了，也说不定不在这个地方，而在一个很远很黑的山洞里，那个山洞你敢去吗？女人说：虽然我不敢去，但我还有家里人，我现在就回去叫他们，反正老象身子骨已经不利索啦，一时半会儿走不远的。听着女人和男人的话，老象就想：他们是善良的寨民，不想打死我，只想等我自己死掉，再把我的骨肉皮囊拿回去卖钱。但他们又是贪婪的寨民，幻想着在一个毫无根据的传说里发财致富。那个传说是这样的：老象临死前不仅会离开家族，还会按照不断出现的神秘指示，走向一个无人知晓的山洞。因为那个烟雾缭绕的山洞是所有将死大象最后的归宿，所以隐藏了绵长历史积攒下来的许多象骨，包括人们垂涎三尺的象牙，谁发现这个山洞，谁就是天下首富。其实除了人之外的所有生命都知道，世界上根本就没有这样一个山洞，也不存在一个所有老象死前必然会前往的统一归宿。老象离开家族后不久就会倒下，然后先成为食肉动物的口粮，再成为各类昆虫的饭食，成为滋生细菌的地方，成为饱含氮、磷、碳等营养素的分解物融化进土壤，再去养育雨林的草树、花朵和果实。就这么简单，所有的血肉和骨殖包括牙齿，都会成为土地的一部分，成为叶脉、树轮、花心的一部分，成为雨林流水、物候、风貌的一部分。女人离开后的第二天早晨，连夜赶来了一个老人，他走到老象跟前，一屁股坐下，气喘吁吁地说："我就怕找不到你，好在你没有走掉，没有走掉就对啦，哪里也别去，就待在我身边，我走到哪里你跟到哪里，我看他们谁敢动你一根毫毛。"那个一直监视着老象的男人从一片刺篱木后面钻出来说："老人家，这是我的大象，你要干什么？赶快离开，想吃肉的话，我可以分给你一点，你留个地址，等它死了，我给你送去。"老人破口大骂："大象怎么会是你的？大象要是你的，整个西双版纳就是你的了，地球就是你的了，月亮太阳就是你的了。它死了吃肉？休想，除非你先吃了我的肉。你以为现在是从前，现在有法了，谁保护大象谁就是法，懂吗？它要是有个三长两短，我立马去告你。你是不是已经喂过毒药了？是不是已经用毒箭射过它了？是不是巴不得现在就吃到它的肉？你说没有我不信，现在没有，明天就会有，反正只要它倒下死掉，就是你害的，我说我看见了,我可以作证,你能拿我怎样?你别走,我现在就告你,知不知道我儿子是派出所的所长?你肯定不知道,不然的话就不会见了我还说'大象是我的'这种话。"说着拿出手机,喂喂喂地喊起来。男人吓坏了,嘟囔了几句,一溜烟走了。老人收起手机,长喘一口气说:"我要是有个当所长的儿子就好了,就不会自己跑来管大象的事情了。"老人一生没有儿女,娶过老婆,也早就去世了。他跟那个女人是一个村寨的,在寨门口一听她絮絮叨叨说起,就急急忙忙赶了过来。他说:"大象现在你得听我的,那女人心眼不坏,但她丈夫可就不一定了,十有八九会杀了你,然后说你是自然死亡。你跟我走吧,翻过这道地桃花梁子,他们就找不到你了。"前前后后三个人的表演老象都看到了,它是明白的,就跟着老人朝前走去。从此以后,一个老人带着一头老象,开始行走在西双版纳的土地上。因为有人领着,老象哪里都敢去,反正快要死了,死在黑皮柿树下和死在野毛柿树下有什么两样呢?老人和老象慢慢腾腾走着,一路上讨吃要喝,每次路过村寨或农田,老人都会说:"大象老了,就要死了,给点好吃的打发它上路吧。"他们几乎到过了西双版纳所有生长着雨林的地方和建造在雨林里的村寨。本来预感最多两个月就要死掉而预感一般不会出错的老象,跟着老人又活了整整六年,每年还都能跟它的家族见上一面。第七年芸香花盛开的时候它死在一面土崖下,老人推倒土崖埋葬了它,然后就回到寨子里去了。老人现在还活着,每年都会去掩埋老象的地方凭吊一番,那儿已经长出了一片珍稀树木和特有植物,莲座蕨、鸡毛松、百日青、假海桐、滇南桂、山胡椒、肉托竹柏、大叶木兰、琴叶风吹楠、蓝果树什么的。王莲头象哞哞了两声,害羞地低下头,表示自己的故事讲完了。

木奶果头象说:你在故事里说到了法,这个法很重要,保护大象的法公布之前,我们大象是朝不保夕的,现在虽然还有人想杀害我们，但毕竟少多了，而且只能偷偷摸摸的。我有个经验，要是你觉得有人想取你的命，千万不要像以前那样往深山老林里躲藏，因为越是没有人的地方，人家越会放心大胆地开枪。你反着来，到人多的地方去，见到村寨你往寨门里钻，见到城镇就往大街上跑，人越多就越没有人敢动你。王莲家族中那头就要离开象群独立生活的公象问：这是为什么？王莲头象说：我的孩子啊，你真笨，我刚才不是已经说过了嘛，因为有了保护大象的法。公象问：那么妈妈，法是什么？王莲头象说：法就是清净，清净一来，就很少有人找你的麻烦啦。不远处的绞股蓝头象说：不对吧，我觉得法就是雨林，没法的时候雨林越来越少啦，有法的时候雨林越来越多啦。千张纸头象说：别胡说啦，法就是大象的胆子，我们的胆子现在不是越来越大了吗？想吃香蕉就吃香蕉，想吃甘蔗就吃甘蔗，这几年再没听说过为吃甘蔗被人打死的事情。蓝果树头象说：这才是胡说八道，我听说法就是一只脾气古怪的老虎，别的人不吃，就吃那些害死大象的人。千斤拔头象说：我觉得法就是生孩子，自从有了法，各个家族生下的小象不是越来越多了吗？木奶果头象说：你们怎么一人一个法？我越听越糊涂，真是"盲象摸人"啊，幼稚得不可救药，还是讲故事吧。我觉得我们不能动不动就说很久很久以前，我们大象活在当下，就应该多讲一点现实题材的故事，要是总说很久以前的事，大象们都不愿意听啦，不愿意听的故事恐怕不能算故事吧？亲爱的王莲头象，你得再讲一个。说着偷笑了一下。王莲头象愣了一会儿说：我讲了半天，原来还不算故事啊？那你为什么不早点打断我呢？木奶果头象说：大家都很尊重你，我不好意思打断。王莲头象说：既然这样，那我就再讲一个吧。它沉思了一会儿，便讲起来。听故事的蜥们越来越多，有的黑魆魆，有的黄灿灿，有的白闪闪，三五成群，不断地交头接耳：真好听啊。一条八线游蛇游过来，知道大象不喜欢自己，就覆盖着沙层停了下来。风的耳朵几乎贴到了王莲头象的嘴巴上，乞求道：你能不能别讲啦，等我把那片黑云吹走了你再讲，不然我就听不到啦。沙子凝然不动，空气的澄明里带着蓝色的虚无，那是太阳和空气的儿子。儿子们也来听故事了。风静沙静。

很近很近以来，一个老人带着一头老象，行走在西双版纳的土地上……木奶果头象立刻打断了它：这个故事你刚才不是已经讲过了吗？王莲头象说：没有讲过呀，你往下听就明白啦。老人和老象为什么要行走呢？因为要是老人不带着老象的话，老象和老象的家族就永远不能像过去一样在一个辽阔的地带里生活啦。原来甘露子峡、水鳖滩和升马唐沟是一片三角形的林海，很早以前好几个大象家族都是沿着分布在三角形内的多角象道，走来走去，互相交流的。后来人占据了水鳖滩和升马唐沟口，开垦出大片大片的旱稻田和糯稻田，一见大象靠近，不是放炮，就是敲锣打鼓，还发生了至少两起死象事件，不是打死的，是吃了农药毒死的。大象们一看有生命危险，就再也不敢沿着古象道行走啦，水鳖滩和升马唐沟口变成了封锁线，甘露子峡的大象就一直在甘露子峡，升马唐沟的大象就一直堵在升马唐沟里出不来，偌大的三角雨林变得四分五裂，二十多年过去啦，林海中的大象再也没有见过面，象群的数量只减不增，因为能遇见的都是有亲缘关系的公象，不适合繁育后代，一接近象群就会被头象赶走。后来有一天，甘露子峡来了一个老人，对象群说：我可是冒着生命危险来到这里的，村寨的人不让我来，我说这件事一定要让大象知道，不能不去，反正我老了，再活不了几年了，万一被大象踩死，也没什么遗憾的。我想告诉你们一个好消息，不知道你们理解不理解？他的好消息就是他可以带着象群走过水鳖滩和升马唐沟口，前往升马唐沟的里面。他比比画画说了一百遍，大象们才理解。一头老象说：我跟这个人一样，也老啦，离死不远啦，就让我跟着他去看看，要是我能顺利走过水鳖滩和升马唐沟口，到达我们熟悉的沟里，然后再走回来，以后大家就可以跟着我走啦。这么着，就有了开头我讲的，一个老人带着一头老象，行走在西双版纳的土地上。老人带着老象走过去了没有呢？你们猜一猜。大象们七嘴八舌猜起来，最后都同意普洱茶头象的猜测：不仅没有走过去，老象也死啦，因为这是个阴谋，前去的路上早已挖好了一个大大的陷坑。普洱茶头象强调说：据我所知，人是很狡猾的。王莲头象说：你们都错啦，不仅老象走去又走来，所有甘露子峡的大象都像从前一样，经过水鳖滩到达了升马唐沟的里面，又和升马唐沟的大象一起，来到了甘露子峡。因为水鳖滩不再是封锁线啦，大片大片的旱稻田和糯稻田不见啦，可恶的毒死大象的农药也没有啦，三角林海里的多角象道重新开通啦。大象们好奇怪，都问稻田和农药哪里去啦？王莲头象说：全部死掉啦，死掉的地方又长出了新雨林，茂密得不得了，到处都是好吃的果实，有番石榴、猴子瘿袋果、鸡嗦果、无花果、桑树果、蝴蝶果、海棠果，遍地都是新嫩的藤竹、密毛箭竹、黄竹、刚莠竹、竹叶草、野生稻、心叶稷，用不着走路，转着圈就能吃饱我们的大肚子。

　　王莲头象的故事讲完了，又好像没有。缅桂花家族里，小公象叶子花奶声奶气地问：为什么旱稻田和糯稻田会死掉呢？又为什么死掉后能长出新雨林和那么多好吃的果实呢？没有谁回答，似乎这个小孩的问题太幼稚，不值得回答。但是大花田菁头象不觉得幼稚，它认真地说：不用说是老鹰吃掉了稻子，又拉下屎来变成了雨林。美登木头象说：不对吧？应该是从东方飞来了一层金土，盖住了旱稻田和糯稻田，又从西方飞来了一片红叶，变成了雨林和那些果实。一直沉默不语的缅桂花家族的象妈妈说：我从临沧来到西双版纳，一路见到了不少动物，也听说了不少事情，一只巨鸭告诉我，西双版纳有三个雨林保护模范乡。一只栗腹鸭又告诉我，模范乡就是把庄稼拔掉，再种上树木，恢复雨林最早的模样。

一只绒额䴓还告诉我，雨林保护模范乡也是大象保护模范乡，那里的寨民崇拜大象，见了大象就献吃献喝。故事里的象群恐怕是遇到模范乡了吧？大象们都把视线投向了象妈妈，才意识到这头素昧平生的母象似乎比别的成年母象个头更高仪表更威武，也更有一种超凡脱俗的迷人气质。缅桂花头象说：原来是这样啊？这么重要的事我怎么第一次听说？好像我们大家都是第一次听说吧？真是孤陋寡闻啊，还是我们的象妈妈见多识广。绞股蓝头象说：我好像隐隐约约听说过，但又忘掉啦。敢问象妈妈，你到过雨林保护模范乡吗？象妈妈说：还没有，但是我知道它在哪里，一只长臂猿已经告诉我啦，真想去看看啊。千张纸头象说：你要是去，别忘了叫上我们。风走了，拖着长长的尾巴离开了古大湖的湖心地带，一些沙土被它拉扯着，很不情愿地跟了过去，蓦然看到了湖岸上的绿色，又纷纷止步。绿是有力量的，甚至比风的力量还要大，因为绿有骨骼和血脉，它们和大地连在一起，顽强得寸步不移，就算有些支脉和细胞被风吹得摇来晃去，也无法让它们像风一样丢开绿色，跑向其他颜色。对此风非常生气，不断地摇撼着它们，天天摇撼着它们，看到的却还是绿色的一如既往。绿是不妥协的，骨骼和血脉是不妥协的。

蓝果树头象说：咱们还是回到故事里来吧，我有个疑问，王莲头象讲的好像不是自己家族的事情吧？王莲头象说：说对啦，是别的家族的故事，我听它们的头象说起，就牢牢记住啦。千斤拔头象说：那么到底是哪个家族的故事呢？王莲头象说：家族的名字我没问，但相貌我是记得的，好像这次它们没有来聚果榕坝子。千斤拔头象又问：这么说我们西双版纳不止我们这些大象家族？使君子头象说：肯定不止，还多着呢，尤其是边界地带，很多象群今天过去，明天过来，雨季是西双版纳的大象，旱季又不是啦。红毛丹头象说：你们又跑到故事外头去啦，我想知道的是，那个领路的老人呢？他怎么也跟稻田一样不见啦？美登木头象说：老人不是不见啦，是回家去啦，人都是有家的，对不对？王莲头象说：我也不知道他去了哪里，反正我的故事讲完啦，该轮到木奶果头象啦。木奶果头象说：感谢你多讲了一个故事，也让我多思考了一会儿，好吧，现在该我讲啦。

3

雨林正在大面积地展示容颜，显露的眼睛里，是亮得不能再亮的白光，遮蔽着泛滥的绿色。太阳莽撞地望过来，似乎还没有形成让大地跟它同样闪耀的能力，就来骚扰雨林的寂静和黑暗了。一群受到惊吓的红褐鹟问责似的朝太阳飞去，蓝天淡然一笑，扯下一块襟布丢给了它，它顿时被裹住了，像是说：我能包住太阳，还能包不住你？古大湖的湖心地带，一片黄亮，静谧以赤斑鳄的翅膀做标准，变成了对响动的期待，只要还能听到它的声音，就依然是静谧。豹纹副春蜓似乎不服气，扇动出了更大的声音，也就更加静谧了。大象的故事在静谧中流淌。

木奶果头象说：很近很近以来，声名狼藉的章朗谷大象表演公司来了一个保洁员，保洁员是干什么的呢？就是喜欢大象粪便的人，不然她为什么会天天把粪便收集起来，再用小车子拉走呢？我估计她肯定就像丽金龟、象鼻虫、黑皮蠹、神农蜣、灰灰象和六星虎甲那样，会藏在我们的粪便里生儿育女。她收集粪便时看到一个驯象师让一头大象做一种高难度动作，就是用一条后腿站起来，同时在另一条后腿上吊起一个人。大象身子沉，还要吊起人，一条腿根本站不住，驯象师就用象钩狠狠敲打。保洁员看不过，就把象钩裹在大象粪便里运走啦,寻思你没有了象钩就不会再逼迫大象了吧?但驯象师是毒蝎子变的,找不到象钩就找来毒舌头一样的改锥在大象耳朵后面乱捣,疼得大象嗷嗷直叫。保洁员就又把改锥裹在了粪便里面。驯象师找不到改锥,便拿来改锥的兄弟老虎钳子,夹住大象的皮肉拧来拧去,大象疼得受不了,干脆就趴下啦。保洁员假装不小心把大象粪便泼到了驯象师身上,趁他骂骂咧咧去清洗自己的时候说:"大象啊,我不能再把老虎钳子偷走,偷走的话他还会找来别的家什折磨你,你还是自己跑吧,我身上有关你的铁笼子的钥匙,也有后院大门上的钥匙,我今天晚上就来把两道门都给你打开。我就说我把钥匙丢了,谁开的门我不知道,反正丢钥匙又不犯法,最多他们把我解雇,'章朗谷'的保洁员我也不想干了,天天看着这帮人残害大象,我身上不流血,心里是流血的。"当天晚上大象就跑出去啦,但它没有跑远,而是跑向了一个人,这个人住在景洪城,原先也是"章朗谷"的驯象师,因为心地善良,驯不出大象的鬼怪动作,只能让人骑骑大象,或者让大象用鼻子驮驮人,老板就把他辞退啦。大象不知道他的住处,只知道他经常去林子里采蘑菇,就在林子里等着。两天以后它终于等来了善良的驯象师,早已改行的驯象师仔细一看就火了,大象分明是来告状的:你介绍来的那个坏驯象师多么残暴啊,看他把我折磨成什么样子啦?善良的驯象师立刻去找残忍的驯象师算账,残忍的驯象师不服,两个人就打起来,结果残忍的驯象师打烂了善良的驯象师的头,还把他撂倒在地上继续拳打脚踢。大象一看自己的告状引来了这样的结果,跑上前去,一鼻子打翻了残忍的驯象师,还要扑过去一脚踩死,善良的驯象师爬起来拦住了它:你赶紧跑吧,跑得远远的,再不跑,这个人会打死你的。大象跑了,它跑过了勐养雨林,跑过了勐腊雨林,跑过了勐海雨林,跑着跑着发现前面有一头公象也在奔跑,追上去问道:你怎么也跟我一样在狼狈逃窜?难道你也是从"章朗谷"跑出来的？可是我并没有见过你啊。奔跑的公象回头一看，来了一头母象，高兴地说：咦？从来都是我找母象，怎么今天母象主动来找我啦？然后说它之所以奔跑是想追上离开它的人。母象吃惊地说：一般大象都是躲人的，你为什么还要追人？公象说我已经追了好多年啦，因为我觉得他们离开我是不对的。他们在的时候，我能吃到田里的庄稼和竹楼里的盐巴，他们一走，我就什么也吃不上啦。庄稼吃不上也就算啦，毕竟雨林里有的是野草和野果，可是盐巴，我到哪里去找？我说的是那种粗颗粒晶体状的盐巴，不是硝塘里只有淡淡咸味的泥浆黑水，我已经吃惯了他们喜欢吃的盐巴，再让我披星戴月去寻找嘴里能淡出鸟来的硝塘，怎么可能呢？不行，我说不行就是不行，他们搬到哪里我就追到哪里。最早的时候我跟他们一起住在一个叫金毛狗寨的地方，他们莫名其妙搬到二十公里外的落葵岗后，我追过去又跟他们一起待了三年，接着他们搬到了更远一点的血苋岭，我再次追了过去，又开始吃他们的庄稼和盐巴。他们不给我，我就自己拿，我知道盐巴藏在竹楼的什么地方，鼻子一翘就能闻出来。后来他们又搬到了很远很远的小藜山，以为我再也找不到他们啦。呵呵，我能找不到吗？我是大象，精通几十种语言，风语、雨语、云语、树语、草语我都懂，更别说飞禽走兽的语言啦，随便一打听就能知道他们的下落，我追上去又和他们生活了一段时间。第四次他们搬到了澜沧江这边，我渡江而来，在青葙湾找到了他们，一见他们我就扑上去要盐巴，我说你们不给的话我就掀翻竹楼给你们看，还用鼻子缠住竹楼二层的栏杆让它发出了一阵嘎吱嘎吱的声响。其实我是不会那样做的，就想吓唬吓唬他们，毕竟一起生活了这么多年而我们又是懂得感恩的有情动物。这是他们第五次抛弃我，南来的太阳风告诉我他们去了荭草坝子。你跟我一起去吧，问问他们为什么这么不讲道理，居然会丢下喜欢他们的大象不管？然后我们再商量一下：要不要谈一场恋爱，要不要用你的肚子怀上一个我的孩子？母象说：生小象的事等生活安逸了再说，现在我脑子里一团乱麻，顾不了那么多。又奇怪地问，你又不是人的孩子，人为什么不能丢下你？公象说：我可不这么想，我喜欢他们，他们就得喜欢我，我只要赖上他们，他们就得满足我的需要，谁让我们是大象他们是人呢，是人就得关照我们。两头大象时而肩并肩时而一前一后地跑着，第二天下起了大雨，太阳风不明显，它们感觉不到那些人的踪迹，就又跑了一天，走了一段弯路，才来到茬草坝子。那些人一见公象就惊呼起来：连这个地方它都能找到，还带来了一头母象，就好像我们上辈子欠了它的。罢罢罢，这次再也不躲了，就由着它吧，看它能折腾到什么程度。雨季刚刚开始，地里的庄稼还没有成熟，公象就带着母象走进一座竹楼，翻箱倒柜找了些玉米和稻谷吞进了肚子，然后又把鼻子伸到阳台上找到储存盐巴的瓷罐，大口大口吃了个痛快。公象说：其实最早的时候我只在地里吃粮食，只在他们允许的时候吃他们的盐巴，但现在不一样啦，我得告诉他们，你们越是躲我，我就越要任性，因为我是大象。母象和公象在茬草坝子度过了两年时光，生下一头小象后，又跟着那些人回到了他们最早居住的金毛狗寨。直到现在，人和象还生活在一起。不过公象的奔跑并没有停息，每年雨季开始不久，它就会迎着风雨奔跑而去，因为这时候的空气里到处都是母象产生爱情的气息，却又很难确定母象所在的准确位置，树告诉它在北边，风告诉它在南边，河流告诉它在源头，雨滴告诉它在天上，而最喜欢给它通风报信的冕雀一会儿说在前面，一会儿说在后面。它四处打听四处奔跑，直到遇见一头正在等着它的母象，或者根本就没遇到，只是把自己累了个半死，才会疲惫不堪地回到金毛狗寨，继续跟孤独的母象待在一起。

　　蜥们还在听，八线游蛇离开了，又来了，一来就是八条蛇，有锦蛇，有钝头蛇，有两头蛇，有颈斑蛇，有灰鼠蛇，有金环蛇，有蝮蛇，有小头蛇，都是游蛇叫来的，也都把自己藏在了沙子下面，避免惹得大象不高兴了停止讲故事。风匆匆忙忙跑回来，激动地朝着大象撩起一阵沙雾，然后便静默了，耐心地等着。阳光和地面的对话变成了热浪，有些灼烫，云赶紧跑过去，伞盖似的遮住了大象。凉爽顿时发育而出，一瞬间完成了萌芽、长枝、成蕾、开花、结果的过程。大自然的叙事里，总有侠义者抵消过分和送来慰藉，维持着所有的平衡。木奶果头象的故事讲完了，大家都把眼光投向了普洱茶头象，按照家族所处的位置，接下来应该是它了。普洱茶头象说：你好像讲了三个故事，已经把我的讲掉啦，不用我再讲了吧？木奶果头象说：谁说的，情节就一个，奔跑啊奔跑。普洱茶头象说：那我就讲一个不奔跑的故事吧。说着，扬了几下白沙，让沙帘笼罩了自己，才开始讲故事：

很近很近以来，我们家族的一头育儿母象在去蓝桉河边洗澡时掉进了陷坑，就在小象着急得又喊又叫时，有人从树上扔下来一个下果藤编织的大网罩住了它，把它拖到汽车上拉走了。后来母象让几个勐巴拉娜西大象救护队的人救了上来，小象却再也没有回到象群。十年后我们再看到小象时，它已经是一头受人驱使的役用象啦，就是被人牵拉着驮人驮东西的大象。它好像很听人的话，见到我们后木呆呆地望了一会儿，便在人的驱赶下头也不回地离去啦。有一天，雇佣它的人骑着它去镇子上驮运布匹和茶叶，它走着走着，看到一个戴棕色凉帽的人从路边的翼核果林里冒出来，跟自己背上的人说了几句话，突然就受不了啦，恼怒地狂奔而去，跑向了一棵横逸着树杈的大青树。肯定它已经估计好啦，在它跑过大青树的同时，横逸的树杈把背上的人掀翻在了地上。它继续往前跑，来到一棵臀果木下，一鼻子打过去，把那个奔逃而去棕色凉帽打翻在地，又一脚踢进了不远处长满土荆芥的壕沟。之后大象没有借机逃跑，而是烦躁不安地走来走去，围绕着臀果木，朝着周围的人发威吼叫。人们不敢上前,就让一股透明的雨林风吹过去告诉了远在景洪城的主人。主人说:你们别动它,也不要靠近,我马上赶过去。然后便开着汽车急三赶四地跑来了。大象一见主人,立刻安静下来,等他走到跟前,便像小时候那样,把鼻子搭在了他的肩膀上。那个被掀翻在地的人和棕色凉帽叫来几十个人,拿着猎枪和棍棒,说要报仇雪恨,不打死这头野性十足的大象不罢休。主人跪下了,乞求道:千万不要伤害大象,千仇万恨都算在我头上。后来主人倾家荡产,医好了那两个人的伤,赔偿了所谓的精神损失费,这件事才算风平浪静。

　　普洱茶头象不说话了。大家沉默着,等待着什么却又什么也没有等来。木奶果头象说:就是不知道这头大象为什么会突然发怒?按理说它已经习惯了跟人相处,是不应该这样的。大花田菁头象说:那个戴棕色凉帽的人跟骑着它的人说了几句话,它就发怒了,这是个关键,好像它认识棕色凉帽。美登木头象说:你的意思是它认出了害过它的人?要是这样,那就不用赔偿,连一声对不起都不用说。缅桂花家族的象妈妈说:我想应该是这样,当初母象掉进陷坑和小象被抓,肯定跟棕色凉帽有关,小象虽然年纪小,但记忆的能力已经跟一头成年大象一样啦,自然会牢牢记住。后来不知为什么,也许是花了钱,或者是另外一种交易,小象到了现在的主人手里,成了你说的役用象。得到小象的这个人禀性可能还不坏,养育和驯服的过程中跟它建立了不错的关系,所以他一来它就安安静静地不吼不叫啦,当那些人要报复大象时,他不仅跪下求饶,还拿出所有财产救下了这头役用象。这说明我们大象有时候愤怒逞凶,并不是因为我们作为野生动物的野蛮在起作用,而是我们骨子里跟人类相似的那一部分突然变得重要起来,比如想起了妈妈的灾难,回到了童年的噩梦里,又悲伤又绝望,同时又有出于本能的对伤害的警觉和对自身的防护,又恐惧又紧张,在这种情况下,我们大象就会变得敏感而易怒，人的大部分举动，比如那个被记忆刻在脑子里的坏人棕色凉帽跟骑着它的人的交谈，都会被看作是对大象的挑衅和危害大象的阴谋，而成为大象攻击人的理由。缅桂花家族的象妈妈说着，长叹一声：唉咦兮兮。又说，我们大象经常被人类驯服，并不是人类有这样做的智慧和能力，而是基于我们本身的素质，很多时候人类那些可堪一赞的优秀品质都可以跟我们大象对应起来，比如恩怨分明啦，疾恶如仇啦，忠诚勇敢啦，知恩图报啦——你给我吃给我喝，从来不伤害我，我就顺从你，让你骑，听你的话，还能给你挣钱。大家想想，麻雀那么弱小，可是强大的人类却从来没有驯服过它们，你只要把它抓起来，它就立刻把自己撞死或者饿死，更别说役用啦。为什么呢？因为麻雀本身不具备感恩戴德的条件。大象们都惊异地望着缅桂花家族的象妈妈，觉得这真是一头非同凡响的大象，从一个故事里居然能总结出这么多道理。象妈妈摇了摇头说：是不是我说得不对啊？你们多批评指正。绞股蓝头象说：真是伟大的谦虚啊，我从来没见过你这样低调的大象，缅桂花家族有你，真是福气多多啊。千张纸头象说：故事恐怕还没讲完吧？要是讲完的话，道理就更多啦。普洱茶头象说：差不多讲完啦。蓝果树头象说：差不多是差多少？那你就把差的那一点再讲出来嘛，比如后来呢？大象怎么样了？主人又怎么样了？普洱茶头象说：后来主人把大象送还给了我们普洱茶家族，大象只待了两天就又回到主人身边去啦。再后来大象跟着主人来到了一个旅游景点，天天陪着人照相，驮着人走路，挣了很多钱，远远超过了主人因为保护它而赔偿的损失。缅桂花家族的象妈妈忍不住说：这说明人只要好，大象就会好；人如果坏，大象也会坏。千斤拔头象说：对对对，我也想说这个意思，就是不知道怎么表达。

沉默，大象们静静地思考着。大花田菁头象突然说：接下来该我讲了吧？我是大花田菁家族的新任头象大果人面子，一点讲故事的经验都没有,真发愁啊,那么多好故事都让你们讲掉啦,我讲什么呢?千斤拔头象用鼻子扬起一股白沙,舒畅地沐浴了一下说:那你就再想想,想一个更好的,我们可以一边听人弹琴唱歌,一边等着你。弹琴的雨燕还在弹,唱歌却是另外一个人,她和他互相听不见也看不见,只有大象灵敏到能听见蚂蚁脚步声的耳朵才能兼顾到两个来自不同方向的声音。岩罗章出现了,就在湖心地带的另一头,想用歌声告诉大象们:我来了,就在一片黄花稔和黄心树的林子里,谁要是有伤有病,就来找我。

> 没有源头也没有汇入的是神秘河,
> 那里彩石铺地清澈见鱼浮起烟波,
> 那里开着红莲流淌香蘑漂荡白果,
> 大象在秋月里蹚水一过它就干涸,
> 在春日里用鼻一吸它就泛起浪沫。

> 只有五叶草和蜜蜂花的是响鼓坡,
> 那里响着腰鼓响着军鼓响着堂鼓,
> 那里燃着磷火冒着岚气长着桫椤,
> 大象经过山脚它就响鼓伴着铜锣,
> 如今大象再也不来它就年年沉默。

　　岩罗章一边唱着,一边观察着大象,仔细分辨是哪里的象群,是哪个家族?突然他趴下了,又很快起身爬到了树上。树上的石龙子不高兴地说:我知道你为什么这样,你看到缅桂花家族啦,第一次看到家族成员居然有这么多。你心里正在打鼓,所以你唱到了响鼓坡。对你来说猪屎豆和地不容似乎已经靠不住啦,假如你还抱着毁灭整个缅桂花家族的念头,就得亲自动手。可是你又觉得你更应该毁掉的是六指猎人的后代猪屎豆，更应该坚守最初的目的把猪屎豆和大象统统葬送在一个新太阳升起的日子，而不是留下任何一方成为你一辈子都无法改变生活的理由。那就开始吧，我知道你又要开始啦。岩罗章给猪屎豆打电话，问他这会儿在哪里？猪屎豆说他正在秘密跟踪从勐巴拉娜西大象救护队跑出来的七头大象。"你准备干什么？那些大象可都是贾海桐的心肝宝贝，他们肯定会跟在后面保护，你没有得手的机会。""这个我知道，但又不忍放弃，七头大象里有一头独牙公象，它才是我最值得冒险的。""又是地不容的撺掇吧？你别光听他的，他给你的钱只是他卖出去的五分之一。就为了那么一点钱，把自己送到火坑里，划不来的。独牙公象倒下之日，就是你的灭亡之时，贾海桐不会放过你的。""这是我最后一次猎杀大象，完了我就走人，再也不回来了。""我知道你想溜出边界，但你别忘了，只要我不再护着你，你就是不撂倒独牙公象也会成为阶下囚。""你想干什么？""你应该知道，最好的办法就是你赶紧过来找我，你帮助我灭掉缅桂花家族，我保证你得到至少四支大象牙，到那个时候你想去哪里都可以。"岩罗章想的是：只要拿到猪屎豆害死缅桂花家族的证据，他立即报案，对方根本没有获取象牙的时间。猪屎豆沉默着，突然问："你在什么地方？""聚果榕坝子。""你又在糊弄我，传说中的坝子怎么会是真的？""我什么时候糊弄过你？聚果榕坝子真的存在，你来了就明白，西双版纳的一多半大象家族都来到了这里，接着会发生什么你应该知道。""公象的出现？""对了，包括那头独牙公象在内的许多公象都会来到这里，大部分公象都认识我，我可以保证你在一个最隐秘的地方接触到它们，根本用不着开枪就能得到你想要的东西。""我明白了，那毒药怎么办，你准备还是我准备？""这个不用你操心，我是大象医生我比你在行。"猪屎豆想了一会儿说："你把位置发给我，我现在就往你那里赶。"岩罗章挂了电话便唱起来：

> 是大象迎来了天鹅，天鹅湖的昨天，
> 是岩参拥抱着温泉，温泉可以煮蛋。
> 是南尼温泉年轻夫妇的公泉和母泉，
> 带着大象的体温和眼波一样的清浅。
> 是嘎洒温泉金沙铺地后长出的帆船，
> 带着大象从茶马道汲水而来的勤勉。
> 是蚌冷温泉硫黄溢出后的药浴空间，
> 让所有人和大象闻湿而康淋水而健。
> 是大象让稀茅旱地冒出一百个泉眼，
> 冷水沸腾出一片模糊不清的地热田。

太阳斜立着，凉爽和燠热正在分家，空气是一团一团的，一团跟一团不一样，雨林里的大部分生命都在既喜凉又喜热的感觉中适应着西双版纳。头顶的蓝色和白色交叉着，无论怎么贴近都混合不到一起，而满地的绿色却能让天上的一切颜色水乳交融成自己的本色。绿白的补骨脂、绿蓝的金甲豆、绿黄的羊角拗都在这个时候把光色炫耀成了林海中的前浪，那些把绿、白、蓝、金汇成一体的马鹿花和蓝蝶豆却又尽量安静着，想让微风里的涟漪变成自己的姿色。古大湖的湖心地带依旧寂然如灭，沙子瞪起眼睛大张着嘴，却不是为了把谁吃掉，一种吞噬精神产品的欲望，带着前所未有的冲动，雕塑般凝固在时间的行列里。一对扇尾沙锥夫妇吵着架飞来，一接触这里的安静，立刻就闭嘴了，落在沙地上张口结舌：哇，大象们怎么就全神贯注了呢？岩罗章的歌声哑巴了，大花田菁头象的故事开始了。

4

很近很近以来，当一头大排牙公象开始寻找爱侣时，大象的世界就已经不一样啦。首先它找不到对手，它想把所有它遇到的公象打败之后，拥有所有用气味诱惑了它的产生爱情的母象，可是它只打斗了五场，其他公象就都躲起来不跟它照面啦。它说好吧，既然你们这样怯懦，我就不客气啦，从现在开始，所有的母象都归我啦，不管是产生爱情的还是不产生爱情的。可是大排牙公象从早晨走到傍晚，从第一天走到第三百六十五天，在那片它熟悉的曾经有好几个大象家族出没的雨林里，居然没找到一头母象，它徒劳地游荡着，问鸟，问兽，问树，问草，一路打问：母象们都到哪里去啦？没有谁告诉它，它是多么绝望啊，唉咦兮兮。大花田菁头象睃巡着大家说：你们可以猜猜，母象们到哪里去了呢？看大家都在低头沉思，又说，有一头怯懦的公象，它打不过别的任何一头公象，就只好躲到山上一片微毛布荆、豆腐柴和黄果朴组成的密林里，直到吃完了里面的所有嫩草鲜果才走下山来。它小心翼翼地到处行走觅食，走了几个月才发现，偌大一片雨林居然只有它一头公象，曾经威胁过它的那些壮硕公象都不见啦，今后只要遇到产生爱情的母象，它都可以勇敢追求啦，再也用不着担心自己的肚子会被竞争者的利牙挑破啦。那些公象都到哪里去了呢？你们也可以猜猜。大花田菁头象说罢，扫视了一会儿大家，话锋一转，又讲起了别的故事，有一天，我们象群里来了一头陌生的大象，它没有牙齿，自然就是母象了，可是从它的神情举止和散发出的气味看，好像又是一头公象。跟它经过一番交往后我们才知道，原来这个世界上诞生了一种新的大象，叫无牙公象。唉咦兮兮，公象怎么可以没有长长的白牙呢？实在想不明白啊，你们说说到底是怎么回事？大象们沉默着，没有谁能接住大花田菁头象的话，好像问题超出了大象这种动物思考的范围。使君子头象说：看来大家都被这个故事难住啦，大象不知道的，未必天上的大山雀也不知道，把它叫下来问问不就明白啦。缅桂花家族的象妈妈说：不用问，它还是从我这里知道的。说真的，不管人的爱情还是大象的爱情，都是一种永恒的存在。可要是连爱情的对象都找不到，我们去哪里寻找永恒呢？母象躲开了公象，公象因为胆怯弱小才有了追寻母象的机会，这都是物种违背繁衍规律走向黄昏的反常现象。人类并不知道动物的生存有多艰难，它们必须拥有超过人类数百倍的勇气和能力，才能在恶劣到极限的环境里求得一线希望。无牙公象的出现就是一个证明，人希望得到公象的牙齿，为了达到这个目的，打死了多少头公象啊。公象为了避免人的追杀，就有了拒绝长出牙齿的意念，久而久之无牙基因就开始在公象种群里传播。这是没办法的办法，为了活下去，公象只能用不长牙齿的办法对抗屠杀，保护自己，都到了这份儿上，要是人类还不放过，大象的灭绝就真的没有机会挽救啦，唉咦兮兮。红毛丹头象说：原来是这样啊，我是第一次听说，那我们怎么办呢？王莲头象说：还能怎么办？听天由命呗，主动权在人的手里。美登木头象说：说得对，两条腿走路的人才是关键。接下来该我了吧？那我就讲一个关于人的故事。讲故事之前我想问问，可不可以不说"很近很近以来"这句话，因为给我讲这个故事的过路大象也没说这句话。木奶果头象说：要是不说这句话，你能把故事讲出来吗？美登木头象说：当然可以，这个故事跟这句话没关系。说罢，望着天上的鸟雕，嗷嗷了两声就讲起来。

在版纳雨林南边的雨久花村寨，有一所小学，孩子们喜欢大象，老师也喜欢大象，象群就经常去学校访问，跟老师和孩子们说说话，唱唱歌，玩玩皮球、铁环、呼啦圈什么的。后来孩子们升学了，老师就把他们带到了镇子上，老师还是教学，学生还是上学。

象群里有一头跟老师关系特别好也特别重感情的母象，受不了思念的折磨，就去镇子上找老师，它准确地找到了学校，然后就在校门口一声声地嘶鸣。老师远远看到了，立刻通知所有来自雨久花村寨的学生不许露面，自己也藏了起来，因为他担心大象见到他们后，就会一直陪伴下去，再也不回原来的栖息地啦，而学校所在的镇子人口稠密不说，周围还都是橡胶林，根本不适合大象生存。大象从气味中知道，老师和学生就在里头，却怎么呼唤也不见他们出来，自己也进不了学校的铁栅栏大门，就围绕着学校转啊转，几天几夜不喝水不吃草不休息。老师在学校的塔楼上看着，几次都想扑到大象跟前去，最终还是忍住了，再次吩咐学生不见面，不投食，不接近。大象转了些日子，似乎猜到老师和学生是故意不出来的，失望得号哭了一场，赌气走了。老师很牵挂这头大象，过了几天专门去了一趟雨久花村寨，想当面说声对不起，安慰安慰它，去了以后才知道，这头大象根本就没有回老家，谁也不知道去了哪里。象群的头象还举着鼻子问老师：它不是去找你了吗？怎么没跟你一起回来？老师回到学校，赶紧发动学生去周围寻找，找了半个月没有找着。老师吃也不香，睡也不着，也没心情上课，干脆回到雨久花村寨，天天去那头大象喜欢待的地方等着。终于有一天，在外面流浪了整整一年的大象回来啦，一见老师，长长地嘶鸣着跑了过来，老师也跑了过去，大象用鼻子，老师用双臂，紧紧的拥抱就像花瓣连接着花蕊，树干连接着根茎，天空连接着地面，反正就是两个不一样的东西粘贴到一起的意思。从此以后老师每个星期都会回到雨久花村寨和那头大象团聚，每次他回来，都会看到他的大象在寨门前的路上等着他。给我讲故事的过路大象说，直到现在都还是这样。美登木头象说着后退了几步，表示它的故事讲完了。大家此起彼伏地感叹着，又扬了一会儿白沙，就把眼光投向了缅桂花家族：该轮到你们了吧？你们的故事肯定很精彩。

风动了，蜥们、蛇们小范围活动了一下身子，就又把姿势调整成了听故事的模样。不知什么时候，更多的鸟儿来到了这里，有骨顶鸡，有点斑林鸽，有绿背金鸠，有矶鹬和白腰草鹬，甚至还有一向孤高自赏的灰鹤，有从来都是傲慢无礼的蛇雕和红隼。云低了，也呆了，阳光惊愕着，穿透而来，瓦蓝睁开了眼，瞳光迸射，都想看个究竟，是不是一场饕餮就要发生了？对这些鸟儿来说，蜥们和蛇们可都是上好的美餐，平时十天半月才能逮到一只，还不能自己享用，都得喂给张嘴等食的孩子们，像今天这样多得数不过来的聚集，这样丰盛到可以挑肥拣瘦的机会，真是千载难逢啊。然而，什么也没有发生，古大湖的湖心地带静如远古。只有一种声音时不时地响起来：风你别动啦，老是沙沙沙的，我们听你的还是听大象的？截趾虎你能不能别喘气，肚子在沙子上的起伏会干扰到我们的。善良的云彩请你过来一点，遮住那个就要讲故事的大象家族，它们太热啦。缅桂花家族一片沉默。象妈妈等着头象开口，头象等着象妈妈开口，结果谁也不开口。其他家族的大象们眼巴巴地望着它们，好长时间过去了，都有点不耐烦了。千斤拔头象说：怎么？你们没有故事啊？不可能吧？缅桂花头象突然说：讲故事的都是头象，我已经不是头象啦，头象是它。说着用鼻子指了一下象妈妈。象妈妈正要推辞，头象又说：请大家好好听，我们的故事就要开始啦。缅桂花家族的成员们都说：我们的故事就要开始啦。象妈妈望着家族内那么多信任的眼光，望着周围其他家族的大象们那么多期待的眼光，突然觉得就算是为了家族的荣誉，它也不能再推辞了。它翘起鼻子走到前面，开始用一种自信而果决的语气说话。也就是说从这一刻开始，象妈妈正式成了缅桂花家族的头象。它说：我是一头初来乍到的大象，对西双版纳的了解不及各位的千分之一，我渴望聆听大家的故事，也想知道这些已经发生的故事会不会跟我经历过和预感中即将经历的故事一样，好让我知道应该怎么做才能算是一头真正的西双版纳大象。这样好不好？请大家把我的故事放到最后，这并不是说我的故事有多么重要，而是它很可能不是站在这里讲出来的，而是做出来的，因为就在我成为缅桂花头象的一瞬间，我的脑海里突然出现了一个声音：启程的时候来到啦，北上，北上。难道这就是我要做的，也是在天在地在山在水的象魂要对我讲的？不管怎么说，请大家允许我暂时闭嘴，而让绞股蓝头象先于我讲讲它的故事，我看到它已经跃跃欲试啦。绞股蓝头象说：缅桂花家族比我们绞股蓝家族要历史悠久得多，自然应该是我先讲啦，就像俗话说的，小鸟在前，老鹰在后；长得快的是小树，抢先开的是新花；老鼠拉木锨，大头在后头。它说着，看了看自己家族的大象们，似乎在为自己能够引经据典而得意。

自古以来人就是喜欢打架的一群，现在他们又打起来啦，拐枣寨和鼠李寨又打起来啦。为什么打起来了呢？拐枣寨的人说：是我们保护了大象，不是你们，你们为什么要把功劳窃为己有？为了得到一面锦旗，难道就可以撒谎吗？鼠李寨的人说：别不服气啊，你们已经得过锦旗啦，这一次就算轮也该轮到我们啦。拐枣寨的人说：好事情是做出来的，不是轮出来的。一群人正在追杀一头母象和一头小公象，小公象跑不动啦，母象只好停下。就在追杀的人举枪瞄准的瞬间，母象从傣楝林里跑出来挡在了小公象前面。追杀的人说：好啊好啊，先打死母象，再活捉小公象。就在这个时候，追杀者的脑后突然跳出一个少年，大声喊叫着，一连扑倒了两个举枪的人，自己也被对方打翻在地。少年爬起来，手里捏着泥土，不顾拳打脚踢，扑过去塞进了三支枪的枪管。追杀者拿起枪不敢射击，生怕堵塞的枪管引发子弹爆炸，气急败坏地打烂了少年的头，打断了他的两根肋骨。趁着这个机会，母象带着小公象远远地跑啦。这个少年名声在外，你们不会不知道他是拐枣寨的吧？鼠李寨的人说：当然知道，但是少年长大了，长大后娶了妻子，每年差不多有一半时间生活在妻子的父母家。你们不会不知道妻子的父母家就在我们鼠李寨吧？既然这样，他勇敢救大象的事自然也有我们的一半。再说你们已经拿过锦旗了，我们从来没拿过，做婆家的为什么就不能让一让娘家人呢？拐枣寨的人说：我们拿锦旗也不光是因为这个少年，那一次一头小象调皮捣蛋走到紫丹溶洞里去了，溶洞深得走半天不见尽头，大洞套着小洞，小洞连着暗河，还有数不清的石笋石林挡路。小象进去后三拐四拐迷了路，怎么也走不出来了，大象们急得嗷嗷叫，又不敢进去寻找，是我们拐枣寨一个年轻时进过溶洞的老人冒着生命危险，进到溶洞里转了一天，才找到小象把它救了出来。老人不久就去世了，象群知道他埋在村寨后面的铁橡栎林里，每年正月都会去看看，围着坟墓半天不走，还会用鼻子给老人扫墓。

　　鼠李寨的人说：你不说这个我们还想不起来，听说溶洞是朝东延伸的，东边是我们鼠李寨，小象也算是从我们的地界里救出去的，虽然我们没有出什么力，但我们的着急担忧一点也不比你们少，为什么不能算我们一份呢？拐枣寨的人说：你们居然敢这么想，真是不讲理啊。那一年大旱，枫杨河的水都干了，是谁从井里打水供应象群的？你们不会说是鼠李寨的人吧？后来井里的水也干了，打不上水来人和大象都着急，还是我们带着象群去百里外的砖子苗沟找到了水源。鼠李寨的人说：这件事恐怕有点颠倒吧？不是人带着大象找到了水源，是大象带着人去了有水的砖子苗沟。那一次我们寨子里的人也跟着去了，两个寨子的人伙在一起围着泉水睡了一夜你们居然忘了？拐枣寨的人说：不管怎么说，是走在前面的我们和大象首先看到了泉水，而不是你们。还有哭活死大象的事情，也发生在我们寨子里，跟你们毫无关系，怎么现在功劳也算在你们头上了呢？别忘了是我们的祖先有那个传说——大象死了你使劲哭，哭着哭着，死象就会吸入你的眼泪，让干硬的灵魂在湿润中发芽长叶，然后一骨碌爬起来。大象被滚落的山石砸伤那次，是我们寨子的人先发现的，大象哭，我们也哭，但大象的哭是没有眼泪的，死象之所以又活过来，完全是靠了我们的眼泪。我们哭了多久你们知道吗？整整一天一夜，男人哭，女人也哭，后来又加进了孩子们，眼泪多得能把死象淹掉，结果呢，就在眼泪湿透大象以后，它活啦，真是摇摇晃晃站起来啦。那一次枫杨河发大水，地势低一点的地方都淹啦，是我们把半山腰的台地让给了大象，而不是你们。我们村寨有一个老人议事会，每年泼水节期间，老人们都会挨家挨户去化缘，这些钱我们全部用在了保护大象上，比如买来籽种给大象种玉米、旱稻、香蕉和火龙果。你们呢，种的全是砂仁、可可、茶叶、毕拔这些大象碰都不碰的东西。鼠李寨的人说：你们把玉米和旱稻种在了我们寨子的撂荒地里，大象吃了也算是吃我们的。你们寨子的老人年年来我们寨子化缘，我们各家各户没少掏钱，拿不出钱的也给了东西，一捆甘蔗啦，两筐玉米啦，半袋芭蕉啦。枫杨河发大水那次，我们连寨子都让给大象了，后来寨子进了水，大象才跑到了你们的台地上。把死象哭活的时候，我们寨子的不少人围在那里，也都跟着流眼泪，不信你们去问问大象，它们是记得我们的眼泪味道的。说着说着，他们就打起来啦，你摔倒我，我摔倒你的。虽然后来我们知道，他们是想用摔跤比输赢的办法夺回锦旗和保护锦旗，但也让我们大象十分不安：怎么可以让人家为了我们而动武呢？何况还有十分为难的问题需要回答，打斗的双方动不动要问：大象你们说，锦旗到底应该归谁？我们能说什么呢？假话不能说，真话不敢说，只能和稀泥，打哈哈：你们对我们都很好，一家一半吧。后来两个村寨的人果然把锦旗撕开，一家一半卷起来走啦。唉咦兮兮，我们保持沉默就好啦。

绞股蓝头象不说话了。低低的云彩突然高飞而去，像是去给同类通报消息的：来啊来啊，这里是大象故事会。转眼之间又聚集了更多的云，有厚有薄，厚的是深蓝，薄的是橘黄，翻滚在雨林之上，把所有敢于伸头的植物都整整齐齐切去了一层。而在湖心地带，没有树的地方，一股巨大的白光冲天而起，衔接着瓦蓝的穹顶，那儿有草原雕在游荡，有静飞的黄腹扇尾鹟在通透的空气里寻找落脚的林冠。天正在破碎，连带着光与影的破碎，众鸟的归巢正在紧张进行，却又显得漫不经心，路过的寿带鸟和方尾鹟还是下来了，就像遇到了经停的岛屿，落在大象的脊背上高歌惬意。扬起的白沙如同水帘，带着音乐的节奏碰触着大象的肌体和掠过头顶的风。黄昏的脚步沙沙而来，每走一步都会响起一声大象的叹息。千张纸头象说：是不是该我啦？我听过的故事太多啦，想了半天也不知道讲什么好。家族内的一头老象小声说：重样的它们不爱听，你讲一个不重样的吧。

千张纸头象说：好吧，那我就讲讲大象和象奴的故事吧，很久很久以前——这句话我必须说，因为真的是很久很久以前，我们千张纸家族的一头大象被人抓去做了战象，战象不理解人和人为什么打仗，但只要把它培养成战士，它就能冲锋陷阵。骑着大象打仗的是猛士，喂养大象的是象奴。有一个人既是猛士又是象奴，他跟我们的先祖大象一起生活了二十多年，经历了无数次战斗，伤疤就像标签一样贴在大象和象奴的身上，一个挨着一个，几乎没有一块不贴标签的皮肤。岁月流逝，大象和象奴渐渐老啦。有一天，将军对象奴说：我看你力气越来越小，行动越来越慢，只能做象奴不能做猛士了，看在你忠心耿耿为我出生入死的分上，我赏给你一个丫鬟和一百两银子，放你回家，你买几亩地好好过日子去吧。象奴说：将军，我不要丫鬟也不要银子，我想要那头跟我已经不分彼此的大象。将军想了想说：不行，我训练的大象都是要战死沙场的，不能随便退伍。象奴说：那我也不回家了，它在哪里我就在哪里。大象和这个人又一起为将军拼命战斗了五年。将军说：我再给你一次机会，带着丫鬟和一百两银子离开军队，去过正常人的生活。象奴说：将军，我是不会离开我的大象的。又过了十年，一次远征即将开始，将军说：大象还能为我驮运辎重和踏平敌阵，你却老得不成样子了，还是回家去吧，丫鬟可以给你两个，银子可以给你二百两。象奴说：不，将军，让我离开军队的前提是你把大象赏赐给我。将军还是没有答应。后来象奴死在了这次征战的途中，不久大象也死啦，它冲向敌阵后没有按照惯例停下，而是继续向前，直接冲进了对方阵营烧起的大火。将军望着大象喊道：你为什么要自杀呢？回来，回来。话音未落，一支毒箭射来，深深地插进了他的喉咙。我们的祖先说，这就是大象和人的关系的起源，也是古代人对待大象的态度，有的人把大象当作了奴隶，有的人把大象当作了亲人。一直低头讲故事的千张纸头象突然抬起头，感慨地哞了一声算是结束。

　　夜晚搬走了视野里的沙黄和草绿，空间表面上小了，其实更大了，因为堵挡太多太近的时候，又会显得什么也没有。柔软的夜色顺从而谦让，只要有一点点亮光，比如毛发的光色、眼睛的晶莹，它都会给你腾出地方来，让你闪耀，不像阳光下赤裸的雨林和原野，决不允许黑暗有一丝一毫的位置。夜在临盆，只有它自己知道即将诞生的是什么，也许是更黑的黑暗，也许是黑暗中的光明，但不管是黑暗还是光明，羊水照样会破，脐带照样会断，滋长的、蔓延的、活跃的，都会按照它们自己的愿望，开始既定的生命里程。千张纸头象说：我讲得怎么样，是不是太短啦？红毛丹头象说：不短不短，你讲的是历史，历史那么远那么长，我的思维一直在往回跑，差不多跑到了太阳跟前你才讲完。千张纸头象说：那你们也不评价评价，到底怎么样嘛？王莲头象赶紧说：好啊好啊，确实好，但就是没时间多多评价，因为蓝果树家族的故事就要开始啦。蓝果树头象说：现在开始还是明天开始？天都黑啦。刚刚担任缅桂花家族头象的象妈妈说：黑夜这个东西能阻挡的是眼睛不是耳朵，耳朵在晚上比白天还要灵敏，不信大家试试，让蓝果树头象小声讲，看能不能听清楚。蓝果树头象犹犹豫豫地用前脚摩擦着白沙，腼腆地讲起来。

5

我的故事发生的时间不在很久很久以前，也不在很近很近以来，而是在"很久"的末尾和"很近"的开端——二十世纪五十年代下半叶。那时候大象跟犀牛在一起，尤其是西双版纳，有大象的地方就有犀牛。它们在一片林子里觅食，在一条河里洗澡，在一个硝塘里补充矿物质，为了同时看中的一颗毛杨梅，或者嫌对方弄脏了河湾里的干净水，有时候会有争吵会有打架，但从来没有弄伤过对方，差不多也算是和睦相处了。这种有犀有象的景象持续到了一个雨林开始被乱砍滥伐的年代，一伙不断获取象牙的人开始盯上了犀牛的角和骨肉，说它们能治疗二十三种疾病，还能雕刻昂贵的工艺品。犀牛的末日从此到来，没过几年，整个滇南就剩下了最后一头犀牛。它是一头年轻力壮的母犀牛，大象们看它孤苦伶仃的样子，怜惜地叫它犀牛妹妹。犀牛妹妹每天最重要的事情就是寻找自己的同类，它走遍了西双版纳，能找到的仅仅是犀牛残留的尸骨和渗透着犀牛血的土壤，心里的凄凉和孤寂就像雨季里的澜沧江又深又广，那种痛苦是我们这些还没有面对过种群末日的动物所无法想象的。后来它碰到我们蓝果树家族，头象可怜它，就说你们犀牛就剩你一个啦，你干脆和我们在一起吧，好歹有个伴儿，我们毕竟是个群体，保护自己的办法还是要多一些。无依无靠的犀牛妹妹听话地跟上了我们。但仅仅过了半年，犀牛妹妹就被猎杀者发现了，他们欣喜若狂地穷追不舍，说如果它真的是最后一头犀牛，那我们就是最后的胜利者，彻底消灭雨林霸主之一——犀牛的居然是我们，我们是不是可以给自己立一块碑了？他们很快实现了自己的梦想，犀牛妹妹被捕杀而死。那些日子蓝果树家族的大象一边逃跑一边哭喊：我们的妹妹死啦，我们的妹妹死啦，它是我们见过的最后一头犀牛啊，如今它死啦。就这样一连哭了几个月。突然有一天，头象把鼻子狠狠一甩说：不哭啦，从今天开始，我们要坚强起来，为犀牛妹妹报仇。蓝果树家族的生活就在头象说完这句话的下一分钟发生了改变，躲躲藏藏和拼命逃跑顿时被主动靠近和寻找杀手替代了。不久我们就知道了杀死最后一头犀牛的那几个人住在哪里，家族成员一起出动，趁着月黑风高，闯进他们的居住地，毁掉了所有砖瓦和木头建造的房屋。那些人从房屋里跑出来，又是敲锣打鼓，又是开枪射击，罪恶的子弹在夜空里呼啸着，家族的两头大象应声倒地，为这次报仇付出了生命的代价。但是我们不后悔，我们需要让人知道：被逼到绝路上的动物会产生共情心理，它们是可以摒弃前嫌互相帮助的，说不定哪一天所有被损害和被侮辱的动物都会联合起来对付人类，就算对付不过，也会用集体死亡的方式，让整个世界看看最惨烈最悲壮的死亡是什么样子的。

　　沉默。好长时间没有一头大象会打断这种由小声讲故事而造成的沉默，因为小声并不等于没有力量，故事本身的冲击就像闷雷滚荡在大象们心里。风吹来，一阵比一阵强劲，大象们似乎醒了，一起发出了一声唉咦兮兮的叹息。缅桂花头象说：看看今夜的月亮吧，为什么如此明亮？因为在无所不知的象魂的启示里，我们西双版纳大象的头顶很可能已经不存在暗无天日的时刻啦，月亮一旦离去，星星就会出现，星星一旦消失，太阳就会光临。虽然我们依然要像从前一样小心翼翼，谨慎行事，但也无须过度悲观，相信我的话，人如果不放弃未来，大象就有未来。蓝果树头象大声说：我好像也这么想，就是不知道对不对？千斤拔头象说：要是都能想到一起，那就好啦，我就不用再讲我的故事啦。木奶果头象说：莫非你要讲一个想不到一起的故事？千斤拔头象说：我也不知道，反正我要讲的这头大象跟所有大象的思维都不一样。普洱茶头象说：那就赶快讲吧。一颗流星划过，光脉带着火花在西双版纳的静夜图里画出了一个带有弧度的对角线，对角线的下方是彩绸一样的雨林堆积，那是记忆里的彩色，每一双眼睛都知道，对角线的上方是无边的空白，但能容纳的体积和质量却不是无边的，在对称和均衡的永久规律中，上方的空白永远对等于下方的充实——天上的另一个西双版纳、另一片浩瀚雨林、另一群大象正在熠熠闪烁。又一颗流星悄然划过，天豁亮了片刻，又迅速黯淡下去了。一阵伴随着吉他弹奏的歌声随风飘来：

> 我来到花团锦簇的西双版纳，
> 寻找一朵花，
> 它叫东方独秀又叫万艳之杀
> 又叫焰火不敌又叫孤冷象花。
> 我走过所有的路看到所有的花，
> 最后的结果是我再也不喜欢花。
> ——为什么要有这么多花？
> 为什么有多少花就有多少败后的邋遢？
> 为什么凋零带给我的沮丧和悲沉，
> 超过了盛开带给我的欣悦和奋发？
> 我期待天长地久的如诗如画，
> 我赞美与地常在的雨后仙葩，
> 在我不忍残英落下、颜色成泥的时候，

我怎么会喜欢那朵孤冷了数万年的大象之花?

大象不是花,

大象是铁塔,

是补天的女娲独领绝代芳华。

包括夜色在内,蜥们、蛇们、风们、鸟儿们依然听着故事。这会儿又加进来了星星,由于神情专注,光华比平日多了好几倍。千斤拔头象说:你们听着,这头大象有个名字叫春城吉祥物,它生活在昆明山茶花夏令营基地,已经有十多年啦。十多年无微不至的关怀让它变得明光闪亮,体魄强壮,胖乎乎的就像个厚皮包裹着的巨大的血肉立方体。它性格温顺,心理健康,生活安逸,整天除了吃和睡就是玩。来夏令营度过快乐时光的孩子们见了它就像见到了神,既敬畏又亲切,绵软的小手春风一样抚摸着。它也乐意跟他们在一起,允许他们骑在自己的鼻子上参起两个小指头照相,它知道自己也会被照上,就尽量做出一副和蔼可亲的样子。它也真的是和蔼可亲的,从内心里喜欢着人,喜欢着夏令营的生活。但是突然有一天,就在把又一拨结束夏令营生活的孩子送上大门外的汽车后,它以一种早已谋划好的自信,朝着南方快步走去。它走过了一条又一条繁华的街道,路过了一拨又一拨看热闹的人群,拖拽着想尽办法要让它返回夏令营的那些人,走出了都市的昆明,进入了乡村的昆明,然后便以更快的速度朝着有森林的地方走去。那么多人跟着它,一次次尝试着跟它交流,让它听话,它都不予理睬。它走啊走啊,除了补充能量和必要的睡眠,从来不停下,有时沿着公路走,有时沿着便道走,在它穿过田野时,一直跟着它捕捉被它惊起的野兔和田鼠的猛隼每每都会诧异地叫起来:它选择的捷径怎么这么精准啊?精力和时间不会有一丁点浪费。春城吉祥物走过了春天,又走过了夏天,终于走到了西双版纳,来到了热带雨林的边界。跟着它的人说：它来自雨林，现在要回归雨林，这也是大象的最好归宿，那就由它去吧。它在雨林里转了一圈，看到已经没有了跟踪的人，便直接来到蝴蝶坝子，走进勐巴拉娜西大象救护队敞开的大门，故意要引起人们注意似的嘶鸣着，欣赏了一会儿缤纷斑斓的万蝶飞舞，就又转身离开，快步朝雨林走去。它瘦了，差不多已经是皮包骨了，四个脚掌早就磨烂，不断有血印出现在它走过的路上，浑身上下到处是因为长时间不水浴不沙浴不草浴而出现的紫斑和蚊虫叮咬的血疙瘩，脓水如溪如河地流淌着。但它依然没有停下来的意思，坚定地行走着，向南，向南。突然有一天，它停下了，就在一片黄叶树终止延伸，蝴蝶坝子的人悄悄跟过来之后，它停在了一棵番樱桃树下，树边是条印有车辙的土路，路边是一棵死去的嘉赐树，树上缠绕着一根失去颜色的电线，电线朝前延伸而去，又搭在了一棵毛果杜英上，显然树的延伸也是电线的延伸，就是不知道会延伸到什么地方。春城吉祥物仰头看了看，毅然举起鼻子，缠住那根电线，拽下来，卷在了鼻子上。几乎在同时，一个戴着棕色凉帽的人从隐蔽在黄叶树林中的绿色越野车里跳出来趴到了地上。大象回头看了他一眼，还是卷来卷去地对付着电线，一副漫不经心的样子。就在这时，枪响了，因为枪管是套着消音器的，声音不大，威力却不小，春城吉祥物倒在了血泊中。它没有马上死掉，但也没有挣扎着起来逃跑，就那么静静地躺着，任凭鲜血流淌，染红了身下偌大一片盾果草和附地菜。棕色凉帽看它一动不动之后才走过来，放下枪，拿出一把匕首，正要剥皮卸骨，忽听身后响起一阵踢踏草树的沙沙声，惊然回首，就见几个大象救护队的人朝他扑来。他拔腿就跑，却被大象拽断的电线绊了一跤，跳起来再跑，电线就像黑链游蛇一样弯扭着，缠住了他的腿。他试图解开电线，电线却拼命纠缠着不让他解开。他知道自己不会再有逃跑的时间了，爬动着要去拿枪，却被冲过来的救护队员死死摁在了地上。一个盗猎分子落网啦,他声嘶力竭地喊叫着:"地不容,地不容。"回应他的是一阵发动汽车的声音,藏在黄叶树林里的那辆绿色越野车疾驰而去。

千斤拔头象的故事讲完了:唉咦兮兮,我们的春城吉祥物生活在一个那么多人爱它的地方,怎么会突然抛弃呢?到了西双版纳,首先跑到勐巴拉娜西大象救护队大呼小叫,要是它想留在蝴蝶坝子,继续得到人的照顾,那还比较好理解,可为什么又要离开呢?然后就一头扑向了电线,扑向了子弹,彻底离开了这个世界。我说了春城吉祥物跟所有大象想得不一样,果然不一样吧?大家七嘴八舌地说:真的不一样,这是一头什么样的大象啊,好像挺傻的。作为缅桂花头象的象妈妈开口了:我觉得春城吉祥物非常了不起,它一定是得到了在天在地在山在水的象魂的启示,长途跋涉从昆明来到西双版纳,首先联系上了大象救护队的人,再带着他们来到有电线的地方——请大家注意,所有可以用我们大象的鼻子扯下来的电线,都是不合规定私自拉起的电线,或者是带着阴谋诡计专门用来猎杀大象的电线,我们大象让这种电线打死的还少吗?春城吉祥物首先让救护队的人关注到了险恶电线的存在,又视死如归地引出了盗猎者,帮助人和我们铲除了为害大象的一个顽固隐患。它不是跟我们想得不一样,而是太一样啦,一样得我们都不理解啦。大象们听着,回味了一会儿才恍然大悟:还是缅桂花头象说得好啊,不是春城吉祥物傻,是我们太傻。大象们便纷纷开始检讨自己到底有多傻。缅桂花头象说:我也有不理解的地方,请问千斤拔头象,这个故事你是从哪里听来的呢?千斤拔头象说:好像没有谁告诉过我,但我就是知道。偶尔我会知道一两个明天的故事,要问我为什么知道,我就回答不上来啦。缅桂花头象说:原来你讲的是明天的故事,怪不得让我觉得有点穿越,难道你能走到时间的前面去?千斤拔头象说:不能吧?只有时间本身才能走到时间前面,大象从来都是追着时间走的。

夜色已深，群星奔放的天空在雨林的头顶营造出一片海海漫漫的天上雨林，是火树银花连缀成万顷波浪的雨林，是金色和黑色还要加上青云互相成全的雨林，就像雨林在白天照耀着天空那样，繁星的雨林此刻刺穿了大地的黑暗，让大象们变成了一些闪闪烁烁的光点。白花花的湖心地带如同月亮来到了地面，把一轮轮银色的环形光晕推向四周，悄悄动荡的宁静在午夜的倦怠中显得过于惬意了，木姜子的香味随风而来，吸血蝠和小黄蝠的翅膀划过夜空的声音随风而来。大花田菁头象说：就让我们现在开始吧？美登木头象问：开始什么？接着又说，对对对，我想起来啦，是不是应该评选啦？绞股蓝头象说：怎么评选呢？我觉得所有的故事都很好，除了我讲的。千张纸头象说：是啊是啊，不好评选，就像我们不可以不尊重所有的头象那样。要不这样，让每个头象再讲一个故事？缅桂花头象说：接下来的故事不能再站着讲啦，我们要行动起来啦。蓝果树头象说：我有个建议，各个家族就不要比故事啦，比智慧，我觉得缅桂花头象是最有智慧的。千斤拔头象说：可是它还没讲故事呢？使君子头象说：它本身就是故事，我们要是了解它如何从临沧来到西双版纳，就知道我们讲过的那些故事轻薄苍白得就像云朵。红毛丹头象说：它刚才不是说啦，它的故事不是讲出来的，而是做出来的，还说启程的时候来到啦，北上，北上，这恐怕就是它要做的。既然这样，缅桂花头象就责无旁贷啦。大家七嘴八舌地赞同着。王莲头象说：我是没有异议的，但蝴蝶坝子的大象还没到，不知道它们是什么意见，再等等吧。因为是西双版纳的大象领袖，它们这几头最接近人类的大象的意见是绝对不能忽视的。木奶果头象说：再说还要自愿报名，谁去谁不去也得听听它们的。普洱茶头象说：那现在我们干什么？大象们不说话，都看着缅桂花头象，好像它已经是所有在场大象认可的领袖了。缅桂花头象神情谦卑地望着大家，语气却是当仁不让的：饿了的去找东西吃，困了的原地睡觉。所有大象都选择了后者,在绵软而干净的白沙地上睡觉是多么舒服啊。

千年健带领蝴蝶坝子的大象来到聚果榕坝子,跟湖心地带的那些大象家族会合时,疲倦了的晴朗有些暗淡了,雨林猛可地散发出一层比一层沉厚的水汽,滞重地弥漫着,而后变薄变淡变成一堆堆轻柔的丝絮,在天蓝和地绿之间回荡成一些稀奇古怪的造型,转眼就拥抱了所有的大象,接着便是拥抱的叠加,一个造型摞着一个造型,就像许多个人正在轮换着抱起一个孩子不停地亲吻。大象们嘶喊着,是亲情见面的嘶喊,是悲伤的风暴带来的喜悦的急雨,是绝望不断又希望不断的交叉感染。它们在随时破碎的生活里捡起了落地的鳞片,回味着破碎之前的甜蜜,又品尝着破碎之后的酸涩,是那样的意味深长。母象槟榔青对自己身边的幼象金合欢说了一声跟我来,用鼻子撩开浓雾,扑到了自己的亲人跟前:一来聚果榕坝子就听北灰鹟叨叨起王莲家族,原来你们还活着啊?不仅活着,还让王莲家族的旗帜迎风不倒地飘扬到了今天,我这个老头象真是不中用啊,低估了家族成员——亲情大象的能力,也没有预见到你们坚忍不拔的勇气。现在我来介绍一下,这是我们蝴蝶坝子的……它发现幼象金合欢并没有跟上自己,立刻回头寻找,发现它已经被普洱茶家族团团围住了。那就不管它啦,这个一直由自己照顾着的幼象终于找到了自己的家族,它们要叙旧,我们也要叙旧,亲爱的孩子们,为什么不把鼻子伸过来?紧紧地纠缠在一起那才叫情深似海。雨林高处,聚果榕坝子一角,湖心地带,四面八方都是叙旧。母象无忧花跑向了红毛丹家族:好着吧?亲爱的家人们,都好着吧?对方说:你也好着吧?无忧花说:好不好你们看看就知道啦。亚成体母象千年健来到绞股蓝家族中间:要不是在天在地在山在水的象魂阻止我,我早就应该跟你们见面啦。不过现在见面也不晚,说不定恰到好处呢，象魂的安排总是最好的安排。瞧瞧我，又长肌肉了吧？你们呢？该衰老的没有衰老，该长高的都在长高，恭喜恭喜。老母象黑面神被千张纸家族的大象前呼后拥着，有的叫奶奶，有的叫妈妈，有的叫阿姨，它嗯嗯啊啊答应着，喜极而悲地望着每一个家族成员：真没想到啊，我还活得好好的，还能跟大家见上一面。独牙公象不高兴地嘀咕着：怎么转眼都不见啦？我们一路走来，不是说好以后大家要永永远远在一起吗？它来到小母象蜜沉香跟前，用鼻子抚摸着对方说：它们把你丢下啦，也不管你是一头可怜的孤儿象啦。蜜沉香惊诧地望着弥漫在周围的白雾，翘起鼻子不断探摸着空气里浓郁的大象气息，像是说：怎么会出现这么多大象啊？几次想走开，却又不知道往哪里走。它知道自己没有亲人，此刻唯一能做的就是羡慕别人而后顾影自怜。

但是仅仅过了两个小时，来自蝴蝶坝子的大象就都告别自己的家族，来到了湖心地带的外层，围绕着千年健站在了那里，像是一种宣布：一个新的大象家族诞生啦。云开雾散，光亮的普照如同飞翔的太阳落了下来，满地的金色有些滚烫，照耀是那样的没有遗漏，阴影消失了踪迹，就连对着阳光的背面也是豁然而有热度的。一阵轻风掀起一层白沙的浅浪，覆盖着刺眼的地面，层层叠叠的雨林堵挡而来，秀色泛滥着，把一股股绿海特有的新鲜而又充满腐殖质的气息送上了天空。满天的光脉霎时变成了一条条笔直而纤细的气生根，吸收着雨林散发出的氧气和氮气，迅速长高，长出了宇宙的果实——太阳，长出了太阳的枝蔓——月亮和星星，然后便是花絮的飞扬——云朵出现了。千年健大声问道：我们都没听大家的故事，大家是不是也不听我们的故事啦？缅桂花头象说：你们各自的家族已经讲过啦，不需要你们再讲啦。千年健说：太遗憾啦，我想讲讲蝴蝶坝子和勐巴拉娜西大象救护队队长贾海桐的故事，看来没有机会啦。不过我们更加迫切的愿望还是做点什么，而不是讲点什么。缅桂花头象说：出类拔萃的大象们，那就直接报名吧。

让大家没想到的是，所有来自蝴蝶坝子的大象都报了名，包括老母象黑面神，它说自己还是不想拖累千张纸家族，就让它在余生跟一些没有亲情关系的大象在一起，走走远路吧。幼象金合欢则是由母象槟榔青报的名，因为比起普洱茶家族来，它似乎更愿意跟着槟榔青走南闯北。接着报名的是缅桂花家族重伤初愈的象奶奶以及象姨、象姐姐、小象凤凰木，不在场的凤凰木是已然成为大象领袖的象妈妈替它报的名。小公象叶子花大声喊叫起来：我也要去，我也要去。缅桂花家族的原头象说：那就让它去吧，也好跟着那些有本事的大象历练历练。缅桂花头象说：你呢，你为什么不去？原头象说：非常想去，但又不能去，我是一头肇事大象，会连累你们的。缅桂花头象说：你跟别的家族成员在一起，难道就不会连累啦？它本意是想说服原头象一起去，却引出原头象的一阵悲叹：是啊，也会连累的，可是我怎么做才能不连累呢？缅桂花头象说：什么连累不连累的？你还不是为了家族的自由和尊严？不要想得太多，还是跟我们去吧？原头象沉默了一会儿，摇着鼻子说：我已经决定啦，哪里也不去，就回蚁花寨看看，那里的每一棵树上都有我们的记忆。缅桂花头象说：蚁花寨的人正在追杀你，你回去干什么？原头象说：他们追杀我，是因为我逃跑啦，我要是不逃跑，还追杀我干什么？缅桂花头象说：你傻呀？你是去送死的，他们当然不会再追杀啦。原头象固执地说：我已经不是头象啦，不需要承担别的大象的命运，就想一个人自由自在地到处走一走，蚁花寨是老家，回老家看看也没什么不好的。缅桂花头象还想动员它一起走，思考了一会儿，觉得对方也许有其他不便明说的想法，就放弃了。

6

接下来，所有家族的头象都报了名，它们是木奶果头象、普洱茶头象、大花田菁头象、美登木头象、绞股蓝头象、千张纸头象、蓝果树头象、千斤拔头象、使君子头象、红毛丹头象、王莲头象。缅桂花头象说：不能啊，不能所有家族的头象都离开西双版纳，万一有什么事呢？我是这样想，如果想去的大象太多，可以分两批，我们先去，算是探探路，要是真的像我们期待的那样值得一去，下一批马上出发。大家觉得这个办法好，就开始在报名的大象里挑选第一批北上的成员，结果很快出来了，它们是：

缅桂花头象、象奶奶、象姐姐、小象凤凰木、小公象叶子花、亚成体母象千年健、老母象黑面神、母象槟榔青、幼象金合欢、母象无忧花、小母象蜜沉香、独牙公象、千斤拔头象、蓝果树头象、大花田菁头象。

象姐姐问：为什么没有象姨？缅桂花头象说：我们缅桂花家族原来的头象虚怀若谷，不想再领导大家啦，象姨必须留下来，担任缅桂花家族的临时负责象。大花田菁头象说：在我们的梦里象魂的启示是，由西双版纳的大象领袖率领一群自愿报名且出类拔萃的大象，去北方走走。现在确定的这些大象里头，缅桂花头象的出类拔萃是毋庸置疑的，包括我在内的其他十四头大象，难道都达到了这个标准？缅桂花头象说：你想质疑什么？质疑这些大象的资格，还是质疑象魂的梦示？在我看来，只要是敢于上路的，就都是出类拔萃的，即便现在不出类拔萃，走在路上一定会出类拔萃。美登木头象说：这个说法我同意，敢于上路的，就都是好样的。大家都说：既然已经确定了，那就让它们把出类拔萃的桂冠戴起来吧。千斤拔头象说：再就是有几头象的称呼恐怕要变一变啦，比如我，就暂时不要叫什么头象了吧，就叫千斤拔。蓝果树头象说：对啊，再叫头象的话大家都分不清谁是真正的头象啦，我是代表蓝果树家族的，就叫我蓝果树吧。大花田菁头象说：我在成为大花田菁头象前叫大果人面子，就还是叫这个名字吧。缅桂花家族的象奶奶说：大家都有一个好听的名字，我是不是也应该有一个？要是都叫我象奶奶的话，会把我叫糊涂的，到最后我到底是谁的奶奶连自己都分不清啦。缅桂花头象说：那你就是大家的奶奶，你和老母象黑面神都是大家的奶奶。象姐姐说：还是起一个别的名字好，名字好听的话连大象本人也会好看起来，我也想起一个名字，就是不知道起什么。象奶奶说：你不是最喜欢吃百香果吗？百香果又叫西番莲，你就叫西番莲。象姐姐说：好啊好啊，奶奶把名字起到我心里去啦。那奶奶叫什么呢？缅桂花头象说：我记得奶奶说过，有好几次洗澡着凉后肚子不消化，吃了几颗香籽含笑就好啦，香籽含笑跟你是有缘分的，就叫香籽含笑吧。象奶奶说：这个名字吉祥，我就叫它啦。独牙公象说：那我呢？我虽然是独牙，但并不喜欢别人叫我独牙公象，就好比瘸子瞎子不喜欢别人叫它瘸子瞎子那样。缅桂花头象说：那就叫公象独一味吧。独牙公象说：还是有个独字。缅桂花头象说：这是厉害的意思，不是缺少的意思。独一味长在高高的山上，你肯定没见过，要是身上有了皮开肉绽的伤，吃了它很快就会好。独牙公象说：那是不是说我叫了这个名字，就不会皮开肉绽了呢？缅桂花头象和象奶奶香籽含笑同时说：对啊对啊，这是一个保佑你平安无事的名字。独牙公象笑道：太好啦，谢谢啦。接下来大象们商定了出发的时辰，又根据各自的知识积累说了一些去陌生地方应该注意的事项，最后是缅桂花头象的总结发言。

太阳落山了，持续明净的天上来了一些乌云，是从四面八方簇拥到这里的，来了就下雨，似乎是为了给大象过一个泼水节，雨越下越大，瓢泼似的。大象们舒畅地沐浴着，彼此的告别就在这个时候开始了：保重啊，还不知道什么时候再见面呢，也不知道下一次见面会在什么地方，但一定不会是在聚果榕坝子啦，因为我们这次来，主要还是为了告诉人们：地球孕育了世间万物，没有哪个物种可以独立存活，西双版纳需要大象的程度，跟大象需要西双版纳是一样的，实现雨林人口整体搬迁的地方就在这里——大象荟萃的福宝之地。大家都知道，该是离开聚果榕坝子的时候了，落雨就是离开的信号，是走向四野八方的开始，是北上昆明向世界宣告大象在流浪的发端。各个家族的移动，以缅桂花头象为首领的十五头大象的移动，伴和着簌簌的雨声，出现在夜色抹黑天际的时刻，有点神秘，更有点匪夷所思的快捷，没有了，所有的大象眨眼之间没有了。

贾海桐和虎头兰的出现让大家兴奋起来，因为一进入聚果榕坝子，勐巴拉娜西大象救护队的其他人就回去了：走了这么长的路没有遇到危险，说明盗猎者已经放弃，而一路走来，七头大象对野外的生活也一天比一天适应，已经不需要再回到蝴蝶坝子去了。那些人回去时把携带的食物都留给了贾海桐和虎头兰，现在贾海桐和虎头兰又把食物递给了正在饥饿中的召恩罕一行。先是两个孩子高兴得跳起来，捧着剖成两半的加肉竹筒饭抓起来就吃，都来不及折下树枝做筷子了。大嘴巴说："我刚才梦见的就是竹筒饭。"大耳朵说："你才没梦见呢，是我梦见的。"接着是雨燕和毛管花的眉开眼笑，都说人就是人，不是大象，野果再甜，也不能顿顿当饭吃。石栗和玉皎矜持地没说什么，只是毫不客气地接过竹筒饭，做了树枝筷子埋头吃起来。最后一个进餐的是召恩罕，他说了句"你们来得正好"，就一言不发了，直到半个竹筒饭下肚，才喘了一口气说："我指的不是你们带来了饭，而是我今天就要回去，你们最好再待几天，看看大象的动静，是走了还是没走，再帮着考察一下，聚果榕坝子到底怎么样，能不能把那些横挡在大象廊道上的村寨都搬迁到这里来？"贾海桐说："我们能到达这里，虽然不算穿越，也差不多走过了聚果榕坝子的半径，已经用不着考察了，肯定可以，这么大的地方，有多少寨民安置不了？但是投资肯定很大，因为你要建造的不是几十个村寨，而是一座规模不小的城镇，光解决人畜吃水就得几千万。"召恩罕说："大手笔就得大投资，几千万恐怕还不够。保护大象和雨林的三个示范乡、五十个典范村寨，再加上依靠聚果榕坝子实现雨林人口的整体搬迁，总算又进了一步，现在就剩下一点一点做起来了，重中之重还是集资建设和如何做好搬迁寨民的工作，靠雨林吃雨林显然不对，但不靠雨林又能靠什么才可以吃饱饭吃好饭而且更上一层楼呢？"又说了一会儿话，召恩罕和石栗就开车回去了，留下其他人继续陪伴着大象。

雾来了，又走了，晴天是色彩的保姆，眼前顿时斑斓起来，树色、花色、云色、天色，更多的则是鸟色，白尾蓝鹟、棕扇尾莺和鹊色奇鹛彩线一样在树隙间缠来绕去。太阳在用餐，用光亮吃掉了阴霾和雨露，吃掉了雨林内外的暗淡，吃掉了动植物们的沉睡和懒惰。生活开始了，所有的都在吃喝拉撒，树木与花草、走兽与飞禽、阳光与空气、岩土与水流都在吃喝拉撒，为的是奉献生命的美丽——绿色之美、滋养之美、给予之美、生态之美。人好像也在吃喝拉撒，但奉献的却不一定是美丽，还有丑陋与罪孽。所以他们需要大自然的洗礼，需要让心灵附着在净土之上。大象生活的雨林是西双版纳的净土，却不一定是人的净土，就看他们怎么做了。毛管花几次撺掇小象凤凰木去大象堆里看看，凤凰木却希望他带它过去。他觉得召恩罕不在了，自己可以试试，却又被贾海桐和玉皎拦了下来。再说还有雨燕，只要他过去，雨燕肯定得跟上，万一出事呢？他想想也就算了，带着小象凤凰木去采摘触手可及的榕果和象蹄果，看它吃饱了，就回来坐在了拨弄吉他的雨燕身边，听贾海桐问大嘴巴孩子："你就是地不容的儿子吧？你父亲让我找你，没想到一找就找到了。从现在开始，你必须跟紧我，我得送你回家。"大嘴巴说："我才不回家呢，我要跟着大象走。""这个由不得你。""为什么？""谁让你是孩子呢。"贾海桐说着拿出手机，打给了地不容："你尽快把两头大象送到蝴蝶坝子去，孩子找到了，他的嘴巴跟你一样大。"地不容问："在哪里？""这个先不能告诉你，但你可以听听他的声音。"贾海桐打开扩音器，把手机凑到孩子夸张的大嘴巴上，"给你爸爸说几句话。""说什么？""说什么都行。""爸爸，我见到了好多好多大象。""在什么地方？""我也不知道什么地方。""赶紧回来。""不……"贾海桐拿开手机，又对地不容说："怎么样，相信了吧？赶快把大象送过去，我想在两个小时内听到救护队的人给我汇报说他们正在救治新到的两头大象。"地不容笑了："你不会是绑架了我的孩子吧？我可是录了音的。孩子要是明天不回家，我就报警。"贾海桐立刻意识到地不容反悔了："我们是立了字据，捺了手印的，两头大象的代价不能抵赖。""就算我抵赖了你又能怎样？难道你还能把我的孩子藏起来？对你我还是了解的，不至于为了报复我，赌上自己的前程吧？"贾海桐瞅了孩子一眼，快步走向一边，咬牙切齿地骂了一句："流氓，人渣！"一只鹰鹃飞过，激烈地应和着：人渣！

大嘴巴和大耳朵朝湖心地带走去，不停地喊着："大象回家吧，大象回家吧。"玉皎喝住他们，跑过去一手拽了一个孩子，来到虎头兰身边说："你看住一个，我看住一个，不能让他们乱跑。"大耳朵说他好像看到千斤拔家族了，想去告诉它们赶快回到鳄梨寨去。玉皎问："回鳄梨寨干什么？"大嘴巴说："他爷爷病了，看不到大象就病了。"大耳朵说："大象一回去，爷爷的病就会好的。"玉皎说："你怎么知道？"大耳朵说："爷爷说了。"

玉皎说："可是大象并不会听你的话。"大耳朵说："我还没给大象说，你怎么知道？"玉皎说："我跟大象打了这么多年交道，了解它们就像了解自己一样，大象就是大象，不是你们鳄梨寨的看家狗。"毛管花说："也可以远远地说嘛，不一定走到跟前去，大象耳朵灵，你觉得听不见的，对人家说不定就是电闪雷鸣。"玉皎说："这个想法好，你就在这里说。"两个孩子便喊起来："大象回家吧，大象回家吧。"毛管花也跟着喊起来，突然停下来说："这样喊可能大象听不懂，再说这么多大象，你到底想让哪个象群回去呢？跟着我，我喊一句，你们喊一句。"他喊起来，两个孩子跟上了，一遍一遍重复着："千斤拔家族听着，快回鳄梨寨去吧，我爷爷想你们了，想你们想得都病了，你们要是不回去，爷爷的病就好不了，求求你们回去吧。"喊了十遍之后雨燕说："行了，你们可以了，听我的。"她觉得音乐的呼唤也许更灵验些，就用一种恳切而悲伤的音调唱起来：

  爷爷的大象远去啦，爷爷病啦，
  睡梦里爷爷不停地说：回来吧，回来吧，
  鳄梨寨就是你的家，
  玉米熟啦，稻谷香啦，
  院子里落了一地的番木瓜。
  我说爷爷你放心，我去把大象找回家。
  我来到月亮底下，
  开满鲜花的西双版纳；
  我走向太阳那边，
  一个孩子的海角天涯。
  我见到一只胖乎乎的青蛙，
  它说大象就在清凌凌的蓝色水洼。

> 我见到一只黑黝黝的乌鸦，
> 它说大象就在无量山的青色山岬。
> 我踏上一片飘飞的晚霞，
> 来到大象睡觉的龙竹坝，
> 不停地恳求：请回家，请回家。
> 大象说为什么你的家就是我的家？
> 我说不知道为什么你的家就是我的家，
> 只知道大象和人是同一个妈妈。

玉皎说："真好听，谁听了谁感动，也包括大象。"贾海桐对大耳朵孩子说："说不定千斤拔家族明天就会去你们鳄梨寨。"大耳朵高兴地说："爷爷病好喽，爷爷病好喽。"好像已经看到大象们走过寨门前长长的林荫道，来到他家的竹楼下，正在把鼻子伸到爷爷皱纹密布的脸上。虎头兰说："你们鳄梨寨我没去过，也没听说过，你说说，在西双版纳的哪里？"大耳朵说："天黑你就知道了，在一颗最亮最亮的星星下面。"雨燕再次唱起来，是昨天晚上她谱曲的毛管花的一首诗：

> 在时间埋葬的一切中，
> 我找到了你的屹立，
> 不是山的造型，不是树的拔地，
> 也不是火山喷射的高点，
> 是不期冥会的凤缘，
> 在勿忘我的感召下走向顶巅的姿形，
> 骄然傲然的是爱的坚定。
> 我知道你有过心碎的时刻，
> 有过灰烬后的重生，

你让一地落叶重聚高树而后耆然成绿，
你让断流再现湛然之光莹澈了大地江河，
你承起王冠的重量，
啸傲在地质事件的烟雾下呼吸所有的飘落，
伟岸的那永远伟岸的
不是你，
是爱的疯狂，
是雨林关于人象家园的一次思想。
你说：思想改变一切
——所有生物吃与被吃的恐惧，
没有希望只有绝望的明天，
主宰海陆升降地球转动的狂妄。
你说：不会再有其他永恒了，
除了爱，除了爱。

  阳光无孔不入地泼洒着，就像水，就像风，就像欲望。雨林持续着一如往日的爱情，树爱着天，草爱着风，枝叶爱着光，花朵爱着蜂蝶，寄主爱着附生，大树爱着"绞杀"。不远处一棵高大的聚果榕比昨天更加苍老地迎接着一阵阵陌生的照耀和吹打，两人合抱的树干上，密集地排列着大大小小的瘢痕，沧桑之中，能看到丑陋托起的爱情故事竟是如此美丽——有那么多附生的蕨类，那么多堆垒的榕果，那么多依然青春激荡的树须和新生的气生根，那么多被强光涂成鲜奶色的叶子。叶子是爱听音乐的，不断朝雨燕拍响着巴掌。就在雨燕弹琴歌唱的同时，古大湖的彼岸，湖心地带的另一边，岩罗章也在唱歌。猪屎豆带着他的人早就到达，两个人的密谋也已经结束。据他们的经验，不出一个星期就会有公象出现，就在这里耐心等待，然后开始投毒。两种办法，一是把毒药填进野果，最好是番荔枝、油瓜或者波罗蜜，然后投放给缅桂花家族；二是在确定缅桂花家族必然会经过的地方挖一个大坑，撒进食盐制造一个硝塘，然后实施投毒。毒药是岩罗章早就炮制好了的，除了以见血封喉为首的二十二味有毒植物的提炼物之外，还加进去了可以起到双保险作用的氰化钠，炮制的过程花去了他两个月时间，熬制、压榨、烘烤、研磨，每一道工序都精益求精，一头大象只要吃进去稻米大的一粒，十分钟之内就会倒毙。岩罗章说："估计投放水果的可能性大些，因为我们可以避开别的大象，靠近缅桂花家族，甚至都可以拿在手里喂它们。等缅桂花家族一死，我就离开，猎杀公象的事就交给你和你的弟兄了。"他从竹篓里拿出一瓶毒药交给猪屎豆，自己奔跑而去，花半天时间找来了二十个番荔枝和几个油瓜、树菠萝，后两种水果很大，可以切成几瓣分开使用。岩罗章倒在地上休息了一会儿，又吃了一些猪屎豆递给他的酸腌牛头脚，喝了一罐大象牌啤酒，便哼哼唧唧唱起来：

> 我走遍版纳的山林找瀑布，
> 找到了曼典瀑布，又找到曼洪瀑布，
> 哎哟嗨，都是天上来的水老虎，
> 豁开了十二条幽谷。
> 幽谷里诞生了十二个大象家族，
> 一起走向百丈崖的瀑布，
> 瀑布后面住着一只成精的白猴神巫。
> 它说我是版纳神医的叔叔，
> 我能解所有的鸩毒所有的药毒所有的病毒。
> 它说西边有一座天炉，炉前挂着大象瀑布，
> 掬一滴水就是一朵花蘑菇，
> 那是大象赐给你们的食物，

可以消除世间所有的恨毒。

　　天晴了，又阴了，接着便是雨声淅沥。岩罗章和猪屎豆带着的人躲进了白象车，然后就是睡觉和做梦。当第一缕金光打进车窗时，岩罗章的梦刚好结束。他睁开眼，想了一会儿才坐起来，打开车门，站到地上。太阳正在升起，雨好像还没有停，是风的作用，让树上的水珠又有了一次飘洒。他揉着眼睛，冲着一朵开得正艳的药囊花撒了一泡尿，回过身，望了一眼湖心地带，顿时就愣住了：大象呢？一片白沙，光光净净，什么也没有，连象脚踩出的鱼鳞坑都没有。大象不见了，所有的大象都不见了。他摇了摇头：做梦呢？可到底有大象的是梦，还是没有大象的是梦？他转动身子，朝更远的地方看着，聚果榕坝子在彩色的晨光里活跃着生命的迹象，夜雨后晶莹的绿色就像一些漂亮的纱体，被气流推动着穿梭在所有的空白处，鸟声如缕，像是大树在歌唱，歌声如笛，像是对迷惑的解析：雨林的鲜洁清丽才是眼光捧起的景观，才是所有生命共同的爱好，至于大象，从来就没来过，甚至都不能确定地球之上有没有这样一种生物。和平宁静的气氛来得有些唐突，一下子让好事者忙乱的心理有点无所依傍。一只寻找蚂蚁的穿山甲慢腾腾走过，让排着队就要爬下香叶树的大头蚁又折回树上去了。产生爱情的公灵猫嘶喊着冲上了母猫留下尿迹的细蕊木莲，两只熊猴淹没在银钩花丛里，彷徨着不知往哪里走。白腹姬鹟跳来跳去地啄食着米字蟥，像是说：今天不飞啦，让翅膀休息休息吧。岩罗章快步走向白象车，拉开车门喊道："还睡呢？快起来看看吧。"然后一把将猪屎豆扯了下来。猪屎豆吃惊得如同找不到了自己："我们这是在哪里，怎么离开大象了呢？"当他弄明白是大象离开了他们之后，转身上了白象车，"愣着干什么？我们快去找啊。"岩罗章问："你知道它们去了什么地方？""那么多大象，肯定不会朝着一个方向走。"

分歧出现了，在岩罗章是要追踪缅桂花家族，在猪屎豆是要等待公象的出现，当他无法像公象那样准确捕捉到母象产生爱情的气味时，哪个家族对他都一样。岩罗章说："是我把你叫到这里来的，你必须听我的。""连你都不知道缅桂花家族的下落，我怎么听？走吧，现在只能碰运气了。"岩罗章没有理由反驳猪屎豆，无奈地叹口气，第一次放弃奔跑坐上汽车穿行在雨林的间隙。他们胡乱寻找着，一头大象也没有看到，正在气急败坏地互相埋怨，就听一阵歌声传来，下了车循声而去，意外地看到一群大象正在经过前面一棵巨大的聚果榕树。更让他们想不到的是，出现在眼界里的，已不是一个纯粹的家族，而是一个来自不同家族的大象组合。为什么会这样呢？难道家族成员也能互相交换？意外的发现并没有带给他们丝毫的惊喜，因为纯粹的缅桂花家族已经不存在了，更因为有人伴随着它们，虽然被树枝遮挡着看不清是谁，但一听歌声就知道是带着小象找妈妈的毛管花和雨燕。好像还有别的人，谁呢？瞅了半天才看清雨林的洞隙里晃过了贾海桐的身影，接着又听到有汽车跟进的声音。岩罗章立刻明白：计划泡汤了，他们唯一能做的就是放弃。"赶快离开，掉进陷阱的恐怕不是大象，而是我们。"他说着转身回到白象车前，取了竹篓背起来，奔跑而去。他知道，只要离开猪屎豆，就算撞上贾海桐他们，自己也是安全的。他边跑边想：有没有可能贾海桐他们觉察了自己的意图，人为打乱了缅桂花家族？要不然怎么解释大象离开血亲家族而重新组成非血亲象群的反常行为呢？

第十一章 北上之歌

我们回来了，行走此刻结束，头顶有霞光。

这里是西双版纳、雨林勐养，我们的故乡。

我们的故乡也是人的故乡，再也不可以了，

不可以你退我进，你死我活，你争我抢。

我们想知道哪里是天堂？要是它就在脚下，

我们何必要天天望着天空和太阳？

想知道在哪里可以补充爱与善良，

就像天天补充水分和大地恩赐的营养？

想知道自新和洗礼是怎么回事？是不是

大象唤醒就能再放，象鼻喷水就能重光？

1

　　岩罗章想错了，其实贾海桐他们也不知道为什么会诞生一个这样的象群？当天亮后象群出现在他们面前时，还以为所有大象都会陆陆续续走过来。很快就发现，除了缅桂花家族的象妈妈领导的这个七拼八凑的象群外，别的大象都消失了，寂寥的湖心地带连接着更加寂寥的周边雨林，所有的踪影包括喜欢跟着大象捕捉小麝鼩的灰脸鵟鹰的踪影都跟大象没有关系。他们的吃惊带着一连串的思考和对神秘行为的崇拜，却来不及搞清楚到底发生了什么，就开始上路了，因为象群不停，被小象凤凰木用一根亲情的纽带连接在象群身上的毛管花和雨燕也不能停。贾海桐陪伴着大家走了两天，没发现有盗猎者跟踪的迹象，就和玉皎开车回去了。走时他想带上两个孩子，大嘴巴和大耳朵死活不跟，哭着闹着要和大象在一起。他想想也就算了，一来两个小不点跟着毛管花和雨燕是安全的，二来自己已经无须向地不容交代孩子的下落。不过他还是把虎头兰留了下来，让他关照一下毛管花、雨燕和两个孩子的饮食起居，毕竟他是个老雨林，寻找人居，借宿村寨，解决饭食，比别人更有经验些。虎头兰说："我保证让他们每天都能吃到一顿正儿八经的饭。"

　　三月，从聚果榕坝子出发的北上象群，在缅桂花头象的带领下，渡过澜沧江，来到了西双版纳的勐养雨林，十五头大象安然无恙。象群本来没有在勐养雨林停留的计划，但一上路缅桂花头象就听千年健和另外几头来自蝴蝶坝子的大象说起了象哥哥：它左后腿受了重伤，已经差不多好了吧？就是不知道能不能走长长的路。多亏了那个跑来跑去的大象医生和蝴蝶坝子的人，蝴蝶坝子有许多人，他们的头象，不，应该叫头人吧，名字叫贾海桐，可以说没有他就没有我们这些落单大象的今天。我记着小公象的味道,再闻闻你的味道,一模一样得简直就是一颗文丁果的里头和外头,不用说你们是一家子。缅桂花头象长舒一口气:原来我们的象哥哥在这里?还活着?并且得到了大象做梦都想不到的照顾?唉咦兮兮。它带着北上象群来到一个遍地都是威灵仙和小花木通的山垭口,停下来又是跺脚又是低吼地朝着象哥哥发出了次声波信息。根据千年健的描述,这儿离蝴蝶坝子已经很近了,用大象洗个澡的时间就能走过去,但回音却迟迟不来。晚上,它又联络了一次,觉得这一次是十拿九稳的,耐心地等到清晨,还是没有音讯,就有些站卧不宁了。它知道阳光带给雨林的热气会在星空下上升,形成一种逆温层浮动在地面上,无论是通过空气传出去的低吼信息,还是通过地表土壤传出去的跺脚语言,都会比白天更清晰也更遥远。却没有想到,这儿离景洪城不远,有两条公路、一座桥梁和一些楼厦横亘在中间,大象传播的信息经过这些钢筋水泥的建筑时会出现百分之三十到百分之七十的衰减,等到达象哥哥分布在耳朵和脚上的接收系统时,就已经模糊不清了。又过了一天一夜,缅桂花头象突然想到,自己为什么不可以请求大家伙儿帮个忙,让所有大象齐心协力发出同一种内容的呼唤呢?就算象哥哥是大象里头最迟钝的,强烈的震颤也会刺激到它的耳鼓膜和脚底厚厚的肉垫。如果这样做了对方还没有反应,那就证明它已经失去了回复信息的能力,迈不出脚,走不动路,或者伤势不是越来越好而是越来越坏啦。集体发送信息的行动开始于太阳升起的时候,中午重复了一次,等到夜深人静时,又来了第三次。

几个小时后,凌晨时分,回音终于出现了,仔细分辨,却不是象哥哥的,而是不知道如今在什么地方的缅桂花家族的。也是一次集体合作的发力,若断似连的节奏传递着一个哀伤的消息:缅桂花家族的原头象死了,它离开家族,独自去了蚁花寨,然后就在寨门旁边长满小蜂斗草的雨林线上躺下了，它不吃不喝地躺着，直到把自己饿死。因为它明白，作为一头肇事大象，只有自己的死亡才能换来人类对缅桂花家族的宽恕。缅桂花家族为了寻找自己原来的头象，在临时负责的象姨带领下，循着越来越强烈的味道，赶到蚁花寨时，原头象已经死去三天了。它们看到原头象的尸体上落满了各式各样的昆虫，周边又有许多啄食昆虫的冠纹柳莺和棕脸鹟莺，勐巴拉娜西大象救护队的队长贾海桐也在那里，指着象群对围观的寨民们说："它已经死了，你们不能再找大象算账了。大象踩死了人，知道自首，知道悔恨，知道用生命来挽救大象的声誉和家族的命运。蚁花寨电死了三头大象，怎么就没有人站出来说一声我错了呢？"缅桂花头象在接到信息后并没有立刻说出去，它还是有点不相信，觉得信息可能误传也可能误收，原头象没有死，年纪轻轻的，怎么会死呢？直到一群金腰燕飞来，落在它头上说了原头象自杀的经过，又有一群纯蓝鹟飞来说了缅桂花家族悼念原头象的举动，它才无比伤感地嘶喊起来，悲哀立刻感染了北上象群的所有大象，大象们一声比一声高地嘶喊起来。勐养雨林大幅度地摇晃着，呼啦呼啦地哭泣着，所有的野兽和飞禽应声而鸣：为了全体动物的和平与宁静，一头大象——我们的旗舰，悲壮地献身啦。

遥远而深切的悼念持续到下午，风住了，声歇了，然后便是宁静，是阴影和阳光的对峙。雨林、大地、天空、太阳似乎已经不可能做到步调一致地欣欣向荣了，虽然它们一如既往地需要健康、生长、友谊和爱情，但此时此刻充盈在内部的却是空前的落寞和无边的失意，还有一点淡如白云的对大象生活的憾恨和对人类生活的幽怨。风动了，声响了，然后便是枝叶对风的回答，是一头小公象小心翼翼的靠近和抑制着激动的问候：象奶奶好啊？象妈妈好啊？象姐姐好啊？小象好啊？还有你们，关心过我的蝴蝶坝子的所有大象，你们好啊？你们怎么都在这里？象哥哥出现了，大象们一个个回过身去，诧异地瞪着它，就像瞪着一头死而复生的大象。缅桂花头象说：你怎么不回复呢？我们等啊等，等不来你的音讯，还以为你……象哥哥说：我回了呀，不止一次地回啦，不信你们去问问高速公路和澜沧江大桥，我走过来的时候它们还说：对不起，你的信息被我们拦住啦。象姐姐西番莲说：怪不得我们接收不到，原来是它们拦住了呀，为什么？象奶奶香籽含笑说：我们是所有大象齐声合力的呼唤，象哥哥是一头大象孤独微弱的回应，而人类的钢筋水泥又都是欺软怕硬的，结果自然是它知道我们，我们不知道它。缅桂花头象说：我居然没有想到这一层，太不够聪明啦。接着就是碰头和缠鼻，是把鼻尖塞到对方嘴里的亲切问候。象哥哥说：我已经告诉蝴蝶坝子的人和蝴蝶，我不打算回去啦，要跟你们在一起。缅桂花头象问：你能走长路吗？身体怎么样？受了伤的左后腿好利索了吗？象哥哥前后走了几步说：应该好利索了吧，要不然我怎么能见到你们呢？这一路虽然有人护送，但也是我一步一步走来的呀。大家都问：护送你的人呢？象哥哥望着它走来的方向说：他们总要藏起来，但我是知道的，他们一直跟着我。它扬起鼻子喊起来：出来吧，出来吧。

　　护送象哥哥的那些人没有出来。雨林静悄悄的，威灵仙的条状花瓣婆娑起一地的白色十字架，发达的花蕊坚挺地夯起着，像是在弥补花瓣的单调；雪青色的三叶木通在它面前显得有些腼腆，低低地托举着圆圆的花瓣，顺着地势漫过了包裹着砖红壤的白砂岩。一棵鹊肾树拔地而起，占领了山垭口最有水分的一处坑洼，粗壮的气生根上彩旗一样飞舞起许多胡须，预言着若干年后的情形：这里将是鹊肾树的天下，别的植物统统都得伏低做小。现在象群来了，鹊肾树更加得意了，因为大象是风水大师，它们选择的栖息地一般都是最好的。一片离景洪城只有三公里的雨林，却安静得如同世外桃源。缅桂花头象说：有件重要的事现在就得做，我们必须给你起个名字，不能再象哥哥象哥哥地叫啦。象奶奶说：北上象群的所有大象都有自己的名字，我叫香籽含笑，你姐姐叫西番莲，你妹妹叫凤凰木，你呢，想叫个什么名字？象哥哥说：我哪里知道，起名字不是我的专长。象姐姐西番莲说：这里到处都是威灵仙和小花木通，你看哪个适合做你的名字？象哥哥摇摇鼻子说：你们的名字多好听啊，这两个名字一个比一个难听，好像我跟你们不是一家子。缅桂花头象说：这样吧，我们现在看看你受伤的左后腿，它踩在什么草上，你就叫那个草的名字。大家看过去，发现象哥哥的左后腿正好踩倒了一棵开着黄花的忽地笑，就都"忽地笑""忽地笑"地叫起来。缅桂花头象说：北上象群又增加了一头大象，现在变成十六头啦。这里能吃的东西很多，大家抓紧时间填饱肚子，再好好睡一觉，明天凌晨我们出发，继续北上。风在鼓动，吹得远远近近的花草树木一片喧嚷。

趁着北上象群逗留勐养雨林的机会，虎头兰带着雨燕去了一趟景洪城，购置了一些生活必需品。毛管花没有动，因为小象凤凰木一见他离开，就以为丢下自己不管了，喊喊叫叫地要跟上。毛管花万般无奈地说："你什么时候才能不这样啊？是不是我真的开始四条腿走路，整天吃草吃树叶，你才会甘心？"两个人带回来一些吃的用的，雨燕还给毛管花买了一套内衣一套外衣。正在画板上素描大象的毛管花说："怎么能让你破费呢？"接着就把电话打给了小姨，说了他目前必须跟象群待在一起的原因，又连说几遍"小姨我想你"。小姨心疼地说："我知道你的意思，没钱啦？唉，反正我也劝不动你，你小心点，大象再温顺也是野兽。钱我给你打过去，千万别亏了自己。"雨燕一把夺过他的手机，大声说："小姨你别给他钱，我有钱。""你的钱是你的。""我们两个在一起这么长时间了，怎么还要把钱分出来？我想问你的是，以后要是我生孩子的话，可不可以去你们医院？""当然可以。""那你要做好准备，我生出来的可能是一头小象。""那你得去动物医院，我们医院斜对面就有一家。""我肯定不去，就去你那里，免得他不承认自己是小象的父亲。"第二天，按照贾海桐的吩咐，虎头兰要把大嘴巴孩子送回家去，大耳朵孩子也跟上了。毛管花和雨燕送别着他们，不无伤感地说了许多离别时的祝福，好像从此就再也不见面了。想不到就在北上象群再次出发的头一天傍晚，两个孩子又出现在须发飘飘的鹊肾树下，还一人背着一只鼓鼓囊囊的书包，里面全是吃的。毛管花问："不会又是偷跑出来了吧？"大嘴巴说："我后妈说只要你觉得大象比我亲，你就去，我懒得管你。""那你爸呢，也不管？""我走的时候他不在。"雨燕问大耳朵孩子："那你呢？为什么不回家？我都替你打听过了，景洪城虽然没有直达鳄梨寨的长途公共汽车，但能路过离你家最近的镇子，剩下两三公里你是可以走回去的。"大耳朵说："我还没找到千斤拔家族呢，为什么要回去？""你爷爷不想你啊？""我爷爷病了，他最想见的是大象，我得把大象找回去。""可是你什么时候才能找到千斤拔家族呢？"大耳朵指着大嘴巴说："他爸爸说只要找下去就能找到，说不定走着走着就碰上了。"毛管花说："说来说去你们就是想跟大象在一起。"两个孩子诚恳地点点头。

最后回来的是虎头兰，自然又是贾海桐派他来的。毛管花说："我知道你们不放心，其实一点关系都没有，我们在雨林走了这么长时间，已经很适应了。你忙你的去吧，别跟着我们浪费时间。"虎头兰说："我是勐巴拉娜西大象救护队的人，不光是跟着你们，主要还是监护大象，出现任何情况我都会第一时间向贾队长报告。"他的报告出现在凌晨三点，是一个不断打着哈欠的电话："象群又开始往北行走了，原因和目的依然不明确。"贾海桐说："你们现在所处的地方是一块只有四平方公里的次生林，不适合那么多大象的生存，它们肯定要转移。跟上。"对大象来说，夜行至少有两个好处,一是隐蔽,二是凉爽,远足开始不久,它们并不希望更多的人知道象群的行踪。领鸺鹠和长尾夜鹰跟上了它们,月亮和青云跟上了它们。很快,被象群惊动起来的姬鼠、大泡灰鼠和奇冠蝗成了领鸺鹠和长尾夜鹰的食物。而月亮的跟进主要是为了和太阳对接:我是西双版纳的月亮,看在我接受了那么多你的光焰的面子上,请关照一下我的朋友——这些北上探险的大象。青云一直跟着,太阳出来后就变成了白云,时而给大象遮阴,时而朝大象洒雨,还会主动跟别的云彩协商:我的雨不多啦,请借我一点吧,我们的大象渴啦。或者说:我们的大象热啦,需要洗澡啦。毛管花他们不远不近地跟着,借重大象享受着阳光和雨露。歌声不断,有大象的歌声,有雨燕的歌声,也有黄头鹪鸰的歌声。

　　送走了小公象之后,蝴蝶坝子暂时没有大象需要照料了,贾海桐本想搞一次西双版纳全州大象数量和分布的最新调查,给召恩罕正在全力推进的增扩动物生境和开通大象廊道提供数据支持和必要的建议,想不到大象死亡事件依然在发生,而且一个星期内就有了两起,他在充满自责的急迫中,又开始了大象死因的调查。结果是令人吃惊的,缅桂花家族的原头象居然是自杀。他本来不愿意这样想,因为这就等于直接推开了大象救护队的责任。但如果不这样看待,就很难理解原头象为什么会丢开家族,独自跋山涉水回到当初的肇事地点,然后长卧不起。让他疑惑不解的是:他明明在围观的寨民中看到了猪屎豆的影子,来到他家想会会他时,却发现他家的竹楼门上挂了一把锈迹斑斑的大铁锁。向周围的邻居打听,得到的回答是:没见他回来过。这就是说:他来了,没有进家,只是看了看自杀的大象,又走了。谁都应该明白,任何人都不可能在这头轰动一时的自杀大象身上得到什么,猪屎豆为什么还要来呢?只是为了看看?确认一下消息的真假?既然不是他杀,也没有办法救护,甚至连易地埋葬的必要都没有,就只能成全昆虫,任其在原地腐烂成泥了。翻篇吧，关于缅桂花头象为了拯救家族壮烈就义的事情就只能让它风流云散了。贾海桐把关注的重点放在了来自昆明的春城吉祥物上。这头大象一来西双版纳就被人开枪猎杀，现场抓获的盗猎者竟然是曾经来过蝴蝶坝子的棕色凉帽，据他自己交代：他的本意是用电线猎杀一群正在朝北行走的象群，意外地发现了春城吉祥物，看到它好像目的很明确地破坏了他好不容易架设好的线路，赶紧开枪，结果被抓了个正着。被抓后他声嘶力竭地喊了两声"地不容"，藏在黄叶树林里的一辆绿色越野车立刻奔逃而去。贾海桐和整个人类世界并不知道，春城吉祥物死亡事件在它发生之前就已经被千斤拔头象讲到了，那是聚果榕坝子大象故事会上的最后一个故事，里面的情节跟真实发生的丝毫不差。大象们走在时间前面了，似乎它们比人类更多一种认知事物的能力和维度。抓住棕色凉帽后，贾海桐第一时间赶到章朗谷大象表演公司，却看到地不容正在办公室跟黄鹂聊天，黄鹂可以证明聊天在一个小时前就开始了，棕色凉帽猎杀春城吉祥物这段时间，他就没有离开过"章朗谷"。这尽管仍然不能证明地不容跟盗猎者棕色凉帽没有关系，但至少可以开脱他和棕色凉帽共同猎杀春城吉祥物的嫌疑，那么那个开车逃跑的人到底是谁呢？棕色凉帽一口咬定就是地不容，而地不容说，自己根本就不认识那个棕色凉帽。

贾海桐离开地不容的办公室时，黄鹂也告辞出来了，还上了贾海桐的车，要他把她送到自己住宿的雨林管理局。车上，她说自己过几天就要回昆明，这次是回去办手续和搬行李的，她已经决定了，来西双版纳工作，首选的单位是雨林管理局，因为管理局处在雨林第一线，会为她感兴趣的生态研究提供更便利的条件，而管理局目前也缺少科学管理的生态学指导，正需要她这样的人才。而石栗却主张她去地处勐仑葫芦岛的西双版纳热带植物园，理由是那是个更高水平的研究基地，国际交流频繁，对她的学术提升会有帮助。贾海桐说："他是为了避嫌吧？不好意思把自己的人安排在身边。"黄鹂红着脸说："说实在的，我想来西双版纳工作，跟石栗没有任何关系。""那跟谁有关系？""跟谁都没有。""不会吧？""更可能是为了一种躲避，我要是在昆明，爸妈见一次唠叨一次，不是嫁给这个会有荣华，就是嫁给那个可以发财，前几天还给我打电话，说是一个房地产商的儿子想见我。我说如果'荣华'必须按照你们的方式才能实现，那我宁愿一辈子拥抱贫穷。他们说我是世上最傻最傻的傻子，放着自己的先天优势不利用，整天就知道糟践自己。""这好像不是父母应该说的话。"贾海桐若有所思地摇摇头，"你怎么去昆明，飞机还是汽车？""汽车，地不容要带一套红木家具给我父亲，是木材加工厂派车，不知为什么，非要让我跟着。我想跟着就跟着吧，反正我已经打算离开爸妈了，算是最后一次为他们做点事。""红木家具？是黑黄檀的还是铁刀木的？""都有吧？我也不知道。""应该是铁刀木，黑黄檀在西双版纳属于珍稀树种，严禁砍伐。"说着，到了雨林管理局的门口，黄鹂下车，走了几步，又回来说："我还没有你的电话呢。"在手机上记了电话又问，"我怎么觉得你们'勐巴拉娜西'跟'章朗谷'有很深的矛盾，都在挤兑对方？"贾海桐点点头说："主要是因为大象，下次你见到地不容，最好从保护生态的角度劝劝他不要再搞什么大象表演了，放掉那些可怜的大象。""第一次见面我就表达了对强迫大象表演的不理解，他打着哈哈说我不懂。"黄鹂说着挥了挥手，走了。

门楣上一只大苇莺飞起来，盘旋着，等到黄鹂走进了大门，就又落回到原处。贾海桐正要驱车离开，看到玉皎从大门内走了出来。两个人都笑了。玉皎说："这么巧，我刚出来你就要走？"贾海桐说："是啊，真是太巧了，我正要走，你就出来了，再差一秒钟你就只能看到我的车屁股。""进去吧，吃了晚饭再走。""不想在你们食堂吃,还是出去吃吧。""我们也可以在我的宿舍吃。""有酒吗?""有。"大苇莺飞走了,又回来了,再次落下时变成了两只。门边的吉祥草似乎突然开了花,浓艳的深红色宝塔一样升起来,活动着顾长的叶子,在向他们招手致意。一左一右两棵夜香树飘来的不是香,而是熟透了的葡萄的味道,是自酿甜酒刚刚从木桶里舀出来的气息。一缕来自西天的晚霞抓住风的翅膀,沿着铺在院内的精品花卉波荡而去,很快消散了。山扁豆弄粉,风铃木戴红,霸王鞭献金,臭节草留白,九里香堆雪,八仙花来紫,应该是开了很久了,却没有凋零的意思,都知道一旦丢失了颜色,再要灿烂,就难了。阳光打在他们背上,长长的影子水一样朝前流淌着,流淌的终点是宿舍,那里变成了一片湛蓝的湖,有轻舟的荡漾和游走的鸳鸯,有无边的涟漪和风和日丽的美妙,有墨兰飘香,更有黄蝉给艳。

2

贾海桐和玉皎正吃着饭,召恩罕来了电话,问起两起大象死亡事件。贾海桐说:"盗猎者已经交给公安局,他们掌握的情况应该更多。""我就想听听你的意见。"贾海桐想了想说:"棕色凉帽跟猪屎豆不一样,后者纯粹是个盗猎者,而棕色凉帽很可能既盗猎又贩卖。他来蝴蝶坝子时开着一辆黑色奥迪,一向温顺的独牙公象一见他就怒火冲天,差点没搞死他,紧防慢防还是损坏了他的奥迪,原以为他会要求赔偿,离开后却再也没有消息,说明他是心虚的。独牙公象肯定亲眼看到过他是如何残害大象的,不然不会这样。""他跟地不容到底有没有关系?""现在看来没关系,地不容有不在现场的证据,棕色凉帽被抓后连喊两声'地不容'明显是栽赃。但也不排除他玩的是瞒天过海,想让我们觉得他恨不得地不容出事,真正的目的却是保护他。因为我总觉得棕色凉帽作为一个外地人,如果没有地不容这样有实力的地头蛇做依靠,无论盗猎还是贩卖都寸步难行。""你想得对,看来还得加大审讯力度。"贾海桐叹口气说:"现在的问题是,我们明明知道地不容是盗猎者的上线,却拿不到贩卖象牙的证据。""一方面说明对方很狡猾,另一方面说明我们做得还不够。""现在唯一的线索是从黄叶树林里蹿出来逃离猎杀现场的那辆绿色越野车,抓住棕色凉帽的救护队员没看清车牌号,但样子是记得的。我侧面打听了一下,'章朗谷'没有这样的车。"又说起由十六头大象组成的北上象群离开勐养雨林,继续朝北行走的事,都在问对方:是什么原因促成了它们的北上?如果不是足够优良的生境面积越来越小,栖息地岛屿化、破碎化的程度越来越严重,以高大乔木为主的密闭林区和以小乔木、灌木、草本为主的稀疏林区越来越无法形成天然有机的组合,如果不是人的欲望越来越膨胀,农业对雨林的侵占越来越缺乏限度,没有污染的水源和土壤越来越稀缺,它们会有这次行动吗?可话又说回来,我们怎么知道这个临时组合的象群就是出于这些原因,才有了一路北上的举动呢?贾海桐说:"虽然我们不是大象,不了解它们是怎么想的,但只要跟踪到底,仔细观察,还是可以搞清楚的。"召恩罕说:"不管它们怎么想,我们只能把我们想到的干好:哪些地方可以建成保护雨林和大象的典范村寨?有多少村寨是开通大象廊道的拦路虎需要尽快搬迁?如何规划和建设好几乎是一个新城市的聚果榕坝子?我们的大象不能再这样生活下去了。"贾海桐说:"我明白,从明天开始,我会向所有已知的大象栖息地派出监测员,同时跟分布在雨林各个村寨的隐蔽护象员取得联系,及时掌握情况,防患于未然,一旦发现盗猎者,穷追不舍。""我知道这个难度很大,尤其是那些公象,都是独来独往,行踪不定的,而被盗猎者盯上的往往又是它们。""好在不光有我们勐巴拉娜西大象救护队,还有各个派出所的警察。对于我们目前掌握的有明显盗猎迹象的猪屎豆团伙,我们一定会追踪到底,直到让他们受到应有的惩罚。""还有……"玉皎笑道:"别再有了大州长,明天说行不行?我们两个好不容易吃顿饭。"召恩罕愣了一下说:"早知道你们两个在一起,我也会去的。"玉皎说:"你来干什么?""当证人啊。"贾海桐赶紧说:"还没到那个时候。""那就不打搅了。"召恩罕说着挂了。玉皎喝了一杯酒,指着贾海桐问道:"你为什么说还没到时候?"贾海桐躲开她闪闪发光的眼睛:"你的意思是……现在就是时候?"玉皎立刻红了脸,低下头,不说话了。

北上象群到达西双版纳北部边界时,正是个细雨霏霏的日子,云是一层,雾是一层,重重地挤压着地面,雨像是压榨出来的汁液,白色的是季风的汁液,绿色的是雨林的汁液。湿漉漉的天地被亮晶晶的颗粒涂抹着表面,到处都是滚动、漫溅、洇透、飘打,似乎只有这种让水离开它的母体江河湖海而高高升起又轻轻落下的运动,这种让水的整体碎裂成无数氢原子和氧原子的小单位组合的形态,这种携带着风的力量、树的体香、花的明艳的水的绽放,才是液体的本色,是它们养育大地万物时唯一的表现。雨声时轻时重,好像从来不会有均匀落下的雨,同样的天空下,不是这儿大,就是那儿小。还有地面的配合,植物跟雨丝的碰撞并不会发出同一种声音,开口箭嗒嗒的、多须公瑟瑟的、楔瓣花丝丝的、星花草沙沙的,作为巨叶植物的大野芋却好像一点动静都没有,但仔细听,就会有噗噗的呻吟从叶下的地面上传来。大角蟾呼呼地吹着水泡,小角蟾吱吱地唱着赞歌,大绿蛙呱呱地叫,虎纹蛙咯咯地喊,它们对雨的喜欢居然超过了大象,这让大象们很不服气,不停地用大脚驱赶着披挂水珠的蟾和蛙。

象群兴高采烈地走着，虽然按照规矩应该由缅桂花头象走在最前面，但当过头象的母象千斤拔、母象蓝果树和母象大果人面子动不动就会超过去，而且还意识不到自己错了，非得别人提醒不可。提醒它们的总是象奶奶香籽含笑，它那沙哑而低沉的音调带着从祖辈那里继承来的严厉，一经说出来，就有一种毋庸置辩的力量。三头不知不觉把自己当作了领导的大象会立刻停下来，如果是千斤拔，就会惊讶得大叫一声：哎呀我的妈，我怎么走在前面啦？早就不是头象啦，还把自己当一碟菜，真是的。如果是蓝果树，一般会哀叹一声，抱歉地摇摇鼻子：我没有来过这个地方，好奇啊，就想早点知道前面是什么，对不起，对不起。大果人面子则会愤怒地哞一声，那是对自己的谴责：我怎么可以不尊重缅桂花头象呢？我这样做简直就不是大象。每次遇到这种情况，缅桂花头象总是宽厚地笑一笑，然后朝着自己认准的方向，继续往前走，并不会按照大象的规矩，对逾越者实行踹一脚或者抽一鼻子的惩罚。好像它要做的不仅仅是当好一个头象，更是带领大象完成一次远行的使命，只要路没有走错，前方依然是那个召唤着象群的前方，谁走在最前面又有什么要紧呢？但缅桂花头象的温和并不能代表其他大象的情绪，对三个逾越者的埋怨时有发生，或者正是由于缅桂花头象的宽宏大度，让别的象群成员觉得不说它们几句是不对的。象姐姐西番莲说：一点规矩都没有，这就是素质问题。象哥哥忽地笑说：我是公象，我都不敢往前超，你们超什么？真是不知天高地厚啊。小公象叶子花说：你们的妈妈是怎么教你们的？同样的错误每天都犯，我都有点难为情啦。大家你一言我一语，说得母象千斤拔、母象蓝果树和母象大果人面子都不好意思跟大家一起走了。但习惯总是比理智要强大，过一夜，睡一觉，它们就会把大家的指责忘得一干二净，走着走着，就又超过去了。不过它们总是走错，尤其是在雨中，不断加厚的雨帘让它们看不清前面，也看不清后面，而北去的方向感又不及缅桂花头象那样准确，等它们发现已经离开象群，闻着味道赶紧归队时，就又变成殿后的大象了。殿后的大象会淋到更多的雨，雨在安慰它们。或者说浇到自己头上的雨总是更多，它们在安慰自己。

边走边沐浴的愉快让象群忘记了觅食，行走的速度反而比晴天更快了些，不时有大象扬起鼻子冲着看不清的远方奋力嘶吼，像是狂野的本性在得到雨水的洗涤之后变得更加纯真了，浑身的脏腻、皮肤皱褶里的寄生虫、连日跋涉的疲倦，以及因为外在的因素而变得沉默寡言的伪装，统统被雨水冲掉了。一象嘶吼，众象齐鸣，连幼象金合欢和贴在毛管花身边的小象凤凰木也跟着叫起来，尽管叫声是稚嫩的，但绝对是它们这种年纪可以发出的最强音。水淋淋的山野激发了大象的能量，也泡胀了它们的情绪，它们必须有所宣泄才可以踏踏实实走路，才可以把北上的愉悦变成对过去的思考：我们曾经是多么的苦闷啊。雨大了又小了，小了又大了，等头顶飘过一股没有沾染水滴的南风，而前后左右突然变得有些清晰时，大象们才停下来。饿了，要吃点东西了，看看这个地方有什么？热带雨林不见了，出现在面前的是一些不疏不密的亚热带植物。缅桂花头象首先吃起来，不仅是因为它有作为头象的优先权，更在于它要指导别的大象，哪些能吃，哪些不能吃。它来自靠近北回归线的临沧，这里的植物类型跟临沧差不多，而跟西双版纳有些不同，很多植物身后的多数大象是没吃过的，而它们天天吃惯了的，这里又没有。大象们跟着头象吃起来，不停地发表着意见，夸这个好吃，嫌那个不好吃。缅桂花头象说：你们就不要挑剔啦，能吃饱就不错啦。突然听到有人说："累死我了。"大象们回过头去，看到一直跟在后面的几个人已经瘫倒在地上，这才想起那些人中还有两个孩子呢。亚成体母象千年健和老母象黑面神走过去哞哞了几声，像是说：为什么不骑上我们？你们昨天不是还骑得好好的吗？大嘴巴孩子听懂了，不高兴地说："他们不让我们骑。"毛管花解释道："我们想尽快让小象凤凰木习惯于只跟着你们，也就是说我们不能让你们误解为我们人跟大象可以过同一种生活，所以就不想让两个孩子再纠缠你们了，免得小象凤凰木以为跟我们在一起是天经地义的。"老母象黑面神忽闪着耳朵表示严重不同意，嗤地吹了一口气：多累啊，两个孩子多累啊。千年健也吹了一口气，伸出鼻子，递给了大嘴巴。大嘴巴跳起来坐了上去。几乎在同时，大耳朵也坐在了黑面神的鼻弯里。毛管花说："好吧好吧，上去吧。"千年健和黑面神高兴地叫起来，像是说：人就是大象，大象就是人，不要分得那么清啦。雨过来问道：那是不是以后淋给大象的和淋给人的都要一样？好像此前是有区别的，大象淋得多，人淋得少。

雾散着，云在疾走，天没有晴，却白亮了许多。雨丝拉开了距离，间隔大了，稀稀拉拉的，腰来腿不来，渐渐没了。而在地上，流淌正在出现，到处都是小溪，是溪流织成的网，草们、树们、土们、石头们合力阻拦着，却因为不能及时地手拉手或者把自己摞起来，力量就几乎等于零了。流淌越来越急速。虎头兰坐在一棵思茅松下的石灰岩上，把电话打给了贾海桐："象群已经走出西双版纳，进入了普洱市的思茅区，要不要阻拦？"贾海桐说："如果它们还想继续往前走，人为的阻拦是没有用的，干涉反而会让它们想办法摆脱人的跟随，增加监视的难度，顺其自然吧。我会尽快赶过去，和你们会合。"但是忙碌让贾海桐分身乏术，他见到毛管花他们时，已经是十天以后了。他把皮卡车停在普洱市的宁洱镇，自己步行两公里才到达北上象群跟前。这里除了稻田和玉米地，还岛屿一样隆起着一些被落瓣油茶和白花柳叶箬覆盖着的丘陵，一条几乎要断流的小河蜿蜒在田野和丘陵之间，从河床的宽度和深度看，雨季的高峰期它的水量至少会增加两倍，涨成一条可以没膝的河，而在不太遥远的过去，它的流淌肯定要比现在宽阔得多，可以行船捕鱼，也可以养育大地，浇灌原野，发祥文明。他环顾四野，意识到农田出现在这里的历史并不久远，森林的气息依然在天空下浮游，丰盈的植物留下了密集的不肯离开土地的树魂草魄，还能听到它们在清风丽日中的凄告：我们活着的时候是多么葳蕤啊。虎头兰说起了象群的情况："它们从昨天开始就不走了，围着那片树林绕来绕去地吃，我去看了，嫩草嫩叶差不多都吃没了，还不打算离开，好像它们已经抵达了目的地。"贾海桐说："这里不可能是目的地吧？到处都是庄稼。"说着来到正在画板上画画的毛管花跟前："你这一路画了不少吧？"

毛管花说："离开西双版纳后今天是第一次。"贾海桐左右看看："小象呢？""跟象群在一起。""它可以离开你了？""还不行，我得和雨燕轮换着过去，不过去它就喊，喊着喊着就会跑过来，跑过来跟我们待在一起有什么意思？在象群里它还可以跟着妈妈学会找东西吃。""倒也是，你在这里能画到什么？""地平线。"贾海桐把一顶折叠起来的简易帐篷交给虎头兰，叮嘱他晚上必须跟象群在一起，又放下一个挺沉的背包，朝象群走去。毛管花继续画着，一副愁眉苦脸的样子，在他原有的认知里，地平线是一种始终跟你保持着等距离的前方，看着是固定不变的，可是当你朝它走去时，却永远都是最初的距离。然而这里的地平线有点奇怪，居然是可以缩短距离的，你只要朝它走去，走着走着地平线就在脚下了。他想把它画出来，画出一种没有透视效果的可以用双脚丈量距离的地平线，怎么画都不行，突然意识到，时间和空间并不恒等，地平线在画面上的定格只是一种空间效果，而不能同时表达"走过去"的时间概念，就好比人与大象的生活，空间上的融为一体，并不意味着时间上的默契，有多少美好会在时间的磨砺下变成困苦再变成灾难，又有多少灾难会在时间的改造中变成困苦再变成美好？永恒的地平线其实是不存在的，消失的地平线也未必真的已经消失，都在变，都在变，但如果你在二维平面上单纯去表现"变"，就只能是超现实的拆卸了。人和大象的融合是超现实的表现吗？我们随同大象北上的时光是超现实的流淌吗？贾海桐从象群那边走来，雨燕和小象凤凰木跟在后面，因为他说："过去吧，我带了些好吃的。"毛管花手下的地平线这时变成了两堆蓬松的乱草，那是大嘴巴孩子和大耳朵孩子的头发。他们正从前面跑来，一个举着一支黄色的金纽扣花，一个举着一支也是黄色的千里光花，因为他们知道喜欢他们的姐姐雨燕也喜欢花。不过他们此刻跑来可不是为了献花，经验告诉他们：只要有人来就会带着好吃的。几只华艳色蟌跟在他们身后，颤颤巍巍地飞着。

　　贾海桐把带来的好吃的摆了一地，有香茅草烤鱼、酸牛筋、春牛干巴、烤豆腐、炸猪皮、油炸米饼、油炸香蕉、滇南烧鸡和一些从超市选购的袋装食品，还有一瓶酒和喝酒的纸杯。大家围坐在一起吃起来。两个孩子坐不住，吃了些肉，又一人拿了一袋刺枣果干，跑到象群里玩去了。贾海桐说起黄鹂回昆明去办调动的事，毛管花和雨燕居然不知道。"她没有跟你们说？"雨燕说："上次分手后我们就没再联系过。"又疑惑地望着毛管花，"你呢？""也没有。"雨燕问："那你为什么不联系她？"毛管花瞪起了眼睛：你说为什么？贾海桐说起他去送黄鹂时的情形：一辆封闭式大货车，车厢里装了一套红木家具，家具都是裹着棉纱的，送行的除了他，还有石栗和地不容。他小声对地不容说："你知道我为什么会特地来送她吧？棉纱裹着的真的是家具？""我明白你在怀疑什么，可惜你没有资格检查。""根据'勐巴拉娜西'的工作需要，我可以请求警察设卡检查。"地不容当即叫来几个人，把家具从车上搬下来，拆了包装给他看。果然是家具，清一色的红木，四把椅子、一大两小一套沙发、一张方桌、一张梳妆台、一张床，其中茶几很特别，就是两棵铁刀木的树根合体，又厚又大，四围精雕细刻了许多花卉和人物。这期间黄鹏一直坐在驾驶室里，跟站在窗外的石栗说话，等到重新包装后搬进车厢，已经过了差不多两个小时，石栗等不及，回单位忙去了。贾海桐觉得耽搁了黄鹏的上路，有点不好意思，一再地抱歉着。黄鹏说："也不是你耽搁的，司机还没来呢。"很快司机就来了，戴着墨镜，顶着礼帽，穿着迷彩服和作战靴。贾海桐仔细瞅了瞅，才认出是刀畬，曾经的雨林管理局副局长，现在的木材加工厂车间主任。贾海桐问道："居然是你亲自送货？"刀畬说："几十万的家具，不亲自送不放心。""所有的红木家具都是你送？""也不一定，看货主怎么要求了。"

毛管花抚摸着身边的小象凤凰木说："地不容真要是倒卖象牙，不可能裹在棉纱里吧？也可能是你怀疑错了。"虎头兰说："他要是不倒卖象牙，我就倒着走到北上象群要去的所有地方。"雨燕问："你有证据？"虎头兰叹口气说："明明知道他是一只饿老鹰，你就是拿不到一根羽毛。"贾海桐说："也许我们的思路不对，得另想办法。"毛管花问："那警察呢？警察不管他？"贾海桐说："警察知道的也不比我们多，很多问题还是停留在推理上。"雨燕说："那怎么办？要是他一直逍遥法外，大象就倒霉了，我觉得为大象除害应该刻不容缓。"贾海桐苦笑一声说："你知道疑罪从无吧？""什么意思？""不足以证明有罪，又不能证明无罪的，应推定他无罪。但我也不相信他会一直无罪下去，等着瞧，他叫地不容，名字就意味着必遭报应。"亚成体母象千年健和老母象黑面神驮着两个孩子走过来，用鼻子在贾海桐身上摸来摸去。贾海桐站起来说："我忘了给你们交代，它们是两头有文化的大象，喜欢人给它们读点什么，我以前总是读你的诗，现在你可以亲自给它们读了。"站在象背上的大嘴巴孩子哈哈大笑："读屎，屎怎么读？"大耳朵孩子说："就跟你读书是一样的。"贾海桐说:"比你的读书还高雅。"说着拿出手机,翻出毛管花发给他的诗说,"我来了我读,我不在时你们读,一天至少得读一次,不然它们会萎靡不振的。"说着便读起来:

  在蓝天与花的爱情里,有第三者的播种,
  竟是谁如此的爽快,
  在展示它必不可少的插足?
  我看到大象把六千公斤重量压在一片绿叶上,
  为了树的撬杠,
  冉冉升起扎入地下的一头,
  再让花朵开心绽放,让天空尽兴晴朗。
  茂密的是长生于心地的雨林,
  是我不再凋零的爱意
  和一任奔放的青浪。
  我听懂了大象的声音,
  那是惊雷滚过天边的信步,
  正在踢踏着闪电迫使它刺入天际云端。
  我读懂了大象的行走,
  那是航船驶过江河的远足。
  这不是离开,这是到来,
  就像灵魂脱离肉体而扶摇直上的归去,
  我在如此浓绿的天堂等待你辉煌而来。

  在蓝天与鲜花的爱情里有我的播种,
  在大象和雨林的爱情里有我的播种,
  在灵魂与天堂的爱情里有我的播种。
  我是第三者——你们的插足,

我是人。

雨燕弹起了吉他，吉他发出的不仅是六根琴弦的声音，还有第七根琴弦的伴奏，那是嘴的和声，是一次连她自己都没有想到的歌唱：

终于知道那个秘密了——
伊甸园内亚当爱上的不是夏娃而是大象。

那么，就从今天开始吧：
我想用造物者创造万物的柔情蜜意对待大象；
我想让后羿和女娲成为护佑大象的左臂右膀；
我想让三皇五帝变作活生生的你和我，
再拿开天的盘古兑换一头大象的悲伤；
我想变成石头迎接米开朗琪罗的錾子和铁锤，
雕刻长鼻物爱上维纳斯的凄凉；
我想做一个复仇心切的丘比特，
把追求之箭射向他，
再把拒绝之箭射向她；
我想让大象峨冠博带而后命令人类赤裸，
看看会不会因为直沐风雨而让我们不再阴藏；
我想阻止维苏威火山的爆发阻止一切掩埋，
让不幸的飘落成为无法直面阳光的霜降。

不再拥有秘密了——
所有人的命运都跟大象一样，
在毁掉雨林之后看不到希望。

3

象群聚集的树林那边，突然响起了一阵嘶鸣，一听就是缅桂花头象的呼唤，正在专心致志享受朗读的亚成体母象千年健和老母象黑面神立刻扭转身子，朝象群走去。大嘴巴和大耳朵看着地上的食物，又想吃点什么，便揪着大象的耳朵，顺着鼻子溜了下来。呼唤在继续，千年健和黑面神加快了脚步。小象凤凰木跟着它们走了几步，看毛管花和雨燕没有动，就又退回来了。毛管花说："到底是你把我们拴住了，还是我们把你拴住了？这样可不行，我告诉你，大象是独立的。"雨燕还在弹吉他。贾海桐拿起酒瓶说："剩不多了，都喝了吧。"就朝各自的纸杯又添了一点，然后将瓶口对准自己的嘴咕了两口，龇牙咧嘴地咽了下去。雨燕说："这玩意好像有点难喝，但你们又爱喝。"贾海桐说："这就好比恋爱，对男人来说，女人就是烈酒。"雨燕望了一眼毛管花说："对女人来说，男人就是毒酒。"毛管花说："听你们的口气，好像都是饱经沧桑的过来人，其实你们都还没结婚呢。"虎头兰说："你也没结嘛。"毛管花说："所以我不说这种老气横秋的话。"正说着，就听两个孩子喊起来："大家快看，小象出来了。"

天灰着，像是太阳今天不高兴，收回了一多半光芒，又像是蓝天受伤了，害怕破裂的血管里流出蓝血，就裹了一层纱布。天一灰，树和山也就灰了，眼前的一切都灰了，连那只惊艳无比的七彩文鸟也灰了。似乎太阳的思想每天都有这样的内容：我把我的生命从别人身上反映出来，我亮他亮，我暗他暗，我要让大象明白，你们是陆地上最大的动物，应该担当起责任来，把那些让蓝天受伤的东西统统干掉。象群出发了，沿着没有路的路，排成长长的一溜，缅桂花头象在前，公象独一味殿后，队伍的中间，母象蓝果树的身边突然多了一头幼象。几个人站起来，愣愣地看了一会儿才反应过来：象群停留在这里，原来是要生孩子的。可是怎么没看出母象蓝果树是一头有身孕的大象呢？其实不光人没看出来，象群里很多大象都没看出来，当缅桂花头象通知大家停下休息，迎接蓝果树肚子里的象宝宝时，就有好几头大象惊讶地问：你肚子里真的有孩子？怎么看着比一般大象还要瘦？蓝果树说：那是因为我身形高大，肚子再鼓也看不出来，不像母象槟榔青，个头比我小，稍微鼓一点就像长了两个肚子。槟榔青迫不及待地问道：疼不疼，生养的时候？母象无忧花说：还没生养呢，它怎么知道？象姐姐西番莲说：我们大象应该提前知道吧？母象千斤拔说：不是提前知道，它已经是第三胎啦，早就应该知道。蓝果树说：就疼一点点，一点点，能忍受的。母象大果人面子呵呵一笑：我听说大象跟大象不一样，有的疼一点，有的疼十点八点，有的干脆就疼得晕过去啦。槟榔青说：你别吓唬我，我最怕的就是疼。母象蓝果树的生养终于结束了，它很有经验地用鼻子撕开落在地上的胎盘，让象宝宝及时呼吸到了第一口新鲜空气，又用前脚拍打着宝宝，让它开始了均匀的呼吸。不到五分钟，新出生的幼象就踉踉跄跄站起来，找到妈妈的奶头，很顺利地吃到了宝贵的决定一生健康的初乳。缅桂花头象走过去，喜欢地用鼻子摸了摸。接着别的大象也都过去摸了摸。公象独一味边摸边说：原来是个小弟弟啊？等你长大了，我教你如何打斗，但是你不许打败我，因为我是你师父。象奶奶香籽含笑说：根据你妈妈的身材，你以后肯定比你师父个头高，象牙也比它的长，而且是两支大象牙。公象独一味沮丧地说：真是哪壶不开提哪壶啊，都是象奶奶了，也不知道可怜可怜我，还一味地讽刺。象姐姐西番莲赶紧替象奶奶道歉：对不起，对不起，它老啦，就有点口无遮拦啦。公象独一味说：我虽然少了一支牙，但公象能做的事一点也没有少做，要不然槟榔青怎么会怀孕呢？还有无忧花，你们问问它，我对它好不好？母象无忧花用一声长嘶打断了它的话。幼象金合欢看着这头比自己更小的幼象，围着它转来转去。母象大果人面子说：是不是应该尽快给它起个名字啦？缅桂花头象说：现在就起，你们说，叫什么？母象千斤拔说：你看它站起来时踩倒了许多一文钱，就叫这个名字吧？象姐姐西番莲说：不好，一文钱又细又小，太没有力量啦，它可是头公象。象哥哥忽地笑说：那它还踩倒了两棵四块瓦呢。母象无忧花说：前面有一片异形木，这个名字好不好？母象大果人面子说：要是见到什么就叫什么的话，不如就叫酸脚杆。缅桂花头象说：还是象奶奶起一个吧？象奶奶香籽含笑说：可惜这里没有巨龙竹，要是能叫这个名字，它就会像它的名字一样长得又快又高又壮实。大家不说话了。缅桂花头象说：这是个好名字，有点顶天立地的意思，西双版纳人的竹楼都是用巨龙竹做支柱的。大家一边看着幼象巨龙竹吃妈妈的奶，一边说着祝福吉祥的话。缅桂花头象毅然下达了出发的指令：俗话说，走起来的脚上才有路。只有在北上的过程中，小象才能学会走路。

雨燕说："肯定是刚才千年健和黑面神过来听朗诵的这段时间生的，这么快就能走了？"毛管花背起双肩包，催促着小象凤凰木："你不去看看小弟弟？跟我来。"两个孩子跑上前，抚摸着湿漉漉的幼象。妈妈蓝果树好像有点不愿意，用鼻子把他们的手拨开了。雨燕过去说："怎么还有这么小的大象？我也想摸摸。"又征询地望着蓝果树，慢慢地把手伸了过去。蓝果树收回鼻子，友好地嗯了一声，像是说：你摸可以。最好奇的还是小象凤凰木，它挡在幼象巨龙竹前面，把鼻子伸到对方嘴里，闻了闻味道，又过去用头蹭了蹭对方的头，翘起鼻子搭在人家肩膀上，像是在问：我怎么没见过你啊？巨龙竹躲开凤凰木，跌跌撞撞地跟上了妈妈。新做了妈妈的蓝果树慢慢走着，所有的大象都慢慢走着。一只棕腹仙鹟落在蓝果树的屁股上，惊讶莫名地瞧着下面的幼象，响亮地叫着，叫来了几只锈胸蓝姬鹟,更加响亮地叫着。转眼又来了暗冕鹟莺和暗绿柳莺,奇怪地问:孵出小大象的蛋壳在哪里?贾海桐立马打电话给召恩罕:"从今天开始,北上象群变成十七头了。"

  人们收拾起东西,又开始跟着象群行走。两个孩子忽前忽后地疯了一阵,感觉有点累了,便要爬到大象背上。大嘴巴照例选择了亚成体母象千年健,大耳朵还想骑着老母象黑面神,黑面神摇摇晃晃地躲开了。他没有理解它的意思,跟过去硬是抱住了它的鼻子。就有母象无忧花过来,把自己的鼻子伸向了他,像是说:我来驮着你吧,黑面神老啦,走起路来已经很吃力啦。雨燕看到了,喊道:"你没见老母象走得越来越慢了吗?你可以换一头大象骑。"大耳朵懂事地说:"那我就不骑了。"却还是被无忧花用鼻子卷起来举上了自己的脊背。天色有些迷蒙,是薄雾在混淆人与象的视线,让缓缓走来的村庄停止了走动,或者绕开了象群必须经过的地方。身边的草枝树叶沙啦啦摇晃着,却感觉不到风的存在,好像气流在很小的范围内都是强一层弱一层的。不少地方裸露着灰色和浅赤色的土壤,似乎自从撂荒以后还没有想好长什么。如同大树倒了下去,一些自然的沟壑和人为的渠道沿着一条隆起的山脊丫杈而去,用一种无所谓美丑的姿态展示着大地的血脉和肌肉。不规则的农田夹杂在不规则的野草野树之间,不时有野兔和田鼠蹿出来,看看大象和人,又倏忽不见了。一座闪着油绿的池塘离开一片母猪果和降真香,悄然来到跟前,像是一双衰退的眼睛突然发出了光亮。两只白顶溪鸲从一棵白脚桐棉上飞起来,嘀嘀地鸣叫着,像是说:大象?大象?不远处有了汪汪声,嗅到异味的狗们开始通报消息了。象群停下来,歇着,随随便便吃着周围的两耳草和狼尾巴草。幼象巨龙竹依偎在妈妈腿上,望着飞过眼前的红蜻,有些迷惘。母象蓝果树不断感叹着:怎么都是狼尾巴草啊?可我们爱吃的是狗尾巴草,再要是遇不到好草好树,我的奶水恐怕不够啦。母象无忧花也说:没有了，没有了，芦苇和甜根子草没有了。象奶奶香籽含笑说：你担心什么？这一路走来，都是越往前农田越多，稻谷和玉米都是营养极好的东西。象姐姐西番莲说：可是人会干涉的，不让我们吃怎么办？老母象黑面神说：我们的后面也是人，有了他们，前面的人就不会干涉啦。缅桂花头象说：有道理，我早就说过，人跟着我们是好事不是坏事。说罢朝着正在走向远方的贾海桐哞了一声。象群已经离开普洱市的宁洱县，贾海桐要去镇子上开了皮卡车再跟着走，心里一直在犯嘀咕：农田和村庄的出现越来越频繁了，万一发生人象冲突怎么办？他本来不想一直跟着，现在看来，一刻也不能离开。和他抱了同样想法的还有辽阔滇南的山，似乎有些地方本来没有山，但山想跟着大象走，就变得到处都是山了，还越来越高。

　　北上象群走走停停，几天后到达了宁洱县的磨黑镇。它们穿镇而过，在人群大呼小叫地躲闪和谨小慎微地围观下，迅速消失在一片森林茂密的山洼里，停下来稍微吃了点东西，就又启程，一个星期后来到了离墨江县城很近的金钱豹沟。金钱豹不是豹，是一种叫作大花金钱豹的草质藤本，枝叶上挂了一层苍白色的粉霜，散发着臭味和乳香混杂在一起的味道，酷似野兽的气息。大概需要休整一番吧，象群不走了，四散开去，卷食着随处可见的苏丹草和零零星星的长节坨竹。小公象叶子花说：怎么没有水果呢？我想吃水果啦。象姐姐西番莲说：难道你没有发现吗？长水果的雨林已经不见啦。象哥哥忽地笑说：也许前面就有水果，而且是各式各样的水果。母象无忧花说：不可能的，空气里一点甜丝丝的水果味道都没有，只觉得迎面的风越来越硬越来越凉啦。小公象叶子花不相信无忧花的话，期待地说：我最喜欢吃的是野荔枝、野蒲桃和野杧果。缅桂花头象举头望着远方，默默思考着，偶尔会跟象奶奶香籽含笑对谈几句。毛管花告诉大家："我们已经到达了北回归线，再往前走，就不可能再有阳光的垂直照射了，不知道象群还会不会继续北上？"雨燕说："我们要不要打个赌？"虎头兰说："我赌它们待几天就会返回西双版纳。"雨燕问："两个小不点，你们说，大象会继续北上还是会就此返回？"大嘴巴首先喊起来："继续北上。"大耳朵犹豫了一下也说："继续北上。"毛管花说："那我只能跟虎头兰一样了。"雨燕问："赌什么？"毛管花说："谁输了谁请饭。"虎头兰说："还有我们队长呢。"毛管花说："我发信息问一问。"贾海桐回了两个字：北上。毛管花说："那就是二比四了。"贾海桐开着车，在离象群最近的公路上慢慢行驶，有时跟象群近距离同行，有时会绕很多弯路到达接近象群的地方，因为他发现象群选择的北上之路几乎是一条最便捷的直线，而公路往往是盘山越岭和曲里拐弯的。这天他去墨江县城补充给养，正要返回，电话来了，召恩罕要他赶快去一趟墨江县政府，当地有关部门需要跟象群随行人员协商避免人象冲突的事。通话一结束，贾海桐就跺了几下脚，好像他要用次声波的方式跟象群商量一下：到底怎么说？大象沫蝉拼命地叫着：听我的，你就这样说。

　　象群的北上惊动了乡政府，乡政府报告给了县政府，县政府非常担心象群会给人带来危害，希望能有一个妥善的解决办法：堵住象群，不让它们靠近村庄和城镇，或者用食物引诱它们改变路线，进入人烟稀少的地方。当然最好的办法还是迫使象群返回西双版纳，因为越往北人口越密集，气温越低，森林越少，食物也越贫乏，不利于大象生存。但他们没有处理过这种事情，想请有经验的人提供具体的办法。没想到的是，贾海桐这位大象保护专家的到来却让问题变得更加不好办，他恳求大家放弃人为的干预，不围观，不靠近，不阻拦，不投食，不诱导，把行走的自由交给大象，让它们随便走，能走多远就走多远，想走到哪里就走到哪里。人们要做的就是掌握大象的行踪，提前预告所到之处，好让沿途的人群及时躲开。县里认为这不是一种控制事态发展的恰当办法,万一出了事呢,谁负责?贾海桐把电话打给召恩罕,希望他能前来协调。召恩罕基本同意贾海桐的意见,说他明天一定赶到。但北上象群似乎明白,所有人类的协商都不可能有最好的结果,最好的结果便是它们自己的选择。就在召恩罕、石栗和玉皎急急忙忙赶往普洱市墨江县时,缅桂花头象果断发布了准备继续北上的指令。依然保持着性格中的本色,孤僻的不怎么跟大家说话的小母象蜜沉香突然走到老母象黑面神跟前,弯起鼻子对大家说:它恐怕走不动啦。大象们都把眼光投向了黑面神。缅桂花头象嗤嗤地吹着气说:我已经估计到啦,你看你怎么办?是留在这里呢,还是一个人慢慢往回走?我已经祈求过我们无处不在的象魂啦,它会保佑你的,如果你能回到西双版纳,回到你待惯了的蝴蝶坝子,我们将来就还有见面的机会。老母象黑面神说:我是一头早就离开家族准备去死的大象,没想到又活了这么些年,倒下起不来的那一天我已经看见啦,没什么可遗憾的。你们赶快出发吧,还有很长很长的路要走,用不着操心我。大象们过来,一一向老母象黑面神告别,那么多鼻子伤感地伸卷着,跟它的鼻子纠缠在一起,难分难舍,尤其是跟它关系好的亚成体母象千年健,一边纠缠一边呜呜地哭。一群红翅薮鹛尖锐地鸣叫着,引来几只相思鸟在大象的头顶飞来飞去。告别持续了一个多小时才结束,大象们上路了,黑面神上路了,前者是北上,后者是南归,互相不停地回望着,直到谁也看不见了谁。虎头兰说:"我们的打赌呢,到底谁赢了?"毛管花说:"谁也没有赢。"雨燕叹息道:"感时花溅泪,恨别鸟惊心。"大家沉默着,连两个孩子都感觉到了大象分手的悲伤,一个个蔫头耷脑的。亚成体母象千年健和母象无忧花过来,用鼻子触摸着大嘴巴和大耳朵:骑上来吧,骑上来吧。天空转眼就是云雾腾腾了,雨在天上翻滚,就像眼泪在心里翻滚,有时会下来,有时会忍住不下来,这次它们和他们都忍住了。

　　走不多远，北上象群进入了一片茶园。半人高的茶树一行行排列在一面平缓的山坡上，就像水面晕开着许多半圆的波纹，从上到下一轮一轮地环绕着。抛物线似的行距之间什么也不长，没有套种，不长杂草，也不走虫子，更不要说那些小型动物了。除草剂加上人工拔除，茶树以外的生命全部消失，死亡的死亡，逃离的逃离。大象一进入这样的地界就会想：作为树怎么可以没有朋友呢？没有朋友光有自己的话，就算你能活着，那也是最糟糕的一种生存方式，孤零零的就像自然的弃儿。更何况你的寿命只有牙长一点，不到二十年就成老人树啦，停止生长不说，仅剩的几片叶子还会遭受嫌弃，连风都不吹你。不像野外的古茶树，稍微一活就是一千年，而且还很茂盛。雨林的意思就是朋友多多，大象的意思也是朋友多多，只要它们活着，成千上万种生命就会互相拉扯着一起活着。象群一边沉思一边行走，突然一声尖叫，一个人从茶树下跳了起来，拔腿就跑，没跑几步，就一头栽倒在地。原来他正在睡觉，大象到了跟前才倏然惊醒。缅桂花头象知道吓着了人家，赶紧停下，也招呼别的大象停下，静静地等着那人离去。可那人已经腿软得站不住了，浑身颤抖着，爬起来一次栽倒一次。大嘴巴孩子哈哈大笑。大耳朵孩子从母象无忧花背上溜下来，跑过去说："叔叔没见过大象吗？"那人惊讶地望着他，半晌不知道说什么。大耳朵说："我们鳄梨寨的人没有一个害怕大象的。我爷爷还等着大象回家呢，不回家的话他的病就好不了。"那人又看了看骑在象背上的大嘴巴，这才意识到这群大象对人没有危害，腿也不软了，赶紧站了起来。大耳朵吃惊地说："叔叔你尿裤子了？"那人比哭还要难看地笑了一下，看着虎头兰朝自己走来，躲到一棵茶树后面说："乡上通知我们说，见了大象远远地躲开。我们这个地方已经几辈子不见大象了，怎么说来就真的来了？"虎头兰说："保持距离是对的，以防万一嘛，但也不要太紧张，只要人不侵犯大象，大象一般不会侵犯人。""我们哪有胆量侵犯大象？"那人说着，跺了跺脚，感觉腿是结实的，便快快地朝前走了几步，回头大声说，"我知道大象是不吃茶叶的，来这里干什么？前面那片玉米地也是我家的，让它们去那里吃吧。"虎头兰说："那我就替大象谢谢你了。"大象们也不客气，走过去卷了几个因为没成熟而更加鲜嫩香甜的玉米棒子，边吃边走。走了不到半天，北上象群再次停下了，几乎在同时，母象槟榔青倒在了地上，但很快又忍着阵痛站了起来，本能告诉它，四腿插地的姿势会更有利于分娩。虎头兰看它奶头肿大，羊水一股股朝外溢着，立马打电话告诉了贾海桐。贾海桐说："分娩的情况随时告诉我，具体位置在哪里？我现在就停车走过去。"

4

云雾把太阳塑造成了一个人的模样，那个人背朝大象和人，扭动身体，一会儿变成女人，一会儿变成男人，但不管是男人还是女人，都在山头上跳舞，光焰就在舞蹈中荡漾起闪闪的水波，一浪一浪地冲刷着滇南大地，弥漫起白加红的雾岚，蒸腾而上。迷蒙裏带着时间的苍凉在地表之上浮动，让人感觉到泥土的气息里饱含着不限年份的新鲜和清淡，昨天的雨水开始回归，是阳光请它们回去的，就像回娘家的新娘，羞答答地遮蔽着自己。和贾海桐一起来到象群跟前的还有召恩罕、石栗和玉皎，一来就问："怎么样？"大家都说："还那样。"也就是说分娩依然在继续。贾海桐走过去，摸了摸母象槟榔青的肚子，仔细看了看它的下体，还用指头蘸着羊水闻了闻说："我以前经历过大象分娩，也是这种味道。"召恩罕问："你能判断出小象什么时候下来吗？"贾海桐说："已经超过了一般大象分娩的时间，应该快了吧。"雨燕弹起了吉他，毛管花支起画板画起了画，吉他声忽快忽慢，凌乱得失去了章法，画面远近失调，幼稚得如同小儿涂鸦。两个人试图让急躁的心情平静下来，但效果却是越弹越焦虑，越画越烦乱。某种跟大象一样的预感让他们觉得有什么不对劲。大嘴巴和大耳朵趴在不远处的聚花草丛里，想看到小象是如何出生的，看着看着就睡着了。雨燕突然唱起来：

  是哪个哲人说过大象无形？
  莫非古大象是鬼精，看不见它的踪影？
  是哪个朝代发明了太平无象？
  难道是没有了大象才算天下太平？
  都说无可比象——我们是余烬未消的猢狲？
  都说超然象外——我们是大象之外的烟尘？
  都说天神用空气制造了万千大象。
  都说有大象才有我们认识的文字。
  都说万象更迭——
  一万头大象的作为自然会焕然一新，
  我们的地球，无数头大象开始狂奔。
  都说险象环生——
  当四面八方都是危险的大象，
  我们的应对，就是闭上眼睛。
  摸象的盲人为什么不摸摸老虎猛禽？
  渡河的大象为什么还要扑一层香粉？
  没有餍足的人心为什么要吞掉大象？

治水的大禹为什么要象百物于九鼎？

随着大象北上的路径，
我们走向一片甘蔗林，
悄然不动的，
是山村，
是农人，
是一个清风徐徐的早晨，
是爱的有形与无形，
是人类的气象与形象
在生物挽歌中突然升高的回音。

　　一天过去了，一夜也过去了，母象槟榔青依然没有生养。就在太阳快到中天时，它似乎再也站不住了，前腿一弯跪了下去，接着便侧身躺在地上，嗷嗷地呻吟起来。贾海桐说："到现在还不见小象，肯定是难产，怎么办？"大家都想到了岩罗章，但贾海桐目睹了这位大象医生和猪屎豆的见面，已经对他失去信任，所以当召恩罕提出立刻把岩罗章叫来时，他大摇其头。玉皎惊讶地问："你不想叫他？为什么？"石栗也说："现在只能求助于他了，我们又不懂。"贾海桐想了想，只好同意，心说这么多人都盯着岩罗章，就算他是个跟猪屎豆一样的人，又能把大象怎样？"那就叫吧，赶紧，谁叫？"召恩罕说："你跟他关系最近，你叫。"贾海桐拿出手机拨通了岩罗章。岩罗章说："这么长时间生不出来，那就危险了，等着，我这就过去。""这么远的地方，你恐怕得坐车。""不用，我离你们很近。""你已经跟过来了？"贾海桐从鼻腔里哼了一声又说，"难道你能猜到槟榔青会难产？不会是有别的事情吧？"两个小时后他才得到回答，这时候岩罗章已经站到了北上象群面前:"听说一群大象正在北上,谁知道它们要去哪里,总得有个保健医生吧?"他放下背上的竹篓,查看了一下母象槟榔青的情况,果断地拿出一瓶矿泉水,在里面放了一丸粉色的药、一丸黑色的药,摇晃了几下,就要喂。贾海桐拿过来说:"你这是什么药?""是用二十五种傣药炼制的保象丸,能纠正胎位,帮助分娩。""不会有毒吧?""是药都有毒。"岩罗章说着,接过矿泉水瓶,自己喝了一小口,"要不你也尝尝?"贾海桐尝了一口,感觉又苦又酸又咸,掩饰着自己的怀疑说:"要不要加点糖?""大象又不是孩子。"贾海桐意味深长地说:"不是你的孩子吗?那你给它们治什么病?"岩罗章喂了药,半跪着开始在母象槟榔青的肚子上一把一把往下抹捋,一边抹捋一边唱:

> 有一天大象走进宝角水牛居住的溶洞,
> 告诉它有个猎人就住在对面的木贼宫,
> 他的心里开着缅桂花嘴里吃着聚果榕,
> 背着弩箭王赏赐的鬼树箭拿着封喉弓。
> 他来到花蛇洞搬走高过坡垒的蛇毒钟,
> 来到仙人洞求得能配百种毒的丹砂琼,
> 来到上方城群洞拿走团圆镜与弯角筒,
> 来到龙林洞牵走敲打金狗鼓的百足虫。
> 他说我要毒死杀害过祖先的最大顽凶,
> 我是人间的毒宗一只爱恨分明的飞鸿。

一群大头蚁闻腥而来,排着队穿越在野香草和狸尾草狭窄的枝叶间。起风了,山河躁动出一片不安的声响,无根的失去了黏合力的尘土们奔跑着,扫打着有根有本的植物,娇弱的密子豆花和矮小的鹅脚板立刻显示了不屈不挠的柔韧,无论摇摆的幅度多么大,升降的动作多么剧烈,都还是紧紧拽拉着自己的立锥之地。斑翅鹩逆风而去,白腰鸹顺风而来,红尾鸲好像是不迁不移的,风越大就越会舒展着翅膀上下飘动。母象槟榔青终于生下了一头小母象,疲惫不堪的它躺了半天才站起来,这时幼象已经开始走动着寻找奶头了。公象独一味高兴地看着自己的孩子,用鼻子把它推搡到了槟榔青的肚子底下。幼象循着气味,很快噙住了奶头,就在它使劲吮吸的瞬间,槟榔青哞哞哞地连叫几声,仿佛是一种喜悦的感叹:我也有自己的孩子啦,你们看啊,多么可爱的小宝宝,请大家赶快起个名字吧。大象们起名字的时候,人也在给幼象起名字。毛管花说:"这个地方到处都是雪下红和凤眼蓝,还有一些正在开花的石狮子,就在这三个里头选一个吧。"大嘴巴和大耳朵都选了石狮子。雨燕说:"我喜欢雪下红。"玉皎说:"凤眼蓝开的花更好看。"石栗说:"那就叫雪下凤眼。"雨燕说:"不能折中,最好是三个字的。"贾海桐说:"都好听,领导决定吧。"召恩罕笑道:"我同意大家的。"毛管花问:"你说的大家包括不包括大象?"召恩罕说:"当然包括。"雨燕说:"孩儿们,跟我来,看大象最爱吃的是什么。"她带着大嘴巴和大耳朵,拔了一些雪下红、凤眼蓝和石狮子,来到了象群跟前。好像大象们也知道这是为了起名字,都没有卷起来放到嘴里,而是愣愣地看着缅桂花头象。缅桂花头象挨个闻了闻三种植物,卷起雨燕手里的雪下红放进了嘴里,别的大象一看,也都走向荒草萋萋的地方,开始卷食雪下红。雨燕说:"那就是雪下红了。"两个孩子丢下自己手中的植物,跑到母象槟榔青跟前,抱着刚刚出生的幼象喊起来:"雪下红,雪下红。"幼象吓得赶紧往妈妈肚子底下躲。

象群在原地又待了两天,直到母象槟榔青恢复体能后才开始行动,还是象头一律朝北。召恩罕和石栗要回去了,典范村寨正在建设,阻断大象迁移的人居之地的搬迁刚刚开始,新城建设就要上马，大象廊道的开通已经成为多数人的共识，许多事情都在等着他们去决策和实施。玉皎留了下来，她要代表版纳雨林管理局为北上象群负责。这也是贾海桐的愿望：和恋人一起跟着大象北上，就算最没有诗意的人，也会诗意盎然。召恩罕说："再往前走，就是玉溪市元江县了，元江水流湍急，很难渡过，象群很可能会停止北上，返回西双版纳。"石栗说："有没有可能停止北上后不原路返回，而是向东或者向西行走？"贾海桐瞅了一眼岩罗章说："不管它们往哪里走，我们都会紧跟到底。"然后便是分手。召恩罕说："随时联系。"毛管花说："萨瓦迪卡。"大家也都说："萨瓦迪卡。"

北上象群忽快忽慢地走着，累了歇，饿了吃，本来它们是可以夜间行走的，但为了照顾人的习惯，也开始晓行夜宿。没有干预和没有围观的行走持续了半个月，其间贾海桐又驱车返回普洱市，购置了两顶旅行帐篷和几个旅行袋，改变了过去除虎头兰外，别的人经常离开象群借宿村庄的做法。六个人，三顶帐篷，虎头兰和毛管花一顶，玉皎和雨燕一顶，大嘴巴和大耳朵一顶，贾海桐就睡在车里。每当夕阳西下，象群停下来休息时，他就会把车停靠在离象群最近的公路边，远远地守望着。象群遇到过于陡峭的山脉时，常常会放弃捷路，选择公路，晚上休息也会在公路边的林子里。贾海桐就会把车开到离象群很近的地方，让两个孩子去车上睡，毕竟汽车可以隔绝满地的潮气。岩罗章是既不睡帐篷也不睡汽车的，他说自己睡惯了露天地，只要看到头顶有遮挡就憋得慌。雨燕提醒他："万一毒蜘蛛和蝎子爬过来呢？"他说："我的竹篓里全是毒药，再毒的野物包括眼镜王蛇，远远地一闻，就不会过来了。"不过他跟着象群走了不到一个星期就告辞而去，说是接到一个信息，西双版纳勐腊雨林里一头大象被一棵突然朽倒的疏毛厚壳树击伤。贾海桐说："救护队怎么没接到护象员的报告？""大概是大象受伤后躲起来了，你们的人没发现？也有可能伤得很轻，不值得报告？但大象医生是必须亲眼看看的，有些伤表面上看不出来，但会引起五脏六腑的变化。"其实他是去找猪屎豆的，离开聚果榕坝子后，他跑遍了西双版纳东南西北的雨林，除了得知缅桂花家族的肇事头象舍己献身之外，没有发现该家族其他成员的任何踪迹，就把注意力放在了北上象群上。这个象群里，至少有五头大象跟古老的缅桂花家族有亲缘关系（缅桂花头象、象奶奶香籽含笑、象姐姐西番莲、象哥哥忽地笑、小象凤凰木），怎么能轻易放过呢？让它们死在北上的路上，也让猪屎豆终结罪恶也终结生命，不会再有更好的机会了。但是猪屎豆大有不再听命于他的意思，甚至都不想接他的电话，岩罗章必须找到猪屎豆，最后再劝他一次，如果还是不听，那就对不起了，岩罗章既可以豁出去亲手给大象下毒，也可以想办法毒死这个家族的仇人——六指猎人的后代。离开的时候他没有唱歌，也没有一起步就开跑，让大家略感意外。玉皎问："你什么时候再来？""见到了让大树击伤的大象我就来。这边有什么情况随时通知我。"毛管花和雨燕都说："我们会的。"贾海桐说："你为什么不唱起来，大象的'章哈'？"岩罗章说："你们这里有雨燕一路弹唱，我怎么敢卖弄我的歌喉？在有云雀的地方，乌鸦只能闭嘴。"

太阳不一样了，大象和随同它们的人都能感觉到，路上的太阳跟西双版纳的太阳越来越不一样了，有时候是扁的，有时候是长的，有时候是奇形怪状的。大象们都知道，这既是云雾的作用，也是视角的作用，更是太阳自己想变来变去——它似乎不想再把自己固定在一种形状上，每一秒钟都在刷新。更让大象们吃惊的是，太阳会早早地睡觉，也会早早地睡醒，落山和出山居然违背了大象的愿望，这怎么可以呢？而在西双版纳，跟太阳关系最好的既不是雨林，也不是山脉，而是它们大象，太阳是听大象的，需要它什么时候出来，它就会什么时候出来。再就是太阳的颜色也不一样，显得苍白了，迟暮了；光也有些失控，居然早中晚的温度区别那么大，凉爽投靠了干冷，温热走向了滚烫，地上的植物、能吃的东西越来越少，大象们比以往任何时候都更多地想到了人种的庄稼，而且垂涎三尺。

岩罗章离开一个星期后，拥有十七个成员的北上象群进入玉溪市元江县，在一个叫作岗柃冈的地方停了下来。这个地方除了少量的纯叶草、仙茅和芦苇，没有更多的野生食物，可以代食的农田作物也只生长在山腰以上的梯田里，山腰比较陡，梯田比较窄，大象上不去，上去也没办法采食，连掉转身子都困难，稍微一马虎就会滚下来。随行的人们有些疑惑：停在这里干什么？是消耗太大、体力不支了吗？但大象们不会不知道，纯叶草、仙茅和芦苇所产生的能量低得只能维持生命，要想尽快恢复体力，每天至少得吃包括蛋白含量较高的草种在内的二十种以上的食物。答案出现在一个烟雨蒙蒙的早晨。这个早晨不像早晨，像是一个被时间遗弃的傍晚，东边阴沉到几近黑暗，西边却亮亮的似乎立刻就要蹦出一颗太阳来。但当大象们和人们瞩望西天时，曙光却依然来自东方，那是一个背着箩筐的人，箩筐里装满了玉米。"你们为什么不到别处去？这个地方什么吃的都没有。"那人说着，把一箩筐玉米倒在了象群面前。玉皎和毛管花赶紧说谢谢。那人看着大象们吃起来，又问："怎么这么多大象？你们要去哪里？"毛管花说："去哪里你问大象，我们也不知道。"不等那人提问，母象蓝果树就冲他哞哞了两声，像是回答，还伸过鼻子去闻了闻他。玉皎问道："你住在附近吗，怎么看不见村庄？""拐过去那道榆柳梁子就能看见。"又说，"你们是从西双版纳来的吧？我养了一头大象，也是西双版纳的。"大家奇怪了：北回归线以北居然也有豢养的大象？毛管花说："你养的恐怕是象鼻虫吧？"雨燕说："昨天我还见到一只细颈象，抓起来问缅桂花头象，这算不算你们的同类？它说不算。"那人说："不信你去看嘛。"然后便说起他的大象的来历：十多年前，元江县城的一家贸易公司从西双版纳购买了一批茶叶，因为是野茶，采自没有公路的茶树王山上，加上数量也不多，就雇了包括他父亲在内的两个人拉着四匹马去驮运，回来的路上，碰到了这头大象。大象又瘦又没精神，卧在一棵桄榔树下不起来，显然是生病了。父亲远远地看了半天，大着胆子走过去，给它喂了些作为马料的豌豆。等他要离开时，大象挣扎着站起来，一瘸一拐地跟在了后面。父亲和同伴一路走，大象一路跟。父亲说："看来你靠上我了。"就天天给它喂些马料和采摘来的早梨、大黄梨什么的，有几次还去农民家讨来一些玉米和胡萝卜喂它，希望它腿脚尽快利索起来，身体强壮一点，然后去该去的地方——西双版纳的热带雨林。没想到它一直跟到了家，从此再也没有离开过，不管你喂不喂，它都会早出晚归地出现在院子里。渐渐地它变成了他家的大象，腿还是瘸着，但精神好多了，威风凛凛像一头真正的大象了，让人骑，还能驮东西，跟村庄里的其他人相处也融洽，谁都可以亲近它，包括马牛狗鸡。似乎动物之间对善良和温顺有一种天然的默契，有些小动物一开始就不怕它，经常在大象挺起的四腿之间窜来窜去，它走到哪里，还会跟到哪里。更有白头鹡鸰，一群一群往大象身上落。村庄周围原本没有小田鸡和黑水鸡，自从有了大象，每年都会有几十只从昭通飞来这里度夏。

大家听着，都想去看看这头大象，但最先来到那头大象跟前的却是母象蓝果树和幼象巨龙竹，它们根本不用人带领，自己就沿着最便捷的路走了过去，等大家跟着那人来到他家院门外时，蓝果树和那头大象已经开始碰头缠鼻子了。虎头兰一见它就惊叫一声："杯萼木？"然后连呼带喊地跑了过去。那头大象也看见了虎头兰，丢开蓝果树和巨龙竹走过来，蜷曲着鼻子哞哞地鸣叫。虎头兰抱着它的鼻子，又是拍打又是摇晃："你怎么在这里啊？我找你找了那么长时间。"杯萼木嗷嗷嗷的，像是在诉说自己的经历。虎头兰说："怪不得母象蓝果树抢先跑来了，杯萼木原本就是蓝果树家族的。"他挽着杯萼木的鼻子讲起它的故事，尽管他曾经给毛管花和雨燕讲过，但还是又从头讲了一遍，尤其是讲到杯萼木如何不堪凌辱从"章朗谷"逃出来的过程时，禁不住哽咽起来，讲完了又摸着杯萼木患有先天性风湿性关节炎的腿急切地问道："腿病怎么样了，好了没有？"杯萼木哞哞地回答着，看他不停地问，就演示似的后退着动了动四肢。收养它的那人说："还是有点瘸，但早就不疼了，走路也比刚来时快了许多，刚来时根本不行，走路摇摇晃晃的，看得人直揪心，像是随时都会倒下。"虎头兰双手合十说："谢谢啊谢谢，你们让它活到了今天。"那人紧张地问："你不会把它带走吧？"虎头兰说："我想带就能带走吗？大象义重如山，你对它那么好，它肯定不会丢下你。"他说对了，当他们和母象蓝果树以及幼象巨龙竹离开那个地方时，母象杯萼木并没有跟过来。大概蓝果树给缅桂花头象说了杯萼木的事，一连几天，象群待在岗柃冈没有挪窝。虎头兰、蓝果树和巨龙竹每天都去跟杯萼木团聚，直到一场凉雨变成了柔声细语的催促，夜晚的雷鸣显示了头顶的不祥，闪电的劈裂让一棵孤零零的马尾杉瞬间失去了所有的枝杈，而苍绿就像蜃楼一样出现在远方的山垭口。缅桂花头象认为久别重逢的感情已经得到释放，不可以再影响象群继续北上了。那一刻，它和一只从西双版纳飞来表达思念的棉凫说着同样的话：什么也不能阻止我们的热情，所有我们认定的前方，都是自由的方向，是生命奔放的结果。

　　象群又一次出发了，黎明惠赠着难得一见的清爽，露水在草叶上滚动，在土壤的表层浸润，夜行动物正要睡觉，昼行动物开始忙碌，鸟儿们的欢天喜地就像它们从来不开晚会，而只赶早集。那个人背了一箩筐玉米，带着杯萼木迎面拦住大家说："这就要走啊？我来送送大象。"玉皎奇怪地问："你怎么知道象群今天要走？"那人指着杯萼木说："太阳一出来它就又喊又叫地吵醒了我，然后朝这边走，我是跟它来的。"毛管花说："看来是缅桂花头象早就决定今天出发，它告诉了母象蓝果树，蓝果树又告诉了杯萼木。"玉皎问："你听见了？"虎头兰说："听见了，昨天蓝果树一见杯萼木，就叫了几声。"雨燕说："也许是跺脚通知的，我昨天看见缅桂花头象在跺脚。"象群分食了那人带来的玉米，接着就又起步了。那人说："往前不远就是元江，你们是要过江吗？"雨燕问缅桂花头象："我们是要过江吗？"缅桂花头象哞了一声。雨燕询问地望着毛管花："翻译一下呗！"毛管花说："它说会过江的。"那人说："万一过不去呢？返回时别忘了来我家。"虎头兰说："肯定的，我还想再看看杯萼木呢。"

5

北上象群的行走沉默而迅速，转眼就过去了四五公里。风推动着烟雾呼啸着从山顶吹过川谷，天气有些分裂，鲜亮莹洁的一半连接着混沌渺茫的一半，仿佛一厢还在创世，一厢就已经是今天的模样了。山对山的追逐让固体的岩石变成了液态的奔涌，能感觉到从原始到现在的壮丽脚步就在每一个瞬间的消失之中。地上到处是分不清乔木还是灌木的植被，撂起的田地黄一块绿一块红一块白一块，有撂荒的，有长苗的，有赤土裸露的，有被地膜覆盖的。看不到村庄，沟谷里填满了青雾，消失了绝对落差的山势显得低矮了许多，托举着高压线的铁塔迤逦在山间草野，就像是那些铁塔把天撑了起来，又因为高度并不统一，而让天倾斜成了一个摇摇欲坠的拱顶，让人想起初时的开天辟地就应该是这个样子的：大地之上，一片黑暗，然后有了光，有了人，有了大象，有了一切物种，如同现在看到的，大象在迁移，人在跟进，野兔在奔跑，仓鼠在窜动，鹧鸪在鸣叫，水雉在飞翔，蛤蚧在沉思，飞蜥在打斗，不肯绝种的生物们络绎不绝。

连续八天的跋涉之后，象群停下了，元江就在眼前，绕过一道并不陡峭的崖壁，就能在水边洗澡打滚了。缅桂花头象站在崖壁上望了望江面，就丢下周围可以饱餐一顿的茂盛的莴笋花和闭鞘姜，带着象群迫不及待地扑向了水，多少天没有痛痛快快洗澡了？畅饮是大象的基本需求，就连这一点，上路以来便很少有满足的时候，现在终于可以满足一次了。成年象们控制着按捺不住的小象，不让它们抢先跳进去弄脏了水。缅桂花头象欢畅地喊叫着，率先喝了一口，接着大象们都把鼻子伸进水里开始汲水喝水。很快喝饱了，缅桂花头象哞哞地告诉大家可以玩水啦。象哥哥忽地笑和小公象叶子花首先钻进水里躺了下去，四肢朝天地翻滚着。母象槟榔青带着幼象雪下红紧随其后，帮助槟榔青看管雪下红的亚成体母象千年健赶快跟了上去。接下来入水的是母象无忧花和幼象金合欢以及跟无忧花一起关照着金合欢的象姐姐西番莲。水花飞扬而起，母象蓝果树、幼象巨龙竹和作为巨龙竹的保姆象的母象千斤拔进去了；缅桂花头象、象奶奶香籽含笑和母象大果人面子进去了。孤僻的小母象蜜沉香来到象群的边缘，静立了一会儿，也情不自禁地蹚进了水里。只有公象独一味还待在岸上，上路以来，它一直扮演着警戒象的角色，时刻警惕四周的动静，保证象群的安全是它的职责。小象凤凰木是最后一个进水的，它想跟着妈妈，又想随着毛管花，犹豫了好一会儿，才在毛管花的推搡下进入了水中。毛管花说："我可不会跟你一起下水，你终身依靠的是大象不是我。"大象们尽情地玩着水，有用鼻子横扫水面的，有汲起来喷向身后的，有用前脚踢出浪花的。象哥哥忽地笑摁倒了小公象叶子花，叶子花又摁倒了小象凤凰木，凤凰木掀动着浪花，扑向了幼象金合欢，金合欢又顺势把幼象雪下红扯倒在水里。母象无忧花用鼻子推搡着小母象蜜沉香说：你也去跟它们一起玩吧，别老是自己待着。小象们扭打翻滚成一片，激溅的水浪如同汇集的喷泉，带着快乐的响声一次次冲天而上。母象蓝果树忧郁地望着面前的热闹景象，用身体保护着自己的孩子幼象巨龙竹没让它参与闹腾。保姆象千斤拔有些不理解，哞哞地询问着：你为什么不让它跟大家玩？孩子们的感情就是在打打闹闹中建立的。蓝果树伤感地说：元江来得真不是时候啊，我们真的要渡江吗？千斤拔说：当然，渡过元江是在天在地在山在水的象魂托梦给缅桂花头象的。你让巨龙竹早一点练练水性，对渡江是有好处的。蓝果树摇摇鼻子，依然护卫着幼象巨龙竹，默默地回到了岸上。千斤拔叹口气，朝水深处走了几步，侧躺在水里，举起鼻子，舒舒服服地让江水漫过了身体。

  贾海桐来了，他是开着皮卡车过来的，虽然没有路，但凑凑合合也能行驶。几个人坐在岸边，一边吃着贾海桐带来的哈尼族风味的饭菜，苤菜舂螃蟹、暴腌芭蕉心、竹筒煮肉、肉粥、蜂蛹酱、豆粉肉丸什么的，一边望着戏水的大象，猜测它们到底渡不渡江。玉皎问："要是渡江，人怎么办？"贾海桐说："离这里两公里就是元江新桥，我们可以从桥上过去。"毛管花说："除了我，我跟大象一起走。"虎头兰说："水这么大，你能过去？"毛管花说："大象能过去，我就能过去。"雨燕说："那我呢？我会游泳，但不敢在这么急的水里游。"毛管花说："你走旱路，我走水路。"雨燕说："那不就分开了？"大耳朵孩子说："你们可以在对岸会合。"毛管花说："连孩子都知道的事你居然会犯糊涂。"雨燕说："我是担心万一……"毛管花说："没有万一。"大象们在水里玩了三个小时才陆续上岸，然后便去找吃的。玉皎说："看样子不过江了。"贾海桐说："但愿它们明天就往回走，版纳雨林还有一堆事等着我呢。"毛管花说："没人跟我打赌吗？它们一定会渡过元江。"又推搡着回到他身边的小象凤凰木说，"你也去吃草吧，我这里可没有你吃的。"不知为什么，大家都不跟毛管花打赌。雨燕带着凤凰木走向了象群："你这个孩子啊，也太黏人了。"

黄昏不期而至，归巢的棕胸雅鹛和橙头地鸫飞掠而过，又急转折回，落在象群旁边，用脆如金属的声音询问着：大象你们来自哪里？你们要去干什么？怎么总是走来走去的？为什么你们不飞起来，让天空也变成你们的原野，去吃掉繁如火烧花的星星呢？也许得到了回答，也许没有，停留了一会儿它们就又飞走了。太阳缓缓下沉，一绺淡蓝色的光带从地底下升起，写意般地描画出天际的曲线，是那样柔美而动荡不宁。火亮的光焰飞快地集中着，在大山的豁口组成了一座不断变形的金字塔，流泻着滚烫的瀑布，大地失去了母性的典范色彩——绿色，变得质朴而坚硬、雄浑而粗犷，完全是一个原始的男人卧地不起的形象了。暗夜如同缓缓盖上的被子，在铺平的同时，引来了星光的飘洒和含蓄深沉的照耀。一天终于结束了，软绵绵的寂静突然变成了实有的物体，让人就像摩挲兽皮那样能摸到温暖和燥土的气息。睡眠悄悄走来，诱惑着人们，也诱惑着大象，梦的世界出现了，到底是什么样子的，明天醒来后才能知道。一只鱼鸮落在了缅桂花头象的鼻弯里，圆睁着眼睛瞪着不远处的元江。元江借着暗夜藏起了形貌，只把自己交给了波涛的声响，是那样的舒缓而忧伤啊，北上象群的元江之夜。

黎明到来之前，缅桂花头象经过仔细思考，又和象奶奶香籽含笑商量了一番后，宣布了大象渡河时的成员搭配：缅桂花头象和象奶奶香籽含笑负责保护小象凤凰木；公象独一味和象哥哥忽地笑负责保护小公象叶子花；母象槟榔青和亚成体母象千年健负责保护幼象雪下红；母象无忧花和象姐姐西番莲负责保护幼象金合欢；母象千斤拔和母象大果人面子负责保护小母象蜜沉香。只剩下母象蓝果树和幼象巨龙竹没有被缅桂花头象提到。大果人面子说：怎么办啊？幼象巨龙竹只有它妈妈蓝果树一个人保护。缅桂花头象说：你用不着替它们发愁，它们不走啦。母象千斤拔问：为什么？缅桂花头象说：让它们自己告诉你们吧。大家就都把眼光投向了母象蓝果树。蓝果树说：我们舍不得啊，舍不得家族的杯萼木，我们想返回去找它，然后带它回老家西双版纳，西双版纳再不好，也是个到处有芭蕉、甜竹、象草、野果、花朵的地方，它现在生活的那个地方有什么？要是人不喂它，它连肚子都吃不饱，更别说交到大象朋友啦，尤其是异性朋友，谁去那里跟它约会啊？象姐姐西番莲说：原来是这样？可是我们也舍不得你们。亚成体母象千年健和母象槟榔青都说：是啊，是啊，我们就算舍得月亮星星也舍不得你们母子。母象蓝果树说：那怎么办呢？缅桂花头象说：这事不能犹豫，你们得立马决定，要么跟大家一起渡江，继续北上，要么即刻返回，消除你们思念亲人的悲伤，要知道大象的悲伤就跟大象一样沉重，要是不尽快消除的话，会压垮你们的。它说着，毅然朝江边走去，大象们跟在了后面。母象蓝果树用鼻子拦着幼象巨龙竹没有动，也就是说，它们已经决定了：在家族的亲情和北上的使命之间，它们选择了前者。缅桂花头象说：真是情义无价啊，我钦佩你们，那就转身吧，赶快回去，路上小心点，尤其是见了人，坏人好人可要分清楚。大家回望着蓝果树和巨龙竹，等它们离开江边，消失在来路上经久不散的云雾里后，才开始迈步。蓦然间，北上象群由十七头变成十五头了。

五月已是雨季的开始，元江正在进入汛期，从岸边丰水季留下的痕迹看，离最高水位至少还有一米五，也就是说元江正处在可渡和不可渡的分界线上。但对北上象群来说，现在需要选择的已经不是渡与不渡了，而是哪里才是安全横渡的地方。缅桂花头象没有辜负大象们的信任，在它带领象群沿江走了一段后，一个开阔而平缓的江湾出现了，它率先蹚进去游了起来。大象们陆续走进了水中，划动的四肢顿时成了水浪的一部分。毛管花脱了衣服交给雨燕，纵身一跃跳向了浪谷，再不下去，跟着妈妈下水的小象凤凰木就又会走上来了。本来打算今天休息的太阳因为大象们的泅渡而放弃了睡懒觉，拨开云雾，好奇地盯着江面：两头大象夹着一头小象，一共五组，三五一十九，不对不对，三五一十六，好像也不对，人类发明的算数真难啊。渡江的象群里还混杂着一个人，挥着膀子在浪峰里沉浮。元江水好像有些激动：我的怀抱里全是鱼蟹，今天怎么来了这么多大象？难道大象已经变啦，变成水生动物啦？可是我从大理龙虎山一路奔来，怎么没听说过呢？鱼们更是大惊失色：这是什么呀，踩来踩去的，差点踩到我头上，不会是来吃我们的水怪吧？快跑啊，离开这些危险的家伙。但是它们在惊慌失措了一阵后，就又回来了，因为在那些不断捣动的腿脚上，沾满了可以饱餐一顿的皮屑。淡红色的江面稳稳地流动着，有些水亢奋地飞起来，有些水深沉地钻下去，大大小小的涡流不停地涌现，转眼又消失了，水浪开出的花朵争奇斗艳，却没有一朵能够把自己的美丽固定在大象的身边哪怕只有一分钟。但浪花又是不败的，失去多少，就能绽放多少，稍纵即逝的过程里，任何肉眼都无法捕捉到绽放的瞬间花蕊吐香的一刻。风是江花的酵母，它从万里之外的冷气流出发，来到江面时已经热乎乎的了，仿佛正是它们的前赴后继，才让阳光的热量变成了江水的温度。渐渐地，所有的风陆续被太阳叫走了，江面平缓了许多，就像一片没有头尾只有边际的草坪，用直立的草尖运载着和平宁静的气氛，环绕在象群周围。大象们有点累了，小象们更显得体力不支，只有毛管花还是一力搏击的样子。浪说不要紧，我来推送你们。鱼说不要紧，我来托起你们。对岸的一片大百部说不要紧，我来拉扯你们。终于可以够着江底泥沙了，可以站起来往前走了，可以让水缓缓下沉了，可以迈出水面了。大象们发现渡江比预期的要轻松一些；岸上观望的贾海桐他们发现，渡江比想象的要容易一些。雨燕跳起来，一手抱着毛管花的衣服，一手不停地挥舞着。大嘴巴孩子和大耳朵孩子跳起来，胡乱喊叫着，好像比他们自己游过元江还要激动。毛管花带着小象凤凰木来到岸上，转身朝这边爹起了双手，不怎么强健的身体显得更加消瘦了。玉皎说："没想到这么快就过去了，我们走吧。"大家挤上了贾海桐开来的皮卡车，朝着元江新桥走去，半个小时后跟象群会合，再看元江，已是激浪翻滚，滔滔有声。风大了，太阳回到了云雾后面，阴郁的天光下，堆积着厚厚的寂静，元江左岸的泥沙沉积层上，一片茂盛的植物在被人遗忘的幸运中生长。人和大象几乎同时看到，绿色中摇曳着可以当作大象食物的长柄山姜、无毛砂仁和蛇根叶，还有一些竹子，大概是黑毛滇竹吧？

渡江的疲倦让象群休息了两天才又开始行走，依然是绵延的大山夹带着狭窄的平川，田野一如别处，是摞起来的，森林稀疏了，可以进食的野生植物越来越少，那就去地里吧，地里有玉米有香蕉有蔬菜。人来了，远远地看着，黑压压一片。人群的身后总是挺立着村庄或城镇，在它们接踵而至、应接不暇的时候，缅桂花头象做出了一个大胆的决定：不再绕来绕去啦，直接穿街而过。人们混杂着惊慌和惊喜迎接着它们：请吃吧，这里有粮食和水果；请喝吧，这里有米酒和酒糟；请补充矿物质吧，这里有白花花的末盐和亮闪闪的晶盐。大象们饱了，也醉了，横七竖八地躺在地上睡着了，然后又醒了，继续走路啊，北上，北上。就这样它们穿过玉溪市的元江县进入了红河州的石屏县，往前又经过了玉溪市的峨山县和红塔区，来到昆明市的晋宁区时，已经是六一国际儿童节了。而对节日来说，大象的到来便是礼物的到来，是西双版纳送给全世界的礼物。大象们憨态可掬地吃喝拉撒着，翘起鼻子吹响了祝福的号角，近前的儿童亲眼看到亲耳听到了，远处的孩子通过网络和电视也算是亲眼看到亲耳听到了。这个让大象和儿童结缘的节日，让它们和他们共同享受到了互相给予的快乐。"六一"一过，北上象群便离开村镇，躲进了森林。它们在一个叫作老鸦糊山的地方停下来，随便尝了些不可口的香樟叶、滇朴枝和龙胆花的籽，便开始商量接下来的行程。

母象大果人面子摇晃着耳朵一边降温一边说：还商量什么？头象走到哪里我们跟到哪里就是了。象姐姐西番莲说：本来应该是这样，但我们的头象是一头虚怀若谷的大象，觉得不征求一下大家的意见，就不能做到百分之百的正确。缅桂花头象说：这两天我们遇到的房子越来越多，汽车越来越多，人越来越多，我问了蓝歌鸲和小嘴乌鸦，它们说前面不远就是滇池和昆明城区。我在想，我们有没有必要去滇池洗个澡，去昆明城区看看景呢？象哥哥忽地笑走到象姐姐西番莲跟前友好地摇了摇鼻子，又走到小象凤凰木跟前爱怜地碰了碰头说：当然有必要，来了就得去看看，我听灰树鹊说，在滇池里洗澡的舒服是别的地方没有的。城区也不错，有很多好吃的，说不定人们会招待我们的。公象独一味说：但也有可能把我们抓起来，昆明的人是不是跟西双版纳"章朗谷"的人一样，我们是不知道的。大果人面子说：既然我们不了解他们，那就绝对不能去。母象千斤拔说：我也觉得不能去，万一贾海桐离开我们，而地不容又靠近我们呢？小公象叶子花说：不去就亏啦，我们走了这么长的路，不能白走啊，我听麻雀叽叽喳喳说，昆明是个比西双版纳还要好的地方。亚成体母象千年健说：麻雀懂什么？据蝴蝶坝子的蝴蝶说，对人来说昆明好，对大象来说还是西双版纳好。母象槟榔青说：不去最好，我现在有了雪下红，不能让它出任何差错。

母象无忧花说：还是应该去一趟吧？不去城区，就去滇池，洗了澡赶紧离开。象奶奶香籽含笑说：我老啦，说不定哪天就会躺倒起不来啦，真想在有生之年去滇池洗个澡，去昆明城区看看景。缅桂花头象用鼻子捅了捅小母象蜜沉香说：你虽然是小象，但已经到了可以发表意见的年龄，你说说吧。小母象蜜沉香扭捏了一番说：要去你们去，反正我不去，我讨厌人多。缅桂花头象哦哦地叫着，把眼光投向了小象凤凰木、幼象金合欢和幼象雪下红：现在只有你们没说话啦，虽然你们很幼稚，但还是说说吧。小象凤凰木用鼻子指着毛管花说：我也不知道去好还是不去好，好坏我都是要跟他在一起的，他走到哪里我跟到哪里。象哥哥忽地笑说：你这样说是不对的，你不能跟人在一起，应该跟我在一起，我是你哥哥，是可以一辈子爱护你的公象。象奶奶香籽含笑说：你可不能爱护它，它是你妹妹。忽地笑问：妹妹就不能爱护吗？香籽含笑说：当然。幼象金合欢说：我想蝴蝶坝子啦，我觉得那是世界上最好的地方。母象无忧花问：你的意思是不想再往前走啦？金合欢哦哦地答应着。幼象雪下红不吭声，只是抬眼扑腾扑腾地望着妈妈槟榔青。槟榔青说：我已经说啦，不想去。缅桂花头象说：大家的意见分歧这么大，搞得我也拿不定主意啦。这样吧，我去问问跟着我们的这几个人，看他们是什么意思。

缅桂花头象走向毛管花，头指着滇池和城区的方向，又是喊叫又是甩鼻子，然后又走向贾海桐，重复了一番刚才的动作。毛管花首先理解了，告诉了贾海桐，后者点着头说："这几天我天天在应付采访北上象群的记者，再往前走，来的记者肯定更多，我都已经烦透了，这不是我的工作，我的工作在版纳雨林，我恨不得现在就回去。"毛管花说："我想回家去看看我小姨，又舍不得丢下小象凤凰木，怎么办？"雨燕说："我们可以带上它。"毛管花摇摇头说："让小象脱离象群是很不理智的，我们不能害了它。它现在比刚开始好多了,每天有一半时间待在妈妈身边,我要是带着它走了,很可能会前功尽弃。"雨燕说:"你可以偷偷地离开,快快地回来,我留在象群暂时陪伴凤凰木。"毛管花说:"它看不见我就会到处寻找,这里不是马路就是汽车,你又追不上它,出了事怎么办?这比前功尽弃还要严重。"玉皎说:"跟着大象看看滇池,逛逛昆明的街,不是挺好的嘛,我觉得还是听大象的。"虎头兰说:"我也这么想,人不能决定大象的行动,它们去有去的理由,不去有不去的理由。"大嘴巴孩子说:"我也想去,我没去过昆明。"大耳朵孩子说:"滇池肯定很好玩,我们可以和小象一起洗澡。"贾海桐说:"你出来是为了你爷爷,要把千斤拔家族叫回你们鳄梨寨去,你恐怕忘了吧?"大耳朵说:"我没忘,雨燕姐姐说,只有跟着北上象群才能找到千斤拔家族,因为象群里就有千斤拔家族的大象。"天上,云花正在绽放,一片皓白,一片静美。

6

刮走的风又刮来了,带着西双版纳的信息:澜沧江的一条麦氏波鱼正在做梦,梦见了北上象群;江两岸的花又新开了一些,都是比去年更鲜丽的,芸香的金、车桑子的紫、凤仙花的红、绒毛紫薇的雪青,夹杂在一起,香坏了蜜蜂。使君子的艳、甜麻的俏、石榴的媚、大白杜鹃的娇,共造出一种漂亮,让雨也发呆,落着落着,就停在半空里了。翅子树素到无色,木鳖子白到如纸,荔枝红烂了,灯油藤滴油了,大象们睡着了。飘走的云又飘来了……人们的意见和大象们的意见一样,也出现了分歧,到底怎么办呢?贾海桐把电话打给了召恩罕。召恩罕说:"我的想法没有变,不围观，不靠近，不阻拦，不投食，不诱导，不搞人为干预，把行走的自由交给大象，能走多远就走多远。"贾海桐说："这些都已经做不到了，首先不围观不靠近是不可能的，所经之地人口这么稠密，谁也没有能力疏散他们，更重要的是我们跟象群在一起，连小孩子都认为大象没有危害，为什么不可以围观靠近呢？不投食也不可能，村庄的农民和城镇的市民都希望大象能吃到自己的东西，很多人在抢着喂，拦不住的。"召恩罕说："这不就得了？我们更没有理由阻止和诱导嘛。""可前面是滇池，是昆明，围观的人肯定更多，万一……""现在网络和电视都已经报道了，我们也在不断跟沿途的政府沟通，警察会维持秩序的，你担心什么？""万一走出云南呢？""走向外省走向全国各地才好呢，让大家都看看西双版纳的大象，都来支持目前我们开展的增扩动物生境、开通大象廊道、保护版纳雨林、建立人居新城的工作，这么好的宣传机会，恐怕大象也已经意识到了，不然干吗要拼命北上呢？它们又不是不知道北边的纬度不适合它们生存。"贾海桐想了想说："那好吧，我听你的，离开大象救护队这么长时间，很多工作都得往后推了。"召恩罕说："放心吧，'勐巴拉娜西'的事我替你操心，我现在就是去勐海雨林的路上，又是人象冲突，寨民们在驱赶进入农田吃稻子的象群时，用石头砸伤了一头小象，结果整个象群扑进村寨，掀翻了十几座竹楼。""人呢？""跑了。""受伤了没有？""应该没有，当地干部只报告了竹楼和农田的损失。""那小象呢？""不知道伤得怎么样，我已经给岩罗章打了电话，让他赶紧过去。""你还没说是哪个村寨？""白苏寨。""我去过，很偏的，路也不好走，你们恐怕得跑一天。""但愿一天能跑到，西双版纳正下着大雨，昆明天气怎么样？"然后就挂了。贾海桐看看天色，半阴半晴，似雨非雨。

　　贾海桐正要收起手机，铃声又响了，屏幕上显示的是一头动漫怪兽。"你们在哪里啊，我怎么找不着？"是地不容的声音。贾海桐问道："你找我们干什么？""我不找你们，我找我的孩子。"贾海桐犹豫了一下，便把老鸦糊山的位置告诉了对方，又对大嘴巴说："你爸要来找你。""找我干什么？""接你回去呗。""我才不回去呢。"又指着大耳朵说，"我要是回去了，他怎么办？"贾海桐说："要回你们两个都回。"一个多小时后地不容开着车出现在北上象群面前。象群顿时有些骚动，因为大果人面子和小象凤凰木是认识他的，立刻告诉了其他大象：快看啊，魔鬼来啦，他就是那个专门残害大象的地不容。缅桂花头象一马当先，大步过去，举起鼻子就要抽打，地不容赶紧跑开，躲到了象群视域之外的一棵破布木后面。贾海桐走过去说："你看看你，做人做得这么狼狈，大象一见你就生气，还不赶快改邪归正。""少说这些，我孩子呢？"贾海桐四下看看，把大耳朵叫过来问道："大嘴巴呢？"大耳朵说："藏起来了。"地不容拍拍大耳朵的头说："怎么样，把千斤拔家族请回鳄梨寨有希望吗？"玉皎过来问："你怎么知道这事？""我见过他，当然知道。再说现在网上到处都是北上象群的新闻，对跟随象群的每个人都有介绍。"地不容又问："他藏到哪里了？"大耳朵说："不告诉你。"地不容说："你爷爷托人来到州上，疯了似的找你呢，你也跟我回去吧。"大耳朵说："我不，大嘴巴说你不是好人。"地不容哗地瞪起了凶光四射的眼睛："他居然敢这样说他老子。"缅桂花头象循着味道走过来，掀动着耳朵，想再次对地不容发起攻击。地不容赶紧撤退，边退边对贾海桐说："你把我的孩子交给我，我回去就把两头大象送到'勐巴拉娜西'，这次绝对守信。"贾海桐蔑视地说："这笔交易我当然想做，但我跟你一样，也找不到他。"又问玉皎，"你知道那孩子在哪里？"看玉皎摇头，便大声问远处的毛管花、雨燕和虎头兰。他们都说已经很长时间没见大嘴巴孩子了。地不容叹口气说："那这样吧，只要你保证把我的孩子安全带回'章朗谷'，我就发誓把两头大象送给你。"贾海桐不信任地望着他，又觉得就算有百分之零点一的可能，也应该做百分之百的努力，就说："好啊，那你回西双版纳等着，孩子绝对不会少一根汗毛。"缅桂花头象继续靠近着，地不容不得不走了，战战兢兢地说："我不能步行回去吧？车怎么办？"贾海桐看到象群团团围住了地不容开来的一辆豪华轿车，伸出手去说："只有我给你开出来了，你快躲远一点。"地不容掏出车钥匙扔给了贾海桐。

不知从什么地方飞来的花瓣无声地飘落着，不，不是无声，是有声，蜜蜂在追求它，即便是坠地的花、残存的瓣，蜜蜂也不会放弃，好比人对大象的爱，好比大象对雨林的爱。地不容离开后半个小时，大嘴巴孩子才出现在亚成体母象千年健的背上。贾海桐问他去哪里了？他说他就在树上。那是一棵桉树和紫荆木的合体，枝大叶茂，藏十个人都没问题。玉皎说："你没看见你爸很着急？为什么不下来？"大嘴巴说："我藏了那么长时间他才来，我睡着了。"贾海桐和毛管花来到缅桂花头象跟前，又是比画又是说，后来雨燕也加入了，柔声细语地表达着，还唱起了歌。缅桂花头象终于明白了，原来人的想法是这样的：把行走的自由交给大象，想去哪里就去哪里，能走多远就走多远，最好走遍全中国，然后走向世界。缅桂花头象哞哞地答应着：好啊，好啊，那我们就继续北上啦。然后便去告诉了大象们。象哥哥忽地笑高兴地跳了一下说：赶快走，赶快走，滇池等着我们呢，昆明城区那么多好吃的等着我们呢。象奶奶香籽含笑也说：走啊，走啊，我们向着太阳走。小公象叶子花说：奶奶你搞错啦，太阳不在北边在东边。象奶奶香籽含笑说：我没搞错，我们大象让太阳到哪边，它就会在哪边，不信走着瞧。缅桂花头象说：大家做好准备，过一会儿我们就出发。那些表示过不愿意继续北上的大象也就不再吭声了。服从头象是大象的天职。只有小母象蜜沉香不满意地哼哼了几声：这个世界上没有不好的地方，只有人多的地方。

　　出发了，继续北上。一棵棵老鸦糊都在招手致意，就像敲响的铃铛，雪青色的果实清脆有声。山影一点一点朝后推移，平地出现了，庄稼出现了，村庄出现了，城镇出现了。风在乱七八糟地吹，有迎面的，有追身的，也有从两翼走来的。缅桂花头象朝上看了看：怎么还有上下风啊？天上本来云是云，雾是雾，风一搅和，就变得云雾不分了，空气一会儿清白，一会儿混沌。地面上也是人象不分，两个孩子照例是要骑在大象身上的，别的人混杂在象群里，忽前忽后地走着。贾海桐开车上了公路，公路就在不远处。很快，北上象群也出现在了公路上，凭直觉它们知道这是一条不会出岔的路，不用嗅闻，不用思考，也不用翻梁过沟，不管曲直高低，走下去就是了。头象在前，众象在后，要去滇池洗澡，去昆明城区看楼，它们走得威武雄壮，气势磅礴。经过的人纷纷停下，驶过的车纷纷停下，飞过的鸟纷纷停下，爬过的蚂蚁纷纷停下，那些流浪狗和流浪猫也纷纷停下了。商店开门停业，楼房门窗大开，到处都是星星点灯似的眼睛。大家看着象群的北上，就像看着一条河的流淌；看着几个人跟着象群一起走，就像看着漂泊在河面上的船。但是慢慢地，河水不流了，帆船止步了，走在最前面的缅桂花头象犹犹豫豫停下了。一种呼唤正在传来，一种感觉正在出现，它静静地立了片刻，突然发出一声抑扬顿挫的长嘶，掉转身子朝一边走去。大象们嘶鸣着跟上了它。那是一条被车前草和沿阶草覆盖的小路，小路前面有建筑的拦截，也有铁栅栏的堵挡。贾海桐奇怪了，停车下去，喊道："怎么回事，又不去滇池和城区了？那是回头路。"他看到象群绕过了所有挡路的障碍，坚定而急促地行走着，也悠长而深情地鸣叫着，便拽起毛管花说："走，问问去。"雨燕说："我也去。"两个还在象背上的孩子朝他们招着手：过来呀过来。

他们快步过去，横挡在缅桂花头象前面，正要问个究竟，贾海桐的手机响了，传来石栗颤抖的声音。"什么？你再说一遍。"石栗的重复依然是颤抖的，并且因为颤抖加剧而更加简短："召恩罕出事了。"

现在是大雨，从云端里瓢泼而来，这里是西双版纳，是勐海雨林，是离白苏寨还有五公里的一条砂石路，已经是黄昏了。召恩罕正在路上，疏松的土壤、坍塌的泥石、滚滚的山水，怎么就不能等一等呢？就算死亡是宿命，也不能发生在这个时候啊。一切正在开始，增扩动物生境、开通大象廊道、保护版纳雨林、建立人居新城，召恩罕的夙愿，多少年的谋划，已是蓓蕾初放，怎么就如此残酷，不能让梦想者叩开梦想天地的南天门呢？一边是沉陷，一边是崩落，然后便是掩埋，眨眼之间汽车没了，司机没了，主管大象和雨林的召恩罕没了。看不到任何他们存在过的痕迹，消失就像时间在飞快倒流，瞬间就是原初的形态，干净而苍茫，地老天荒的西双版纳一任死寂。是在天在地在山在水的象魂的启示，北上象群比人更迅速地知道了噩耗，缅桂花头象立刻做出了停止北上的决定，象群的行走改变了方向：往西，再往南。它们快快地走着，使命已不再是去滇池去昆明城区，让更多的人更持久地去猜想大象北上的原因和目的，而是为了南归老家，为了制止山体滑坡和泥石流在西双版纳的疯狂，好像召恩罕未竟的事业，必须有北上象群去完成。

象群走得很快，一夜又一天后到达了隶属昆明的安宁市。缅桂花头象停下了，象群气喘吁吁地停下了。接着就发生了驱赶事件——为什么？为什么要把象哥哥忽忽地笑赶出象群？大家都在问头象：你怎么能如此嫌弃呢？它可是你的孩子啊。缅桂花头象说：我不是嫌弃它，是为了让它成长为一头有作为的公象。这么多大象到达了昆明，却没有一头大象在滇池洗过澡，去城区看过景，以后回到西双版纳，怎么给参加过大象故事会的那些大象交代呢？不能因为我们的临时变动而让那么多大象失望，它们的失望就是我们的辜负，我们就得面对胆小懒惰、有辱使命的责难了。象哥哥你去吧，你不是说在滇池洗澡的舒服是别的地方没有的吗？你不是说昆明城区有很多好吃的，人们会招待大象吗？你就代表我们大家光顾一趟怎么样？再说你已经成熟啦，不再适合待在象群里啦。北上象群的大部分母象虽然不是你的亲族，但也有象姐姐西番莲和小象凤凰木天天跟你在一起，你必须离开姐姐妹妹，越远越好，而姐姐妹妹却不能离开象群，自古以来我们大象就是这样，你也不能例外，去吧，不要再犹豫啦。象哥哥忽地笑说：我是特别想去，但一个人有点害怕怎么办？缅桂花头象说：据我的经验，人越多的地方越不用害怕，只要你不到僻静的地方去，坏人伤害你的机会就不会有。但是要记住，你永远不能主动攻击人，那样的话人就有了把你抓起来的理由。象哥哥忽地笑不再说什么，迷惘地望着前面。大家默契地离开忽地笑，开始找东西吃。贾海桐驱车来到不远处，停下车，拎了一包食物走过来。几个人又累又饿，坐在地上默默用餐。两个孩子也知道这是一个悲伤笼罩的时刻，应该跟大人一样保持肃静，不可以随便说话，更不能调皮捣蛋。饭后便是睡觉，大象躺倒了，帐篷升起了，鼾声一片。夜，静着，也香着，因为有些花只在夜里开放。

  第二天，太阳还没有升起，象群就开始了行走前的补充能量——觅食。它们看到，象哥哥忽地笑已经不见了。贾海桐和虎头兰数了数，立刻上报给了顶替召恩罕行使职权的马副州长：象群由十五头变成了十四头。以后人们会明白，象哥哥忽地笑在滇池洗了澡，在昆明城区的人民西路看了街景，又走向盘龙江旁边的动物园看望了那里的大象。但是昆明人并不知道忽地笑的行踪，因为它是午夜以后出现在大街上的。领路的一群流浪狗告诉它，要是白天去就不是它看昆明，而是昆明看它了。它心说我又不是动物园里的大象，为什么要让人看呢？可是它又受不了没有一个人看到的寂寥，便在后半夜依然闪烁着霓虹灯的青年路上长长地嘶鸣了几声。遗憾的是如此洪亮的嘶鸣还是没有唤醒沉睡的昆明人，倒是从莲花池那里飞过来几只蓝点颏和大盘尾，惊怪地叫着：你是从动物园里跑出来的吗？它说：才不是呢。大盘尾说：那你怎么在大街上？它说：我是从西双版纳来的。蓝点颏说：哇，西双版纳，花鸟鱼虫的天堂。鸟儿们都说：赶紧走吧，天很快就要亮了，人会把你抓起来的。象哥哥忽地笑匆匆离开了昆明城区，月亮和那群流浪狗一直护送着它。

南下返回西双版纳的路比北上昆明的路还要曲折艰难，但象群已经不在乎了，艰难是大象的伴生物，只要活着就得面对艰难。它们先是来到玉溪市的易门县，又经过峨山县和新平县，往东深入红河州的石屏县，绕了一个大弯子，拐到玉溪市的元江县，再次站到了元江边上。缅桂花头象惊讶地叫了一声，连连责问元江水：你怎么变得这么大呀？元江不吭声，因为连它自己都有点吃惊：从来没有过这么大的水，难道天上的雨都集中到了我这里？沿岸的植物弯下身子来拍打着水面，浪在树梢上翻滚，枝叶们奇怪了：从来都是我们跟雨水见面，现在怎么变成跟河水对眼了？我们到底是在天上还是在地上？大象们的出现让它们明白过来，是在地上，红皮树和帽柱木已经被淹没啦。江流奋猛地推进着，越往江心越平稳，说明水的深度便是山的高度，力量在下面，不在表层的激溅里，就像早年间地球板块的漂移，带着摧枯拉朽的姿态，浩浩汤汤，是水的浩荡，也是鱼的浩荡，上游的鱼都来下游观光旅行了。一条瓣结鱼说：快看啊，这里有这么大的动物。鱼们纷纷跃出水面，哇哦哇哦地看着。一条细纹似鳡说：据我所知它们叫大象。一条猪嘴鱼问道：它们不会吃掉我们吧？一条黑背波鱼说：不会的，只有人才会吃我们。缅桂花头象犹豫了两个小时才决定放弃泅渡。小公象叶子花吃惊地问：我们不过去了？缅桂花头象说：过，但要走桥。亚成体母象千年健问：桥在哪里呢？象奶奶香籽含笑说：桥就在有桥的地方。一对绿翅鸭涡流一样盘旋着飞过去，叫着：为什么不跟着我们呢？我们知道哪里有桥。

　　缅桂花头象带着象群，沿江走了整整一天，才找到桥，那是元江老桥。然后便商量什么时候过桥？母象槟榔青和母象无忧花都觉得应该明天过。公象独一味、母象千斤拔和母象大果人面子认为应该现在就过。象姐姐西番莲说：我觉得都可以，你决定吧。缅桂花头象说：这里两岸都是悬崖，桥比望天树还要高，要是白天的话从上面往下看，会害怕的，害怕容易发抖，发抖就会四腿绵软，一绵软我们就躺倒起不来啦，还过什么桥？所以我决定，必须在漆黑的夜空下，看不见江面的时候过桥。象奶奶香籽含笑说：那就再等一会儿，天会更黑的。但好像天色没有再黑下去，一只豪猪从元江南岸走来，穿过一百五十一米长的桥面，又转身回去了，似乎是来领航的。接着出现的是一只赤狐和一只鼬獾，重复着豪猪的动作，也像是来领航的。之后出现了一只斑头鸺鹠，在夜色朦胧的桥面上飞来飞去，还叫着：过吧过吧，没事的。而更加殷切的邀请来自几只专门前来迎候大象的彩蝠：我们的祖先和我们都没见过桥梁的垮塌，请过吧，人修的老桥是结实的。缅桂花头象用嘶鸣回应着，带着象群走上了桥面。桥有些抖，走过了一半才发现不是桥抖，是它们自己抖，好在抖得不厉害。公象独一味、母象千斤拔和母象大果人面子都说：我是第一次过桥，感觉跟走在公路上差不多。象姐姐西番莲说：差远了，公路的两边有树有花，桥两边有什么？什么也没有。可怕的就是什么也没有。小公象叶子花说：我才不怕呢，反正你们把我裹在中间，我除了你们的肚子，什么也看不见，下面是什么？难道还是水？真奇怪啊，水怎么会在桥的下面？你们说跟走在公路上一样，公路下面有水吗？亚成体母象千年健说：还是白天过桥好，从高高的地方看看下面的水，那是多好的事情。母象槟榔青说：你会晕的。母象无忧花说：我刚才试了一下，闭上眼睛就不晕啦。孩子们，要是你们感到晕，就闭上眼睛吧。小母象蜜沉香说：我闭了睁，睁了闭，已经好几回啦，怎么还晕啊？象奶奶香籽含笑说：千万不要闭上眼睛，万一走到桥下面去怎么办？幼象金合欢说：我能闻到我前面的大象，不要紧的。缅桂花头象说：万一你前面的大象也闭上眼睛呢？其实只要你们看着人，就不会犯晕了。象群的后面，毛管花和雨燕带着小象凤凰木踏踏实实走着，一路走还一路唱，再后面便是贾海桐、玉皎、虎头兰和两个孩子。贾海桐感觉到大象有点胆怯，就对大嘴巴和大耳朵说："你们两个到前面去，和头象一起走，这种时候大象会更加信任人类，因为它们知道，桥梁是人修建的。"两个孩子朝前跑去，跑到了缅桂花头象前面。大家望着两个孩子，说着话，很快就到了元江南岸。森林茂密起来，林涛代替了波涛，夜风柔情地吹拂着，月亮来到了人和象跟前，用银色的辉光制造着阴影，星星远了，苍穹空旷着。踏实而安全的感觉又回来了，大象们停下来，回望着元江老桥，告别似的鸣叫了几声，进入森林，找吃的去了。紧张促进了消化，它们一个个饥肠辘辘。

尾声 孔雀桥之歌

九月，象群来到普洱市墨江县景星镇一个叫作野拔子坡的地方，休整了一天，继续南归，很快到达了普洱市宁洱县磨黑镇。石栗和黄鹂来了。黄鹂说她已经调来西双版纳，最后的选择还是雨林管理局，因为这里有一些开创性的业务，更容易实现她对未来雨林生态的建构。雨燕说："哇，从朝思暮想变成朝夕相处，质的飞跃出现了。"黄鹂打她一下："你别胡说，也许恰恰相反呢，调到他当领导的单位，就是因为跟他没那回事。"毛管花说："那你调来调去折腾什么？"石栗说："你还不明白，她是个事业型的人。"雨燕说："跟你一样？那就更般配了。"又说起召恩罕，大家连唏嘘的心情都没有了，沉默就像云雾遮不住的天穹，又深又远。风无声，遍布四周的马蹄金、刺五加、节鞭山姜、棠梨、木瓜榕、香茶菜尽量避免着枝叶的碰撞，悄悄地摇曳着。一抹白云脱离中天的母体，朝西飘去，飘着飘着就不见了，消散是一切物质的现象，也包括了人和大象。岚光浮起一层忧伤的橘黄，转眼又痛楚地滋射出点点滴滴的鲜红，是花的颜色，也是大地精血的挥洒。石栗说他忙，放下一些慰劳大家的食物：千层糕、太阳饼、泡酥片、酸牛肉、鱼酱、烤肉、包烧鱼、炸黄鳝、赶摆鸡什么的，开车回去了。黄鹂留了下来，说跟着大象走是最好的田野调查。雨燕说："不会是心有不甘吧？我们都已经加入大象籍啦，你可别节外生枝。"黄鹂笑笑，没说什么。

象群在磨黑镇吃了两天丰盛的鱼黄草、龙葵、木紫珠、抱茎菝葜、假山萝、盾翅藤、宝珠梨什么的，感觉体力恢复后，便再次启程，朝着西双版纳走去。明显地，植物越来越丰富和茂密了，甚至都碰到了它们最爱吃的滴水芋、小果野蕉、四果野桐、白花羊蹄甲、思茅崖豆、密花葛、鸡嗉子榕。它们边吃边走，缅桂花头象不时地催促着：快走啊，别吃得太饱，太饱就走不动啦，尤其是小象，吃饱了就想睡觉。时间是耽搁不起的，我们还要去营救被掩埋的召恩罕和他的司机呢，还要去阻止山体滑坡和泥石流的疯狂呢。没有我们，泥石流就会一直流下去，滑坡就会让所有的山变成平坝，那样就不好看啦，也不会长出各式各样的植物啦。

　　大耳朵孩子不见了，大家问大嘴巴孩子，他说他刚才在大象背上睡着了，没看见大耳朵去了哪里。雨燕说："我最后一次看见他大约是一个小时以前，他落在后面追赶一只小豪猪呢。"几个人返回去又喊又叫地寻找着，越找越急，就见喜欢驮着大耳朵走路的母象无忧花和缅桂花头象朝一片三齿山杨、壳菜果和水丝梨组成的次生杂木林快步走去。贾海桐说："跟上。"两头大象把他们准确地带到了一个覆盖着苦参和葫芦茶的地裂隙前，哞哞地呼唤着。地裂隙大约六米深，追逐小豪猪时一头栽进去的大耳朵爬不上来，已经哭喊得嗓子都哑了。救出大耳朵后的第二天，又出现了两山狭峙，一寨当道的情况，象群无法绕道，只能硬着头皮穿越。寨民们先是惊慌逃窜，看到人和大象在一起后，就又靠过来围观。谁也没想到，大果人面子会突然暴躁起来，喊着，叫着，嘶鸣着，耳朵竖得笔直，两只前脚使劲刨动了几下，然后扑了过去。大家开始觉得是冲着人群的，后来才发现是冲着一个人的。那个人好像提前知道自己可能有危险，一看大果人面子扑来，转身就跑，一溜烟跑到山上不见了。大果人面子就在山下咆哮着，徘徊着，还不停地用鼻子抽打着山脚的马蜂橙和檫树，像是在怨恨山的多管闲事：你怎么把他藏起来啦？贾海桐赶紧过去，又是抚摸，又是安慰，想尽办法说服着。缅桂花头象走到它跟前，哞哞哞地跟它交流起来。一只鹩哥也来劝导：千万别这样，过去的就让它过去吧。两个小时后，大果人面子才听劝地跟着象群远离了村寨。贾海桐问它："你是不是遇到伤害过你的人了？谁呢？是不是先前在'章朗谷'让你染上毒瘾的那个驯象师？他是个毒贩子，真要是他，我们是可以报警的。"大果人面子开始不吭声，听他一连说了几遍后，才放了一个屁，似乎是说：那就报警吧。气顿时消了。

继续往前走，第二天，象群踏上了一片紫茉莉吐艳、白背枫扬绿的坡地，谁也没想到，它们会在那里碰到老母象黑面神，不过它已经不是一头大象了。不知道它是什么时候倒下的，血肉已经完全分解在了大地的土壤和植被的根系里，只留下还需要更多的时间和更多的昆虫继续分解的骨殖，等待着北上南归象群的到来。悲逝的落日和寂寞的辉煌都发生在悄然无声的时刻，已然是天涯海角的永在了。大象们悼念着，用嗅闻的方式、嘶鸣的方式、感叹的方式悼念着：唉咦兮兮，唉咦兮兮。尤其是亚成体母象千年健，弯下前腿，把整个鼻子平铺到黑面神的肋骨上，嗷嗷嗷地叫着，叫了很长时间：唉咦兮兮，唉咦兮兮。它们是好朋友，是绝无仅有的两头喜欢人朗读的有文化的大象，它们的友情贾海桐可以作证，诗歌可以作证，黄昏走过来说：我也可以作证。几个人也和大象一样，围绕骨殖或坐或立。毛管花说：我来继续朗读吧，给死去的老母象黑面神，也给活着的亚成体母象千年健。

  大象不知道什么是死，
  不知道灵魂飞越多少关山才会走向涅槃，
  不知道不朽之上还有速朽的肥土与壮苗，
  不知道火焰的熄灭意味着灰烬变作霓虹。
  再来一束茑萝花的庆贺吧，
  告诉我不是所有的绽放都是为了挽悼，
  ——升高不是为了陨落，
    葱茏不是为了荒凉，
    温暖不是为了孤寒。
  我们的脚步从来都是为了印记
  活着的时刻，

那个绮梦连绵的水月之境。
——请不要向往天堂，
那里也有熔岩海的喷发，
也有三叠纪大灭绝的现象，
回到起点的并不仅仅是地球，
还有原始的细胞和浮游的海洋。
我喜欢现在，哪怕它是狱界，
是幽灵曼舞的旷野，
是我的悲点，
如同爱被绞杀后的垂吊。

来吧大象，请不要走开，
我是你风雨不倒的伴侣，
在你轰然下沉的时候，
变成了托起你的大地。

　　大象们的悼念持续到天亮还没有结束，太阳绚烂着，东方一片火红，鸟开始高飞，像是为了让彩云染透自己。蜂蝶们匆匆忙忙扑向了花果，又紧紧张张飞回了家。晚霞晴，早霞阴，动物们都感觉到了。贾海桐的手机响起来，是大象救护队的一个队员打来的，说就在景洪城的勐海路上，他看到了那辆从盗猎现场逃跑的绿色越野车。"什么时候。""刚刚。""看清车牌号了没？""我在公共汽车上，一闪而过，没看清。""去了什么方向？""往西，应该是去了'章朗谷'吧？""'章朗谷'没有这样的车，我已经查过了。""那会去什么地方呢？""'章朗谷'再往西就是木材加工厂……"贾海桐拍了一下额头，"你赶快，去一趟木材加工厂，看看车是不是在那里，不要打草惊蛇。"一个小时后队员再次把电话打给了贾海桐:"绿色越野车找到了,就在木材加工厂的车间门前,我拍了照。""发给我,你赶紧去老茎生花派出所报案,我马上给召恩罕汇报。"一想召恩罕已经不在了,鼻子一酸,泪如雨下。一只黄腹噪鹛飞来,跟着他叹息了一声,落在一棵三叶乌蔹莓的枝子上不走了,黑色的莓果摇摇晃晃。

再次上路时,太阳不见了,细雨簌簌,四周的绿色泯然而去,灰黄的天际就像一个老人脸上的皱纹,不断挤出些亮晶晶的油汗,涂抹在淡定而清澈的云下雨端。凉爽降临了,白花花的岚光上升着,仿佛雨不是下来,而是从横斜里逸出,然后被风托举着,走向了四面八方。大象们快乐起来,走得更快了,都说已经有味道顺风而来,明天就能到达西双版纳。其实大象们说的明天是今天之后的任何一天,是一个可以看到跳舞草铺天盖地的时刻,是行走的疲惫里一个可以停下来躺平休息的地方。太阳隔着雾帘瞧着象群和人们,突然翻身起来,哗哗两下拉开了遮挡光线的一切。大象们发现,太阳能看见它们的时候,它们反而离太阳更远了,而跳舞草就在这个时候来到了它们脚下。一只灰岩鹪鹛和一只钩嘴鹛不失时机地飞过来说:西双版纳到啦。缅桂花头象说:不用你们多嘴,我知道的,只有西双版纳才会有跳舞草。轻风徐徐吹过,提醒道:那为什么还不跳起来呢?阳光有啦,大象有啦,喜欢生命包括跳舞草的人有啦。灰岩鹪鹛和钩嘴鹛都说:还缺少声波,也就是伴奏的音乐。贾海桐和玉皎喊起来:"怎么这么多的跳舞草?"虎头兰说:"我以前来过这里,这里叫舞草坝子。"毛管花说:"快把吉他拿出来。"话音未落,琴声就响起来,原来吉他提前半小时就从琴盒里跳出来,扑进了雨燕的怀抱。大嘴巴孩子和大耳朵孩子跑向平整的草地,扑向了蝴蝶,却意外地扑到了一只鬼头晕,吓得他们又跑回到了音乐的身边。鬼头晕追过来,听到音乐后又飞走了。漫漫漠漠的紫色花朵缩成了骨朵,转眼又开作了怒放的样子。盛大的欢迎仪式就此开始，林八哥和白领八哥开始抢着报幕。吉他弦上，音乐奔放而出，雨燕的嘴里，歌声飞扬而来，满地的跳舞草，翩然而起——两片叶子上下摆动着，是对蝴蝶的借鉴，是对鸟儿的师法，是对一切用身体尤其是双臂制造舞姿的生命的模仿，从近到远，激情澎湃地荡漾着。舞草坝子上，所有的跳舞草都加入了舞蹈的行列，整齐得就像经过了无数次排练的大型歌舞。北上南归的象群，终于回到了西双版纳，除了秀色无涯，除了姹紫嫣红，除了百鸟合鸣，还能献给它们什么呢？跳舞草疯狂起来，舞姿制造的声音代替了风声鸟声。黄鹂也跳起了舞，是孔雀舞，有模有样的。毛管花跟着扭动起来，笑着说："我跳的是大象舞。"又说，"西双版纳出了那么多舞蹈家，还有百象舞、金鹿舞、狮子舞、嘎光鼓舞、象脚鼓舞，原来都是跟跳舞草学的，天天生活在这样的草地上，不会跳舞就说不过去了。"大象们哞哞地叫好。人们哗哗地鼓掌。雨燕唱道：

我曾是雨林的一角秀绿，
我鲜净、明亮而卑微，
我接受四时不衰的风雨，
等待蜜蜂、蝴蝶和鸟儿带给我绿巅上的花卉。
我不在乎死亡，没有枯萎，
会从嫩叶一变而为象粪里的纤维，
再变作茁壮自己的养分，
开始新一季的轮回
——白莹青绿，
　春兰秋桂，
　籽实味美。

我曾是雨林的一角秀绿，
我有热阳晒不焦的柔媚，
当人们把我连根拔起，
从此失去了我和大象的暧昧
——不见蜂蝶回归，
　　不见鸟虫来访，
　　不见犀象聚会。
太阳变作一滴泪，
漫天流淌华丽的伤悲。
我是你的水，
却浇灌不出你的葳蕤；
我是你的土，
却被燥风扬起，
跟着离鹰一起远飞。

哀怨的，我们永远哀怨的，
是昨天今日人的向背。
迷恋的，我们永远迷恋的，
是来前的象影和再次升起的落晖。
神往的，我们永远神往的，
是爱的指归，
是恋船驶向爱海后高高耸起的灯桅。

　　岩罗章来了，也唱着歌。贾海桐警惕地打断了他："你来干什么？"回答是："我来看看归来的象群，看看它们有没有受伤的。""没有，这个你不用操心。"又问，"白苏寨的人用石头砸伤的小象怎么样了？""伤得挺重，但不会死。""会残疾吗?""半年以后才能知道,应该不会吧?有我呢。"贾海桐一脸狐疑地望着对方:"你不会把小象受伤的事对猪屎豆说吧?"他想告诉对方自己知道他跟盗猎者有瓜葛。岩罗章愣了一下说:"你说的这个人我听说过,但不认识。"贾海桐冷笑一声:"我可是亲眼看见你们在雨林里说悄悄话呢。"岩罗章尴尬地红了脸,停了一会儿说:"我就是想从他嘴里知道,哪里有受伤的大象,好去治疗。""你们的见面鬼鬼祟祟的,连跳舞草都不会相信你说的是实话。""那你就走着瞧,看我跟猪屎豆能勾搭出什么结果来。""麻烦你给猪屎豆转达一下我的警告,等我把象群送回安全的地方,就会全力以赴对付他。""你警告的恐怕是我吧?"岩罗章呵呵呵地笑着,似乎想告诉对方,自己只不过是开了一个玩笑,没有对号入座的意思。贾海桐冷漠地盯了他一眼,还想说什么,一个电话让他转身离开了。是老茎生花派出所打来的,告诉他那辆绿色越野车的车主是木材加工厂的车间主任刀畚,但刀畚已经不见了,大概是有所觉察,藏起来了吧。据棕色凉帽的最新交代,在猎杀春城吉祥物的现场,从黄叶树林开车逃跑的就是刀畚,他跟棕色凉帽一起架设了电线,准备谋害北上象群。贾海桐舒了一口气:虽然没有抓到刀畚,但案情总算有了进展。他说:"现在应该追查刀畚跟章朗谷大象表演公司老板地不容的关系,前个时期地不容送给黄天鹤的一套红木家具就是刀畚亲自开车运往昆明的。""我们打电话就是想问问这事,当时你们没发现什么吧?""没有。"岩罗章眼睛盯着象群,耳朵偷听着电话,突然唱起来,唱着唱着就走了。他来时和走时唱的都是同一首歌:

　　大象走过的勐遮坝子,
　　　没有鲜血淋淋的剽牛祭天;
　　大象走过的景洪坝子,

杜绝供人取乐的斗鸡赢钱；
　　大象走过的普文坝子，
　　麒麟祥瑞不见猎杀的凶残；
　　大象走过的勐旺坝子，
　　善良抚慰过所有绿山河岸；
　　大象走过的橄榄坝子，
　　秀丽就像比赛得来的华冠；
　　大象走过的勐龙坝子，
　　佛寺佛塔的周围盛开牡丹；
　　大象走过的勐海坝子，
　　爱情摧毁了人的邪恶贪婪；
　　大象走过的勐混坝子，
　　吉云好雨变作稻米的香甜；
　　大象走过的勐阿坝子，
　　宁静停止了野茄河的浪喧；
　　大象走过的勐仑坝子，
　　东边有绚烂，西边有美艳。
　　西双版纳的十大坝子，
　　都是大象生儿育女的家园。

　　舞草坝子上的欢迎仪式很快结束了。象群继续往前走。一只丝光椋鸟飞来说：别走啦，前面有惊喜等着你们。缅桂花头象说：有惊喜我们为什么不走？回答它的是一只夜蜂虎：因为事情都是这样的，惊喜后面跟着的一定不再是惊喜，惊喜一多，就会变成惊慌。缅桂花头象不听它们的，自顾自地走着，象群紧紧跟着它。亚成体母象千年健和母象槟榔青不屑地用鼻子猛吸一口气，吹向了丝光椋鸟和夜蜂虎。一个多小时后，它们来到了惊喜的身边，原来是已经回到西双版纳的母象蓝果树、幼象巨龙竹和母象杯萼木等在那里。大家用叫声欢呼着,用缠鼻的动作亲热着。公象独一味问:你们怎么不提前告诉我们一声呢?母象千斤拔和母象大果人面子替它们回答道:不就是为了给我们一个惊喜吗?怎么连这个都不明白,公象就是傻,只知道谈情说爱。公象独一味说:是不是我没有跟你们谈情说爱,你们生气啦?母象千斤拔说:才不会生气呢。母象大果人面子说:我们巴不得你别来纠缠我们。象姐姐西番莲说:杯萼木也跟你们回到老家啦?那个人怎么会放了它?小公象叶子花说:幸亏放了,他要是不放,你告诉我,我帮你抢回来。母象无忧花说:你连好人坏人都分不清楚,还逞什么能?那是个好人,你不能对它胡来,我们大象是恩怨分明的。小母象蜜沉香说:只要是人我都不喜欢。小象凤凰木从毛管花身边朝前走了一步说:你连大象都不喜欢,你总是躲着我们,你真是一头怪大象。幼象金合欢说:就是,我想跟它玩,它不理我。小公象叶子花说:那次它还把想跟它碰碰头的雪下红踢了一脚,是不是雪下红?幼象雪下红哞哞地回答着。象奶奶香籽含笑说:你还没说杯萼木是怎么来的呢。母象蓝果树说:杯萼木已经跟那个人待惯了,不想来,那个人就跟着我们一起走,一直走到西双版纳的地界上也就是舞草坝子那里,觉得杯萼木可以不跟他了,才离开。缅桂花头象说:真是个好人哪,他不是养不起一头大象,是担心杯萼木不跟象群在一起的话,就永远怀不上孩子啦。母象杯萼木说:本来我也没想过怀孩子,但看着小家伙巨龙竹屁颠屁颠跟着妈妈蓝果树的可爱样子,又觉得有一头自己的小象也不错,所以我的主人把我送到舞草坝子后,我就没有跟回去。我离开象群已经很久很久啦,一见这么多大象在一起,我都不知道怎么办好,希望大家多多关照。缅桂花头象和象奶奶香籽含笑都说:会的,会的,放心吧,这里就是你的家。

北上南归的象群又变成了十七头大象,它们继续朝南走去。虽然因为人群密集，村镇迭出，必须绕来绕去，但方向是不变的，澜沧江流到哪里，它们就走到哪里，直到它们认为再不从左岸进入右岸，目标就会越来越远时，才停了下来。右岸是勐海雨林，是离白苏寨最近的地方，被滑坡和泥石流截断的砂石路边，已经形成一座巨大新山的地方，依然掩埋着召恩罕和他的司机。象群静静地瞩望着，遥远的天际、无边的云海、连绵的山影。雨季的九月和十月，水势最丰，元江都不能横渡，澜沧江就更不可能了。缅桂花头象说：我们必须得过去看看，在天在地在山在水的象魂一再地说啦，不能让我们大象在人面前自惭形秽，不去看看的话就不是有情有义的大象啦。何况还有可能会因为大象坚忍不拔的挖掘和从不懈怠的寻找，巨大的新山得以搬家，召恩罕和司机得以显现——他们不是死了，而是活着，活在山体滑坡和泥石流的巨大缝隙里。归来的象群在江边徘徊啊徘徊，最后还是由缅桂花头象做出了决定：寻桥而过。

天在阴晴之间打架，一会儿阳光普照，一会儿浓阴密布，最后还是晴了，阳光的胜利总是出现在乌云想去别处散散步的时候。麻核桃和东京枫杨互相推搡着，让出了一条足有一象宽的天然象道。花朵们陪伴着大象，接力似的娇艳而来，有椴树的白花、山槐的黄花、含羞草决明的金花、穗序木蓝的红花、崖豆藤的紫花，风中的吐香和摇曳总是带着"萨瓦迪卡"的节奏，带着风潮向着彼岸涌动的节奏，带着植物的波浪覆盖热带地貌的节奏。花的夹道是如此的情深意长啊，大象们嗷嗷地回应着，也变得柔情似水，都不好意思踩踏脚下的金毛狗、灯笼石松和羽裂海金沙了，沉重的大脚总是慢慢地擦过去，一次比一次轻柔。附生在黄果朴上的瓶蕨和羊耳蒜垂下叶子，温柔地摩挲着大象，也是附生的叉子股和鸢尾兰热情地摇晃着手臂，还是附生的马尾杉和美叶车前蕨激动地折断叶子，落到缅桂花头象的鼻子上，弯腰弓背地说：请尝尝我们的味道，别客气。心急火燎的缅桂花头象只顾匆匆赶路,闻都没闻一下。竹林来了,竹啄木鸟来了,栎树来了,绿脚山鹧鸪来了。还有毛脚鱼鸮,亲爱的夜行动物,你怎么也来啦?鱼鸮说:大家都来啦,都来为大象送行。一时间,江边林间飞过来许多五颜六色的鸟,鸣声如织,此起彼伏。

让大象们庆幸的是,往前行走不到半天,就看到了一座桥面有些破损,围栏已经歪斜的桥梁。跟在象群后面的贾海桐紧张地喊起来:"看啊,孔雀桥。"拿出手机习惯性地打给了召恩罕,突然又挂断,打给了石栗。石栗说他正在说服大象廊道上的钉子寨烟草寨搬迁,离孔雀桥不远,很快就能赶过去。又叮嘱道:"千万不要让它们上到桥上,我知道那座桥,不结实的。"贾海桐"嗯嗯"地答应着。但对象群来说,没什么可犹豫的,它们已经走过了元江老桥,发现跟走在任何路面上没什么区别,望着下面的滔滔江水本应该心惊胆战的感觉早已消失在九霄云外,它们不怕,不怕。缅桂花头象停了一会儿,看了看身边的象群,便毅然走了过去。贾海桐和虎头兰几乎同时喊起来:"回来,回来。"接着又是玉皎尖着嗓门的叫唤:"回来,回来。"好像他们都知道孔雀桥已经废弃好多年了。但大象们不听他们的,驮着两个孩子,裹带着雨燕和黄鹂,继续朝前走去。桥面到了,就在脚下,十七头大象排列有序地走着,坦然到就像行走在舞草坝子上。

走在最前面的自然是缅桂花头象,身后五米处是公象独一味和受它保护的小公象叶子花,接下来是母象槟榔青、亚成体母象千年健和夹在它们中间的幼象雪下红,再下来是母象无忧花、象姐姐西番莲和夹在它们中间的幼象金合欢,接着是母象千斤拔、母象大果人面子和夹在它们中间的小母象蜜沉香,再接着是母象蓝果树、有点瘸的母象杯萼木和夹在它们中间的幼象巨龙竹,最后是象奶奶香籽含笑和它负责保护的小象凤凰木。桥面上,龟裂的水泥缝隙里,摇晃着假苹婆、毛车藤、拔毒散、雾水葛和小蜡树的姿影，也是一种相依为命的陪伴吧，植物们不停地催促着：快点走，快点走。一只白腰鹊鸲飞来，也在说：快点走，快点走。几只圆尾绿鸭落在大象背上，也叽喳着同样的意思：快啊快啊，你们最好飞过去。风迎面吹来，变作水浪的样子拍打着大象们：这样不行，还是回去吧，回去吧。缅桂花头象躲开了风，更多的大象不理睬风。便有更大的风从山巅林间呼啸而来，堵挡着它们，眼看拦不住了，就又改变方向推动着也托举着它们：这样你们就轻一点啦。圆尾绿鸭们噗啦啦飞走了。太阳闭上了眼睛，光在悄悄收敛。

　　小象凤凰木一直希望毛管花跟它在一起，而毛管花又希望它放弃对自己的依靠，单独跟着大象们过桥。一个在顾盼流连，一个在督促快走，最后还是象奶奶香籽含笑给了凤凰木一鼻子，凤凰木才乖乖地跟了过去。毛管花说："你先过，我马上就来。"他之所以没有紧跟在小象凤凰木后面，是想搞清楚贾海桐、玉皎和虎头兰为什么要让大象回去，反正是要过江的，在水大浪急、无法泅渡的情况下，过桥难道不是最好的选择？他回身跑了过去。贾海桐告诉他："这里是澜沧江水量最大、浪涛最猛的地方，何况现在是丰水季的高峰，这么汹涌的水，连游艇和巡逻艇都取消了。""那又怎样？桥面离江面足有五十米。""孔雀桥是一座废弃的桥，水泥和石料的桥墩损坏得很厉害，桥面不仅不能行车，连人都很少过了。现在有这么多大象一起过，加起来的重量几十吨重，万一塌了怎么办？"毛管花立刻感到了问题的严重，回身就跑："我去把象群叫回来。"

　　然而缅桂花头象不听毛管花的，抢在死亡前面让召恩罕他们复活和挡住所有滑坡以及泥石流的幻想超过了此刻必须考虑的一切。他叫回来的只是两个孩子、雨燕和黄鹂。贾海桐说："我去看看桥墩，到底是不是真的有危险？"他在崖壁上找到了一条当年架设桥梁时留下的"之"字形石块路,走了下去。玉皎和虎头兰立刻跟在了后面。毛管花对雨燕和黄鹂说:"你们把两个孩子看好。"然后也朝桥墩走去。但雨燕和黄鹂怎么可能待在岸上不动不移呢?看到下面的人已经踏上了第一座桥墩的基石,自己便也控制不住地下去了,走时雨燕说:"你们两个就在这里待着,别动。"黄鹂也说:"千万别动,等着我们。"大嘴巴和大耳朵答应着,脚步却不听话地跟了过去,等雨燕和黄鹂来到毛管花身边,正要脱了鞋子,挽起裤腿下水时,大嘴巴和大耳朵就已经来到跟前,把身子贴在了她们腿上。雨燕说:"你们怎么也来了?"黄鹂瞪了他们一眼没吭声,紧张地盯着桥墩。桥墩上有一个巨大的裂口,天长日久的大水冲开了水泥,冲掉了大部分石料,整个桥墩只有两块半米见方的石头作为支柱,支柱带着水打风蚀的痕迹,随时都有可能被压成粉末。虎头兰和玉皎正在江边浅水处捞起石头,递给趴在桥墩基石上的贾海桐,贾海桐使劲朝裂口里面填充着。毛管花蹚水过去,用肩膀扛了扛裂口的上端说:"差不多有一人高,得填多少石头?"贾海桐喊道:"那就快点。"雨燕和黄鹂也下到了水里,哼哧哼哧搬运着石头。大嘴巴和大耳朵觉得这是件好玩的事,抢着要下水。雨燕推搡着他们说:"上去上去。"贾海桐也说:"你们上去看着,象群是不是已经走到桥中间了?"两个孩子又往上跑。毛管花喊道:"你们不要跟过去,就在桥头上看,听见了没有?"大嘴巴说:"听见了。"大耳朵说:"那要是大象叫我们呢?"玉皎说:"也不能过去。"没过一会儿,石栗开车赶来了,看看已经走上桥面的象群,紧张得几乎跳下崖壁。他来到水边,指着入水更深的第二个桥墩说:"那边也有裂口,谁会游泳?"象群过桥的压力已经带来危险的信号,第二个桥墩的裂口正在哗啦啦掉落石渣和水泥碎块,桥墩有些摇晃。毛管花首先游了过去,接着是石栗和虎头兰。"这里就交给你们三个女的了。"贾海桐说着也游向了那边。四个男人到了一起才发现，第二个桥墩入水太深，周围没有石头可以填充。毛管花问："怎么办？"说着就用肩膀扛住了上面。贾海桐推了他一把："我来。"石栗和虎头兰爬上基石说："我们一起来。"贾海桐朝上面的大嘴巴和大耳朵喊道："大象过去了告诉我们一声。"玉皎、雨燕和黄鹂看着，也放弃了搬运石头，就用自己的肩膀扛住了第一个桥墩的裂口。

突然安静了，大桥下沉着，巨大的压力让七个骨肉的身体顿时感觉到了支撑的必要。汹涌的江水越来越猛，淹到了玉皎、雨燕和黄鹂的腰里，没过了贾海桐、毛管花、石栗和虎头兰的胸口，而且还在往上涨。桥梁开始歪斜，桥墩正在朝江心移动，石渣和水泥碎块不停地掉落着，越来越多。又来了一个人，是岩罗章。他其实早就来了，一直躲在一片驳骨丹灌丛里，窥伺着这边。现在他跳了出来，站在高岸上，幸灾乐祸地看着：大象正在通过的孔雀桥就要塌掉了，大象们就要完蛋了，其中至少有五头大象是缅桂花家族的成员，完蛋了，都完蛋了，这些一心为大象的人也要完蛋了。他唱着歌，得意地狞笑着，朝下走去。他走得很慢，觉得孔雀桥的坍塌就在迈出下一步的时刻，而他没有必要提前到达，万一自己也被压死了呢？死不怕，但要值得，为了别的大象，可以。但桥面上有好几头缅桂花家族的成员，他来这里，只能是为了狂欢。他停在崖壁上"之"字形路的中间，朝下看着，歌声越来越响亮，调子越来越悠长：

> 西双版纳的白月亮，
> 照亮了我的心房，
> 那里没有我心爱的心爱的姑娘，
> 那里没有我亲爱的亲爱的大象。
> 西双版纳的白月亮，
> 照亮了我的家乡，

那里有我一辈子的苍茫和空空荡荡，
那里有我说不清的忧伤道不明的悲凉。

突然一阵颤抖，岩罗章不唱了，嘴巴紧闭着，好像失去了开合的能力。他变得跟刚才截然相反，就在贾海桐信任地朝他招了一下手之后，他变成了另外一个人：大惊失色，狂喊"救命"，然后奋不顾身地跑下去，鞋都没脱，跳进了水里。他哗啦呼啦地来到贾海桐身边，也用肩膀扛住了移动的裂口，长喘一口气说："终于一样了，我跟你们一样了，跟大象也一样了。"说着，眼泪溢然而出。就在这时，大嘴巴和大耳朵喊起来："过去了一头，又过去了一头。"之后，每过去一头，他们就喊一声，似乎桥面不是八十多米长，而是十万八千里长。漫长的喊话伴随着漫长的支撑，谁也没有计算他们喊了多少声。等身边的人都不再喊叫时，贾海桐喊了最后一声："都过去了没有？"两个孩子的回答是："都过去了。"

大家松了一口气。石栗大喊一声："撤！"贾海桐喊道："三个女的先撤，快点。"玉皎挥着手喊起来："你们先撤，你们离江岸那么远。"毛管花说："不行，我一离开，桥就会动。"好像他是最重要的支撑。之后大家都喊起来，都觉得自己是最重要的支撑："你们快撤！""你们快撤！""你们快撤！"天空的清透、澜沧江的湍急、岸边的葳蕤，都听到了，这是所有人最后的声音。

很快喊声消失了，水浪扑面而来，凶猛得超过了人们的想象。孔雀桥正在坍塌，不是轰然一声沉没在水里，而是慢慢地歪斜，慢慢地接近水面。但速度再慢，也不可能让填补在桥墩裂口里的人及时脱身，因为正是他们的肩扛肉顶，延缓了坍塌的速度。他们已经离不开了，他们被渐渐缩小的裂口夹住了，他们和桥墩一起歪斜着，最后躺倒在了水里，然后便是消失，也是慢慢地消失，先是身子不见了，接着头不见了，再接着桥墩不见了，又接着桥面不见了。大水澎湃，澜沧江眨眼失去了奉献仁慈的能力，走向了滋养两岸的反面，摧毁出现了，山立峰耸的波浪扑天而上，又翻卷而下，桥墩和桥面沉底了，碎裂在激流中继续着，人和桥墩终于分开了。

两个孩子看着，瞪起眼睛不知道怎么办好，突然哇的一声，哭了，接着便喊起来："救人啊，救人啊……"

对岸的象群，所有的大象，就在这一刻僵住了，很快又动荡起来，一声声的嘶鸣，加上一阵阵的跺脚：唉咦分分，唉咦分分。一直死死盯着毛管花的小象凤凰木突然惨叫一声，朝前走去。缅桂花头象和象奶奶香籽含笑本能地用鼻子阻拦了一下，却没有拦住。高高的悬崖上，没有谁拦得住小象凤凰木迈步向前的脚步。

小象凤凰木跳下去了，下面是澜沧江，湍急而凶险，每一处都是巨兽吞没生命的大嘴。小象转眼不见了，和肩扛着大桥让大象们安然通过的那些人一起，被大水淹没了。缅桂花头象扬起鼻子哭叫着：你这是干什么呀？你以为你会游泳就能把人救上来吗？这样的大水是我们从来没见过的。象奶奶香籽含笑哭叫着说：这样的人也是我们从来没见过的。所有的大象都哭着喊着，澜沧江边，晴空之下，在一阵湿润的雨林风吹打着粉红的含羞草、洁白的狗牙花的时刻，大象们哭着喊着。

有人漂上来了，是毛管花和雨燕的身影，交叠在一起，跟着水浪忽上忽下。紧跟着他们的是小象凤凰木，小象也漂上来了，依然是一个跟屁虫，生生死死的伴随者。

缅桂花头象突然不叫不哭了，看了看天上的太阳，强烈的光芒正照耀着它，随光而来的是在天在地在山在水的象魂。象魂的启示就在这一刻变成了一种督促，又通过两个孩子的嘴表达了出来："救人啊，救人啊……"缅桂花头象听懂了，它以一头大象的最大音量嘶鸣着：救人啊，救人啊。然后把鼻子搭在悬崖边的娃儿藤上，冷静地看着下面疯狂咆哮的江水，朝前走去。前面不是土地，没有葳蕤的草树，是直跌而下的虚空，是澜沧江的召唤，是那些人和小象凤凰木的等待。

缅桂花头象跳下去了。似乎它的营救立刻起了作用，蓝天和白云看到，又有人漂上来了。象奶奶香籽含笑第一个反应过来，也像缅桂花头象那样以最大的音量悲伤地嘶鸣着：救人啊，救人啊。然后先抬起右脚，后抬起左脚，跳下去了。象姐姐西番莲长叹一声：小象走啦，妈妈走啦，奶奶走啦，它们都去救人啦，我还犹豫什么呢？它听到紧贴着自己的小公象叶子花问道：是不是只要我们大象跳下去，人就能漂上来？它说：是啊，是啊，你没见又有一个人漂上来了吗？是谁呢？是大象医生岩罗章吧？然后先抬起左脚，后抬起右脚，从从容容地跳下去了。接着跳下去的是小公象叶子花，它后挫了一下，猛然一跃，腾空而起，像一只巨鹏，带着翅膀的呼啸飞进了澜沧江。江水激溅而起，浪花飞上了天，天空湿漉漉的，阳光裹挟着晶莹的水，装点着辽阔的蔚蓝，如同天的眼睛蒙上了一层咸涩的泪花花。

两个孩子——大嘴巴和大耳朵又哭又喊："叔叔回家吧，叔叔回家吧。"浩荡的江风把他们的哭喊送得很远很远："哥哥回家吧，哥哥回家吧。"他们一直哭喊着，声音越来越低，最后变成了细细的呼唤："姐姐回家吧，姐姐回家吧。"

亚成体母象千年健发呆地望着江面，不停地念叨着：怎么不见蝴蝶坝子的主人贾海桐呢？母象槟榔青焦躁地说：我也没看见啊，我以为是我的眼睛花啦。它不停地安慰着身边的孩子：对不起啦，我也要走啦。突然跨前一步，跳下去了。幼象雪下红惊叫一声：妈妈呀。望着惊涛骇浪的江水，毫不犹豫地跟在了后面，几乎和妈妈同时掉进了大浪中。亚成体母象千年健大叫一声：唉咦兮兮，应该是我先跳下去救人，我的力气比你们大。说着摇摇晃晃前走几步，甩着鼻子，跳下去了。

贾海桐漂上来了。玉皎漂上来了。他们跟毛管花和雨燕一起，随着涡流急速旋转着，好像没有死，好像只要有大象帮忙，就能游到对岸去。西双版纳一片寂静，风不吼，鸟不叫，草木也不再沙沙，到处都是无声的颤抖。

入水的大象试图压住波浪，堵住流水，没想到浪会更大更猛，似乎澜沧江瞬间涨潮了，连岸边一直都很干爽的山梗菜和金粟兰也被淹没了。大象们抗争着水的冲击，一次次把长鼻伸向漂起来的人，也希望那些人抓住它们的鼻子。但是人的胳膊再也没有伸过来的力气了，而大象们也在巨浪中一次次下沉着，翻滚着，碰撞着，渐渐离去。

这时天空和太阳看到，石栗漂上来了。黄鹂漂上来了。虎头兰漂上来了。所有人都漂上来了。天上地下，清透到无比，一种洗涤正在出现，是阳光对雨林的洗涤，是绿色对山脉的洗涤，是江河对大象的洗涤，是大象对人的洗涤。

为什么没有一个人、一头象漂到水边，回到岸上呢？母象无忧花着急地嘶鸣着，朝后退去，然后带着助跑，往下一跪，跳下去了。幼象金合欢交替着跺了几下四脚，就像传递次声波那样，哞哞地叫着，跳下去了。公象独一味沉默着，前后左右看了看，用独牙挑起脚前的益母草，跳下去了。小母象蜜沉香说：我不跟你们去，不跟你们去。说着扭头就走，没走几步，又转身回来，哼哼一声，跳下去了。母象千斤拔望了望远去的江水，留恋地在草丛里打了个滚，然后坦然向前，跳下去了。母象大果人面子用鼻子深深地吸了一口绿香浓郁的雨林气息，眼睛始终回望着身后那棵茂盛的高山榕，跳下去了。母象蓝果树把屁股掉过来，高昂起头颅，后退着跳下去了。幼象巨龙竹用自己的鼻子缠着妈妈的鼻子，跳下去了。母象杯萼木转身就走，似乎想回到北回归线以北那个叫岗枔冈的地方去，走向一棵毗黎勒，绕了一圈，低沉地吼叫着，瘸到悬崖边上，毅然跳下去了。

十七头大象没有一头退缩，都跳下去了。

两个孩子——大嘴巴和大耳朵一直哭着喊着："大象回家吧，大象回家吧。"他们跑向下游，知道自己追不上，便又跑回出事的地方，继续喊着："大象回家吧，大象回家吧。"直到再也哭喊不出声音了，他们还在心里哭喊着："大象回家吧，大象回家吧……"

澜沧江的奔流显出了水这种东西的最大危险，又是一次冲毁，人或者人的尸体远去了，又很快被淹没了。紧随其后的是大象或者大象的尸体，同样也是远去了，转眼被淹没了。静默笼罩而来，空气凝固了，雨林倒伏了，红砖壤裂开了口子，白云全部消失，太阳躲进了蓝色，蓝色躲进了更蓝的颜色，天地空茫而无际。

突然，飞来了一公一母两只白鹇，扇动着翅膀，旋转着身子，奉献着鸟界的祭礼。飞来了一公一母两只黑颈长尾雉，曲项而歌，是安魂曲的前奏，整个雨林都开始悲歌。飞来了一公一母两只绿孔雀，哭着说：这是一座以我们命名的旧桥，怎么就塌了呢？飞来了一只赤颈鹤，站在一棵小雀梨树上扇动着翅膀，远去的人魂象魄望着它，依然远去着。飞来了一只双角犀鸟，盘旋而鸣叫，如果没有悲伤，不是哭泣，天上怎么会下雨呢？这是一个天晴而落雨的日子，八只鸟的到来让孔雀桥遗址充满了令人痛楚的吸引力，满地都是悲情而战栗的蓝色异唇花。

蝴蝶坝子的十八只蝴蝶翩然而至。青凤蝶来了，停留在一朵大乌泡的花瓣上，不挪不移；蓝凤蝶来了，飞向了江面，又飞回到岸上；东方粉蝶来了，绕来绕去地扑向浪涛后，再也没有回来；铁刀木粉蝶来了，直接落在了开不败的浪花上；黑脉粉蝶来了，用不停息的飞动描画着黑色的曲线；金斑蝶来了，待在江边的石头上等待着淹没；稻眼蝶来了，在已经消失了大部分桥面的地方飞来翔去；

褐带炫蛱蝶来了,飞到蝴蝶能够达到的最高点,然后抿起翅膀,直落而下;银豹蛱蝶来了,在江面上盘旋了片刻,便去了下游,好像大水把大象冲到哪里,它就会找到哪里;琉璃灰蝶来了,使劲扇动着翅膀,发出了蝴蝶不该发出的声音;鹿灰蝶来了,歪斜着身子落在残留的断桥上,迎风不动;白燕尾蚬蝶来了,一上一下地飞出了一个个惊叹号;棒纹喙蝶来了,用虹吸式口器吸了一些江水,然后一头扎进了水里;波纹黛眼蝶来了,飞出一些奇怪的线条,像是一个个大象和人的造型;暮眼蝶来了,站在一块石灰岩上,慢悠悠像分解动作那样掀动着翅膀;白袖箭环蝶来了,冲着一只金腰燕飞过去说:你干脆把我吃了吧,我不想活啦;黑锷弄蝶来了,在江面上转着圈诅咒恶浪,恶浪翻上来一口吞掉了它;惊恐方环蝶来了,落在一棵海枣树的梢头,一点也不惊恐地眺望着远方,似乎它知道,有一头闻知噩耗的大象正在朝这里赶来。

过了一个星期,在滇池洗了澡、去昆明城区看了街景的象哥哥忽地笑追踪而来,站在孔雀桥遗址的高岸上悲伤地哭叫着,哭叫持续了整整一个星期,直到泪干肠断,然后,一跃而起。象哥哥跳下去了,最后一个跳下去了。

有人说当生命面对死亡时,才会真正意识到生的美好,就像折翅的鹰突然发现曾经光顾过的大地是多么冰冷啊,而天上,那些急速划动的气流哪怕它带着西伯利亚的严寒,也还是温暖的一部分。是这样吗,朋友?当死亡的发生如同云彩突然全部堆积在了你的肩膀上,让你感觉到天的重量、宇宙的压迫时,你会意识到出生原来是一种诀别——你离开子宫的流浪就像爆炸中飞起的石头,被母亲的原始力量送上了一条拒绝你选择的轨道。而现在,轨道断裂了,流浪结束了,无限辽阔的空间用了比宇宙大爆炸还要短暂的瞬间,收缩成了一个密闭的原子,而你就是那个逃不出黑暗和禁锢的原子核，只能用死亡的尸骨酝酿石化后的第二次爆炸。是这样吗，朋友？生的美好在你还没有品出味道时就已经结束了，温暖和光华正在发酵，死亡会让你在失去一切明亮后孕育出一种钻石般的纯粹，珍贵而坚硬。你过着被掩埋的生活，你等待光耀大地的再现。你呀，准备投胎转世的魂魄被分配给了谁的精虫谁的卵子？或者自由选择了人的社会还是大象的部落？或者别无选择地归属了长臂猿的联盟、穿山甲的团队、小鼷鹿的家庭、金钱豹的种群、印支虎的亲族？归属了低等或高等植物的谱系——安详的篦齿苏铁、宁静的古代桫椤、和平的望天树、庄严的四数木、硬朗的铁梨木、淡定的黑黄檀、孤高的百日青、谦虚的茶树王？我看到灯塔的光苗已经出现，那是势必熊熊燃烧的涅槃的火焰，是未来人象重叠的景象在地平线上的隐隐闪动。亲爱的大象，让我们互相拥搂着，走向死也走向生，是重生，是大地之上的再度崛起，是一次没有翅膀的飞翔，是飞翔中的灵光乍现——又一部人象恩爱史的开始。是的，所有的开始都是因为爱，为了爱的诞生和为了爱的死亡，发育了我们的生命，推动着我们的成长。我们是人，是动物，是植物，是量子，是地球的灵魂，是神圣的一切，是蓝色星球和绿色大地的希望，是真正的太阳，是爱的代称，是唤醒与点亮。

半个月以后，盗猎者猪屎豆自首，他举报昆明人黄天鹤和"章朗谷"的地不容联手倒卖象牙。不久前被他们运走的一套红木家具里，就隐藏了四支一米以上的象牙，一支镶嵌在大沙发的靠背上，一支裹在床头的木枕里，两支埋藏在铁刀木树根做的大茶几中。

就在警方准备抓捕罪犯的前一天，章朗谷大象表演公司的老板地不容把他圈养的二十头表演象交给了勐巴拉娜西大象救护队，然后跳江自杀，人们在孔雀桥的坍塌处找到了他的尸体。在以后的传说里，地不容会改邪归正，催生千沟万壑里生生不息的小果野蕉，等待着大象们的食用。但那已经是另外一本书的故事了。

同一天，畏罪潜逃的刀畲被他的一个亲戚交了出来，理由是：我们没有这样的亲戚。

大雨滂沱，岩罗章家的竹楼在风暴中倒塌，从火塘边巨龙竹的中柱里露出了他家的族谱，是线装的，是手写的，还是抹了蓖麻、相思子和大蝎子草汁液防止虫蛀的。

不久，在勐巴拉娜西大象救护队的帮助下，大耳朵孩子和大嘴巴孩子找到了千斤拔家族，并成功说服新生的头象带领象群回到了鳄梨寨，但大耳朵的爷爷已经去世一个多月了。

十年过去了，北回归线以南的中国热带雨林里，再也没有发生过针对大象的猎杀，西双版纳以沉重而坚定的步伐，一步一步接近着增扩动物生境、开通大象廊道、保护版纳雨林、建立人居新城的预定目标。

每年十月，西双版纳的各个大象家族都会聚集在孔雀桥遗址，悼念支撑了桥梁的人和跳进了江水的大象，同时也延续着一场场从不间断的大象故事会。版纳大象和版纳人的故事就像澜沧江的水，永远流传着……

2023年3月11日初稿
2023年4月19日修改
2023年12月27日改定